BASTEI LÜBBE

Klassiker des historischen Romans
Herausgegeben von Edgar Bracht

Georg Ebers

Eine ägyptische Königstochter

HISTORISCHER ROMAN

Mit einem Nachwort
von Edgar Bracht

BASTEI LÜBBE

BASTEI-LÜBBE-TASCHENBUCH
Band 13743

Erste Auflage:
Dezember 1995
Zweite Auflage:
Januar 1996
Dritte Auflage:
Mai 1997
Vierte Auflage:
August 1997

Titelbild:
Archiv für Kunst und Geschichte
Umschlaggestaltung:
Karl Kochiowski
Satz: KCS GmbH,
Buchholz/Hamburg
Druck und Verarbeitung:
Cox & Wyman Ltd.
Printed in Great Britain

ISBN 3-404-13743-4

Der Preis dieses Bandes
versteht sich einschließlich der
g[illegible] Mehrwertsteuer.

TEIL I

1.
KAPITEL

Der Nil hatte sein Bett verlassen. Weit und breit dehnte sich da, wo sonst üppige Saatfelder und blühende Beete zu sehen waren, eine unermeßliche Wasserfläche. Nur die von Dämmen beschützten Städte mit ihren Riesentempeln und Palästen, die Dächer der Dörfer sowie die Kronen der hochstämmigen Palmen und Akazien überragten den Spiegel der Flut. Die Zweige der Sykomoren und Platanen hingen in den Wellen, während die hohen Silberpappeln mit aufwärtsstrebenden Ästen das feuchte Element meiden zu wollen schienen. Der volle Mond war aufgegangen und goß sein mildes Licht über den mit dem westlichen Horizont verschwimmenden libyschen Höhenzug. Auf dem Wasser schwammen blaue und weiße Lotusblumen. Fledermäuse verschiedener Art schnellten durch die stille, vom Duft der Akazien und Jasminblüten erfüllte Nachtluft. In den Kronen der Bäume schlummerten wilde Tauben und andere Vögel, während, beschützt von Papyrusschilf und Nilbohnen, die Pelikane, Störche und Kraniche am Ufer hockten. Erstere verbargen im Schlaf die langgeschnäbelten Köpfe unter den Flügeln und regten sich nicht; die Kraniche aber schraken zusammen, sobald sich ein Ruderschlag oder der Gesang arbeitender Schiffer hören ließ, und spähten, die schlanken Hälse ängstlich wendend, in die Ferne. Kein Lüftchen wehte, und das Spiegelbild des Mondes, welches wie ein silberner Schild auf der Wasserfläche schwamm, bewies, daß der Nil, der die Katarakten wild überspringt und an den Riesentempeln des oberen Ägypten schnell vorbeijagt, da, wo er sich dem Meer in verschiedenen Armen nähert, sein ungestümes Treiben aufgegeben und sich gemessener Ruhe überlassen hat.

In dieser Mondnacht durchschnitt 528 Jahre vor Christi Geburt eine Barke die beinahe strömungslose kanopische Mündung des Nils. Ein ägyptischer Mann saß auf dem hohen Dache des Hinterdecks und lenkte von dort aus den langen Stab des Steuerruders[1]. In dem Kahn selbst versahen halbnackte Ruderknechte singend ihren Dienst. Unter dem offenen, einer hölzernen Laube gleichenden Kajütenhaus lagen zwei Männer auf niedrigen Polstern. Beide waren augenscheinlich keine Ägypter. Selbst das Mondlicht ließ ihre griechische Herkunft erkennen. Der Ältere, ein ungewöhnlich großer und kräftiger Mann im Beginn der sechziger Jahre, dessen dichte graue Locken bis auf den gedrungenen Hals ohne sonderliche Ordnung herniederfielen, war mit einem schlichten Mantel bekleidet und schaute düster in den Strom, während sein etwa zwanzig Jahre jüngerer Gefährte, ein schlanker und zierlich gebauter Mann, bald zum Himmel hinaufblickte, bald dem Steuermann ein Wort zurief, bald seine schöne purpurblaue Chlanis* in neue Falten warf, bald sich mit seinen duftenden braunen Locken oder dem zart gekräuselten Bart zu schaffen machte.

Das Fahrzeug war vor etwa einer halben Stunde aus Naukratis[2], dem einzigen hellenischen Hafenplatz im damaligen Ägypten, abgesegelt. Der graue, düstere Mann hatte auf der ganzen Fahrt kein Wort gesprochen, und der andere, jüngere, hatte ihn auch seinen Gedanken überlassen. Als sich jetzt die Barke dem Ufer näherte, richtete sich der unruhige Fahrgast auf und rief seinem Genossen zu: »Gleich werden wir am Ziel sein, Aristomachus. Dort drüben, links, das freundliche Haus in dem Garten voller Palmen, der die überschwemmten Fluren überragt[3], ist die Wohnung meiner Freundin Rhodopis. Ihr verstorbener Gatte Charaxus hat es bauen lassen, und all ihre Freunde, ja selbst der König, beeifern sich, es in jedem Jahre mit neuen Verschönerungen zu versehen. Unnötige Mühe! Dieses Hauses beste Zierde wird, und wenn sie alle Schätze der Welt hineintragen wollten, seine herrliche Bewohnerin bleiben!«

Der Alte richtete sich auf, warf einen flüchtigen Blick auf das Gebäude, ordnete mit der Hand seinen dichten grauen Bart, der Kinn und Wangen, aber nicht die Lippen[4] umgab, und fragte kurz: »Welches Wesen, Phanes, machst du von dieser Rhodopis? Seit wann preisen die Athener alte Weiber?« Phanes lächelte und erwiderte selbstgefällig: »Ich glaube, daß ich mich auf die Men-

* Die Chlanis war ein leichter Sommermantel von meist kostbaren Stoffen, welcher namentlich von eleganten Athenern getragen wurde. Der einfache Mantel, das Himation, wurde von den dorischen Griechen, namentlich den Spartanern, getragen.

schen und ganz besonders auf die Frauen wohl verstehe, aber ich versichere dir nochmals, daß ich keinen edleren Menschen in ganz Ägypten kenne als diese Greisin. Wenn du sie und ihre reizende Enkelin gesehen und deine Lieblingsweisen von einem Chor vortrefflich eingeübter Sklavinnen[5] gehört haben wirst, so wirst du mir sicher für meine Führung danken.«

»Dennoch«, antwortete mit ernster Stimme der Spartaner, »wäre ich dir nicht gefolgt, wenn ich nicht den Delphier Phrxrus hier zu treffen hoffte.«

»Du findest ihn. Auch erwarte ich, daß dir der Gesang wohltun und dich deinem düsteren Sinnen entreißen wird.«

Aristomachus schüttelte verneinend das Haupt und sagte: »Dich, leichtblütigen, Athener, mag der Gesang der Heimat ermuntern; mir aber wird es, wenn ich die Lieder des Alkman[6] vernehme, so ergehen wie in meinen wachend durchträumten Nächten. Mein Sehnen wird nicht gestillt, es wird verdoppelt werden.«

»Glaubst du denn«, fragte Phanes, »daß ich mich nicht nach meinem geliebten Athen, den Spielplätzen meiner Jugend und dem lebendigen Treiben des Marktes zurücksehne? Das Brot der Verbannung will auch mir nicht munden, doch wird es durch einen Umgang, wie ihn dieses Haus bietet, etwas schmackhafter. Wenn die hellenischen Lieder so wunderbar schön gesungen an mein Ohr dringen, dann baut sich in meinem Geist die Heimat auf; ich sehe ihre Öl- und Fichtenhaine, die kalten smaragdenen Flüsse, das blaue Meer, die schimmernden Städte, die schneeigen Gipfel und Marmorhallen, und eine bittersüße Träne rinnt mir in den Bart, wenn die Töne schweigen und ich mir sagen muß, daß ich in Ägypten bin, diesem einförmigen, heißen, wunderlichen Land, welches ich, Dank sei den Göttern, bald verlassen werde. Aber, Aristomachus, wirst du die Oasen der Wüste umgehen, weil du dich doch später wieder durch Sand und Wassermangel quälen mußt? Willst du das Glück einer Stunde fliehen, weil trübe Tage deiner warten? – Halt, da wären wir! Mach ein fröhliches Gesicht, mein Freund, denn es ziemt sich nicht, in den Tempel der Charitinnen* traurigen Mutes zu treten.«

* Die Göttinen der Anmut. Bekannter unter ihrem römischen Namen Grazien.

Die Barke landete bei diesen Worten an der vom Nil bespülten Mauer des Gartens. Leichten Sprunges verließ der Athener, schweren, aber festen Schrittes der Spartaner das Fahrzeug. Aristomachus trug einen Stelzfuß; dennoch wanderte er so kräftigen Schrittes neben dem leichtfüßigen Phanes dahin, daß man denken konnte, er sei mit dem hölzernen Bein zur Welt gekommen.

Im Garten der Rhodopis duftete, blühte und schwirrte es wie in einer Märchennacht. Gelbe Mimosen, Hecken von Schneeballen, Jasmin und Flieder, Rosen und Goldregenbüsche drängten sich aneinander, hohe Palmen, Akazien und Balsambäume überragten die Sträucher, große Fledermäuse mit zarten Flügeln wiegten sich über dem Ganzen, und auf dem Strom ertönte Gesang und Gelächter.

Ein Ägypter hatte diesen Garten angelegt, und die Erbauer der Pyramiden waren seit jeher als Gartenkünstler hochberühmt[7]. Sie verstanden es, die Beete sauber abzustecken, regelmäßige Baum- und Sträuchergruppen zu pflanzen, Wasserleitungen und Springbrunnen, Lauben und Lufthäuschen anzulegen, ja sogar die Wege mit künstlich beschnittenen Hecken zu umzäunen und Goldfischzucht in steinernen Becken zu treiben.

Phanes blieb an der Pforte der Gartenmauer stehen, schaute sich aufmerksam um und horchte in die Luft hinaus, dann schüttelte er den Kopf und sagte: »Ich begreife nicht, was dies zu bedeuten hat. Ich höre keine Stimmen, sehe kein Licht, alle Barken sind fort, und dennoch flattert die Fahne auf der bunten Stange neben den Obelisken zu beiden Seiten der Pforte[8]. Rhodopis muß abwesend sein. Sollte man vergessen haben ...?«

Er hatte noch nicht ausgeredet, als er von einer tiefen Stimme unterbrochen wurde: »Ach, der Oberst der Leibwache!«

»Fröhlichen Abend, Knakias!« Phanes begrüßte den auf ihn zutretenden Greis freundlich. »Wie kommt es, daß dieser Garten so still ist wie eine ägyptische Grabkammer, während ich doch die Fahne des Empfanges flattern sehe? Seit wann weht das weiße Tuch vergeblich nach Gästen?«

»Seit wann?« erwiderte lächelnd der alte Sklave der Rhodopis. »Solange die Parzen meine Herrin gnädig verschonen, wird auch die alte Fahne genau so viele Gäste anlocken, als dieses Haus zu fassen vermag. Rhodopis ist nicht daheim; muß aber bald wiederkommen. Der Abend war so schön, daß sie sich mit allen Gästen zu einer Lustfahrt auf dem Nil entschlossen hat. Vor zwei Stunden, beim Sonnenuntergange, sind sie abgesegelt, und die Mahlzeit steht schon bereit[9]. Sie können nicht mehr lange ausbleiben. Ich bitte dich, Phanes, sei nicht ungeduldig, und folge mir ins Haus. Rhodopis würde mir nicht verzeihen, wenn ich einen so netten Gast nicht zum Verweilen nötigen würde. Dich aber, Fremder«, fuhr er, den Spartaner anredend, fort, »bitte ich herzlich, ebenfalls zu verweilen, denn als Freund ihres Freundes wirst auch du meiner Herrin hoch willkommen sein.«

Die beiden Griechen folgten dem Diener und ließen sich in einer Laube nieder.

Aristomachus betrachtete den vom Mond hell erleuchteten Garten und sprach: »Erkläre mir, Phanes, welchem Glück diese Rhodopis, eine frühere Sklavin und Hetäre[10], es verdankt, daß sie wie eine Königin wohnt und ihre Gäste fürstlich zu empfangen vermag?«

»Diese Frage erwartete ich längst«, erwiderte der Athener, »es freut mich, daß ich dich, ehe du in das Haus dieses Weibes trittst, mit ihrer Vergangenheit bekannt machen darf. Während der Nilfahrt wollte ich dir keine Erzählung aufdrängen. Dieser alte Strom zwingt mit unbegreiflicher Macht zum Schweigen. Als ich, wie du soeben, zum erstenmal eine nächtliche Nilfahrt machte, war auch mir die sonst so schnelle Zunge wie gelähmt.«

»Ich danke dir«, antwortete der Spartaner. »Als ich den hundertfünfzig Jahre alten Priester Epimenides[11] von Knossus auf Kreta zum erstenmal sah, überkam mich ein seltsamer Schauder, seines Alters und seiner Heiligkeit wegen; wieviel älter, wieviel heiliger aber ist dieser greisenhafte Strom[12]. Wer möchte sich seinem Zauber entziehen? Doch bitte ich dich, mir von Rhodopis zu erzählen!«

»Rhodopis«, begann Phanes, »wurde als kleines Kind, als sie gerade am thrakischen Strande mit ihren Gefährtinnen spielte, von phönizischen Seefahrern geraubt und nach Samos gebracht, wo sie Jadmon, ein Geomore*, taufte. Das Mädchen wurde täg-

* Die eingeborenen Adelsgeschlechter von Samos.

lich schöner, anmutiger und klüger, und bald liebten und bewunderten es alle, die es kannten.

Äsop[13], der Tierfabeldichter, welcher damals gleichfalls im Sklavendienste des Jadmon verweilte, freute sich ganz besonders an der Liebenswürdigkeit und dem Geist des Kindes. Er belehrte es in allen Dingen und sorgte für Rhodopis wie ein Pädagogus*, den wir Athener den Knaben halten. Der gute Lehrer fand eine lenksame, schnell begreifende Schülerin, und die kleine Sklavin redete, sang und musizierte in kurzer Zeit besser und anmutiger als die Söhne des Jadmon, welche sehr sorgfältig erzogen wurden. In ihrem vierzehnten Jahr war Rhodopis so schön und vollendet, daß die eifersüchtige Gattin des Jadmon das Mädchen nicht länger in ihrem Haus duldete und der Samier seinen Liebling schweren Herzens an einen gewissen Xanthus verkaufen mußte. Auf Samos herrschte damals noch der wenig bemittelte Adel. Wäre Polykrates schon am Ruder gewesen, so hätte sich Xanthus um keinen Käufer zu grämen brauchen. Diese Tyrannen füllen ihre Schatzkammern wie die Elstern ihre Nester! So zog er denn mit seinem Kleinod nach Naukratis und gewann hier durch die Reize seiner Sklavin große Summen. Damals erlebte Rhodopis drei Jahre der tiefsten Erniedrigung, an die sie heute nur noch mit Schaudern denkt.

Als endlich der Ruf ihrer Schönheit in ganz Hellas bekannt geworden war und Fremde aus weiter Ferne nur um ihretwillen nach Naukratis kamen[14], geschah es, daß das Volk von Lesbos seinen Adel vertrieb und den weisen Pittakos zum Herrscher wählte. Die vornehmsten Familien mußten Lesbos verlassen und flohen teils nach Sizilien, teils nach dem griechischen Italien, teils nach Ägypten. Alcäus[15], der größte Dichter seiner Zeit, und Charaxus, der Bruder jener Sappho[16], deren Oden zu erlernen der letzte Wunsch unseres Solon war, kamen hierher nach Naukratis, welches schon lange als Stapelplatz des ägyptischen Verkehrs mit der ganzen übrigen Welt blühte. Charaxus sah Rhodopis, und liebte sie bald so glühend, daß er eine ungeheure Summe hingab, um sie dem feilschenden Xanthus, welcher in die Heimat zurückzukehren wünschte, abzukaufen. Sappho verspottete den Bruder

* Kindererzieher.

dieses Kaufes wegen mit beißenden Versen; Alcäus aber gab dem Charaxus recht und besang Rhodopis in glühenden Liedern.

Der Bruder der Dichterin, der sich früher unter den Fremden in Naukratis verloren hatte, wurde plötzlich durch Rhodopis berühmt. In seinem Haus versammelten sich um ihretwillen alle Fremden und überhäuften sie mit Geschenken. Der König Hophra[17], welcher viel von ihrer Schönheit und Klugheit gehört hatte, ließ sie nach Memphis kommen und wollte sie dem Charaxus abkaufen; dieser aber hatte ihr längst im geheimen die Freiheit geschenkt und liebte sie zu sehr, um sich von ihr trennen zu mögen. Andererseits liebte auch Rhodopis den schönen Lesbier und blieb gern bei ihm, trotz der glänzenden Anerbietungen, welche ihr von allen Seiten gemacht wurden. Endlich machte Charaxus das wunderbare Weib zu seiner rechtmäßigen Gattin und blieb mit ihr und ihrem Töchterchen Kleïs in Naukratis, bis Pittakos die Verbannten in die Heimat zurückberief.

Nun begab er sich mit seiner Gemahlin nach Lesbos. Auf der Reise dorthin erkrankte er und starb bald nach seiner Ankunft in Mytilene. Sappho, welche ihren Bruder wegen seiner Mißheirat verspottet hatte, wurde schnell zur begeisterten Bewunderin der schönen Witwe, welche sie, mit ihrem Freunde Alcäus wetteifernd, in leidenschaftlichen Liedern besang.

Nach dem Tode der Dichterin zog Rhodopis mit ihrem Töchterlein nach Naukratis zurück und wurde hier gleich einer Göttin empfangen. Amasis[18], der jetzige König von Ägypten, hatte sich unterdessen des Thrones der Pharaonen bemächtigt und behauptete ihn mit Hilfe der Soldaten, aus deren Kaste er stammte. Da sein Vorgänger Hophra durch seine Vorliebe für die Griechen und den Verkehr mit den alten Ägyptern verhaßten Fremden seinen Sturz beschleunigt und namentlich die Priester und Krieger zu offener Empörung veranlaßt hatte, so hoffte man mit Sicherheit, daß Amasis wie in alten Zeiten das Land der Fremden absperren[19], die hellenischen Söldner entlassen und statt auf griechische Ratschläge auf die Befehle der Priester hören werde. Nun, du siehst ja selbst, daß sich die klugen Ägypter in ihrer Königswahl betrogen haben und aus der Scylla in die Charybdis gefallen sind. Wenn Hophra ein Freund der Griechen war, so können wir Amasis unsern Liebhaber nennen. Die Ägypter, vor allem die Priester und Krieger, speien Feuer und Flamme und möchten uns am liebsten samt und sonders hinschlachten, wie Odysseus die Freier, die sein Gut verpraßten. Um die Krieger bekümmert sich der König nicht viel, weil er weiß, was jene und was wir ihm leisten; auf die Priester muß er jedoch immerhin Rücksicht nehmen, denn von einer Seite haben sie unbegrenzten Einfluß auf das Volk, dann aber hängt der König auch mehr, als er uns gegenüber eingesteht, an jener abgeschmackten Religion[20], welche in diesem seltsamen[21] Land seit Jahrtausenden unverändert fortbesteht und deshalb ihren Bekennern doppelt heilig erscheint. Diese Priester machen dem Amasis das Leben schwer, verfolgen und schaden uns wie und wo sie können, ja, ich wäre längst ein toter Mann, wenn der König nicht seine schützende Hand über mich ausgebreitet hätte. Doch ich schweife zu sehr ab! Rhodopis wurde also zu Naukratis mit offenen Armen empfangen und von Amasis, der sie kennenlernte, mit Gunstbezeugungen überhäuft. Ihre Tochter Kleïs , welche, wie jetzt Sappho, niemals die allabendlichen Zusammenkünfte in ihrem Haus teilen durfte und beinahe noch strenger als die anderen Jungfrauen von Naukratis erzogen wurde, heiratete Glaukus, einen reichen phokäischen Handelsherrn aus edlem Haus, der seine Vaterstadt gegen die Perser tapfer verteidigt hatte, und folgte ihm ins neu gegründete Massalia[22], an der keltischen Küste. Die jungen Leute erlagen dem dortigen Klima, nachdem ihnen eine Tochter, Sappho, geboren war. Rhodopis unternahm selbst die lange Fahrt gen Westen, holte die junge Waise ab, nahm sie zu sich ins Haus, ließ sie sehr sorgfältig erziehen und verbietet ihr jetzt, da sie erwachsen ist, die Gesellschaft der Männer, denn sie fühlt die Flecken ihrer frühesten Jugend so tief, daß sie ihre Enkelin, und das ist bei Sappho keine schwere Aufgabe, entfernter von jeder Berührung mit unserem Geschlecht hält, als es die ägyptische Sitte gestatten würde. Meine Freundin selbst bedarf des geselligen Verkehrs so notwendig wie ein Fisch des Wassers, wie ein Vogel der Luft. Alle Fremden besuchen sie, und wer ihre Gastfreundschaft einmal gekostet hat, der wird, wenn es ihm seine Zeit erlaubt, niemals fehlen, sooft die Fahne einen Empfangsabend verkündet. Jeder Hellene von Bedeutung besucht dieses Haus, denn hier wird beraten, wie man dem Haß der Priester begegnen könne und wie der König zu dem oder jenem zu bereden sei. Hier trifft man stets die neuesten Nachrichten aus der Heimat und der ganzen übrigen Welt, hier findet der Verfolgte ein unantastbares Asyl, denn der König hat seiner Freundin einen Freibrief gegen alle Belästigungen der Sicherheitsbehörde[23] gegeben, hier hört man die Sprache und Lieder der Heimat, hier wird beraten, wie Hellas von der wachsenden Alleinherrschaft[24] befreit werden kann; dieses Haus ist mit einem Worte der Knotenpunkt aller hellenischen Interessen in Ägypten und von höherer politischer Bedeutung als selbst das Hellenion, die hiesige Tempel- und Handelsgemeinschaft*. In wenigen Minuten wirst du die seltene Großmutter und vielleicht auch, wenn wir allein bleiben, die Enkelin sehen und schnell begreifen, daß diese Menschen keinem Glücke, sondern ihrer Trefflichkeit alles verdanken. Ah, da sind sie! Jetzt gehen sie aufs Haus zu. – Hörst du die Sklavinnen singen? Jetzt treten sie ein. Laß sie sich erst niederlassen, dann folge mir, und beim Abschiede will ich dich fragen, ob du bereust, mit mir gegangen zu sein, und ob Rhodopis nicht eher einer Königin gleicht als einer freigelassenen Sklavin.«

Das Haus der Rhodopis[25] war im griechischen Stil erbaut. Die Außenseite des einstöckigen länglichen Gebäudes mußten nach unseren Begriffen durchaus einfach genannt werden, während die innere Einrichtung hellenische Formenschönheit mit ägyptischer Farbenpracht vereinte. Durch die weite Haupttüre kam man in den Hausflur, an dessen linker Seite ein großer Speisesaal seine Fensteröffnungen dem Strome zukehrte. Diesem gegenüber lag die Küche, ein Raum, welcher sich nur bei reichen Hellenen vorfand, während die ärmeren ihre Speisen am Herde im Vorzimmer zu bereiten pflegten. Die Empfangshalle lag in der Mündung des Hausflurs, hatte die Gestalt eines Quadrats und war rings von einem Säulengange umgeben, in welchen viele Gemächer mündeten. Inmitten dieser Halle, dem Aufenthaltsorte für die Männer, brannte auf einem altarartigen Herde von reicher äginetischer Metallarbeit[26] das Feuer des Hauses.

Bei Tage erhielt dieser Raum sein Licht durch die Öffnungen im Dach, durch welche zu gleicher Zeit der Rauch des Herdfeu-

* Siehe Anmerkung 2.

ers seinen Ausgang fand. Ein dem Hausflur gegenüberliegender Gang, der durch eine feste Tür verschlossen war, führte in das große, nur von drei Seiten mit Säulen umgebene Frauengemach, in welchem sich die weiblichen Hausbewohner aufzuhalten pflegten, wenn sie nicht in den bei der Garten- oder Hintertür gelegenen Zimmern am Spinnrocken oder auf dem Webstuhl saßen. Zwischen diesen und den Gemächern, welche das Frauengemach zur Linken und Rechten als Wirtschaftsräume umgaben, lagen die Schlafzimmer, in denen zu gleicher Zeit die Schätze des Hauses aufbewahrt wurden. Die Wände des Männersaales waren mit rötlich brauner Farbe bemalt, von der sich weiße Marmorbildwerke, Geschenke eines Künstlers von Chios[27], in scharfen Linien abhoben. Den Fußboden bedeckten schwere Teppiche aus Sardes. Den Säulen entlang zogen sich niedrige, mit Leopardenfell überzogene Polster, während in der Nähe des kunstreichen Herdes seltsam geformte ägyptische Lehnsessel und fein geschnitzte Tischchen von Thyaholz[28] standen, auf denen allerlei musikalische Instrumente, Flöten, Kithara und Phormix lagen. An den Wänden hingen zahlreiche, mit Kikiöl[29] gefüllte Lampen in verschiedenen Formen. Diese stellten einen feuerspeienden Delphin dar, jene ein seltsam geflügeltes Ungeheuer, dessen Rachen eine Flamme ausströmte. Das von ihnen ausgehende Licht verschmolz mit dem Feuer des Herdes.

In dieser Halle standen einige Männer von sehr verschiedenem Aussehen. Ein Syrer aus Tyrus in langem rosafarbenem Gewand unterhielt sich lebhaft mit einem Mann, dessen scharfgeschnittene Züge und dessen krauses schwarzes Haar den Israeliten erkennen ließen. Er war aus seiner Heimat nach Ägypten gekommen, um für den König von Juda, Serubabel, ägyptische Pferde und Wagen, die berühmtesten in jener Zeit, einzukaufen[30]. Drei Griechen aus Kleinasien in den kostbaren faltenreichen Gewändern ihrer Heimat Milet, standen neben ihm und führten ernste Gespräche mit Phryxus, dem schlichtgekleideten Abgesandten der Stadt Delphi, welcher Ägypten besuchte, um Gelder für den Apollotempel zu sammeln. Das alte Pythische Heiligtum war vor zehn Jahren ein Raub der Flammen geworden; jetzt galt es ein neues, schöneres aufzuführen[31].

Die Milesier, Schüler des Anaximander und Anaximenes[32], befanden sich am Nil, um zu Heliopolis Astronomie und ägyptische Weisheit zu studieren.

Der Dritte war ein reicher Kaufmann und Schiffsherr namens Theopompus, welcher sich zu Naukratis niedergelassen hatte. Rhodopis selbst unterhielt sich lebhaft mit zwei Griechen aus Samos, dem vielberühmten Baumeister, Metallgießer, Bildhauer und Goldschmied Theodorus[33] und dem Jambendichter Ibykus aus Rhegium[34], welche den Hof des Polykrates auf einige Wochen verlassen hatten, um Ägypten kennenzulernen und dem König Geschenke ihres Herrn zu überbringen. Dicht neben dem Herd lag ein wohlbeleibter Mann mit starken sinnlichen Zügen, Philoinus aus Sybaris[35], lang ausgestreckt auf dem bunten Pelzüberzug eines zweisitzigen Stuhls und spielte mit seinen duftenden, golddurchflochtenen Locken und den goldenen Ketten, die von seinem Halse auf das safrangelbe Gewand hernieder fielen, welches bis an seine Füße reichte.

Rhodopis hatte für jeden ein freundliches Wort: Jetzt aber sprach sie ausschließlich zu den berühmten Samiern. Sie unterhielt sich mit ihnen über Kunst und Poesie.

Die Augen der Thrakierin glühten im Feuer der Jugend, ihre hohe Gestalt war voll und ungebeugt, das graue Haar schlang sich noch immer in vollen Wogen um das schöngeformte Haupt und schmiegte sich am Hinterkopf in ein Netz von zartem Goldgeflecht. Die hohe Stirn war mit einem leuchtenden Diadem geschmückt.

Das edle griechische Anblick erschien bleich, aber schön und faltenlos, trotz seines hohen Alters; ja, der kleine, immer noch wohlgeformte Mund, die großen, sinnigen und milden Augen, die edle Stirn und Nase dieses Weibes konnten einer Jungfrau zur Zier gereichen.

Man mußte Rhodopis für jünger halten, als sie wirklich war, und dennoch verleugnete sie die Greisin keineswegs. Aus jeder ihrer Bewegungen sprach matronenhafte Würde, und ihre Anmut war nicht die der Jugend, welche zu gefallen sucht, sondern die des Alters, die sich gefällig erweisen will, welche Rücksichten nimmt und Rücksichten verlangt.

Jetzt zeigten sich die Griechen in der Halle. Aller Augen wandten sich ihnen zu, und als Phanes, seinen Freund an der Hand führend, eintrat, bewillkommnete man ihn aufs herzlichste; einer der Milesier aber rief:

»Wußt' ich doch nicht, was uns fehlte! Jetzt ist mir's auf einmal klar; ohne Phanes gibt es keine Fröhlichkeit!«

Philoinus, der Sybarit, erhob jetzt seine tiefe Stimme und rief, ohne sich in seiner Ruhe stören zu lassen: »Die Fröhlichkeit ist ein schönes Ding, und wenn du sie mitbringst, so sei auch mir willkommen, Athener!«

»Von mir aber«, sprach Rhodopis, auf die neuen Gäste zutretend, »seid herzlich gegrüßt, ob ihr nun fröhlich seid oder ob euch Kummer drückt; kenne ich doch keine größere Freude, als die Falten auf der Stirn eines Freundes zu glätten. Auch dich, Spartaner, nenne ich ›Freund‹, denn also heiß' ich jeden, der meinen Freunden lieb ist.«

Aristomachus verneigte sich schweigend; der Athener aber rief, sich halb an Rhodopis, halb an den Sybariten wendend: »Wohl denn, meine Lieben, so kann ich euch beide befriedigen. Du, Rhodopis, sollst Gelegenheit haben, mich, deinen Freund, zu trösten, denn gar bald werde ich dich und dein liebes Haus verlassen müssen. Du aber, Sybarit, wirst dich an meiner Fröhlichkeit ergötzen, denn endlich werde ich mein Hellas wiedersehen und diese goldene Mausefalle von einem Lande, wenn auch unfreiwillig, verlassen!«

»Du gehst fort? Du bist entlassen worden? Wohin gedenkst du zu reisen?« fragte man von allen Seiten.

»Geduld! Geduld! Ihr Freunde«, rief Phanes, »ich muß euch eine lange Geschichte erzählen, die ich bis zum Schmause aufbewahren will. – Nebenbei gesagt, liebste Freundin, ist mein Hunger fast ebenso groß wie mein Kummer, euch verlassen zu müssen.«

»Hunger ist ein schönes Ding«, philosophierte der Sybarit, »wenn man einer guten Mahlzeit entgegensieht.«

»Sei unbesorgt, Philoinus«, antwortete Rhodopis; »ich habe dem Koch befohlen, sein Möglichstes zu tun, und ihm mitgeteilt, daß der größte Feinschmecker aus der üppigsten Stadt in der ganzen Welt, daß ein Sybarit, daß Philoinus über seine zarten Gerichte strenges Gericht halten werde. Geh, Knakias, und sage, man solle anrichten! Seid ihr jetzt zufrieden, ihr ungeduldigen Herren? Arger Phanes; mir hast du mit deiner Trauerkunde die Mahlzeit verdorben!«

Der Athener verneigte sich; der Sybarit aber philosophierte abermals: »Zufriedenheit ist ein schönes Ding, wenn man die Mittel hat, all seine Wünsche zu befriedigen, auch danke ich dir, Rhodopis, für die Würdigung, welche du meiner unvergleichlichen Heimat angedeihen läßt. Was sagt Anakreon?

Der heutige Tag liegt mir am Herzen,
Wer weiß, was uns der nächste bringt,
Drum flieht den Gram, verbannt die Schmerzen,
Und spielt das Würfelspiel und trinkt!

He! Ibykus, hab' ich deinen Freund, der mit dir an der Tafel des Polykrates schmaust, richtig zitiert? Ich sage dir, daß, wenn Anakreon auch bessere Werke macht als ich, meine Wenigkeit sich dafür doch nicht schlechter aufs Leben versteht als der große Lebenskünstler. Er hat in allen seinen Liedern kein Lob aufs Essen, und ist denn das Essen nicht wichtiger als das Spielen und Lieben, obgleich diese beiden Tätigkeiten – ich meine Spielen und Lieben – mir auch recht teuer sind? Ohne Essen müßte ich sterben, ohne Spiel und Liebe kann ich schon, wenn auch nur kümmerlich, fortbestehen.«

Der Sybarit brach, zufrieden mit seinem schalen Witz, in ein lautes Gelächter aus; der Spartaner aber wandte sich, während man in ähnlicher Weise fortplauderte, an den Delphier Phryxus, zog ihn in eine Ecke und fragte ihn, seine gemessene Art vergessend, in großer Aufregung, ob er ihm die lang ersehnte Antwort des Orakels mitbringe? Das ernste Gesicht des Delphiers ward freundlicher; er griff in die Brustfalten seines Chiton und holte ein kleines Röllchen von pergamentartigem Schafleder hervor, auf dem mehrere Zeilen geschrieben waren.

Die Hände des starken und tapferen Spartaners zitterten, als er nach dem Röllchen griff, und nachdem er es geöffnet, saugten seine Blicke die Schriftzüge darauf förmlich auf. So stand er kurze Zeit; dann schüttelte er mißmutig die grauen Locken, gab Phryxus die Rolle zurück und sagte:

»Wir Spartaner lernen andere Künste als Lesen und Schreiben. Wenn du kannst, so lies mir vor, was Pythia sagt.«

Der Delphier überflog die Schrift und erwiderte: »Freue dich! Apollo verheißt dir eine glückliche Heimkehr; höre, was dir die Priesterin verkündet:

›Wenn einst die reisige Schar von schneeigen Bergen herabsteigt
Zu den Gefilden des Stroms, welcher die Ebene benetzt,
Führt Dich der zaudernde Kahn herab zu jenem Gefilde,
Welches dem irrenden Fuß heimischen Frieden gewährt.
Wenn einst die reisige Schar von schneeigen Bergen herabsteigt,
Schenkt Dir die richtende Fünf, was sie Dir lange versagt!‹«

Voller Spannung lauschte der Spartaner diesen Worten. Zum zweitenmal ließ er sich den Spruch des Orakels vorlesen, dann wiederholte er ihn aus dem Gedächtnis, dankte Phryxus und steckte das Röllchen zu sich.

Der Delphier mischte sich in das allgemeine Gespräch; der Spartaner aber murmelte den Spruch des Orakels unaufhörlich vor sich hin, um ihn ja nicht zu vergessen, und bemühte sich, die rätselhaften Worte zu deuten.

2.
KAPITEL

Die Flügeltüren des Speisesaales öffneten sich. An jeder Seite des Eingangs stand ein schöner, blondgelockter Knabe mit Myrtenkränzen in der Hand; in der Mitte des Saales erhob sich ein großer, niedriger, glänzend polierter Tisch, an dessen Seiten purpurrote Polster die Gäste zu bequemer Rast einluden[37].

Auf der Tafel prangten reiche Blumensträuße. Große Braten, Gläser und Schalen voller Datteln, Feigen, Granatäpfel, Melonen und Weintrauben standen neben kleinen silbernen Bienenkörben voller Honig; zarter Käse von der Insel Sizilien lag auf getriebenen kupfernen Tellern, und in der Mitte des Tisches stand ein silberner, einem Altar gleichender Tafelaufsatz, der rings mit Myrten- und Hopfenkränzen umwunden war und von dessen Spitze süße Räucherungsdüfte aufstiegen.

Am äußersten Ende des Tisches glänzte das silberne Mischgefäß[38], ein herrliches äginetisches Werk, dessen gekrümmte Henkel zwei Giganten darstellten, die unter der Last der Schale, welche sie trugen, zusammenzubrechen schienen. Dieser Mischkrug war, wie der Altar in der Mitte des Tisches, mit Blumen umwunden, und auch um jeden Becher[39] schlang sich ein Rosen- oder Myrtenkranz.

Rosenblätter waren in dem ganzen Zimmer umhergestreut[40], an dessen glatten Wänden von weißem Stuck viele Lampen hingen.

Kaum hatte man sich auf die Polster niedergelegt, so erschienen die blonden Knaben, umwanden die Häupter und Schultern der Schmausenden mit Myrten- und Efeukränzen und wuschen ihre Füße in silbernen Becken[41]. Als der Vorschneider schon die ersten Braten, um sie zu zerlegen, vom Tische genommen hatte, machte sich der Sybarit noch immer mit den Knaben zu schaffen und ließ sich, obgleich er schon nach allen Wohlgerüchen Arabiens duftete, förmlich in Rosen und Myrten einwickeln; nachdem jedoch das erste Gericht, Thunfische mit Senfbrühe[42], aufgetragen worden war, vergaß er alle Nebendinge und beschäftigte sich ausschließlich mit dem Genuß der trefflichen Speisen. Rhodopis saß auf einem Armstuhl an der Spitze der Tafel neben dem Mischkruge und leitete sowohl die Unterhaltung als auch die aufwartenden Sklaven[43].

Mit unverkennbarem Stolz sah sie auf ihre fröhlichen Gäste, und schien sich mit jedem einzelnen zu beschäftigen, indem sie sich bald bei dem Delphier nach dem Erfolge seiner Sammlungen erkundigte, bald den Sybariten fragte, ob ihm die Werke ihres Koches behagten, bald dem Ibykus lauschte, welcher erzählte, daß Phrynichus von Athen die religiösen Schauspiele des Thespis von Ikaria ins bürgerliche Leben gezogen habe und mit Chören, Sprechern und Gegensprechern ganze Geschichten aus der Vorzeit aufführen[44] lasse.

Dann wandte sie sich an den Spartaner und sagte ihm, daß er der einzige sei, bei dem sie sich nicht wegen der Einfachheit ihres Gastmahls, wohl aber wegen der Üppigkeit desselben zu entschuldigen habe. Wenn er nächstens wiederkomme, solle ihm ihr Sklave Knakias, der sich rühme, als entwichener spartanischer Helot[45], eine köstliche Blutsuppe kochen zu können (bei diesen Worten schauderte der Sybarit), eine echt lakedämonische Mahlzeit bereiten.

Als die Gäste gesättigt waren, wuschen sie sich von neuem die Hände. Dann wurde das Speisegeschirr abgeräumt, der Fußboden gesäubert, und Wein und Wasser in den Mischkessel gegossen.[64] Endlich wandte sich Rhodopis, nachdem sie sich überzeugt hatte, daß alles im besten Gange sei, an den mit den Milesiern streitenden Phanes und sagte:

»Edler Freund! Wir haben jetzt unsere Ungeduld so lange gemeistert, daß es wohl deine Pflicht wäre, uns mitzuteilen, welches schlimme Ungefähr dich aus Ägypten und unserem Kreis zu entreißen droht. Mit leichtem Sinn, den die Götter euch Ioniern allen als köstliches Geschenk bei der Geburt zu spenden pflegen, magst du dich von uns und diesem Lande trennen; wir aber werden deiner lange schmerzlich gedenken, denn ich kenne keinen größeren Verlust als den eines seit Jahren treu bewährten Freundes. Einige von uns haben auch zu lange am Nil gelebt, um nicht ein wenig von dem unwandelbar beständigen Sinne der Ägypter angenommen zu haben! Du lächelst; und dennoch glaube ich zu wissen, daß du, obgleich du dich schon lange nach Hellas sehnst, nicht ohne Bedauern von uns scheiden wirst. Du gibst mir recht? Wohl, so erzähle uns denn, warum du Ägypten verlassen mußt oder willst, damit wir überlegen können, ob es nicht möglich sei, deine Verweisung vom Hofe rückgängig zu machen.«

Phanes lächelte bitter und sagte: »Ich danke dir, Rhodopis, für deine schmeichelhaften Worte und die gute Absicht, meinen Abschied verhindern zu wollen. Hundert neue Gesichter werden dich das meine bald vergessen lassen, denn ob du auch schon lange am Nilstrom wohnst, so bist du doch, und dafür magst du den Göttern danken, Hellenin geblieben vom Scheitel bis zur Sohle. Auch ich bin ein Freund der Treue, aber ein Feind der ägyptischen Torheit; und ist wohl einer unter euch allen, der es weise finden könnte, sich über Unvermeidliches zu grämen? Die ägyptische Treue ist in meinen Augen keine Tugend, sondern ein Wahn. Diese Menschen, die ihre Toten seit Jahrtausenden bis heute bewahren und sich eher das letzte Brot als einen Knochen ihres Urahnen nehmen lassen[47], sind nicht treu, sondern töricht. Kann mir's Freude machen, diejenigen, welche ich liebe, traurig zu sehen? – Gewiß nicht! Ihr sollt euch meiner nicht in monatelangen und sich täglich wiederholenden Wehklagen erinnern, wie die Ägypter, wenn ihnen ein Freund dahinscheidet! Wollt ihr in der Tat des Fernen oder Abgeschiedenen, – denn ich darf Ägypten, solange ich lebe, nie wieder betreten – in späteren Tagen gedenken, so tut es mit lachendem Munde und ruft nicht: ›Ach, warum mußte Phanes uns verlassen!‹, sondern sagt: ›Wir wollen fröhlich sein, wie Phanes, als er noch in unserem Kreise weilte.‹ So sollt ihr's halten, so befahl es schon Simonides, als er sang:

Ja möchten wir nur etwas klüger sein,
So stellten wir die langen Klagen ein,
Und weinten an des Toten Sarkophag
Nur einen Tag.
Zum Tode haben wir ja Zeit genug:
Das Leben aber, es verrinnt im Flug,
Und ist auch sonder übergroßem Harm,
So kurz und arm![48]

Wenn man nicht über die Toten klagen soll, so ist es noch viel weniger weise, sich um scheidende Freunde zu grämen, denn jene sind für immer dahin, diesen aber sagen wir beim Abschied: Auf Wiedersehen!«

Jetzt konnte der Sybarit, welcher schon lange ungeduldig geworden war, nicht länger schweigen und rief mit kläglicher Stimme: »Fang doch endlich zu erzählen an, du mißgünstiger Mensch! Ich kann keinen Tropfen trinken, wenn du nicht aufhörst, vom Tode zu sprechen. Mir ist ganz kalt geworden, und ich werde jedesmal krank, wenn ich … nun, wenn ich davon reden höre, daß wir nicht ewig leben!«

Die ganze Gesellschaft lachte, Phanes aber begann seine Geschichte zu erzählen:

»Zu Sais wohne ich, wie ihr wißt, in dem neuen Palast; zu Memphis aber wurde mir, als Obersten der griechischen Leibwache, welche den König begleiten muß, wohin er auch reist, ein Quartier im linken Flügel des alten Palastes angewiesen[49].

Seit dem ersten Psamtik[50] residieren die Könige zu Sais, darum wurde das Innere der anderen Paläste ein wenig vernachlässigt. Meine Wohnung war im Grunde ganz vorzüglich gelegen, köstlich eingerichtet und wäre vortrefflich gewesen, wenn sich nicht, gleich bei meinem Einzug, eine furchtbare Plage bemerkbar gemacht hätte.

Bei Tage, wo ich übrigens selten zu Hause war, ließ meine Wohnung nichts zu wünschen übrig, bei Nacht aber war an keinen Schlaf zu denken, so fürchterlich tobten Tausende von Ratten und Mäusen unter den alten Fußböden, Teppichen und Ruhebetten.

Ich wußte mir keinen Rat in dieser Not, bis mir endlich ein ägyptischer Soldat zwei schöne große Katzen verkaufte, welche mir auch nach mehreren Wochen einige Ruhe vor meinen Peinigern verschafften.

Ihr werdet alle wissen, daß eines der liebenswürdigen Gesetze dieses wunderlichen Volkes, dessen Bildung und Weisheit ihr, meine milesischen Freunde, nicht sattsam preisen könnt, die Katzen für heilig erklärt. Göttliche Ehre wird diesen glücklichen Vierfüßlern, wie so mancher anderen Bestie, zuteil und ihre Tötung ebenso streng bestraft wie der Mord eines Menschen.«

Rhodopis, welche bis dahin gelächelt hatte, wurde ernster, als sie vernahm, daß die Ausweisung des Phanes mit seiner Mißachtung der heiligen Tiere zusammenhing. Sie wußte, wie viele Opfer, ja wie viele Menschenleben dieser Aberglaube der Ägypter bereits gekostet hatte. Vor kurzem noch hatte König Amasis selbst einen unglücklichen Samier, welcher eine Katze getötet hatte, nicht vor der Rache des zornigen Volkes zu retten vermocht[51].

»Alles war gut«, erzählte der Oberst weiter, »als wir Memphis vor zwei Jahren verließen.

Ich hatte das Katzenpaar der Pflege eines ägyptischen Schloßdieners anvertraut und wußte, daß die rattenfeindlichen Tiere meine Wohnung für künftige Fälle rein erhalten würden, ja, ich begann schon selbst, den freundlichen Rettern aus der Mäusegeahr eine gewisse Verehrung zu zollen.

Im vorigen Jahre ward Amasis krank, ehe der Hof sich nach Memphis begeben konnte, und wir blieben zu Sais.

Endlich, vor etwa sechs Wochen, machten wir uns auf den Weg zu der Pyramidenstadt[52]. Ich bezog mein altes Quartier und fand in demselben keinen Schatten eines Mauseschwanzes wieder; statt der Ratten wimmelte es aber von einem anderen Tiergeschlechte, welches mir nicht lieber war als seine Vorgänger. Das Katzenpaar hatte sich nämlich in den zwei Jahren meiner Abwesenheit verzwölffacht. Ich versuchte die lästige Brut von Katern jeden Alters und aller Farben zu vertreiben; aber es gelang mir nicht, und ich mußte allnächtlich meinen Schlaf von entsetzlichen Vierfüßler-Chorgesängen, Katzenkriegsgeschrei und Katerliedern unterbrechen lassen.

Alljährlich, zur Zeit des Bubastisfestes, ist es erlaubt, die überflüssigen Mäusefänger in den Tempel der katzenköpfigen Göttin Pacht abzuliefern, woselbst sie verpflegt und, wie ich glaube, wenn sie sich gar zu stark vermehren, beiseite gebracht werden. Diese Priester sind Spitzbuben!

Leider fiel die große Fahrt zu dem besagten Heiligtume[53] nicht in die Zeit unseres Aufenthaltes bei den Pyramiden; ich aber konnte es schlechterdings mit dieser Armee von Peinigern nicht länger aushalten und beschloß, als mich zwei Katzenmütter von neuem mit einem Dutzend gesunder Nachkommen beehrten, wenigstens diese beiseite zu schaffen. Mein alter Sklave Mys[54], schon dem Namen nach ein geborener Katerfeind, erhielt den Auftrag, die jungen Dinger zu töten, in einen Sack zu stecken und in den Nil zu werfen.

Dieser Mord war notwendig, denn sonst hätte das Miauen der jungen Kater den Schloßwärtern den Inhalt des Sackes verraten. Als es dunkel wurde, begab sich der arme Mys mit seiner gefährlichen Last durch den Hathor Hain[55] nach dem Nile. Doch der ägyptische Schloßdiener, welcher meine Tiere zu füttern pflegte und jede einzelne Katze bei Namen kannte, hatte unseren Plan durchschaut.

Mein Sklave ging gelassen durch die große Sphinxallee an dem Tempel des Ptah[56] vorüber; das Säckchen hielt er unter seinem Mantel verborgen. Schon im heiligen Hain bemerkte er, daß man ihm folgte; er achtete aber nicht darauf und setzte seinen Weg vollkommen beruhigt fort, als er bemerkte, daß die Leute, welche hinter ihm hergingen, am Tempel des Ptah stehenblieben und sich dort mit Priestern unterredeten.

Schon stand er am Ufer des Nils. Da hörte er, daß man nach ihm rief und daß viele Menschen ihm in schnellem Laufe folgten. Ein Stein pfiff dicht an seinem Kopfe vorüber.

Mys ignorierte die Gefahr einfach. Mit letzter Kraft jagte er bis an den Nil, schleuderte den Sack in das Wasser und stand klopfenden Herzens, aber, wie er glaubte, ohne jeden Beweis seiner Schuld am Ufer des Stromes. Wenige Augenblicke später war er von hundert Tempeldienern umringt. Der Oberpriester des Ptah, Ptahotep, mein alter Feind, hatte es sich nicht nehmen lassen, persönlich den Häschern zu folgen.

Mehrere derselben, unter ihnen jener verräterische Palastdiener, stiegen sofort in den Nil und fanden zu unserem Verderben den Sack mit seinen zwölf Leichnamen, der unversehrt im Papyrusschilf und den Bohnenranken am Ufer hing. Vor den Augen des Oberpriesters, einer Schar von Tempeldienern und wenigstens tausend herbeigeeilten Memphiten ward der baumwollene Sarg geöffnet. Als man seinen unseligen Inhalt erkannte, erhob sich ein so entsetzliches Wehgeheul, ein so furchtbares Klage- und Rachegeschrei, daß ich's bis zum Palast vernehmen konnte. Die wutentbrannte Menge stürzte sich in wilder Leidenschaft auf meinen armen Diener, riß ihn zu Boden, trat ihn mit Füßen und würde ihn sofort getötet haben, wenn der allmächtige Oberpriester nicht ›Halt‹ geboten hätte. Dieser Oberpriester ahnte, daß ich hinter dem Frevel steckte; er steckte erst meinen armen Sklaven ins Gefängnis, und eine halbe Stunde später ließ er mich festnehmen.

Mein alter Mys nahm alle Schuld des Verbrechens auf sein Haupt, bis der Oberpriester ihm durch Bastonaden das Geständnis abnötigte, ich habe ihm befohlen, die Katzen zu töten; er aber habe, als treuer Diener, meinem Befehle Folge leisten müssen.

Das Obergericht[57], gegen dessen Urteilssprüche selbst der König keine Macht besitzt, ist aus Priestern von Memphis, Heliopolis und Theben zusammengesetzt; ihr könnt euch also denken, daß man sowohl den armen Mys als auch mich, den Griechen, ohne Bedenken zum Tode verurteilte. Den Sklaven wegen zweier Kapitalverbrechen: erstens wegen des Mordes an heiligen Tieren, zweitens wegen der zwölfmaligen Verunreinigung des heiligen Nils durch Leichname; mich wegen der Urheberschaft dieses, wie sie es nannten, vierundzwanzigfachen Kapitalverbrechens[58]. Mys ward noch am gleichen Tag hingerichtet. Möge ihm die Erde leicht sein! In meinem Andenken wird er nicht als mein Sklave, sondern als mein Freund und Wohltäter fortleben! Im Angesicht seiner Leiche ward auch mir das Todesurteil vorgelesen, und ich machte mich schon zur langen Reise in die Unterwelt fertig, als der König befehlen ließ, die Vollstreckung meiner Hinrichtung aufzuschieben.

Ich wurde in mein Gefängnis zurückgebracht.

Ein arkadischer Taxiarch*, welcher sich unter meinen Wächtern befand, teilte mir mit, daß sämtliche griechischen Offiziere der Leibwache und eine Menge von Soldaten, im Ganzen mehr als viertausend Mann, gedroht hätten, ihren Abschied zu nehmen, wenn man mich, ihren Führer, nicht begnadigen werde.

Bei Einbruch der Dunkelheit wurde ich zum König geführt, welcher mich gnädig empfing. Er selbst bestätigte mir die Mitteilung des Taxiarchen und sprach sein Bedauern aus, einen so beliebten Obersten verlieren zu müssen. Was mich betrifft, so

* Anführer einer Taxis oder Kompagniehauptmann.

gestehe ich gern, daß ich dem Amasis nicht zürne, und mehr noch, daß ich ihn, den mächtigen König, bedauere. Ihr hättet mit anhören sollen, wie er sich beklagte, nie so handeln zu können, wie er wolle. Noch in seinen persönlichen Angelegenheiten werde er überall von den Priestern behindert. Käme es nur auf ihn an, sagte er, so würde er mir, dem Fremden, die Übertretung eines Gesetzes, welches ich nicht verstehen könne und darum, wenn auch fälschlich, für abgeschmackten Aberglauben halten müsse, gern vergeben. Der Priester wegen dürfe er mich aber nicht ungestraft lassen. Verbannung[59] aus Ägypten sei die gelindeste Buße, welche er mir auferlegen könne. ›Du weißt nicht‹, mit diesen Worten schloß er seine Klagen, ›welch große Zugeständnisse ich den Priestern machen mußte, um Gnade für dich zu erlangen. Ist doch unser Obergericht selbst von mir, dem König, unabhängig!‹

Also wurde ich verabschiedet, nachdem ich geschworen hatte, Memphis noch am selben Tag und Ägypten spätestens in drei Wochen zu verlassen.

An der Pforte des Palastes traf ich mit Psamtik, dem Kronprinzen, zusammen, welcher mich schon lange, ärgerlicher Geschichten wegen, die ich verschweigen muß – du kennst sie, Rhodopis –, verfolgt. Ich bot ihm meinen Abschiedsgruß; er aber kehrte mir den Rücken zu, indem er ausrief: ›Auch diesmal entkommst du der Strafe, Athener; meiner Rache aber bist du damit noch nicht entgangen! Wohin du auch gehst, ich werde dich zu finden wissen!‹

›So darf ich also hoffen, dich wiederzusehen!‹ entgegnete ich ihm spöttisch, schaffte meine Habseligkeiten auf eine Barke und kam hierher nach Naukratis. Hier hat mir das Glück meinen alten Gastfreund Aristomachus von Sparta zugeführt, welcher, als früherer Befehlshaber der Truppen von Zypern[60], höchstwahrscheinlich zu meinem Nachfolger ernannt werden wird. Ich würde mich freuen, einen so trefflichen Mann an meinem Platze zu sehen, wenn ich nicht fürchten müßte, daß neben seinen vorzüglichen Diensten die meinen noch geringer erscheinen werden, als sie es in der Tat gewesen sind.«

Hier unterbrach Aristomachus den Athener und rief: »Genug des Lobes, Freund Phanes! Spartanische Zungen sind ungelenk;

mit Taten will ich dir aber, wenn du mich brauchst, eine Antwort geben, die den Nagel auf den Kopf treffen soll.«

Rhodopis lächelte den beiden Männern Beifall zu. Dann reichte sie jedem von ihnen die Hand und sagte: »Leider habe ich deiner Erzählung, mein armer Phanes, entnommen, daß du nicht mehr länger in diesem Land bleiben kannst. Ich will dich nicht wegen deines Leichtsinnes tadeln, dennoch hättest du wissen müssen, daß du dich um kleiner Erfolge willen großen Gefahren ausgesetzt hast. Der Weise, der wahrhaft Mutige, unternimmt ein Wagnis nur dann, wenn der Nutzen, der ihm daraus erwachsen kann, die Nachteile überbietet. Tollkühnheit ist ebenso töricht, wenn auch nicht ebenso verwerflich als Feigheit. Dein Leichtsinn hätte dir diesmal beinah das Leben gekostet. Gegen deine Verbannung vorzugehen wäre sinnlos; denn wir würden dir dadurch nicht helfen, uns aber schaden. An deiner Stelle soll in Zukunft dieser edle Spartaner als Oberster der Hellenen unsere Nation am Hof vertreten, sie vor Übergriffen der Priester schützen und ihr die Gunst des Königs bewahren. Ich halte deine Hand, Aristomachus, und lasse sie nicht eher los, bis du uns versprochen hast, auch den geringsten Griechen, wie Phanes vor dir, soweit es in deinen Kräften steht, gegen den Übermut der Ägypter zu beschützen. Wir sind wenig Tausende unter ebenso vielen Millionen feindlich gesonnener Menschen; aber wir sind groß an Mut und müssen stark bleiben durch Einigkeit. Bis heute haben sich die Hellenen in Ägypten wie echte Brüder betragen: Einer opferte sich für alle, alle für einen. Eben diese Einheit machte uns mächtig, soll uns auch in Zukunft stark erhalten. Könnten wir doch dem Mutterland dieselbe Einigkeit schenken, wollten doch alle Stämme der Heimat ihre dorische, ionische oder äolische Herkunft vergessen und sich mit dem einen Namen ›Hellenen‹ begnügen – wahrlich, niemand auf der Welt würde uns dann zu widerstehen vermögen, und Hellas würde von allen Nationen anerkannt als ihre Königin[61].«

Die Augen der Greisin glühten bei diesen Worten; der Spartaner aber preßte ihre Hand mit ungestümer Heftigkeit, stampfte die Erde mit seinem Stelzfuß und rief: »Beim Zeus Lakedämon, ich will den Hellenen kein Härlein krümmen lassen; du aber, Rhodopis, wärest würdig, eine Spartanerin zu sein!«

»Und eine Athenerin!« rief Phanes.

»Eine Ionierin!« die Milesier.

»Eine Geomoren-Tochter von Samos!« der Bildhauer.

»Aber ich bin mehr als dies alles«, rief das begeisterte Weib, »ich bin eine Hellenin!«

Alles war hingerissen, selbst der Syrer und der Hebräer konnten sich der allgemeinen Erregung nicht entziehen; nur der Sybarit ließ sich nicht in seiner Ruhe stören und sagte mit vollem Mund:

»Du wärest auch wert, eine Sybaritin zu sein, denn dein Rinderbraten ist der beste, welchen ich seit meiner Abreise von Italien genossen habe, und Dein Wein von Anthylla[62] mundet mir fast ebensogut wie der vom Vesuv oder aus Chios!«

Alle lachten, nur der Spartaner schleuderte einen Blick der Verachtung in Richtung des Feinschmeckers.

»Fröhlichen Gruß!« rief plötzlich eine unbekannte tiefe Stimme durch das offene Fenster in den Saal hinein.

»Fröhlichen Gruß!« antwortete der Chor der Zechenden, die rätselten, wer der späte Ankömmling sein möge.

Man hatte nicht lange auf den Fremden zu warten. Bevor der Sybarit Zeit gefunden hatte, einen neuen Schluck Wein sorgfältig mit der Zunge zu prüfen, stand ein großer hagerer Mann Mitte Sechzig neben Rhodopis. Es war Kallias, der Sohn des Phänippus von Athen.[63]

Mit klaren Augen blickte der späte Gast seine Bekannten an. Er war einer der reichsten Vertriebenen von Athen. Er hatte Güter des Pisistratus zweimal vom Staat gekauft und verloren, als der Gewalthaber zurückkehrte. Nachdem er mit allen freundliche Grüße ausgetauscht hatte, sagte er:

»Wenn ihr mir mein heutiges Erscheinen nicht hoch anrechnet, dann behaupte ich, daß alle Dankbarkeit aus der Welt verschwunden ist.«

»Wir haben dich lange erwartet«, unterbrach ihn einer der Milesier. »Du bist der Erste, welcher uns vom Verlaufe der Olympischen Spiele Nachricht bringt!«

»Und wir konnten uns keinen besseren Boten wünschen als den früheren Sieger«, fügte Rhodopis hinzu.

»Setze dich«, rief Phanes voller Ungeduld, »und erzähle kurz und bündig, was du weißt, Freund Kallias!«

»Nun gut«, erwiderte dieser, »es ist schon ziemlich lange her, seit ich Olympia verlassen und mich auf einem samischen Fünfzigruderer, dem besten Fahrzeug, welches jemals gebaut wurde, zu Kenchreä eingeschifft habe.

Mich wundert es nicht, daß noch kein Hellene vor mir in Naukratis eingelaufen ist, denn wir hatten grausame Stürme zu bestehen und wären kaum mit dem Leben davongekommen, wenn diese samischen Schiffe mit ihren dicken Bäuchen, Ibisschnäbeln und Fischschwänzen[64] nicht so ausgezeichnet gezimmert und bemannt wären.

Die anderen Heimkehrenden mögen wer weiß wohin verschlagen worden sein, wir aber konnten uns in den Hafen von Samos bergen und nach zehntägigem Aufenthalt wieder absegeln.

Als wir endlich heute früh in den Nil eingelaufen waren, setzte ich mich sofort in meine Barke und wurde von Boreas so schnell befördert, daß ich schon vor wenigen Augenblicken das freundlichste aller Häuser erblicken konnte. Ich sah die Fahne wehen, sah die offenen Fenster erleuchtet, kämpfte in mir, ob ich eintreten sollte oder nicht: Ich konnte Deinem Zauber, o Rhodopis, unmöglich widerstehen und wäre außerdem von all den Neuigkeiten, die ich noch unerzählt bei mir habe, erdrückt worden, wenn ich nicht ausgestiegen wäre, um euch bei einem Stücke Braten und einem Becher Wein Dinge mitzuteilen, die ihr euch nicht träumen laßt.«

Kallias legte sich behaglich auf ein Polster nieder und überreichte, ehe er seine Neuigkeiten auszukramen begann, Rhodopis ein prächtiges, eine Schlange darstellendes Armband von Gold[65], welches er zu Samos in der Werkstatt eben jenes Theodorus, der mit ihm an einem Tische saß, für viel Geld erstanden hatte.

»Das bring' ich dir mit[66]«, sagte er und wandte sich an die hocherfreute Greisin. »Für dich, Freund Phanes, hab' ich aber noch etwas Besseres. Rate, wer beim Viergespann-Rennen den Preis gewann?«

»Ein Athener?« fragte Phanes mit glühenden Wangen; gehörte doch jeder olympische Sieg dem ganzen Volk, dessen Bürger ihn errang, war doch der olympische Ölzweig die höchste Ehre und das größte Glück, welches einem hellenischen Manne, ja einem ganzen griechischen Stamm zuteil werden konnte.

»Recht geraten, Phanes!« rief der Freudenbote. »Ein Athener hat den ersten aller Preise errungen, und mehr noch, dein Vetter Cimon, der Sohn des Kypselos, war es, der in diesem Jahr, mit denselben Rossen, die ihm am vorigen Fest den Preis gewannen, zum zweitenmal siegte[67]. Wahrlich, die Philaïden[68] verdunkeln immer mehr den Ruhm des Alkmäoniden! Bist du stolz, fühlst du dich glücklich über den Ruhm deiner Familie, Phanes?«

In hoher Freude war der Angeredete aufgestanden, und seine Gestalt schien plötzlich um eines Hauptes Länge gewachsen zu sein.

Er reichte dem Siegesboten die Hand, welcher fortfuhr:

»Ja, wir dürfen stolz und glücklich sein, Phanes; und du vor allen magst dich freuen, denn, nachdem die Kampfrichter dem Cimon einstimmig den Preis zuerkannt hatten, ließ dieser den Gewalthaber Pisistratus von dem Herold als Besitzer des herrlichen Viergespanns und somit als Sieger ausrufen. – Euer Stamm darf nun, Pisistratus ließ dies sogleich verkünden, nach Athen zurückfahren, und somit kommt auch für dich die langersehnte Stunde der Heimkehr!«

Die Glut der Freude verschwand bei dieser Rede von den Wangen des Obersten, und der selbstbewußte Stolz seiner Blicke wandelte sich in Zorn, als er ausrief:

»Ich sollte mich freuen, törichter Kallias? Weinen möchte ich, wenn ich bedenke, daß ein Nachkomme des Ajax seinen wohlverdienten Ruhm so schmählich dem Gewalthaber zu Füßen zu legen vermag. Heimkehren soll ich? Ha, ich schwöre bei Athene, beim Vater Zeus und Apollo, daß ich eher in der Fremde verhungern, als meinen Fuß zur Heimat lenken will, solange der Pisistratide mein Vaterland knechtet. Frei bin ich wie der Adler in den Wolken, nachdem ich den Dienst des Amasis verlassen; aber ich möchte lieber der hungrige Sklave eines Bauern im fremden Lande werden, als in der Heimat der erste Diener des Pisistratus sein. Uns, dem Adel, uns gebührt die Herrschaft in Athen; Cimon aber hat, indem er seinen Kranz dem Pisistratus zu Füßen legte, das Zepter des Tyrannen geküßt und sich selbst den Stempel des Knechtes aufgedrückt. Mich, den Phanes, das werde ich Cimon selber zurufen, kann die Gnade des Gewalthabers wenig kümmern; Ja ich *will* ein Verbannter bleiben, bis daß mein Vaterland befreit ist und Adel und Volk endlich sich selbst regieren, sich selbst ihre Gesetze vorschreiben! Phanes huldigt dem Unterdrücker nicht, wenn sich auch Cimon und die Alkmäoniden bis auf den letzten Mann, ja wenn sich auch dein Geschlecht, Kallias, die reichen Daduchen[69], dem Pisistratus zu Füßen werfen sollten!«

Mit flammenden Blicken überschaute der Athener die Versammlung; aber auch der alte Kallias musterte stolz und selbstbewußt den Kreis der Gäste. Es war, als wollte er einem jeden zurufen: »Seht, ihr Freunde, solche Männer erzeugt meine ruhmreiche Heimat!«

Dann faßte er von neuem die Hand des Phanes und sprach:

»Wie dir, mein Freund, so ist auch mir der Gewalthaber verhaßt; doch ich vermag mich der Überzeugung nicht zu verschließen, daß die Tyrannis, solange Pisistratus am Leben bleibt, kaum gestürzt werden kann. Seine Bundesgenossen Lygdamis von Naxos und Polykrates von Samos sind mächtig; gefährlicher aber als diese ist für unsere Freiheit die Mäßigung und Klugheit des Pisistratus selbst. Mit Schrecken hab' ich bei meinem jetzigen Aufenthalt in Hellas gesehen, daß die Volksmasse von Athen den Unterdrücker gleich einem Vater liebt. Trotz seiner Macht läßt er dem Gemeinwesen die Verfassung des Solon. Er schmückt die Stadt mit den herrlichsten Werken. Der neue Tempel des Zeus, welcher von Kalläschrus, Antistates und Porinus, die du kennen mußt, Theodorus, aus herrlichem Marmor aufgerichtet wird, soll alle bisherigen Bauten der Hellenen übertreffen[70]. Er weiß Künstler und Dichter jeder Art nach Athen zu locken, er läßt die Gesänge des Homer niederschreiben und die Sprüche des Musäus von Onomakritus aufzeichnen und sammeln. Er legt neue Straßen an und richtet neue Feste ein; der Handel blüht unter seinem Zepter, und der Wohlstand des Volkes scheint trotz der Steuern, die ihm auferlegt werden, zu wachsen, statt sich zu vermindern. Aber was ist das Volk? Ein gemeiner Haufen, der, wie die Mücken, allem Glänzenden entgegenfliegt, und wenn es sich auch die Flügel an ihm verbrennt, die Kerze dennoch umflattert, solange sie brennt. Laß die Fackel des Pisistratus verlöschen, Phanes, und ich schwöre dir, daß die veränderungssüchtige Menge dem heimkehrenden Adel, dem neuen Licht, nicht weniger beflissen entgegenfliegen wird wie jüngst dem Tyrannen. – Gib mir noch einmal deine Hand, du Sohn des Ajax; euch aber, ihr Freunde, bin ich manche Neuigkeit schuldig.

Im Wagenrennen siegte also Cimon, der dem Pisistratus seinen Ölzweig schenkte. Niemals sah ich vier schönere Rosse als die seinigen. Auch Artesilaus von Kyrene, Kleosthenes von Epidauros[71] und viele andere hatten Gespanne nach Olympia gesandt. Überhaupt waren die diesmaligen Spiele mehr als glänzend. Ganz Hellas hatte Boten geschickt. Rhoda, die Ardeaten-Stadt im fernen Iberien, Sinope im entlegenen Osten am Gestade des Pontus, kurz jeder Stamm, welcher sich hellenischer Herkunft rühmt, war reichlich vertreten. Die Sybariten sandten Festboten von blendendem Glanz, die Spartaner schlichte Männer von der Schönheit des Achilles und dem Wuchse des Herkules; die Athener zeichneten sich vor allem durch Geschmeidigkeit und anmutige Bewegungen aus, die Krotoniaten wurden von Milo[72], dem stärksten Manne menschlicher Herkunft geführt, die samischen und milesischen Festgenossen wetteiferten an Pracht und äußerem Schimmer mit den Korinthern und Mytilenäern, die ganze hellenische Jugend war versammelt, und in den Zuschauerräumen saßen neben Männern jeden Alters und jeden Standes viele Frauen, welche namentlich von Sparta nach Olympia gekommen waren, um durch ihren Zuruf die Spiele der Männer zu verschönern[73]. Jenseits des Alpheus war der Markt erbaut. Dort konntet ihr Handelsleute aus allen Ländern der Welt erblicken. Hellenen, Karchedonier, Lyder, Phryger und feilschende Phönizier von Palästina schlossen Geschäfte ab, hielten in Buden und Zelten ihre Waren feil. Was soll ich euch das drängende Gewoge der Menge, die schallenden Chöre, die dampfenden Festhekatomben, die bunten Trachten, die kostbaren Wagen und Pferde, das Zusammenklingen der verschiedenen Dialekte, die Spannung auf den Verlauf der Spiele, den endlosen Jubel, sobald ein Sieg entschieden war, die feierliche Belohnung mit dem Zweig, den ein Knabe von Elis, dessen beide Eltern noch leben mußten, mit dem goldenen Messer von jenem heiligen Ölbaum in der Altis[74] schnitt, den Herkules selbst vor vielen Jahrhunderten gepflanzt hat, beschreiben? Was soll ich euch endlich das nicht aufhörende Jubelgeschrei, welches durch das Stadium brauste, beschreiben, als Milo, der Krotoniat, erschien und seine von Dameas gegossene Bildsäule von Erz auf den eigenen Schultern durch das Stadium[75] in die Altis trug[76]!? Einen Giganten hätte die Wucht des Metalls zu Boden gedrückt; Milo aber trug sie, wie eine lakedämonische Kinderfrau ein Knäblein trägt[77].

Die schönsten Kränze, nach denen des Cimon, wurden einem spartanischen Brüderpaar zuteil, Lysander und Maro, den Söhnen eines verbannten Edlen mit Namen Aristomachus. Maro siegte im Wettlauf; Lysander aber stellte sich unter dem Jubel aller Anwesenden Milo, dem unwiderstehlichen Sieger von Pisa, den Pythien und dem Isthmus zum Ringkampfe entgegen[78]. Milo war größer und stärker als der Spartaner, der sehr jung war.

In ihrer nackten Schönheit, vom Öl glänzend, standen sich der Jüngling und der Mann gegenüber, einem Panther und einem Löwen gleich, die sich zum Kampfe bereiten. Der junge Lysander hob seine Hände vor dem ersten Anlauf beschwörend zu den Göttern empor und rief: ›Für meinen Vater, meine Ehre und den Ruhm der Spartaner!‹ Der Krotoniat aber lächelte überlegen auf den Jüngling herab, wie ein Feinschmecker lächelt, ehe er die Schale einer Languste[79] öffnet.

Jetzt begann das Ringen. Lange konnte keiner von beiden den andern greifen. Wuchtig, fast unwiderstehlich faßte der Krotoniat nach seinem Gegner, der sich, wie eine Schlange, den furchtbaren Griffen der Zangenhände des Athleten entwand. – Lange währte das Ringen um den entscheidenden Griff, die Zuschauer verfolgten es stumm und atemlos. Man hörte nichts als das Stöhnen der Kämpfer und den Gesang der Vögel in dem Haine der Altis. Endlich war es dem Jüngling gelungen, mit dem schönsten Griffe, den ich je gesehen, sich an seinen Gegner zu klammern. Lange strengte Milo vergebens seine Kräfte an, um sich den festen Armen des Spartaners zu entziehen.

Immer höher wuchs die Spannung der Zuschauer, immer tiefer ward das Schweigen, immer lauter ließ sich das Stöhnen der beiden Kämpfenden vernehmen. Endlich sanken dem Jüngling die Kräfte. Tausend ermunternde Stimmen riefen ihm zu, noch einmal raffte er sich mit übermenschlicher Anstrengung zusammen, noch einmal versuchte er den Krotoniaten zu werfen; dieser aber hatte den Kraftverlust seines Gegners wahrgenommen und preßte ihn in unwiderstehlicher Umarmung an sich. Da entquoll ein schwarzer, voller Blutstrom den schönen Lippen des Jünglings, der leblos aus den ermatteten Armen des Riesen zu Boden sank. Democedes[80], der berühmteste Arzt unserer Zeit, ihr Samier müßt ihn vom Hof des Polykrates kennen, eilte herbei; aber keine Kunst konnte dem Glücklichen helfen, denn er war tot.

Milo mußte sich des Kranzes begeben, und der Ruhm dieses Jünglings wird durch ganz Hellas fortklingen. Wahrlich, ich möchte selber lieber tot sein gleich Lysander, dem Sohne des Aristomachus, als leben wie Kallias, der in der Fremde tatenlos altert. – Ganz Griechenland, durch seine Besten vertreten, geleitete den Leichnam des Jungen zum Scheiterhaufen. Seine feine Bildsäule soll in der Altis, neben denen des Milo von Kroton und Praxidamos von Ägina[81] aufgestellt werden. Endlich verkündeten die Herolde den Spruch der Kampfrichter: Sparta soll für den Verstorbenen einen Siegerkranz erhalten, denn nicht Milo, sondern der Tod habe den edlen Lysander bezwungen; wer aber aus zweistündigem Kampfe mit dem stärksten aller Griechen unbesiegt hervorgehe, der habe den Ölzweig wohl verdient[82].«

Kallias schwieg einen Augenblick. Während der Schilderung dieser Ereignisse hatte er auf die Anwesenden nicht geachtet und, ins Blaue starrend, die Bilder der Kämpfer vor seinen Augen vorüberziehen lassen. Jetzt schaute er um sich und entdeckte staunend, daß der graue Mann mit dem Stelzfuße sein Angesicht in den Händen verbarg und weinte. Zu seiner Rechten stand Rhodopis, zu seiner Linken Phanes, und alle Anwesenden schauten auf den Spartaner, als sei dieser der Held der Erzählung des Kallias gewesen. Der kluge Athener merkte sofort, daß der Greis in nächster Beziehung zu irgendeinem der olympischen Sieger stehe; als er aber hörte, daß Aristomachus der Vater jenes ruhmgekrönten spartanischen Bruderpaares sei, dessen schöne Gestalten noch immer wie Erscheinungen aus der Götterwelt vor seinen Blicken schwebten, da sah auch er mit neidischer Bewunderung auf den schluchzenden Alten, und eine Träne füllte sein kluges Auge, ohne daß er ihr zu wehren versuchte. In jenen Zeiten weinten die Männer, wann sie sich davon Erleichterung hofften. Eine Zeitlang blieben alle Gäste stumm, aus Respekt vor der Rührung des Greises. Endlich unterbrach Jesua, der Israelit, das Schweigen und sagte in gebrochenem Griechisch:

»Weine dich recht aus, spartanischer Mann! Ich weiß, was es heißt, einen Sohn zu verlieren. Habe ich doch vor elf Jahren einen schönen Knaben in die Grube senken müssen in fremdem Lande, an den Wassern Babels, wo mein Volk in Gefangenschaft schmachtete. Hätte das schöne Kind nur noch ein einziges Jährchen gelebt, so würde es in der Heimat gestorben sein, und wir hätten es bestatten können in der Grube seiner Väter. Aber Cyrus, der Perser, Jehova segne seine Nachkommen, hat uns um ein Jahr zu spät befreit. Jetzt beweine ich das Kind meines Herzens doppelt, weil sein Grab im Lande der Feinde Israels gegraben wurde. Gibt es etwas Grausameres, als zu sehen, wie unsere Kinder, der reichste Schatz, den wir haben, vor uns in die Grube fahren? Und, Jehova sei mir gnädig, solch treffliches Kind, wie dein Sohn gewesen, zu verlieren, wenn es gerade Ruhm erlangt hat, das muß der größte Schmerz sein aller Schmerzen!«

Der Spartaner ließ die Hände sinken und erwiderte, unter Tränen lächelnd: »Du irrst, Phönizier; ich weine vor Freude, nicht vor Schmerz, und gerne hätt' ich auch meinen zweiten Sohn verloren, wenn er gestorben wäre, wie mein Lysander.«

Der Israelit, entsetzt über diesen Ausspruch, der ihm frevelhaft und unnatürlich erschien, schüttelte nur mißbilligend den Kopf; die anwesenden Hellenen aber überschütteten den vielbeneideten Greis mit Glückwünschen. Aristomachus schien vor hoher Wonne um viele Jahre jünger geworden zu sein und rief Rhodopis zu: »Wahrlich, Freundin; dein Haus ist für mich ein gesegnetes, denn seit ich es betreten, ist dies die zweite Göttergabe, welche mir in ihm zuteil wird!«

»Und welches war die erste?« fragte die Greisin.

»Ein günstiges Orakel.«

»Du vergißt die dritte!« rief Phanes. »Am heutigen Tage haben die Götter dich auch Rhodopis kennengelehrt. Aber was war es mit dem Orakel?«

»Darf ich's den Freunden mitteilen?« fragte der Delphier.

Aristomachus nickte bejahend, und Phryxus las zum zweitenmal die Antwort der Pythia:

Wenn einst die reisige Schar von schneeigen Bergen
herabsteigt
Zu den Gefilden des Stroms, welcher die Ebene benetzt,
Führt Dich der zaudernde Kahn herab zu jenem Gefilde,
Welches dem irrenden Fuß heimischen Frieden gewährt.
Wenn einst die reisige Schar von schneeigen Bergen
herabsteigt,
Schenkt Dir die richtende Fünf, was sie Dir lange versagt!

Kaum hatte Phryxus das letzte Wort gelesen, als Kallias, der Athener, in anmutiger Bewegung aufsprang und ausrief: »Die vierte Gabe, das vierte Göttergeschenk sollst du jetzt von mir in diesem Haus empfangen; wisse denn, daß ich meine seltsamste Neuigkeit bis zuletzt aufgehoben habe: Die Perser kommen nach Ägypten!«

Keiner der Gäste, außer dem Sybariten, blieb an seinem Platze, und Kallias konnte sich der vielen Fragen kaum erwehren. »Gemach, gemach, ihr Freunde«, rief er endlich, »laßt mich hintereinander erzählen, sonst werde ich niemals fertig! Eine große Gesandtschaft des Kambyses, des Großkönigs des allgewaltigen Persien – kein Kriegsherr, wie du, Phanes, vermutest – ist auf dem Weg hierher. Zu Samos erhielt ich die Nachricht, daß sie schon in Milet angekommen sind. In wenigen Tagen müssen sie hier eintreffen. Verwandte des Königs, ja auch der alte Krösus von Lydien sind unter ihnen; wir werden seltsame Pracht zu sehen bekommen! Den Zweck ihrer Sendung kennt niemand, doch wird vermutet, der König Kambyses werde Amasis ein Bündnis antragen lassen; ja, man wollte wissen, der Großkönig habe vor, sich um die Tochter des Pharao zu bewerben.«

»Ein Bündnis?« fragte Phanes mit ungläubigem Achselzucken, »die Perser beherrschen jetzt schon die halbe Welt. Alle Großmächte in Asien haben sich ihrem Zepter unterworfen; nur Ägypten und das hellenische Mutterland blieben von dem Eroberer verschont.«

»Du vergißt das goldreiche Indien und die großen asiatischen Wandervölker«, entgegnete Kallias. »Du vergaßest ferner, daß ein so zusammengewürfeltes, aus siebzig Völkerschaften verschiedener Zungen und Sitten bestehendes Reich fort und fort den Keim des Krieges in sich trägt und sich vor auswärtigen Kämpfen vorzusehen hat, damit nicht, wenn die Hauptmasse des Heeres abwesend ist, einzelne Provinzen die erwünschte Gelegenheit zum Abfall ergreifen.«

Theopompus, der Handelsherr von Milet, rief, den Redenden lebhaft unterbrechend: »Wenn die Perser in einem Kriege unterliegen, so haben sie hundert andere auf dem Halse, und meine Heimat wird sich nicht zuletzt gegen den geschwächten Zwingherrn erheben!«

»Mögen die Gesandten vorhaben, was sie wollen«, fuhr Kallias fort, »ich bestehe auf meiner Nachricht, daß sie spätestens in drei Tagen hier sein werden.«

»Und somit wäre dein Orakel erfüllt, glückseliger Aristomachus!« rief Rhodopis. »Die reisige Schar von den Bergen kann niemand sein als die Perser. Wenn diese zu den Gestaden des Nils heranziehen, so soll sich der Sinn der richtenden Fünf, eurer Ephoren[83] ändern, und man wird dich, den Vater zweier olympischer Sieger, in die Heimat zurückberufen. – Fülle die Becher von neuem, Knakias! Laßt uns diesen letzten Pokal den Manen des ruhmreichen Lysander spenden; dann aber mahn' ich euch, wenn auch ungern, an den nahenden Morgen. Soll doch der Wirt, der seine Gäste liebt, die Tafel aufheben, wenn die Wogen der Freude am höchsten fluten. Die angenehme, ungetrübte Erinnerung wird euch bald in dieses Haus zurückführen, während ihr es unlieber besuchen würdet, wenn ihr an Stunden der Abspannung gedenken müßtet, welche der Freude folgten.« Alle Gäste stimmten Rhodopis bei, und Ibykus nannte sie eine echte Schülerin des Pythagoras und lobte die festlich freudige Erregung des Abends.

Jeder bereitete sich zum Aufbruch. Auch der Sybarit, welcher, um seine Rührung, die ihm höchst unbequem war, zu übertäuben, übermäßig viel getrunken hatte, erhob sich von seinen herbeigerufenen Sklaven[84] unterstützt, aus seiner bequemen Stellung, indem er von einem Bruche des Gastrechts faselte.

Als ihm Rhodopis beim Abschiede die Hand reichen wollte, rief er, vom Geiste des Weines übermannt: »Beim Herkules, Rhodopis, du wirfst uns zum Hause hinaus, als wären wir lästige Gläubiger. Ich bin nicht gewöhnt, solange ich noch stehen kann, von einem Gastmahl zu weichen; noch weniger aber, mir gleich einem Parasiten die Tür weisen zu lassen!«

»Begreife doch, du unmäßiger Zecher«, wollte Rhodopis lächelnd sich zu entschuldigen versuchen. Philoinus aber, den in seiner Weinlaune diese Entgegnung der Greisin verdroß, lachte spöttisch auf und rief, der Tür entgegentaumelnd: »Unmäßiger Zecher nennst du mich? Wohl! Und ich heiße dich eine unverschämte Sklavin! Beim Dionysos, man merkt dir immer noch an, was du in deiner Jugend gewesen! Lebe wohl, Sklavin des Jadmon und Xanthus, Freigelassene des Charaxus! …« Er hatte nicht ausgesprochen, als sich der Spartaner plötzlich auf ihn warf, ihm einen gewaltigen Faustschlag versetzte und den Bewußtlosen wie ein Kind in den Nachen trug, welcher mit seinen Sklaven an der Pforte des Gartens wartete.

3. KAPITEL

Alle Gäste hatten das Haus verlassen.

Wie Hagelschlag in ein blühendes Saatfeld war die Schmährede des Schlemmers in die Freude der Scheidenden gefallen; Rhodopis selbst stand bleich und zitternd in dem verödeten, festlich geschmückten Zimmer. Knakias löschte die bunten Lampen an den Wänden. Statt des hellen Lichts herrschte nun ein unheimliches Halbdunkel. Durch die offene Tür zog eine kalte Luft, denn es begann Morgen zu werden, und die Zeit vor dem Sonnenaufgang pflegt in Ägypten empfindlich kühl zu sein. Die Glieder der leichtgekleideten Greisin durchschauerte leiser Frost. Tränenlos starrte sie in den öden Raum, der noch vor wenigen Minuten von Lust und Jubel erfüllt war. Es war ihr, als zehre ein Wurm an ihrem Herzen, als gerinne ihr Blut zu Schnee und Eis.

So stand sie lange, bis ihre alte Sklavin erschien und ihr den Weg ins Schlafgemach leuchtete.

Schweigend ließ sich Rhodopis entkleiden. Sie öffnete den Vorhang, welcher ein zweites Schlafgemach von dem ihren trennte. In der Mitte desselben stand ein Bett[85] aus Ahornholz, in dem auf einer Matratze von zarter Schafwolle, die mit weißen Laken bedeckt war, unter lichtblauen Tüchern ein reizendes Wesen schlummerte: Sappho, die Enkelin der Rhodopis. Die zarten, schwellenden Formen, dieses feingebildete Antlitz gehörten einer aufblühenden Jungfrau, dies selige, friedliche Lächeln einem harmlosen, glücklichen Kinde.

Die eine Hand, auf welcher das Haupt der Schläferin ruhte, war in dem dunkelbraunen, vollen Haar verborgen, die andere legte sich leicht um ein kleines Amulett von grünem Stein[86], welches an ihrem Hals hing. Die langen Wimpern der geschlossenen Augen bewegten sich unmerklich, und über die Wangen der Schläferin breitete sich ein zartes, sanft verschwimmendes Rosenrot. Die feinen Nasenflügel hoben und senkten sich in gleichmäßigen Atemzügen. So bildet man die Unschuld, so lächelt der träumende Friede, solchen Schlummer schenken die Götter der sorglosen Jugend.

Die alte Frau näherte sich lautlos diesem Lager, wobei sie den dichten Teppich[87] voller Behutsamkeit kaum mit den Fußspitzen berührte. Voller Zärtlichkeit schaute sie in das lächelnde Kinderantlitz, leise und schweigend kniete sie vor dem Bett nieder. Sie preßte ihr Gesicht in die weichen Decken, so daß die Hand der Jungfrau die Spitzen ihres Haares berührte. Dann weinte sie ohne Unterlaß, als wollte sie mit diesen Tränen die Demütigung, welche sie erfahren hatte, und alles Leid aus ihrer Seele waschen.

Endlich stand sie auf, hauchte einen leisen Kuß auf die Stirn der Schläferin, hob die Hände betend zum Himmel empor und ging in ihr Gemach zurück, behutsam und leise, wie sie gekommen war.

An ihrem Lager wartete die alte Sklavin auf sie.

»Warum bist du nicht zur Ruhe gegangen, Melitta?« fragte sie freundlich und leise. »Geh zu Bett; das lange Wachen tut nicht gut in deinem Alter; du weißt, daß ich dich nicht mehr brauche. Gute Nacht! Komm morgen nicht eher, als bis ich dich rufen lasse. Ich glaube kaum, daß ich vor dem Morgengrauen Schlaf finde.«

Die Sklavin zauderte; man sah ihr an, daß sie noch etwas zu sagen habe, sich jedoch zu reden scheute.

»Du möchtest mich um etwas bitten?« fragte Rhodopis.

Die Alte zauderte noch immer.

»Sprich nur, sprich; aber mach es kurz!«

»Ich sah dich weinen«, antwortete die Sklavin. »Du scheinst mir bekümmert oder krank zu sein. Darf ich nicht bei dir wachen? Willst du mir nicht sagen, was dich quält? Schon oftmals hast du erfahren, daß Mitteilung die Brust erleichtert und den Schmerz zerteilt. Vertraue mir auch heute dein Leid an; das wird dir guttun.«

»Nein, ich kann nicht sprechen!« erwiderte Rhodopis. Dann fuhr sie bitter lächelnd fort: »Ich weiß, daß kein Gott imstande ist, die Vergangenheit eines Menschen auszulöschen, und daß Unglück und Schande eins zu sein pflegen. Gute Nacht! Verlaß mich, Melitta!«

Um die Mittagszeit des folgenden Tages hielt dieselbe Barke, welche am vorigen Abend den Athener und Spartaner getragen hatte, vor dem Garten der Greisin.

Die Sonne schien hell vom klaren dunkelblauen Himmel. Die

Luft war so rein und leicht, die Käfer schwirrten lustig, die Schiffer in den Kähnen sangen laut und übermütig ihre einförmigen Lieder. Und die Palmen, Sykomoren, Akazien und Bananen am Nilufer grünten und blühten so saftig, daß jeder Wanderer glauben mußte, aus diesen Auen sei alles Unglück verbannt.

Wer hätte geahnt, daß dieses lachende, strotzende, bunte Sonnenland, dessen Himmel sich niemals bewölkt, auch zu Ernst und Bitterkeit geneigte Menschen ernährte? Wer konnte vermuten, daß in dem von Blüten umkränzten, gastfreien Hause der glücklichen Rhodopis ein Herz in tiefem Kummer versank? Welcher Besucher der beliebten Thrakierin konnte ahnen, daß dieses Herz der lächelnden Greisin gehörte?

Bleich, aber schön und freundlich wie immer, saß sie mit Phanes in einer schattigen Laube neben dem kühlenden Wasserstrahl des Springquells. Man sah ihr an, daß sie abermals geweint hatte. Der Athener hielt ihre Hand und sprach ihr lebhaft zu.

Rhodopis hörte ihn geduldig an. Endlich unterbrach sie den wohlmeinenden Freund und sagte:

»Ich danke dir, Phanes! Über kurz oder lang muß auch diese Schmach vergessen werden. Die Zeit ist ein guter Wundarzt. Wäre ich schwach, so verließe ich Naukratis und lebte in der Stille ganz allein für meine Enkelin. In diesem jungen Wesen, sag' ich dir, schlummert eine ganze Welt. Tausendmal wollt' ich Ägypten verlassen, tausendmal besiegte ich diesen Wunsch. Mich hielt nicht das Verlangen nach Huldigungen deines Geschlechts; deren habe ich so viele genossen, daß ich mehr als gesättigt bin! Mich, das einst verachtete Weib, die frühere Sklavin, hält das Bewußtsein, freien, edlen Männern gewiß von einigem Nutzen, vielleicht manchmal unentbehrlich zu sein. An einen großen Wirkungskreis gewöhnt, würde mich die bloße Sorge für ein geliebtes Wesen nicht befriedigen; ich würde verdorren wie eine Pflanze, die man aus fettem Boden in die Wüste versetzt, und meine Enkelin bald ganz vereinsamt, dreifach verwaist in der Welt dastehen. Daher bleibe ich in Ägypten!

Jetzt, nach deiner Abreise, werde ich den Freunden erst recht unentbehrlich sein. Amasis ist alt; wenn Psamtik ihm nachfolgen sollte, so werden wir mit großen uns bisher erspart gebliebenen Schwierigkeiten zu kämpfen haben. Ich muß bleiben und weiter kämpfen für das Wohlergehen der Hellenen in diesem Land. Das ist der Zweck meines Lebens. Diesem Zweck bin ich um so treuer, je seltener sich eine Frau vermißt, ähnlichen Zielen ihr Leben zu weihen. Mögen sie mein Streben unweiblich nennen, immerhin! In dieser durchweinten Nacht habe ich gefühlt, daß noch unendlich viel von jener Frauenschwäche in mir wohnt, welche zu gleicher Zeit das Glück und Unglück meines Geschlechts ausmacht. Diese Schwäche, vereint mit der ganzen Fülle zarter Weiblichkeit, in meiner Enkelin zu erhalten ist meine erste Aufgabe gewesen; die zweite war, mich selbst von aller Weichheit zu befreien. Doch ist es unmöglich, gegen die eigene Natur einen Sieg ohne Niederlage zu erkämpfen. Will mich ein Schmerz unterjochen, will ich verzweifeln, dann ist mein einziges Mittel jenes Pythagoras, des herrlichsten aller Lebenden, meines Freundes[88], und seiner Worte zu gedenken: ›Bewahre das Gleichmaß in allen Dingen, hüte dich vor jubelnder Lust wie vor klagendem Jammer und strebe danach, deine Seele harmonisch und wohlklingend zu erhalten wie die Saiten einer schöngestimmten Harfe!‹ Dieser pythagoreische Seelenfrieden, diese tiefe, ungetrübte Ruhe des Gemüts, habe ich täglich in meiner Sappho vor Augen; ich aber ringe danach, trotz mancher Griffe des Schicksals, welche die Saiten meiner Herzenslaute gewaltsam verstimmen. Jetzt bin ich ruhig! Du glaubst nicht, welche Macht der bloße Gedanke an jenen großen Denker, jenen stillen gemessenen Mann, auf mich ausübt. Die Erinnerung an ihn zieht wie ein weicher und doch frisch belebender Ton durch mein Dasein. Auch du hast ihn gekannt und mußt verstehen, was ich meine. Jetzt bitte ich dich, dein Anliegen vorzubringen. Mein Herz ist ruhig wie die Wogen des Nils, welcher dort so still und ungetrübt an uns vorüberfließt. Sei es Schlimmes, sei es Gutes, ich bin bereit, dich zu hören.«

»So gefällst du mir«, sprach jetzt der Athener. »Hättest du früher des edlen Freundes der Weisheit, wie sich Pythagoras selbst zu nennen pflegte[89], gedacht, dann würde deine Seele schon gestern ihr schönes Gleichgewicht wiedergefunden haben. Der Meister gebietet, man solle an jedem Abende die Ereignisse, Gefühle und Gedanken des vergangenen Tages in seiner Vorstellung noch einmal durchleben. Hättest du das getan, so würdest du dir gesagt haben, daß die ungeheuchelte Bewunderung all deiner Gäste, unter denen sich Männer von hohem Ansehen befanden, die Schmähreden eines trunkenen Wüstlings tausendfach aufwiegt; du hättest dich wie eine Freundin der Götter fühlen müssen, denn in deinem Hause gewährten die Unsterblichen einem edlen Greise, nach jahrelangem Mißgeschicke, die höchste Wonne, welche nur immer einem Menschen zuteil werden kann; endlich nahmen sie dir einen Freund, um dir sofort einen neuen, besseren zu schenken. Keine Widerrede, und laß mich jetzt mit meiner Bitte beginnen!

Du weißt, daß man mich bald einen Athener, bald einen Halikarnassier[90] nennt. Die ionischen, äolischen und dorischen Söldner haben sich von jeher mit den karischen nicht sonderlich vertragen; darum war mir, dem Anführer beider Teile, meine – ich möchte sagen – dreifache Herkunft besonders nützlich. So treffliche Eigenschaften Aristomachus besitzen mag, so wird mich Amasis dennoch vermissen; denn mir gelang es leicht, Einigkeit unter den Söldnerscharen herzustellen, während der Spartaner den Karern gegenüber auf große Schwierigkeiten stoßen wird.

Meine doppelte Herkunft kommt daher, daß mein Vater eine Halikarnassierin aus edlem dorischem Geschlechte heiratete und mit ihr, um das Erbe ihrer Eltern in Empfang zu nehmen, gerade in Halikarnassos verweilte, als ich geboren wurde. Obgleich man mich schon in meinem dritten Lebensmonde nach Athen zurücknahm, so bin ich doch eigentlich ein Karer, denn der Geburtsort bestimmt die Heimat des Menschen.

In Athen wurde ich mit allem Stolz eines attischen Adeligen aufgesäugt und erzogen. Der tapfere und kluge Pisistratus, aus einer der unsern zwar ebenbürtigen, aber keineswegs überlegenen Familie –es gibt kein vornehmeres Geschlecht wie das meines Vaters –, wußte sich der Alleinherrschaft zu bemächtigen. Den vereinten Bemühungen des Adels gelang es, ihn zweimal zu stürzen. Als er zum dritten Male mit Hilfe des Lygdamis von Naxos, der Argier und Eretrier zurückkehren wollte, stellten wir uns ihm entgegen. Beim Athenetempel zu Pallene hatten wir uns verborgen. Als wir vor dem Frühstücke der Göttin opferten, überraschte uns der kluge Gewalthaber, überfiel unsere waffenlose Mannschaft und errang einen leichten, unblutigen Sieg. Da mir die Hälfte des ganzen tyrannenfeindlichen Heeres anvertraut war, so beschloß ich, eher zu sterben, als vom Platze zu weichen. Ich kämpfte mit allen Kräften, beschwor die Soldaten, standzuhalten, wich und wankte nicht; fiel aber zuletzt mit einem Speere in der Schulter zu Boden.

Die Pisistratiden wurden Herren von Athen[91]. Ich floh nach Halikarnassos, meiner zweiten Heimat, wohin mich meine Frau mit unseren Kindern begleitete, erhielt den Ruf als Oberster der Söldner in Ägypten, weil mein Name wegen eines pythischen[92] Sieges und kühner Kriegstaten bekannt war, machte den Feldzug auf Zypern mit, teilte mit Aristomachus den Ruhm, die Geburtsstätte der Aphrodite für Amasis erstritten zu haben, und wurde endlich Oberbefehlshaber aller Söldner in Ägypten.

Meine Frau starb im vorigen Sommer; die Kinder, ein Knabe von elf und ein Mädchen von zehn Jahren, blieben bei ihrer Muhme in Halikarnassos. Auch diese verfiel dem unerbittlichen Hades. Nun habe ich die Kleinen vor wenigen Tagen hierher bestellt; sie können aber nicht vor Ablauf dreier Wochen zu Naukratis eintreffen und möchten die Reise schon angetreten haben, ehe sie ein Gegenbefehl erreichen kann.

In vierzehn Tagen muß ich Ägypten verlassen und vermag daher die Kinder nicht selbst zu empfangen.

Ich habe beschlossen, mich nach der thrakischen Chersonnes zu begeben, wohin mein Onkel, wie du weißt, von dem Stamme der Dolonker[93], berufen worden ist. Dorthin sollen auch die Kinder nachkommen. Korax, mein alter treuer Sklave, wird in Naukratis bleiben, um die Kleinen zu mir zu bringen.

Willst du zeigen, Rhodopis, daß du in der Tat meine Freundin bist, so empfange und pflege sie, bis ein Schiff nach Thrakien segelt, und verbirg sie sorgfältig vor den Blicken der Spione des Thronerben Psamtik. Du weißt, daß mich dieser tödlich haßt und sich leicht durch die Kinder an dem Vater rächen könnte. – Ich habe dich um diese große Gunst gebeten, weil ich erstens deine Güte kenne; zweitens aber, weil dein Haus durch jenen Freibrief des Königs, welcher es zum Asyl macht, die Kinder vor allen Nachforschungen der Sicherheitsbehörde schützt, die ja in diesem Land gebietet, jeden Fremden, selbst Kinder, bei den Bezirksbeamten anzumelden.

Du siehst, wie hoch ich dich schätze, denn ich übergebe dir das einzige, was mir das Leben noch lebenswert macht. Selbst die Heimat ist mir nicht teuer, solange sie sich dem Zwingherrn schmählich unterwirft. Willst du dem geängstigten Herzen eines Vaters seine Ruhe wiedergeben, willst du …?«

»Ich will, ich will, Phanes!« rief die Greisin. »Du bittest mich um nichts, du machst mir ein Geschenk. Oh, wie ich mich auf die Kleinen freue! Und wie wird Sappho jubeln, wenn die lieben Geschöpfe ankommen und ihre Einsamkeit beleben werden! Aber das sage ich dir, Phanes, mit dem ersten thrakischen Schiffe lass' ich meine kleinen Gäste auf keinen Fall abreisen! Ein kurzes halbes Jahr länger kannst du dich wohl von ihnen trennen. Ich werde schon dafür sorgen, daß sie guten Unterricht erhalten.«

»Darüber wäre ich unbesorgt«, erwiderte Phanes und lächelte dankbar, »doch muß es dabei bleiben, daß du die beiden Störenfriede mit dem ersten Schiff reisen läßt. Meine Furcht vor der Rache des Psamtik ist leider nur zu wohl begründet. Übrigens glaube ich selbst, daß die Zerstreuung durch die munteren Geschöpfe deiner Sappho in ihrer Einsamkeit wohltun wird.«

»Und ferner«, unterbrach ihn Rhodopis mit niedergeschlagenen Blicken, »berechtigt mich doch wohl das Vertrauen, das ein Edler in meine mütterlichen Tugenden setzt, nicht mehr an die Schmach zu denken, die mir ein Schlemmer im Rausch angetan hat – da kommt auch schon Sappho!«

4.
KAPITEL

Fünf Tage nach jenem Abend im Haus der Rhodopis sah man ein ungeheures Menschengedränge am Hafen von Sais. Ägypter jeden Alters, Standes und Geschlechts standen Kopf an Kopf am Rande des Wassers.

Krieger und Kaufleute in weißen, mit bunten Fransen besetzten Kleidern mischten sich in die große Schar sehniger, halbnackter Männer, deren einzige Kleidung aus einem Schurz, der Tracht des gemeinen Mannes, bestand. Nackte Kinder drängten, stießen und schlugen sich, um einen besseren Platz zu erlangen. Mütter in kurzen Mänteln[94] hielten ihre Kleinen, wenn sie dadurch auch selbst des erwarteten Anblicks beraubt wurden, hoch empor. Eine Menge von Hunden und Katzen balgte sich zu Füßen der Schaulustigen, welche sich vorsichtig bewegten, um keines der heiligen Tiere zu treten oder zu verletzen …

Sicherheitsbeamte, mit langen Stäben[95] bewaffnet, deren metallene Knöpfe den Namen des Königs führten, sorgten für Ruhe und Ordnung, besonders aber dafür, daß niemand durch seinen nachdrängenden Hintermann in den hoch angeschwollenen Nilarm geworfen wurde; eine Befürchtung, die sich in mehreren Fällen als gerechtfertigt erwies.

An der breiten, mit Sphinxen besetzten Ufertreppe, dem Landungsplatz der königlichen Barken, befand sich eine Versammlung anderer Art.

Hier saßen auf den steinernen Bänken die vornehmsten Priester. Viele von ihnen waren in langen weißen Gewändern, andere mit Schurz, kostbaren Tragbändern, breitem Halsschmuck und Pantherfellen bekleidet. Einige trugen Kopfbinden mit Federschmuck, die sich um Stirn, Schläfen und den vollen steifen Bau der falschen Locken schmiegten, welche bis auf den Rücken herabwallten. Andere prunkten mit der glänzenden Kahlheit ihrer sorgsam rasierten, wohlgebildeten Schädel. Unter ihnen allen zeichnete sich der Oberrichter durch die vollste und schönste Straußenfeder am Kopfputze und ein kostbares Amulett von Saphir aus, das an einer goldenen Kette an seiner Brust hing[96].

Die Obersten der ägyptischen Armee trugen bunte Waffenröcke[97] und in den Gürtelbinden kurze Schwerter. Eine Abteilung der Leibwache, mit Streitäxten, Dolchen, Bogen und großen Schildern bewehrt, war zur rechten Seite der Treppe aufgestellt; zur linken standen griechische Söldner in ionischem Waffenschmuck. Ihr neuer Anführer, Aristomachus, stand mit einigen griechischen Unterbefehlshabern, von den Ägyptern gesondert, neben den kolossalen Bildsäulen des Psamtik I. Diese Statuen waren, dem Strom zugekehrt, auf dem Platz über der Treppe aufgestellt worden. Vor diesen saß auf einem silbernen Stuhl der Thronfolger Psamtik, in einem eng anliegenden golddurchwirkten bunten Rocke[98]. Er war umgeben von den vornehmsten Höflingen, Kämmerern, Räten und Freunden des Königs, welche Stäbe mit Straußenfedern und goldenen Lotusblumen in den Händen trugen[99].

Die Schaulustigen gaben schon lange verständliche Zeichen der Ungeduld von sich; die Priester und Großen an der Treppe dagegen sahen würdevoll und schweigend vor sich hin. Jeder einzelne glich in seiner Gemessenheit, mit seiner steifen Locken-Perücke[100] und dem falschen, regelmäßig gekräuselten Barte jenen Standbildern, welche regungslos auf ihrem Platze saßen.

Jetzt wurden in der Ferne seidene purpurrot und blau karierte Segel sichtbar[101].

Das Volk schrie und jubelte. Man rief: »Sie kommen, da sind sie!« – »Nimm dich in acht, daß du das Kätzchen nicht trittst!« – »Amme, halte das Mädchen höher, damit es auch etwas zu sehen bekommt!« – »Sieh dich vor, Phönizier, die Buben werfen dir Kletten in den langen Bart!« – »Nun, nun Hellene, du brauchst nicht zu denken, daß dir Ägypten allein gehört, weil Amasis euch am heiligen Strom zu wohnen erlaubt!« – »Unverschämtes Pack, diese Griechen! Nieder mit ihnen!« rief ein Tempeldiener. »Nieder mit den Schweinefressern[102] und Götterverächtern!«

Man schickte sich zu Tätlichkeiten an; die Sicherheitsbeamten ließen aber nicht mit sich spaßen und schafften bald, ihre langen Stöcke nachdrücklich schwingend, Ruhe und Frieden. Die großen bunten Segel, leicht erkennbar unter den sie umwimmelnden blauen, weißen und braunen Tuchen kleinerer Nilfahrzeuge, näherten sich immer mehr der erwartungsvollen Menge. Jetzt erhoben sich auch die Würdenträger und der Thronerbe von ihren Sitzen.

Der Königliche Trompeterchor[103] blies eine schmetternde, die Luft zerschneidende Fanfare, und die erste Barke hielt an der Landungstreppe.

Das ziemlich lange Fahrzeug war reich übergoldet und trug auf seinem Schnabel das silberne Bild eines Sperbers. In der Mitte der Barke erhob sich ein goldener Baldachin mit purpurnem Himmel. Unter ihm luden lange Polster zum Sitzen ein. Im Vorderteil des Schiffes saßen an den Riemen die Ruderknechte, deren Schurze von kostbaren Tragbändern gehalten wurden[104].

Unter dem Baldachin lagen sechs Männer, herrlich gekleidet und prachtvoll anzuschauen. Ehe noch die Barke angelegt hatte, sprang, als erster von ihnen, der jüngste von allen, ein glänzend schöner Blondkopf, auf die Landungstreppe.

Bei seinem Anblick entwand sich manchem ägyptischen Mädchenmund ein gedehntes »Ah«, und selbst der ernste Blick einiger Würdenträger erhellte sich zu einem wohlgefälligen Lächeln.

Der Bewunderte nannte sich Bartja[105], war der Sohn des verstorbenen und der Bruder des regierenden Großkönigs von Persien und hatte der Natur alles zu danken, was sich ein zwanzigjähriges Herz nur immer zu wünschen vermag.

Unter dem blauen und weißen Bund, welcher seine Tiara umwand, quollen dichte, goldblonde Haare in üppigen Locken hervor, aus seinen blauen Augen leuchteten Lebenslust, Güte und Keckheit, ja Übermut; sein edles, von einem dünnen Bart umflaumtes Gesicht wäre des Meißels eines griechischen Künstlers würdig gewesen, und seine schlanke, muskulöse Gestalt verriet hohe Kraft und Gewandtheit. Ebenso beeindruckend wie seine Schönheit war die Pracht seiner Kleidung. In der Mitte der Tiara, welche er trug, prangte ein großer Stern von Diamanten und Türkisen. Von dem schlanken Nacken hing eine goldene Kette bis auf seine hochgewölbte Brust herab[106]. Sein bis über die Knie reichendes Obergewand von schwerem weißem Goldbrokat wurde über den Hüften von einer Binde in Blau und Weiß (den Farben des persischen Königshauses) zusammengehalten. Er hatte ein kurzes goldenes Schwert, dessen Griff und Scheide über und über mit weißen Opalen und blauen Türkisen besetzt war.

Bartja sprang zuerst an Land. Ihm folgte Darius, der Sohn des Hystaspes, ein vornehmer junger Perser von königlichem Geblüt ähnlich dem Bartja und nur wenig vornehmer gekleidet als dieser. Der dritte Aussteigende war ein Greis mit schneeweißen Haaren, in dessen freundlich-ernstem Gesicht man die Güte eines Kindes, die Erfahrung eines Alten und den Geist eines Mannes zu erkennen vermochte. Er trug einen langen purpurfarbenen Ärmelrock und gelbe lydische Stiefel[107]. Die ganze Erscheinung machte den Eindruck höchster Anspruchslosigkeit, und dennoch war dieser schlichte Greis vor Jahren der meistbeneidete Mann seiner Zeit gewesen. Es war niemand anders als Krösus, der entthronte König von Lydien, der jetzt als Freund und Ratgeber am Hof des Kambyses lebte und den jungen Bartja als Mentor nach Ägypten begleitete.

Ihm folgte Prexaspes, der Botschafter des Königs von Persien, Zopyrus der Sohn des Megabyzus, ein edler Perser, Freund des Bartja und Darius; endlich aber erschien der schlanke, bleiche Sohn des Krösus, Gyges, der, nachdem er im vierten Lebensjahr stumm geworden war durch die Todesangst, welche er bei der Einnahme von Sardes um seinen Vater ausgestanden, die Sprache zurückerlangt hatte[108].

Psamtik stieg die Stufen hinab, den Ankömmlingen entgegen. Sein gelbliches, strenges Angesicht bemühte sich, freundlich zu lächeln. Die Würdenträger, welche ihm folgten, verneigten sich beinahe bis zur Erde vor den Fremden, indem sie die Arme schlaff herunterhängen ließen. Die Perser kreuzten die Hände über der Brust und warfen sich vor dem Thronerben nieder. Als die ersten Förmlichkeiten vorüber waren, küßte Bartja, nach der Sitte seiner Heimat, zur Verwunderung des solchen Anblicks ungewohnten Volkes die gelbe Wange des ägyptischen Königssohns; der erschauderte angesichts der Berührung durch die unreinen Lippen eines Fremden. Bartja begab sich mit seinen Führern zu den harrenden Sänften, um sich in die für ihn und seine Begleiter bestimmte Wohnung im Königsschloß von Sais tragen zu lassen.

Ein Teil des Volkes strömte den Fremdlingen nach; die meisten

Zuschauer verharrten aber auf ihren Plätzen, denn sie wußten, daß noch mancher nie gesehene Anblick auf sie wartete.

»Willst du dem geputzten Grasaffen und den anderen Kindern des Typhon nachlaufen?« fragte der mißvergnügte Tempeldiener seinen Nachbarn, einen ehrsamen Schneidermeister.

»Ich sage dir, Puhor, und auch der Oberpriester hat es gesagt, diese Eindringlinge werden dem schwarzen Lande nichts als Unheil bringen! Wohin ist die alte gute Zeit gekommen, in der kein Fremdling, der sein Leben liebhatte, seinen Fuß auf ägyptischen Boden setzen durfte! Jetzt wimmeln unsere Straßen von trügerischen Hebräern[109], besonders aber von jenen unverschämten Hellenen, welche die Götter vernichten mögen! Da sieh nur, das ist nun schon die dritte Barke voller Fremder. Und weißt du, wer diese Perser sind? Der Oberpriester hat gesagt, in ihrem ganzen Reich, das so groß sei wie die halbe Welt, gebe es keinen einzigen Tempel für die Götter; die Mumien ihrer Toten ließen sie aber, statt ihnen ein ehrenvolles Begräbnis zu gewähren, von Hunden und Geiern zerreißen[110].«

Der Schneider gab Zeichen großen Erstaunens und noch größerer Entrüstung von sich; dann wies er mit dem Finger nach der Landungstreppe und sagte:

»So wahr der Isis Sohn den Typhon vernichtet, da landet die sechste Barke voller Fremder!«

»Ja, es ist arg!« seufzte der Tempeldiener. »Sollte man nicht meinen, ein ganzes Kriegsheer ziehe heran? Amasis wird es noch so lange treiben, bis ihn die Fremden von Land und Thron verjagen und uns Arme, wie einst die bösen Hyksos, die Pestmenschen[111], und die schwarzen Äthiopier, knechten und plündern.«

»Die siebente Barke!« rief der Schneider.

»Meine Herrin Neith, die große Göttin von Sais, soll mich verderben«, klagte der Tempeldiener, »wenn ich den König begreife. Drei Lastbarken hat er für das Gepäck und die Dienerschaft der persischen Gesandten nach dem gottverhaßten Giftneste Naukratis geschickt; statt jener drei mußten aber acht Kähne herbeigeschafft werden, denn neben Küchengeräten, Hunden, Pferden, Wagen, Kisten, Körben und Ballen haben die Götterverächter und Totenschänder ein ganzes Heer von Dienern tausend Meilen weit hierhergeschleppt. Unter ihnen sollen Menschen sein, die nichts zu tun haben, als Kränze zu flechten oder Salben zu bereiten[112]. Auch ihre Priester, die sie Magier nennen, haben sie bei sich. Ich möchte nur wissen, wozu diese Müßiggänger da sind? Was soll der Priester, wo man keine Götter und Tempel kennt?«

Der greise König Amasis von Ägypten hatte die persische Gesandtschaft mit aller ihm eigenen Liebenswürdigkeit kurz nach ihrer Ankunft empfangen. Vier Tage später ging er, nachdem er seine Geschäfte, denen er sich alle Morgen ohne Ausnahme hinzugeben pflegte, beendet hatte, mit dem alten Krösus im Schloßgarten spazieren, während sich die übrigen Perser in Begleitung des Thronerben auf einer Nilfahrt nach Memphis befanden.

Der Schloßgarten, welcher königlich großartig, aber dennoch dem der Rhodopis ähnlich, angelegt war, lag bei der im Nordwesten der Stadt auf einem Hügel gelegenen Königsburg.

Die beiden Greise ließen sich unter dem Schatten einer breitästigen Sykomore nieder. Nicht weit von ihnen war das riesengroße Becken aus rotem Granit, worin Krokodile aus schwarzem Basalt aus weit geöffneten Rachen eine Fülle klaren Wassers spien.

Der entthronte Krösus, um einige Jahre älter als der mächtige Ägypter an seiner Seite, sah dennoch weit frischer und kräftiger aus als dieser letztere. Der Nacken des hochgewachsenen Amasis war gebeugt; schmächtige Beine trugen seinen starken Leib, sein Antlitz war wohlgeformt, aber voller Falten. Aus seinen kleinen blitzenden Augen leuchtete ein frischer Geist, und seine übervollen Lippen wurden fortwährend von einem schalkhaften, neckischen, oftmals spöttelnden Zuge umspielt. Die niedrige, aber breite Stirn des Greises und sein großer, schön gewölbter Schädel bezeugten die Kraft seiner Intelligenz[113]; die wechselnde Farbe seines Auges ließ vermuten, daß Witz und Leidenschaft diesem seltenen Manne beiwohne, welcher sich von einem schlichten Krieger bis zum Throne der Pharaonen heraufgearbeitet hatte. Seine Sprache war schneidend und hart, seine Bewegungen, im Gegensatze zu der gemesseneren Art der anderen Mitglieder des ägyptischen Hofes, beinahe krankhaft lebendig.

Die Haltung seines Nachbarn erschien durchaus anmutig und eines Königs würdig. Sein ganzes Wesen verriet, daß er viel mit den Besten Griechenlands verkehrt hatte. Thales, Bias von Priene[114], Solon von Athen, Pittakos von Lesbos, die berühmtesten hellenischen Weltweisen, hatten sich in besseren Zeiten als Gäste am Hofe des Krösus zu Sardes befunden. Seine volle, klare Stimme klang neben der gellenden des Amasis wie reiner Gesang.

»Nun aber sage mir unverhohlen«, sprach der Pharao in ziemlich fließendem Griechisch, »wie dir Ägypten gefällt. Ich kenne niemanden, dessen Urteil mir so wertvoll erschiene wie das deine, denn erstens kennst du die meisten Völker und Länder der Welt, zweitens haben dich die Götter die ganze Leiter des Glückes hinauf- und hinuntersteigen lassen; drittens aber bist du nicht umsonst so lange der erste Ratgeber des mächtigsten aller Könige gewesen. Ich wollte, mein Reich gefiele dir so gut, daß du Lust bekämst, als mein Bruder bei mir zu bleiben. Wahrlich, Krösus, du bist schon lange mein Freund, ob dich auch gestern die Götter zum ersten Male meinen Augen gezeigt haben!«

»Und du der meine«, unterbrach ihn der Lyder. »Ich bewundere dich wegen des Mutes, mit dem du, deiner Umgebung trotzend, das für gut Erkannte durchzusetzen verstehst. Ich bin dir dankbar wegen der Huld, mit der du meinen Freunden, den Hellenen, begegnest. Ich betrachte dich wie einen Glücksverwandten, denn auch du hast alles Wohl und Wehe, welches das Leben nur immer bieten kann, durchlaufen!«

»Mit dem Unterschied«, lächelte Amasis, »daß wir von verschiedenen Enden angefangen haben. Dir ward erst das Gute, dann das Schlimme zuteil; mir erging es umgekehrt; wenn ich nämlich zugebe«, fügte er bedenklich hinzu, »daß ich mich in meinem jetzigen Glück wohl befinde.«

»Und ich«, erwiderte Krösus, »wenn ich zugebe, unter meinem sogenannten Unglück zu leiden.«

»Wie könnte das anders sein nach dem Verlust so großen Besitzes?«

»Liegt denn das Glück im Besitz?« fragte Krösus. »Ist denn das Glück überhaupt ein Besitz? Das Glück ist doch nur eine Vorstellung, ein Gefühl, welches die neidischen Götter dem Dürftigen öfter gewähren als dem Mächtigen, dessen klarer Blick von prunkenden Schätzen geblendet wird, der immer in Niederlagen bluten muß, weil er sich der Kraft bewußt, viel zu erlangen, stets unterliegt im Kampf um den Besitz aller Güter, die er zu besitzen wünscht und nie zu erlangen vermag.«

Amasis seufzte und sprach: »Ich wünschte, daß ich dir unrecht geben könnte; wenn ich aber an meine Vergangenheit zurückdenke, so muß ich gestehen, daß zugleich mit der Stunde, welche mir das sogenannte Glück brachte, die großen Sorgen meines Lebens begannen.«

»Und ich versichere dir«, unterbrach ihn Krösus, »daß ich dir für deine verspätete Hilfe dankbar bin, weil mir die Stunde des Unheils das erste reine, wahrhaftige Glück gewährte. Als die ersten Perser die Mauern von Sardes bestiegen, verwünschte ich mich selbst und die Götter, schien mir das Leben hassenswert, das Dasein ein Fluch. Kämpfend wich ich mit den Meinen zurück, Verzweiflung im Herzen. Da erhob ein persischer Soldat sein Schwert über meinen Scheitel, mein stummer Sohn fiel dem Mörder in den Arm, und seit langen Jahren hörte ich wieder das erste Wort von seiner durch das Entsetzen gelösten Zunge. Mein stummes Kind Gyges hatte in der Stunde des Schreckens seine Sprache wiedererlangt, und ich, der den Göttern geflucht hatte, beugte mich nun ihrer Macht. Dem Sklaven, dem ich befohlen, mich zu töten, sobald ich in die Gefangenschaft der Perser kommen würde, nahm ich sein Schwert ab. Ich war ein verwandelter Mann und lernte nach und nach, den aufgärenden Ingrimm gegen mein Geschick und meine edlen Feinde zu besiegen. Du weißt, daß ich endlich ein Freund des Cyrus wurde, daß mein Sohn neben mir mit dem vollen Gebrauch seiner Sprache als freier Mann aufwachsen durfte. Was ich Schönes in meinem langen Leben gesehen, gehört und gedacht, sammelte ich, um es auf ihn zu übertragen, er war von nun an mein Reich, meine Krone, mein Schatz. Wenn ich mir die sorgenschweren Tage und schlaflosen Nächte des Cyrus vor Augen hielt, so graute mir in der Erinnerung an meine eigene frühere Größe und Macht. Immer klarer wurde mir, wo das eigentliche Glück zu suchen sei. Ein jeder trägt es als verborgenen Keim in seinem Herzen. Der zufriedene, geduldige Sinn, der sich hoch an Schönem und Großem, freundlich auch an dem Kleinen erfreut, das Leid ohne Klagen hinnimmt und es durch Erinnerungen versüßt, das Maßhalten in allen Dingen, das feste Zutrauen auf die Huld der Götter und die Gewißheit, daß auch das Schlimmste an uns vorübergehen muß, weil ja jedes Ding dem Wechsel unterworfen ist, dies alles gewährt uns die Kraft zu lächeln, wenn der vom Schicksal unerzogene Mann verzweifeln möchte.«

Während Amasis aufmerksam zuhörte, kritzelte er mit dem goldenen Windhundskopf auf seinem Stab Figuren in den Sand. Schließlich sagte er:

»Wahrhaftig, Krösus, ich, ›der große Gott‹, ›die Sonne der Gerichtigkeit‹, ›der Sohn der Neith‹, ›der Herr des Kriegsruhms‹, wie die Ägypter mich nennen[115], bin versucht, dich, den Beraubten und Entthronten, zu beneiden. In früheren Tagen war ich so glücklich, wie du es jetzt bist. Ganz Ägypten kannte mich, den armen Sohn eines Hauptmanns, wegen meines fröhlichen Herzens und meines Übermuts[116]. Der gemeine Soldat trug mich auf Händen, meine Vorgesetzten hatten viel an mir zu tadeln; dem tollen Amasis ließ man aber so manches durchgehen; meine Genossen, die Unterbefehlshaber des Heeres, kannten keine Festfreude ohne mich. Da schickte uns mein Vorgänger Hophra in den Krieg gegen Kyrene. In der Wüste verschmachtend, weigerten wir uns weiterzuziehen. Der Verdacht, der König wolle uns den hellenischen Söldnern opfern, trieb zu offener Empörung. Scherzend, wie immer, rief ich den Freunden zu: ›Ohne König werdet ihr nicht fertig, so macht mich zu eurem Herrscher; einen fröhlicheren findet ihr nirgends!‹ Die Soldaten hatten das Wort gehört. ›Amasis will König werden‹, riefen sie plötzlich, Mann für Mann. ›Der gute, der glückselige Amasis sei unser König!‹ jubelten sie. Ein Zechgenosse setzte mir den Helm des Feldherrn auf. Ich verwandelte den Scherz in Ernst, die Masse der Soldaten hielt zu mir, und wir schlugen Hophra bei Memphis. Das Volk schloß sich der Verschwörung an. Ich bestieg den Thron. Man nannte mich glücklich. Bis dahin war ich der Freund aller Ägypter, jetzt wurde ich der Feind ihrer Besten. Die Priester huldigten mir und nahmen mich in ihre Kaste auf, aber nur, weil sie hofften, mich ganz nach ihrem Belieben lenken zu können. Meine früheren Vorgesetzten beneideten mich oder wollten mit mir verkehren wie früher. Du begreifst, daß sich das mit meinem neuen Amt nicht vereinen ließ. Mein Ansehen wäre sofort untergraben worden. Eines Tages zeigte ich den bei mir schmausenden Befehlshabern des Heeres, die wiederum ihre Scherze mit mir zu treiben versuchten, das goldene Becken, in dem man ihnen die Füße vor dem Gastmahl gewaschen hatte; fünf Tage später ließ ich, als sie wieder bei mir schwelgten, eine goldene Bildsäule des großen Gottes Ra[117] auf die geschmückte Tafel stellen. Sobald sie diese erblickten, sanken sie nieder, um sie anzubeten. Als sie aufgestanden waren, ergriff ich das Zepter, hielt es feierlich in die Höhe und rief: ›Dieses Götterbild hat ein Künstler in fünf Tagen aus dem verachteten Gefäße gemacht, in das ihr spieet und in dem man euch die Füße wusch. Ich selbst war einstmals ein solches Gefäß; die Gottheit aber, welche besser und schneller als ein Goldschmied zu formen versteht, hat mich zu eurem Könige gemacht. So fallet vor mir nieder und betet mich an. Wer ungehorsam ist oder die Ehrfurcht vergißt, welche er dem König, dem Vertreter des Ra auf Erden schuldet, der ist des Todes schuldig!‹ Sie fielen alle nieder. Mein Ansehen war gerettet; meine Freunde aber hatte ich verloren. Nun bedurfte ich einer anderen festen Stütze. Ich machte die Hellenen dazu. Ein Grieche ist an Kriegstüchtigkeit mehr wert als fünf Ägypter; das wußte ich wohl. Daher umgab ich mich immer mehr mit griechischen Söldnern. Ich lernte ihre Sprache, sie führten mir den edelsten Menschen zu, dem ich jemals begegnet bin, den Pythagoras. Ich bemühte mich, griechische Kunst und griechische Sitten bei uns einzuführen, denn ich hatte erkannt, daß es töricht wäre, an hergebrachtem Schlechteren eigensinnig zu hängen, wo Besseres am Boden lag und nur darauf wartete, in ägyptischen Acker gesät zu werden.

Ich teilte also das ganze Land zweckmäßig ein[118], bestellte die beste Sicherheitsbehörde in der ganzen Welt und setzte vieles durch; mein höchstes Ziel jedoch, griechischen Geist, griechischen Formensinn, griechische Lebenslust und freie hellenische Kunst in diesem bunten, üppigen und doch so finsteren Land einzuführen, scheiterte kläglich. Sobald ich nämlich eine Neuerung ankündigte, wurde mir mit Sturz und Untergang gedroht. Die Priester sind meine Hemmschuhe, meine Gegner, meine Meister.

– Sie hängen mit abergläubischer Ehrfurcht am Hergebrachten. Alles Fremde ist ihnen ein Greuel. Ausländer halten sie für den natürlichen Gegner ihres Ansehens und ihrer Lehren. Sie lenken das frömmste aller Völker mit beinah unumschränkter Gewalt. Darum mußte ich ihnen meine schönsten Pläne opfern, darum muß ich mein Leben nach ihren strengen Satzungen, als unfreiester aller Menschen, hinschwinden sehen, darum werde ich unbefriedigt sterben und nicht einmal sicher sein, ob mir die zürnende, stolze Schar der Vermittler zwischen Mensch und Gottheit die ewige Ruhe im Grabe gönnen wird!«

»Beim Zeus, du armer Glücklicher!« unterbrach ihn Krösus voller Teilnahme. »Ich verstehe deine Klagen! So viele Priester ich auf meiner Reise hierher und an deinem Hof gesehen habe, so vielen finsteren Gesichtern bin ich begegnet. Selbst die Jünglinge, welche dich bedienen, sah ich selten lächeln.«

»Du würdest irren, wenn du alle Ägypter für finstere Menschen hältst«, antwortete Amasis. »Zwar fordert unsere Religion ein ernstes Gedenken an den Tod. Du wirst aber kaum ein anderes Volk finden, das so gern scherzt, so selbstvergessen und ausschweifend feiert wie das meine; aber euer Anblick ist den Priestern verhaßt. Daß ich mit euch, den Fremden, Verbindungen pflege, zahlen sie mir durch mürrisches Gehabe heim. Jene Knaben, die du erwähnt hast, die Söhne der Vornehmsten unter ihnen[119], sind die größte Plage meines Lebens. Sie leisten mir Sklavendienste und gehorchen meinen leisesten Winken. Diejenigen, welche ihre Kinder zu solchen Geschäften hergeben, sollte man für gehorsame, ehrfurchtsvolle Diener ihres göttlich verehrten Königs halten; aber glaube mir, Krösus, gerade in dieser Hingebung, welche kein Herrscher ohne zu beleidigen zurückweisen kann, liegt eine feine und listige Berechnung. Jeder dieser Jünglinge ist mein Hüter, mein Wächter. Ich vermag keine Hand ohne ihr Vorwissen zu rühren, und rühre ich sie, so wird es noch in derselben Stunde den Priestern hinterbracht.«

»Aber wie kannst du ein solches Dasein ertragen? Verbanne die Spione aus deiner Nähe und wähle deine Diener doch aus der Kaste der Krieger. Sie könnten dir doch genauso nützlich werden wie die Priester!«

»Könnte ich nur, dürfte ich nur!« rief Amasis mit voller

Stimme. Dann fuhr er leiser, wie erschrocken über sich selbs fort: »Ich glaube, daß unser Gespräch belauscht wird. Morgen werde ich das Feigengebüsch dort drüben ausrotten lassen. Dem jungen priesterlichen Gartenfreund, der dort die kaum zur Reife gelangten Feigen bricht, ist es um andere Früchte zu tun als die, welche er so langsam in sein Körbchen legt. Die Hand pflückt das Obst, das Ohr die Worte vom Munde seines Königs.«

»Aber beim Vater Zeus und Apollo ...«

»Ich verstehe deine Entrüstung und teile sie; aber jedes Recht legt Pflichten auf, und als König dieses Landes muß ich mich dem jahrtausendealten Hofzeremoniell wenigstens in den Hauptsachen fügen. Wollte ich meine Ketten zerreißen, so könnte es geschehen, daß man meine Leiche unbestattet lassen würde. Du mußt wissen, daß die Priester über jeden Verstorbenen ein Totengericht halten und alle diejenigen, welche sie schuldig befinden, der Grabesruhe berauben[120]. Die Rücksicht auf meinen Sohn würde meiner Mumie wohl die Bestattung sichern, was aber meiner Leiche von denen, die die Totenopfer in meinem Grabe zu besorgen haben ...«

»Was kümmert dich das Grab!« unterbrach Krösus mit Unwillen seinen Gastfreund. »Man lebt für das Leben, nicht für den Tod!«

»Sage lieber«, erwiderte Amasis, der sich nun erhob, »wir griechisch Denkende halten ein schönes Leben für das Höchste; ich aber wurde von einem ägyptischen Vater gezeugt, einer ägyptischen Mutter genährt, mit ägyptischer Speise großgezogen. Habe ich auch manches Hellenische angenommen, so bleibe ich dennoch in meinem innersten Wesen ein Ägypter. Ich bin ein Greis und habe nur noch eine kurze Spanne Zeit zu durchlaufen. Soll ich mir, um der kurzen Lebenstage willen, die langen Jahrtausende des Todes verderben? Nein, mein Freund; darin bin ich eben Ägypter geblieben, daß ich, wie jeder meiner Landsleute, fest und sicher glaube: Von der Erhaltung meines Leibes, des Seelenträgers, hängt die Wohlfahrt meines zweiten Lebens[121] ab. Aber genug von diesen höchsten Dingen. Ein Schwur verbietet es mir, diese Dinge dir, dem Nichteingeweihten, in ihrer ganzen Tiefe zu erklären. Beantworte lieber meine Frage: Wie gefallen dir unsere Tempel und Pyramiden?«

Krösus zog die Stirn in Falten und antwortete: »Die Steinmassen der Pyramiden kommen mir vor, als wären sie von der unermeßlichen Wüste geschaffen worden; aber wenn auch die Sphinxe, welche zu den Toren führen, den Weg in das Heiligtum weisen, so scheinen die schrägen festungsartigen Mauern der Pylonen wie zur Abwehr hingestellt zu sein. Die bunten Hieroglyphenbilder sind für mich ebenso reiz- wie geheimnisvoll. Die Bilder eurer vielgestaltigen Götter stehen überall, sie drängen sich den Blicken unabweislich auf, und dennoch ahnt ein jeder, daß sie etwas anderes bedeuten, als was sie darstellen. Vielleicht können nur wenige sie verstehen. Überall wird meine Neugier angeregt, ohne daß mein Schönheitssinn befriedigt wird. Fremd sind mir die Grundanschauungen eures Denkens, daß nämlich das Leben eine kurze Wallfahrt zum Tode, der Tod jedoch das eigentliche wahre Leben sei!«

»Und dennoch«, wandte Amasis ein, »versteht man auch bei uns zu feiern. Auch wir fürchten den Tod, versuchen ihm auszuweichen. Sonst stünden unsere Ärzte auch nicht in so hohem Ansehen. Dabei fällt mir übrigens der Augenarzt Nebenchari ein, den ich ja zum König nach Susa schickte. Bewährt er sich? Ist man mit ihm zufrieden?«

»Er ehrt die Wissenschaft deines Landes«, antwortete Krösus. »Nebenchari war es auch, der Kambyses auf die Anmut deiner Tochter aufmerksam machte. Manchem Blinden hat er geholfen; die Mutter des Königs kann aber leider immer noch nicht sehen. Wir bedauern es übrigens, daß ein so kunstfertiger Mann nur die Augen zu heilen versteht. Er war, als die Prinzessin Atossa das Fieber hatte, nicht zu bewegen, ihr einen Rat zu erteilen.«

»Das ist sehr natürlich, denn unsere Ärzte dürfen immer nur einen bestimmten Teil des Körpers behandeln. Wir besitzen Ohren-, Zahn- und Augenärzte, Ärzte für Knochenbrüche und andere für innere Krankheiten. Kein Zahnarzt darf nach den alten Priestergesetzen einen Tauben, kein Knochenarzt einen Unterleibskranken behandeln, wenn er sich auch vortrefflich auf innere Leiden verstehen sollte[122]. Man will mit diesem Gesetz größere Gründlichkeit erzielen; wie denn die Priester, zu denen auch die Ärzte gehören, überhaupt mit dem rühmlichsten Ernst der Wissenschaft obliegen. Dort drüben liegt das Haus des Oberpriesters Neithotep, dessen Sternen- und Meßkunde selbst Pythagoras hochpries. Es grenzt an die Halle, welche in den Tempel der Göttin Neith, der Herrin von Sais, führt. Ich wollte, ich dürfte dir den heiligen Hain mit seinen prächtigen Bäumen, die Säulen des Heiligtums, deren Kapelle die Gestalt der Lotusblume[123] nachahmen, und die Kapelle aus Granitstein zeigen, welche ich zu Elephantine aus *einem* Steine arbeiten ließ, um sie der Göttin zu verehren[124]. Die Priester haben mich leider gebeten, selbst *euch* nur bis zu den Umfassungsmauern und Pylonen der Tempel zu führen. Komm, wir wollen jetzt meine Gattin und meine Töchter aufsuchen, denn sie haben dich liebgewonnen, und ich wünsche, daß du freundliche Gesinnungen für das arme Mädchen gewinnst, ehe du mit ihr in das ferne Land und zu den fremden Menschen ziehst, deren Fürstin sie werden soll. Nicht wahr, du wirst dich ihrer annehmen?«

»Verlasse dich darauf«, beteuerte Krösus, den Händedruck des Amasis erwidernd. »Ich will deiner Nitetis väterlich zur Seite stehen, und sie wird meiner bedürfen, denn die Frauengemächer der persischen Paläste haben einen schlüpfrigen Boden. Übrigens wird man ihr mit viel Rücksicht begegnen. Kambyses darf mit seiner Wahl zufrieden sein. Er wird es dir hoch anrechnen, daß du ihm dein schönstes Kind anvertraust; denn wenn auch Tachot nicht weniger anmutig erscheint als Nitetis, so fehlt ihr doch die Majestät des Wesens, welche die letztere auszeichnet und die der künftigen Königin von Persien wohl ansteht. Nebenchari hatte nur von deiner Tochter Tachot gesprochen.«

»Ich aber sende dennoch meine schöne Nitetis. Tachot ist so zart, daß sie die Anstrengungen der Reise und den Schmerz der Trennung kaum ertragen würde. Wenn ich meinem Herzen folgte, so dürfte auch Nitetis nicht nach Persien. Aber Ägypten bedarf des Friedens, und ich war König, bevor ich Vater wurde!«

5. KAPITEL

Inzwischen waren die übrigen Mitglieder der persischen Gesandtschaft von ihrer Nilfahrt zu den Pyramiden nach Sais zurückgekehrt. Nur Prexaspes, der Botschafter des Kambyses, befand sich schon auf dem Heimweg nach Persien. Er sollte dem König den Erfolg seiner Werbung melden.

Im Palast des Amasis ging es äußerst lebhaft zu. Das an die dreihundert Personen starke Gefolge der Botschafter des Kambyses und die vornehmen Gäste, denen man jede nur mögliche Aufmerksamkeit zollte, füllten alle Räume des großen Palastes von Sais. Die Höfe wimmelten von Leibwachen und Würdenträgern, von jungen Priestern und Sklaven.

Auf diesem Fest, das er zu Ehren der Verlobung seiner Tochter veranstaltete, wollte der König den Reichtum und die Pracht seines Hofes ganz besonders glänzend entfalten.

Die hohe, von bunten Säulen getragene, dem Garten zugekehrte Empfangshalle, deren blaugemalte Decke mit tausend goldenen Sternen übersät war, bot einen bezaubernden Anblick. An den mit Bildern und Hieroglyphenzeichen reichbemalten Wänden und Säulen hingen Lampen aus farbigem Papyrus, die einen seltsamen Glanz verbreiteten, wie Sonnenlicht, das durch bunte Scheiben strahlt. Der Raum zwischen den Wänden und Säulen war mit auserwählten Gewächsen, Palmen, Oleander, Granaten, Orangen und Rosen angefüllt, und hinter diesen verborgen, stand eine unsichtbare Schar von Harfen- und Flötenspielern, welche die Gäste mit feierlichen gleichförmigen Weisen empfing[125].

In der Mitte des mit weißen und schwarzen Platten belegten Fußbodens standen Tafeln mit kalten Braten, süßen Gerichten und Frucht- und Kuchenkörben. Neben diesen tummelte sich eine Menge reichgeschmückter Sklaven, welche, unter Leitung des Haushofmeisters, die Speisen und Getränke den einzelnen Gästen überreichten.

Die Gesellschaft bestand aus Männern und Frauen jeden Alters. Den eintretenden Frauen boten junge Priester, die persönlichen Diener des Königs, Blumensträuße dar.

Die meisten Frauen hatten ihre Nägel nach ägyptischer Sitte rot gefärbt[126]. Sie trugen Fächer von bunten Federn, und den Oberarm, das Handgelenk oder die Fußknöchel schmückten goldene und silberne Reifen.

Die Gewänder aller anwesenden Ägypterinnen waren ebenso schön wie kostbar, das Gewebe bis zur Durchsichtigkeit zart und fein. Und bei mancher Frau war das Gewand so geschnitten, daß die rechte Brust unbedeckt blieb.

Wie sich unter den Männern der junge persische Königssohn Bartja durch Schönheit und Anmut auszeichnete, so war Nitetis, die Tochter des Pharao, die bei weitem reizendste unter allen Ägypterinnen. Das fürstliche Mädchen, welches in einem durchsichtigen rosenroten Gewande, mit frischen Rosen im schwarzen Haar, an der Seite ihrer gleichgekleideten Schwester wandelte, war bleich wie die Lotusblume, die das Haupt ihrer Mutter schmückte.

Die Königin Ladice[127], von Geburt eine Griechin, Tochter des Battus von Kyrene, schritt an der Seite des Amasis und führte die jungen Perser ihren Kindern zu. Ein leichtes Spitzengewand überwehte den golddurchwirkten Purpurstoff ihres Kleides. Auf dem schönen Haupt trug sie den mit einer goldenen Uräusschlange geschmückten Kopfputz der ägyptischen Herrscherinnen[128]. Ihr Gesicht war ebenso edel wie wohlwollend, und jede Bewegung verriet, daß sie jene Anmut besaß, welche nur eine hellenische Erziehung zu geben vermochte.

Amasis hatte diese Frau, nach dem Tod seiner zweiten Gattin, der Ägypterin Tentcheta[129], der Mutter des Thronfolgers Psamtik, zur Königin gewählt – trotz des Einspruchs der Priester.

Die beiden Mädchen an Ladices Seite, Tachot und Nitetis, wurden Zwillingsschwestern genannt; zeigten aber keine Spur jener Ähnlichkeit, welche man sonst bei Zwillingen zu finden pflegt.

Tachot war blond und blauäugig[130], klein und zierlich gebaut, während Nitetis, groß und voll, mit schwarzen Haaren und Augen, durch jede Bewegung erraten ließ, daß sie einem königlichen Hause entstammte.

»Wie bleich du aussiehst, meine Tochter«, sprach Ladice und

küßte Nitetis auf die Wange. »Sei froh, glaub an deine Zukunft. Ich stelle dich dem Bruder deines zukünftigen Gatten vor, dem edlen Bartja.«

Nitetis erhob ihre dunklen Augen und ließ sie lange prüfend auf dem jungen Perser ruhen. Dieser verneigte sich tief, küßte das Gewand des errötenden Mädchens und sprach:

»Sei gegrüßt als meine zukünftige Königin und Schwester! Ich glaube gern, daß dir der Abschied von der Heimat, von Eltern und Geschwistern das Herz schwermacht; aber sei guten Mutes, denn dein Gatte ist ein großer Held und ein mächtiger König; unsere Mutter Kassandane die edelste der Frauen, und die Schönheit und Tugend des Weibes wird bei den Persern sehr geehrt.« Dann wandte er sich an Tachot: »Dich, Schwester der Nitetis, bitte ich um Verzeihung, daß wir gekommen sind, dir deine liebste Freundin zu rauben.«

Bartjas Blicke ruhten bei diesen Worten auf der schönen Tachot. Diese drückte die Hand aufs Herz und verneigte sich stumm. Sie schaute Bartja noch lange nach, als ihn Amasis fortzog, um ihm einen Stuhl gegenüber den Tänzerinnen anzuweisen. Diese Mädchen waren nur mit einem leichten Rocke bekleidet und schwangen und wanden nach dem Takte der Harfen und Tamburine ihre geschmeidigen Glieder. Hierauf gaben ägyptische Tänzer[131] ihre Lieder und Possenreißer muntere Späße zum Besten.

Endlich verließen einzelne schon reichlich angetrunkene Höflinge[132] den Saal. Die Frauen begaben sich, von fackeltragenden Sklaven abgeholt, in bunten Sänften nach Hause; nur die Kriegsobersten, die persischen Botschafter und einige Würdenträger, besondere Freunde des Amasis, wurden vom Haushofmeister zurückgehalten und in eine kostbar geschmückte Halle geführt. Dort stand eine in griechischer Weise zugerichtete Tafel, auf welcher ein riesengroßer Mischkrug stand – eine Einladung zu einem nächtlichen Trinkgelage.

Amasis saß auf einem hohen Lehnstuhl[133] an der Spitze des Tisches; zu seiner Linken der junge Bartja, zu seiner Rechten der greise Krösus. Außer diesen und den Vertrauten des Pharao befanden sich auch die uns bekannten Freunde des Polykrates, Theodorus und Ibykus, sowie der nunmehrige Oberst der hellenischen Leibwache, Aristomachus, unter den Gästen des Königs.

Amasis, der vor kurzem noch so ernst mit Krösus gesprochen hatte, erging sich jetzt in beißenden Scherzen. Fast schien er sich wieder in den tollen Unterbefehlshaber, den verwegenen Zechbruder von einst, zurückverwandelt zu haben. Geistreich schleuderte er den Trinkgenossen seine Witze entgegen und erntete schallendes Gelächter. Becher auf Becher wurde geleert, und der Jubel erreichte seinen Gipfel, als der Haushofmeister mit einer kleinen vergoldeten Mumie erschien und ausrief: »Trinket, scherzet und seid fröhlich, denn allzubald werdet ihr dieser Mumie[134] gleichen.«

»Ist dieses Hinweisen auf den Tod eure Sitte bei Festgelagen?« fragte Bartja den König. »Oder erlaubt sich dein Haushofmeister heute nur diesen Spaß?«

»Seit uralter Zeit«, antwortete Amasis, »pflegt man solche Mumien, um die Heiterkeit zu steigern und die Zecher zu erinnern, daß man genießen solle, solang es Zeit sei. Du, junger Mann, hast freilich noch lange Freudenjahre vor dir; wir alten Söhne aber, Freund Krösus, müssen uns ernstlich daran halten. Also, fülle schnell unsere Becher, damit kein Augenblick des Lebens nutzlos verrinne! Wie du trinken kannst, Perser! Wahrhaftig, die großen Götter haben dir eine ebenso gute Kehle wie schöne Augen und blühende Reize beschert. Was glaubst du, Krösus? Meine Tochter Tachot spricht von nichts als von dem Milchbart, welcher ihr erst mit holden Blicken, dann mit süßen Worten das Köpfchen verdreht zu haben scheint. Nun, du brauchst nicht rot zu werden, junger Tollkopf! Ein Mann wie du darf sich wohl nach Königstöchtern umschauen; aber wärest du dein Vater Cyrus selbst, die Tachot würde ich nicht nach Persien ziehen lassen.«

»Vater!« flüsterte der Thronerbe Psamtik dem König zu. »Vater, hüte deine Zunge und gedenke des Phanes!« Der König schaute seinen Sohn mit einem finstern Blick an, und als habe ein Krampf seine frohe Laune gelähmt, mischte er sich nur noch seltener in das allgemeiner werdende Gespräch.

Aristomachus, welcher Krösus schräg gegenüber saß, hatte bis dahin, ohne eine Silbe zu reden oder die Scherze des Amasis zu belachen, die Perser unablässig betrachtet. Sobald der Pharao verstummt war, wandte er sich lebhaft Krösus zu und fragte: »Ich würde wohl gern wissen, Lyder, ob Schnee die Berge bedeckte, als ihr Persien verlassen habt?«

Lächelnd und erstaunt über diese seltsame Ansprache, antwortete Krösus: »Die meisten Berge des persischen Gebirges waren grün belaubt, als wir vor vier Monaten nach Ägypten aufbrachen; doch gibt es auch Höhen im Land des Kambyses, auf denen der Schnee selbst in der heißesten Jahreszeit nicht schmilzt[135], und diese sahen wir weißlich schimmern, als wir zur Ebene hinabzogen.«

Das Antlitz des Spartaners wurde sichtlich heiterer. Krösus, dem der ernste Mann gefiel, fragte ihn nach seinem Namen.

»Ich heiße Aristomachus.«

»Den Namen sollte ich kennen.«

»Du kanntest viele Hellenen, und viele heißen wie ich.«

»Deinem Dialekt nach gehörst du dem dorischen Stamme an. Solltest du nicht ein Spartaner sein?«

»Ich war es.«

»So bist du es nicht mehr?«

»Wer die Heimat ohne Erlaubnis verläßt, ist des Todes schuldig.«

»Hast du sie freiwillig verlassen?«

»Ja.«

»Warum?«

»Um der Schande zu entgehen.«

»Was hast du denn verbrochen?«

»Nichts!«

»So hat man dich zu Unrecht eines Verbrechens beschuldigt?«

»Ja.«

»Und wer war der Urheber deines Unglücks?«

»Du!«

Krösus fuhr von seinem Sitz auf. Der ernste Ton und das finstere Gesicht des Spartaners verboten jeden Gedanken an einen Scherz. Auch die Tischnachbarn der beiden, welche dem seltsamen Gespräch gefolgt waren, erschraken und baten Aristomachus um eine Erklärung seiner seltsamen Aussage.

Der Spartaner zauderte. Man sah ihm an, daß er ungern redete; als ihn aber auch der König aufforderte zu erzählen, begann er:

»Du, Krösus, hattest, dem Orakel folgend[136], uns Lakedämonier, als die mächtigsten der Hellenen, zu Bundesgenossen gegen die Macht der Perser erwählt. Daher hast du uns das Gold für die Apollo-Herme auf dem Berge Thornax geschenkt. Die Ephoren beschlossen, dir dafür ein riesengroßes, kunstreiches Mischgefäß von Erz zu verehren. Als Überbringer desselben erwählte man mich. Bevor wir nach Sardes kamen, zerstörte ein Sturm unser Schiff. Der Mischkrug versank mit ihm. Wir retteten uns mit dem nackten Leben nach Samos. Als wir heimkehrten, wurde ich von Feinden und Neidern beschuldigt, Schiff und Mischkrug an samische Händler verkauft zu haben. Da man mir nichts beweisen konnte, mich aber dennoch bestrafen wollte, wurde ich verurteilt, zwei Tage und zwei Nächte lang am Pranger zu stehen. In der Nacht schmiedete man meinen Fuß an den Schandblock. Bevor der Morgen meiner Entehrung graute, kam mein Bruder zu mir und reichte mir heimlich ein Schwert. Ich sollte mir vor der Beschimpfung das Leben nehmen. Ich konnte nicht sterben, denn ich hatte mich noch an meinen Verderbern zu rächen; darum hieb ich mir selbst den angeschmiedeten Fuß vom Beine und versteckte mich im Schilfe des Eurotas. Mein Bruder brachte mir heimlich Speise und Trank. Nach zwei Monaten konnte ich wieder auf diesem hölzernen Fuße gehen. Apollo übernahm meine Rache, denn meine verruchtesten Gegner raffte die Pest dahin. Trotz ihres Todes durfte ich nicht heimkehren. Zu Gythium schiffte ich mich endlich ein, um mit dir, Krösus, von Sardes aus gegen die Perser zu fechten. Als ich in Teos landete, erfuhr ich, daß du nicht mehr König warst. Der gewaltige Cyrus, der Vater dieses schönen Jünglings, hatte in wenigen Wochen das mächtige Lydien erobert und den reichsten König zum Bettler gemacht.«

Alle Zecher schauten den ernsten Krieger bewundernd an. Krösus schüttelte ihm die harte Rechte; der junge Bartja aber rief: »Wahrlich, Spartaner, ich möchte dich mit nach Susa nehmen, um meinen Freunden zeigen zu können, was ich gesehen habe, den mutigsten, ehrenwertesten aller Menschen!«

»Glaube mir, Knabe«, gab Aristomachus lächelnd zurück, »ein jeder Spartaner hätte gleich mir gehandelt. Bei uns zulande gehört mehr Mut dazu, feige als tapfer zu sein!«

»Und hättest du, Bartja«, rief Darius, der Vetter des Königs von Persien, »es ertragen können, am Schandpfahl zu stehen?«

Bartja errötete, aber man sah ihm an, daß auch er den Tod der Schande vorziehe.

»Und du, Zopyrus?« fragte Darius und wandte sich an den dritten jungen Perser.

»Ich würde mich aus bloßer Liebe zu euch verstümmeln[137]!« rief dieser und drückte unter dem Tisch die Hände seiner beiden Freunde.

Psamtik sah mit spöttischem Lächeln, Krösus, Gyges und Amasis voller Wohlgefallen, der Spartaner vergnüglich schmunzelnd auf die jungen Helden.

Jetzt erzählte Ibykus von dem Orakelspruch, welcher Aristomachus beim Nahen der Männer von den schneeigen Bergen die Heimkehr verhieß, und erwähnte dabei das gastfreie Haus der Rhodopis.

Psamtik ward unruhig, als er diesen Namen aussprechen hörte, Krösus äußerte den Wunsch, die greise Thrakierin kennenzulernen, von welcher ihm Äsop viel Rühmliches erzählt hatte. Und als die Gäste, meistens bis zur Bewußtlosigkeit trunken, den Saal verließen, verabredeten sich der entthronte König, der Dichter, der Bildhauer und der spartanische Held, am folgenden Tag nach Naukratis zu fahren, um sich an den Gesprächen der Rhodopis zu erfreuen.

6.
KAPITEL

Der König Amasis hatte sich nach dem beschriebenen Gastmahl kaum drei Stunden nächtlicher Ruhe gegönnt. Wie alle Tage, so weckten die jungen Priester ihn auch heute beim ersten Hahnenschrei aus dem Schlummer, wie alle Tage führten sie ihn ins Bad, schmückten ihn mit dem königlichen Ornat und führten ihn zum Altar im Hof des Schlosses. Dort brachte er vor den Augen des Volkes sein Opfer dar, während der Oberpriester mit lauter Stimme Gebete sang, die Tugenden des Königs aufzählte. Um jeden Tadel von dem Haupt des Herrschers fernzuhalten, machte der Oberpriester des Königs schlechte Ratgeber für alle in Unkenntnis begangenen Sünden verantwortlich.

Wie alle Tage ermahnten ihn die Priester zum Guten und lasen ihm die nützlichen Taten und Ratschläge der großen Männer aus den heiligen Schriften vor. Sie führten ihn in seine Gemächer, wo Briefe und Berichte aus allen Teilen des Landes auf seine Lektüre warteten[138].

Diese sich alle Morgen wiederholenden Zeremonien und Arbeitsstunden pflegte Amasis treu einzuhalten. Den späteren Teil des Tages verbrachte er zumeist in heiterer Gesellschaft[139].

Darum warfen ihm die Priester vor, daß er ein unkönigliches Leben führe; er aber antwortete einst dem erzürnten Oberpriester: »Siehe diesen Bogen! Wenn du ihn fortwährend anspannst, so wird er bald seine Kraft verlieren; benutzt du ihn aber den halben Tag und gönnst ihm dann seine Ruhe, so bleibt er stark und brauchbar, bis die Sehne zerreißt.«

Amasis hatte soeben den letzten Brief unterschrieben. Er bewilligte darin die Bitte eines Nomarchen[140] um Gelder für mehrere nach der Überschwemmung nötig gewordene Uferbauten[141]. In diesem Augenblick trat ein Diener ein und teilte mit, der Thronfolger Psamtik ersuche seinen Vater um ein kurzes Gespräch.

Amasis, welcher, erfreut über die günstigen Berichte aus allen Teilen des Landes, den Eintretenden heiter begrüßt hatte, wurde plötzlich ernst und nachdenklich. Endlich rief er nach langem Zaudern: »Geh und sage dem Prinzen, er möge kommen!«

Psamtik, wie immer bleich und düster, verneigte sich tief und ehrfurchtsvoll, als er die väterliche Schwelle überschritt.

Amasis dankte ihm mit einem schweigenden Wink; dann fragte er kurz und streng: »Was willst du von mir? Meine Zeit ist knapp bemessen.«

»Besonders dann, wenn es um deinen Sohn geht«, antwortete der Thronerbe. »Siebenmal habe ich dich um die große Gunst ersuchen lassen, die du mir heute endlich gewährst.«

»Keine Vorwürfe! Ich kann mir nur zu gut denken, warum du kommst. Ich soll dich wegen deiner Zweifel über die Herkunft der Nitetis aufklären.«

»Ich bin nicht neugierig und komme vielmehr, um dich zu warnen und zu erinnern, daß außer mir noch ein anderer lebt, welcher um dieses Geheimnis weiß!«

»Phanes?«

»Wer sonst? Er, der aus Ägypten und der eigenen Heimat Vertriebene, wird in wenigen Tagen Naukratis verlassen. Wer bürgt dir dafür, daß er uns nicht an die Perser verrät?«

»Die Güte und Freundschaft, welche ich ihm stets erwiesen habe.«

»So glaubst du an die Dankbarkeit der Menschen?«

»Nein! Aber ich vertraue meiner Fähigkeit, sie zu beurteilen. Phanes wird uns nicht verraten! Ich wiederhole es, er ist mein Freund!«

»Vielleicht *dein* Freund, aber *mein* Todfeind!«

»So hüte dich vor ihm! Ich habe nichts von ihm zu fürchten.«

»Du nicht, aber unsere Heimat! Bedenke Vater, wenn ich dir auch verhaßt sein mag als dein Sohn, sollte ich dir dennoch als die Zukunft Ägyptens am Herzen liegen. Bedenke, daß nach deinem Tode, den die Götter noch lange verhüten mögen, ich, wie du jetzt, die Gegenwart dieses herrlichen Landes darstellen werde. Mein Sturz wäre dann gleichbedeutend mit dem Fall deines Hauses und dem Untergang Ägyptens.«

Amasis ward immer ernster, während Psamtik fortfuhr: »Du wirst, du mußt mir recht geben! Dieser Phanes hat die Macht in Händen, jedem auswärtigen Feinde unser Land zu verraten, denn er kennt es so gut wie ich und du. In seiner Brust schlummert ferner ein Geheimnis, dessen Verrat unseren mächtigsten Freund zu unserem furchtbarsten Feind machen könnte.«

»Du irrst! Nitetis ist zwar nicht meine, aber dennoch die Tochter eines Königs. Sie wird es verstehen, das Herz ihres Gatten zu gewinnen.«

»Und wäre sie die Tochter eines Gottes, so würde dir Kambyses, wenn er das Geheimnis durchschaute, zum Feind werden. Du weißt doch, daß bei den Persern die Lüge für das größte Verbrechen[142] und sich betrügen zu lassen für schmählich gilt. Du aber hast den Stolzesten, Mächtigsten unter ihnen betrogen; und was wird ein einzelnes unerfahrenes Mädchen vermögen, wo sich hundert in allen Ränken feingeschulte Weiber um die Gunst ihres Herrschers bewerben!«

»Gibt es bessere Lehrer in der Redekunst als Haß und Rache?« fragte Amasis mit schneidender Stimme. »Törichter Sohn, glaubst du denn, daß ich ein so gefährliches Spiel ohne reifliche Erwägung aller Umstände unternommen haben würde? Laß Phanes meinetwegen heute noch den Persern erzählen, was er nicht einmal weiß, was er nur ahnen, niemals aber beweisen kann! Ich, der Vater, und Ladice, die Mutter, müssen wohl am besten wissen, wer unser Kind ist. Wir beide nennen Nitetis unsere Tochter; wer darf behaupten, sie sei es nicht? – Will Phanes die Schwächen unseres Landes einem anderen Feinde verraten, wie den Persern, so möge er es tun; ich fürchte keinen! Willst du mich auffordern, einen Mann anzuschwärzen, dem ich großen Dank schulde, einen Freund, welcher mir zehn Jahre lang treu diente, so sage ich dir, daß ich, statt ihm Schaden zu tun, bereit bin, ihn vor deiner Rache zu schützen, deren unlauteren Grund ich kenne.«

»Mein Vater!«

»Du wünschst diesem Mann Böses, weil er dich daran gehindert hat, die Enkelin der Thrakierin Rhodopis von Naukratis mit Gewalt an dich zu bringen, und weil ich ihn an deiner Stelle zum Feldherrn ernannt habe. Du erbleichst? Wahrlich, ich bin Phanes dankbar, daß er mich von deinen ruchlosen Plänen in Kenntnis setzte und mir dadurch Gelegenheit gab, die Stützen meines Thrones, denen Rhodopis teuer ist, immer fester an mich zu knüpfen.«

»Oh, Vater! Daß du die Fremden so umwirbst! Den Ruhm unserer Vorfahren hast du wohl vollständig vergessen. Schmähe mich, wie du willst. Ich weiß, daß du mich nicht liebst. Behaupte aber nicht, daß wir der Ausländer bedürfen, um groß zu sein! Sieh zurück in unsere Geschichte! Wann waren wir am größten? Damals, als wir allen Fremden ohne Ausnahme die Pforten unseres Landes verschlossen und, auf eigenen Füßen stehend, der eignen Kraft vertrauend, nach den uralten Gesetzen unserer Väter und unserer Götter lebten. Damals konnte Ramses der Große[143] mit unseren siegreichen Waffen die entlegensten Völker unterjochen. Damals nannte die ganze Welt Ägypten das erste, größte Land der Erde! Was sind wir jetzt? Aus deinem, des Königs eigenem Mund, höre ich fremde Bettler und Abenteurer ›Stützen des Reiches‹ nennen; dich, den König, sehe ich zu einer elenden List greifen, nur um die Freundschaft eines Stammes zu gewinnen, über welchen wir, ehe die Fremden zum Nil kamen, große Siege erfechten konnten[144]. Ägypten war eine reichgeschmückte mächtige Königin, jetzt ist es eine geschminkte, mit goldenen Flittern behängte Dirne!«

»Hüte deine Zunge!« rief Amasis und stampfte die Erde mit dem Fuß. »Ägypten war niemals so blühend und groß wie jetzt! Ramses hat unsere Waffen in ferne Lande getragen und Blut mit ihnen erworben. Ich aber habe es dahin gebracht, daß die Erzeugnisse unserer Hände bis zu den Enden der Welt befördert werden und uns, statt des Blutes, Schätze und Segen bringen. Ramses ließ Blut und Schweiß der Untertanen in Strömen für den Ruhm seines Namens fließen. Ich habe es dahin gebracht, daß Blut nur sparsam, der Schweiß nur im Dienste nützlicher Arbeiten in meinem Lande vergossen wird und jeder Bürger in Sicherheit, Glück und Wohlstand seine Lebensreise vollenden kann. An den Ufern des Nils erheben sich jetzt zehntausend[145] volkreiche Orte, kein Fußbreit Landes ist unbebaut, kein Kind in Ägypten entbehrt der Wohltat des Rechtes und Gesetzes, kein Bösewicht kann sich dem wachen Auge der Obrigkeit entziehen. – Sollte uns ein Feind überfallen; wohl, so stehen neben unseren Festungen und den Bollwerken[146], die uns die Götter gegeben, den Katarakten, dem Meer und der Wüste, die besten Soldaten, welche jemals Waffen trugen, dreißigtausend Hellenen, außer der ägyptischen Kriegerkaste, zu unserem Schutz bereit. So steht es um Ägypten! Den eitlen Ruhm des Ramses bezahlte dieses Land mit blutigen Tränen. Das echte Gold wahrhaftigen Bürgerglückes und friedlicher Wohlfahrt schuldet es mir und meinen Vorgängern, den saitischen Königen!«

»Und dennoch sage ich dir«, rief der Erbprinz, »daß Ägypten ein Baum ist, an dessen Lebensmark ein tötender Holzwurm nagt. Das Ringen und Streben nach Gold, nach Pracht und Glanz hat alle Herzen verdorben. Die Üppigkeit der Fremden gab den schlichten Sitten unserer Bürger den Todesstoß. Für Gold ist alles zu haben. Häufig hört man von Hellenen verführte Ägypter der alten Götter spotten; Zwist und Hader trennt die Kasten der Priester und Krieger. Täglich werden blutige Schlägereien zwischen hellenischen Söldnern, ägyptischen Kriegern, Fremden und Einheimischen gemeldet, Hirt und Herde bekriegen einander; der eine Stein der Staatsmühle zerreibt den anderen, bis das ganze Werk in Staub und Schutt versinken wird. Ja, Vater, wenn nicht heute, so werde ich niemals reden, und ich muß endlich aussprechen, was mein Herz bedrückt! Während deiner Kämpfe mit unserer ehrwürdigen Priesterschaft, der besten Stütze des Thrones, hast du ruhig mitangesehen, wie sich die junge Macht der Perser gleich einem Völker verschlingenden Ungetüm, welches bei jedem neuen Fraße furchtbarer und gewaltiger wird, von Osten nach Westen wälzte. Statt den Lydern und Babyloniern zu Hilfe zu kommen, wie du ursprünglich wolltest, hast du den Griechen geholfen, Tempel für ihre Lügengötter zu bauen. Als aber endlich jeder Widerstand unmöglich erschien, als Persien die halbe Welt unterjocht hatte und übermächtig und unbezwinglich von allen Königen fordern durfte, was es mochte, da schienen die Unsterblichen dir noch einmal die Hand zur Rettung Ägyptens reichen zu wollen. Kambyses begehrte deine Tochter; du aber, zu schwach, um dein rechtes Kind der allgemeinen Wohlfahrt zu opfern, sendest dem Großkönig ein untergeschobenes Mädchen und schonst, weichmütig wie du bist, einen Fremdling, der das Wohl und Wehe deines Reiches in Händen hält und es verderben wird, wenn es nicht schon früher, von innerer Zwietracht zernagt, zusammensinkt!«

Bis hierher hatte Amasis, bleich und bebend vor Zorn, die

Schmährede auf sich niedergehen lassen. Jetzt konnte er nicht länger schweigen, und mit einer Stimme, welche wie Posaunenklänge durch die weite Halle schmetterte, rief er aus: »Weißt du wohl, wessen Dasein ich opfern müßte, wenn mir nicht das Leben meiner Kinder und die Erhaltung des von mir begründeten Herrscherhauses lieber wäre als die Wohlfahrt dieses Landes? Kennst du, großsprecherischer, rachdürstiger Sohn des Unheils, den zukünftigen Verderber dieses herrlichen, uralten Reichs? Du bist es, du, Psamtik, der von den Göttern gezeichnete, von den Menschen gefürchtete Mann, dessen Herz keine Liebe, dessen Brust keine Freundschaft, dessen Antlitz kein Lächeln, dessen Seele kein Mitleid kennt! – Ein Fluch der Götter belastete dich mit dem dir eigenen unseligen Wesen. Höre jetzt, denn einmal muß es gesagt sein, was dir meine väterliche Schwäche so lange verschwiegen. Ich hatte meinen Vorgänger gestürzt und ihn gezwungen, mir seine Schwester Tentcheta zum Weibe zu geben. Sie gewann mich lieb und versprach ein Jahr nach der Hochzeit, mich mit einem Kind zu beschenken. In der Nacht, welche deiner Geburt vorherging, schlief ich, vor dem Lager meiner Gattin sitzend, ein. Ich träumte, deine Mutter läge am Ufer des Nils. Sie klagte mir, sie empfinde Schmerzen in der Brust. Ich beugte mich zu ihr hinab und sah, daß eine Zypresse ihrem Herzen entwuchs. Der Baum wurde immer größer, immer breiter und schwärzer; seine Wurzeln aber wanden sich um deine Mutter und erwürgten sie. Ein kalter Schauder faßte mich. Ich wollte fliehen. Plötzlich erhob sich von Osten her ein furchtbarer Orkan, der die Zypresse umstürzte und sie niederwarf, so daß ihre breiten Zweige in den Nil schlugen. Da hörte der Strom zu fließen auf, sein Wasser verhärtete sich, und statt des Flusses lag eine riesengroße Mumie vor mir. Die Städte an den Ufern schrumpften zusammen und wurden zu mächtigen Toten-Urnen, welche, wie in einem Grabe, den ungeheuren Leichnam des Nils umstanden. Da erwachte ich und ließ die Traumdeuter kommen. Keiner vermochte das wunderbare Gesicht zu erklären, bis mir endlich die Priester des libyschen Ammon folgende Deutung gaben: ›Tentcheta ist durch die Geburt eines Sohnes getötet worden. Diesen, einen finsteren unseligen Menschen, stellt die ihre Mutter mordende Zypresse dar. Unter seiner Regierung wird ein Volk von

Osten den Nil, das sind die Ägypter, zu Leichen und ihre Städte zu Trümmerhaufen, das sind die Toten-Urnen, machen.«

Psamtik stand seinem Vater wie ein Steinbild gegenüber, als dieser fortfuhr: »Deine Mutter starb bei deiner Geburt, feuerrotes Haar, das Zeichen der Söhne des Typhon[147], umwuchs deine Schläfe. Du wurdest ein düsterer Mann; das Unglück verfolgte dich, denn es raubte dir eine geliebte Frau und vier deiner Kinder. Wie ich unter dem glücklichen Zeichen des Ammon, so wurdest du, die Astrologen berechneten es, beim Aufgange des schrecklichen Planeten Seb geboren[148], du ...«

Amasis unterbrach seine Rede, denn heftig schluchzend, überwältigt von der Fülle des Furchtbaren, das er vernommen, brach Psamtik zusammen und rief mehr stöhnend als sprechend:

»Hör auf, grausamer Vater, und verschweige wenigstens, daß ich der einzige Sohn in Ägypten bin, den der Haß seines Vaters schuldlos verfolgt!«

Amasis schaute auf den bleichen Mann hinunter; Psamtik war vor ihm zu Boden gesunken und verbarg sein Gesicht in den Falten des königlichen Gewands. Der schnell entflammte Zorn des Amasis verwandelte sich in Mitleid. Er fühlte, daß er zu hart gewesen, daß er mit seiner Erzählung einen giftigen Pfeil in Psamtiks Seele geschleudert hatte, und dachte an die vor vierzig Jahren verstorbene Mutter des Unglücklichen. – Seit langer Zeit zum erstenmal sah er als Vater auf diesen finsteren, jede Liebesbezeugung abweisenden, ihm in allen Anschauungen so fremden Mann. Sein weiches Herz fand sich jetzt zum erstenmal in die Lage versetzt, eine Träne in dem sonst so kalten Auge des Sohnes trocknen zu können. In freudiger Hast ergriff er diese Gelegenheit. Er beugte sich zu dem stöhnenden Manne, hinab, küßte seine Stirn, richtete ihn auf und sprach mit sanfter Stimme:

»Verzeihe mein Ungestüm, lieber Sohn. Die schlimmen Worte, welche dich kränkten, kamen nicht aus dem Herzen des Amasis, sondern aus dem Rachen des Jähzorns. Du hast mich viele Jahre lang durch Kälte, Härte, Widerspenstigkeit und fremdes Wesen gereizt. Heute hast du mich in meinen heiligsten Gefühlen beleidigt, darum ward ich zu überschäumender Heftigkeit fortgerissen. Jetzt soll alles wieder gut sein zwischen mir und dir. Wenn wir auch zu verschiedener Art sind, als daß sich unsere Herzen je verschmelzen könnten, so wollen wir doch in Zukunft einig handeln und nachgiebig gegeneinander sein.«

Psamtik küßte, sich stumm verneigend, das Kleid seines Vaters. »Was den wüsten Traum betrifft, den ich dir erzählt habe, so sei unbesorgt«, sagte Amasis. »Träume sind Trugbilder; doch, wenn sie auch wirklich von den Göttern gesandt werden, so sind doch diejenigen, welche sie deuten, menschlichen Irrtümern unterworfen. Deine Hand zittert noch immer, und deine Wangen sind bleicher als dein leinenes Gewand. Ich war hart gegen dich, härter als ein Vater ...«

»Härter, als ein Fremder gegen den Fremden sein darf«, unterbrach der Thronfolger den König. »Du hast mich gebrochen und zerknickt, und wenn ich bisher selten lächelte, so werde ich von heute an immer verzweifelt sein.«

Amasis legte die Hand auf die Schulter seines Sohnes. »Wenn ich Wunden schlage, so besitze ich auch die Macht, sie zu heilen. Nenne mir den wärmsten Wunsch deines Herzens; er sei dir gewährt!«

Psamtiks Augen blitzten auf, ein rötlicher Schimmer flog über seine fahlen Wangen, und er erwiderte, ohne sich zu besinnen, aber mit einer Stimme, in der die Erschütterung, welche sein Herz in den letzten Augenblicken erfahren hatte, nachzitterte: »Überlaß mir Phanes, meinen Feind.«

Der König blieb einige Augenblicke in Nachdenken versunken, dann sagte er: »Ich werde deine Forderung erfüllen müssen; aber ich wollte lieber, du hättest die Hälfte meines Schatzes verlangt als dies. Tausend Stimmen in meinem Innern sagen mir, daß ich etwas zu tun im Begriff bin, das meiner unwürdig ist, das verderblich sein wird für mich, für dich, für das Reich und für uns alle. Überlege noch einmal, ehe du handelst. Und das sage ich dir: Was du auch mit Phanes vorhast, der Rhodopis darf kein Haar gekrümmt werden; auch hast du Sorge zu tragen, daß die Verfolgung meines armen Freundes den Griechen verborgen bleibt. Wo werde ich einen Feldherrn, einen Berater und Tischgenossen wie ihn wiederfinden? Ich seh' ihn auch noch nicht in deiner Gewalt und gebe dir zu bedenken, daß, wenn du auch klug als Ägypter sein magst, Phanes als Hellene klug ist! Besonders erinnere dich auch an deinen Eid, jedem Gedanken an die Enkelin der Rhodopis zu entsagen. Der Ersatz, welchen ich dir biete, ist, meine ich, annehmbar; denn, kenne ich dich recht, so erscheint dir die Rache schätzbarer als die Liebe! Was endlich Ägypten anbelangt, so wiederhole ich dir, daß es niemals glücklicher war als jetzt. Das Gegenteil zu behaupten fällt niemandem ein, außer den unzufriedenen Priestern und denen, welche ihnen nachplappern. Du möchtest auch die Geschichte von der Herkunft der Nitetis erfahren? So höre denn; dein eigenes Interesse gebietet dir zu schweigen!«

Psamtik lauschte voller Spannung der Mitteilung seines Vaters und dankte diesem, als er geendet hatte, durch einen starken Händedruck.

»Jetzt lebe wohl!« schloß Amasis die Unterredung mit seinem Sohne. »Vergiß nichts von dem, was ich dir gesagt habe, und, darum bitte ich dich besonders: Vergieße kein Blut! Geschehe mit Phanes, was da wolle, ich mag nichts davon wissen, denn ich hasse die Grausamkeit und möchte dich, meinen Sohn, nicht verabscheuen müssen. Wie fröhlich du aussiehst! Armer Athener, dir wäre besser, du hättest niemals dieses Land betreten!«

Als Psamtik die Halle seines Vaters verlassen hatte, schritt dieser noch lange nachdenklich in derselben auf und ab. Seine Nachgiebigkeit tat ihm leid, und es war ihm schon jetzt, als sähe er den blutenden Phanes neben dem Schatten des von ihm gestürzten Hophra vor sich stehen. »Aber er könnte uns in der Tat zu Grunde richten«, entschuldigte er sich vor dem Richter in seiner eigenen Brust; dann schüttelte er sich, richtete sich hoch empor, rief den Dienern und verließ lachenden Mundes seine Gemächer.

Hatte der leichtblütige Mann, das Glückskind, seine mahnende Seele so schnell beruhigt, oder war er stark genug, die Pein, welche er ausstand, mit dem Mantel eines Lächelns zu verbergen?

7.
KAPITEL

Nachdem Psamtik das Zimmer seines Vaters verlassen hatte, begab er sich sofort in den Tempel der Göttin Neith. Am Eingang des Tempels fragte er nach dem Oberpriester. Die Tempeldiener baten ihn zu warten, denn der große Neithotep befinde sich soeben betend im Allerheiligsten[149] der erhabenen Herrin des Himmels.

Ein junger Priester erschien nach kurzer Zeit und meldete, sein Gebieter erwarte den Prinzen.

Psamtik verließ sofort den kühlen Platz, welchen er im Schatten der Silberpappeln des Götterhains eingenommen hatte, am Ufer des der großen Neith geheiligten Teiches[150]. Er überschritt das Steinpflaster des ersten Vorhofes, welches von blendenden Sonnenstrahlen, wie von glühenden Pfeilen, getroffen wurde, und hielt sich dabei in einer der langen Sphinxalleen, die zu den freistehenden Pylonen des riesigen Hauses der Göttin führten. Dann schritt er durch das ungeheure Haupttor, welches, wie alle ägyptischen Tempelpforten, mit der breitbeschwingten Sonnenscheibe[150a] geschmückt war. Die weitgeöffneten Torflügel wurden zu beiden Seiten von turmartigen Bauten, schlanken Obelisken und flatternden Fahnen überragt. Er gelangte in einen von Säulengängen umsäumten Hof, in dessen Mitte der Gottheit die Opfer dargebracht wurden. Die ganze Vorderfront des eigentlichen Tempelgebäudes, die sich festungsartig in einem stumpfen Winkel von den Fliesen des weiten Peristyls erhob, war mit bunten Bildern und Inschriften bedeckt.

Durch den Portikus trat Psamtik in einen hohen Vorsaal, dann in die große Halle, deren blaue, mit tausend goldenen Sternen übersäte Decke von vier Reihen riesiger Säulen getragen wurde. Überall waren Hieroglyphenbilder zu sehen. In riesiger Größe erhoben sich die Säulen, unermeßlich hoch und großartig weit dehnte sich die Halle, und die Luft war ganz erfüllt von Weihrauch und den Dämpfen, die aus dem zu den Räumen des Tempels gehörenden Laboratorium drangen. Eine leise Musik, von hinter Vorhängen verborgenen Künstlern ausgeführt, wurde dann und wann von dem tiefen Gebrülle der heiligen Kühe der

Isis oder dem krächzenden Rufe der Sperber des Horus unterbrochen, die sich in einem Nebensaale befanden. Sobald der feierlich gedehnte Ruf einer Kuh oder der schrille Schrei eines Sperbers erscholl, neigten sich die hockenden Andächtigen und berührten mit der Stirn die Steinfliese des Vorhofs. Sie schauten mit zager Ehrfurcht in das ihnen verschlossene Innere des Tempels, in dessen aus einem Stück gearbeiteten kapellenartigen Allerheiligsten zahlreiche Priester standen, von denen einige Straußenfedern an den glänzend kahlen Köpfen, andere Pantherfelle an den weißbekleideten Schultern trugen. Murmelnd und fingernd neigten und erhoben sie sich, schwangen Rauchgefäße und gossen aus goldenen Libationsgefäßen für die Götter reines Wasser aus. In dieser nur wenigen Ägyptern geöffneten gigantischen Halle mußte sich der Mensch zwergenhaft klein erscheinen. Sein Auge, sein Ohr, ja selbst seine Atmungswerkzeuge wurden hier von Einwirkungen der Außenwelt in Anspruch genommen, die weitab lagen von allem, was das Alltagsdasein bot. Taumelnd und entrückt dem eigentlichen Leben, mußte der Andächtige hier nach einer Stütze außer sich suchen. Die Stimme des Priesters zeigte sie ihm, und die geheimnisvolle Musik und der Ruf der heiligen Tiere galten für Äußerungen der Nähe der Gottheit.

Ohne beten zu können, ließ sich Psamtik auf der für ihn bestimmten goldenen und gepolsterten niedrigen Ruhebank in der Haltung eines Beters nieder. Nach einer Weile erhob er sich und ging zu dem erwähnten kleineren und niedrigeren Nebensaal, in dem die heiligen Kühe der Isis-Neith und die Sperber des Horus gepflegt wurden. Ein mit Goldstickereien bedeckter Vorhang von kostbarstem Stoff verbarg sie den Augen der Tempelbesucher, denn der Anblick dieser vergötterten Geschöpfe war dem Volke nur selten und von ferne gestattet. Als Psamtik vorbeikam, wurden gerade in Milch erweichte Kuchen, Salz und Kleeblüten in die goldenen Krippen der Kühe und kleine buntgefiederte Vögel in das zierlich gearbeitete Häuschen des Sperbers gelegt. In seiner heutigen Stimmung hatte der Thronerbe kein Auge für diese ihm wohlbekannten Dinge und erstieg mittels einer verborgenen Treppe die neben der Sternwarte gelegenen Gemächer, in denen sich der Oberpriester nach dem Gottesdienste aufzuhalten und auszuruhen pflegte.

Neithotep, ein Greis von siebzig Jahren, saß in einem prächtigen, mit schweren babylonischen Teppichen belegten Gemach auf dem Purpurkissen eines vergoldeten Lehnstuhls. Seine Füße ruhten auf einer kunstreich geschnitzten Fußbank. In den Händen hielt er eine mit Hieroglyphenzeichen bedeckte Rolle. Hinter ihm stand ein Knabe, welcher mit einem Wedel von Straußenfedern die Insekten aus seiner Nähe verscheuchte.

Das Angesicht des priesterlichen Greises war voller Runzeln; doch mochte es einstmals schön gewesen sein. Aus den großen blauen Augen sprach noch heute ein lebendiger Geist und großes Selbstbewußtsein.

Neithotep hatte seine künstlichen Locken abgelegt. Der kahle, glatte Schädel stach eigentümlich von dem gefurchten Angesichte ab und ließ die Stirn ausnehmend hoch erscheinen. Das bunte Zimmer, an dessen Wände tausend Sprüche in Hieroglyphenschrift gemalt waren, und die verschiedenartigen farbigen Bildsäulen der Göttin mußten im Kontrast zur weißen Kleidung des Priesters auf jeden Fremden einen ebenso feierlichen wie seltsamen Eindruck machen.

Der Greis empfing den Thronerben mit großer Herzlichkeit und fragte:

»Was führt meinen erlauchten Sohn zu dem armen Diener der Gottheit?«

»Ich habe dir vieles zu berichten, mein Vater«, erwiderte Psamtik mit triumphierendem Lächeln, »denn ich komme soeben von Amasis.«

»So hat er dir endlich Gehör geschenkt?«

»Endlich!«

»Dein Angesicht sagt mir, daß dir unser Herr, dein Vater, huldvoll begegnete.«

»Nachdem ich seinen Groll erfahren hatte. – Als ich die Anliegen, mit denen du mich beauftragt hattest, vorgebracht hatte, wurde er unmäßig zornig und zerschmetterte mich mit furchtbaren Worten.«

»Du wirst ihn verletzt haben! Oder bist du dem Könige, wie ich dir geraten hatte, als demütig bittender Sohn genaht?«

»Nein, mein Vater; ich war gereizt und unwillig.«

»Dann hatte Amasis recht, zornig zu werden, denn niemals

ziemt es dem Sohne, seinem Erzeuger unwillig zu begegnen; am wenigsten aber, wenn er etwas erbitten will. Du kennst die Verheißung: Wer seinen Vater ehrt, wird ein langes Leben haben[150b]! Sieh, mein Schüler, darin fehlst du immer, daß du Dinge, welche leichtlich durch Güte und Milde erlangt werden könnten, gewaltsam und mürrisch durchzusetzen suchst. – Ein gutes Wort ist weit wirksamer als ein böses, und es kommt viel darauf an, wie man seine Rede zu brauchen versteht. So bemühe dich denn in Zukunft, die Form deiner Rede angenehm zu machen, denn es kommt vor dem Ohre eines Herrschers ebensosehr darauf an, wie man spricht, als *was* man spricht.«

»Oh, mein Vater, wie oft hast du mir diese Lehre gegeben, wie oft sah ich selber ein, daß ich mir mit meinen rauhen Worten und zürnenden Gebärden schade. Ich vermag aber meine Art nicht zu ändern, ich kann nicht …«

»Sage lieber: Ich will nicht. Denn wer in Wahrheit ein Mann ist, der muß, was er einmal getan und nachher bereut hat, niemals wieder tun. – Allein genug der Lehren! Erzähle, wie du den Groll des Amasis besänftigt hast.«

»Du kennst meinen Vater. Als er sah, daß mich seine furchtbaren Worte in tiefster Seele verwundet hatten, bereute er seinen Jähzorn. Er fühlte, daß er zu weit gegangen war, und wollte seine Härte um jeden Preis wieder gutmachen. Gerührt, wie er war, bewilligte er mir zuletzt, hörst du, Vater, bewilligte er mir das Leben des Phanes!«

»Wie deine Augen funkeln! Das ist nicht schön, Psamtik! Der Athener muß sterben, weil er die Götter beleidigte; der Richter aber soll zwar die Strenge walten lassen, sich jedoch über das Unglück des Verurteilten nicht freuen. Nun sprich, was erreichtest du weiter?«

»Der König teilte mir mit, welchem Hause Nitetis ihren Ursprung verdankt.«

»Weiter nichts?«

»Nein, mein Vater; aber brennst du nicht darauf zu vernehmen …«

»Neugier ist ein Laster des Weibes; auch weiß ich längst, was du mir erzählen könntest.«

»Aber du trugst mir ja gestern dringend auf, den Vater auszufragen.«

»Ich tat es, um dich zu prüfen, ob du den Befehlen der Gottheit ergeben bist. Ich höre, daß du uns redlich mitteilst, was du herausbekommen hast, und sehe, daß du die erste Priestertugend, den Gehorsam, zu üben verstehst.«

»So kennst du den Vater der Nitetis?«

»Ich selbst habe das Gebet an König Hophras Grabe gesprochen.«

»Aber wer hat dir dies Geheimnis verraten?«

»Die ewigen Sterne, mein Sohn, und meine Kunst, in dem Buche des Himmels zu lesen.«

»Und diese Sterne? Betrügen sie niemals?«

»Niemals den wahrhaft Kundigen!«

Psamtik erblaßte. Der Traum seines Vaters und sein furchtbares Horoskop stellten sich als entsetzliche Schreckbilder vor seine Seele. Der Priester bemerkte schnell die Veränderung in den Zügen des Königssohnes und sprach zu ihm mit sanfter Stimme: »Du gedenkst der unglücklichen Himmelszeichen bei deiner Geburt und hältst dich für einen verlorenen Menschen; aber tröste dich, Psamtik: Die Astrologen haben damals ein Sternbild übersehen, welches meinem Blick nicht entgangen ist. Dein Horoskop war schlimm, sehr schlimm, aber es kann sich zum Guten wenden, es kann …«

»O sprich, Vater, sprich!«

»Es muß sich zum Guten kehren, wenn du, alle anderen Dinge vergessend, einzig für die Götter lebst und ihrer Stimme, welche wir allein im Allerheiligsten vernehmen, unbedingt Folge leistest.«

»Winke, mein Vater, und ich werde gehorchen!«

»Das gebe die Herrin von Sais, die große Neith!« rief der Priester mit feierlicher Stimme. »Jetzt aber, mein Sohn«, fuhr er freundlich fort, »laß mich allein, denn ich bin müde vom langen Beten und der Last meiner Jahre. Wenn es möglich ist, so verzögere den Tod des Phanes; ich möchte ihn sprechen, bevor er stirbt. Noch eins! Gestern ist eine Schar von Äthiopiern hier eingerückt. Diese Leute verstehen weder Ägyptisch noch Griechisch. Sie werden unter Führung eines treuen Mannes, welcher den Athener und die Örtlichkeit kennt, geeignet sein, den Verurteilten beiseite zu schaffen. Ihre Unkenntnis der Sprache und Verhältnisse wird ihnen Verrat oder Plauderei unmöglich machen. Vor ihrem Aufbruch nach Naukratis dürfen sie nichts von dem Zwecke ihrer Reise erfahren; ist die Tat vollbracht, so versetzen wir sie nach Äthiopien zurück. Ein Geheimnis, das merke dir, von welchem mehr wissen als einer, ist schon zur Hälfte verraten. Lebe wohl!«

Psamtik verließ das Gemach des Greises. Wenige Augenblicke später trat ein junger Priester, einer der Diener des Königs, ein und fragte den Alten: »Hab' ich gut beobachtet, Vater?«

»Vortrefflich, mein Sohn. Dir ist nichts entgangen, was Amasis mit Psamtik geredet. Möge Isis[151] dein Gehör erhalten!«

»Ach, Vater, ein Tauber konnte heut im Nebenzimmer jedes Wort vernehmen, denn der König brüllte wie ein Stier.«

»Die große Neith hat ihn mit Unvorsichtigkeit geschlagen, dir aber befehle ich, mit größerer Ehrfurcht von dem Pharao zu reden! Gehe jetzt und benachrichtige mich sofort, wenn Amasis den Anschlag auf Phanes zu hintertreiben versuchen sollte. Du findest mich auf jeden Fall zu Hause. Befiehl den Dienern, sie möchten alle Besucher abweisen und sagen, ich würde im Allerheiligsten beten. Der Unnennbare behüte deine Schritte!«

Während Psamtik alle Vorbereitungen zur Gefangennahme des Phanes traf, stieg Krösus mit seinen Begleitern in eine königliche Nilbarke, um nach Naukratis zu fahren und den nächsten Abend bei Rhodopis zuzubringen.

Sein Sohn Gyges und die drei jungen Perser blieben in Sais, wo es ihnen ausgezeichnet gefiel.

Amasis überhäufte sie mit Gefälligkeiten, gestattete ihnen, nach ägyptischem Gebrauch, den Verkehr mit seiner Gattin und den sogenannten Zwillingsschwestern und lehrte Gyges das Dame-Spiel[152]. In bester Laune beobachtete Amasis, wie die kräftigen und gewandten jungen Helden mit seinen Töchtern Ball- und Reifenspiele machten.

»Wahrlich«, rief Bartja, nachdem Nitetis den mit bunten Bändern geschmückten Ring zum hundertsten Male mit ihrem feinen Stäbchen aus Elfenbein aufgefangen hatte, »dieses Spiel müssen wir auch in der Heimat einführen. Wir Perser sind anders als ihr Ägypter. Alles Neue und Fremde ist uns ebenso willkommen, wie es euch verhaßt zu sein scheint. Ich werde unserer Mutter Kassandane davon erzählen, und diese wird mit Freude gestatten, daß die Frauen meines Bruders sich daran ergötzen.«

»Das wäre wirklich schön!« rief die blonde Tachot. »Nitetis wird dann mitspielen und sich in die Heimat und zu ihren Lieben zurückträumen. Du aber, Bartja«, fügte sie leise hinzu und errötete, »mußt auch, sooft du die Reifen fliegen siehst, an diese Stunde denken.«

Der junge Perser antwortete lächelnd: »Ich werde sie niemals vergessen!« Dann rief er laut und munter, indem er sich an seine zukünftige Schwägerin wandte: »Sei guten Mutes, Nitetis, denn es wird dir besser bei uns gefallen, als du glaubst. Wir Asiaten wissen die Schönheit zu ehren; dies beweisen wir schon dadurch, daß wir viele Frauen nehmen!«

Nitetis seufzte, und Ladice, die Gattin des Königs, rief: »Damit eben zeigt ihr, daß ihr das Wesen der Frau schlecht zu würdigen versteht! Du ahnst nicht, Bartja, was ein Weib empfindet, wenn es den Mann, der ihr mehr bedeutet als das Leben, auf sich herabblicken sieht wie auf ein schönes Spielwerk! Tausendfach schmerzlicher ist es noch, wenn man die Liebe, welche man für sich allein zu besitzen hoffen darf, mit hundert anderen teilen muß!«

»Da hast du die Eifersüchtige!« rief Amasis. »Spricht sie nicht, als habe sie schon Gelegenheit gehabt, sich über mangelnde Treue zu beklagen?«

»O nein, mein Teurer«, gab Ladice zurück, »darin seid ihr Ägypter allen anderen Männern vorzuziehen, daß ihr, treu und beständig, euch an dem genügen laßt, was euch einmal lieb geworden ist; ja, ich wage dreist zu behaupten, daß keine Frau so glücklich sei wiedas Weib eines Ägypters[154]! Selbst die Griechen, die das Leben doch wohl reicher zu schmücken wissen als die Ägypter, verstehen nicht das Weib zu würdigen, wie es gewürdigt werden muß! In ihren dumpfen Stuben von den Müttern zur Arbeit am Webstuhl und Spinnerocken angehalten, vertrauern die meisten hellenischen Jungfrauen ihre Kindheit.

Wenn sie dann herangewachsen sind, werden sie in das stille Haus eines ihnen unbekannten Gatten geführt. Der hat vor lauter Arbeit und Sorgen kaum Zeit, das Frauengemach zu betreten. Nur wenn die nächsten Freunde und Verwandten bei dem Gatten verweilen, darf sich die Frau, aber selbst dann nur schüchtern und zaghaft, zu den Männern gesellen, um etwas von der Welt draußen zu hören und zu lernen. Ach, wir Frauen haben auch Drang zum Wissen, und gerade unserem Geschlecht dürfte man gewisse Kenntnisse nicht vorenthalten, damit wir, als Mütter, Lehrerinnen unserer Kinder werden könnten. Was soll eine hellenische Mutter, welche selbst nichts vom Leben weiß und erfahren hat, ihren Töchtern mitgeben als Unwissenheit? So genügt denn auch dem Griechen nur gar selten seine angetraute, ihm geistig untergeordnete Gattin, und er geht in die Häuser jener Hetären, welche, im steten Verkehr mit dem anderen Geschlechte, alles Wissen der Männer erlauschen und es mit den Blumen weiblicher Anmut und dem Salze ihres feineren, zarteren Witzes zu würzen verstehen. In Ägypten ist es anders. Hier gestattet man den erblühten Mädchen den ungezwungenen geselligen Verkehr mit den Männern. Jüngling und Jungfrau lernen sich bei zahlreichen Festen kennen und lieben. Die Frau wird nicht die Sklavin, sondern die Freundin des Mannes. Eines ergänzt das andere. Der Frau wird es leichtgemacht, tugendhaft und häuslich zu bleiben, denn es erhöht mit Tugend und Häuslichkeit das Glück dessen, welcher ihr allein gehört. Wir Frauen tun nun einmal nur, was uns gefällt! Die Ägypter verstehen die Kunst, uns dahin zu bringen, daß uns eben nur das gefallen kann, was gut ist. Hier am Nil hätten Phocylides von Milet und Hipponax von Ephesus niemals ihre Schmählieder auf uns zu singen gewagt – hier hätte niemals die Sage von der Pandora[155] erfunden werden können.«

»Wie schön du sprichst!« rief Bartja. »Das Griechische zu erlernen fiel mir oft schwer. Jetzt aber freue ich mich, daß ich bei dem Unterricht des Krösus aufgemerkt habe.«

»Wer sind aber jene schlechten Männer, welche sich Schlimmes von den Frauen zu sagen unterfangen?« fragte Darius.

»Ein paar griechische Dichter«, antwortete Amasis, »die kühnsten aller Menschen; denn lieber möchte ich eine Löwin als eine

Frau zu reizen wagen. Diese Griechen scheuen sich eben vor nichts in der Welt. Hört nur ein Pröbchen von der Poesie des Hipponax:

An zwei Tagen nur kann dich ein Weib erlaben,
Am Tag der Hochzeit und – am Tag, da sie begraben.

»Hör auf!« rief Ladice und hielt sich die Ohren. »Seht, ihr Perser, so ist dieser Amasis. Wo er necken und scherzen kann, da tut er's – wenn er auch ganz gleicher Ansicht mit dem Verspotteten wäre. Es gibt gar keinen besseren Ehemann ihn …«

»Und gar keine schlechtere Frau als dich«, sagte Amasis und lachte, »denn du bringst mich wahrhaftig in den Verdacht, ein gar zu gehorsamer Gatte zu sein! – Lebt wohl, Kinder; die jungen Helden sollen sich unser Sais ansehen. Erst aber will ich ihnen mitteilen, was der böse Simonides von der besten Frau singt:

Doch eine stammt von der Biene. Glücklich ist,
Wer die empfängt; denn sie allein ist tadellos,
Durch sie erblüht und mehret sich sein Lebensgut,
Alt wird sie liebend mit dem liebenden Gemahl,
Und ihr entsprießt ein schönes, rühmliches Geschlecht.
Vor allen Weibern strahlet sie in Herrlichkeit,
Denn einer Göttin holder Reiz umfließt sie rings.
Es freut sie nie, zu sitzen unter Weibervolk,
Wo jede nur von Liebeslust zu reden hat.
So sind die besten Weiber und verständigsten,
Die Zeus den Männern gnädig zum Besitz verleiht[156].

So ist auch meine Ladice! Lebt wohl!«

»Noch nicht!« rief Bartja. »Ich muß erst unser armes Persien rechtfertigen, um meiner zukünftigen Schwägerin neuen Mut einzuflößen. Aber nein! Darius, rede du für mich, denn du verstehst die Kunst der Rede so gut wie das Rechnen und die Wissenschaft des Schwertes!«

»Du stellst mich ja wie einen Schwätzer und Krämer[157] dar« ,erwiderte der Sohn des Hystaspes. »Doch nun gut; ich brenne schon lange darauf, die Sitten unserer Heimat zu verteidigen.

Wisse denn, Ladice, daß deine Tochter keineswegs die Sklavin, sondern die Freundin unseres Königs werden wird, wenn Auramazda[158] sein Herz zum Guten lenkt; wisse, daß auch in Persien, freilich nur bei hohen Festen, die Weiber des Königs an der Tafel der Männer weilen und daß wir gewohnt sind, den Frauen und Müttern die höchste Ehrfurcht zu erweisen. Hört nur, ob ihr Ägypter euren Gattinnen eine schönere Gabe schenken könntet als jener König von Babylon, der eine Perserin zum Weibe nahm. Diese, an die Berge ihrer Heimat gewöhnt, fühlte sich in den weiten Ebenen des Euphrat unglücklich und erkrankte an Heimweh. Was tat der König? Er ließ einen riefengroßen Bau auf hohen Brückenbogen aufführen und seinen Gipfel mit einem Berge von fruchtbarer Erde bestreuen. Auf diesem pflanzte er die schönsten Blumen und Bäume, welche durch ein künstliches Pumpwerk bewässert wurden. Als alles fertig war, führte er seine persische Gattin dorthin und machte ihr den künstlichen Berg, von dem sie, wie von der Höhe des Rachmed, in die Ebene schauen konnte, zum Geschenk[159].«

»Und wurde die Perserin wieder gesund?« fragte Nitetis mit niedergeschlagenen Augen.

»Ja, und mehr noch, sie wurde fröhlich; auch du wirst dich in kurzer Zeit wohl und glücklich in unserem Lande fühlen.«

Ladice lächelte freundlich und fragte: »Was hat wohl mehr zur Genesung der jungen Königin beigetragen; der künstliche Berg oder die Liebe des Gatten, der solches Werk zu ihrer Freude errichtete?«

»Die Liebe des Gatten!« riefen die Mädchen.

»Aber Nitetis wird auch den Berg nicht verachten«, versicherte Bartja. »Ich werde es zu bewerkstelligen suchen, daß sie auf den hängenden Gärten wohne, sooft sich der Hof nach Babylon begibt.«

»Jetzt aber kommt!« rief Amasis. »Sonst werdet ihr euch die Stadt im Dunkeln betrachten müssen. Drüben stehen schon seit einer Stunde zwei Schreiber, die auf mich warten. He, Sachons, befiehl dem Hauptmann der Leibwache, unseren hohen Gästen mit hundert Mann zu folgen!«

»Aber wozu das? Ein Führer, vielleicht ein griechischer Unterbefehlshaber, würde genügen.«

»Es ist besser so, glaubt mir. Als Fremder kann man in Ägypten niemals zu vorsichtig sein. Merkt euch dies, und vor allem hütet euch, die heiligen Tiere zu verspotten. Lebt wohl, meine jungen Helden, und auf Wiedersehen heut abend beim fröhlichen Trinken!«

Die Perser verließen, von ihrem Dolmetscher, einem Griechen, der in Ägypten erzogen worden war und beide Sprachen[160] mit gleicher Fertigkeit redete, geführt, das Königsschloß.

Die Straßen von Sais, welche in der Nähe des Palastes lagen, boten einen freundlichen Anblick. Die Häuser, von denen manche fünf Stockwerke hoch, doch nur aus leichten Nilziegeln erbaut waren, waren mit Bildern oder Hieroglyphenzeichen bedeckt. Altane mit Geländern von geschnitztem bunt angestrichenem Holzwerke umgaben, von bemalten Säulen gestützt, die Wände. An den festverschlossenen Eingangstüren vieler Häuser war der Name und Stand des Besitzers zu lesen[161]. Auf den platten Dächern standen Blumen und Ziersträucher, unter denen die Ägypter am Abend zu verweilen liebten, sofern sie es nicht vorzogen, das Mücken-Türmchen zu besteigen, welches nur wenigen Häusern fehlte. Diese hatte man erbaut, weil die lästigen Insekten, welche der Nil erzeugt, nur niedrig fliegen, und man sich daher auf der Höhe der Türmchen vor ihnen retten konnte[162].

Die jungen Perser staunten über die fast schon übertriebene Reinlichkeit der Häuser und Straßen. Die Türschilder und Klopfer blitzten in der Sonne, die Malereien an den Wänden, Altanen und Säulen sahen aus, als seien sie erst eben vollendet worden, und selbst die Pflastersteine der Straßen[163] ließen vermuten, daß man sie öfter scheuerte. Je weiter sich die Perser vom Nil und dem Palast entfernten, je unscheinbarer wurden die Gassen der Stadt. Sais war an den Neigungen eines Hügels erbaut worden und hatte sich, da vor zweieinhalb Jahrhunderten die Residenz der Pharaonen hierher verlegt worden war, in verhältnismäßig kurzer Zeit aus einem unbedeutenden Orte in eine ansehnlich große Stadt verwandelt.

Auf der dem Nilarm zugewandten Seite von Sais waren die Straßen schön und glänzend; an der anderen Bergseite lagen dagegen, nur selten von besseren Häusern unterbrochen, die aus

Nilschlamm und Akazienzweigen gefertigten Hütten der Armut. Im Nordwesten erhob sich die feste Burg des Königs[164].

»Laßt uns hier umkehren«, rief Gyges, der Sohn des Krösus, seinen jüngeren Begleitern zu, welche er in Abwesenheit seines Vaters zu leiten und zu hüten hatte, als er sah, daß der Schwarm der Neugierigen, welcher ihnen folgte, von Schritt zu Schritt an Zahl und Größe zunahm.

»Wie du befiehlst«, gab der Dolmetscher zur Antwort. »Dort unten im Tal, am Fuß jenes Hügels, liegt aber die Totenstadt, und diese ist, meine ich, sehenswert genug.«

»Geh nur voran«, rief Bartja, »wir haben doch Prexaspes nur begleitet, um die Merkwürdigkeiten des Auslandes zu sehen!«

Als sie endlich unweit der Totenstadt zu einem freien, von den Buden der Handwerker[165] umgebenen Platze gelangt waren, hörte man wüstes Geschrei unter der nachfolgenden Menge ausbrechen. Kinder jauchzten, Weiber riefen, und eine Stimme, welche alle anderen überkreischte, schrie: »Kommt hierher, in den Vorhof des Tempels, um die Werke des großen Zauberers zu sehen, der aus den Oasen im libyschen Westen stammt und von Chunsu, dem Erteiler guter Ratschläge, und der großen Göttin Hekt mit allen Wunderkräften ausgestattet ist[166]!«

»Folgt mir zu dem kleinen Tempel dort drüben!« sagte der Dolmetscher. »Ihr werdet sogleich ein seltsames Schauspiel zu sehen bekommen.«

Nun drängte er sich mit den Persern durch die Masse der Ägypter und kam bald mit einem Priester zurück, der die Fremden in den Vorhof des Tempels führte. Hier stand ein priesterlich gekleideter Mann zwischen mehreren Kisten. Zwei Mohren knieten neben ihm auf der Erde.

Der Libyer, ein riesengroßer Mensch mit geschmeidigen Gliedern und stechenden schwarzen Augen, hielt ein Blasinstrument in der Hand. Um seine Brust und seine Arme wanden sich mehrere in Ägypten als giftig bekannte Schlangen.

Als er den Persern gegenüberstand, verneigte er sich, lud mit einer feierlichen Gebärde zum Zuschauen ein, legte sein weißes Gewand ab und begann nun, allerlei Kunststücke mit seinen Nattern auszuführen.

Bald ließ er sich von ihnen beißen, so daß Blut von seiner

Wange tropfte, bald zwang er sie mit den seltsamen Tönen seiner Flöte, sich aufzurichten und tanzartige Bewegungen zu vollführen, bald verwandelte er sie, indem er ihnen in den Rachen spie, in regungslose Stäbe. Dann warf er alle Schlangen zu Boden und führte in ihrer Mitte einen rasenden Tanz aus, ohne eins der Tiere mit den Füßen zu berühren.

Wie ein Toller drehte und krümmte der Zauberer seine geschmeidigen Glieder, bis ihm die Augen aus dem Kopfe heraustraten und sich blutiger Schaum an seinem Munde zeigte.

Plötzlich warf er sich wie tot zur Erde nieder. Nichts bewegte sich an seinem Leib, außer den Lippen, welche ein pfeifendes Zischen hören ließen. Auf dieses Zeichen hin krochen die Schlangen ihm entgegen und legten sich wie lebende Ringe um seinen Hals, seine Beine und seinen Leib. Endlich erhob er sich und sang ein Lied von der wunderbaren Macht der Gottheit, die ihn, zu ihrem eigenen Ruhm, zum Zauberer gemacht habe.

Hierauf öffnete er einen der Kästen und legte die Mehrzahl der Schlangen hinein; nur einige, wahrscheinlich seine Lieblinge, behielt er als Hals- und Armbänder an sich.

Als zweiten Teil seiner Schau gab er einige gut ausgeführte Taschenspielerkünste zum besten. Er verschluckte brennenden Flachs, balancierte tanzend Schwerter, deren Spitzen in seinen Augenhöhlen standen, zog lange Stricke und Bänder aus den Nasen ägyptischer Kinder, zeigte das bekannte Kugel- und Becherspiel und steigerte das andächtige Staunen der Zuschauer zur höchsten Höhe, indem er aus fünf Straußeneiern ebenso viele lebendige junge Kaninchen hervorzauberte.

Die Perser gehörten durchaus nicht zu dem undankbarsten Teil seiner Zuschauer; im Gegenteil waren sie von dem Schauspiel äußerst beeinduckt. Dergleichen hatten sie noch nie gesehen.

Schweigend waren sie wieder zu den schöneren Straßen zurückgelangt, ohne zu bemerken, wie viele der sie umgebenden Ägypter ohne Hände und mit verstümmelten Nasen und Ohren einhergingen. Diese verunstalteten Menschen waren den Asiaten kein ungewöhnlicher Anblick, denn auch bei ihnen wurden viele Vergehen durch Abschneiden von Gliedmaßen bestraft. Hätten sie sich erkundigt, so würden sie erfahren haben, daß in Ägypten der seiner Hand Beraubte ein überführter Fälscher, die Frau ohne Nase eine Ehebrecherin, der Zungenlose ein Staatsverräter oder Verleumder, der Mann ohne Ohren ein Spion und jenes bleiche, blödsinnige Weib eine Kindsmörderin sei, welche, zur Strafe für ihr Vergehen, die Leiche des erdrosselten Säuglings drei Tage und drei Nächte lang auf ihren Armen halten mußte. – Welches Weib konnte, nach Ablauf dieser Marterstunden, bei Sinnen bleiben[167]?

Die meisten Strafgesetze der Ägypter hatten sowohl den Zweck, das Verbrechen zu züchtigen, als den anderen, es dem Sünder unmöglich zu machen, sein erstes Vergehen zu wiederholen.

Jetzt geriet der Zug ins Stocken, denn zahlreiche Menschen hatten sich vor einem der schönsten Häuser der zum Neith-Tempel führenden Straße zusammengerottet. Die wenigen Fenster, die zur Straße hinausgingen, waren verschlossen.

In der Haustür stand ein schreiender Greis im schlichten, weißen Gewande eines priesterlichen Dieners. Er versuchte, mehrere seiner Kollegen daran zu hindern, eine große Kiste aus dem Hause zu entfernen.

»Wer gestattet euch, meinen Herrn zu bestehlen?« schrie er mit wütenden Gebärden. »Ich bin der Hüter dieses Hauses, und mein Herr hat mir, als er vom König nach Persien, das die Götter besonders vernichten mögen, geschickt wurde, befohlen, auf diese Kiste aufzupassen, in welcher seine Schriften liegen.«

»Beruhige dich, alter Hib!« rief der Tempeldiener, der auch beim Empfang der asiatischen Gesandtschaft zugegen gewesen war. »Der Oberpriester der großen Neith, der Herr deines Herrn, hat uns hierhergesandt. Es müssen seltsame Schriften in dieser Kiste stecken, sonst würde uns Neithotep nicht den Auftrag erteilt haben, sie abzuholen.«

»Aber ich dulde nicht, daß das Eigentum meines Herrn, des großen Arztes Nebenchari, gestohlen wird!« schrie der Alte. »Ich werde mir schon Recht verschaffen und, wenn es nötig ist, bis zum König gehen!«

»Halt da!« rief jetzt der Tempeldiener. »So ist's recht. Macht, daß ihr mit der Kiste fortkommt, ihr Männer! Tragt sie sogleich zum Oberpriester. Du aber, Alter, würdest klüger handeln, wenn du deine Zunge hüten und bedenken wolltest, daß auch du ein

Diener meines Herrn, des Oberpriesters, bist. Mach, daß du ins Haus zurückkommst, sonst schleppen wir dich morgen selber fort, wie heut die Kiste!« Bei diesen Worten schlug er die schwere Haustür so heftig zu, daß der Alte in das Vorhaus zurückgeworfen und den Blicken der Menge entzogen wurde.

Die Perser hatten dem seltsamen Auftritt zugeschaut und ließen sich denselben von ihrem Dolmetscher erklären.

Zopyrus lachte, als er vernahm, daß der Besitzer jener von dem allgewaltigen Oberpriester eingezogenen Kiste der Augenarzt sei, welcher sich wegen der kranken Augen der Mutter des Königs in Persien aufhielt und der sich durch sein ernstes, mürrisches Wesen am Hofe des Kambyses nur wenig beliebt gemacht hatte.

Bartja wollte Amasis fragen, was dieser eigentümliche Raub zu bedeuten habe. Gyges aber bat ihn, sich nicht um Dinge zu kümmern, die ihn nichts angingen.

Als sie dicht vor dem Palast angelangt waren – die in Ägypten schnell hereinbrechende Dunkelheit begann sich schon über die Erde zu breiten –, fühlte sich Gyges plötzlich von einem fremden Mann, welcher sein Gewand festhielt, zurückgehalten. Er sah sich um und bemerkte, daß ihm der Unbekannte, indem er den Finger auf die Lippen preßte, das Zeichen des Schweigens gab.

»Wann kann ich dich allein und unbemerkt sprechen?« flüsterte er dem Sohn des Krösus zu.

»Was willst du von mir?«

»Frage nicht und antworte schnell. Beim Mithra[168], ich habe dir wichtige Dinge zu enthüllen!«

»Du sprichst persisch? So bist du kein Ägypter?«

»Ich bin ein Perser; aber antworte schnell, ehe unser Gespräch entdeckt wird. Wann kann ich dich unbemerkt sprechen?«

»Morgen früh.«

»Das ist zu spät.«

»Nun denn, in einer Viertelstunde, wenn es völlig dunkel ist, an diesem Tor des Schlosses.«

»Ich erwarte dich.«

Mit diesen Worten verschwand der Mann. Gyges trennte sich, im Palast angekommen, von Bartja und Zopyrus, steckte sein Schwert in den Gürtel, bat Darius, ein gleiches zu tun und ihm zu folgen, und stand bald im Dunkel der Nacht am großen Portikus des Schlosses dem Fremden gegenüber.

»Auramazda sei gepriesen, daß du da bist!« rief dieser dem jungen Lyder auf persisch entgegen. »Wer aber ist dein Begleiter?«

»Mein Freund, ein Achämenide[169], Darius, Sohn des Hystaspes!«

Der Fremde verneigte sich tief und sagte: »Ich hatte schon Angst, ein Ägypter sei mit dir gekommen.«

»Nein, wir sind allein und wollen dich hören. Aber mach es kurz. Wer bist du, und was willst du?«

»Ich heiße Bubares und war unter dem großen Cyrus ein armer Hauptmann. Als wir Sardes, die Stadt deines Vaters, eingenommen hatten, durften wir anfangs plündern. Dann bat dein weiser Vater den Cyrus, er möge das Rauben einstellen lassen, denn nachdem er Sardes erobert habe, würde er ja im Grunde sich selbst mehr als dem früheren Besitzer der Stadt schaden[170]. Es wurde bei Todesstrafe befohlen, alles Erbeutete an die Hauptleute abzuliefern. Diese sollten alle Kostbarkeiten, welche man ihnen überbringen würde, auf dem Markt aufbewahren. Da lagen viele Haufen von goldenen und silbernen Geschirren, ganze Hügel von Weiber- und Männerschmucksachen voller Edelgestein …«

»Schnell, schnell, wir haben nicht lange Zeit!« unterbrach Gyges ungeduldig Bubares.

»Du hast recht! Ich muß mich kürzer fassen! Ich verwirkte mein Leben, indem ich eine von Edelsteinen wimmelnde Salbenschachtel aus dem Schloß deines Vaters für mich behielt. Cyrus wollte mich hinrichten lassen; Krösus aber rettete mein Leben durch eine Fürbitte bei seinem Besieger. – Cyrus gab mich frei; erklärte mich aber für ehrlos. So verdanke ich deinem Vater mein Leben; dennoch konnte ich nicht in Persien bleiben, denn die Ehrlosigkeit lastete zu schwer auf mir. Ein smyrnäisches Schiff brachte mich nach Zypern. Dort meldete ich mich wieder für den Kriegsdienst, lernte Griechisch und Ägyptisch, kämpfte gegen Amasis und wurde von Phanes als Kriegsgefangener hierhergebracht. Ich hatte stets als Reiter gedient. Man gesellte mich zu den Sklaven, welche die Pferde des Königs besorgen. Ich zeichnete mich durch Zuverlässigkeit aus und wurde nach sechs Jahren Stallaufseher. Ich habe niemals vergessen, zu welchem Dank ich deinem Vater verpflichtet bin. Jetzt endlich kommt die Reihe an mich, ihm eine Wohltat zu erweisen.«

»Es handelt sich um meinen Vater? – So sprich, rede!« sagte Gyges.

»Sofort. Hat Krösus den Thronerben Psamtik beleidigt?«

»Nicht, daß ich wüßte.«

»Dein Vater ist heut abend bei Rhodopis in Naukratis?«

»Woher weißt du das?«

»Ich hab' es von ihm selbst gehört, denn ich folgte ihm heute morgen zur Barke, um mich ihm zu Füßen zu werfen.«

»Hast du deinen Zweck erreicht?« fragte Gyges.

»Ja. Er schenkte mir auch einige gnädige Worte; aber er konnte mich nicht lange hören, denn seine Gefährten hatten schon in dem Schiff Platz genommen, als er kam. In der Eile sagte mir sein Sklave Sandon, den ich kenne, nur noch, daß es nach Naukratis ginge und daß das hellenische Weib, das sie Rhodopis nennen, einen Besuch erhalten solle.«

»Er hat die Wahrheit gesagt.«

»So ist schnelle Rettung nötig. Als der Markt voll war[171], sind zehn Wagen und zwei Barken mit äthiopischen Kriegern unter Führung eines ägyptischen Hauptmanns heimlich nach Naukratis gefahren, um in der Nacht das Haus der Rhodopis zu umstellen und ihre Gäste gefangenzunehmen!«

»Ha, Verrat!« rief Gyges.

»Aber was mögen sie deinem Vater antun wollen?« fragte Darius. »Sie wissen doch, daß die Rache des Kambyses –«

»Ich weiß nichts«, wiederholte Bubares, »als daß das Landhaus der Rhodopis, in dem sich auch dein Vater befindet, heute nacht von äthiopischen Kriegern umstellt werden soll. Ich selber habe die Bespannung ihrer Wagen besorgt und wohl vernommen, daß der Fächerträger des Thronerben dem Hauptmanne Pentaur die Worte zurief: ›Halte Ohren und Augen offen, laß das Haus der Rhodopis umstellen, damit er nicht aus der Hintertür entkomme. Schont sein Leben, wenn es möglich ist, und tötet ihn nur, wenn er Widerstand leisten sollte. Bringt ihr ihn lebendig nach Sais zurück, so sollt ihr zwanzig Ringe Gold[172] erhalten!‹«

»Könnte dies wirklich meinem Vater gelten?«

»Nie und nimmer!« rief Darius.

»Man kann es nicht genau wissen«, murmelte Bubares, »in diesem Lande ist alles möglich.«

»Wie lange braucht ein schnelles Pferd, um Naukratis zu erreichen?« fragte Gyges.

»Drei Stunden, wenn es den Lauf aushält und der Nil die Straße nicht zu hoch überflutet.«

»In zwei Stunden bin ich dort!«

»Ich reite mit dir«, rief Darius.

»Nein, du mußt mit Zopyrus zu Bartjas Schutz hierbleiben. Befiehl unseren Dienern, sich bereitzuhalten.«

»Aber Gyges –«

»Du bleibst hier und entschuldigst mich bei Amasis. Du sagst, ich könne wegen Kopf- oder Magen- oder Zahnweh das Gelage nicht teilen, hörst du? Ich reite das nisäische Roß des Bartja – du, Bubares, folgst mir auf dem des Darius; du leihst es mir doch, mein Bruder?«

»Wenn ich zehntausend hätte, sie gehörten dir.«

»Kennst du den Weg nach Naukratis, Bubares?«

»Wie meine Augen!«

»So gehe hin, Darius, und befiehl, daß man dein und Bartjas Roß bereithalte! Wir haben keinen Augenblick zu verlieren. Lebe wohl, Darius, vielleicht auf immer! Schütze Bartja! Lebe wohl!«

8. KAPITEL

Zwei Stunden vor Mitternacht drangen fröhliche Worte und helle Lichtstrahlen aus den offenen Fenstern des Hauses der Rhodopis.

Heute war die Tafel der Greisin zu Ehren des Krösus besonders reich geschmückt.

Auf den Polstern lagen, bekränzt mit Pappelzweigen und Rosen, die uns bekannten Gäste der Rhodopis: Theodorus, Ibykus, Phanes, Aristomachus, der Kaufmann Theopompus von Milet, Krösus und mehrere andere Männer.

»Ja, dies Ägypten«, sagte Theodorus, der Bildhauer, »kommt mir vor wie ein Mädchen, welches einen goldenen Schuh besitzt, den es, wenn er sie auch schmerzt und drückt, nicht ablegen mag, obgleich schöne, bequeme Sohlen vor ihr stehen, nach denen sie nur zu greifen hätte, um sich auf einmal frei und zwanglos fortbewegen zu können.«

»Du meinst das starre Festhalten der Ägypter an ihren althergebrachten Formen und Gewohnheiten?« fragte Krösus.

»Freilich«, antwortete der Bildhauer. »Noch vor zwei Jahrhunderten war Ägypten unbestreitbar das führende Land der Welt. Seine Kunst und sein Wissen übertrafen alles, was wir leisten konnten. Wir sahen ihnen die Handgriffe ab, vervollkommneten, gaben den starren Formen Freiheit und Schönheit, hielten uns an kein bestimmtes Maß, sondern an das Vorbild des Natürlichen, und haben jetzt den Meister weit hinter uns gelassen. Wie war das möglich? – Lediglich dadurch, daß der Lehrer, von unerbittlichen Gesetzen gezwungen, auf dem alten Platze stehenbleiben mußte, wir aber nach Kraft und Lust im weiten Stadium der Kunst fortlaufen durften.«

»Aber wie kann man den Künstler zwingen, seine Bildwerke, welche doch immer Verschiedenes darstellen, gleichmäßig zu gestalten?«

»Das ist in diesem Fall schnell erklärt. Die Ägypter teilen den ganzen menschlichen Körper in 21 1/4 Teile[173] und bemessen danach die Verhältnisse der einzelnen Glieder zueinander. An diesen Zahlen halten sie fest und opfern ihnen die höheren Forderungen der Kunst. Ich selber habe dem Amasis, in Gegenwart des ersten ägyptischen Bildhauers, eines Priesters von Theben, die Wette angeboten, meinem Bruder Telekles nach Ephesus zu schreiben, ihm Größe, Verhältnis und Stellung nach ägyptischer Weise anzugeben. Ich werde dann zusammen mit Telekles eine Bildsäule anfertigen, welche wie von einer Hand und aus einem Stück gearbeitet aussehen soll; obgleich Telekles den unteren Teil in Ephesus ausführen wird, ich aber den oberen Teil in Sais, unter den Augen des Amasis, herstelle.«

»Und du meinst, du wirst die Wette gewinnen?« fragte Krösus.

»Unbedingt. Ich bin schon im Begriff, dieses Kunststück auszuführen; ein Kunstwerk wird es freilich nicht werden, so wenig, wie irgendeine ägyptische Statue diesen hohen Namen verdient.«

»Dennoch sind einzelne Bildwerke, zum Beispiel die, welche Amasis jetzt dem Polykrates als Geschenk nach Samos schickt, vortrefflich gearbeitet. Ich sah sogar in Memphis eine Statue, die an dreitausend Jahre alt sein und einen König darstellen[174] soll, der die eine große Pyramide erbaute, und welche in jeder Beziehung meine Bewunderung erregte. Wie sicher ist der ungemein harte Stein bearbeitet, wie sauber ausgeführt ist die Muskulatur von Brust, Beinen und Füßen, wie sicher gezeichnet sind die Umrisse, wie vollkommen erscheint auch bei anderen Statuen die Harmonie der Züge des Angesichts.«

»Ohne Frage«, gab Theodorus zu. »Was das Handwerk in der Kunst, das heißt die sichere Bearbeitung selbst des härtesten Materials betrifft, so sind uns die Ägypter, trotz ihres langen Stillstandes, noch immer voraus. Keine griechische Statue ist je so wunderbar schön poliert worden wie das Standbild des Amasis im Hofe des Palastes. Die freie Gestaltung aber, die Prometheus-Arbeit, das Einhauchen der Seele in den Stein, werden die Ägypter nicht eher erlernen, als bis sie vollkommen mit dem alten Formenkram brechen. Durch Proportionen erreicht man keine Darstellung des geistigen Lebens – und auch keine Anmut. Betrachtet doch nur jene zahllosen Statuen, die bei Palästen und Tempeln von Naukratis seit dreitausend Jahren aufgestellt werden. Sie alle stellen freundlich-ernste Menschen im mittleren

Mannesalter dar, und dennoch ist die eine das Bild eines Greises, die andere soll das Andenken eines königlichen Jünglings verewigen. Kriegshelden, Gesetzgeber, Wüteriche und Menschenfreunde, alle haben so ziemlich das gleiche Ansehen. Sofern sie sich nicht durch Größe, wodurch der ägyptische Künstler Macht und Stärke ausdrücken will, und das portraitartig ausgeführte Antlitz voneinander unterscheiden. Wie ich mir ein Schwert, so bestellt sich Amasis eine Bildsäule.«

»Und was sagt Amasis zu deinen Bemerkungen über diesen Stillstand?« fragte Krösus.

»Er bedauert ihn«, antwortete Theodorus, »fühlt sich aber nicht stark genug, die alten bindenden Regeln der Priester aufzuheben.«

»Und dennoch«, sagte der Delphier, »hat er für die Ausschmückung unseres neuen Tempels, ›um die hellenische Kunst zu fördern‹ – ich gebrauche seine eigenen Worte –, eine namhafte Summe bewilligt.«

»Das ist schön von ihm«, rief Krösus. »Werden die Alkmäoniden bald jene dreihundert Talente*, deren sie zur Vollendung des Tempels bedürfen, zusammen haben[175]? Wär' ich noch in den alten Glücksumständen, so würd' ich gern die ganzen Kosten übernehmen; wenn mich auch dein böser Gott, trotz aller Geschenke, die ich ihm darbrachte, gar arg betrogen hat. Als ich ihn nämlich fragen ließ, ob ich den Krieg gegen Cyrus beginnen sollte, gab er mir zur Antwort, daß ich ein großes Reich vernichten würde, wenn ich den Halys-Strom überschritte[176]. Ich vertraute dem Gott, gewann nach seinen Befehlen die Freundschaft der Spartaner und zerstörte, den Grenzfluß überschreitend, in der Tat ein großes Reich; dieses Reich war aber nicht das medisch-persische, sondern mein eigenes armes Lydien, welches jetzt als Satrapie des Kambyses sich nur schwer an die ihm ungewohnte Abhängigkeit gewöhnen kann.«

»Du tadelst den Gott mit Unrecht«, antwortete Phryxus, »denn es ist nicht seine Schuld, daß du in menschlicher Eitelkeit seinem Ausspruch eine falsche Deutung gegeben hast. Er sagte nicht ›das Reich der Perser‹, sondern ›ein Reich‹ werde durch deine Kriegs-

* 450 000 Taler

lust zerstört werden. Warum hast du nicht gefragt, *welches* Reich er meine? Hat er dir nicht außerdem das Schicksal deines Sohnes richtig vorhergesagt und dir zugerufen, daß er am Tag des Unheils die Sprache wiedererlangen würde? Und als du nach dem Fall von Sardes Cyrus um die Gnade batest, in Delphi anfragen zu dürfen, ob die griechischen Götter sich zum Gesetze gemacht hätten, ihren Wohltätern Undank zu erweisen, da hat dir Loxias geantwortet, er habe das Beste mit dir vorgehabt, aber über ihm walte, mächtiger als er, das unerbittliche Geschick, welches schon deinem gewaltigen Ahnherrn[177] vorhersagte, daß der Fünfte nach ihm, und der warst du, dem Verderben ausgeliefert sei!«

»Deine Worte«, unterbrach Krösus den Redner, »wären mir in der Zeit des Unheils nötiger gewesen als jetzt. Es gab eine Stunde, in der ich deinen Gott und seine Sprüche verfluchte. Aber dann erkannte ich, daß nicht Apollo, sondern meine Eitelkeit mich ins Verderben stürzte. ›Ein Reich‹, das vernichtet werden sollte, konnte ja doch nicht meines, nicht das mächtige Reich des mächtigen Krösus, des Götterfreundes, des bis dahin unbesiegten Feldherrn bedeuten! Würde mich ein Freund auf diese Seite des zweideutigen Spruches hingewiesen haben, ich hätte ihn verlacht, oder vielleicht, ja wahrscheinlich gestraft. So hab' ich, was ich leicht hätte sehen können, nicht gesehen. Die Eitelkeit blendet das Auge, das uns zu unbefangener Prüfung der Dinge gegeben wurde. Wieviel öfter bangt mir jetzt, wo ich klar sehe und doch nichts zu verlieren habe als damals, wo niemand mehr verlieren konnte als ich! Im Vergleich mit früheren Zeiten bin ich arm, Phryxus, doch Kambyses läßt mich als König meine Tage beschließen, und ich vermag für euren Bau noch immer ein Talent[178] beizusteuern.«

Phryxrus dankte; Phanes aber sagte: »Die Alkmäoniden werden ein schönes Werk herstellen, denn sie sind ehrgeizig, reich und wollen sich die Gunst der Amphiktyonen erwerben, um, von ihnen unterstützt, den Tyrannen zu stürzen, mein Geschlecht zu überflügeln und sich der Lenkung des Staats zu bemächtigen.«

»Zu dem Reichtume dieser Familie hast du, Krösus, wie man erzählt, neben der Agariste[179], welche dem Megakles große Schätze mitbrachte, das meiste beigetragen«, sagte Ibykus.

»Freilich, freilich«, stimmte Krösus lachend zu.

»Erzähle den Hergang der Sache!« bat Rhodopis.

»Alkmäon von Athen kam einst an meinen Hof[180]. Der heitere, feingebildete Mann gefiel mir so gut, daß ich ihn längere Zeit bei mir behielt. Eines Tages zeigte ich ihm meine Schatzkammern, über deren Reichtum er in eine wahre Verzweiflung geriet. Er nannte sich einen gemeinen Bettler und malte sich ein glückliches Leben aus, wenn er nur einen einzigen Griff in all diese Herrlichkeit tun dürfte. Da gestattete ich ihm, so viel Gold mitzunehmen, als er zu tragen vermöge. Was tat nun Alkmäon? Er ließ sich hohe lydische Reiterstiefel anziehen, eine Schürze umbinden und einen Korb an den Rücken befestigen. Diesen füllte er mit Schätzen, in die Schürze häufte er so viel Gold, als er zu tragen vermochte, die Stiefel überlastete er mit goldenen Münzen, in Haar und Bart ließ er Goldstaub streuen; ja, selbst den Mund füllte er mit Gold, so daß seine Backen aussahen, als sei er im Begriff, an einem großen Rettich zu ersticken. In jede Hand nahm er zuletzt eine goldene Schüssel und schleppte sich so, unter seiner Last erliegend, zur Schatzkammer hinaus. Vor der Tür derselben brach er zusammen; ich aber habe niemals wieder so herzlich gelacht wie an jenem Tage.«

»Und du hast ihm diese Schätze überlassen?« fragte Rhodopis.

»Allerdings, meine Freundin; glaubte ich doch die Erfahrung, daß Gold selbst einen klugen Mann zum Narren macht, nicht zu teuer bezahlt zu haben.«

»Dann bist du der freigebigste aller Fürsten gewesen!« rief Phanes.

»Und bin jetzt ein leidlich zufriedener Bettler. Doch sage mir, Phryxus, wieviel hat Amasis zu deiner Sammlung beigetragen?«

»Er gab tausend Zentner Alaun[181]!«

»Das scheint mir ein fürstliches Geschenk zu sein.«

»Und der Thronerbe?«

»Als ich ihn fragte und mich auf die Freigebigkeit seines Vaters berief, lachte er bitter. Er kehrte mir den Rücken zu und sagte: ›Wenn du für die Zerstörung eurer Tempel sammeln wirst, so bin ich bereit, doppelt soviel wie Amasis zu spenden.‹«

»Der Elende!«

»Sage lieber: der echte Ägypter! Psamtik haßt alles, was nicht aus diesem Lande stammt.«

»Wieviel haben die Hellenen in Naukratis beigetragen?«

»Außer der reichen Beisteuer der Privatleute zeichnete jede Gemeinde[182] zwanzig Minen.«

»Das ist viel!«

»Philoinus der Sybarit schickte mir ganz allein tausend Drachmen und begleitete sie mit einem höchst sonderbaren Briefe. Darf ich ihn vorlesen, Rhodopis?«

»Ja«, antwortete die Greisin. »Ihr werdet daraus ersehen, daß dem Schlemmer sein Betragen von neulich leid tut.«

Der Delphier holte das Brieföllchen aus seiner Tasche und las: »Philoinus läßt dem Phryxus sagen: ›Es tut mir leid, daß ich neulich bei Rhodopis nicht *mehr* getrunken habe; denn hätt' ich das getan, so würde ich ohne alle Besinnung und außerstande gewesen sein, auch nur die kleinste Fliege zu beleidigen. Meine verwünschte Mäßigkeit trägt also die Schuld, daß ich mich von nun ab nicht mehr an Rhodopis' Tafel ergötzen darf.

Übrigens bin ich Rhodopis schon für das Genossene dankbar und sende dir, in der Erinnerung an jenen herrlichen Rinderbraten, dessentwegen ich den Koch der Thrakierin um jeden Preis zu kaufen wünsche, zwölf große Spieße zum Ochsenrösten[183]. Die kannst du in irgendeinem Schatzhaus von Delphi als Geschenk der Rhodopis aufstellen lassen. Ich selber zeichne, weil ich ein reicher Mann bin, ganze tausend Drachmen. Bei den nächsten Pythischen Spielen soll diese Gabe öffentlich ausgerufen werden.

Dem Grobian Aristomachus von Sparta sprich meinen Dank aus. Er hat den Zweck meiner Reise nach Ägypten wesentlich gefördert. Ich war hierhergekommen, um mir einen bösen Zahn von jenem ägyptischen Arzt[184] ausnehmen zu lassen, welcher kranke Zähne ohne große Schmerzen beseitigen soll. Aristomachus hat den schadhaften Teil meines Gebisses mit seinem Faustschlage entfernt und mir jene furchtbare Operation, vor der ich zitterte, erspart. Als ich zu mir kam, fand ich drei ausgeschlagene Zähne in meinem Munde – den kranken und zwei leidlich gesunde, denen es anzusehen war, daß sie mir später vielleicht Schmerzen verursacht haben würden.

Grüße Rhodopis und den schönen Phanes von mir; dich aber ersuche ich, in einem Jahr ein Gastmahl in meinem Hause zu Sybaris einzunehmen[185]. Wir pflegen unsere Einladungen, wegen mancher kleinen Vorbereitungen, frühzeitig auszusprechen.

Ich lasse diesen Brief von meinem gelehrten Sklaven Sophotatus im Nebenzimmer schreiben, denn ich bekomme den Krampf in die Finger, wenn ich nur der Arbeit des Schreibens zuschaue.‹«

Alle Gäste brachen in ein schallendes Gelächter aus; Rhodopis aber sagte: »Mich erfreut dieser Brief, weil ich aus ihm ersehe, daß Philoinus Humor hat. Sybaritisch erzogen ...«

»Verzeiht, ihr Herren, wenn ich euch störe, und du, ehrwürdige Hellenin, daß ich ungeladen in dein friedliches Haus dringe!« Mit diesen Worten unterbrach ein der Greisin fremder Mann, welcher von allen unbemerkt in das Speisezimmer getreten war, das Gespräch der Schmausenden. – »Ich bin Gyges, Sohn des Krösus, und nicht zum Spaß vor kaum zwei Stunden von Sais fortgeritten, um zur rechten Zeit hier einzutreffen!«

»Menon, ein Polster für unseren neuen Gast!« rief Rhodopis. »Sei herzlich willkommen in meinem Haus und ruhe aus von deinem anstrengenden Ritt.«

»Beim Hunde[186], Gyges«, sagte Krösus und reichte seinem Sohne die Hand. »Ich begreife nicht, was dich zu so später Stunde hierherführt. Ich hatte dich gebeten, nicht von Bartjas Seite zu weichen, und dennoch ... Aber wie siehst du aus? Ist etwas vorgefallen? Hat sich ein Unglück ereignet? So sprich doch, sprich!«

Gyges vermochte in den ersten Augenblicken kein Wort auf die Rede seines Vaters zu erwidern. Als er den Vater, für dessen Leben er gefürchtet hatte, wohlbehalten und fröhlich beim reichlichen Schmause sitzen sah, war ihm, als habe er soeben zum zweitenmal die Sprache verloren. Endlich faßte er sich wieder und antwortete: »Die Götter seien gepriesen, mein Vater, daß ich dich wohlbehalten wiedersehe! Glaube bitte nicht, daß ich meinen Posten an Bartjas Seite leichtsinnig verlassen habe. Ich bin gezwungen worden, mich als Unglücksvogel in diese frohe Versammlung einzudrängen. Wißt, ihr Männer, denn ich darf keine Zeit mit Vorbereitungen verlieren, auf euch warten Verrat und Überfall.«

Alle Anwesenden sprangen, wie vom Blitz getroffen, auf die Füße. Aristomachus lockerte schweigend das Schwert in seiner Scheide, und Phanes streckte die Arme aus, als wolle er prüfen, ob ihm noch die alte athletische Spannkraft innewohne.

»Was ist denn los? Was hat man mit uns vor?« fragte es von allen Seiten.

»Dieses Haus ist von äthiopischen Kriegern umstellt!« erklärte Gyges. »Ein treuer Mensch hat mir mitgeteilt, der Thronerbe wolle einen aus eurer Mitte gefangen fortführen lassen, ja, er habe befohlen, sein Opfer zu töten, wenn es sich wehren sollte. Ich fürchtete um dich, mein Vater, und jagte hierher. – Der Mann, von dem ich alles erfuhr, hat nicht gelogen. Dies Haus ist umstellt. Als ich an der Pforte deines Gartens, Rhodopis, anlangte, scheute mein Roß, trotz seiner Ermüdung. Ich stieg ab, und im Mondenschein sah ich hinter jedem Strauch die blitzenden Waffen versteckter Menschen. Sie ließen uns ungestört in den Garten treten.«

»Eine wichtige Meldung!« unterbrach der in das Zimmer stürzende Knakias die Rede des Gyges. »Als ich soeben, um Wasser für den Mischkrug zu holen, auf den Nil zuging[187], stürzte mir ein Mensch entgegen, welcher mich beinah umgerannt hätte. Ich erkannte ihn bald. – Es war ein äthiopischer Ruderer des Phanes. Er erzählte hastig, er wär' eben, um zu baden, aus dem Nachen in den Nil gesprungen. Da habe sich eine königliche Barke an den Kahn des Phanes gelegt, und ein Soldat habe die Mannschaft gefragt, wem sie diene. ›Dem Phanes‹, antwortete der Steuermann. Die königliche Barke fuhr langsam weiter, ohne sich scheinbar um dein Schiff, mein Oberst, zu kümmern; der badende Ruderknecht hatte sich aber zum Scherz auf das Steuer des fremden Fahrzeuges gesetzt und hörte dort, wie ein äthiopischer Soldat einem anderen zurief: ›Behalte diesen Kahn gut im Auge; wir wissen jetzt, wo der Vogel sein Nest hat; nun wird es leicht sein, ihn zu fangen. Denk daran, daß uns Psamtik zwanzig goldene Ringe versprochen hat, wenn wir den Athener tot oder lebendig nach Sais bringen.‹ – Das berichtete Sebek, der Matrose, der dir seit sieben Jahren dient, Phanes.«

Mit großer Ruhe hatte der Athener die Erzählung des Gyges und die des Sklaven mitangehört.

Rhodopis zitterte am ganzen Leib. Aristomachus rief: »Ich lasse dir kein Härchen krümmen, und müßten wir ganz Ägypten zerschlagen!« Krösus riet zur Vorsicht; eine ungeheure Aufregung hatte sich des ganzen Kreises bemächtigt.

Endlich brach Phanes sein Stillschweigen und sagte: »Niemals ist Überlegung nötiger als in Gefahr. Ich bin mit dem Nachdenken fertig und sehe ein, daß ich schwerlich zu retten bin. Die Ägypter werden versuchen, mich ohne Aufsehen zu beseitigen. Sie wissen, daß ich morgen in aller Früh mit einer phokäischen Triere von Naukratis nach Sigeum segeln will. Also haben sie keine Zeit zu verlieren, wenn sie mich fangen wollen. Dein ganzer Garten, Rhodopis, ist umstellt. Sollt' ich bei dir bleiben, so wärest du sicher, daß man dein Haus nicht mehr als Asyl achten, es durchsuchen und mich fangen würde. Das phokäische Schiff, welches mich zu den Meinen bringen soll, wird ohne Zweifel wie dieses Haus bewacht. Um meinetwillen soll kein unnützes Blut vergossen werden.«

»Du darfst dich nicht ergeben!« schrie Aristomachus.

»Ich hab's, ich hab's!« rief plötzlich Theopompus, der milesische Kaufmann. »Morgen bei Sonnenaufgang segelt ein von mir befrachtetes Schiff mit ägyptischem Getreide, nicht von Naukratis, sondern von Kanopus aus, nach Milet. Nimm das Pferd des edlen Persers und reite dorthin; wir bahnen dir mit Gewalt den Weg durch den Garten!«

»Unsere unbewaffnete Schar würde zu einem Gewaltstreich nicht genügen«, erwiderte Gyges. »Wir sind zehn Männer, von denen nur drei ein Schwert besitzen – die anderen sind mindestens hundert und bis an die Zähne bewaffnet.«

»Und wenn du, Lyder, zehnmal keinen Mut hast und wenn die anderen zweimal hundert wären«, rief Aristomachus, »ich kämpfe!«

Phanes drückte dem Freund die Hand. Gyges erbleichte. Der erprobte Held hatte ihn mutlos genannt. Wieder fand er keine Worte, sich zu verteidigen. Bei jeder Erregung des Gemüts versagte seine Zunge, plötzlich röteten sich aber seine Wangen und schnell und bestimmt rief er: »Folge mir, Athener! Du aber, Spartaner, der du sonst zu erwägen pflegst, ehe du sprichst, nenne in Zukunft niemanden mutlos, den du nicht kennst. – Ihr Freunde, Phanes ist gerettet. Lebe wohl, mein Vater!«

Voller Staunen schauten die Zurückbleibenden auf die sich entfernenden Männer. Kurze Zeit nach ihrem Verschwinden hörten die lauschenden Gäste den Hufschlag zweier fortsprengender Pferde; dann vernahmen sie nach längerer Zeit einen langgedehnten Pfiff und Hilferufe vom Nil her.

»Wo ist Knakias!« fragte Rhodopis einen ihrer Sklaven.

»Er hat sich mit Phanes und dem Perser in den Garten begeben.« In diesem Augenblick trat der alte Diener zitternd und bleich in das Zimmer.

»Hast du meinen Sohn gesehen?« rief ihm Krösus entgegen.

»Wo ist Phanes?«

»Beide lassen euch den Abschiedsgruß durch mich überbringen.«

»So sind sie fort? – Wie entkamen sie? Wohin wandten sie sich?«

»Hier in diesem Seitenzimmer«, erzählte der Sklave, »hatten der Athener und der Perser zuerst einen Wortwechsel. Dann mußte ich beide entkleiden. Phanes tat die Hosen, den Rock und den Gürtel des Fremden an und setzte dessen spitze Mütze auf seine Locken; der Perser aber hüllte sich in das Chiton und den Mantel des Atheners, schmückte seine Stirn mit dem goldenen Reif desselben, ließ sich die Haare von seiner Oberlippe schneiden und befahl mir, ihm in den Garten zu folgen.

Phanes, den jedermann in seiner neuen Kleidung für einen Perser halten mußte, schwang sich auf eines der vor der Pforte haltenden Pferde. Der Fremde rief ihm fortwährend zu: ›Lebe wohl, Gyges – lebe wohl, geliebter Perser – reise glücklich, Gyges!‹ Der an der Pforte harrende Diener ritt ihm nach. In den Büschen hörte ich überall Waffengeklirr, aber niemand trat dem fortjagenden Athener in den Weg. Die versteckten Krieger hielten ihn ohne Frage für einen Perser.

Als wir wieder vor diesem Haus standen, befahl mir der Fremde: ›Jetzt begleite mich zur Barke des Phanes, und vergiß nicht, mich bei dem Namen des Atheners zu nennen.‹ – ›Aber die Matrosen können dich leicht verraten‹, wandte ich ein. ›So geh erst allein zu ihnen, und befiehl, sie möchten mich empfangen, als wäre ich Phanes, ihr Gebieter.‹

Ich bat nun, er möge mir erlauben, mich statt seiner im Kleide des Entflohenen von den Häschern ergreifen zu lassen. Darauf ließ er sich aber nicht ein. Er sagte, meine Haltung würde mich sofort verraten. Ach, nur der Freie schreitet gerade und aufrecht einher; des Sklaven Nacken ist immer krumm, wir haben nun mal nicht die Anmut, die ihr Edlen in den Schulen und Gymnasien erlernt. So wird es ewig bleiben, denn unsere Kinder müssen ihren Vätern ähnlich werden; aus der garstigen Zwiebel wächst keine Rose, und aus dem grauen Rettich keine Hyazinthe[188]. Das Dienen krümmt den Nacken.«

»Was ist aus meinem Sohn geworden?« rief Krösus, der für solche allgemeinen Betrachtungen jetzt nicht die Ruhe hatte.

»Er nahm mein armes Opfer nicht an und setzte sich in die Barke. Er bat mich, dir, Krösus, alle seine Grüße auszurichten. Ich schrie ihm nach: ›Gehabe dich wohl, Phanes, glückliche Reise, Phanes!‹ Eine Wolke hatte sich über den Mond gebreitet; es war sehr finster geworden. Plötzlich hörte ich Geschrei und Hilferufe; das dauerte aber nur kurze Zeit, dann erklang ein gellender Pfiff, und endlich vernahm ich nur noch gleichmäßige Ruderschläge. Eben wollt' ich, um euch von dem Vorgefallenen zu benachrichtigen, ins Haus zurückkehren, als Sebek, der Schiffsknecht, von neuem angeschwommen kam. Er berichtete folgendes: Die Ägypter hatten die Barke des Phanes, wahrscheinlich durch Taucher, anbohren lassen. Sobald sie in die Mitte des Stromes gelangt war, sank sie unter. Die Matrosen schrien nach Rettung. Da kam das königliche Schiff, welches ihnen folgte, herbei, nahm den vermeintlichen Phanes, als wenn es ihn retten wollte, an Bord und verhinderte die Matrosen des Atheners, von ihren Bänken zu weichen. Sie alle sind mit dem angebohrten Fahrzeug untergegangen, nur der kühne Schwimmer Sebek erreichte das Ufer. Gyges befindet sich auf dem königlichen Schiffe; Phanes ist entkommen, denn jener Pfiff muß den Soldaten an der Hinterpforte gegolten haben. – Als ich, bevor ich hierherkam, die Büsche an der Straße untersuchte, fand ich keinen Menschen mehr hinter ihnen, doch hörte ich das Waffenrasseln und Reden der Krieger, welche sich auf dem Wege nach Sais befanden.«

Mit fieberhafter Spannung hatten die Gäste der Rhodopis dem Sklaven zugehört.

Als er seine Erzählung beendet hatte, war die Stimmung eine sehr geteilte. Das Glück, den geliebten Freund aus einer drohenden Lebensgefahr gerettet zu wissen, war das erste Gefühl der meisten; dann aber machte sich die Furcht um den kühnen Lyder geltend. Man pries seinen Edelmut, man beglückwünschte den Vater eines solchen Sohnes und kam endlich darin überein, daß der Thronerbe, sobald der Irrtum seiner Leute bemerkt werden würde, Gyges nicht nur ohne weiteres freilassen müsse, sondern auch verpflichtet sei, ihm eine Genugtuung zu gewähren.

Krösus selbst beruhigte sich bei dem Gedanken an die Freundschaft des Amasis und jene Scheu, welche derselbe vor der Macht der Perser gezeigt hatte. Bald darauf verließ er das Haus der Rhodopis, um bei dem Milesier Theopompus zu übernachten.

»Grüße Gyges von mir!« rief Aristomachus, als sich der Greis entfernte. »Ich lasse ihn um Verzeihung bitten und ihm sagen, ich wünschte, ihn zum Freund zu haben oder, wenn das nicht ginge, ihm als ehrlichem Feinde im Felde gegenüberzustehen.«

»Wer kann wissen, was die Zukunft bringt!« erwiderte Krösus und reichte dem Spartaner die Hand.

9.
KAPITEL

Die Sonne eines neuen Tages war über Ägypten aufgegangen. Der reiche Tau der Nacht, welcher am Nil den Regen zu ersetzen pflegt, lag wie Edelgestein auf den Blättern und in den Blüten. Die Sonne stand noch tief im Osten, und die von einem frischen Nordwestwind durchwehte Morgenluft lud vor der drückenden Wärme des Mittags ins Freie.

Aus dem Landhaus traten zwei weibliche Gestalten: die alte Sklavin Melitta und Sappho, die Enkelin der Rhodopis.

Mit anmutigen Bewegungen eilte Sappho durch den Garten. Ihr Gesicht glühte, und ein schalkhafter Zug umspielte ihren rosigen Mund und die Grübchen in Kinn und Wangen. Das volle braune Haar stahl sich unter dem purpurroten Kopftuch hervor, und das leichte weiße Morgengewand mit den weiten Ärmeln flatterte im Wind.

Jetzt bückte sie sich, brach eine junge Rosenknospe, spritzte den Tau, der die Blume bedeckt hatte, ihrer alten Wärterin ins Gesicht, lachte laut über ihren Streich, heftete die Rose an ihr Gewand und begann mit voller Stimme zu singen:

Als Eros einstmals Rosen brach,
Da ist es ihm geschehen,
Daß seine Hand ein Bienlein stach;
Er hatt' es nicht gesehen.

Nun schüttelt' er die Händchen klein,
Nun hob er an zu klagen
Und flog zu seinem Mütterlein
Mit schnellem Flügelschlagen.

O Mutter, rief er, Mutter, ach!
Mir ist so weh und bange;
Ich werde sterben, denn mich stach
Gar eine böse Schlange.

Geflügelt ist das gift'ge Tier,
Du wirst es sicher kennen; –
Es ist dasselbe, das allhier
Die Bauern ›Biene‹ nennen[189].

Ist mein Lied nicht schön?« fragte Sappho und beantwortete die Frage selbst mit frohem Lachen. »Oh, wie dumm doch der kleine Eros ist, eine Biene für eine geflügelte Schlange zu halten! Die Großmutter sagt, sie wisse noch eine Strophe dieses Gesanges, den der große Dichter Anakreon erdacht hat; sie wolle mich die aber noch nicht lehren. Sage, Melitta, was mag die Strophe wohl enthalten? – Du lächelst? Liebe, einzige Melitta, singe mir das Verschen vor! Oder kennst du es nicht? Nein? Dann freilich kannst du's mich nicht lehren.«

»Das ist ein ganz neues Lied«, erwiderte die Alte, »und ich kenne nur die Gesänge aus der guten alten Zeit. Aber was ist das? Hat da nicht jemand an der Pforte geklopft?«

»Ja, mir war's auch, als hätte ich den Hufschlag eines Pferdes auf der Straße gehört. Da klopft es wieder! Sieh nach, wer zu so früher Stunde Einlaß begehrt. Vielleicht ist der gute Phanes gestern dennoch nicht abgereist und will uns noch einmal Lebewohl sagen.«

»Phanes ist fort«, entgegnete die Alte und wurde ernster. »Rhodopis hat mir befohlen, dich ins Haus zu schicken, wenn Besuch kommen sollte ... Geh, Mädchen, damit ich die Pforte öffnen kann. Geh, da klopft es wieder!«

Sappho tat, als liefe sie dem Haus entgegen; statt aber dem Befehle ihrer Wärterin zu folgen, versteckte sie sich hinter ein Rosengebüsch, um von dort aus den frühen Besuch in Augenschein zu nehmen. – Man hatte ihr die Vorgänge des gestrigen Abends verheimlicht, um sie nicht umsonst zu ängstigen und Sappho war gewohnt, in so früher Stunde nur die vertrauten Freunde ihrer Großmutter erscheinen zu sehen.

Melitta öffnete die Pforte des Garten und führte bald darauf einen blondlockigen, reichgeschmückten jungen Mann herein.

Sappho, erstaunt über die ihr fremde Tracht und die Schönheit des persischen Königssohnes – denn dieser war der frühe Besucher –, rührte sich nicht von ihrem Platz. Sie konnte ihre Augen nicht von dem Mann wenden. So ähnlich hatte sie sich auch Apollo, den Führer des Sonnenwagens und der Musen, vorgestellt.

Melitta und der Fremde näherten sich ihrem Versteck. Der junge Gast sprach freundlich, aber in gebrochenem Griechisch zu der alten Sklavin.

Sappho hörte, daß er sich in einer gewissen Hast nach Krösus und dessen Sohn erkundigte. Dann hörte sie auch zum ersten Male von der alten Sklavin alles, was sich am gestrigen Abende zugetragen hatte. Sie zitterte für Phanes, sie dankte in ihrem Herzen dem edlen Gyges, und sie fragte sich, wer dieser königlich geschmückte junge Mann vor ihr wohl sein möge. Zwar hatte ihr Rhodopis von den Heldentaten des Cyrus, vom Sturz des Krösus, von der Macht und dem Reichtum der Perser erzählt; dennoch hatte sie bis dahin die Asiaten für ein wildes, rohes Volk gehalten. Je länger sie nun den schönen Bartja anschaute, je höher wuchs ihre Teilnahme für die Perser. Als sich endlich Melitta entfernte, um ihre Großmutter zu wecken und ihr den frühen Besuch zu melden, wollte sie ihr folgen; Eros aber, der törichte Knabe, über dessen kindliche Unwissenheit das Mädchen noch vor wenigen Minuten gespottet hatte, wollte es anders. Ihr Gewand verfing sich in den Dornen der Rosen, und ehe sie sich von ihnen los machen konnte, stand ihr der schöne Perser bereits gegenüber und half der hocherrötenden Sappho, das Kleid von dem verräterischen Strauche zu befreien.

Sappho vermochte kein Wort des Dankes zu sagen und schlug die Augen nieder.

Bartja, der sonst so übermütige Junge, blickte stumm auf sie herab. Er war ebenfalls errötet.

Dieses Schweigen dauerte aber nur kurze Zeit, denn das Mädchen, welches sich bald von ihrem Schrecken erholt hatte, lachte auf einmal in kindlichem Ergötzen über ihre Lage und floh aufs Haus zu.

Jetzt gewann auch der Perser seine natürliche Unbefangenheit zurück. In zwei Sätzen hatte er das Mädchen erreicht. Er faßte ihre Hand und behielt sie, trotz allen Sträubens, fest in der seinen.

»Laß mich los!« bat Sappho, halb ernst, halb lächelnd.

»Warum?« antwortete der Jüngling. »Ich habe dich von dem Rosenstrauche gepflückt und halte dich fest, bis du mir die Rose da an deinem Kleid zum Andenken mitgibst in meine ferne Heimat.«

»Bitte, laß mich los«, wiederholte Sappho. »Bevor du meine Hand nicht freigibst, geh' ich auf keine Verhandlungen ein.«

»Wirst du aber auch nicht wieder fortlaufen, wenn ich deinen Wunsch erfülle?«

»Gewiß nicht!«

»Nun, so schenke ich dir die Freiheit; aber jetzt mußt du mir auch deine Rose geben!«

»Dort drüben am Strauche sind weit schönere. Pflücke dir eine; was willst du gerade mit dieser hier?«

»Ich will sie als Erinnerung an die schönste Jungfrau, die ich jemals gesehen habe, sorgsam aufbewahren.«

»Nun geb' ich dir die Rose gar nicht, denn wer mir sagt, ich sei schön, der meint es schlecht mit mir; wer mir aber sagt, ich sei gut, der will mir wohl!«

»Wer hat dich das gelehrt?«

»Meine Großmutter, Rhodopis.«

»Nun gut, so sage ich dir, du bist das beste Mädchen auf der ganzen Welt.«

»Wie kannst du so etwas behaupten, wo du mich gar nicht kennst! Oh, ich bin manchmal recht böse und ungehorsam! Wär' ich anständig, so würde ich jetzt, statt mit dir zu plaudern, in unser Haus zurückgehen, wie sich's gehört. Die Großmutter hat mir streng verboten, im Garten zu bleiben, wenn Fremde da sind. Und ich mache mir auch nichts aus den vielen Männern, die stets von Dingen reden, die ich nicht verstehe.«

»Dann wünschst du dir wohl auch, daß ich mich wieder entfernte?«

»Ach nein, dich verstehe ich ja ganz gut, wenn du auch lange nicht so schön zu reden weißt wie zum Beispiel Ibykus oder der arme Phanes, der gestern, wie ich erst vorhin von Melitta hörte, so jämmerlich fliehen mußte.«

»Hattest du ihn lieb?«

»Lieb? – O ja – ich mochte ihn sehr gern leiden. Als ich kleiner war, brachte er mir immer Bälle, Puppen und Kegelspiele[190] aus Sais und Memphis mit; seit ich aber groß bin, lehrt er mich schöne, neue Lieder, und zum Abschied hat er mir ein ganz kleines sizilisches Schoßhündchen[191] mitgebracht, das ich Argos[192] nennen will, weil es so weiß und schnell ist; in wenigen Tagen aber werden wir noch ein anderes Geschenk von dem guten Phanes bekommen, denn … Siehst du wohl, so bin ich! Da hätte ich beinahe ein großes Geheimnis ausgeplaudert. Die Großmutter hat mir streng verboten, jemandem zu erzählen, was für liebe kleine Gäste wir erwarten; aber mir ist, als wären wir schon lange miteinander bekannt, und deine Augen sind so gut, daß ich dir gerne alles sagen möchte. Du mußt wissen, ich habe außer Großmutter und der alten Melitta gar keinen Menschen auf der ganzen Welt, dem ich anvertrauen könnte, was mich freut; und, ich weiß selber nicht, woher es kommt, aber manchmal begreifen die beiden, so lieb sie mich haben, gar nicht, wie dieses oder jenes mir so große Freude machen kann.«

»Das kommt daher, weil sie alt sind und die Gefühle eines jungen Herzens nicht mehr verstehen können. Aber hast du denn gar keine Freundin, keine Altersgenossin?«

»Keine einzige. Es gibt wohl manche nette Mädchen in Naukratis; die Großmutter sagt aber, ich müsse ihren Umgang meiden.«

»Armes Kind, wenn du in Persien wärest, so könnt' ich dir bald eine Freundin schaffen. Ich hab' eine Schwester, Atossa heißt sie, die jung und schön und gut ist wie du.«

»Ach wie schade ist es, daß sie dich nicht begleitet hat. – Aber jetzt mußt du mir auch sagen, wie ich dich nennen soll.«

»Ich heiße Bartja.«

»Bartja? Ein seltsames Wort; Bartja – Bartja. Weißt du, daß mir der Name gut gefällt? Wie hieß doch der gute Sohn des Krösus, der unseren Phanes so edelmütig rettete?«

»Gyges nennt man ihn. Darius, Zopyrus und er sind meine besten Freunde. Wir haben einander geschworen, uns niemals zu trennen und einer für den anderen Blut und Leben zu opfern[193]. So bin ich heute in aller Frühe heimlich hierhergeeilt, um meinem Gyges beizustehen, falls er Hilfe brauchen sollte.«

»Du bist aber umsonst geritten.«

»Nein, beim Mithra, das bin ich nicht, denn ich habe dich auf diesem Ritt kennengelernt. Nun aber mußt du mir auch sagen, wie du heißt?«

»Man nennt mich Sappho!«

»Ein schöner Name. Bist du verwandt mit der Dichterin, von welcher mir Gyges so schöne Lieder vorgesungen hat?«

»Ja, die zehnte Muse oder der Lesbische Schwan, wie sie die ältere Sappho nennen, war die Schwester meines Großvaters Charaxus. – Dein Freund Gyges ist wohl des Griechischen mächtiger als du?«

»Von der Wiege an hat er neben der lydischen die hellenische Sprache gelernt und spricht beide gleich geläufig. Auch des Persischen ist er vollkommen mächtig; und, was mehr sagen will, er hat sich auch alle Tugenden der Perser zu eigen gemacht!«

»Welche haltet ihr denn für die höchsten Tugenden?«

»Wahrhaftigkeit ist die erste von allen, die zweite nennen wir Tapferkeit, die dritte Gehorsam. Diese drei, vereint mit der Ehrfurcht vor den Göttern, haben uns Perser groß gemacht.«

»Aber ich denke, daß ihr keine Götter kennt?«

»Wie kommst du denn darauf? Wer könnte ohne Götter, wer möchte ohne einen höheren Lenker bestehen? Wir lassen zwar die Himmlischen nicht wie ihr in Häusern wohnen, denn die Gottheit, welche überall sein und jedes hören und sehen muß, läßt sich nicht in Mauern verschließen[194] …«

»Wo aber betet und opfert ihr denn, wenn ihr keine Tempel habt?«

»In der freien Natur; am liebsten auf dem Gipfel der Berge[195]. Dort sind wir unserem Mithra, der großen Sonne, und Auramazda, dem reinen Licht, am nächsten; da dunkelt es zuletzt und wird es am frühesten hell. Nur das Licht ist rein und gut; die Finsternis ist schwarz und böse. Ja, Mädchen, auf den Bergen ist uns die Gottheit am nächsten; dort weilt sie am liebsten. Du hörst mir verwundert zu; aber, Mädchen, ich sage dir, du würdest mit mir niederknien und beten, wenn ich dich zu einem Altar auf der Spitze des Hochgebirges führen wollte!«

»Ich wäre froh, wenn ich einmal von einem Berg hinunterschauen dürfte auf alle Täler und Flüsse. Ich glaube, daß ich mich da oben, wo sich nichts meinen Blicken verbergen könnte, sehr wohl fühlen würde. – Aber, was war das? – Die Großmutter ruft, ich muß gehen!«

»Oh, verlaß mich noch nicht!« rief Bartja traurig.

»Gehorsam ist auch eine persische Tugend!«

»Und meine Rose?« fragte der Perser.

»Hier hast du sie.«

»Wirst du dich meiner erinnern?«

»Wie sollt' ich nicht?«

»Liebes Mädchen, verzeih mir, wenn ich dich um eine zweite Gunst ersuche.«

»Schnell, schnell, die Großmutter ruft wieder!«

»Nimm diesen Stern von Diamanten zum Andenken an diese Stunde.«

»Ich darf nicht!«

»O bitte, bitte, nimm ihn an! Mein Vater gab ihn mir zum Lohn, als ich den ersten Bären mit eigener Hand erlegt[196]; er war bisher mein Liebstes; jetzt sollst du ihn haben, denn jetzt kenne ich nichts Lieberes als dich!«

Der Junge nahm die Kette mit dem Stern von seiner Brust und wollte sie dem Mädchen an den Hals hängen. Sappho sträubte sich, die kostbare Gabe anzunehmen; Bartja aber schlang seinen Arm um sie, küßte ihre Stirn, nannte sie seine einzige Geliebte, legte den Schmuck um ihren Hals und schaute tief in die dunklen Augen des zitternden Mädchens.

Rhodopis rief zum drittenmal. Sappho entzog sich den Armen des Königssohnes und wollte fliehen; aber sie wandte sich nochmals auf den flehenden Ruf des Persers um und antwortete auf dessen Frage »Wann darf ich dich wiedersehen?« mit leiser Stimme: »Morgen früh bei jenem Rosenbusche!«

Sappho eilte dem Hause zu. Kurz darauf empfing Rhodopis den Bartja und teilte ihm mit, was sie über das Schicksal seines Freundes Neues wußte.

Der junge Perser ritt sogleich nach Sais zurück.

Bartja traf auf dem Heimweg von Naukratis nach Sais mit seinen Freunden Darius und Zopyrus zusammen, welche ihm, sobald sie seine heimliche Entfernung bemerkt hatten, gefolgt waren. Sie ahnten nicht, daß Bartja, statt der gefürchteten Kämpfe und Gefahren, eine reizende Bekanntschaft gemacht hatte.

Kurze Zeit vor den drei Freunden traf Krösus in Sais ein. Er begab sich sofort zum König und erzählte diesem ohne Rückhalt, der Wahrheit gemäß, was sich am letzten Abend zugetragen hatte.

Amasis zeigte sich sehr verwundert über das Benehmen seines eigenen Sohnes, versicherte seinem Freund, daß Gyges sofort auf freien Fuß gestellt werden sollte, und erging sich in Spottreden und scherzhaften Bemerkungen über die fehlgeschlagene Rache des Psamtik.

Kaum daß ihn Krösus verlassen hatte, ließ sich der Thronerbe melden.

10.
KAPITEL

Amasis empfing seinen Sohn mit schallendem Gelächter und rief, ohne auf sein bleiches und verstörtes Antlitz zu achten: »Hab' ich dir's nicht gleich gesagt, daß es für einen schlichten Ägypter keine leichte Arbeit ist, einen Hellenen zu fangen? Ich gäbe zehn Städte meines Reiches darum, hätte ich dabeisein können, wie du der Maskerade aufgesessen bist.«

Psamtik wurde immer bleicher. Er zitterte vor Zorn und erwiderte mit gepreßter Stimme: »Es ist nicht schön, mein Vater, daß dieser deinem Sohn angetane Schimpf dich erfreut. Wäre es nicht um Kambyses willen, so hätte der unverschämte Lyder, bei den ewigen Göttern, heute zum letztenmal das Licht der Sonne gesehen! Aber was kümmert's dich, wenn ich, dein Sohn, zur Zielscheibe des Spottes dieses griechischen Bettlerpacks werde!«

»Schmähe nicht diejenigen, welche dir bewiesen haben, daß sie klüger sind als du.«

»Klüger – klüger? – Mein Plan war so fein und kunstvoll angelegt, daß ...«

»Die feinsten Gewebe zerreißen am leichtesten.«

»Daß mir der hellenische Ränkeschmiedt nicht entgehen konnte, wenn sich nicht, gegen jedes Herkommen, der Gesandte einer fremden Macht zum Retter jenes von uns zum Tode Verurteilten aufgeworfen hätte.«

»Du irrst, mein Sohn! Hier ist von keiner Vollstreckung eines Richterspruches, sondern von dem Gelingen oder Mißglücken einer persönlichen Rache die Rede.«

»Die Werkzeuge derselben waren aber die Beamten des Königs, und darum ist das Geringste, was ich zu meiner Genugtuung von dir fordern muß, daß du den König von Persien um die Bestrafung eines Mannes ersuchst, welcher sich unberufen in die Vollstreckung deiner Befehle mischte. Solches Vergehen wird in Persien, wo sich vor dem Willen des Königs alles wie vor der Gottheit beugt[197], richtig beurteilt werden. Kambyses ist uns eine Bestrafung des Gyges schuldig.«

»Ich aber werde keineswegs eine solche beantragen, denn ich

bekenne, daß ich mich über die Rettung des Phanes freue. Gyges hat meine Seele vor dem Vorwurf, unschuldiges Blut vergossen zu haben, bewahrt. Er hat dich gehindert, grausame Rache an einem Manne zu nehmen, dem dein Vater verpflichtet ist.«

»So willst du Kambyses den ganzen Vorfall verschweigen?«

»Nein! Ich werde ihm denselben in einem Briefe scherzhaft, wie das meine Art ist, darstellen und ihn zu gleicher Zeit vor Phanes warnen. Ich will ihn darauf vorbereiten, daß sich derselbe, unserer Rache mit knapper Not entgangen, bemühen werde, die Macht der Perser gegen Ägypten aufzureizen, und meinen Schwiegersohn ersuchen, dem Verleumder sein Ohr zu verschließen. Die Freundschaft des Krösus und Gyges wird uns nützlicher, als der Haß des Phanes gefährlich sein.«

»Ist das dein letztes Wort? Willst du mir keine Genugtuung verschaffen?«

»Nein! Es bleibt bei dem, was ich gesagt habe.«

»So zittere nicht allein vor Phanes, sondern vor einem zweiten, den wir in unseren und der dich in seinen Händen hält!«

»Du willst mir drohen, willst das gestern geknüpfte Band wieder zerreißen? Psamtik, Psamtik, ich rate dir zu bedenken, daß du vor deinem Könige deinem Vater stehst!«

»Du aber erinnere dich daran, daß ich dein Sohn bin; denn wenn du mich wiederum zwingst zu vergessen, daß dich die Götter zu meinem Erzeuger gemacht haben und ich keine Hilfe von dir erwarten darf, so werde ich mit eigenen Waffen zu kämpfen wissen!«

»Ich wäre neugierig, dieselben kennenzulernen!«

»Ich brauche sie nicht vor dir zu verbergen. Erfahre denn, daß ich und meine Freunde, die Priester, den Augenarzt Nebenchari in unserer Hand halten!«

Amasis erbleichte.

»Bevor du ahnen konntest, daß Kambyses um deine Tochter freien werde, schicktest du diesen Mann, um einen Mitwisser der Herkunft meiner sogenannten Schwester Nitetis aus Ägypten zu entfernen, ins entlegene Persien. Dort weilt er noch und wird auf den leisesten Wink der Priesterschaft dem betrogenen König mitteilen, daß du ihm, statt der eigenen, die Tochter deines entthronten Vorgängers Hophra übersandt hast. Alle Papiere des Arztes sind in unserem Besitz; das wichtigste unter ihnen, ein eigenhändiger Brief von dir, verspricht seinem Vater, dem Geburtshelfer[198], tausend goldene Ringe, wenn er den Priestern verheimliche, daß Nitetis einem anderen als deinem Hause entstamme.«

»Wer besitzt diese Papiere?« fragte Amasis mit eisiger Stimme.

»Die Priesterschaft.«

»Und diese redet aus deinem Munde?«

»Du sagst es.«

»Wiederhole denn, was du begehrst.«

»Ersuche Kambyses um die Bestrafung des Gyges, und gib mir freie Vollmacht, den entkommenen Phanes nach meinem Gutdünken zu verfolgen.«

»Ist das alles?«

»Leiste den Priestern einen Eid, daß du es von jetzt an den Hellenen verwehren wirst, neue Tempel ihrer Lügengötter in Ägypten aufzurichten. Versprich ihnen, daß du den Bau des Apollo-Heiligtums in Memphis einstellen lassen wirst.«

»Ich habe solche Forderungen erwartet; hat man doch eine scharfe Waffe gegen mich erfunden. Ich bin bereit, den Wünschen meiner Feinde, zu denen du dich gesellt hast, nachzugeben; aber auch ich muß zwei Bedingungen stellen. Erstens verlange ich den besagten Brief zurück, den ich an den Vater des Nebenchari unvorsichtigerweise geschrieben habe.«

»Dein Wunsch ist billig; du sollst das Schreiben erhalten, wenn –«

»Kein zweites Wenn! Höre vielmehr, daß ich deinen Wunsch, Kambyses um die Bestrafung des Gyges zu bitten, für so unklug halte, daß ich ihn *nicht* erfüllen werde. Jetzt verlaß mich und tritt mir nicht eher vor Augen, als bis ich dich rufen lasse. Gestern hatte ich einen Sohn gewonnen, um ihn heute wieder zu verlieren. Steh auf! Ich verlange keine Zeichen einer Demut und Liebe, welche du sowieso niemals gekannt hast. Bedarfst du eines Trostes, eines Rates, so wende dich an die Priester und sieh, ob sie dir den Vater ersetzen werden. Sage Neithotep, in dessen Händen du weiches Wachs bist, er habe das rechte Mittel gefunden, mir Dinge abzutrotzen, die ich ihm sonst versagt haben würde. Um Ägypten groß zu erhalten, war ich bisher zu jedem persönlichen Opfer bereit; nun ich aber sehe, daß die Priesterschaft sich nicht scheut, mir mit dem Verrat des Vaterlandes zu drohen, um ihre eigenen Zwecke zu erreichen, könnt' ich mich leicht bewogen fühlen, die bevorzugte Kaste für gefährlichere Feinde meines Reiches zu halten als selbst die Perser. Hütet euch, hütet euch! Diesmal gebe ich den Ränken meiner Feinde nach, denn ich selbst habe durch väterliche Schwäche eine Gefahr über Ägypten heraufbeschworen; in Zukunft aber will ich, bei der großen Neith, meiner Herrin, handgreiflich beweisen, daß ich König bin und eher die ganze Priesterschaft als den kleinsten Bruchteil meines Willens opfern mag. Schweig – und verlaß mich!«

Der Thronerbe entfernte sich; der König aber bedurfte diesmal langer Zeit, bis er wieder, scheinbar fröhlich, vor die Gäste seines Hauses treten konnte.

Psamtik begab sich sogleich zum Oberbefehlshaber der einheimischen Truppen und befahl ihm, das ungeschickte Werkzeug seiner vereitelten Rache, den ägyptischen Hauptmann, in die Steinbrüche[199] der Thebais zu verbannen; die äthiopischen Krieger aber in ihre Heimat zurückzusenden. Dann eilte er zum Oberpriester der Neith, um ihm mitzuteilen, was er von dem König erzwungen habe.

Neithotep schüttelte bedenklich das kluge Haupt über die drohenden Worte des Amasis und verabschiedete den Thronerben nach einer kurzen Reihe von Ermahnungen, ohne welche er ihn niemals von sich zu lassen pflegte.

Psamtik begab sich in seine Wohnung.

Seine fehlgeschlagene Rache, der neue unheilvolle Bruch mit seinem Vater, die Furcht vor dem Spott der Fremden, das Gefühl seiner Abhängigkeit von dem Willen der Priester, der Glaube an ein finsteres Geschick, welches von Geburt an über seinem Haupte schwebe, bedrückten sein Herz und umnebelten seinen Geist.

Von einer schönen Gattin und fünf Kindern war ihm nichts geblieben als eine Tochter und ein kleiner Knabe, den er innig liebte. Zu diesem zog es ihn jetzt, bei diesem hoffte er Trost und neuen Lebensmut zu finden. Die blauen Augen und der lachende Mund seines Sohnes waren die einzigen Dinge, welche das frostige Herz dieses Mannes erwärmen konnten.

»Wo ist mein Sohn?« fragte er den ersten Höfling, welcher ihm in den Weg trat.

»Soeben hat der König den Prinzen Necho mit seiner Wärterin holen lassen«, antwortete der Diener.

Der Haushofmeister des Thronerben näherte sich jetzt demselben und reichte ihm einen versiegelten auf Papyrus geschriebenen Brief, indem er, sich tief verneigend, sagte: »Von deinem Vater, dem König!«

Psamtik erbrach in zorniger Hast das gelbe Wachs des Siegels, welches das Namensschild des Königs trug[200], und las: »Ich habe Deinen Sohn zu mir kommen lassen, damit er nicht wie Du zum blinden Werkzeuge der Priester heranwachsen und vergessen möge, was er sich selbst und seinem Vaterland schuldig ist. Ich werde für seine Erziehung Sorge tragen, denn die Eindrücke der Kindheit sind nachwirkend auf das ganze spätere Leben. Willst Du Necho sehen, so habe ich nichts dagegen; doch mußt Du mich vorher von Deinem Wunsche benachrichtigen lassen.«

Der Thronerbe biß sich beinahe die Lippen blutig, um seinen Zorn den ringsumher stehenden Dienern zu verbergen. Der Wunsch seines Vaters und Königs war nach ägyptischer Sitte ebenso bindend wie der strengste Befehl. Einige Augenblicke sann er schweigend nach; dann rief er nach Jägern, Hunden, Bogen und Lanzen, schwang sich auf einen leichten Wagen und ließ sich von seinem Rosselenker in das westlich gelegene Marschland fahren, um dort, mit Meute und Geschoß die Geschöpfe der Wildnis verfolgend[201], zu vergessen, was sein Herz bedrückte. Statt an dem entronnenen Feind, kühlte er seinen Zorn nun an den Tieren.

Gyges war gleich nach der Unterredung seines Vaters mit Amasis freigelassen und von den Genossen mit lautem Jubel empfangen worden. Der Pharao schien die Gefangennahme des Sohnes seines Freundes durch doppelte Güte wiedergutmachen zu wollen, denn er beschenkte ihn noch am selbigen Tage mit einem kostbaren Wagen, welchen zwei edle braune Rosse[202] zogen, und bat ihn, ein kunstreiches Dame-Spiel zum Andenken an Sais mit nach Persien zu nehmen. Die Steine dieses Spieles bestanden aus Elfenbein und Ebenholz. In einigen waren Sinnsprüche mit Hieroglyphenzeichen von Gold und Silber eingelegt.

Amasis lachte viel mit seinen Gästen über die List des Gyges. Er ließ die jungen Helden ungezwungen mit seiner Familie verkehren und behandelte sie wie ein heiterer Vater seine munteren Söhne. Nur bei den Mahlzeiten bewies er, daß der Ägypter in ihm sein Recht fordere, denn die Perser mußten an einem besonderen Tische essen. Er würde sich nach dem Glauben seiner Väter verunreinigt haben, wenn er mit den Fremden an einer Tafel seine Mahlzeit eingenommen hätte[203].

Als Amasis endlich drei Tage nach der Freilassung des Gyges erklärte, daß seine Tochter Nitetis in zwei Wochen zur Abreise nach Asien bereit sein werde, so bedauerten alle Perser, nicht länger in Ägypten bleiben zu dürfen.

Krösus gefiel sich im Umgang mit dem samischen Dichter und Bildhauer. Gyges teilte die Vorliebe seines Vaters für die hellenischen Künstler. Darius, welcher sich schon zu Babylon mit Sternkunde beschäftigt hatte[204], war eines Abends, als er den Himmel beobachtete, unerklärlicherweise von dem greisen Oberpriester der Neith angeredet und eingeladen worden, ihm auf den höchsten Pylon, die Hauptsternwarte des Tempels, zu folgen. Der wißbegierige Darius hatte sich das nicht zweimal sagen lassen und sammelte allnächtlich, den Lehren des Greises lauschend, neue Kenntnisse.

Einmal traf Psamtik den Fremden bei seinem Meister und fragte Neithotep, als sich Darius entfernte, wie er dazu komme, diesen Perser in ägyptische Geheimnisse einzuweihen?

»Ich lehre ihn«, antwortete der Oberpriester, »Dinge, welche jeder gelehrte Chaldäer zu Babylon ebensogut weiß wie wir. Dadurch mache ich uns einen Mann zum Freunde, dessen Gestirne die des Kambyses überstrahlen wie die Sonne den Mond. – Dieser Darius, sage ich dir, wird einstmals ein mächtiger Herrscher werden; ja, ich habe seinen Planeten selbst über Ägypten leuchten sehen. Dem Weisen ziemt es, nicht allein in der Gegenwart zu verweilen, sondern auch in die Zukunft zu schauen, nicht nur seinen Weg, sondern auch den anderer zu betrachten. Kommst du an einem Hause vorbei, so weißt du nicht, ob dir in ihm kein Wohltäter für die Zukunft auferzogen wird. Laß nichts unbeachtet, was an deinem Pfade steht; vor allem aber blicke hinauf zu den Sternen. Wie der Hund des Nachts auf die Diebe lauert, so wache ich seit fünfzig Jahren auf die Wanderer am Himmel, die ewigen im Äther glühenden Verkünder des Schicksals. Sie bestimmen dem Menschen Glück und Unglück, Ruhm und Schande voraus. Sie, die Untrüglichen, haben mir in Darius eine Pflanze gezeigt, welche zum großen Baum erwachsen wird.«

Bartja waren diese nächtlichen Lehrstunden seines Freundes willkommen, denn sie veranlaßten denselben, länger als gewöhnlich zu schlafen, und erleichterten ihm so seine heimlichen Morgenritte nach Naukratis. Er ließ sich dabei von Zopyrus, den er zu seinem Vertrauten gemacht hatte, begleiten. Während er selbst bei Sappho verweilte, bemühten sich sein Freund und seine Dienerschaft, einige Springhasen, Schnepfen, Pelikane oder Schakale zu erlegen. Die Heimgekehrten behaupteten dann dem Mentor Krösus gegenüber, sich auf ihren Ausflügen der Lieblingsbeschäftigung vornehmer Perser, dem edlen Waidwerk, ergeben zu haben.

Niemand bemerkte die Veränderung, welche in dem innersten Wesen des Königssohnes durch die Macht der ersten Liebe vor sich ging, außer Tachot, der Tochter des Amasis. Diese hegte seit dem ersten Tage, an welchem Bartja zu ihr geredet hatte, eine glühende Leidenschaft für den schönen Jüngling. Mit den zarten Fühlfäden der Liebe erkannte sie schnell, daß sich etwas Fremdes zwischen sie und ihn gestellt haben müsse. Wenn Bartja ihr früher wie ein Bruder begegnet war und ihre Nähe gesucht hatte, so vermied er jetzt sorgfältig, ihr vertraulich zu nahen. Er ahnte ihr Geheimnis und fürchtete, wenn er sie nur freundlich ansähe, ein Verbrechen an seiner Liebe für Sappho zu begehen.

Die arme Königstochter grämte sich über die Kälte des Jünglings und machte Nitetis zu ihrer Vertrauten. Diese ermutigte sie und baute Luftschlösser mit ihr. – Die beiden malten sich aus, wie herrlich es sein würde, wenn sie, an zwei fürstliche Brüder vermählt, ohne sich voneinander trennen zu müssen, an einem Hofe leben dürften. – Aber Tag auf Tag verstrich, und der schöne Königssohn zeigte sich dem Mädchen immer seltener. Und wenn er kam, so verkehrte er mit Tachot kühl und förmlich.

Dennoch mußte die Arme zugeben, daß Bartja während seines Aufenthalts in Ägypten schöner und männlicher geworden sei. Ein stolzes und dennoch mildes Selbstbewußtsein strahlte jetzt aus seinen großen Augen. Statt des früheren jugendlichen Übermutes breitete sich nicht selten eine eigentümlich träumerische Ruhe über sein ganzes Wesen. Die rosigen Wangen hatten an Farbe verloren; aber das kleidete ihn gut, viel besser als sie, die, gleich ihm, von Tag zu Tag bleicher wurde.

Melitta, die alte Sklavin der Rhodopis, war zur Beschützerin der Liebenden geworden. Sie hatte Bartja und Sappho eines Morgens überrascht, war aber von dem Königssohn so reichlich beschenkt, von seiner Schönheit so vollkommen bezaubert, von ihrem Herzblatte so innig gebeten und so süß umschmeichelt worden, daß sie versprach, ihrer Herrin gegenüber reinen Mund zu halten. Ja, in der Folge erleichterte sie den beiden ihre heimlichen Zusammenkünfte. Die Alte sah schon ihr »süßes Töchterchen« als Beherrscherin der halben Welt, nannte sie, wenn sie mit ihr allein war, »Fürstin« und »Königin« und erblickte sich selbst in mancher schwachen Stunde als reichgeschmückte Würdenträgerin am persischen Hof.

11.
KAPITEL

Drei Tage vor der zur Abreise der Nitetis bestimmten Zeit hatte Rhodopis eine große Anzahl von Gästen, unter denen sich Krösus und Gyges befanden, nach Naukratis geladen.

Während des Gastmahls sollten sich, von der Nacht und der Sklavin beschützt, die beiden Liebenden im Garten treffen. Als Melitta sich überzeugt hatte, daß die Tischgespräche im besten Gang waren, öffnete sie die Pforte, ließ den Königssohn in den Garten treten und führte ihm das liebende Mädchen entgegen. Dann entfernte die alte Sklavin sich. Sie hatte mit Sappho verabredet, die beiden durch Händeklatschen vor jedem unberufenen Lauscher zu warnen.

»Wir haben nur noch drei Tage«, flüsterte Sappho. »Weißt du, manchmal kommt mir's vor, als hätt' ich dich gestern zum erstenmal gesehen; und dann wieder mein' ich, daß du mir schon eine Ewigkeit gehörst.«

»Auch ich glaube immer, daß ich dich, solang' ich lebe, besitze; denn ich kann mir nicht vorstellen, daß ich einmal gelebt haben soll ohne dich.«

»Wäre die Trennungszeit nur erst vorüber!«

»Oh, glaube mir, sie vergeht schneller, als du meinst. Das Warten wird uns lang, sehr lang vorkommen. Wenn wir aber wieder beisammen sind, so denk' ich, daß es uns sein muß, als hätten wir uns erst eben Lebewohl gesagt. Siehst du, so ist's mir jeden Tag ergangen. Wie hab' ich mir den Morgen und dich herbeigesehnt. Wenn er aber da war, und du an meiner Seite saßest, so habe ich geglaubt, ich hätte dich gar nicht von mir gelassen und deine Hand ruhte noch von gestern her auf meinem Haupt.«

»Und dennoch überkommt mich eine mir sonst unbekannte Bangigkeit, wenn ich an die Scheidestunde denke.«

»Ich fürchte mich nicht so sehr vor ihr. Freilich wird mein Herz bluten, wenn du mir Lebewohl sagst; aber ich weiß, daß du wiederkommen und mich nicht vergessen wirst. Melitta hat das Orakel befragen wollen, ob du mir treu bleibst; sie wollte auch zu einem alten Weib gehen, das soeben aus Phrygien angekommen ist und bei Nacht aus gezogenen Stricken weissagen kann. Dazu braucht sie, der Reinigungen wegen, Weihrauch, Styrax, mondförmige Kuchen und Blätter von wilden Dornsträuchern[205]; aber ich habe mir das alles verbeten, denn mein Herz weiß ja besser als Pythia, Stricke und Opferrauch, daß du mir treu bleiben und mich lieb behalten wirst.«

»Und dein Vertrauen betrügt dich nicht!«

»Aber ich bin doch nicht ganz ohne Bangigkeit gewesen, denn ich habe, wie die Mädchen zu tun pflegen, wohl hundertmal in ein Mohnblatt geblasen und darauf geschlagen. Wenn es knallte, dann jubelte ich: ›Er wird dich nicht vergessen!‹ Wenn das Blatt aber ohne jeden Laut zerriß, so wurde ich betrübt. – Doch es ließ fast immer den erwünschten Ton vernehmen, und ich durfte viel öfter fröhlich als traurig sein[206].«

»Und so soll es bleiben!«

»Ja, so muß es bleiben! Sprich aber leiser, Liebster, damit uns Knakias, der dort zum Nil geht, um Wasser zu schöpfen, nicht bemerkt.«

»Ja, ich will leise sprechen. So! Jetzt streich' ich dir dein seidenes Haar zurück und flüstere in dein Ohr: ›Ich liebe dich!‹ Hast du's verstanden?«

»Was man gern hört, sagt mein Ahne, das versteht sich leicht; doch hättest du mir eben auch ins Ohr gerufen: ›Ich hasse dich!‹, so würde mir dein Blick trotzdem mit tausend Stimmen zugejubelt haben, daß du mich liebst. Des Auges stummer Mund ist viel beredter als alle Zungen in der ganzen Welt.«

»Würde ich nur, wie du, die schöne Sprache der Hellenen beherrschen, dann wollt' ich …«

»Oh, ich freue mich, daß du nicht besser sprichst; denn könntest du mir alles sagen, was du fühlst, so würdest du mir vielleicht weit weniger zärtlich in die Augen schauen. Was sind denn Worte!? Hörst du dort die Nachtigall? Die kann auch nicht sprechen, und dennoch glaub' ich, daß ich sie verstehe.«

»Willst du mir's anvertrauen? Ich möchte gern wissen, was Bülbül, wie wir Perser die Nachtigall benennen, mit ihrem Liebsten, dort drüben in dem Rosenbusch, zu verhandeln hat. Darfst du verraten, was der Vogel spricht?«

»Ich will dir's leise sagen! Philomele singt dem Gatten zu: ›Ich liebe dich!‹ Und seine Antwort lautet, höre nur: ›Ito, ito itys‹[207].«

»Und was heißt ›Ito, Ito?‹«

»Ich nehm' es an, ich nehm' es an!«

»Und ›Itys?‹«

»Das muß man, um's richtig zu verstehen, schon künstlich deuten. Itys ist ein Kreis; der Kreis bedeutet die Ewigkeit, denn er hat keinen Anfang und kein Ende. Drum ruft die Nachtigall: ›Ich nehm' es an, ich nehm' es an für alle Ewigkeit!‹«

»Und wenn ich dir nun sag': Ich liebe dich?«

»So sag' ich wie die Sängerin der Nacht: ›Ich nehm' es an, für heute, für morgen, für die Ewigkeit!«

Sie küßten sich und sagten sich gegenseitig Gedichte auf. Sie sprachen über die unterschiedlichen Sitten in ihren Heimatländern, und so kam Sappho plötzlich auf die Vielweiberei in Persien zu sprechen, von der sie gehört hatte: »Verstößt du, wenn du mich allein zum Weib nimmst, nicht gegen die Sitten deiner Heimat? Würde man dich deiner Treue wegen verachten oder nur tadeln wollen, denn wer dürfte meinen Bartja verachten, so nimm dir andere Weiber neben mir; aber erst laß mich nur zwei, nur drei Jahre lang dich ganz allein besitzen. Willst du das, Bartja?«

»Ich will.«

»Und dann, wenn meine Zeit vorüber ist und du der Sitte deines Landes nachgeben mußt, denn aus Liebe wirst du keine Zweite heimführen, so laß mich deine erste Frau bleiben.«

»O Sappho, wärest du doch heute schon meine Frau. Wer einen so großen Schatz besitzt wie ich in dir, der mag ihn hüten, aber nicht nach anderen Schätzen streben, die doch nur, mit ihm verglichen, ärmlich sein können. Wer dich geliebt, liebt keine andere mehr! In meiner Heimat ist es zwar der Brauch, daß jeder Mann viele Weiber heimführt; aber dies wird nur gestattet, keineswegs durch ein Gesetz befohlen. Auch mein Vater hatte zwar hundert Sklavinnen, aber nur eine rechte, echte, wahre Gattin, unsere Mutter Kassandane.«

»Und ich werde deine Kassandane sein?«

»Nein, meine Sappho, denn was du mir wirst, das war noch keinem Manne seine Frau!«

»Wann kommst du, mich zu holen?«

»Sobald ich kann und darf«, antwortete Bartja.

»Nun will ich wohl geduldig warten!«

»Und werde ich Nachricht von dir erhalten?«

»Ich schreibe dir lange, lange Briefe und trage allen Winden Grüße für dich auf ...«, sagte Sappho.

»Tu das, meine Liebste, und was die Briefe anbelangt, so übergib sie dem Boten, welcher Nitetis von Zeit zu Zeit Nachrichten aus Ägypten überbringen wird.«

»Wo find' ich ihn?«

»Ich werde einen Mann in Naukratis anstellen, der alles, was du ihm zukommen läßt, besorgen soll. Das Nähere will ich mit Melitta besprechen.«

»Wir dürfen ihr vertrauen, denn sie ist klug und treu; doch habe ich noch eine andere Freundin, welche mich nach dir am meisten liebt und die auch ich nach dir am liebsten habe.«

»Du meinst deine Großmutter Rhodopis?« fragte Bartja.

»Meine treue Pflegerin und Lehrerin!«

»Sie ist ein edles Weib! Mein Vater Krösus hält sie für die trefflichste der Frauen, und er kennt die Menschen, wie der Arzt die Kräuter und die Wurzeln. In jenen, weiß er, schlummert arges Gift, in diesen Tropfen, welche Heilung spenden, und Rhodopis, so sagte Krösus oft, gleicht einer Rose, welche Duft verleiht und Labungsöl für schwache Kranke spendet, selbst wenn sie welkend Blatt auf Blatt verliert und in Geduld des Windes wartet, der sie ganz verweht.«

»Oh, daß sie lange lebe! Liebster Bartja, gewähre mir noch eine große Bitte!«

»Ja, natürlich.«

»Laß Rhodopis, wenn du mich heimwärts führst, nicht in Ägypten zurück. Sie soll uns folgen. Oh, sie ist so gut und liebt mich so innig, daß, was meinem Herzen teuer ist, auch ihrem liebenswert erscheinen muß.«

»Sie soll der erste Gast in unserem Hause sein!«

»Wie gut du bist! Jetzt bin ich ganz zufrieden und beruhigt. Die gute Greisin braucht mich. Sie kann nicht leben ohne mich, ihr Kind. Ich lache ihr die trüben Sorgen fort, und wenn sie, mich belehrend, bei mir sitzt, wenn sie mir Lieder singt, wenn sie mir zeigt, wie man den Griffel führt, die Laute schlägt, dann blüht sie richtig auf.«

»Ich frage sie, bevor wir scheiden, ob sie uns in meine ferne Heimat folgen will«, versprach Bartja.

»Oh, wie bin ich froh! – Und weißt du auch, daß mir die erste Zeit der Trennung gar nicht furchtbar scheint? Jetzt darf ich dir, als meinem Mann und Herrn, wohl alles sagen, was mich schmerzt und freut; vor anderen aber muß ich schweigsam sein. So wisse, Liebster, daß wir, wenn ihr in eure Heimat zieht, zwei kleine Gäste in unserem Hause erwarten; des guten Phanes Kinder, jenes Mannes, für den dein Freund, der Sohn des Krösus, eine so edle Tat begangen hat. Ich will für die Kleinen ordentlich sorgen, und wenn sie brav gewesen sind, dann werde ich ihnen schöne Märchen singen von einem Königssohne, einem starken Helden, der sich ein schlichtes Mädchen zum Weibe nahm, und wenn ich dann beschreibe, wie der Prinz, der junge Held zu schauen war, so wirst du vor meinen Augen stehen.«

»Ich werde meiner Schwester Atossa von allem erzählen, was ich auf meiner Fahrt gesehen habe. Und wenn ich die Anmut der Griechen, den Glanz ihrer Werke und die Schönheit ihrer Frauen preise, so werde ich immer nur an dich denken.«

»Horch, was war das? Da klatscht die Wärterin! Leb wohl, wir müssen fort! Bis bald.«

»Noch einen Kuß!«

»Leb wohl!«

Melitta war auf ihrem Posten, von Müdigkeit überwältigt, eingeschlafen.

Endlich wurde sie durch ein lautes Geräusch aus ihren Träumen gerissen. Sie klatschte sogleich in die Hände, um das Paar zu warnen und Sappho herbeizurufen, denn sie sah an den Sternen, daß der Morgen nicht mehr fern war.

Als sich die Alte mit ihrer Schutzbefohlenen dem Haus näherte, bemerkte sie, daß jenes Geräusch, welches sie vorher geweckt hatte, von den Gästen ausging, die sich zum Aufbruch anschickten.

Zur höchsten Eile drängend, schob sie Sappho durch die Hintertür in das Haus, führte sie in ihr Schlafzimmer und wollte eben beginnen, sie zu entkleiden, als Rhodopis eintrat.

»Du bist noch auf, Sappho?« fragte dieselbe. »Was bedeutet das, mein Kind?«

Melitta zitterte und hatte eine Lüge auf den Lippen; Sappho aber warf sich ihrer Großmutter an die Brust, umschlang sie zärtlich, küßte sie voller Innigkeit und erzählte ihr die Geschichte ihrer Liebe.

Rhodopis erbleichte.

»Laß uns allein!« herrschte sie die Sklavin an. Dann stellte sie sich vor ihre Enkelin, legte die Hände auf ihre Schultern und sprach: »Sieh mir in die Augen, Sappho! Kannst du mich noch ansehen, ebenso heiter, ebenso kindlich sein wie vor der Ankunft jenes Persers?«

Das Mädchen schaute lächelnd und freudig zu der Großmutter empor; da zog Rhodopis sie an ihre Brust, küßte sie und sprach: »Seit du die Kinderschuhe ausgezogen hast, war ich bestrebt, dich zu einer würdigen Jungfrau zu machen und dich vor der Liebe zu bewahren. Ich wollte dir bald einen passenden Gatten erwählen und dich ihm nach hellenischer Sitte[208] zum Weib geben; aber die Götter haben es anders gewollt. Eros spottet aller Schranken, welche Menschenhände ihm entgegenzustellen vermögen; das äolische[209] Blut in deinen Adern hat Liebe gefordert, das stürmische Herz deiner lesbischen Ahnen klopft auch in deiner Brust. Das Geschehene ist nicht zu ändern. Bewahre denn die Freudenstunden dieser ersten Liebe wie ein kostbares Eigentum in deiner Erinnerung. Denn die Gegenwart eines jeden Menschen wird früher oder später so arm und öde, daß er solcher Erinnerungsschätze bedarf, um nicht zu verschmachten. Sage ihm Lebewohl, wenn er in seine Heimat zurückkehrt, aber hüte dich, auf ein Wiedersehen zu hoffen. Der Sinn der Perser ist leicht und wankelmütig; alles Neue reizt ihn, alles Fremde nimmt er auf mit offenen Armen[210]. Dein anmutiges Wesen hat dem Königssohn wohl gefallen. Jetzt glüht er für dich, aber er ist jung und schön, von allen Seiten umworben und ein Perser. Gib du ihn auf, damit er dich nicht aufgebe!«

»Wie sollt' ich, Großmutter! Hab' ich ihm nicht Treue für die Ewigkeit geschworen?«

»Ihr Kinder spielt mit dieser Ewigkeit, als sei sie ein Augenblick! Was deinen Schwur betrifft, so tadle ich ihn; aber ich freue mich, daß du an ihm festhältst, denn ich verabscheue jenes frevelnde Sprichwort, welches lehrt, Zeus höre nicht die Schwüre der Liebenden. Warum sollte die Gottheit den in Beziehung auf das Heiligste im Menschen geleisteten Eid geringer achten als eine Beteuerung, welche kleinliche Fragen des Mein und Dein betrifft? Halte denn, was du versprochen, vergiß niemals deine Liebe, gewöhne dich aber an den Gedanken, der Person des Geliebten entsagen zu müssen.«

»Niemals, Großmutter! Wäre denn Bartja mein Freund geworden, wenn ich ihm nicht vertrauen könnte? Gerade weil er ein Perser ist, der die Wahrhaftigkeit seine schönste Tugend nennt, glaube ich, daß er seinen Schwur halten und mich, trotz der Unsitte der Asiaten, zu seinem einzigen Weibe machen wird.«

»Und wenn er seinen Schwur vergißt, so wirst du deine Jugend elend vertrauern und mit vergiftetem Herzen ...«

»O gute, liebe Großmutter, höre auf, so schreckliche Dinge zu reden! Wenn du ihn kennen würdest, wie ich ihn kenne, so müßtest du mir zugeben, daß wohl der Nil versiegen und die Pyramiden einstürzen mögen, mein Bartja aber mich nicht betrügen kann!«

Das Mädchen sprach diese Worte mit so überzeugender Gewißheit und ihre dunklen von Tränen erfüllten Augen glänzten dabei so selig, daß auch das Gesicht der Greisin wieder freundlich wurde.

Sappho schlang noch einmal ihre Arme um den Hals der Großmutter, erzählte ihr jedes Wort, welches der Geliebte zu ihr gesprochen hatte, und endete ihre lange Rede mit dem Ausruf: »O Großmutter, ich bin so glücklich, so glücklich! Und wenn du nun gar mit uns nach Persien kommst, dann hab' ich nichts mehr von den Unsterblichen zu erbitten.«

»Nur zu bald werden sich deine Arme wieder nach ihnen ausstrecken«, seufzte Rhodopis. »Nur mit neidischem Blick betrachten sie das Glück der Sterblichen und wägen uns das Schlimme mit verschwenderischen, das Gute mit kargen Händen zu. Geh jetzt ins Bett, mein Kind, und bete mit mir, daß dies alles ein glückliches Ende nehmen möge. Einem Kinde habe ich meinen

Morgengruß gebracht, einer Frau sage ich gute Nacht; mögest du mir als Gattin ebenso freudig deinen Mund zum Kusse bieten wie jetzt. – Morgen will ich euretwegen mit Krösus reden. Von seinem Ausspruch wird es abhängen, ob ich dir gestatten kann, die Rückkehr des Persers zu erwarten, oder ob ich dich beschwören muß, den Königssohn zu vergessen, um bald die Hausfrau eines Hellenen meiner Wahl zu werden. Schlafe wohl, mein Liebling, schlummere ruhig; deine alte Großmutter wacht für dich!«

Sappho entschlief, von seligen Träumen eingewiegt; Rhodopis aber schaute mit offenen Augen, bald lächelnd, bald bedenklich die Stirn runzelnd, in die aufgehende Sonne und den lichten Tag.

Am folgenden Morgen ließ Rhodopis den Krösus ersuchen, ihr eine Stunde zu schenken.

Sie erzählte dem Greis ohne Umschweife, was sie von Sappho erfahren hatte, und schloß ihre Rede mit den Worten: »Ich weiß nicht, welche Ansprüche die Perser an die Gattin eines Fürsten machen; ich kann dir aber sagen, daß mir Sappho des ersten aller Könige würdig zu sein scheint. Sie stammt von einem edlen freien Vater, und ich habe gehört, daß nach euren Gesetzen ganz allein der Vater die Herkunft des Kindes bestimmt. Auch in Ägypten genießen die Nachkommen der Sklavin gleiche Rechte mit denen der Fürstentochter, wenn beide demselben Erzeuger[211] ihr Dasein verdanken.«

»Ich habe dir schweigend zugehört«, antwortete Krösus, »und muß dir sagen, daß ich ebensowenig wie du in diesem Augenblick weiß, ob ich mich freuen darf oder ob ich diese Liebe beklagen soll. – Kambyses und Kassandane, die Mutter Bartjas und des Königs, wünschten schon vor unserer Abreise, den Prinzen zu verheiraten. Der König selbst erfreut sich bis heute keiner Nachkommen. Sollte er kinderlos bleiben, so beruht die einzige Hoffnung auf die Fortpflanzung des Geschlechts seines Vaters Cyrus auf Bartja, denn der große Gründer der persischen Macht rühmte sich nur zweier Söhne, des Kambyses und des Freundes deiner Enkelin. – Dieser letztere ist der Stolz aller Perser, der Liebling des ganzen Hofes und Landes, die Hoffnung aller Würdenträger und Untertanen. Er ist eben so schön wie edel, ebenso tugendhaft wie liebenswert. – Wohl verlangt man von den Königssöhnen, daß sie sich mit Weibern aus ihrem, dem Geschlechte der Achämeniden vermählen, aber die Perser haben eine unbegrenzte Vorliebe für alles Fremde und würden, von der Schönheit deiner Enkelin entzückt, von Bartjas Liebe zu ihr nachsichtig gemacht, gar bald den Verstoß gegen die alte Sitte vergeben, zumal jedwede Tat, welche der König gutheißt, keinen Einwand der Untertanen zuläßt. Auch liefert die iranische Geschichte Beispiele genug, daß selbst Sklavinnen Könige zeugten[212]. Die Mutter des Herrschers, welche in beinah' ebenso hohem Ansehen steht als dieser selbst, wird dem Glück ihres Jüngsten und Lieblingssohnes nichts in den Weg legen. Wenn sie sieht, daß Bartja nicht von Sappho ablassen will, wenn sie bemerkt, daß das lachende Antlitz des angebeteten Ebenbildes ihres großen verstorbenen Gatten sich verfinstert, dann würde sie ihm, um ihn wieder fröhlich zu machen, selbst nicht verweigern, eine Skythin heimzuführen. Auch Kambyses wird, wenn die Mutter zur rechten Stunde in ihn dringt, seine Einwilligung nicht versagen.«

»Nun, so wären ja alle Schwierigkeiten beseitigt,« rief Rhodopis voller Freude.

»Nicht die Vermählung, sondern die Zeit nach derselben macht mir Sorge.«

»Meinst du, daß Bartja –«

»Von seiner Seite fürchte ich nichts. Er hat ein reines Herz und ist der Liebe so lange fremd geblieben, daß er, nun sie ihn einmal überwältigt hat, warm und dauernd lieben wird.«

»Aber –«

»Aber du mußt bedenken, daß, wenn auch alle Männer die anmutige Gattin ihres Lieblings jubelnd empfangen sollten, tausend Weiber in den Frauengemächern persischer Großen müßig verweilen, welche sich's zum Geschäfte machen werden, der jungen Emporgekommenen mit Ränken und Schlichen aller Art zu schaden, deren höchste Freude es sein wird, das unerfahrene Kind zu verderben und unglücklich zu machen.«

»Du denkst sehr übel von den Perserinnen.«

»Sie werden diejenige beneiden, welche den Mann zu gewinnen wußte, nach dem sie alle für sich oder ihre Töchter sehnsüchtig ausschauten. Neid wird in den müßigen, einförmigen Räumen des Harems leicht zum Haß, und die Befriedigung desselben muß diesen armseligen Geschöpfen zum Ersatz für ihren

Mangel an Liebe und Freiheit dienen. Sappho wird, das wiederhole ich dir, je schöner sie ist, je boshafteren Anfeindungen ausgesetzt sein und selbst, wenn Bartja sie innig liebt und in den ersten Jahren keine zweite Gattin heimführt, so schwere Stunden zu bestehen haben, daß ich in der Tat nicht weiß, ob ich dir zu der scheinbar glänzenden Zukunft deiner Enkelin Glück wünschen darf.«

»Dasselbe empfinde auch ich. Ein schlichter Hellene wäre mir als Mann meiner Enkelin lieber gewesen als dieser edle Sohn eines großen Königs.«

In diesem Augenblick trat, von Knakias eingeführt, Bartja ins Zimmer. Er flehte die Greisin an, ihm ihre Enkelin nicht zu versagen, schilderte seine heiße Liebe zu ihr und beteuerte, daß Rhodopis sein Glück verdoppeln würde, wenn sie mit ihm nach Persien ziehen wolle. Dann ergriff er die Hand des Krösus, bat ihn um Verzeihung, weil er ihm, seinem väterlichen Freund, so lange verschwiegen habe, was sein Herz beglücke, und flehte ihn an, seine Werbung zu unterstützen.

Lächelnd hörte der Greis die leidenschaftlichen Worte des Jünglings und sprach: »Wie oft, mein Bartja, hab' ich dich vor der Liebe gewarnt! Sie ist ein brennendes Feuer.«

»Aber ihre Flammen sind bunt und leuchtend!«

»Sie verursacht Schmerzen.«

»Aber diese Schmerzen sind süß.«

»Sie verwirrt den Geist!«

»Aber sie kräftigt das Herz!«

»Oh, diese Liebe!« rief Rhodopis. »Redet der Knabe nicht, von Eros begeistert, als sei er sein Leben lang bei einem attischen Sprachmeister in die Schule gegangen?«

»Und doch«, erwiderte Krösus, »nenn' ich die Liebenden die ungelehrigsten aller Schüler. Man mag ihnen noch so klar beweisen, ihre Leidenschaft sei Gift, Feuer, Narrheit, Tod, so werden sie trotzdem ausrufen: ›aber sie ist süß‹, und unbeirrt zu lieben fortfahren!«

In diesem Augenblicke, trat auch Sappho in das Zimmer. Ein weißes Festgewand mit purpurroten gestickten Rändern und weiten Ärmeln umwallte ihre zarten Glieder in freien Falten, welche an den Hüften von einem goldenen Gürtel zusammengehalten wurden. In ihren Haaren prangten frische Rosen, und ihren Busen schmückte der blitzende Stern, das erste Geschenk des Geliebten.

Anmutig verneigte sie sich vor dem Greis, dessen Blicke lange auf ihr ruhen blieben. Und je länger er in dieses Antlitz schaute, je freundlicher wurde das seine. Erinnerungsbilder stellten sich vor seine Seele, während eines Augenblickes wurde er selbst wieder jung, unwillkürlich näherte er sich dem Mädchen, drückte ihr einen Kuß auf die Stirn, faßte ihre Hand, führte sie Bartja entgegen und rief: »Nimm sie, sie soll deine Frau werden, und wenn sich alle Achämeniden gegen uns verschwören sollten!«

»Habe ich denn gar nichts mitzureden?« fragte Rhodopis, unter Tränen lächelnd.

Jetzt erfaßte Bartja die rechte, Sappho die linke Hand der Greisin, und zwei flehende Augenpaare schauten in ihr Angesicht. – Da rief sie, sich hoch aufrichtend, gleich einer Seherin: »Möge Eros, der euch zusammenführte, mögen Zeus und Apollo euch beschützen. Wie zwei Rosen an einem Stengel sehe ich euch liebend und glücklich im Lenz des Lebens prangen; was Sommer, Herbst und Winter euch bringen werden, das liegt tief verborgen im Schoß der Götter. Mögen die Schatten deiner verstorbenen Eltern, meine Sappho, freundlich lächeln, wenn diese neue Botschaft von dir zu ihnen dringt in die Häuser der Unterwelt!«

Drei Tage später herrschte am Landungsplatz bei Sais wiederum ein dichtes Menschengedränge. Das Volk hatte sich versammelt, um der in die Fremde ziehenden Tochter des Königs ein letztes Lebewohl zuzurufen. In dieser Stunde zeigte es sich, daß die Ägypter, trotz aller Aufreizungen der Priester, mit inniger Liebe an ihrem Königshaus hingen.

Als Amasis und Ladice die junge Nitetis zum letzten Male weinend umarmten, als sich Tachot im Angesicht aller Saïten auf der großen Stromtreppe der Schwester schluchzend um den Hals warf, als sich endlich der die scheidende Königsbraut tragende Kahn mit schwellenden Segeln vom Lande entfernte, da blieben wenige Augen tränenleer.

Nur die Priester sahen ernst und kalt dem ergreifenden Schauspiel zu.

Als endlich auch die Schiffe der die Ägypterin entführenden Fremden vom Südwinde erfaßt wurden, klangen ihnen viele Flüche und Verwünschungen nach. Die zurückgebliebene Königstochter aber winkte den Scheidenden noch lange mit ihrem Schleiertuch. Sie weinte ohne Unterlaß. Galten diese Tränen der Freundin ihrer Jugend, der Schwester, oder galten sie dem schönen Königssohn?

Amasis umarmte vor dem ganzen Volk seine Gattin und seine Tochter. Er hielt den kleinen Necho, seinen Enkel, hoch empor und ließ die Ägypter bei seinem Anblicke in lauten Jubel ausbrechen. Psamtik, der Vater des Kindes, stand schweigend und trockenen Auges neben dem König, der ihn gar nicht zu beachten schien. Endlich näherte sich ihm Neithotep, der Oberpriester, führte den Zaudernden seinem Vater entgegen, legte seine Hand in die des Königs und rief laut den Segen der Götter über das königliche Haus.

Während seiner Worte knieten die Ägypter mit erhobenen Händen nieder. Amasis zog den Sohn an seine Brust und flüsterte dem Oberpriester zu, als dieser sein Gebet vollendet hatte: »Laßt uns Frieden halten, um unser selbst und um Ägyptens willen.«

»Hast du jenen Brief des Nebenchari empfangen?«

»Ein samisches Seeräuberschiff verfolgt die Triere des Phanes.«

»Dort fährt das Kind deines Vorgängers, die rechtmäßige Erbin des ägyptischen Thrones, ungehindert in die Ferne.«

»Der hellenische Tempelbau zu Memphis soll eingestellt werden.«

»Isis verleihe uns Frieden, und Glück und Wohlfahrt breite sich über Ägypten!«

In Naukratis hatten die in Ägypten wohnenden Hellenen der in die Ferne ziehenden Tochter ihres Schutzherrn Amasis ein Fest bereitet.

Auf den Altären der griechischen Götter wurden zahlreiche

Opfertiere geschlachtet, und als die Nilbarken im Hafen landeten, erscholl ein lautes »Ailinos!«.

Festlich geschmückte Jungfrauen überreichten Nitetis einen goldenen Reifen, welcher, als Brautkranz, mit tausend duftenden Veilchen[213] umwunden war.

Als schönste Jungfrau von Naukratis durfte ihn Sappho der Scheidenden überreichen.

Nitetis küßte, die Gabe annehmend, dankbar ihre Stirn. Dann bestieg sie die ihrer harrende Triere.

Die Ruderknechte gingen an ihre Arbeit und stimmten das Keleusma an[214]. Der Südwind schwellte die Segel, und ein tausendfaches »Ailinos« erscholl zum zweitenmal. Bartja winkte vom Verdeck des Königsschiffes seiner Verlobten die letzten Liebesgrüße zu. Sappho betete leise zu Aphrodite Euploia, der Schutzpatronin der Schiffer. Eine Träne kullerte auf ihre Wange; aber ihren Mund umspielte ein Lächeln der Hoffnung und der Liebe, während die alte Sklavin Melitta, welche den Sonnenschirm der Jungfrau trug, wie eine Verzweifelnde weinte. Als dem Kranz, welcher das Haupt ihres Pfleglings zierte, zufällig einige Blätter entfielen, vergaß sie jedoch während eines Augenblickes ihren Schmerz. Sie flüsterte Sappho zu: »Man sieht, daß du verliebt bist, denn alle Mädchen, die Blätter aus ihren Kränzen verlieren, deren Herz hat Eros getroffen[215].«

TEIL II

1. KAPITEL

Sieben Wochen später bewegte sich auf der großen Königsstraße[1], welche aus dem Westen nach Babylon führte, ein langer Zug von Wagen und Reitern der schon in weiter Ferne sichtbaren Riesenstadt entgegen.

Unter dem von hölzernen Säulen getragenen Dach eines über und über vergoldeten, vierrädrigen, mit Goldbrokat gepolsterten Fuhrwerks, dessen Seiten durch Gardinen verschlossen werden konnten, saß Nitetis, die ägyptische Königstochter.

Zur Seite ihres Wagens ritten ihre Begleiter, die persischen Edlen und der entthronte König von Lydien mit seinem Sohn.

Fünfzig andere Fuhrwerke und sechshundert Tiere folgten ihnen, während eine Abteilung persischer Soldaten auf prächtigen Pferden dem Zuge vorausritt.

Die Straße führte den Euphrat entlang durch üppige Weizen-, Gersten- und Sesamfelder, welche zweihundert-, ja manchmal dreihundertfältige Frucht trugen. Schlanke Dattelpalmen mit schweren Fruchtbüscheln standen überall auf den Äckern, die nach allen Seiten hin von wohlgehaltenen Wassergräben und Kanälen durchschnitten wurden[2]. Trotz der Winterzeit schien die Sonne warm und hell vom wolkenlosen Himmel. Der gewaltige Strom wimmelte von größeren und kleineren Kähnen, welche die Erzeugnisse des armenischen Hochlandes der mesopotamischen Ebene zuführten. Pumpwerke und Wasserräder gossen erfrischendes Naß auf die Äcker und Pflanzungen an den Ufern, welche mit zahlreichen Dörfern geschmückt waren. Alles ließ erkennen, daß man sich dem Mittelpunkt eines alten, sorglich verwalteten Kulturstaates näherte.

Bei einem langen, mit schwarzem Erdpech[3] überzogenen Backsteinhaus, an dessen Seiten sich eine Platanenpflanzung erhob, hielt der Wagen und das Gefolge der Nitetis. Krösus ließ sich von seinem Roß heben, näherte sich dem Fuhrwerk, welches die ägyptische Königstochter trug, und rief ihr zu: »Hier wären wir bei dem letzten Stationshaus angelangt! Dort drüben, der hohe Turm, der sich am Horizont abzeichnet, ist der berühmte Tempel der Bel, neben euren Pyramiden eines der ungeheuersten Werke von Menschenhand. Bevor die Sonne untergeht, werden wir in Babylon eintreffen. Gestatte mir, daß ich dich aus dem Wagen hebe und deine Dienerinnen zu dir ins Haus sende. Du mußt dich heute wie eine persische Fürstin kleiden lassen, damit du Kambyses wohlgefällst. In wenigen Stunden wirst du vor deinem Gatten stehen. Wie bleich du bist! Sorge dafür, daß dir deine Dienerinnen mit täuschender Schminke freudige Erregung auf die Wangen malen. Der erste Eindruck ist oft der entscheidende. Zumindest bei deinem künftigen Gatten. Wenn du ihm, woran ich nicht zweifle, bei der ersten Begegnung wohlgefällst, so kannst du sein Herz für immer gewonnen haben; solltet du ihm heute mißfallen, so wird er dich, bei seiner schroffen Art, kaum wieder eines freundlichen Blickes würdigen. Mut, meine Tochter, Mut!«

Nitetis trocknete eine Träne und erwiderte: »Wie soll ich dir für all deine Güte danken, Krösus, mein Beschützer und Ratgeber! Bitte, verlaß mich auch später nicht! Bleibe, wie auf dieser langen Reise über gefahrvolle Gebirgspässe, mein Wegweiser und Beschützer, wenn die Bahn meines armen Lebens über Gram und Sorge führt. Dank, tausend Dank!«

Bei diesen Worten schlang Nitetis ihre vollen Arme um den Hals des Greises und küßte wie eine zärtliche Tochter seinen Mund.

Als sie den Hof des dunklen Hauses betrat, kam ihr ein Mann entgegen, dem eine Schar von asiatischen Dienerinnen folgte. Es war der Oberste der Eunuchen[4], einer der vornehmsten persischen Hofbeamten, ein großer und wohlbeleibter Mann. Sein bartloses Angesicht lächelte süßlich, an seinen Ohren hing kostbarer Schmuck, seine Arme und Beine, sein Hals und seine langen Gewänder waren mit goldenen Ketten und Ringen verziert, und seine steifen gebrannten Locken, welche eine purpurne Binde umwand, strömten durchdringend scharfe Wohlgerüche aus.

Ehrerbietig verneigte sich Boges vor der Ägypterin und sprach: »Kambyses, der Herrscher der Welt, sendet mich dir entgegen, o Königin, damit ich die seine Grüße ausrichte. Er schickt dir ferner durch mich, seinen ärmsten Knecht, die Gewänder der Perserinnen, damit du, wie es der Gattin des größten aller Herrscher ziemt, in medischen Kleidern der Pforte der Achämeniden nahen mögest. Diese Weiber, deine Dienerinnen, warten auf deine Befehle. Aus einem ägyptischen Smaragd werden sie dich in einen persischen Diamanten verwandeln.« – Boges trat zurück und gestattete mit einem herablassenden Wink dem Wirt der Herberge, der Fürstin, als sein Gastgeschenk, einen höchst geschmackvoll geordneten Korb voller Früchte zu überreichen.

Nitetis dankte beiden Männern mit freundlichen Worten, trat in das Haus, legte unter Tränen den Schmuck ihrer Heimat ab und ließ die volle Flechte an ihrer linken Seite, das Zeichen ägyptischer Fürstentöchter[5], auflösen, um sich nach medischer Weise von fremden Händen ankleiden zu lassen.

Ihre Begleiter befahlen unterdessen, eine Mahlzeit aufzutragen. Diener holten Stühle, Tische und goldenes Gerät von den Wagen, die Köche nahmen ihre Arbeit auf, und einer war dem anderen so schnell zur Hand, daß schon bald eine köstlich geschmückte Tafel, auf welcher nicht einmal die Blumen fehlten, die hungrigen Reisenden erwartete.

Ähnlich gut hatten sie allerdings schon die ganze Reise über gespeist. Sie hatten alle nur denkbaren Bequemlichkeiten, vom wasserdichten golddurchwirkten Zelt bis zum silbernen Fußschemel; und in den Wagen, welche die Reisenden begleiteten, saßen neben Bäckern Köche, Mundschenke, Vorschneider, Salbenreiber, Kranzwinder und Barbiere.

Außerdem befand sich an der Landstraße nach jeder vierten Meile ein gut eingerichtetes Fremdenhaus. Hier wurden die unterwegs gefallenen Pferde ersetzt, hier gewährten schattige Baumpflanzungen Zuflucht vor der Hitze des Mittags. Im Gebirge fand man in solchen Herbergen Schutz vor Schnee und Kälte.

Die persischen Fremdenhäuser verdankten ihre Entstehung und Verschönerung dem großen Cyrus, welcher durch wohlgehaltene Straßen die ungeheuren Entfernungen seines Weltreiches abzukürzen suchte. – Derselbe hatte auch einen regelmäßigen Postbotendienst eingerichtet. Auf jeder Station fanden die Felleisenreiter einen zur Abreise fertigen Ersatzmann auf frischem

Pferd; nachdem er die zu befördernden Briefe erhalten hatte, pflegte er in Windeseile fortzusprengen, um bei der nächsten Herberge sein Felleisen dem nächsten bereitstehenden Boten zuzuwerfen. Diese Kuriere hießen Angaren, und viele hielten sie für die schnellsten Reiter auf der ganzen Welt.

Als die Reisenden, zu denen sich auch Boges, der Eunuch, gesellt hatte, von der Tafel aufstanden, öffnete sich von neuem die Tür des Stationshauses. Ein gedehntes »Ah« ließ sich hören, denn vor den Persern stand Nitetis in der kostbaren medischen Hoftracht. Das Bewußtsein ihrer Schönheit verlieh ihr Stolz; dennoch errötete sie über das Staunen ihrer Freunde.

Unwillkürlich fielen die Diener, nach asiatischer Sitte, vor ihr nieder; die edlen Achämeniden aber verneigten sich tief und ehrerbietig. Es war, als ob die Königstochter mit der schlichteren Kleidung ihrer Heimat alle Schüchternheit abgelegt und mit den von Gold und Edelsteinen strotzenden seidenen Gewändern der persischen Fürstin den Stolz und die Hoheit einer Königin angezogen habe.

Der Respekt, den man ihr soeben gezollt hatte, schien ihr wohlzutun. Herablassend mit der Hand winkend, dankte sie den bewundernden Freunden; dann wandte sie sich an den Eunuchen-Obersten[7] und sagte ihm freundlich, aber stolz: »Du hast deine Schuldigkeit getan. Ich bin mit den Kleidern und Sklavinnen, welche du mir besorgt hast, nicht unzufrieden. Ich werde meinem Gemahl deine Umsicht zu rühmen wissen, empfange einstweilen diese goldene Kette als Zeichen meines Dankes.«

Der allmächtige Aufseher der Frauen des Königs küßte ihr Gewand und nahm diese Gabe schweigend in Empfang. Mit solchem Stolz war ihm noch keine seiner Untergebenen entgegengetreten. Alle bisherigen Weiber des Kambyses waren Asiatinnen, und diese pflegten, weil sie die Allmacht des Eunuchen-Obersten kannten, alles aufzubieten, um seine Gunst durch Schmeichelworte und demütiges Wesen zu gewinnen.

Jetzt verneigte sich Boges zum zweitenmal tief vor Nitetis; diese wandte sich aber, ohne ihn weiter zu beachten, dem Krösus zu und sagte leise: »Dir, mein gütiger Freund, kann ich weder durch Worte noch durch Gaben lohnen, was du an mir getan hast, denn dir allein werde ich es zu danken haben, wenn mein Leben an diesem Hofe, wenn nicht glücklich, so doch friedlich sein wird.« Nun fuhr sie mit lauterer, auch ihren Reisegefährten verständlicher Stimme fort: »Nimm diesen Ring, welcher seit unserer Abreise von Ägypten meine Hand nicht verlassen hat. Sein Wert ist gering; seine Bedeutung aber groß. Pythagoras, der edelste aller Hellenen, gab ihn meiner Mutter, als er in Ägypten die Weisheitslehren unserer Priester hörte; diese schenkte ihn mir, als ich von der Heimat Abschied nahm. Auf dem schlichten Türkis hier steht eine Sieben. Diese unteilbare Zahl stellt die Gesundheit des Leibes und der Seele dar[8], denn nichts ist unteilbarer als die Gesundheit. Wenn nur das kleinste Teilchen des Körpers leidet, so krankt der ganze Mensch; wenn sich ein schlechter Gedanke in unser Herz einnistet, so ist die Harmonie der ganzen Seele gestört. Laß dir diese Sieben, sooft du sie siehst, zurufen, was ich dir wünsche: den ungetrübten Genuß leiblichen Wohlseins. Du, Gyges, nimm diese lydische Leier von Elfenbein und erinnere dich, wenn ihre Saiten klingen, an mich. – Dir, Zopyrus, reiche ich diese goldene Kette, denn du bist, wie ich gesehen habe, der treueste Freund deiner Freunde; wir Ägypter aber geben unserer Göttin der Liebe und Freundschaft, der schönen Hathor, als Symbol ihres fesselnden Wesens Bande und Stricke in die lieblichen Hände. – Dir, Darius, dem Freund ägyptischer Weisheit und des Sternenhimmels, überreiche ich zum Andenken diesen goldenen Reifen, auf dem du den Tierkreis, von kundiger Hand in das Metall gegraben, finden wirst[9]. – Du, Bartja, mein lieber Schwager, sollst endlich das kostbarste Kleinod empfangen, welches ich besitze. Nimm dieses Amulett von blauem Gestein. Meine Schwester Tachot hängte es um meinen Hals, als ich zum letztenmal vor dem Schlafengehen den Nachtkuß auf ihre Lippen drückte. Sie sagte mir, dieser Talisman verschaffe denen, welche ihn trügen, süßes Glück der Liebe. Sie weinte dabei, Bartja! Ich weiß nicht, an wen die Gute dachte; aber ich hoffe, in ihrem Sinn zu handeln, wenn ich ihr Kleinod in deine Hände lege. Erinnere dich manchmal an unsere Spiele in den Gärten von Sais.«

Bis dahin hatte sie Griechisch gesprochen. Jetzt wandte sie sich an die in ehrerbietiger Entfernung harrende Dienerschaft und sagte in gebrochenem Persisch: »Nehmt auch ihr meinen Dank! Zu Babylon sollt ihr tausend Goldstatern[10] erhalten. Ich befehle dir, Boges«, fügte sie hinzu, »die angegebene Summe bis spätestens übermorgen unter die Leute verteilen zu lassen. – Führe mich zu meinem Wagen, Krösus!«

Der Greis beeilte sich, dieser Aufforderung Folge zu leisten. Während er Nitetis dem Fuhrwerk entgegenführte, flüsterte sie ihm, seinen Arm an ihre Brust drückend, zu: »Bist du mit mir zufrieden?«

»Ich sage dir, Mädchen«, antwortete der Greis, »du wirst an diesem Hof, nach der Mutter des Königs, die Erste werden, denn du hast wahren Stolz. Glaube mir, eine kleine Gabe, wie du sie zu wählen und darzureichen verstehst, bereitet dem Edlen größere Freude als ein Haufen Gold, den man vor ihm niederwirft. – Köstliche Geschenke zu geben und zu empfangen ist die Gewohnheit der Perser. Sie verstehen es, einander zu bereichern; du wirst sie lehren, einander zu beglücken. – Siehst du Staubwolken von der Stadt her aufwirbeln? Das wird Kambyses sein, der dir entgegenzieht. Halte dich aufrecht, Mädchen! Vor allem bemühe dich, den Blick deines Gatten auszuhalten und zu erwidern. Nur wenige ertragen die Blitze dieses Auges. Aphrodite schmücke dich mit ihrer Schönheit! – Laßt uns aufsteigen, meine Freunde, ich glaube, daß der König uns entgegenzieht!«

Nitetis saß, hoch aufgerichtet und die Hände auf das Herz pressend, in dem goldenen Wagen. Die Staubwolke kam immer näher und näher. Waffen blitzten in der Sonne auf. Jetzt teilte sich die Wolke, und einzelne Gestalten wurden sichtbar. Der Zug verschwand für kurze Zeit hinter dichtem Buschwerk an der Krümmung des Weges, dann, kaum hundert Schritte entfernt, zeigten sich die heransprengenden Reiter fast greifbar deutlich.

Der ganze Zug glich einer bunten Masse von Rossen, Männern, Purpur, Gold, Silber und Edelsteinen. Mehr als zweihundert Reiter, alle auf schneeweißen nisäischen Pferden, deren Zaumzeug und Schabracken von goldenen Glöckchen und Buckeln, von Federn, Quasten und Stickereien strotzten[11], folgten einem Mann, der von dem gewaltigen rabenschwarzen Hengst, den er ritt, oftmals fortgerissen wurde. Dieser Reiter, dessen gewaltige Schenkel den Hengst jetzt zusammendrückten, daß er bebte und keuchte, trug ein scharlachrot und weiß gemustertes Gewand, welches über und über mit eingestickten silbernen

Adlern und Falken bedeckt war[12]. Seine Unterkleider waren von Purpur und seine Stiefel von gelbem Leder. Um seine Hüften schlang sich ein goldener Gürtel, in dem ein kurzer, dolchartiger Säbel steckte, dessen Griff und Scheide mit Edelsteinen übersät waren. Sein übriger Schmuck glich dem des Bartja. Auch seine Tiara wurde von der blauen und weißen Binde der Achämeniden umgeben. Unter derselben quollen dichte, ebenholzschwarze Locken hervor. Ein ungeheurer Bart von gleicher Farbe verbarg den ganzen unteren Teil seines Gesichts. Seine Züge waren bleich und unbeweglich; seine Augen aber, dunkler noch als Haar und Bart, sprühten ein versengendes Feuer. Eine tiefe brandrote Narbe, der Säbelhieb eines massagetischen Kriegers, durchfurchte die hohe Stirn, die große gebogene Nase und die schmalen Lippen des Reiters. Seine ganze Haltung erweckte den Eindruck höchster Kraft und maßlosen Stolzes.

Nitetis konnte ihre Augen nicht von der Gestalt dieses Mannes abwenden. Sie glaubte, in diesem unbändig stolzen Mann den Inbegriff aller Männlichkeit zu erblicken. Es war ihr, als sei die ganze Welt, vor allem aber sie selbst, geschaffen worden, um diesem Mann zu dienen. Sie fürchtete sich vor ihm, und dennoch sehnte sie sich danach, sich an diesen Menschen klammern zu dürfen. Sie wußte nicht, ob sie sich so den Vater alles Bösen, den furchtbaren Seth oder den Geber alles Lichts, den großen Ra, vorzustellen habe.

Auf ihrem Gesicht wechselten, wie Licht und Schatten, tiefe Röte und Blässe. Sie vergaß die Lehren ihres väterlichen Freundes, und dennoch schaute sie, als Kambyses sein unbändiges, schnaubendes Roß zum Stillstehen an der Seite ihres Wagens zwang, atemlos in die flammenden Augen des Mannes. Sie wußte, daß er der König war, wenn es ihr auch niemand gesagt hatte.

Der strenge Blick des Beherrschers der halben Welt wurde immer freundlicher, je länger sie, von einem wunderbaren Trieb gezwungen, seinen durchbohrenden Blick ertrug. Endlich winkte er ihr mit der Hand einen Gruß des Willkommens zu. Er ritt auf ihre Begleiter zu, welche von ihren Pferden gesprungen waren und sich vor dem König in den Staub geworfen hatten. Andere standen da, verneigten sich tief und steckten nach persischer Sitte die Hände in den Ärmel ihres Gewandes.

Jetzt sprang Kambyses selbst von seinem Hengst. Im gleichen Augenblick schwangen sich auch alle seine Begleiter von ihren Pferden. Die ihm folgenden Teppichbreiter legten eine schwere purpurne Decke auf die Landstraße, damit der Fuß des Königs den Staub des Weges nicht zu berühren brauche. Wenige Augenblicke später begrüßte Kambyses seine Freunde und Verwandten, indem er ihnen den Mund zum Kuß darbot.

Dann schüttelte er die Rechte des Krösus und befahl ihm, sein Pferd von neuem zu besteigen und ihn, als Dolmetscher, zum Wagen der Nitetis zu begleiten.

Die höchsten Würdenträger sprangen herbei und hoben den König wieder auf sein Roß; dieser winkte, und der Zug setzte sich in Bewegung.

Krösus trabte neben Kambyses zur Seite des goldenen Wagens.

»Sie ist schön und gefällt meinem Herzen«, rief der Perser dem lydischen Greis zu. » Du mußt mir jetzt ganz genau übersetzen, was sie auf meine Fragen antworten wird, denn ich verstehe nur die persische, die assyrische und medische Sprache.«

Nitetis hatte diese Worte verstanden. Bevor Krösus dem König antworten konnte, sprach sie, mit leiser Stimme und hocherrötend, in gebrochenem Persisch: »Wie soll ich den Göttern danken, welche mich Gnade vor deinen Augen finden ließen. Ein wenig beherrsche ich schon die Sprache meines Herrn, denn dieser edle Greis hat mich auf unserer langen Reise in der persischen Mundart unterrichtet. Verzeihe, wenn ich dir nur in gebrochenen Sätzen antworten kann. Meine Lehrzeit war zu kurz.«[13]

Der sonst so ernste Mund des Kambyses lächelte. Seine Eitelkeit fühlte sich durch Nitetis' Eifer, sein Wohlgefallen zu erringen, geschmeichelt. Der Fleiß dieser Frau erschien dem Perser, welcher gewohnt war, die Frauen in Unwissenheit und Trägheit aufwachsen zu sehen, ebenso wunderbar wie lobenswert. Darum antwortete er mit sichtlichem Wohlgefallen: »Es freut mich, daß ich ohne Vermittler mit dir reden kann. Fahre fort, dich zu bemühen, die schöne Sprache meiner Väter zu erlernen; mein Tischgenosse Krösus wird auch in Zukunft dein Lehrer bleiben.«

»Das ist ein Auftrag, der mir Freude macht«, rief der Greis, »denn ich könnte mir keine dankbarere und eifrigere Schülerin wünschen als die Tochter des Amasis.«

»Sie bestätigt den alten Ruhm ägyptischer Weisheit«, erwiderte der König, »und ich denke, daß sie auch die Lehren der Magier, welche sie in unserer Religion unterrichten werden, in kurzer Zeit verstehen wird.«

Nitetis schlug die Augen nieder. Das hatte sie gefürchtet. Statt den ägyptischen sollte sie von nun an den fremden Göttern dienen.

Kambyses bemerkte nicht ihre innere Bewegung und fuhr fort: »Meine Mutter Kassandane soll dich in die Pflichten meiner Gattinnen einweihen. Ich selbst werde dich morgen zu ihr führen. Was du unschuldigerweise erlauschtest, wiederhole ich dir: Ich freue mich über dich! Wir wollen versuchen, dir unsere Heimat lieb zu machen. Da ich dein Freund bin, so gebe ich dir den Rat, dem Boges, welchen ich dir entgegensandte, respektvoll zu begegnen. Du wirst ihm in vielen Dingen zu folgen haben, da er der Vorgesetzte des Weiberhauses ist.«

»Mag er auch dem Hause der Weiber vorgesetzt sein«, antwortete Nitetis, »so denke ich doch, daß deiner Gattin selbst kein Sterblicher als du allein zu befehlen hat. Winke, und ich werde gehorchen; bedenke aber, daß ich eine Königstochter bin und einem Lande entstamme, wo das schwache Weib die Rechte des starken Mannes teilt, daß auch meine Brust jener Stolz durchdringt, den ich aus deinen Augen leuchten sehe, mein Gebieter! – Dir, meinem Gatten und Beherrscher, will ich folgen; doch um die Gunst des unmännlichsten aller Männer, eines käuflichen Dieners zu werben, vermag ich ebensowenig, als den Geboten, die er mir vorschreiben möchte, zu gehorchen.«

Das Erstaunen und Wohlgefallen des Kambyses wuchs. In solcher Weise hatte er noch kein Weib, außer seine Mutter, reden hören. Und die kluge Art, mit der Nitetis unbewußt seine Macht über ihr ganzes Dasein anerkannte und hervorhob, befriedigte seine Eigenliebe. Der Stolz gefiel dem Stolzen. Er nickte dem Mädchen beifällig zu und sagte: »Du hast recht. Ich werde dir eine eigene Wohnung anweisen lassen. Ich allein will dir befehlen, wie du dich verhalten sollst. Das freundliche Haus auf den hängenden Gärten wird heute noch für dich eingerichtet werden.«

»Dank, tausend Dank«, rief Nitetis. »Oh, wenn du wüßtest,

wie sehr du mich durch diese Gabe beglückst. Von den hängenden Gärten hat dein lieber Bruder Bartja mir so viel erzählen müssen, und keine von allen Herrlichkeiten deines großen Reichs gefiel uns so wohl als die Liebe jenes Königs, der diesen grünenden Berg auftürmen ließ.«

»Morgen wirst du die neue Wohnung beziehen können. Sage mir jetzt, wie meine Boten dir und den Ägyptern gefallen haben?«

»Wie magst du solches fragen? Wer könnte Krösus kennenlernen, ohne ihn zu lieben? Wer müßte nicht die Vorzüge der jungen Helden, deiner Freunde, bewundern? Sie alle sind unserem Hause teuer geworden; besonders aber hat dein schöner Bruder alle Herzen gewonnen. Die Ägypter sind den Fremden eigentlich eher mißtrauisch gesonnen, sobald sich aber Bartja ihnen zeigte, zog ein Murmeln der Bewunderung durch die Menge.«

Bei diesen Worten der Königstochter verfinsterte sich die Stirn des Königs. Er gab seinem Roß einen harten Streich, daß es aufbäumte, warf es herum, sprengte an die Spitze seines Gefolges und gelangte nach wenigen Minuten zu den Mauern von Babylon.

Nitetis, die als Ägypterin an die größten Bauten gewöhnt war, staunte dennoch über die Ausdehnung und die Großartigkeit dieser ungeheuren Stadt.

Die Mauern derselben erschienen uneinnehmbar, denn ihre Höhe maß fünfzig Ellen, und ihre Breite war so groß, daß sich zwei Wagen darauf hätten ausweichen können. Zweihundertfünfzig hohe Türme krönten und befestigten diese ungeheure Schutzwehr. Man hätte eine noch größere Anzahl solcher Zitadellen gebaut, wenn Babylon nicht auf einer Seite von undurchdringlichen Sümpfen beschützt worden wäre. Die Riesenstadt erhob sich auf beiden Seiten des Euphrat. Ihr Umfang betrug mehr als neun Meilen, und die sie umgürtende Mauer beschirmte Bauwerke, deren Größe selbst die Pyramiden und die Tempel von Theben und Memphis überbot[14].

Das Tor, durch welches der königliche Zug in die Stadt gelangte, hatte seine fünfzig Ellen hohen Flügel weit geöffnet.

Diesen Eingang beschirmte von jeder Seite ein Festungsturm, vor denen sich, als Wächter, ein gigantischer, geflügelter Stier aus Stein mit ernstem, bärtigem Menschenkopf erhob[15]. Staunend blickte Nitetis auf diese Riesenpforte, freudig bewegt in die lange, breite Straße der großen Stadt, welche ihr zu Ehren im schönsten Festgewande prangte.

Sobald sich der König und der goldene Wagen zeigten, brach die Menge in lauten Jubel aus; dieser steigerte sich zu einem donnernden Freudengeschrei, als man den heimkehrenden Bartja, den Liebling des Volkes, erblickte. Die Menge hatte auch Kambyses lange nicht gesehen, denn der König zeigte sich nach medischer Sitte nur selten in der Öffentlichkeit. Unsichtbar wie die Gottheit sollte er regieren und sein Erschienen unter dem Volke gleich einer Festfreude erwartet werden. So hatte sich denn auch heute ganz Babylon aufgemacht, um den gefürchteten Herrscher und den geliebten Heimkehrenden zu sehen und zu begrüßen. Alle Fenster waren von neugierigen Frauen besetzt, welche den Heranziehenden Blumen vor die Füße warfen und wohlriechende Essenzen auf sie herabgossen. Das ganze Pflaster war mit Myrten und Palmenzweigen bestreut, grüne Bäume aller Arten standen vor den Türen, Teppiche und Tücher hingen aus den Fenstern, Blumengewinde zogen sich von Haus zu Haus, Weihrauch und Sandeldüfte durchwehten die Luft, und in dichtem Gedränge standen zu beiden Seiten des Weges Tausende von gaffenden Babyloniern in weißen leinenen Hemden, bunten wollenen Röcken und kurzen Mäntelchen, lange Stäbe mit goldenen und silbernen Granatäpfeln, Vögeln oder Rosen in der Hand haltend[16].

Sämtliche Straßen, durch welche sich der Zug bewegte, waren breit und gerade; die von Backsteinen erbauten Häuser stattlich und hoch[17]. Sie alle überragte, überall sichtbar, der Riesentempel des Gottes Bel mit seiner ungeheuren Treppe, die sich außerhalb des runden, turmartigen Baus, in acht weit gedehnten Kreisen, gleich einer ungeheuren Schlange, bis an die Spitze, die das eigentliche Heiligtum trug, hinaufwand[18].

Jetzt näherte sich der Zug der Burg des Königs[19], deren Größenverhältnisse der Ungeheuerlichkeit der ganzen Anlage der Stadt entsprachen. Die Mauern, die den Palast umzogen, waren mit bunt glasierten Bildwerken überdeckt, welche seltsame Mischgestalten von Menschen, Vögeln, Säugetieren und Fischen, Jagden, Kriegsszenen und feierliche Aufzüge darstellten. Gegen Norden, den Strom entlang, erhoben sich die hängenden Gärten[20]; nach Osten hin lag auf dem anderen Ufer des Euphrat die zweite kleinere Königsburg, welche mit der ersteren durch den Wunderbau einer festen Steinbrücke verbunden war.

Der Zug bewegte sich durch die ehernen Tore der drei den Palast umgebenden Mauern. Die Pferde der Nitetis standen still, Schemelträger halfen ihr aus dem Wagen. Sie befand sich in ihrer neuen Heimat und bald darauf in den ihr zur einstweiligen Wohnung angewiesenen Räumen des Frauenhauses.

Kambyses, Bartja und dessen Freunde standen noch, von Würdenträgern umgeben, in dem mit bunten Teppichen belegten Schloßhof, als man laute Frauenstimmen vernahm. Eine wunderschöne junge Perserin, die kostbare Kleider trug und ihr volles blondes Haar mit Perlenschnüren verziert hatte, stürzte in den Hof und lief den Männern entgegen. Sie wurde von mehreren älteren Frauen verfolgt.

Kambyses stellte sich der Schönheit lächelnd in den Weg. Das Mädchen aber schlüpfte mit einer geschickten Wendung an ihm vorbei und hing einen Augenblick später bald lachend, bald weinend an Bartjas Hals.

Die verfolgenden Frauen warfen sich in respektvoller Entfernung auf die Erde. Kambyses aber rief, als das Mädchen den Heimgekehrten mit immer neuen Liebkosungen überhäufte: »Schäme dich, Atossa! Bedenke, daß du, seit du die Ohrringe trägst[22], aufgehört hast, ein Kind zu sein. Ich habe nichts dagegen, wenn du Freude über die Heimkehr deines Bruders empfindest, aber selbst in der Freude darf eine königliche Jungfrau nicht den Anstand vergessen. Mach, daß du zu der Mutter zurückkommst! Dort drüben seh' ich deine Wärterinnen. Geh und sage ihnen, ich wolle dich an diesem Freudentag straflos lassen! Drängst du dich zum zweitenmal in diese jedem Unberufenen verschlossenen Räume, so lass' ich dich von Boges zwölf Tage lang einsperren. Merke dir das, du Wildfang, und sage der Mutter, ich würde sie sogleich mit Bartja besuchen. Gib mir einen Kuß! Du willst nicht? Warte, Trotzkopf!«

Bei diesen Worten sprang der König auf das Mädchen zu, hielt ihre Hände mit seiner Linken so fest zusammen, daß sie laut aufschrie, bog mit der Rechten das reizende Köpfchen zurück und küßte die widerstrebende Schwester. Kurz darauf lief diese weinend ihren Wärterinnen entgegen und zurück in ihre Wohnung.

Als Atossa verschwunden war, sagte Bartja: »Du hast die arme Kleine zu hart angefaßt, Kambyses; sie schrie vor Schmerz!«

Das Gesicht des Königs verfinsterte sich; er hielt aber die barsche Antwort, die er auf den Lippen hatte, zurück und sagte, sich dem Hause zuwendend: »Komm jetzt zur Mutter; sie hat mich gebeten, dich schnell zu ihr zu führen. Die Weiber können dich wie gewöhnlich nicht erwarten! Nitetis sagte mir, du habest auch die Ägypterinnen bezaubert. Bete beizeiten zu Mithra, daß er dir ewige Jugend verleihe und dich vor den Runzeln des Alters bewahre!«

»Willst du mit diesen Worten sagen«, fragte Bartja, »daß ich keine Tugend besäße, die mir auch im Alter hilft?«

»Ich erkläre niemandem meine Worte. Komm!«

»Ich aber werde dich um eine Gelegenheit bitten, dir zu beweisen, daß ich keinem Perser an männlichen Tugenden nachstehe.«

»Das Jubelgeschrei der Babylonier konnte dir sagen, daß du keine großen Taten zu vollbringen brauchst, um Anerkennung zu ernten.«

»Kambyses!«

»Komm jetzt! Der Krieg mit den Massageten steht vor der Tür. Da wirst du Gelegenheit haben zu zeigen, was du kannst und bist!«

Wenig später lag Bartja in den Armen seiner blinden Mutter, die voller Ungeduld auf ihren Liebling gewartet hatte. Jetzt, da sie endlich seine Stimme vernahm und mit ihren Händen sein Gesicht befühlte, vergaß sie alles andere. Sogar ihren erstgeborenen Sohn, den allgewaltigen König, welcher bitter lächelnd zusah, wie sich ein voller Strom von Mutterliebe auf seinen jüngeren Bruder ergoß.

Von der ersten Kindheit des Kambyses an hatte man jeden seiner Wünsche erfüllt, jeder Wink seiner Augen war gleich einem Befehl gewesen. Daher konnte er keinen Widerspruch ertragen und überließ sich seinem jäh aufbrausenden Zorn, wenn einer seiner Untertanen, und er kannte keine anderen Menschen als solche, ihm zu widersprechen wagte. Cyrus, sein Vater, der mächtige Eroberer der halben Welt, dessen großer Geist das kleine Volk der Perser auf den Gipfel irdischer Größe gehoben und der es verstanden hatte, sich die Ehrfurcht zahlloser unterjochter Stämme zu erwerben, dieser Cyrus verstand es nicht, im kleinen Kreise seiner Familie jenes Erziehungswerk auszuüben, welches ihm großen Staaten gegenüber so wunderbar gelungen[23] war. – Er hatte schon in dem Knaben Kambyses den zukünftigen König gesehen, seinen Untertanen befohlen, dem Kind blindlings zu gehorchen, und vergaß damit, daß, wer befehlen will, zuerst das Dienen erlernen müsse.

Die Gattin seines Herzens und seiner Jugend, Kassandane, hatte ihm erst Kambyses, dann drei Töchter und endlich nach fünfzehn Jahren Bartja geschenkt. Der erstgeborene Sohn hatte sich längst den elterlichen Liebkosungen entzogen, als der jüngere Knabe zur Welt kam, um alle Sorgfalt und alle Pflege des zarten Kindesalters für sich allein in Anspruch zu nehmen. Dieser warmherzige Nachzügler wurde der Augapfel beider Eltern; ihm schenkten sie die warme Gabe der Liebe, während sich Kambyses nur sorgsamer Rücksichten von Vater und Mutter zu erfreuen hatte. Der Erbe des Thrones zeichnete sich in manchem Kriege durch Mut und Tapferkeit aus. Aber sein befehlshaberisches, stolzes Wesen erwarb ihm zitternde Knechte, während der leutselige, gemütvolle Bartja seine Genossen zu gleicher Zeit liebe Freunde nennen durfte. Das Volk endlich fürchtete Kambyses und zitterte, wenn er nahte, trotz der reichen Geschenke, welche er verschwenderisch auszustreuen pflegte. Den freundlichen Bartja hingegen liebte das Volk. In ihm erblickte es das Ebenbild des verstorbenen Cyrus, des ›Vaters seines Volkes‹.

Kambyses fühlte sehr wohl, daß er sich die Liebe, die man seinem Bruder von allen Seiten freiwillig zollte, nicht erkaufen könne. Er haßte Bartja nicht. Aber es verdroß ihn, daß der Knabe, welcher sich durch keine Taten bewährt hatte, von allen Persern gleich einem Helden und Wohltäter verehrt und geliebt wurde.

Die begeisterten Jubelrufe des Volkes, die überströmenden Liebesergüsse seiner Mutter und Schwester; besonders aber die warmen Lobpreisungen der Nitetis, welche dem Bartja gezollt worden waren, fachten heute in ihm eine Eifersucht an, die sein stolzes Herz bis dahin nicht gekannt hatte. Nitetis gefiel ihm ausnehmend wohl. Diese sich seiner Größe vollkommen unterwerfende und gleich ihm alles Geringe stolz verachtende Tochter eines mächtigen Königs, dieses Weib, welches, um seine Gunst zu gewinnen, sich ernstlicher Mühen bei der Erlernung der persischen Sprache unterzogen hatte, diese hohe Jungfrau, deren eigentümliche, halb ägyptische, halb griechische Schönheit – ihre Mutter war eine Hellenin gewesen –, seine Bewunderung als etwas Neues, nie Gesehenes in Anspruch nahm, hatte tiefen Eindruck auf ihn gemacht. Um so mehr verstimmte ihn das überschwengliche Lob, mit dem sie Bartja bedacht hatte.

Als er mit dem Bruder die Gemächer der Frauen verließ, faßte er einen raschen Entschluß und rief ihm, ehe sie sich trennten, zu: »Du hast mich um eine Gelegenheit gebeten, deine Mannhaftigkeit zu bewähren. Ich will sie dir nicht versagen! Die Tapuren sind aufgestanden. Ich habe ein Heer an ihre Grenze geschickt. Begib dich nach Rhagae, übernimm den Oberbefehl und zeige, was du bist und kannst!«

»Ich danke dir, mein Bruder«, rief Bartja, »darf ich meine Freunde Darius, Gyges und Zopyrus mit mir nehmen?«

»Ich will dir diese Gunst nicht versagen; haltet euch brav und zaudert nicht, damit ihr in drei Monaten wieder bei dem großen Heere seid, welches im Frühjahr zum Rachezug gegen die Massageten aufbrechen soll.«

»Morgen reise ich.«

»Gehab dich wohl!«

»Willst du mir eine Bitte gewähren, wenn Auramazda mein Leben erhält und ich siegreich heimkehre?«

»Gern.«

»Oh, nun werde ich siegen, und stünde ich mit tausend Mann gegen zehntausend Tapuren!« Die Augen des jungen Mannes leuchteten. Er dachte an Sappho.

»Ich werde mich freuen, wenn du deine schönen Worte zu Taten machst. Aber halt, ich habe dir noch etwas zu sagen. Du bist zwanzig Jahre alt und mußt heiraten. Roxane, die Tochter des edlen Hydarnes, ist mannbar geworden. Sie soll schön sein und ist ihrer Herkunft nach deiner würdig.«

»O mein Bruder, sprich mir nicht von der Ehe, ich ...«

»Du mußt ein Weib nehmen, denn ich bin kinderlos.«

»Aber du bist jung und wirst nicht ohne Nachkommen bleiben; auch sage ich nicht, daß ich niemals heiraten will. Nimm es mir nicht übel; aber gerade jetzt, da ich meine Tapferkeit bewähren soll, mag ich nichts von den Frauen hören!«

»Dann mußt du Roxane heimführen, sobald du aus dem Norden zurückkehrst. Aber ich rate dir, die Schöne mit ins Feld zu nehmen. Der Perser pflegt besser zu kämpfen, wenn er neben seinen liebsten Schätzen ein schönes Weib in seinem Lager zu verteidigen hat[24].

»Verschone mich mit diesem Befehl, mein Bruder. Bei der Seele unseres Vaters beschwöre ich dich, strafe mich nicht mit einem Weib, das ich nicht kenne und nicht kennen mag. Gib Roxane dem Zopyrus, der die Frauen liebt, gib sie dem Darius oder Bessus, welche dem Hydarnes verwandt sind; ich würde unglücklich werden ...«

Kambyses brach in schallendes Gelächter aus und unterbrach seinen Bruder: »Das hört sich an, als hättest du aufgehört, ein Perser zu sein. Bist du zum Ägypter geworden? Wahrlich, ich bereue schon lange, einen Knaben wie dich in die Fremde geschickt zu haben! Ich bin nicht gewohnt, mir widersprechen zu lassen. Nach dem Krieg werde ich keine Entschuldigungen mehr von dir annehmen. Jetzt magst du meinetwegen unbeweibt ins Feld ziehen. Übrigens scheint es mir, als hättest du noch andere geheime Gründe, meinen brüderlichen Vorschlag abzulehnen. Das sollte mir um deinetwillen leid tun. Jetzt ziehe hin. Nach dem Kriege lass' ich keinen Widerspruch gelten. Du kennst mich!«

»Vielleicht bitt' ich dich nach dem Kriege um das, was ich jetzt nicht von dir annehmen möchte. So schlecht es ist, jemanden zu seinem Unglück, so unweise ist es, einen Menschen zu seinem Glücke zwingen zu wollen. Ich danke dir für deine Nachgiebigkeit.«

»Erprobe sie nicht zu oft! – Wie glücklich du aussiehst! Ich glaube, daß du verliebt bist und deswegen die anderen Weiber verachtest.«

Bartja errötete bis zum Scheitel, ergriff die Hand seines Bruders und rief: »Forsche jetzt nicht weiter nach, nimm zum zweitenmal meinen Dank und lebe wohl. Gestattest du mir, nachdem ich von der Mutter und Atossa Abschied genommen habe, auch Nitetis Lebewohl zu sagen?«

Kambyses biß sich auf die Lippen, sah Bartja durchdringend an und rief, als er eine gewisse Verlegenheit in den Zügen seines Bruders zu bemerken glaubte, kurz und drohend: »Beeile dich, daß du zu den Tapuren kommst! Meine Gattin bedarf deines Schutzes nicht mehr; sie hat jetzt andere Hüter!«

Mit diesen Worten kehrte er Bartja den Rücken und begab sich in die von Gold, Purpur und Edelsteinen strahlende Halle, wo Feldherren, Satrapen, Richter, Schatzmeister, Schreiber, Räte, Eunuchen, Türhüter, Fremdenführer, Kämmerer, Aus- und Ankleider, Stallmeister, Leibärzte, Spione des Königs[25] und Botschafter warteten.

Ihm voraus schritten Herolde mit Stäben, seinen Schritten folgte ein Heer von Fächer-, Sänften- und Schemelträgern, Teppichbreitern und Schreibern, die jeden Befehl ihres Herrn, jede nur angedeutete Bewilligung, Belohnung oder Strafe sofort aufzeichneten und den betreffenden Beamten zur Ausführung übergaben.

In der Mitte der tageshell erleuchteten Halle stand eine vergoldete Tafel, die beinahe zusammenbrach unter der Last goldener und silberner Gefäße, Teller, Becher und Schalen. In einem durch purpurfarbene Vorhänge verschlossenen Seitengemach stand ein kleiner Tisch, dessen wunderbar prächtige Geräte viele Millionen wert sein mochten. An diesem pflegte der König zu speisen. Der Vorhang verbarg ihn den Blicken der anderen Schmausenden, während er selbst die ganze Halle und jede Bewegung seiner Tischgenossen überprüfen konnte[26]. Zu der Zahl dieser »Tischgenossen« gezählt zu werden galt als hohe Ehre. Ja, schon derjenige durfte sich einer hohen Gunstbezeugung rühmen, welchem nur ein Anteil von der Tafel des Königs übersandt wurde.

Als Kambyses in die Halle trat, warfen sich fast alle Anwesenden vor ihm nieder. Nur seine Verwandten, die durch die blaue und weiße Binde an ihren Tiaren kenntlich waren, begnügten sich mit einer ehrerbietigen Verbeugung.

Nachdem der König in seinem Saal Platz genommen hatte, ließen sich auch die Tischgenossen nieder, und nun begann eine ungeheure Völlerei. Ganze gebratene Tiere wurden auf die Tafel gesetzt und, als der Hunger gestillt war, mehrere Gänge der seltensten Näschereien aufgetragen, welche später als »Persischer Nachtisch« selbst bei den Griechen berühmt wurden[27].

Dann erschienen Sklaven, die den Tisch von den Überresten der Mahlzeit säuberten. Andere Diener brachten riesige Weinkrüge herbei, der König trat aus seinem Zimmer heraus, um sich an der Spitze der großen Tafel niederzulassen, zahlreiche Diener füllten die goldenen Becher und kosteten den Wein, um zu zeigen, daß sich kein Gift in demselben verberge, und bald war ein richtiges Trinkgelage im Gange.

Kambyses war heute außergewöhnlich schweigsam. Ein Argwohn, Bartja liebe seine neue Gemahlin, war in seiner Seele wach geworden. Warum weigerte sich der Jüngling gegen alle Sitte, ja gegen die wegen seiner Kinderlosigkeit gebotene und oft besprochene Pflicht, ein vornehmes schönes Mädchen heimzuführen? Warum wollte er Nitetis vor seiner Abreise zu den Tapuren noch einmal sehen? Warum errötete er, als er diese Bitte aussprach? Warum hatte ihm die Ägypterin, fast ohne gefragt zu sein, so hohes Lob gezollt?

Es ist gut, daß er fortgeht, denn er soll mir nicht auch die Liebe dieses Weibes rauben, dachte der König. Wäre er nicht mein Bruder, so wollte ich ihn dorthin, von wo keine Wiederkehr möglich ist!

Nach Mitternacht hob er das Gelage auf. Boges, der Eunuchen-Oberst, erschien, um ihn in das Weiberhaus zu führen, wohin er sich zu dieser Stunde, wenn seine Trunkenheit ihn nicht hinderte, zu begeben pflegte.

»Phädime erwartet dich mit Ungeduld«, sagte der Eunuch.

»Laß sie warten!« antwortete der König. »Hast du für die Herstellung des Schlosses auf den hängenden Gärten gesorgt?«

»Man wird es morgen beziehen können.«

»Welche Gemächer sind der Ägypterin angewiesen worden?«

»Die frühere Wohnung der zweiten Gemahlin deines Vaters Cyrus, der in den Tod gerufenen Amytis.«

»Sehr gut. Nitetis soll mit der höchsten Ehrfurcht behandelt werden. Du selbst hast ihr keine anderen Befehle als diejenigen, welche ich dir für sie auftrage, zu erteilen.«

Boges verneigte sich.

»Paß auf, daß niemand, selbst Krösus nicht, mit ihr redet, bevor mein … bevor ich dir anderslautende Befehle gebe.«

»Krösus war heute abend schon bei ihr.«

»Was wollte er von meiner Gattin?«

»Ich weiß nicht, denn ich verstehe kein Griechisch; doch hörte ich den Namen Bartja mehrmals wiederholen. Ich glaube, daß die Ägypterin eine schlimme Nachricht erhalten hat. Sie sah sehr traurig aus, als ich mich, nachdem Krösus sie verlassen hatte, nach ihren Befehlen erkundigte.«

»Angramainjus verderbe deine Zunge«, murmelte der König. Er kehrte dem Eunuchen den Rücken zu und folgte den Fackelträgern und Auskleidern, welche ihn in seine Gemächer begleiteten.

Um die Mittagszeit des folgenden Tages ritt Bartja mit seinen Freunden und einem großen Troß Diener der tapurischen Grenze entgegen. Krösus begleitete die jungen Helden bis an die Tore von Babylon. Vor der letzten Umarmung flüsterte Bartja seinem greisen Freund zu: »Sollte der Bote aus Ägypten auch für mich ein Schreiben in seinem Felleisen haben, so sende es mir nach.«

»Wirst du die griechischen Schriftzüge lesen können?«

»Gyges und Eros werden mir helfen!«

»Nitetis, der ich von deiner Abreise erzählt habe, läßt dich grüßen und dir sagen, du möchtest nicht die ägyptischen Freunde vergessen.«

»Gewiß nicht!«

»So mögen die Götter dich behüten, mein Sohn. Sei mild wie dein Vater gegen die Aufrührer, welche sich nicht aus Übermut, sondern für den schönsten Besitz des Menschen, die Freiheit, erhoben haben. Bedenke auch, daß Wohltaten zu erweisen besser ist, als Blut zu vergießen. Denn das Schwert tötet, aber die Güte und Milde des Herrschers macht die Menschen glücklich. Beende den Krieg, sobald du kannst, denn er verkehrt die Natur: Im Frieden überleben ja die Söhne ihre Väter, im Kriege die Väter ihre Söhne. Lebt wohl, ihr jungen Helden, und seid siegreich!«

2.
KAPITEL

Kambyses hatte eine schlaflose Nacht. Das ihm neue Gefühl der Eifersucht steigerte sein Verlangen nach der Ägypterin. Noch durfte er sie nicht seine Gattin nennen, denn das persische Gesetz schrieb vor, daß der König erst dann eine Fremde heimführen dürfe[28], wenn sie sich mit den iranischen Gebräuchen vertraut gemacht und zu der Religion des Zoroaster bekannt habe[29].

Dem Gesetz nach hätte Nitetis ein volles Jahr in Babylon leben müssen, bevor sie die Ehefrau eines persischen Fürsten werden durfte. Was bedeutete aber dem Kambyses das Gesetz? Er erblickte die Verkörperung desselben in seiner eigenen Person und meinte, für Nitetis würden drei Monate genügen. In dieser Zeit konnte sie doch alle Lehren der Magier verstehen, und dann sollte sie ihre Hochzeit mit ihm feiern dürfen.

Seine anderen Weiber erschienen ihm jetzt hassenswert, ja sogar ekelerregend. Schon in seiner frühesten Jugend hatte man sein Haus mit Frauen angefüllt. Schöne Mädchen aus allen Teilen Asiens, schwarzäugige Armenierinnen, blendend weiße Jungfrauen vom Kaukasus, zarte Dirnen vom Ufer der Ganga, üppige Babylonierinnen, goldhaarige Perserinnen und die weichlichen Töchter der medischen Ebene gehörten ihm; ja, mehrere Kinder der edelsten Achämeniden hatten dem Königssohn als rechte Gattinnen die Hand gereicht.

Phädime, die Tochter des edlen Otanes, die Nichte seiner Mutter Kassandane, war bis dahin sein Lieblingsweib oder vielmehr die einzige gewesen, von der man denken konnte, sie stände seinem Herzen näher als eine erkaufte Sklavin. Aber auch diese schien dem Überdruß und der Übersättigung des Königs, zumal wenn er an Nitetis gedachte, gemein und verächtlich.

Die Ägypterin schien ihm aus edleren, würdigeren Stoffen gebildet zu sein als diese schmeichlerischen Dirnen. Nitetis war eine Königin. Im Staub lagen die anderen zu seinen Füßen; dachte er an Nitetis, so sah er sie aufrecht stehend, ebenso hoch, ebenso stolz wie sich selber. Sie sollte von jetzt an nicht nur Phädimes Stelle einnehmen. Er wollte sie vielmehr so hoch erheben, wie einst sein Vater Cyrus seine Gattin Kassandane.

Sie allein konnte ihm mit Kenntnissen und Rat zur Seite stehen, während die übrigen, unwissend wie die Kinder, nur für Putz und Schmuck, für kleinliche Ränke und nichtige Tändeleien lebten. Die Ägypterin mußte ihn lieben, denn er war ihre Stütze, ihr Herr, ihr Vater und ihr Bruder in dem ihr fremden Lande.

»Sie muß«, sagte er sich, und sein Wille schien dem Tyrannen so gültig wie die schon vollbrachte Tat. »Bartja soll sich hüten«, murmelte er vor sich hin, »er wird erfahren, was den erwartet, welcher meine Wege zu kreuzen wagt!«

Auch Nitetis hatte eine unruhige Nacht.

In dem an ihre Gemächer grenzenden Versammlungssaal der Weiber sang, tobte und lärmte man bis gegen Mitternacht. Oftmals erkannte sie die kreischende Stimme des Boges, der mit seinen Untergebenen scherzte und lachte. Als es endlich in den weiten Hallen des Palastes ruhig wurde, mußte sie an die ferne Heimat und die arme Tachot denken, welche sich nach ihr und dem schönen Bartja sehnte, der, wie ihr Krösus erzählt hatte, morgen in den Krieg, vielleicht in den Tod ziehen sollte. Dann schlief sie ein, von der Ermüdung der Reise überwältigt und von ihrem Gatten träumend. Sie sah ihn auf seinem schwarzen Hengst reiten. Das wütende Tier scheute vor der am Wege liegenden Leiche des Bartja, warf den König ab und schleifte ihn in den Nil, welcher sich plötzlich blutrot zu verfärben begann. In ihrer Angst schrie sie um Hilfe. Ihr Geschrei hallte von den Pyramiden wider und wurde immer lauter und furchtbarer, bis sie von dem schrecklichen Echo erwachte.

Aber was war das? Der klagende und schmetternde Ton, welchen sie im Traum vernommen, schlug auch jetzt an ihr wachendes Ohr.

Sie riß den Laden einer Fensteröffnung auf und schaute ins Freie. Ein großer, prächtiger Garten mit Springquellen und langen Baumreihen breitete sich, von frischem Tau benetzt, vor ihren Blicken aus[29a]. Kein Laut, außer jenem seltsamen Ton, ließ sich vernehmen; aber auch dieser verhallte endlich im Morgenwinde.

Nach kurzer Zeit hörte sie aus der Ferne Geschrei und Toben, dann erwachte das Treiben in der Riesenstadt, und bald vernahm sie nur noch ein dumpfes, den Wogen des Meeres ähnliches Brausen.

Die kühle Morgenluft hatte sie so wach gemacht, daß sie sich nicht von neuem niederlegen wollte. Abermals trat sie ans Fenster. Da sah sie zwei Menschen aus dem Haus treten, welches sie bewohnte. Sie erkannte den Eunuchen Boges, welcher mit einem schönen, nachlässig gekleideten persischen Weib redete. Die beiden näherten sich ihrem Fenster. Nitetis verbarg sich hinter die halb geöffneten Laden und lauschte, denn es war ihr, als habe sie ihren Namen vernommen.

»Die Ägypterin schläft noch«, sagte der Eunuch, »sie muß von der Reise schwer ermüdet sein.«

»So antworte schnell«, sprach die Perserin. »Meinst du wirklich, daß mir von dieser Fremden Gefahr drohen kann?«

»Gewiß, mein Püppchen.«

»Was bringt dich auf diese Vermutung?«

»Das neue Weib braucht nicht meinen, sondern nur den Befehlen des Königs zu gehorchen.«

»Ist das alles?«

»Nein, mein Schätzchen. Ich kenne aber den König und lese in seinen Zügen wie ein Magier in den heiligen Büchern.«

»So müssen wir sie verderben.«

»Das ist leicht gesagt und schwer getan, mein Täubchen.«

»Laß mich los, du Unverschämter!«

»Nun, wir sind ja ungesehen, und du wirst mich nötig haben.«

»Meinetwegen; aber sage schnell, was zu tun ist.«

»Dank, mein süßes Herzchen Phädime! – Ja, also, fürs erste müssen wir uns ruhig verhalten und auf eine Gelegenheit warten. Wenn Krösus, der widrige Heuchler, der sich um die Ägypterin zu kümmern scheint, fort ist, dann gilt es, eine Falle zu stellen …«

Die Redenden hatten sich so weit entfernt, daß Nitetis nichts mehr verstehen konnte. In stummer Entrüstung schloß sie den Laden und rief ihre Dienerinnen, um sich ankleiden zu lassen. Sie kannte jetzt ihre Feinde, sie wußte nun, daß tausend Gefahren auf sie warteten. Dennoch empfand sie auch Stolz, denn sie sollte das echte Weib des Kambyses werden. Niemals hatte sie ihren eigenen Wert so deutlich empfunden wie diesen elenden Neidern gegenüber.

»Was hatte der schreckliche Ton heute früh zu bedeuten?« fragte sie die erste ihrer persischen Zofen, welche ihr Haar ordnete.

»Meinst du das tönende Erz, Herrin?«

»Vor kaum zwei Stunden wurde ich durch einen seltsamen Klang aus dem Schlaf geschreckt.«

»Das war das tönende Erz, Gebieterin, welches die Knaben der Edlen, die an der Pforte des Königs erzogen werden[30], jeden Morgen weckt. Du wirst dich an den Klang gewöhnen! Wir hören ihn schon lange nicht mehr. Im Gegenteil erwachen wir, wenn er an hohen Feiertagen einmal ausbleibt, von der ungewohnten Ruhe. Auf den hängenden Gärten wirst du jeden Morgen, mag es kalt oder warm sein, beobachten können, wie man die Schar der Knaben zum Bad führt. Die armen Kleinen werden schon an ihrem sechsten Geburtstage den Müttern fortgenommen, um mit den anderen Jungen ihres Standes gemeinschaftlich unter den Augen des Königs erzogen zu werden.«

»Sollen sie schon so früh das üppige Leben an diesem Hof kennenlernen?«

»Ach nein, den armen Jungen ergeht es schlimm! Sie müssen auf harter Erde schlafen und sich vor Sonnenaufgang wieder erheben. Sie werden mit Wasser, Brot und wenig Fleisch ernährt. Was Wein und schmackhafte Kost sind, das wissen sie gar nicht. Manchmal müssen sie sogar mehrere Tage ohne alle Not hungern und dürsten. Angeblich, um sie an Entbehrungen zu gewöhnen. Wohnen wir zu Pasargadae oder Elkatana[31], dann können die Jungen sicher sein, wenn es recht bitter kalt ist, ins Bad geführt zu werden, sind wir hier oder zu Susa, so läßt man sie, je heißer die Sonne brennt, desto beschwerlichere Märsche machen.«

»Und aus diesen harten, schlicht erzogenen Knaben werden so üppige Männer?«

»Das geht ja immer so! Je länger man hungern muß, je besser mundet die Mahlzeit! So ein junger Edler sieht täglich allen Glanz der Welt, weiß, daß er reich ist, und muß dennoch darben. Was Wunder, daß er, wenn man ihn losläßt, alle Freuden des Lebens mit zehnfacher Lust genießt? Geht es aber in den Krieg oder zieht man zum Jagen aus, dann grämt er sich auch nicht, wenn es zu hungern und zu dürsten gilt, dann springt er lachend mit seinen dünnen Stiefeln und purpurnen Hosen in den Kot und schläft auf einem Felsen so gut wie auf seinem Lager von zarter arabischer Wolle. Du müßtest mal sehen, welche Wagestücke die Jungen vorführen, besonders wenn der König ihren Übungen zusieht! Kambyses wird dich gewiß einmal mitnehmen, wenn du ihn darum bittest.«

»Ich kenne das. In Ägypten wird die Jugend, Jungen wie Mädchen, gleichfalls zu Leibesübungen angehalten. Auch meine Glieder sind durch Laufen, künstliche Stellungen, Ball- und Reifenspiele geschmeidig gemacht worden.«

»Wie seltsam! Bei uns wachsen wir Frauen heran, wie wir eben wollen, und lernen nichts als ein wenig weben und spinnen. Ist es wahr, daß die meisten Ägypterinnen sogar die Kunst des Schreibens und Lesens verstehen?«

»Fast alle werden in diesen Fertigkeiten unterrichtet.«

»Beim Mithra, ihr müßt ein kluges Volk sein! Außer den Magiern und Schreibern erlernen nur wenige Perser jene schweren Wissenschaften. Die edlen Knaben lehrt man nichts, als die Wahrheit zu reden, gehorsam und tapfer zu sein, die Götter zu ehren, zu jagen, zu reiten, Bäume zu pflanzen und Kräuter zu unterscheiden. Wer schreiben lernen will, der mag sich später, wie der edle Darius, an die Magier wenden. Den Frauen ist es sogar verboten, solche Wissenschaften zu erlernen. Aber jetzt bist du fertig angezogen. Diese Perlenschnur, welche dir der König heute morgen geschickt hat, paßt sehr gut zu deinen rabenschwarzen Haaren. Darf ich dich bitten, dich zu erheben. Wahrlich, auch diese Schuhe sind dir zu groß! Versuche dieses Paar! Du strahlst wie eine Göttin; aber man sieht, daß du noch nicht gewohnt bist, die weiten seidenen Beinkleider und hohen Absätze an den Stiefelchen zu tragen. Geh nur ein paarmal auf und ab, dann wirst du alle Perserinnen ausstechen!«

In diesem Augenblick klopfte es an die Tür. Boges, der Eunuch, trat ein, um Nitetis der blinden Kassandane zuzuführen. In deren Gesellschaft nämlich wartete Kambyses auf die Frau aus Ägypten.

Der Eunuch stellte sich als ihr demütigster Sklave dar und ergoß sich in einen Strom von blumenreichen Schmeichelworten, indem er sie mit der Sonne, dem Sternenhimmel, einer reinen Quelle des Glücks und einem Rosengarten verglich. Nitetis würdigte ihn keines Wortes und trat mit klopfendem Herzen in das Gemach der Mutter des Königs.

Die Fenster dieses Raums waren durch Vorhänge von grüner indischer Seide verschlossen. Sie dämpften die helle Mittagssonne und schufen ein den Augen der Blinden wohltätiges Halbdunkel. Der Fußboden war mit einem schweren babylonischen Teppich belegt, in dessen Wolle die Füße der Schreitenden wie in Moos versanken. Die Wände hingegen bestanden aus einem Mosaik von Elfenbein, Schildpatt, Gold, Silber, Malachit, Lapis lazuli, Ebenholz und Bernstein. Die goldenen Gestelle der Ruhesitze waren mit Löwenhäuten überzogen, und der an der Seite der Blinden stehende Tisch bestand aus gediegenem Silber.

Kassandane, mit veilchenblauen, reich mit Silber gestickten Gewändern bekleidet, saß auf einem kostbaren Lehnstuhl. Auf ihren schneeweißen Haaren lag ein langer Schleier von zartestem ägyptischem Spitzengewebe, dessen lange Enden ihren Hals umschlangen. Unter dem Kinn waren sie zu einer großen Schleife zusammengeschürzt[32]. Das von dem Spitzentuch eingerahmte, ebenmäßig geformte Gesicht der Blinden, welche etwa Mitte Sechzig war, verriet tiefe Herzensgüte und Menschenliebe.

Die blinden Augen der Greisin waren geschlossen, aber man erwartete, wenn sie sich öffnen würden, ein paar milde, freundliche Sterne leuchten zu sehen. Die Haltung und Größe der Sitzenden deuteten einen stattlichen Wuchs an. Die ganze Erscheinung war einer Witwe des großen Cyrus würdig.

Auf einem kleinen Sessel zu Füßen der Greisin saß ihr jüngstes, spät geborenes Kind Atossa und zog von ihrer goldenen Spindel lange Fäden. Der Blinden gegenüber stand Kambyses und im Hintergrunde, halb verborgen im Dämmerlicht, der ägyptische Augenarzt Nebenchari.

Als Nitetis die Schwelle dieses Zimmers überschritten hatte, trat der König auf sie zu und führte sie seiner Mutter entgegen. Die Tochter des Amasis sank vor der ehrwürdigen Greisin auf die Knie und küßte ihre Hand mit wahrer Herzlichkeit.

»Sei uns willkommen!« rief die Blinde und legte ihre tastende Hand auf das Haupt der Jungfrau. »Ich habe viel Gutes von dir vernommen und hoffe, eine liebe Tochter an dir zu gewinnen.«

Nitetis küßte abermals die zarte Hand der Königin und erwiderte mit leiser Stimme: »Wie dank' ich dir für diese Worte. Gestatte mir, dich, die Gattin des Cyrus, Mutter zu nennen. Ich bin froh, wenn ich diesen Namen, den ich schon seit langen Wochen nicht mehr im Mund geführt habe, wieder aussprechen kann. Ich will versuchen, dich nicht zu enttäuschen, aber steh du mir in diesem fremden Land bitte auch mit Rat und Lehre zur Seite, laß mich zu deinen Füßen eine Zuflucht finden, wenn die Sehnsucht mich übermannt; sei mir, in diesem einen Worte ist alles gesagt, eine Mutter!«

Die Blinde fühlte Tränen auf ihre Hand fallen. Freundlich berührte sie mit den Lippen die Stirn der Weinenden und sagte: »Ich kann dir nachfühlen, was du empfindest! Mein Herz wird stets für dich geöffnet sein, und wie ich dich ›Tochter‹, so nenne du mich mit vollem Zutrauen deine Mutter! In wenigen Monden wirst du die Gattin meines Sohnes werden, und später gewähren dir die Götter vielleicht ein Geschenk, welches dir die Mutter entbehrlich machen wird, weil du dann selbst eine Mutter bist.«

»Dazu gebe Auramazda seinen Segen!« rief Kambyses. »Ich freue mich, Mutter, daß meine Gattin auch deinem Herzen wohlgefällt. Ich bin sicher, daß es ihr bei uns behagen wird, sobald sie nur erst unsere persischen Sitten und Gebräuche kennt. Wenn sie aufmerkt, so wird sie mir in vier Monaten angetraut werden können!«

»Aber das Gesetz«, erwiderte die Mutter, »das Gesetz ...«

»Ich befehle, in vier Monaten«, rief der König, »und möchte denjenigen sehen, welcher Einsprache dagegen zu erheben wagt! Lebt jetzt wohl, ihr Frauen! Hab acht auf die Augen der Königin, Nebenchari, und wenn meine Gattin es gestattet, so magst du, als ihr Landsmann, sie morgen besuchen. Lebt wohl! Bartja läßt grüßen. Er ist auf dem Weg zu den Tapuren.«

Atossa wischte sich schweigend eine Träne aus den Augen; Kassandane aber sagte: »Du hättest uns den Jungen wenigstens einige Monde lassen können. Dein Feldherr Megabyzus wird das kleine Volk der Tapuren auch ohne ihn zu züchtigen wissen.«

»Daran zweifle ich nicht«, antwortete der König, »Bartja sehnte sich aber selbst nach einer ersten Gelegenheit, sich im Krieg bewähren zu können; so schickte ich ihn denn ins Feld.«

»Würde er nicht gern bis zum großen Massagetenkriege, in welchem höherer Ruhm zu gewinnen sein wird, gewartet haben?« fragte die Blinde.

»Und wenn er von einem tapurischen Pfeil getroffen wird«, rief Atossa, »dann hast du ihn der heiligsten Pflicht eines Menschen beraubt, dann hast du es ihm unmöglich gemacht, die Seele unseres Vaters zu rächen!«

»Schweig«, herrschte Kambyses seine Schwester an, »damit ich dich nicht lehre, was Weibern und Kindern ziemt. Das Glückskind Bartja wird am Leben bleiben. Er wird sich hoffentlich jene Liebe verdienen, welche man ihm jetzt viel zu freigiebig wie Almosen in den Schoß wirft.«

»Wie kannst du so reden? Schmückt deinen Bruder nicht jede Tugend des Mannes? Ist es seine Schuld, daß er noch keine Gelegenheit hatte, sich wie du im Kampf hervorzutun?« fragte Kassandane. »Du bist der König, dessen Befehl ich achte. Als meinen Sohn aber muß ich dich tadeln, weil du deine blinde Mutter, ich weiß nicht aus welchem Grund, der schönsten Freude ihres Alters beraubt. Bestimmt wäre Bartja gern bis zum Massagetenkriege bei uns geblieben; doch deinem Eigenwillen gefiel es anders ...«

»Und was ich will, ist gut!« unterbrach Kambyses seine Mutter. Die Wangen des Königs waren blaß geworden. »Ich will von dieser Angelegenheit nie wieder reden hören!«

Mit diesen Worten verließ er grußlos das Zimmer und begab sich, von seinem großen Gefolge begleitet, in den Empfangssaal.

Schon vor einer Stunde hatte Kambyses das Zimmer seiner Mutter verlassen, und noch immer saß Nitetis neben Atossa zu Füßen der Greisin.

Die Perserinnen lauschten den Erzählungen der neuen Freundin und wurden nicht müde, sich nach den Merkwürdigkeiten Ägyptens zu erkundigen.

»Ich würde so gern mal deine Heimat besuchen!« rief Atossa.

»Euer Ägypten muß ja ganz anders sein als Persien und alles, was ich bisher gesehen habe. Vor allem den Nil und die Pyramiden würde ich gern mit eigenen Augen sehen. Und dein Bericht über eure Gastmähler hat mich wirklich neugierig gemacht. Daß da Männer und Frauen zusammen essen! Wir Perserinnen dürfen nur am Neujahrs- und am Geburtstagsfest des Königs in Gesellschaft der Männer schmausen. Aber mit ihnen zu reden ist uns auch dann verboten, ja, es wäre sogar unschicklich, wenn wir die Augen aufschlagen wollten. Wie anders ist es bei euch! Beim Mithra, Mutter, ich möchte eine Ägypterin werden, denn wir Armen sind ja nichts als elende Sklavinnen, und ich fühle doch, daß auch ich ein Kind des großen Cyrus und nicht schlechter bin als ein Mann. Rede ich nicht die Wahrheit, kann ich nicht befehlen und gehorchen, sehne ich mich nicht nach Ruhm, könnt' ich nicht reiten, den Bogen spannen, fechten und schwimmen lernen, wenn man es mir zeigen würde.«

Das Mädchen war mit flammenden Augen von ihrem Sitz aufgesprungen und schwang ihre Spindel, ohne zu beachten, daß der Flachs sich verwirrte und der Faden riß.

»Bedenke, was sich gehört«, mahnte Kassandane. »Die Frau soll sich in Demut ihrem stilleren Geschicke unterwerfen und nicht nach den Taten des Mannes streben.«

»Aber es gibt doch Frauen, die wie Männer leben«, rief Atossa. »Am Thermodon in Themiscyra und am Irisstrom zu Komana wohnen Amazonen, die schon große Kriege geführt haben. Noch heute gehen sie im Waffenschmuck der Männer einher.«

»Von wem weißt du das?«

»Meine Wärterin, die alte Stephanion aus Sinope, welche der Vater als Kriegsgefangene nach Pasargadae brachte, hat es mir erzählt.«

»Ich kann dich aber eines Besseren belehren«, sagte Nitetis. – »Zu Themiskyra und Komana finden sich zwar eine Menge von Weibern, welche sich wie streitbare Männer rüsten; diese alle sind aber nichts als Priesterinnen. Sie kleiden sich nur wie die kriegerische Göttin, der sie dienen, um den Betern in ihrer eigenen Gestalt das Bild der Gottheit zu zeigen. Krösus sagt, es habe niemals ein Amazonenheer gegeben. Die Griechen aber, welche aus allen Dingen gern eine schöne Sage formen, hätten auch, nachdem diese Priesterinnen ihnen begegnet wären, aus den bewaffneten Jungfrauen jener Göttin ein Volk von streitbaren Weibern gemacht[33].«

»Aber dann sind sie ja Lügner!« rief das enttäuschte Kind.

»Sicherlich«, erwiderte Nitetis, »ist den Hellenen die Wahrheit nicht so heilig wie euch; solche Märchen zu erfinden und staunenden Hörern in schönen, nach feinersonnenen Maßen geordneten Worten vorzusingen nennen sie aber nicht ›Lügen‹, sondern ›Dichten‹.«

»Ganz wie bei uns«, sagte Kassandane trocken. »Haben doch die Sänger, die den Ruhm meines Gatten preisen, die Jugendgeschichte des Cyrus ganz wunderbar ausgeschmückt. Deswegen nennt sie aber niemand Lügner. Aber sage mir, meine Tochter, ist es wahr, daß diese Hellenen schöner sind als die meisten anderen Menschen? Verstehen sie wirklich mehr von den Künsten als selbst die Ägypter?«

»Darüber wage ich nicht zu urteilen«, antwortete Nitetis. »Unsere Kunstwerke sind ganz anders als die der Hellenen! Wenn ich in unsere ungeheuren Tempel ging, um zu beten, so war es mir immer, als müsse ich mich vor der Größe der Götter in den Staub werfen und sie bitten, mich kleinen Wurm nicht zu zerschmettern. Auf den Stufen des Hera-Heiligtums zu Samos hingegen erhob ich unwillkürlich meine Hände und dankte fröhlich den Göttern, daß sie die Erde so schön bereitet haben. In Ägypten dachte ich immer, wie man mich gelehrt hatte: ›Das Leben ist Schlaf, in der Todesstunde werden wir erst zum rechten Dasein im Reich des Osiris erwachen.‹ In Griechenland meinte ich: ›Zum Leben bin ich geboren und zum Genuß dieser Welt, die mich so heiter und schön umblüht und umglänzt.‹«

»Ach, erzähle uns mehr von Griechenland«, rief Atossa, »aber erst soll Nebenchari die Augen der Mutter von neuem verbinden.«

Der Augenarzt, ein großer ernster Mann im weißen ägyptischen Priestergewand, ging an sein Geschäft und zog sich nach Beendigung desselben und nachdem ihn Nitetis herzlich begrüßt hatte, schweigend in den Hintergrund zurück. Ein Eunuch trat in das Zimmer und fragte an, ob Krösus der Mutter des Königs seine Ehrfurcht bezeugen dürfe.

Bald darauf erschien der Greis und wurde als alter, bewährter Freund des persischen Königshauses mit aufrichtiger Herzlichkeit empfangen. Die ungestüme Atossa fiel dem lang Vermißten um den Hals, die Königin streckte ihm ihre Hand entgegen, und Nitetis begrüßte ihn wie einen geliebten Vater.

»Ich danke den Göttern, daß sie mir euch wiederzusehen gestatten«, rief der rüstige Greis. »In meinem Alter muß man jedes neue Jahr als ein unverdientes Göttergeschenk hinnehmen.«

»Wie beneide ich dich um deine Lebensfreude«, sagte Kassandane und seufzte. »Ich bin jünger als du; aber manchmal kommt mir jeder neue Tag wie eine neue Strafe der Unsterblichen vor.«

»Höre ich die Gattin des großen Cyrus reden?« fragte Krösus. »Seit wann ist die Zuversicht aus dem starken Herzen Kassandanes gewichen? Du wirst wieder sehend werden, sagte ich dir. Und dann wirst du auch wie ich den Göttern für dein schönes hohes Alter danken. Wer recht krank gewesen ist, der weiß das Glück der Gesundheit hundertfach zu schätzen, wer blind war und das Augenlicht wiedergewinnt, der muß ein ganz besonderer Freund der ewigen Götter sein. Male dir nur die Wonne des Augenblicks aus, in dem du nach langen Jahren zum erstenmal das Licht der Sonne, die Häupter deiner Lieben und die Schönheit der Natur wiedersehen wirst. Du wirst zugeben, daß ein solcher Augenblick ein ganzes Leben der Nacht und Blindheit aufwiegen kann[34]. Wenn du geheilt sein wirst, dann beginnt für dich, im Greisenalter, ein neues, junges Leben, und ich höre dich schon meinem Freunde Solon beistimmen.«

»Was sagte dieser?« fragte Atossa.

»Er wünschte, Mimnermos von Kolophon[35], welcher gesungen hatte, ein schönes Leben müsse mit dem sechzigsten Jahre enden, möge seine Verse verbessern und aus der Sechzig eine Achtzig machen.«

»O nein«, rief Kassandane, »ein so langes Dasein würde mir, selbst wenn Mithra das Licht meiner Augen erneuern wollte, furchtbar scheinen. Ohne meinen Gatten komme ich mir vor wie ein Wanderer, der ohne Ziel die Wüste durchirrt.«

»Vergißt du denn ganz deine Kinder und dieses Reich, welches du entstehen und wachsen sahst?«

»O nein! Aber die Kinder bedürfen meiner nicht mehr, und der Beherrscher dieses Reiches ist nicht gewillt, auf den Rat eines Weibes zu hören.«

Jetzt ergriff Atossa die rechte, Nitetis die linke Hand der Greisin, und die Ägypterin rief: »Um deiner Töchter, um unseres Glückes willen mußt du dir ein langes Leben wünschen. Was wären wir ohne deinen Schutz und deine Hilfe?«

Kassandane lächelte und murmelte kaum hörbar: »Ihr habt recht, meine Kinder, ihr werdet der Unterstützung bedürfen.«

»An diesen Worten erkenn' ich die Gattin des Cyrus«, rief Krösus und küßte das Gewand der Blinden. »Ich sage dir, Kassandane, daß man deiner bedürfen wird, und wer weiß, wie bald schon! Kambyses ist ein harter Stahl, der Funken weckt, wohin er schlägt. Deine Pflicht ist es, dafür zu sorgen, daß diese Funken keine Feuersbrunst entzünden. Du bist die einzige, welche den Aufwallungen des Königs eine Mahnung entgegensetzen darf; er verachtet das Urteil aller Menschen; aber der Tadel seiner Mutter tut ihm weh. – So ist es denn deine Pflicht, als Vermittlerin zwischen dem König, dem Reich und den Deinen zu wirken.«

»Oh, wenn ich solches bewirken könnte!« antwortete die Blinde. »Doch wie selten beachtet mein stolzer Sohn den Rat seiner Mutter.«

»Aber er wird wenigstens hören müssen, was du ihm rätst«, gab Krösus zurück, »und damit ist schon viel gewonnen, denn wenn er auch deine Lehren nicht befolgt, so werden sie ihn doch warnen und ihn von manchem Frevel zurückhalten. Ich will dein Verbündeter bleiben, denn auch ich, der von seinem sterbenden Vater bestellt wurde, um ihm mit Rat und Tat zur Seite zu stehen, wage manchmal, seinen Ausschreitungen entgegenzutreten. Wir beide sind die einzigen Menschen an diesem ganzen Hof, deren Tadel er scheut. Seien wir mutig! Du aus Liebe zu Persien und deinem Sohn, ich aus Dankbarkeit gegen den großen Mann, der mir einst Leben und Freiheit schenkte. Ich weiß, daß du es heute bedauerst, Kambyses nicht anders erzogen zu haben. Aber nachträgliche Selbstvorwürfe muß man vermeiden wie schädliches Gift. ›Bessermachen‹, nicht ›Reue‹ ist das Heilmittel für die Fehler der Weisen. Die Reue verzehrt nur das Herz.«

»Bei uns in Ägypten«, sagte Nitetis, »zählt man die Reue sogar zu den zweiundvierzig Todsünden. ›Du darfst dein Herz nicht verzehren‹ lautet eins unserer hohen Gebote[36].«

»Wo du das sagst, fällt mir ein, daß ich zugesagt habe, deine Zeit für den Unterricht in den persischen Gebräuchen, der Religion und Sprache dieses Landes einzuteilen«, sagte Krösus. »Ich hätte mich gern nach Barene, der Stadt, die Cyrus mir zum Geschenk machte, zurückgezogen, um dort in dem stillsten und lieblichsten aller Gebirgstäler auszuruhen. Um deinet- und des Königs willen bleib' ich aber hier und werde fortfahren, dich in der persischen Sprache zu unterrichten, Nitetis. Kassandane selbst wird dich in die Sitten der Frauen dieses Hofes einweihen, Oropastes, der Oberpriester, soll dich, nach dem Befehl des Königs, mit der iranischen Götterlehre bekannt machen. Er soll dein geistlicher, ich dein weltlicher Lehrer sein[37].«

Nitetis, die bis dahin gelächelt hatte, fragte mit gedämpfter Stimme: »Soll ich den Göttern meiner Heimat, zu denen ich bis heute gebetet habe und die mich niemals unerhört ließen, untreu werden? Kann ich, darf ich ihrer vergessen?«

»Du kannst, darfst und mußt«, sagte Kassandane mit fester Stimme, »denn die Frau soll keine anderen Freunde haben als der Mann. Die Götter sind aber die mächtigsten, treuesten und ersten Freunde des Mannes, darum ist es deine Pflicht als Frau, sie zu ehren.«

»Und dann«, sagte Krösus, »will man dich ja nicht der Gottheit berauben; man gibt sie dir nur unter einem anderen Namen. Denn wie die Wahrheit sich ewig gleich bleibt, ob du sie, wie die Ägypter ›Maa‹ oder wie die Hellenen ›Aletheia‹ nennen magst, so verändert sich doch das Wesen der Gottheit nie und nirgends. – Ich selber habe, als ich noch König war, in aufrichtiger Verehrung dem hellenischen Apollo geopfert und glaubte, mit dieser Tat der Frömmigkeit den lydischen Sonnengott Sandon nicht zu beleidigen; die Ionier beten andächtig zu der asiatischen Cybele, und jetzt, nachdem ich ein Perser geworden, erhebe ich meine Hände zum Mithra, Auramazda und der holden Anahita[38]. Pythagoras, dessen Lehren auch dir nicht fremd sind, betet nur zu einer Gottheit. Er nennt sie Apollo, weil ihr, wie dem hellenischen Sonnengott, das reine Licht und die Harmonien, welche ihm das Höchste sind, entströmen. Xenophanes von Kolophon[39] endlich spottet der vielgestaltigen Götter des Homer und setzt eine einzige Gottheit auf den Thron: die rastlos zeugende Naturkraft, deren Wesen der Gedanke, die Vernunft und die Ewigkeit ist. Aus ihr ist alles entstanden, sie ist die Kraft, welche sich ewig gleich bleibt, während sich der Stoff des Geschaffenen in stetem Wechsel ergänzt und erneut. Die Sehnsucht nach einem höheren Wesen über uns, auf welches wir uns stützen können, wenn unsere eigenen Kräfte nicht ausreichen, den wunderbaren Trieb in unserer Brust, einen verschwiegenen Vertrauten für alle Leiden und Wonnen unseres Herzens zu haben, die Dankbarkeit, welche wir beim Anblick dieser schönen Welt empfinden, nennen wir Frömmigkeit. Erhalte dir dieses Gefühl, aber bedenke wohl, daß nicht die ägyptischen, nicht die griechischen und nicht die persischen Götter abgesondert voneinander die Welt regieren, sondern daß sie alle eins sind und eine unteilbare Gottheit, so verschieden man sie auch nennen und darstellen mag, die Geschicke aller Völker und Menschen leitet[40].«

Die Perserinnen hörten dem Greis staunend zu. Sie vermochten dem Gedankengang des Krösus nicht zu folgen; Nitetis aber hatte ihn verstanden und rief: »Ladice, meine Mutter, die Schülerin des Pythagoras, hat mich ähnliches gelehrt; die ägyptischen Priester aber nennen diese Ansichten frevelhaft und ihre Erfinder Götterverächter. Darum hab' ich mich bestrebt, solche Gedanken in meinem Herzen zu unterdrücken. Jetzt will ich mich nicht länger dagegen sträuben. Was der fromme und weise Krösus glaubt, kann ja nichts Gottloses sein! Oropastes mag kommen! Ich bin bereit, seine Lehren zu hören und mir unseren Ammon, den Gott von Theben, in Auramazda, Isis oder Hathor in Anahita zu übersetzen. Andächtig werde ich aufblicken zu der Gottheit, die die ganze Welt umfaßt.«

Krösus lächelte. Er hatte geglaubt, Nitetis würde es schwerer fallen, von den Göttern ihrer Heimat abzulassen, denn er kannte den unbeugsam am Hergebrachten und Anerzogenen hängenden Sinn der Ägypter. Aber er hatte vergessen, daß die Mutter dieser Frau eine Hellenin und daß die Lehre des Pythagoras den Töchtern des Amasis nicht fremd geblieben war. Endlich kannte er nicht den heißen Herzenswunsch dieses Mädchens, das Wohlgefallen ihres stolzen Gebieters zu erringen. Amasis selbst würde, obgleich er den samischen Weisen hoch verehrte, obgleich er manchem hellenischen Einfluß nachgab und mit Recht ein freidenkender Ägypter genannt werden konnte, eher sein Leben mit dem Tode, als seine vielgestaltigen Götter mit dem Begriff ›Gottheit‹ vertauscht haben.

»Du bist eine gelehrige Schülerin«, sagte Krösus, seine Hand auf das Haupt seines Schützlings legend. »Zum Lohn dafür soll dir gestattet sein, alle Morgen und Nachmittage, bis zum Sonnenuntergang, entweder Kassandane zu besuchen oder Atossa auf den hängenden Gärten zu empfangen.«

Diese Mitteilung wurde von der jungen Perserin mit Jubel beantwortet – und von der Ägypterin mit einem dankbaren Blick.

»Endlich«, fuhr Krösus fort, »habe ich euch Bälle und Reifenspiele aus Sais mitgebracht, damit ihr hier auch spielen könnt, wie ihr es aus Ägypten gewohnt seid.«

»Bälle?« fragte Atossa erstaunt. »Was sollen wir mit den schweren hölzernen Kugeln[41] machen?«

»Sei unbesorgt«, sagte Krösus lächelnd. »Die Bälle, welche wir meinen, sind fein und zierlich aus einer aufgeblasenen Fischhaut oder aus Leder verfertigt. Ein zweijähriges Kind kann sie werfen, während ihr schon Mühe haben würdet, eine jener Holzkugeln aufzuheben, mit denen die persischen Knaben und Jünglinge spielen. Bist du mit mir zufrieden, Nitetis?«

»Wie soll ich dir danken, mein Vater?«

»Höre nur nochmals die Einteilung deiner Tage: Am Morgen wird Kassandane besucht, mit Atossa geplaudert und auf die Lehren der hohen Mutter gelauscht.«

Die Blinde nickte zustimmend mit dem Kopf.

»Gegen Mittag komm' ich zu dir und unterrichte dich im Persischen.«

Nitetis lächelte.

»Einen Tag um den andern wird dir Oropastes aufwarten, um dich in die Religion der Perser einzuweihen.«

»Ich werde mir alle Mühe geben, ihn schnell zu verstehen.«

»Nachmittags wirst du mit Atossa zusammensein, solange du willst. Bist du damit zufrieden?«

»O Krösus!« rief das Mädchen und küßte die Hand des Greises.

3.
KAPITEL

Am folgenden Tag bezog Nitetis das Landhaus bei den hängenden Gärten und lebte dort einförmig, aber vergnügt und arbeitsam, nach der Vorschrift des Krösus. Jeden Tag wurde sie in einer festverschlossenen Sänfte zu Kassandane und Atossa getragen.

Die blinde Königin wurde ihr bald unersetzlich, und die lebenslustige, unbändige Tochter des Cyrus ersetzte der Ägypterin beinahe ihre am fernen Nil zurückgebliebene Schwester Tachot. – Nitetis konnte sich keine bessere Gefährtin wünschen als das übermütige Kind, welches mit Scherz und Frohsinn zu verhindern wußte, daß sich Heimweh oder Unzufriedenheit in dem Herzen ihrer Freundin einnisteten. Der Ernst der einen hellte sich durch die Heiterkeit der anderen auf, und der Übermut der Perserin wurde durch das gleichmäßige edle und selbstbewußte Wesen der Ägypterin zu gemessener Fröhlichkeit.

Krösus und Kassandane waren gleich zufrieden mit ihrer neuen Tochter und Schülerin. Oropastes, der Magier, lobte dem Kambyses täglich die Fähigkeiten und den Fleiß der Jungfrau: Nitetis erlernte die persische Sprache ungewöhnlich schnell und gut, der König ging nur zu seiner Mutter, wenn er die Ägypterin dort zu finden vermutete, und beschenkte sie alle Tage mit köstlichen Schmucksachen und Kleidern. Die größte Gunst erzeigte er ihr dadurch, daß er sie niemals in ihrem Landhaus bei den hängenden Gärten besuchte. Dadurch bewies er, daß er Nitetis unter die geringe Zahl seiner angetrauten, rechtmäßigen Gemahlinnen aufnehmen wollte, eine Gunst, deren sich manche Fürstentochter, welche in seinem Harem lebte, nicht rühmen konnte.

Das schöne, ernste Mädchen übte auf den unbändigen Mann einen seltsamen Zauber aus. Ihre bloße Gegenwart schien zu genügen, seinen Starrsinn zu schmelzen. Stundenlang sah er ihr beim Reifenspiel zu, ohne je den Blick von den zierlichen Bewegungen der Ägypterin abzuwenden. Einmal, als ein Ball ins Wasser flog, sprang er ihm in seinen schweren, kostbaren Gewändern nach und rettete ihn. Nitetis schrie laut auf, als der König sich zu dieser unerwarteten Tat anschickte; Kambyses aber überreichte ihr lächelnd das triefende Spielzeug und sagte: »Nimm dich beim Werfen in acht, sonst muß ich dich öfter erschrecken!« Im selben Augenblick nahm er eine goldene, mit Edelsteinen besetzte Kette von seinem Hals und schenkte sie dem Mädchen, welches ihm mit einem Blick dankte, der vollkommen aussprach, was ihr Herz für den künftigen Gatten empfand.

Krösus, Kassandane und Atossa merkten sehr bald, daß Nitetis den König liebte. Aus ihrer Scheu vor dem übermächtigen, stolzen Manne war in der Tat eine glühende Leidenschaft erwachsen. Sein Wesen erschien ihr so glänzend und allmächtig wie das der Gottheit, der Wunsch, ihn zu besitzen, übermütig und frevelhaft, aber seine Befriedigung dennoch schöner als selbst die Rückkehr in die Heimat, als eine Wiedervereinigung mit denen, welche sie bisher ausschließlich geliebt hatte.

Sie war sich dieser Leidenschaft kaum selbst bewußt und versuchte den Gedanken festzuhalten, daß sie Kambyses nur fürchte. Krösus hatte sie bald durchschaut und ließ seinen Liebling hoch erröten, als er mit seiner Greisenstimme das neueste Lied des Anakreon, welches er in Sais von Ibykus erlernt hatte, neckend sang:

An seiner Hüfte trägt das Roß
Das Mal, das man ihm brennt,
Und jedermann den Parther-Troß
An der Tiara kennt;
Doch, sehe ich Verliebte nah,
Weiß ich sogleich: Sie lieben:
Ein zartes Mal ward ihnen ja
Ins Herz hinein geschrieben.

So vergingen die Wochen und Monate für Nitetis in Fleiß und Spiel, in Ernst und Scherz. Der Befehl des Kambyses: »Es muß dir bei uns gefallen!« fand Gehör. Und als der mesopotamische Frühling, welcher dem regnerischen Dezember in jenen Gegenden folgt, vorüber war, als man während der Frühlings-Tagundnachtgleiche das größte Fest der Asiaten, das Neujahrsfest, gefeiert hatte, als die Maisonne zu brennen begann, da fühlte sich Nitetis in Babylon wie zu Hause. Alle Perser wußten, daß die junge

Ägypterin längst Phädime, die Tochter des Otanes, aus der Gunst des Königs verdrängt hatte. Niemand zweifelte mehr daran, daß Nitetis die erste bevorzugte Gemahlin des Kambyses würde.

Das Ansehen des Eunuchen-Obersten Boges sank, denn man wußte, daß der König den Harem nicht mehr betrat und der Verschnittene seinen Einfluß nur den Weibern im Harem verdankte. Täglich besprach sich der gekränkte Mann mit der gestürzten Favoritin Phädime, wie man die Ägypterin ausstechen könne. Aber ihre Ränke und Listen scheiterten an der Liebe des Kambyses und dem makellosen Wandel der Königsbraut.

Phädime, die ungeduldige, nach Rache lechzende, weil gedemütigte Frau drängte den vorsichtigen Boges immer wieder zu einer entscheidenden Tat. Dieser aber mahnte zum Abwarten und zur Geduld.

Endlich, nach vielen Wochen, kam er voller Freude zu ihr und rief: »Wenn Bartja heimgekehrt ist, mein Schätzchen, dann ist unsere Stunde gekommen. Ich habe ein Plänchen ersonnen, das der Ägypterin so sicher den Hals bricht, wie ich Boges heiße.«

Bei diesen Worten rieb der ewig lächelnde Eunuch seine glatten, fleischigen Hände und schaute zufrieden drein. Übrigens machte er Phädime nicht einmal andeutungsweise mit seinem ›Plänchen‹ bekannt und antwortete auf ihre dringenden Fragen: »Lieber möcht' ich mein Haupt in den Rachen eines Löwen als mein Geheimnis in das Ohr eines Weibes legen. Wohl schätze ich deinen Mut; aber ich gebe dir zu bedenken, daß sich die Kühnheit des Mannes im Handeln, die des Weibes im Gehorchen bewähren muß. Tue darum, was ich dir sagen werde, und warte geduldig ab, was die Zukunft bringt!«

Nebenchari, der Augenarzt, pflegte Kassandane nach wie vor und hielt sich von allem Umgang mit den Persern zurück. Wegen seines düsteren, schweigsamen Wesens wurde sein Name von den Einheimischen bald sprichwörtlich gebraucht. Man nannte bei Hofe jeden Glückseligen einen ›Bartja‹, jeden Griesgram einen ›Nebenchari‹. – Bei Tage verweilte der Arzt lautlos in den Zimmern der Mutter des Königs und blätterte in großen Papyrusrollen[42]; bei Nacht bestieg er häufig mit Erlaubnis des Königs und des Satrapen[43] von Babylon, Tritantechmes, einen der hohen Mauertürme, um die Sterne zu beobachten.

Die chaldäischen Priester, die uralten Pfleger der Himmelskunde, hatten ihm anbieten lassen, seine Beobachtungen auf der Spitze des großen Bel-Tempels, ihrer Sternwarte, zu machen. Er aber weigerte sich entschieden, dieser Einladung zu folgen, und verharrte in vornehmer Distanz. Als ihm Oropastes, der Magier, den berühmten babylonischen Schattenweiser, den Anaximander von Miletauch in Griechenland eingeführt hatte, erklären wollte, lächelte der Arzt höhnisch und kehrte dem Obersten der medischen Priester den Rücken, indem er sagte: »Das kannten wir Ägypter schon, bevor ihr wußtet, was eine Stunde ist[44].«

Nitetis war ihm freundlich entgegengekommen; er aber kümmerte sich nicht um sie, ja, er schien sie absichtlich zu meiden. Als sie ihn eines Tages fragte: »Findest du etwas Böses an mir, Nebenchari, oder habe ich dich beleidigt?«, gab er zur Antwort: »Du bist mir fremd, denn wie möchte ich diejenige zu meinen Freunden zählen, welche den Göttern und den Sitten der Heimat so schnell treulos zu werden vermag?«

Boges, der Eunuch, merkte sehr bald, daß der Augenarzt auf die zukünftige Gattin des Königs wütend war. Aus diesem Grund bemühte er sich, ihn zu seinem Bundesgenossen zu machen. Nebenchari wies aber seine schmeichlerischen Anreden, seine Geschenke und Aufmerksamkeiten mit Würde zurück.

Sooft ein Angare mit irgendeiner Botschaft an den König in den Schloßhof einritt, beeilte sich der Eunuch, ihn auszufragen, woher er komme und ob er nichts von dem Heer gegen die Tapuren vernommen habe?

Endlich erschien der erwünschte Bote, welcher die Nachricht brachte, der aufrührerische Stamm sei gebändigt und Bartja werde bald heimkehren.

Drei Wochen vergingen, Bote auf Bote meldete das Nahen des siegreichen Prinzen, die Straßen prangten schon im reichsten Festschmucke. Endlich zog das Heer in Babylon ein, Bartja dankte dem jubelnden Volke und lag bald darauf in den Armen seiner Mutter.

Auch Kambyses empfing seinen Bruder voller Herzlichkeit und führte ihn absichtlich zu Kassandane, da er wußte, daß sich Nitetis bei ihr befand.

Sein Herz war voll von der Gewißheit, daß ihn die Ägypterin

liebe. Er wollte Bartja zeigen, daß er ihr vertraue, und fand seine frühere Eifersucht inzwischen selber wahnhaft.

Die Liebe hatte ihn mild und freundlich gemacht. Seine Hände wurden niemals müde zu schenken, sein Zorn war eingeschlummert, und die Krähen Babylons umkreisten jetzt, vor Hunger schreiend, den Platz, an welchem sonst die Häupter der Hingerichteten in großer Zahl als warnende Schreckbilder aufgestellt worden waren.

Mit dem Sinken des Einflusses der schmeichlerischen Eunuchen, einer Menschenklasse, welche erst durch die Einverleibung von Medien, Lydien und Babylonien, wo sie viele der höchsten Staats- und Hofämter bekleidet hatte, an die Pforte des Cyrus gekommen war, stieg das Ansehen der edlen Perser aus dem Geschlecht der Achämeniden. Kambyses hörte jetzt zum Wohle des Landes mehr auf die Stimme seiner Verwandten als auf die Ratschläge der Verschnittenen.

Der greise Hystaspes, der Vater des Darius und Statthalter des persischen Stammlandes, Pharnaspes, ein Vetter des Königs, sein Großvater von mütterlicher Seite, Otanes, sein Schwiegervater Intaphernes, Aspathines, Gobryas, Hydarnes, der Feldherr Megabyzus[45], der Vater des Zopyrus, der Gesandte Prexaspes, der edle Krösus, der alte Held Araspes – kurz: die vornehmsten Stammeshäupter der Perser befanden sich jetzt am Hof des Königs.

Dazu kam, daß der ganze Adel des Reichs, die Satrapen aller Provinzen und die Oberpriester aller Städte sich zu dieser Zeit in Babylon befanden, weil der Geburtstag[46] des Königs gefeiert werden sollte.

Sämtliche Würdenträger und Abgeordnete aus allen Provinzen strömten in die Königsstadt, um dem Herrscher Geschenke darzubringen, ihm Glück zu wünschen und an den großen Opfern teilzunehmen. Bei solchen Gelegenheiten pflegten Tausende von Rossen, Hirschen, Stieren und Eseln für die Götter geschlachtet zu werden.

An diesem Festtag wurden alle Perser beschenkt, und jeder durfte dem König eine Bitte vortragen, die nur selten unerfüllt blieb. Auch wurde das Volk in allen Städten auf Kosten des Herrschers gespeist. Kambyses hatte bestimmt, daß acht Tage nach seinem Geburtstag die Vermählung mit Nitetis stattfinden solle. Zur Hochzeit wollte er alle Großen des Reichs einladen.

Die Straßen von Babylon wimmelten von Fremden, die riesengroßen Paläste auf beiden Seiten des Euphrat waren überfüllt, und alle Häuser prangten in festlichem Schmucke.

Dieser Eifer seines Volks, dieses Menschengedränge trugen nicht wenig dazu bei, die fröhliche Stimmung des Königs zu heben.

Sein Stolz war befriedigt, und die einzige leere Stelle in seinem Herzen, der Mangel an Liebe, durch Nitetis ausgefüllt. Er glaubte, zum erstenmal in seinem Leben vollkommen glücklich zu sein, und verteilte seine Geschenke nicht nur, weil ein König von Persien schenken mußte, sondern weil ihm das Geben wirklich Freude bereitete.

Der Feldherr Megabyzus wußte die Kriegstaten Bartjas und seiner Freunde nicht hoch genug zu preisen. Kambyses umarmte die jungen Helden, beschenkte sie mit goldenen Ketten und Pferden, nannte sie »Brüder« und erinnerte Bartja an jene Bitte, welche er ihm nach der siegreichen Heimkehr zu gewähren versprochen hatte.

Als der Jüngling die Augen niederschlug und nicht gleich wußte, wie er seinen Antrag beginnen sollte, lachte der König und rief: »Seht, ihr Freunde, wie unser junger Held wie ein Mädchen errötet! Ich glaube, daß mir Großes zu gewähren bevorsteht, darum soll er bis zu meinem Geburtstag warten und mir beim Trinkgelage, wenn der Wein ihm Mut gegeben hat, zuflüstern, was er sich jetzt zu erbitten scheut. Laß die Forderung groß sein, Bartja! Ich bin glücklich und wünsche darum all meine Freunde glücklich zu sehen!«

Bartja lächelte ihm zu und begab sich zu seiner Mutter, um ihr jetzt zum erstenmal mitzuteilen, was sein Herz bewegte.

Er fürchtete, auf harten Widerstand zu stoßen. Krösus hatte ihm aber so gut vorgearbeitet und der Blinden soviel Rühmliches von Sappho erzählt, ihre Tugend und Anmut, ihre Künste und Gaben so hoch gepriesen, daß Kassandane jetzt, nach kurzem Sträuben, den Bitten ihres Lieblings nachgab.

»Eine Hellenin die rechte Gemahlin eines persischen Königssohnes!« rief die Blinde. »Das ist noch niemals dagewesen! Was wird Kambyses sagen? – Wie werden wir seine Zustimmung erlangen?«

»Darüber kannst du unbesorgt sein, Mutter«, erwiderte Bartja. »Ich bin der Einwilligung meines Bruders ebenso sicher, als daß Sappho eine Zierde unseres Hauses werden wird.«

»Krösus hat mir viel Schönes und Gutes von der Jungfrau erzählt, und ich freue mich, daß du endlich entschlossen bist, dich zu vermählen; aber dennoch scheint mir eine solche Ehe nicht für einen Sohn des Cyrus zu passen. Und hast du auch bedacht, daß die Achämeniden ein zukünftiges Kind dieser Hellenin schwerlich als ihren König anerkennen werden, wenn Kambyses ohne Söhne bleiben sollte?«

»Ich fürchte nichts, denn mein Sinn steht nicht nach der Krone. Übrigens war schon mancher persische König der Sohn eines geringeren Weibes, als meine Sappho[47] ist. Ich weiß sicher, daß mich meine Verwandten nicht tadeln werden, wenn ich ihnen erst einmal die Frau zeige, die ich am Nil für mich gewonnen habe.«

»Möchte Sappho unserer Nitetis gleichen! Ich liebe sie wie meine eigene Tochter und segne den Tag, an welchem sie dieses Land betrat. Mit ihrer Wärme hat sie den harten Sinn deines Bruders geschmolzen, ihre Güte und Sanftmut verschönern mein Alter, ihr milder Ernst hat deine Schwester Atossa aus einem unbändigen Kinde in eine Jungfrau verwandelt! Rufe jetzt die Mädchen, welche unten im Garten spielen, damit wir ihnen mitteilen, daß sie durch dich eine neue Freundin erhalten sollen.«

»Verzeih mir, Mutter«, erwiderte Bartja, »wenn ich dich bitte, diese Angelegenheit der Schwester zu verschweigen, bis wir die Einwilligung des Königs erlangt haben.«

»Du hast recht, mein Sohn. Wir müssen den Mädchen deinen Wunsch verheimlichen, und wäre es nur, um ihnen eine mögliche Enttäuschung zu ersparen. Das Fehlschlagen einer schönen Hoffnung ist schwerer zu tragen als ein unerwartetes Leid. Mögen dir die Götter ihren Segen schenken!«

Am frühen Morgen des königlichen Geburtstagsfestes brachten die Perser am Ufer des Euphrat ihre Opfer dar. Auf einem künstlichen Berg stand ein ungeheurer silberner Altar, auf dem ein mächtiges Feuer brannte. Weißgekleidete Magier speisten die

Glut mit zierlich gehauenen Stücken des feinsten Sandelholzes und schürten sie mit Rutenbündeln.

Das Haupt der Priester war mit einer Binde, der Paiti- dhana[48], umwunden, deren Enden ihren Mund verdeckten und auf diese Weise den unreinen Atem von dem reinen Feuer abwehrten. Auf einer Wiese neben dem Strom hatte man die Opfertiere geschlachtet, ihr Fleisch in Stücke geschnitten[49], mit Salz bestreut und auf zarte Rasen- und Kleesprossen, Myrtenblüten und Lorbeerblätter ausgebreitet, damit nichts Totes und Blutiges die schöne Tochter des Auramazda, die geduldige, heilige Erde berühre.

Nun trat Oropastes, der oberste Priester, an das Feuer und warf frische Butter hinein. Die Flammen schlugen hoch empor. Alle Perser fielen auf die Knie und verbargen ihr Angesicht, denn sie glaubten, die Lohe schwinge sich ihrem Vater, dem großen Gott, entgegen. Dann nahm der Magier einen Mörser, streute in denselben Blätter und Stengel des heiligen Haomakrautes[50], zerstampfte sie und goß den rötlichen Saft der Pflanze, die Speise der Götter, in die Flammen.

Endlich hob er seine Hände zum Himmel empor und sang, während andere Priester das Feuer fortwährend mit frischer Butter zum wilden Auflodern brachten, ein großes Gebet aus den heiligen Büchern. In diesem wurde der Segen der Götter auf den König und das ganze Reich herabgerufen. Die guten Geister des Lichts, des Lebens, der Wahrheit, der edlen Tat und der Geberin Erde wurden gepriesen, die bösen Geister des Dunkels, der Lüge, der Krankheit und des Todes verflucht; und endlich stimmten alle Anwesenden singend in das Festgebet ein: »Reinheit und Herrlichkeit warten des reinen Gerechten[51]!«

Ein Gebet des Königs schloß die Opferfeierlichkeit. – Kambyses bestieg im reichen Ornat den mit vier schneeweißen nisäischen Rossen bespannten goldenen Wagen und begab sich in die große Empfangshalle, um die Würdenträger und Abgeordneten der Provinzen zu empfangen.

Sobald sich der König und sein Gefolge entfernt hatten, wählten sich die Priester die besten Stücke des Opferfleisches aus und gestatteten dem herandrängenden Volke, die Reste mit nach Hause zu nehmen.

Die persischen Götter verschmähten das Opfer als Speise; sie verlangten nur die Seelen der geschlachteten Tiere, und einige arme Leute, namentlich unter den Priestern, fristeten ihr Leben von dem Fleisch der reichen Königsopfer.

Wie der Magier gebetet hatte, so sollten alle Perser beten. Ihre Religion verbot, daß der einzelne etwas für sich allein von den Himmlischen verlange. Vielmehr mußte jeder Fromme für alle Perser, besonders aber für den König Gutes erflehen; war doch jeder einzelne ein Teil des Ganzen, wurde doch auch er beglückt, wenn die Götter dem Reiche Segen verliehen. Dieses Aufgeben der eigenen Persönlichkeit zugunsten der Gesamtheit hatte die Perser groß gemacht. Wenn man besonders für den König betete, so geschah dies, weil man in ihm die Verkörperung des ganzen Reiches erblickte.

Die ägyptischen Priester stellten die Pharaonen als wirkliche Gottheiten dar, die Perser nannten ihre Fürsten nur Söhne der Götter[52], und dennoch herrschten jene in der Tat weit unbeschränkter als diese, denn sie hatten es verstanden, sich von der Vormundschaft einer Priesterkaste freizuhalten.

Von dem unduldsamen Wesen der Ägypter, welches alle fremden Götter vom Nile zu verbannen bestrebt war, wußte man in Asien nichts. Die von Cyrus besiegten Babylonier durften nach ihrer Einverleibung in das große asiatische Reich nach wie vor zu ihren alten Göttern beten. Die Juden, Ionier und Kleinasiaten, kurz: die ganze Menge der dem Zepter des Kambyses gehorchenden Völkerschaften blieb ungestört im Besitz ihrer angeerbten Religionen und Sitten.

So brannten denn auch zu Babylon am Geburtstag des Königs neben den Feueraltären der Magier viele andere Opferflammen, welche die Festgesandten für die Götter, die sie in ihrer Heimat verehrten, angezündet hatten.

Aus der Ferne glich die Riesenstadt einem ungeheuren Schmelzofen. Über ihren Türmen schwebten dichte Rauchwolken, welche das Licht der brennenden Maisonne verfinsterten.

Als der König im großen Reichspalast angelangt war, ordnete sich die Schar der Festboten zu einem unabsehbaren Zuge, der durch die geraden Straßen Babylons dem Schlosse entgegenwallte.

Myrten- und Palmenzweige, Rosen, Mohn- und Oleanderblüten, Silberpappel-, Palmen- und Lorbeerblätter lagen auf allen Wegen. Weihrauch, Myrrhen und tausend andere Wohlgerüche durchwehten die Luft, Fahnen und Teppiche flatterten und wogten von allen Häusern. Das Jauchzen und die Jubelrufe des babylonischen Volks, welches erst seit wenigen Jahren dem Perserreich unterworfen, nach asiatischer Sitte seine Ketten wie einen Schmuck trug, solange es sich vor der Macht seines Zwingherrn fürchtete, übertönten die schmetternden Fanfaren medischer Trompeten, die sanften Töne phrygischer Flöten, die Zimbeln und Harfen der Juden, die Tamburine der Paphlagonier, die Saitenspiele der Ionier, die Pauken und Becken der Syrer, die Muscheln und Trommeln der Arier von der Indusmündung und die lauten Töne der baktrischen Schlachtposaunen.

Duft, Farbenpracht und Gesang vereinten sich zu einem Ganzen, das die Sinne betäubte.

Keine der Festgesandtschaften war mit leeren Händen gekommen. Diese führten eine Koppel edler Pferde, jene Elefanten und Affen, eine dritte mehrere mit Schabracken und Quasten behängte Nashörner und Büffel, die vierte Kamele mit goldenen Ringen um den zottigen Hals. Andere brachten Wagen voll seltener Holzarten und Elfenbein, köstliche Gewebe, silberne und goldene Gefäße, Wannen voller Goldstaub und Barren, seltene Gewächse für die Gärten und für den Wildpark des Königs ausländische Tiere, unter denen sich Antilopen, Zebras, seltene Affen- und Vogelarten auszeichneten[53]. Die Vögel waren an grüne Bäume gekettet und schlugen mit den Flügeln.

Diese Geschenke galten als Tribute der unterjochten Stämme. – Nachdem sie dem König gezeigt worden waren, wurden sie von den Schatzmeistern und Schreibern gewogen, geprüft und entweder für genügend befunden oder, als zu gering, zurückgewiesen. In letzterem Falle mußten die kargen Geber doppelte Nachzahlungen leisten[54].

Der Zug gelangte ohne Aufenthalt an die Pforten des Reichspalastes, denn die Peitschenträger und Soldaten, welche zu beiden Seiten der Straßen ein Spalier bildeten, hielten den Weg von der drängenden Masse des Volkes frei.

Wenn die Fahrt des Königs zur Opferstelle prächtig gewesen

war (fünfhundert reichgeschmückte Rosse hatte man hinter seinem Wagen hergeführt[55]) und der Aufzug der Gesandten glänzend genannt werden mußte, so war der Anblick des großen Thronsaales blendend und zauberhaft.

Im Hintergrund desselben stand auf sechs Stufen, deren jede von zwei goldenen Hunden gleichsam bewacht wurde, der goldene Thron, über welchen sich ein purpurner, von vier goldenen Säulen getragener Baldachin breitete, dessen Dach zwei geflügelte Scheiben, die Feruer[56] des Königs, trug.

Hinter dem Thron standen Wedel- und Fächerträger, vornehme Hofbeamte; zu seinen beiden Seiten die Tischgenossen, Verwandten und Freunde des Königs, die Würdenträger des Reichs, die vornehmsten Priester und Eunuchen.

Die Wände und die Decke des ganzen Saales waren mit blitzenden Goldblechen bekleidet und der Fußboden mit purpurnen Teppichen belegt.

Geflügelte Stiere mit Menschenhäuptern lagen als Wächter vor den silbernen Toren der Halle, und im Hof des Palastes hatten sich die Leibgarden, deren Lanzen mit goldenen und silbernen Äpfel geschmückt waren, aufgestellt. Sie trugen goldene Panzer auf purpurfarbenen Röcken, von Edelsteinen blitzende Schwerter in goldenen Scheiden und hohe persische Mützen. Unter ihnen zeichnete sich durch stattlichen Wuchs und kühne Haltung die Schar »der Unsterblichen«[57] aus.

Anmelder führten die Festboten in die Halle und an dem Thron vorüber. Vor den Stufen desselben angelangt, warfen sie sich, als wollten sie die Erde küssen, zu Boden und verbargen die Hände in den Ärmeln ihrer Gewänder. Ehe sie dem König auf eine etwaige Frage antworteten, wurde ihnen ein Tuch um den unteren Teil des Gesichts gebunden, damit ihr unreiner Atem seine reine Person nicht berühre.

Kambyses sprach freundlich oder streng mit den vornehmsten Festboten, je nachdem, ob er mit den Geschenken und dem Gehorsam der einzelnen Provinzen zufrieden war. Als sich am Ende des Zuges die Gesandtschaft der Juden seinem Thron nahte, rief er den Hebräern, welchen zwei ernste Männer mit scharfen Zügen und langen Bärten vorangingen, ein freundliches ›Halt‹ entgegen.

Der erste von diesen war nach Art der vornehmsten und reichsten Babylonier gekleidet, der zweite trug ein aus einem Stück gewobenes, mit Schellen und Quasten besetztes Purpurgewand, das von einem blauen und rotweißen[58] Gürtel zusammengehalten wurde, und ein blaues Schulterkleid. Von seinem Hals hing ein Täschchen mit den heiligen Losen herab, welches zwölf in Gold gefaßte Edelsteine mit dem Namen der Stämme Israels schmückten. Eine weiße Binde, deren Zipfel bis über die Schultern hinunterfielen, umschlang die Stirn des hohen Priesters.

»Ich freue mich, dich wiederzusehen, Beltsazar[59]«, rief der König dem babylonisch gekleideten Manne zu. »Seit dem Tod meines Vaters hast du dich nicht mehr an meiner Pforte blicken lassen!«

Der so Angeredete verneigte sich demütig und antwortete: »Die Gnade meines Herrn beglückt deinen Knecht! Willst du die Sonne deiner Huld, trotz seiner Unwürdigkeit, deinem Knechte leuchten lassen, so gewähre meinem armen Volke, welches dein großer Vater in das Land seiner Väter heimkehren ließ, eine Bitte! Dieser Greis an meiner Seite, Josua, der hohe Priester unseres Gottes, hat den weiten Weg nach Babylon nicht gescheut, um sie dir vorzutragen. Laß seine Rede deinem Ohr angenehm sein und seine Worte eine fruchtbare Stelle in deinem Herzen finden.«

»Mir ahnt, was ihr verlangen werdet«, rief der König. »Hab' ich recht, Priester, wenn ich vermute, daß sich eure Bitte abermals auf den Tempelbau in eurer Heimat bezieht?«

»Meinem Herrn kann nichts verborgen bleiben«, antwortete der Priester und verneigte sich tief. »Deine Knechte zu Jerusalem sehnen sich danach, das Angesicht ihres Beherrschers zu schauen, und flehen zu dir durch meinen Mund, du möchtest das Land ihrer Väter besuchen. Sie bitten ferner um die Erlaubnis, den Bau des Tempels, den dein erlauchter Vater, über dem die Gnade Gottes sei, genehmigte, fortsetzen zu dürfen.«

Der König lächelte und erwiderte: »Du weißt deine Bitte mit der Schlauheit deines Volkes vorzubringen und wählst das rechte Wort und die rechte Stunde! An meinem Geburtstag kann ich einem treuen Volke kaum eine Bitte abschlagen; so versprech' ich dir denn, so bald als möglich die gute Stadt Jerusalem und das Land deiner Väter zu besuchen.«

»Du wirst deine Knechte hoch beglücken«, antwortete Beltsazar. »Unsere Ölbäume und Weinstöcke werden bei deiner Ankunft schönere Früchte tragen, unsere Pforten sollen weit geöffnet werden zu deinem Empfang, und Israel wird seinem Herrn entgegenjubeln, doppelt beglückt, wenn es ihn als neuen Bauherrn –«

»Halt, Priester, halt!« rief Kambyses. »Eure erste Bitte soll, wie gesagt, nicht unerfüllt bleiben, denn ich hege schon lange den Wunsch, das reiche Tyrus, das goldene Sidon und dein Jerusalem mit seinem wunderbaren Aberglauben kennenzulernen. Würde ich euch aber die Erlaubnis zur Fortsetzung des Tempelbaues schon jetzt erteilen, was bliebe mir dann noch übrig, euch im nächsten Jahre zu bewilligen?«

»Deine Knechte werden ihren Herrn mit Gaben und nicht mit Bitten willkommen heißen«, antwortete der Priester; »nun aber sprich das Wort und gestatte uns, dem Gott unserer Väter ein Haus zu bauen.«

»Seltsame Menschen, diese Palästinäer!« rief Kambyses. »Ich hörte sagen, daß ihr an eine einzige, durch kein Bildnis darstellbare Gottheit glaubt, welche nichts sei als ein Geist. Meint ihr denn, daß dies luftige Wesen nach einem Haus verlangt? Wahrlich, euer großer Geist muß schwach und erbärmlich sein, wenn er eines Wetterdaches gegen Wind und Regen und eines Schutzes gegen die Hitze bedarf, welche er selbst erzeugt hat. – Ist eure Gottheit wie die unsere überall gegenwärtig, wohl, so fallt vor ihr nieder und betet zu ihr, wie wir es tun, an jeder Stelle, und ihr könnt gewiß sein, überall vernommen zu werden!«

»Der Gott Israels hört sein Volk an allen Orten«, rief der hohe Priester. »Er hat uns vernommen, als wir in der Gefangenschaft des Pharao fern von der Heimat schmachteten, er hörte uns, als wir an den Wassern Babels weinten! Er ersah deinen Vater zum Werkzeuge unserer Befreiung und wird auch heute mein Gebet erhören und dein Herz erweichen. O großer König, gestatte deinen Knechten, eine gemeinsame Opferstelle für die zwölf getrennten Stämme ihres Volks zu bauen, einen Altar, an dessen Stufen sie vereinigt für dich beten, ein Haus, in welchem sie gemeinsam ihre Festtage heiligen können! Für diese Huld werden wir die Gnade des Herrn unablässig auf dein Haupt und seinen Fluch auf deine Feinde herniederflehen.«

»Würdet ihr denn Frieden halten, wenn ich euren Bitten nachgeben wollte?« fragte der König. »Mein Vater erlaubte euch, das Werk zu beginnen, und gewährte euch die Mittel zu seiner Vollendung. Einig und glücklich zoget ihr von Babylon in die Heimat zurück; beim Bau des Tempels aber kam Zwist und Hader unter euch. Zahlreiche Bittschreiben, von den angesehensten Syrern unterschrieben, bestürmten Cyrus, die Fortsetzung des Tempelbaus zu verbieten, und erst vor kurzem bin auch ich von euren Landsleuten, den Samaritern, flehentlich angegangen worden, den Bau zu unterbrechen. Betet denn zu eurem Gotte, wo und wie ihr wollt; weil ich euch wohlwill, kann ich aber nicht die Fortsetzung eines Werkes genehmigen, welches Zwist und Uneinigkeit unter euch entflammt.«

»Willst du an diesem Tage eine Gnade zurücknehmen, die uns dein Vater durch ein königliches Schreiben gewährte?« fragte Beltsazar.

»Ein Schreiben?«

»Es muß noch heu' in dem Archiv deines Reiches aufbewahrt werden.«

»Sobald ihr dasselbe findet und mir vorzeigen könnt«, gab der König zurück, »will ich den Bau nicht nur bewilligen, sondern euch sogar bei demselben unterstützen. Der Wille meines Vaters ist mir so heilig wie ein Befehl der Götter!«

»Gestattest du mir«, fragte Beltsazar, »das Archiv von Ekbatana, wo sich das Schriftstück befinden muß, von deinen Schreibern durchsuchen zu lassen?«

»Ich erlaube es dir; aber ich fürchte, daß ihr nichts entdecken werdet! Sage deinen Landsleuten, Priester, ich sei mit der Ausrüstung der Krieger zufrieden, welche sie zum Kampfe gegen die Massageten nach Persien sandten. Mein Feldherr Megabyzus lobt ihre Haltung und ihr Aussehen. Mögen sie sich, wie in den Kriegen meines Vaters, bewähren! – Dich, Beltsazar, lade ich zu meinem Hochzeitsfeste mit der Ägypterin und trage dir auf, deinen Landsleuten Mesach und Abed Nego[60], den ersten Männern von Babylon nach dir, zu sagen, ich erwarte sie heut abend an meiner Tafel.«

»Der Gott des Volkes Israel schenke dir Glück und Segen«, sprach Beltsazar und verneigte sich.

»Diesen Wunsch nehme ich an«, rief der König, »denn ich halte euren großen Geist, welcher große Wunder geübt haben soll, nicht für machtlos. Noch eins, Beltsazar! Mehrere Juden haben neulich die Götter der Babylonier geschmäht und sind dafür bestraft worden. Warne deine Landsleute! Sie machen sich verhaßt durch ihren starren Aberglauben[61] und den Hochmut, mit dem sie sich zu behaupten erkühnen, euer großer Geist sei die einzige wahre Gottheit! Nehmt ein Beispiel an uns, die wir, zufrieden mit dem, was wir haben, auch den Besitz der anderen gut sein lassen. Haltet euch selbst nicht für besser als alle übrigen Menschen! Ich will euch wohl, denn selbstbewußter Stolz gefällt meinem Herzen; hütet euch aber, daß der Stolz nicht zu eurem Schaden in Überheblichkeit ausartet! Lebt wohl und bleibt meiner Huld versichert!«

Die Hebräer entfernten sich, enttäuscht, aber doch nicht ohne Hoffnung, denn Beltsazar wußte bestimmt, daß sich jenes Dokument über den Tempelbau zu Jerusalem im Archiv von Ekbatana befinden mußte.

Den Juden folgte die Gesandtschaft der Syrer und der ionischen Griechen. Als die letzten im Zuge zeigten sich in Tierfelle gekleidete, wild aussehende Männer von fremdartiger Gesichtsbildung. Ihre Gürtel, Schulterbänder, Bogen-Futterale, Äxte und Lanzenspitzen waren aus Gold roh gearbeitet, ihre hohen Pelzmützen mit goldenen Zierraten versehen. Ihnen voraus ging ein Mann in persischer Tracht, dessen Züge andeuteten, daß er demselben Stamm wie die ihm folgenden Männer angehörte[62].

Der König schaute mit Verwunderung auf diese sich dem Throne nähernden Gesandten. Seine Stirn verfinsterte sich, und indem er dem Fremdenführer winkte, rief er aus: »Was begehren diese Menschen von mir? Irr' ich nicht, so gehören sie jenen Massageten an, welche gar bald vor meiner Rache erzittern sollen. Sage ihnen, Gobryas, daß ein wohlgerüstetes Heer in der medischen Ebene bereitstehe, um ihnen mit dem Schwerte blutige Antwort auf jede Forderung zu geben!«

Der Fremdenführer verneigte sich und sprach: »Diese Menschen sind heute morgen während des Opfers mit großen Lasten des reinsten Goldes in Babylon eingezogen, um deine Nachsicht zu erkaufen. Als sie vernahmen, daß man zu deiner Ehre ein großes Fest begehe, drangen sie in mich, ihnen heute noch die Gnade zu verschaffen, vor dein Angesicht treten und dir mitteilen zu dürfen, mit welchen Aufträgen sie von ihren Landsleuten zu deiner Pforte entsandt worden sind.«

Die bewölkte Stirn des Königs wurde heller. Mit scharfen Blicken musterte er die hohen, bärtigen Gestalten und rief: »Laßt sie vortreten! Ich bin neugierig, zu vernehmen, welche Aufträge mir die Mörder meines Vaters zu machen wagen!«

Gobryas winkte; der größte und älteste der Massageten trat, von dem persisch gekleideten Mann begleitet, dicht vor den Thron und begann in der Sprache seiner Heimat mit lauter Stimme zu reden. Sein Nachbar, ein massagetischer Kriegsgefangener des Cyrus, der die persische Sprache erlernt hatte, übersetzte dem König Satz für Satz die Anrede des Wortführers der Nomaden.

»Wir wissen«, begann derselbe, »daß du, großer Herrscher, den Massageten zürnest, weil dein Vater in einem Kampf gegen unsere Macht, den er selbst, obgleich wir ihn niemals beleidigt hatten, heraufbeschwor, gefallen ist.«

»Mein Vater war wohl berechtigt, euch zu strafen«, unterbrach der König den Redner, »denn eure Fürstin Tomyris vermaß sich, ihm eine abschlägige Antwort zu geben, als er sich um ihre Hand bewarb.«

»Zürne nicht, o König«, antwortete der Massaget, »aber ich darf nicht verschweigen, daß unser ganzes Volk diese Weigerung billigte. Einem Kind konnte es ja nicht verborgen sein, daß der greise Cyrus unsere Königin nur darum der Zahl seiner Gattinnen beizugesellen wünschte, weil er, unersättlich nach Ländern, mit ihr auch unser Gebiet zu gewinnen hoffte.«

Kambyses schwieg; der Gesandte aber fuhr fort: »Cyrus ließ den Araxes[63], unseren Grenzstrom, überbrücken. Wir fürchteten nichts; darum ließ Tomyris ihm sagen, er möge sich die Mühe des Brückenschlagens ersparen, denn wir wären bereit, ihn entweder in unserem Lande ruhig zu erwarten und ihm den Übergang über den Araxes frei zu lassen oder ihm in sein eigenes Land entgegenzuziehen.

Cyrus entschied sich, wie Kriegsgefangene uns später mitteilten, auf den Rat des entthronten Königs von Lydien, Krösus, dafür, uns in unserem eigenen Gebiet aufzusuchen und durch List zu besiegen. Er sandte uns nur einen kleinen Teil seines Heeres entgegen, ließ ihn von unseren Pfeilen und Lanzen aufreiben und gestattete, daß wir uns seines Lagers ohne einen Schwertstreich bemächtigten. Wir glaubten, den Unüberwindlichen besiegt zu haben, und schmausten von euren reichen Vorräten. Als wir, vergiftet von jenem süßen Tranke, welchen wir noch niemals versucht hatten und den ihr ›Wein‹ benennt, in einen der Betäubung gleichen Schlummer versunken waren, überfiel uns euer Heer und mordete einen großen Teil unserer Krieger. Viele nahmt ihr gefangen, unter diesen den heldenmütigen Spargapises, den jungen Sohn unserer Königin.

Als dieser erfuhr, daß seine Mutter bereit sei, Frieden mit euch zu machen, wenn ihr ihn freigeben wolltet, bat der edle junge Held, ihm seine Ketten abzunehmen. So geschah es. Als er den Gebrauch seiner Hände wiedererlangt hatte, ergriff er ein Schwert und durchbohrte seine Brust mit dem Rufe: ›Ich opfere mich für die Freiheit meines Volkes!‹

Kaum erhielten wir die Nachricht von dem großmütigen Tod des geliebten Jünglings, als wir alle Streitkräfte, welche eure Schwerter und Ketten verschont hatten, sammelten. Selbst die Knaben und Greise bewaffneten sich und zogen aus gegen deinen Vater, um den edlen Spargapises zu rächen und sich, wie er, für die Freiheit der Massageten zu opfern. Es kam zum Treffen. Ihr wurdet geschlagen, Cyrus fiel, Tomyris fand seinen Leichnam, in einer Lache von Menschenblut schwimmend, und rief: ›Unersättlicher, jetzt, denke ich, wirst du mit Blut gesättigt sein!‹ Die Schar der Edlen, welche ihr die Unsterblichen nennt, drängte uns zurück und holte aus unseren dichtesten Reihen den Leichnam deines Vaters. Du selbst hast an ihrer Spitze gestanden und wie ein Löwe gekämpft. Ich erkenne dich wohl! Wisse, daß dieses Schwert an meiner Seite jene Wunde schlug, welche jetzt als purpurnes Ehrenzeichen dein männliches Angesicht schmückt!«

Die lauschende Menge regte sich, zitternd für das Leben des kühnen Sprechers. Kambyses aber nickte ihm, statt zu zürnen, beifällig zu und sagte: »Auch ich erkenne dich jetzt! Du hattest an jenem Tage ein rotes, mit goldenem Zierrat bedecktes Roß. Wir Perser wissen die Tapferkeit zu ehren, das sollst auch du erfahren! Meine Freunde, niemals sah ich ein schärferes Schwert, niemals einen unermüdlicheren Mann wie diesen; verneigt euch vor ihm, denn Heldengröße verdient die Ehrfurcht der Tapferen, zeige sie sich beim Freund oder beim Feind[64]. – Dir, Massaget, will ich raten, bald nach Hause zu ziehen und zu rüsten, denn durch die Erinnerung an euren Mut und eure Kraft verdoppelt sich in mir die Sehnsucht, mit euch zu kämpfen. Starke Feinde, wie ihr seid, sind mir beim Mithra lieber als schwache Freunde! Ich will euch ohne Schaden in eure Heimat entlassen, aber bleibt nicht zu lange in meiner Nähe, sonst könnte im Gedanken an die Rache, welche ich der Seele meines Vaters schulde, mein Zorn erwachen und das Ende eures Lebens nahe sein!«

Um den bärtigen Mund des Kriegers zog ein bitteres Lächeln, und er erwiderte dem König: »Wir Massageten glauben, daß wir für die Seele deines Vaters schon mehr als genug geblutet haben. Der einzige Sohn unserer Königin, der Stolz meines Volkes, welcher nicht unedler oder geringer war als Cyrus, starb auf dem Schlachtfeld. Fünfzigtausend Leichen meiner Landsleute haben als Totenopfer die harten Ufer des Araxes mit ihrem Blut erweicht, während auf eurer Seite nur dreißigtausend Menschen ihr Leben ließen. Wir kämpften ebenso tapfer wie ihr, eure Rüstungen aber sind fester als die unseren und widerstehen den Pfeilen, welche unsere Felle durchbohren. Endlich, als grausamste Rache, habt ihr unsere edle Königin Tomyris getötet.«

»Tomyris lebt nicht mehr?!« rief Kambyses, den Redner unterbrechend. »Wir Perser sollten ein Weib gemordet haben? Was ist mit eurer Königin geschehen?«

»Tomyris starb vor zehn Monden aus Gram über den Tod ihres einzigen Sohnes. Insofern darf man wohl sagen, daß auch sie dem Krieg mit den Persern und der Seele deines Vaters zum Opfer fiel.«

»Sie war ein großes Weib«, murmelte Kambyses. Dann fuhr er, seine Stimme erhebend, fort: »Wahrlich, ihr Massageten, ich beginne zu glauben, daß die Götter selbst es übernommen haben, meinen Vater an euch zu rächen. Aber so schwer eure Verluste auch erscheinen mögen; Spargapises, Tomyris und fünfzigtausend Massageten wiegen immer noch nicht die Seele eines Königs von Persien, am wenigsten aber die eines Cyrus auf!«

»Bei uns zulande«, antwortete der Bote, »sind im Tod alle gleich, und die flüchtige Seele eines verstorbenen Königs ist nicht gewichtiger als die eines armen Knechtes. Dein Vater war ein großer Mann; aber das, was wir um seinetwillen erduldeten, ist ungeheuer. Und noch habe ich dir nicht alles Unglück mitgeteilt, das seit jenem furchtbaren Krieg über unser Land gekommen ist. – Nach dem Tod der Tomyris ist Uneinigkeit unter den Massageten ausgebrochen. Zwei Männer glaubten gleiche Rechte auf den verwaisten Thron zu haben. Die eine Hälfte des Volks kämpfte für den ersten, die andere für den zweiten. Ein furchtbarer Bürgerkrieg, dem eine verheerende Seuche auf dem Fuß folgte, hat die Scharen unserer Krieger gelichtet. Wenn du einen Krieg mit uns eröffnen würdest, so hätten wir nicht die geringste Chance. Daher bieten wir dir mit schweren Lasten reinen Goldes den Frieden an.«

»So wollt ihr euch ohne Schwertstreich unterwerfen?« fragte Kambyses. »Die Zahl meines in der medischen Ebene versammelten Heeres kann euch beweisen, daß ich von eurem Heldenmut Größeres erwartet habe. Ohne Feinde können wir nicht kämpfen! Ich werde die Kämpfer entlassen und euch einen Statthalter senden. Seid mir willkommen als neue Untertanen meines Reichs!«

Bei diesen Worten des Königs färbten sich die Wangen und die Stirn des massagetischen Helden mit flammender Röte, und er antwortete mit bebender Stimme: »Du irrst, o Herrscher, wenn du denkst, daß wir die alte Tapferkeit verlernt oder Lust bekommen hätten, Knechte zu werden. Aber wir kennen deine Macht und wissen, daß die kleine von Krieg und Pest verschonte Zahl unserer Landsleute deinen riesigen wohlgerüsteten Heeren nicht widerstehen kann. Ehrlich und offen, wie wir Massageten sind, bekennen wir dies; doch wir erklären zu gleicher Zeit, daß wir uns selbst zu regieren fortfahren und niemals ertragen werden, von einem persischen Satrapen Gesetze und Vorschriften zu empfangen. – Du siehst mich zürnend an; ich stehe aber zu dieser Erklärung.«

»Und ich«, rief Kambyses, »sage dir dies: Ihr habt nur eine Wahl! Entweder unterwerft ihr euch meinem Zepter, schließt euch unter dem Namen der massagetischen Provinz dem persischen Reich an, empfangt einen Satrapen, den Stellvertreter meiner eigenen Person, mit gebührender Ehrfurcht, oder ihr betrachtet euch als meine Feinde und bequemt euch, von meinen Heeren gezwungen, zu denselben Dingen, welche ich euch jetzt im Guten anbiete. Heute könnt ihr noch einen wohlgesinnten Herrn gewinnen; später werdet ihr einen Eroberer und Rächer in mir zu fürchten haben. Bedenkt dies wohl, eh' ihr antwortet!«

»Wir haben alles vorher erwogen«, antwortete der Krieger, »und eingesehen, daß wir, die freien Söhne der Steppe, eher den Tod als die Knechtschaft gewinnen mögen. Höre, was dir der Rat unserer Greise durch meinen Mund verkünden läßt: ›Wir Massageten sind nicht durch unsere eigene Schuld, sondern wegen großer Heimsuchungen unseres Gottes, der Sonne, zu schwach geworden, euch Persern widerstehen zu können. Wir wissen, daß ihr gegen uns ein großes Heer gerüstet habt, und sind bereit, durch alljährlich zu zahlende Schätze den Frieden und die Freiheit von euch zu erkaufen. Wenn ihr dennoch versuchen wollt, uns durch Waffengewalt zu bezwingen, werdet ihr euch selbst den größten Schaden zufügen. Sobald sich ein Heer dem Araxes nähern sollte, werden wir alle mit Weibern und Kindern aufbrechen und eine andere Heimat suchen, denn wir wohnen nicht wie ihr in festen Städten und Häusern, sondern sind gewöhnt, auf unseren Pferden umherzuschweifen und unter Zelten zu ruhen. Unser Gold werden wir mit uns nehmen und die versteckten Gruben verschütten und vernichten, in welchen ihr neue Schätze finden könntet. Wir kennen alle Orte, an denen edle Metalle schlummern, und sind bereit, euch solche in reichem Maß zukommen zu lassen, wenn ihr uns Frieden und Freiheit gewährt; überzieht ihr uns aber mit Krieg, so werdet ihr nichts gewinnen, als eine menschenleere Steppe und einen unerreichbaren Feind, welcher euch furchtbar werden könnte, sobald er sich von den harten Verlusten, die seine Reihen lichteten, erholt haben wird. Laßt ihr uns Frieden und Freiheit, so sind wir bereit, euch außer dem Gold jährlich fünftausend schnelle Steppenpferde zuzusenden und euch beizustehen, sobald dem Perserreich ernstliche Gefahren drohen.‹«

Der Botschafter schwieg. Kambyses schaute sinnend zu Boden, zauderte lange mit der Antwort und sagte endlich, indem er sich von seinem Thron erhob: »Wir werden heute beim Zechgelage Rat halten und euch morgen mitteilen, welchen Bescheid ihr eurem Volke zu überbringen habt. Sorge dafür, Gobryas, daß diese Männer gut verpflegt werden, und übersende dem Massageten, welcher mich im Kampf im Gesicht verletzte, einen Anteil von den besten Gerichten meiner eigenen Tafel.«

4.
KAPITEL

Zur gleichen Zeit, da Kambyses und der Massaget ihr Gespräch führten, verweilte Nitetis einsam und traurig in ihrem Haus auf den hängenden Gärten. Zum erstenmal hatte sie heute dem gemeinsamen Opferritual der Frauen des Königs beigewohnt und versucht, im Freien, vor dem Feueraltar, von fremden Gesängen umtönt, zu ihren neuen Göttern zu beten.

Die meisten Bewohnerinnen des königlichen Harems sahen die Ägypterin bei dieser Feierlichkeit zum erstenmal und wandten, statt zu der Gottheit hinaufzuschauen, kein Auge von ihr ab.

Nitetis, durch die neugierigen, feindseligen Blicke ihrer Nebenbuhlerinnen beunruhigt, zerstreut durch die lärmende Musik, welche von der Stadt herübertönte, schmerzlich bewegt von der Erinnerung an die andächtigen Gebete, welche sie in der feierlichen, schwülen Stille der Riesentempel ihrer Heimat an der Seite ihrer Mutter und Schwester den Göttern ihrer Kindheit dargebracht hatte, konnte, sosehr es sie drängte, für den geliebten König an seinem Feiertage Glück und Wohlsein von den Göttern zu erflehen, zu keiner andächtigen Ehrgebung kommen.

Kassandane und Atossa knieten an ihrer Seite und stimmten aus voller Brust in die Gesänge der Magier ein, welche dem Herzen der Ägypterin nichts waren als ein leerer Schall.

Diese Gebete, denen an manchen Stellen hohe Poesie nicht abzusprechen ist, ermüden durch fortwährende Wiederholungen von Namen und Anrufungen einer Anzahl böser und guter Geister. Die Perserinnen wurden durch dieselben zur höchsten Andacht erhoben, denn sie hatten von Kindesbeinen an gelernt, jene Hymnen als die heiligsten und herrlichsten aller Lieder zu betrachten. Diese Gesänge hatten ihre ersten Gebete begleitet und waren ihnen heilig. Diese Gesänge konnten aber den verwöhnten Geist der mit den schönsten griechischen Dichtungen vertrauten Ägypterin nur wenig ansprechen. Das mühsam Erlernte war ihr noch nicht in Fleisch und Blut übergegangen, und während die Perserinnen die äußeren Formen ihres Gottesdienstes wie etwas Angeborenes, Selbstverständliches verrichteten, mußte sie sich geistig anstrengen, um die vorgeschriebenen Zeremonien nicht zu vergessen und sich keine Blöße vor den sie mißgünstig belauernden Nebenbuhlerinnen zu geben.

Wenige Minuten vor dem Ritual hatte sie zudem den ersten Brief aus Ägypten erhalten. Der lag ungelesen auf ihrem Putztisch und kam ihr in den Sinn, sobald sie sich zum Beten anschickte. Welche Nachrichten mochte er enthalten? Wie ging es den Eltern, wie hatte sich Tachot in die Trennung von ihr und dem geliebten Königssohn gefunden?

Als die Feier beendigt war, umarmte sie, aufatmend, als sei sie von einer drohenden Gefahr erlöst worden, Kassandane und Atossa. Dann ließ sie sich in ihre Wohnung tragen und eilte, dort angelangt, in sehnsüchtiger Hast dem Putztisch zu, auf welchem das Schreiben lag. Die junge Oberste ihrer Dienerinnen empfing sie mit einem schlauen, vielverheißenden Lächeln, welches sich in Staunen verwandelte, als ihre Herrin den auf dem Tisch liegenden Putz keines Blickes würdigte und nach dem langersehnten Brief griff.

Hastig öffnete Nitetis das Wachs des Siegels und wollte sich eben, um die mühsame Arbeit des Lesens zu beginnen, niederlassen, als jene Dienerin dicht vor sie hintrat und, die Hände zusammenschlagend, ausrief: »Beim Mithra, Herrin! Du mußt krank sein! Oder enthält dies graue, garstige Stück Zeug vielleicht eine Zauberei, welche den, der es anschaut, für alles Schöne blind macht? Lege die Rolle nur schnell beiseite und sieh dir die herrlichen Sachen an, welche dir der große König, dem Auramazda Sieg verleihe, zusandte, während du der Feier beiwohntest. Sieh nur dies köstliche Purpurgewand mit dem weißen Streifen und der reichen Silberstickerei, sieh diese Tiara mit den königlichen Diamanten! Weißt du denn nicht, wieviel solche Gaben bedeuten? Kambyses läßt dich bitten, du mögest diese prachtvollen Sachen beim heutigen Festmahl tragen. Wie zornig wird Phädime werden! Was für Augen werden die anderen Weiber machen, welche niemals gleiche Geschenke erhielten! Bis zum heutigen Tage war Kassandane, die Mutter des Königs, die einzige Frau an diesem ganzen Hof, welche den Purpur und die Diamanten tragen durfte; durch diese Geschenke hier stellt dich Kambyses seiner erhabenen Mutter gleich und macht dich vor den Augen der ganzen Welt zu seiner Lieblingsgemahlin und Königin[65]. Oh, gestatte mir, dir all die neuen Herrlichkeiten anzutun. Wie wunderschön wirst du aussehen, wie neidisch müssen die anderen werden! Dürfte ich nur dabei sein, wenn du in die Halle trittst. Komm, Herrin, laß dir die schlichten Gewänder ausziehen und dich, nur zur Probe, von mir schmücken, wie es der neuen Königin geziemt.«

Nitetis hatte der Schwätzerin schweigend zugehört und die kostbaren Geschenke mit stummem Lächeln betrachtet. Sie war Frau genug, um sich ihrer zu freuen; kamen sie doch von einem Mann, den sie liebte, bewiesen doch diese Gaben ihrem Herzen, daß sie dem König mehr bedeutete, als all seine anderen Frauen, ja daß sie von Kambyses geliebt werde. Der lang ersehnte Brief entfiel ungelesen ihrer Hand, schweigend fügte sie sich den Bitten der Dienerin, die sie rasch neu gekleidet hatte. Der königliche Purpur hob ihre majestätische Schönheit, und ihre schlanke Gestalt schien von der hohen, blitzenden Tiara erhöht zu werden. Als sie sich in dem Metallspiegel jetzt im vollen Ornat einer Königin sah, nahmen ihre Züge einen neuen Ausdruck an. Es war, als ob sich in ihnen ein Teil von dem Stolze ihres Gebieters abspiegele. – Die leichtfertige Zofe sank unwillkürlich auf die Knie nieder, als der strahlende Blick Nitetis' ihr Auge traf.

Kurze Zeit lang schaute Nitetis auf das im Staub liegende Mädchen; dann schüttelte sie, vor Scham errötend, das schöne Haupt, beugte sich zu ihr hinab, hob sie freundlich auf, küßte ihre Stirn, beschenkte sie mit einem goldenen Armband und befahl ihr, als ihre Blicke auf das an der Erde liegende Schreiben fielen, sie alleinzulassen. Mandane verließ mehr laufend als gehend das Zimmer ihrer Herrin, um das glänzende Geschenk ihren Untergebenen, den niederen Zofen und Sklavinnen, zu zeigen; Nitetis aber warf sich in den vor dem Putztisch stehenden Lehnsessel von Elfenbein, sprach ein kurzes Dankgebet zu ihrer ägyptischen Lieblingsgöttin, der schönen Hathor, küßte die goldene Kette, welche ihr Kambyses nach seinem Sprung ins Wasser geschenkt hatte, drückte ihre Lippen auf den Brief aus der Heimat, rollte ihn beinahe übermütig vor inniger Herzensbefriedigung, indem sie sich tief in die purpurnen Kissen drückte, gemächlich auf und murmelte vor sich hin: »Wie bin ich doch so froh und überglücklich! Der Schreiber dieses Briefs hat wohl nicht gedacht, daß ich ihn eine Viertelstunde lang ungelesen auf der Erde liegen lassen würde!«

Freudig begann sie zu lesen; bald aber verwandelte sich ihr Lächeln in Ernst. Als sie am Schluß des Briefes angelangt war, sank das Schreiben wiederum zur Erde nieder.

Jene Augen, deren stolzer Blick die Dienerin zum Niedersinken gezwungen hatten, schwammen jetzt in Tränen. Nitetis saß in sich zusammengesunken da.

Der Brief enthielt folgende Worte:

»Ladice, Gattin des Amasis und Königin von Ober- und Unterägypten, an ihre Tochter Nitetis, Gemahlin des Großkönigs von Persien.

Wenn Du, meine geliebte Tochter, so lange Zeit ohne Nachrichten aus der Heimat geblieben bist, so war dies nicht unsere Schuld. Die Triere, welche die für Dich bestimmten Briefe nach Ägae befördern sollte, ist von samischen Kriegsschiffen, welche man lieber Seeräuberfahrzeuge nennen sollte, aufgehalten und in den Hafen der Astypalaia[66] geschleppt worden.

Der Übermut des Polykrates, dem alles, was er vornimmt, zu gelingen pflegt, wird immer größer. Kein Fahrzeug ist vor seinen Raubschiffen sicher, seitdem er die Lesbier und Milesier[67], welche dem Unwesen entgegenzutreten suchten, aufs Haupt geschlagen.

Die Söhne des verstorbenen Pisistratus[68] sind seine Freunde. Lygdamis ist ihm verpflichtet und bedarf der samischen Hilfe, um seine Gewaltherrschaft über Naxos aufrechtzuerhalten. Die griechischen Amphiktyonen hat er gewonnen, indem er dem Apollo von Delos die benachbarte Insel Rhenia[69] schenkte. Alle seefahrenden Völker leiden von seinen Fünfzigrudrern, welche zwanzigtausend Matrosen zur Bemannung bedürfen, den größten Schaden. Dennoch wagt ihn niemand anzugreifen, denn er ist von geübten Leibwachen umgeben und hat seine Burg und die prachtvollen Dämme des Hafens von Samos fast uneinnehmbar befestigt.

Die Kaufleute, welche dem glücklichen Koläus[70] nach Westen folgten, und jene Raubschiffe, die keine Schonung kennen, werden Samos zur reichsten Insel und Polykrates zum mächtigsten

Menschen machen, wenn nicht, wie Dein Vater sagt, die Götter das so vollkommene Glück eines Menschen beneiden und ihm einen jähen Untergang bereiten werden.

Solches befürchtend, riet Amasis seinem alten Freunde Polykrates, er möge, um die Mißgunst der Götter zu versöhnen, sein Liebstes, dessen Verlust ihn am meisten schmerzen möchte, in solcher Art von sich entfernen, daß er es nie wieder zurückerhalten könne. Polykrates hörte auf diesen Rat Deines Vaters und warf den kostbarsten Siegelring, welchen er besaß, das Werk des Theodorus, einen von zwei Delphinen gehaltenen Sardonier von ungeheurer Größe, in den eine Lyra, das Zeichen des Gewalthabers, wunderbar kunstreich gestochen war, von der Höhe des runden Turmes seiner Burg in die See[71].

Sechs Tage später fanden seine Köche in dem Leib eines Fisches jenen Siegelring wieder. Polykrates übersandte uns sogleich die Botschaft von diesem wunderbaren Ereignis. Dein Vater aber schüttelte, statt sich zu freuen, gramvoll sein greises Haupt und sagte, er sehe wohl, daß man niemand seinem Geschick entreißen könne. Am gleichen Tag kündete er dem Polykrates die alte Freundschaft auf und ließ ihm sagen, er wolle sich bemühen, seiner zu vergessen, damit er vor dem Schmerze bewahrt bleibe, einen Menschen, den er liebe, in Unglück geraten zu sehen.

Polykrates empfing lachend diese Botschaft und sandte uns die Briefe, welche seine Seeräuber unserer Triere abgenommen hatten, mit einem spöttischen Gruße zurück. Von jetzt an werden alle Schreiben an Dich über Syrien befördert werden.

Fragst Du mich, warum ich Dir diese lange Geschichte, welche Dich weniger als andere Nachrichten aus dem elterlichen Hause angeht, erzählt habe, so antworte ich Dir: ›Um Dich auf den Zustand Deines Vaters vorzubereiten.‹ Erkennst Du den heiteren, lebensfrohen, sorglosen Amasis aus jenen düsteren Worten wieder, die er dem samischen Freunde zurief?

Ach, mein Gatte hat wohl Ursache, betrübt zu sein, und die Augen Deiner Mutter wurden seit Deiner Abreise nach Persien niemals trocken. Von dem Krankenlager Deiner Schwester eile ich zu Deinem Vater, um ihn zu trösten und seine Schritte zu leiten.

Ich benütze die Nacht, um diese Zeilen zu schreiben, obgleich ich dringend Schlaf bräuchte.

Hier bin ich von den Wärterinnen, die mich zu Tachot, Deiner Schwester, Deiner wahren Freundin, riefen, unterbrochen worden.

Wie oft hat sie in Fieberphantasien Deinen Namen ausgerufen, wie sorglich bewahrt sie jenes Wachsbild[72] von Dir, dessen wunderbare Ähnlichkeit von der Höhe griechischer Kunst und der Meisterschaft des großen Theodorus zeugt. Morgen wollen wir dasselbe nach Agina schicken, um es in einer dortigen Werkstatt in Gold nachbilden zu lassen. Das zarte Wachs leidet von den heißen Händen und Lippen Deiner Schwester, die das Bildnis so oft berühren.

Jetzt, meine Tochter, nimm all Deinen Mut zusammen, wie auch ich all meine Kraft aufbieten will, um Dir in geordneter Reihenfolge zu erzählen, was die Götter über unser Haus verhängt haben.

Nach Deiner Abreise hörte Tachot drei Tage lang nicht auf zu weinen. All unsere tröstenden Worte, alle Ermahnungen Deines Vaters, alle Opfer und Gebete vermochten nicht den Gram des armen Kindes zu lindern oder zu zerstreuen. Am vierten Tage versiegten endlich ihre Tränen. Mit leiser Stimme, scheinbar ergeben, antwortete sie, wenn wir sie fragten; den größten Teil des Tages aber saß sie schweigend bei ihrer Spindel. Die sonst so geschickten Finger zerrissen, wenn sie nicht stundenlang in dem Schoß der Träumerin ruhten, alle Fäden. Sie, die sonst so herzlich über die Scherze Deines Vaters lachen konnte, hörte ihnen nur noch mit gleichgültiger Stumpfheit zu; meinen mütterlichen Ermahnungen lauschte sie in ängstlicher Spannung.

Wenn ich ihre Stirn küßte und sie bat, sich selbst zu beherrschen, so sprang sie auf, warf sich an meine Brust, setzte sich wieder an die Spindel und zog die Fäden mit beinahe wilder Hast; nach einer halben Stunde aber lagen die Hände wiederum untätig in ihrem Schoß, waren ihre Augen von neuem träumerisch in die Luft gerichtet. Wenn wir sie zwangen, an einem Fest teilzunehmen, so wandelte sie unter den Gästen wie ein Geist umher.

Als wir sie zu der großen Wallfahrt nach Bubastis mitnahmen, bei welcher das ägyptische Volk seines Ernstes und seiner Würde vergißt, und der Nil mit seinen Ufern einer großen Bühne gleicht, auf welcher trunkene Chöre zur höchsten Ausgelassenheit fortreißende Satyrspiele aufführen, als sie zu Bubastis[73] zum erstenmal in ihrem Leben ein ganzes Volk, das sich in taumelnder Lust und ausgelassenen Scherzen tummelt, erblickte, erwachte sie aus ihrem stummen Brüten und fing, wie in den ersten Tagen nach Deiner Abreise, von neuem an, Tränen zu vergießen.

Traurig, beinahe ratlos brachten wir die Arme nach Sais zurück.

Ihr Aussehen glich dem einer Gottheit. Sie war schmächtiger geworden, aber, wie wir alle bemerkt zu haben glaubten, gewachsen; die Farbe ihrer Haut schimmerte in einer fast durchsichtigen Weiße, und ihre Wangen zierte ein Hauch von Rot.

Da ihre Hände und ihre Stirn immer heißer wurden und manchmal ein leises Frösteln ihre zarten Glieder durchschauerte, ließen wir Imhotep, den berühmtesten Arzt für innere Krankheiten, aus Theben nach Sais kommen.

Der erfahrene Priester schüttelte den Kopf, als er Deine Schwester erblickte, und prophezeite, daß sie einer schweren Krankheit entgegeneile. Von nun an durfte sie nicht mehr spinnen und nur wenig sprechen. Sie mußte allerlei Tränke einnehmen, man besprach und beschwor ihr Leiden[74], die Sterne und Orakel wurden befragt, den Göttern reiche Opfer und Geschenke dargebracht. Die Hathorpriester von der Insel Philae übersandten uns für die Kranke ein geheiligtes Amulett, die Osirispriester von Abydus eine in Gold gefaßte Haarlocke der Osiris, und Neithotep, der Oberpriester unserer Schutzgöttin, veranstaltete ein großes Opfer, welches Deiner Schwester die Gesundheit zurückgeben sollte.

Aber weder Ärzte noch Beschwörungen noch Amulette wollten der Armen helfen. Neithotep verhehlte mir endlich nicht mehr, daß Tachots Sterne wenig Hoffnung verhießen. Der heilige Stier von Memphis starb in jenen Tagen; die Priester fanden kein Herz in seinen Eingeweiden und verkündeten Unheil, welches über Ägypten kommen werde. Bis heute ist noch kein neuer Apis gefunden worden. Man glaubt, daß die Götter dem Reich Deines Vaters zürnen, und das Orakel von Buto hat verkündet, die Unsterblichen würden erst dann Ägypten mit neuer Huld beglücken, wenn alle den fremden Göttern auf der schwarzen Erde* erbauten Tempel vernichtet und diejenigen, welche den falschen Gottheiten opfern, aus Ägypten verbannt worden wären.

Die Unglückszeichen haben nicht gelogen. Tachot wurde von einem furchtbaren Fieber ergriffen. Neun Tage lang schwebte sie zwischen Tod und Leben, und sie ist heute noch so schwach, daß sie getragen werden muß und weder Hand noch Fuß zu rühren vermag.

Während der Fahrt nach Bubastis hatten sich, wie dies in Ägypten nicht selten geschieht[75], die Augen des Amasis entzündet. Statt ihnen Ruhe zu gönnen, arbeitete er nach wie vor, von Sonnenaufgang bis zur Mittagszeit. Während der schlimmen Fiebertage Deiner Schwester wich er, trotz unserer Mahnungen, nicht von ihrem Lager. Laß mich kurz sein, meine Tochter! Das Augenübel wurde immer heftiger, und an demselben Tage, welcher uns die Nachricht brachte, Du wärest wohlbehalten zu Babylon eingetroffen, war Amasis erblindet.

Aus dem rüstigen frohen Manne ist seit jener Zeit ein hinsiechender düsterer Greis geworden. – Der Tod des Apis, die schlimmen Konstellationen und Orakelsprüche beängstigen sein Herz. Die Nacht, in welcher er lebt, umflort seine Heiterkeit. Das Bewußtsein, nicht ohne Stütze fortschreiten zu können, beraubt ihn seines sicheren Willens. Der kühne, selbständige Herrscher ist im Begriff, zum willenlosen Werkzeug der Priester zu werden.

Stundenlang verweilt er jetzt im Tempel der Neith, um zu beten und zu opfern. Dort läßt er auch eine Schar von Werkleuten an einer Totenwohnung für seine eigene Mumie arbeiten, während eine gleiche Anzahl von Maurern das von den Hellenen begonnene Heiligtum des Apollo zu Memphis der Erde gleich machen muß. Sein eigenes und Tachots Unglück nennt er eine gerechte Strafe der Unsterblichen.

Seine Besuche am Lager der Kranken gereichen dieser zu geringem Trost; denn statt der Armen freundlich zuzureden, bemüht er sich, ihr zu beweisen, daß auch sie die Strafe der

* Ägypten, welches seine alten Bewohner Cham, das Schwarze oder Schwarzerdige nannten.

Unsterblichen verdient habe. Er versucht, das arme Kind mit der ganzen Kraft seiner Beredtsamkeit dahin zu bringen, der Erde ganz und gar zu vergessen und durch fortwährende Gebete und Opfer die Gnade des Osiris und der Richter in der Unterwelt zu gewinnen. So foltert er die Seele unserer teuren Kranken, welche so gerne leben möchte. Vielleicht bin ich als Königin von Ägypten zu sehr Griechin geblieben; aber der Tod ist so lang und das Leben so kurz, daß ich die Weisen unweise nenne, welche durch ewiges Gedenken an den finsteren Hades diesem die Herrschaft über das halbe Leben schenken.

Abermals bin ich unterbrochen worden. Imhotep, der große Arzt, war angekommen, um nach dem Befinden unserer Kranken zu sehen. Er gibt wenig Hoffnung, ja, er scheint sich zu wundern, daß dieser zarte Körper den harten Angriffen des Todes so lange Zeit zu widerstehen vermag. ›Sie wäre längst nicht mehr‹, sagte er gestern, ›wenn sie nicht der feste Wille fortzuleben und eine nimmer rastende Sehnsucht aufrecht erhielte. Sie könnte, wenn sie die Lust, leben zu wollen, aufgäbe, sich sterben lassen, wie wir uns in den Schlaf hinüberträumen. Sollte ihr Wunsch befriedigt werden, so kann sie vielleicht – aber das ist unwahrscheinlich – ihr Dasein noch jahrelang fristen; bleibt ihre Hoffnung nur noch kurze Zeit unerfüllt, so wird sie von derselben Sehnsucht, welche sie jetzt nicht sterben läßt, aufgerieben und getötet werden.‹ Ahnst Du, wonach sie sich sehnt? Unsere Tachot hat sich von dem Bruder Deines Gatten bezaubern lassen. Damit will ich nicht sagen, daß, wie Ameneman, der Priester, glaubt, magische Mittel von dem Jüngling angewendet worden sind, um sie für sich erglühen zu lassen, denn es bedarf noch weniger als so großer Schönheit und so anmutigen Wesens, wie Bartja besitzt, um das Herz einer unschuldigen Jungfrau, eines halben Kindes zu bestricken. Aber ihre Leidenschaft ist doch so heiß, die Veränderung ihres Wesens so groß, daß ich selbst in mancher Stunde an übernatürliche Einflüsse geglaubt habe. Kurz vor Deiner Abreise bemerkte ich schon, daß Deine Schwester dem Perser zugetan war. Ihre ersten Tränen glaubten wir noch Deiner Abreise zuschreiben zu müssen; als sie aber in jenes stumme Träumen versank, bemerkte Ibykus, welcher damals noch an unserem Hofe verweilte, die Jungfrau sei von einer tiefen Leidenschaft ergriffen.

Als sie einst träumend vor der Spindel saß, sang er ihr in meiner Gegenwart das Liebesliedchen der Sappho ins Ohr:

O süße Mutter
Ich kann nicht spinnen,
Ich kann nicht sitzen
Im Stübchen innen
Im engen Haus;
Es stockt das Rädchen,
Es reißt das Fädchen:
O süße Mutter
Ich muß hinaus[76]*!*

Sie erbleichte bei diesen Worten und fragte: ›Hast du selbst dies Liedchen erdacht, Ibykus?‹

›Nein‹, antwortete jener, ›die Lesbierin Sappho sang es vor fünfzig Jahren.‹

›Vor fünfzig Jahren‹, wiederholte Tachot gedankenvoll.

›Die Liebe bleibt sich immer gleich‹, unterbrach sie der Dichter, ›wie Sappho vor fünfzig Jahren liebte, so hat man vor Äonen geliebt, so wird man nach Jahrtausenden lieben.‹

Die Kranke lächelte zustimmend und wiederholte von nun an, leise summend, gar oft jenes Liedlein, wenn sie müßig vor der Spindel saß.

Trotz alledem vermieden wir jede Frage, welche sie an den Geliebten erinnern konnte. Als sie aber in Fieberschauern darniederlag, wurden ihre glühenden Lippen nicht müde, Bartjas Namen auszurufen. Nachdem sie wieder ihrer Gedanken mächtig geworden war, erzählten wir ihr von jenen Phantasien.

Da schüttete sie mir ihre ganze Seele aus und sagte mit feierlicher Stimme, wie eine Prophetin zum Himmel starrend: ›Ich weiß, daß ich nicht sterben werde, eh ich ihn wiedergesehen habe.‹

Neulich hatten wir sie in den Tempel tragen lassen, weil sie Sehnsucht empfand, in den heiligen Hallen zu beten. Als die Andacht beendet war und wir an den im Vorhofe spielenden Kindern vorbeikamen, bemerkte sie ein kleines Mädchen, welches ihren Freundinnen mit großem Eifer etwas erzählte. Da befahl sie den Trägern, die Sänfte hinzusetzen und das Kind herbeizurufen.

›Was sagtest du?‹ fragte sie die Kleine.

›Ich erzählte den anderen etwas von meiner ältesten Schwester.‹

›Darf ich es auch hören?‹ fragte Tachot, so freundlich bittend, daß die Kleine ohne alle Scheu anhob: ›Batau, der Bräutigam meiner Schwester, ist gestern ganz unerwartet aus Theben heimgekehrt. Als der Isisstern[77] aufging, trat er plötzlich auf unser Dach, wo Kerimama gerade mit dem Vater das Brettspiel spielte. Er brachte ihr einen schönen goldenen Brautkranz mit.‹

Tachot küßte die Kleine und schenkte ihr ihren kostbaren Fächer. Als wir wieder zu Hause waren, lächelte sie mir schalkhaft zu und sagte: ›Du weißt ja, liebes Mütterchen, daß die Worte der Kinder im Vorhofe des Tempels für Orakelsprüche gehalten werden[78]. Wenn die Kleine nicht gelogen hat, so muß er kommen! Hast du nicht gehört, daß er auch den Hochzeitskranz mitbringen wird? O Mutter, ich weiß es sicher, weiß es ganz genau, daß ich ihn wiedersehen werde!‹

Als ich Tachot gestern fragte, ob sie etwas an Dich zu bestellen habe, bat sie mich, Dir zu sagen, sie übersende Dir tausend Grüße und Küsse und gedenke, wenn sie erst kräftiger geworden sei, Dir selbst zu schreiben, denn sie habe Dir vieles anzuvertrauen. Soeben bringt sie mir das beifolgende Zettelchen, das für Dich allein bestimmt sei und das sie mit großer Anstrengung zu Ende gebracht.

Jetzt muß ich dem Schlusse dieses Briefes entgegeneilen, denn der Bote harrt schon lange auf ihn.

Ich möchte Dir so gern etwas Erfreuliches mitteilen. Aber wohin ich auch blicke, sehe ich nichts als Sorgen. Dein Bruder verfällt immer mehr der Herrschsucht unserer Priester und besorgt, von Neithotep geleitet, die Geschäfte der Regierung für Deinen armen blinden Vater.

Amasis läßt Psamtik volle Freiheit und sagt, daß es ihn wenig kümmern könne, ob der Thronfolger einige Tage früher oder später seine Stelle einnehme.

Er hinderte Deinen Bruder nicht, die Kinder des früheren Leibwachenobersten Phanes aus dem Haus der Hellenin Rhodopis gewaltsamerweise zu entführen, und billigte es sogar, daß sein Sohn mit den Nachkommen der zur Zeit des ersten Psamtik, wegen der Bevorzugung der ionischen Söldner, nach Äthiopien ausgewanderten zweihundertausend Krieger[79] in Verhandlung trat, um, falls sie sich bereit erklären sollten, in ihre Heimat zurückzukehren, die hellenischen Soldaten entlassen zu können. Die Verhandlungen blieben ohne Erfolg; Psamtik aber hatte die Griechen, weil er die Kinder des Phanes unwürdig behandelte, schwer beleidigt. Aristomachus drohte, mit zehntausend der besten Söldner Ägypten zu verlassen; ja, er verlangte seinen Abschied, als der Knabe des Phanes auf Geheiß Deines Bruders umgebracht worden war. Da verschwand der Spartaner plötzlich, niemand weiß, wohin; die Hellenen aber ließen sich durch große Summen bestechen und blieben in Ägypten.

Amasis schwieg zu alledem und sah opfernd und betend ruhig zu, wie sein Sohn alle Teile des Volkes bald beleidigte, bald in unwürdiger Weise zu versöhnen suchte. – Hellenische und ägyptische Kriegsobersten sowie Nomarchen aus verschiedenen Provinzen haben mir versichert, dieser Zustand sei unerträglich. Man weiß nicht, wessen man sich von dem neuen Herrscher zu versehen hat, der heute befiehlt, was er gestern in Heftigkeit untersagte, der das schöne Band zu zerreißen droht, welches bis jetzt das ägyptische Volk an seine Könige knüpfte.

Lebe wohl, meine Tochter, gedenke Deiner armen Freundin, Deiner Mutter! Verzeihe Deinen Eltern, wenn Du erfahren solltest, was wir Dir so lange verschwiegen haben. Bete für Tachot, entbiete Krösus und den jungen Persern, welche wir kennen, unseren Gruß; bestelle auch an Bartja die Grüße Deiner Schwester, die ich ihn als das Vermächtnis einer Sterbenden zu betrachten bitte. Könntest Du doch der Schwester ein Zeichen senden, daß der junge Perser ihrer nicht ganz vergessen!

Lebe wohl und sei glücklich in Deiner neuen Heimat.«

5.
KAPITEL

Nitetis hatte sich so sehr auf diesen Brief gefreut, aber als sie ihn gelesen hatte, war sie völlig verzweifelt.

Während sie in ihren Purpurkleidern weinend dasaß, dachte sie an nichts als an die Sorgen ihrer Mutter, das Leiden ihres Vaters und die Krankheit ihrer Schwester. Sie vergaß den wartenden Kambyses.

Die Sonne hatte längst die Mittagshöhe erreicht, als ihre Zofe Mandane wieder ins Zimmer trat, um letzte Hand an den Schmuck ihrer Herrin zu legen.

»Sie schläft«, dachte das Mädchen, »ich kann sie noch ein Viertelstündchen ruhen lassen; das Opferfest wird sie ermüdet haben, und sie muß beim Festessen in voller Frische und Schönheit prangen, um die anderen zu überstrahlen wie der Mond die Sterne.«

Leise schlich sie sich aus dem Zimmer hinaus, dessen Fenster eine köstliche Aussicht auf die hängenden Gärten, die Riesenstadt und die fruchtbare babylonische Ebene boten.

Ohne sich umzusehen, lief Mandane auf ein Blumenbeet zu, um Rosen zu brechen. Ihre Augen waren auf das neue Armband geheftet, in dessen edlem Gestein sich die Strahlen der Nachmittagssonne spiegelten. Daher wurde sie nicht jenes reichgekleideten Mannes gewahr, der mit vorgestrecktem Kopf durch ein Fenster des Zimmers blickte, in welchem Nitetis weinte. Der gestörte Lauscher blickte zu dem Mädchen und rief mit knabenhaft hoher Stimme: »Sei gegrüßt, schöne Mandane!«

Die Zofe erschrak und sagte, als sie den Eunuchenobersten Boges erkannte: »Es ist nicht fein von dir, Herr, ein armes Mädchen so zu erschrecken! Ich wäre, beim Mithra, in Ohnmacht gefallen, wenn ich dich eher gesehen als gehört hätte. Weiberstimmen überraschen mich nicht; ein männliches Wesen ist aber in dieser Einsamkeit so selten wie Schwäne in der Wüste!«

Boges lächelte, obgleich er die mutwillige Anspielung auf seine hohe Stimme sehr wohl verstanden hatte, voller Wohlwollen und antwortete: »Freilich ist es hart für ein junges, schönes

Täubchen, in einem so einsamen Nest verkommen zu müssen; aber sei nur geduldig, Herzchen! Bald wird deine Herrin Königin werden und ein schmuckes, junges Männchen für dich aussuchen, mit dem du wohl lieber in der Einsamkeit leben wirst als mit deiner schönen Ägypterin?!«

»Meine Herrin ist schöner, als manchem lieb sein mag, und ich habe niemandem aufgetragen, mir einen Mann zu suchen«, antwortete sie schnippisch. »Den werd' ich auch ohne dich finden!«

»Wer möchte daran zweifeln? Ein so hübsches Lärvchen zieht die Männer an wie ein Wurm die Fische.«

»Ich angle nicht nach Männern, am wenigsten nach welchen von deiner Art!«

»Glaub's gern, glaub's gern!« kicherte der Eunuch. »Aber sage mir, mein Schätzchen, warum bist du so hart gegen mich? Hab' ich dir etwas zuleide getan? Bin ich's nicht gewesen, der dir diese hohe Stelle verschaffte? Bin ich nicht dein Landsmann, ein Meder?«

»Und sind wir beide nicht Menschen, und haben wir nicht beide zehn Finger an der Hand, und haben wir nicht beide unsere Nasen mitten im Gesicht? Es gibt hier halb so viele Meder wie Menschen; wenn diese alle, weil sie meine Landsleute sind, meine Freunde wären, dann könnt' ich morgen Königin sein. Und meine Stelle bei der Ägypterin hast du mir auch nicht verschafft; die dank' ich dem Oberpriester Oropastes, der mich der großen Kassandane empfahl, nicht dir! Wir haben hier oben nichts nach dir zu fragen!«

»Was redest du da, mein Liebchen? Weißt du denn nicht, daß keine Zofe ohne meine Bewilligung angestellt werden darf?«

»Das weiß ich so gut wie du, aber …«

»Aber ihr Weiber seid ein undankbares Geschlecht, das unserer Güte nicht wert ist!«

»Vergiß nicht, daß du zu einem Mädchen aus gutem Hause sprichst!«

»Weiß wohl, mein Lämmchen! Dein Vater war ein Magier und deine Mutter eine Magiertochter. Beide starben früh und übergaben dich dem Destur Ixabates, dem Vater des Oberpriesters Oropastes, welcher dich mit seinen Kindern aufwachsen ließ. Als du die Ohrringe bekommen hattest, verliebte sich der Bruder des

Oropastes, Gaumata[80] – nun, du brauchst nicht rot zu werden, Gaumata ist ein sehr schöner Name –, in dein rosiges Lärvchen und wollte dich, obgleich er erst neunzehn Jahre zählte, zum Weibe haben. Gaumata und Mandane, wie schön das zusammen klingt! Mandane und Gaumata! Wär' ich ein Sänger, so müßte mein Held Gaumata und seine Liebste Mandane heißen!«

»Ich verbitte mir diese Spöttereien!« rief das Mädchen, hocherrötend und mit den Füßen stampfend.

»Bist du mir böse, weil ich finde, daß eure Namen schön zueinanderpassen? Zürne lieber dem stolzen Oropastes, der seinen jungen Bruder nach Rhagae[81], dich aber an den Hof sandte, damit ihr einander vergessen möchtet.«

»Du verleumdest meinen Wohltäter.«

»Meine Zunge soll verdorren, wenn ich nicht die reine Wahrheit rede. Oropastes trennte dich und seinen Bruder, weil er größeres mit dem schönen Gaumata vorhat als eine Heirat mit der armen Waise eines geringen Magiers. Amytis oder Menische wären ihm als Schwägerinnen schon recht; ein armes Mädchen, wie du es bist, welches seiner Mildtätigkeit alles verdankt, kann seinen ehrgeizigen Plänen nur hinderlich sein. Er möchte, unter uns gesagt, das Reich während des Massagetenkrieges als Statthalter verwalten und würde viel darum geben, wenn er sich auf irgendeine Weise mit den Achämeniden verschwägern könnte. In seinem Alter denkt man nicht mehr an neue Frauen; sein Bruder aber ist jung und schön, ja, man sagt sogar, daß er dem Prinzen Bartja ähnlich sehe.«

»Das ist wahr!« rief die Zofe. »Denke nur, daß ich, als wir damals meiner Herrin entgegengezogen waren und ich Bartja auf dem Hofe des Stationshauses zum erstenmal sah, ihn zuerst für Gaumata gehalten habe. Sie gleichen einander wie Zwillinge und sind die schönsten Männer im ganzen Reich!«

»Wie du errötest, mein Röschen! Aber so vollkommen täuschend ist die Ähnlichkeit doch nicht. Als ich heute morgen den Bruder des Oberpriesters begrüßte …«

»Gaumata ist hier?« unterbrach die Zofe den Eunuchen mit leidenschaftlicher Heftigkeit. »Hast du ihn in der Tat gesehen, oder willst du mich nur ausforschen?«

»Beim Mithra, mein Täubchen, ich habe ihm heute die Stirn

geküßt und ihm gar viel von seinem Schätzchen erzählen müssen; ja, ich will das Unmögliche für ihn möglich machen, denn ich bin zu schwach, um diesen lieblichen blauen Augen, diesem goldhaarigen Lockenkopf und diesen Pfirsichwangen widerstehen zu können! Spare dir deine Röte, spare sie dir, meine kleine Granatblüte, bis ich dir alles erzählt haben werde. In Zukunft wirst du dem armen Boges nicht mehr so hart begegnen und einsehen lernen, daß er ein gutes Herz voller Freundschaft für Mandane, seine kleine, schöne, schnippische Landsmännin besitzt.«

»Ich traue dir nicht«, unterbrach die Zofe diese Beteuerungen. »Man hat mich vor deiner glatten Zunge gewarnt, und ich weiß nicht, womit ich deine Teilnahme verdient haben sollte.«

»Kennst du das?« fragte der Eunuch, dem Mädchen ein weißes, mit künstlich gestickten goldenen Flämmchen bedecktes Band zeigend.

»Das letzte Geschenk, welches ich für ihn stickte!« rief Mandane.

»Das Zeichen, um welches ich Gaumata ersuchte. Ich wußte wohl, daß du mir nicht trauen würdest. Wer hätte schon gesehen, daß der Gefangene seinen Wächter liebt?«

»Schnell, schnell, sage mir, was mein Gespiele von mir verlangt! Sieh nur, dort drüben im Westen rötet sich schon der Himmel. Es wird Abend, und ich muß die Herrin zum Feste schmücken.«

»Ich will mich beeilen«, sagte der Eunuch, indem er plötzlich so ernst wurde, daß Mandane vor ihm erschrak. »Wenn du nicht glauben magst, daß ich aus Freundschaft zu dir mich einer Gefahr aussetzte, so nimm an, daß ich eurer Liebe helfe, um den Stolz jenes Oropastes zu demütigen, welcher mich aus der Gunst des Königs zu verdrängen droht. Du sollst und mußt, trotz aller Ränke des Obersten der Magier, die Gattin deines Gaumata werden, so wahr ich Boges heiße! Morgen abend, nach dem Aufgang des Tistarsterns[82], wird dein Liebster dich besuchen. Ich werde alle Wächter zu entfernen wissen, damit er ungefährdet zu dir kommen und eine Stunde – aber, hörst du, nur eine Stunde – bei dir bleiben und alles weitere mit dir verabreden kann. Deine Herrin wird, ich weiß es bestimmt, die Lieblingsgemahlin des Kambyses werden. Später leistet sie zu deiner Ehe mit Gaumata hilfreiche Hand, denn sie liebt dich und kennt kein Lob, welches ihr für deine Treue und Geschicklichkeit zu hoch erschiene. Morgen abend, wenn der Tistarstern aufgeht«, fuhr er, in den alten tändelnden Ton, der ihm eigen war, zurückfallend, fort, »beginnt die Sonne deines Glücks zu scheinen. Du schlägst die Augen nieder und schweigst? Die Dankbarkeit verschließt dein kleines Mündchen! He? Hab' ich recht? Ich bitte dich, Täubchen, sei weniger stumm, wenn es einmal gelten sollte, des armen Boges vor deiner mächtigen Herrin lobend zu erwähnen! – Noch eins! Gaumata muß übermorgen Babylon verlassen; Oropastes fürchtet, daß er dich wiedersehen möchte, und hat ihm befohlen, sobald die Feier vorüber sei, nach Rhagae zurückzukehren. Du schweigst noch immer? Nun wohl, dann kann ich dir und dem armen Knaben nicht helfen! Ich werde auch ohne euch mein Ziel erreichen, und am Ende ist es am besten, wenn ihr eure Liebe vergeßt. Lebe wohl!«

Das Mädchen kämpfte einen schweren Kampf. Sie ahnte, daß Boges sie betrügen wolle; eine innere Stimme befahl ihr, dem Geliebten das Stelldichein zu verweigern; die Vorsicht gewann die Oberhand in ihrem Herzen, und sie wollte eben ausrufen: »Sag ihm, daß ich ihn nicht empfangen werde«, als ihre Blicke auf das seidene Band fielen, welches sie einst dem schönen Gaumata gestickt hatte. Heitere Bilder aus ihrer Kindheit, kurze Minuten taumelnden Liebesrausches zogen blitzschnell durch ihr Gedächtnis; Liebe, Leichtsinn, Sehnsucht gewannen die Oberhand über die Vorsicht, und ehe Boges sein Lebewohl aussprechen konnte, rief sie, fast willenlos und wie ein gescheuchtes Reh dem Hause zueilend: »Ich werde ihn erwarten!«

Boges ging mit raschen Schritten durch die blühenden Gänge der hängenden Gärten. An der Brüstung des hohen Bauwerks blieb er stehen und öffnete behutsam eine verborgene Falltür. Dieselbe diente zum Verschluß einer geheimen Treppe, welche der Bauherr angelegt haben mochte, um durch einen der mächtigen Pfeiler, welche die Gärten trugen, vom Ufer des Stromes aus unbemerkt die Wohnung seiner Gattin erreichen zu können. Die Tür bewegte sich leicht in ihren Angeln und wurde, als Boges sie wieder verschlossen und einige Strommuscheln, welche die Gänge des Gartens bedeckten, über sie hingestreut hatte, selbst für Suchende schwer auffindbar. Der Eunuch rieb sich, nach seiner Gewohnheit freundlich lächelnd, die mit Ringen bedeckten Hände und murmelte vor sich hin: »Jetzt muß es glücken! Das Mädchen geht ins Garn, ihr Liebster gehorcht meinem Winke, die alte Treppe ist zugänglich, Nitetis hat an diesem Freudentage bitterlich geweint, die blaue Lilie erblüht morgen nacht; ja, ja, mein Plänchen muß glücken! Schönes ägyptisches Kätzchen, deine Sammetpfötchen werden morgen in dem Fuchseisen hängen bleiben, welches dir der arme, verachtete Eunuch, der dir nichts befehlen darf, aufstellt.«

An der großen Treppe begegnete er dem Eunuchen Neriglissar, welcher als Obergärtner auf den hängenden Gärten wohnte.

»Wie steht es mit der blauen Lilie?« fragte er denselben.

»Sie entwickelt sich köstlich!« rief der Gärtner. »Morgen, wenn der Tistarstern aufgeht, wird sie, wie ich dir verheißen habe, in der schönsten Blüte prangen! Meine ägyptische Herrin wird eine große Freude haben, denn sie liebt die Blumen, und ich bitte dich, auch dem König und den Achämeniden mitzuteilen, daß es meinem Fleiß gelungen sei, jene seltsame Pflanze zur Blüte zu bringen. Sie zeigt sich nur alle zehn Jahre während einer einzigen Nacht in ihrer vollen Schönheit. Teile dies den edlen Achämeniden mit und führe sie zu mir.«

»Dein Wunsch soll erfüllt werden«, lächelte Boges. »Auf den Besuch des Königs darfst du freilich nicht rechnen, denn ich vermute, daß er die hängenden Gärten vor seiner Vermählung mit der Ägypterin nicht betreten wird. Einige Achämeniden werden aber sicher erscheinen. Sie sind so große Garten- und Blumenfreunde, daß sie sich diesen seltenen Anblick nicht entgehen lassen werden. Vielleicht kann ich auch Krösus hierher führen; er versteht sich zwar weniger auf die Gärtnerei als die persischen Blumennarren, dafür ist er aber um so erkenntlicher für jeden dem Auge wohlgefälligen Anblick.«

»Bringe ihn nur mit«, rief der Gärtner, »er wird dir dankbar sein, denn meine Fürstin der Nacht ist schöner als alle Blüten, welche jemals in königlichen Gärten gezogen worden sind! Meine Blüte …«

Der begeisterte Gartenkünstler wollte in seinen Lobpreisungen fortfahren; Boges verließ ihn aber, wohlwollend grüßend, schritt die Treppe hinunter, stellte sich in den zweiräderigen hölzernen Wagen und ließ sich von dem neben ihm stehenden Lenker seiner mit Quasten und Glöckchen behängten Pferde[83] in raschem Trab bis an die Pforte des Gartens, welcher das große Weiberhaus des Königs umgab, führen.

Im Harem des Kambyses herrschte heute ein bewegtes, emsiges Leben. Boges hatte befohlen, daß alle Frauen des Hofes, um so schön und frisch als möglich zu erscheinen, vor dem Beginn des großen Festmahls ins Bad geführt werden sollten; darum begab sich der Weiberfürst ohne Aufenthalt zu dem Flügel des Palastes, welcher das Frauenbad enthielt.

Schon aus der Ferne tönte ihm ein wirres Lärmen von schreienden, lachenden, schwatzenden und kichernden Stimmen entgegen. In der weiten Halle des bis zur übergroßen Hitze erwärmten Saales tummelten sich mehr als dreihundert Weiber[84] , umwallt von einer dichten Wolke feuchten Wasserdampfes. Wie Nebelbilder bewegten sich die halbnackten Gestalten, deren dünne seidene Überwürfe sich, von der Nässe durchdrungen, an die zarten Formen schmiegten, in buntem Durcheinander über die heißen marmornen Fliesen des Bades, von dessen Decke lauwarme Tropfen niedertroffen.

Hier lagen munter plaudernde Gruppen üppig schöner Weiber zu zehn und zwanzig in mutwilliger Plauderei, dort zankten sich zwei Königsfrauen ungezogen wie Kinder. Eine von dem zierlichen Pantoffel ihrer Nachbarin getroffene Schöne kreischte gellend auf, eine andere lag in träger Beschaulichkeit, regungslos wie ein Leichnam, auf dem heißen, feuchten Boden. Sechs Armenierinnen standen nebeneinander und sangen ein Liebeslied in der Sprache ihrer Heimat, während ein Häuflein blondhaariger Perserinnen sich darin gefiel, möglichst schlecht von Nitetis zu reden.

Durch dieses Gewirr bewegten sich nackte Sklavinnen, die wohlgewärmte Tücher auf den Köpfen trugen, um sie ihren Herrinnen überzuwerfen. Das Geschrei der Eunuchen, welche die Türen des Saales bewachten und die Badenden zur Eile antrieben, kreischende Stimmen, die den erwarteten Sklavinnen riefen, und durchdringende, den heißen Wasserdämpfen beigemischte Wohlgerüche machten das bunte Durcheinander zu einem wahrhaft betäubenden Schauspiel.

Eine Viertelstunde später boten die Frauen des Königs einen ganz anderen Anblick.

Wie von Tau benetzte Rosen lagen sie still auf weichen Polstern, welche die langen Wände eines riesigen Saales umgaben. Das wohlriechende Naß hing noch immer in ihren aufgelösten ungetrockneten Haaren, während sie sich den Rücken von Sklavinnen mit weichen Säckchen aus Kamelhaaren trockenreiben ließen.

Seidene Decken wurden über die schönen, müden Glieder gebreitet, und eine Schar von Eunuchen sorgte dafür, daß niemand die Ruhe des träumenden Weiberheeres störe.

Eine volle Stunde mochten sie schweigend verträumt haben, dann sprangen die Frauen auf ein schepperndes Klopfzeichen hin auf.

Ein Heer von Sklavinnen drang in die Halle, Salben und Wohlgerüche wurden über die Schönen ausgegossen, üppige Haare künstlich geflochten und mit Edelsteinen verziert. Kostbare Schmucksachen, seidene und wollene Gewänder in allen Farben des Regenbogens herbeigebracht, von Perlen und Edelsteinen steife Schuhe an zarte Füße gebunden, und reiche, goldene Gürtel um die Hüften der Angekleideten befestigt[85].

Als alle Frauen angekleidet und gebührend herausgeputzt waren, trat Boges in die Halle.

Ein vielstimmiges, kreischendes Jubelgeschrei empfing den Ankömmling. Zwanzig Weiber gaben sich die Hände und umtanzten ihren lächelnden Wärter, wobei sie ein Lied auf seine Tugenden sangen. Heute würde der König jeder seiner Frauen ein billiges Anliegen gewähren, darum stürmte, nachdem die Tänzerinnen ihre Kette gelöst hatten, eine Schar von Bittstellerinnen auf Boges zu, um ihm Forderungen der verschiedensten Art ins Ohr zu raunen.

Der lächelnde Frauendespot hielt sich die Ohren zu, stieß die Zudringlichen kichernd zurück, versprach der Mederin Amytis, daß die Phönizierin Esther, und der Phönizierin Esther, daß die Mederin Amytis bestraft werden sollte, verhieß der Parmys einen schöneren Schmuck als den der Parisatys und der Parisatys[86] einen kostbareren als den der Parmys und setzte, als er sich der andringenden Bittstellerinnen gar nicht mehr erwehren konnte, ein goldenes Pfeifchen an den Mund, dessen scharfer Ton wie ein Zauberruf auf die Weiberschar wirkte. Die erhobenen Hände sanken plötzlich nieder, die trippelnden Füßchen standen still, die geöffneten Lippen schlossen sich, der Lärm verwandelte sich in Stille.

Wer dem Ton dieser Pfeife nicht gehorchte, war strenger Strafe gewiß. Heute wirkte der helle Klang besonders schnell und durchgreifend. Boges stellte dies mit selbstzufriedenem Lächeln fest. Er schenkte der ganzen Versammlung einen seine Zufriedenheit andeutenden Blick, versprach in blumenreicher Rede, die Bitten all seiner lieben weißen Täubchen beim König zu befürworten, und befahl endlich seinen Untergebenen, sich in zwei langen Reihen aufzustellen.

Die Frauen gehorchten und ließen sich wie Sklaven von einem Käufer mustern.

Boges war mit dem Aussehen der meisten zufrieden; einigen befahl er, mehr Schminke aufzulegen oder die allzu gesunde Farbe durch weißes Puder zu dämpfen, die Haare höher aufzustecken, die Augenbrauen tiefer zu schwärzen oder die Lippen besser zu salben.

Nach beendeter Musterung verließ er den Saal und begab sich zu Phädime, die als Gattin des Kambyses, wie all seine rechtmäßigen Frauen, von den Kebsweibern abgesonderte Gemächer bewohnte.

Die gestürzte Favoritin, die gedemütigte Achämeniden-Tochter, erwartete den Eunuchen schon lange.

Sie war überaus glänzend gekleidet und beinahe überladen mit kostbaren Schmucksachen. Von ihrer kleinen Frauentiara wehte ein dichter Schleier von golddurchwirktem Flor, und um dieselbe schlang sich die weiß und blaue Binde, das Zeichen der Achämeniden-Tochter. Man mußte sie schön nennen, obgleich sich an ihr jene allzu starke Entwicklung der Formen schon bemerkbar machte, der die Frauen des Orients nach einigen Jahren des trägen Haremslebens anheimzufallen pflegen. Fast übervolles goldblondes Haar quoll, mit silbernen Kettchen und kleinen Goldstücken durchflochten, unter ihrer Tiara hervor und schmiegte sich an ihre weißen Schläfen.

Als Boges in das Zimmer trat, sprang sie auf, warf einen Blick in den Spiegel, einen anderen auf den Eunuchen und fragte leidenschaftlich erregt: »Gefall' ich dir? Werde ich ihm gefallen?«

Boges lächelte wie immer und gab zurück: »Mir gefällst du stets, mein goldener Pfau, und auch dem König würdest du gefallen, wenn er dich sehen möchte, wie ich dich gesehen habe. Als du mir soeben zuriefst: ›Werde ich ihm gefallen?‹, da warst du wahrhaft schön, denn die Leidenschaft färbte dein blaues Auge so schwarz, daß es aussah wie die Nacht des Angramainjus, und der Haß warf deine Lippen auf und zeigte mir zwei Reihen Zähne, welche weißer sind als der Schnee des Demawend!«

Sichtlich geschmeichelt rief Phädime: »Laß uns bald zur Tafel aufbrechen, denn ich sage dir, Boges, daß meine Augen noch schwärzer glänzen und meine Zähne noch schärfer leuchten werden als vorhin, wenn ich die Ägypterin auf dem Platze, welcher nur mir gebührt, erblicken werde!«

»Sie darf ihn nicht lange behalten!«

»Bist du dir so sicher, daß dein Plan aufgehen wird? Dann verschweige mir nicht länger, was du vorhast! Ich will stumm sein wie eine Leiche und dir helfen …«

»Ich kann und darf nicht plaudern, aber ich will dir sagen, um dir diesen bitteren Abend zu versüßen, daß sich alles vortrefflich macht, daß der Abgrund, in den wir unsere Feindin stürzen wollen, gegraben ist und ich meine goldene Phädime bald auf ihren alten Platz und vielleicht noch höher zu stellen gedenke, wenn sie mir blindlings gehorcht.«

»Sage, was ich tun soll. Ich bin zu allem bereit!«

»Wohl gesprochen, tapfere Löwin! Folge meinen Worten, und alles wird gelingen. Wenn ich Schweres von dir verlange, so wird dein Lohn um so kostbarer sein. Widersprich mir nicht, denn wir haben keinen Augenblick zu verlieren! Lege sogleich allen überflüssigen Schmuck von dir und hänge nichts als die Kette, welche dir der König bei der Hochzeit gab, um den Hals. Statt dieser hellen Gewänder mußt du dunkle, schlichte Kleider anziehen. Wenn du dich vor Kassandane, der Mutter des Königs, niedergeworfen hast, so verneigst du dich demütig vor der Ägypterin.«

»Unmöglich!«

»Keinen Widerspruch! Schnell, schnell entkleide dich des

Schmucks, ich bitte dich! So ist's recht! Nur wenn du gehorchst, sind wir des Erfolges sicher!«

»Aber ...«

»Wenn die Reihe an dich kommt, vom König etwas zu erbitten, so sagst du, dein Herz habe aufgehört zu wünschen, seit dir deine Sonne ihr Licht entziehe.«

»Gut.«

»Wenn dein Vater dich fragt, wie es dir geht, so weinst du.«

»Ich werde weinen.«

»Und zwar so, daß alle Achämeniden dich weinen sehen.«

»Welche Erniedrigung!«

»Keine Erniedrigung, nur ein Mittel, um desto sicherer zu steigen! Wisch dir schnell die rote Schminke von den Wangen und färbe sie weiß, bleich, immer weißer.«

»Ich werde dieser Farbe bedürfen, um mein Erröten zu verbergen. Du verlangst Furchtbares von mir, Boges; aber ich will gehorchen, wenn du mir deinen Plan ...«

»Zofe! Bringe schnell die neuen dunkelgrünen Gewänder der Herrin!«

»Ich werde wie eine Sklavin aussehen!«

»Die wahre Anmut ist auch in Lumpen schön.«

»Wie wird die Ägypterin mich überstrahlen!«

»Alle Welt muß sehen, daß du weit entfernt bist, dich mit ihr messen zu wollen. Man wird sich fragen: ›Wäre Phädime nicht ebenso schön, wenn sie sich aufgeputzt hätte, gleich diesem hochmütigen Weib?‹«

»Aber ich kann mich nicht vor ihr verneigen!«

»Du mußt!«

»Du willst mich verderben und demütigen!«

»Kurzsichtige Törin! Höre schnell meine Gründe und gehorche! Es muß uns darauf ankommen, die Achämeniden gegen unsere Feindin aufzubringen. Wie zornig wird dein Großvater Intaphernes, wie wütend dein Vater Otanes sein, wenn sie dich im Staube vor einer Fremden erblicken. Ihr gekränkter Stolz wird sie zu unserem Bundesgenossen machen; und wenn sie auch, wie sie's nennen, zu ›edel‹ sind, um selber etwas gegen ein Weib zu unternehmen, so werden sie mir doch, falls ich ihrer bedarf, lieber helfen als im Wege stehen. Ist die Ägypterin vernichtet, dann wird sich der König, wenn du mir gehorchst, deiner bleichen Wangen, deiner Demut, deiner Uneigennützigkeit erinnern. Die Achämeniden und selbst die Magier werden ihn bitten, er möge eine Edle seines Geschlechts zur Königin machen. Welches Weib in Persien rühmt sich aber höherer Geburt als du, wer anders wird den Purpur empfangen als mein bunter Paradiesvogel, meine schöne Rose Phädime? Wie man einen Sturz vom Pferde nicht fürchten muß, wenn man reiten lernen will, so muß man sich nicht vor einer Erniedrigung scheuen, wenn es gilt, den höchsten Preis zu gewinnen!«

»Ich werde gehorchen!« rief die Fürstentochter.

»Dann werden wir auch Erfolg haben!« antwortete der Eunuch. »Jetzt glänzen deine Augen von neuem in dunklem Schwarz. So lieb' ich dich, meine Königin, so soll dich Kambyses sehen, wenn sich die Hunde und Vögel mit dem zarten Fleisch der Ägypterin mästen und ich ihm zum erstenmal nach langen Monden in stiller Nacht deine Schlafgemächer öffnen werde. Armorges, befiehl den Weibern, sie sollen sich bereithalten und in die Sänften steigen. Ich gehe voraus, um ihnen ihre Plätze anzuweisen.«

Die große Festhalle war mit Tausenden von Lichtern mehr als tageshell erleuchtet. Eine unabsehbar lange Tafel stand in der Mitte des Saales und bot durch den Reichtum der sie überbürdenden goldenen und silbernen Becher, Teller, Schüsseln, Aufsätze, Krüge, Kannen, Fruchtschalen und Räucheraltäre einen märchenhaft prunkvollen Anblick.

»Der König wird bald erscheinen!« rief der Oberste der Tafeldecker dem Mundschenken des Königs zu, einem edlen Anverwandten des Kambyses. »Sind alle Krüge gefüllt, alle Weine geprobt, die Becher aufgestellt und die Schläuche, welche Polykrates sandte, ausgeleert?«

»Alles fertig!« antwortete der Mundschenk. »Jener Wein aus Chios übertrifft alles, was ich bisher getrunken habe, und verdunkelt nach meinem Geschmacke selbst den syrischen Traubensaft[87]. Koste einmal!«

Bei diesen Worten ergriff er mit der einen Hand einen goldenen Becher, mit der anderen einen Henkelkrug von gleichem Metall, schwang den Krug in die Höhe und goß den edlen Trank in weitem Bogen so geschickt in die kleine Höhlung des Pokals, daß kein Tropfen zur Erde fiel. Dann ergriff er den Becher mit den Fingerspitzen und überreichte ihn mit einer eleganten Verbeugung dem Tafeldecker[88].

Dieser schlürfte bedächtig und mit der Zunge schnalzend von dem Wein und rief: »Wahrlich, ein edler Tropfen, welcher doppelt mundet, wenn er so anmutig, wie nur du es verstehst, dem Trinker überreicht wird. Die Fremden haben recht, wenn sie die persischen Mundschenken als die geschicktesten in der ganzen Welt bezeichnen.«

»Ich danke dir«, antwortete der andere und küßte ihn auf die Stirn. »Ich bin stolz auf dieses Amt, das der große König nur seinen Freunden überläßt. Dennoch wird es mir in diesem erstickend heißen Babylon beinahe zur Last! Wann werden wir endlich in die Sommerresidenzen, nach Ekbatana oder Pasargadae, ziehen?«

»Heute hab' ich mit dem König hierüber gesprochen. Wegen des Massagetenkrieges wollte er nicht den Ort wechseln, sondern direkt von Babylon aus ins Feld ziehen; sollte aber, was nach der heutigen Botschaft nicht unwahrscheinlich ist, der Krieg unterbleiben, dann werden wir drei Tage nach der Hochzeit des Königs, also in einer Woche, nach Susa aufbrechen.«

»Nach Susa?« fragte der Mundschenk. »Dort ist es nur wenig kühler als hier. Außerdem wird die alte Memnonsburg[89] umgebaut.«

»Der Satrap von Susa hat dem König die Botschaft überbracht, der neue Palast sei fertig und übertreffe an Glanz und Pracht alles Dagewesene. Kaum hatte Kambyses dies vernommen, da entschied er, drei Tage nach der Hochzeit dorthin aufzubrechen. Er will der ägyptischen Königstochter zeigen, daß wir Perser das Bauen ebensogut verstehen wie ihre Landsleute. Sie ist vom Nil her an heiße Tage gewöhnt und wird sich in unserem schönen Susa wohl fühlen. Der König scheint dieser Frau wirklich sehr gewogen zu sein!«

»Allerdings! Er vernachlässigt um ihretwillen alle anderen Frauen und wird sie bald zur Königin erheben!«

»Was äußerst ungerecht wäre; die Achämenidin Phädime hat ältere und bessere Rechte.«

»Sicherlich; aber was der König will, ist gut.«

»Gewiß, des Herrschers Wille ist der Wille der Gottheit.«

»Wohlgesprochen! Der rechte Perser freut sich, die Hand seines Herrschers küssen zu dürfen, selbst wenn sie vom Blut seines Kindes gefärbt ist.«

»Kambyses hat meinen Bruder hinrichten lassen; aber ich grolle ihm darum nicht mehr als der Gottheit, welche mir meine Eltern raubte. – He, ihr Diener, zieht die Vorhänge zurück, denn die Gäste nahen. – Mach's gut, Artabazos; ich habe das Gefühl, daß uns eine heiße Nacht bevorsteht.«

6. KAPITEL

Der oberste Tafeldecker trat den Gästen entgegen und wies ihnen, unterstützt von einigen anderen Stabträgern, ihre Plätze an.

Als sich alle niedergelassen hatten, verkündete eine Trompetenfanfare das Nahen des Königs. Sobald er die Halle betrat, erhoben sich die Gäste und empfingen ihren Herrscher mit dem donnernden, oft wiederholten Ruf: »Sieg dem König!«

Ein sardischer Purpurteppich, den nur er und Kassandane betreten durften, bezeichnete den Weg zu seinem Platz. Die blinde Mutter des Königs schritt, von Krösus geführt, ihrem Sohn voran und nahm einen Thron an der Spitze der Tafel ein, welcher höher war als der goldene Sessel des Kambyses[90] unmittelbar daneben. Zur Linken des Herrschers nahmen die rechtmäßigen Ehefrauen Platz: Nitetis saß neben ihm, neben dieser Atossa, neben Atossa die schlicht gekleidete, bleich gefärbte Phädime und neben der letzten Gattin des Königs der Eunuch Boges. Dann kamen der Oberpriester Oropastes, einige andere hochgestellte Magier, die Satrapen mehrerer Provinzen, unter denen sich auch der Jude Beltsazar befand, und eine Menge von Persern, Medern und Eunuchen, welche hohe Staatsämter bekleideten.

Zur Rechten des Königs saß Bartja. Diesem folgten Krösus, Hystaspes, Gobryas, Araspes und andere Achämeniden nach ihrem Alter und Rang. Die Kebsweiber saßen teils am untersten Ende der Tafel, teils standen sie dem König gegenüber, um durch Spiel und Gesang die Festfreude zu erhöhen. Hinter ihnen verweilten viele Eunuchen, die aufzupassen hatten, daß die Haremsfrauen ihre Augen nicht zu den Männern erhöben[91].

Der erste Blick des Kambyses galt Nitetis. In der Pracht und mit der Würde einer Königin saß sie bleich, aber über alle Beschreibung schön in den neuen Purpurkleidern an seiner Seite.

Die Augen der Verlobten begegneten sich.

Kambyses fühlte, daß ihm aus dem Blick seiner Braut Liebe entgegenstrahlte. Dennoch bemerkte er mit dem feinen Instinkt der Verliebten, daß irgend etwas auf ihrer Seele lastete. Wehmütiger Ernst umspielte ihren Mund, und ein trüber, nur ihm bemerkbarer Schleier umflorte ihren sonst so heiteren Blick. – »Ich werde sie später fragen, was ihr widerfahren«, dachte der König, »meine Untertanen dürfen nicht bemerken, wie lieb mir dieses Mädchen ist.«

Nun küßte er die Stirn seiner Mutter, seiner Geschwister und nächsten Anverwandten, sprach ein kurzes Gebet, in welchem er den Göttern für ihre Gnade dankte und ein neues glückliches Jahr für sich selbst und alle Perser erflehte. Er nannte die ungeheure Summe, mit der er an diesem Tag seine Landsleute beschenkte, und forderte die Stabträger auf, diejenigen vor sein Angesicht treten zu lassen, welche von diesem Fest der Gnade die Gewährung eines billigen Wunsches erhofften.

Keiner der Bittsteller ging unbefriedigt von dannen, hatte doch ein jeder am Tag davor dem obersten Stabträger sein Gesuch vorgetragen. In gleicher Weise wurden die Anliegen der Frauen, ehe sie dem Könige vorgetragen werden durften, von den Eunuchen geprüft.

Nach den Männern führte Boges die Schar der Frauen (nur Kassandane blieb sitzen) an dem Herrscher vorüber.

Atossa eröffnete mit Nitetis den langen Zug. Phädime und eine andere Schöne folgten den Königstöchtern. Letztere war aufs glänzendste geschmückt und von Boges der gestürzten Favoritin beigesellt worden, um ihre beinah dürftige Einfachheit noch schärfer hervortreten zu lassen.

Intaphernes und Otanes sahen, wie Boges vermutet hatte, finsteren Blickes auf ihre Enkelin und Tochter, die so bleich und dürftig gekleidet an dieser Stätte des Glanzes erschien.

Kambyses, der aus früheren Jahren die verschwenderische Putzsucht Phädimes kannte, musterte, als sie ihm gegenüberstand, halb unwillig, halb erstaunt den schlichten Anzug und die bleichen Züge der Achämenidin. Seine Stirn verfinsterte sich, und grollend herrschte er das vor ihm niedersinkenden Weib an: »Was soll diese Betteltracht an meiner Tafel und meinem Ehrenfeste? Kennst du nicht mehr die Sitte unseres Volkes, vor seinem Herrscher nur im Schmuck zu erscheinen? Wahrlich, wäre heut ein anderer Tag und achtete ich dich nicht als die Tochter unserer liebsten Verwandten, so ließ' ich dich von den Eunuchen in den Harem zurückführen und dich in der Einsamkeit über das Ziemliche nachdenken!«

Diese Worte erleichterten die Aufgabe der Gedemütigten. Laut und bitterlich weinend, schaute sie zu dem Zürnenden auf und hob ihre Blicke und Hände so flehentlich zu ihm empor, daß sich der Groll des Königs in Mitleid verwandelte und er, die Kniende aufhebend, fragte: »Hast du eine Bitte auf dem Herzen?«

»Was sollte mir noch wünschenswert erscheinen, seit mir meine Sonne ihr Licht entzieht?« lautete die unter leisem Schluchzen gestammelte Antwort.

Kambyses zuckte die Achseln und fragte noch einmal: »Wünschest du dir gar nichts? In früheren Tagen konnte ich mit Geschenken deine Tränen trocknen: Fordere denn auch heute einen goldenen Trost.«

»Phädime wünscht nichts mehr! Für wen bedürfte sie auch des Schmucks, seit ihr König, ihr Gatte, das Licht seines Auges von ihr wendet?«

»So kann ich dir nicht helfen!« rief Kambyses, indem er sich unwillig von der Knienden abwandte.

Der Rat des Boges, daß sich Phädime Weiß auflegen sollte, war gut gewesen, denn unter der bleichen Schminke glühten ihre Wangen vor Zorn und Scham. Trotzdem blieb sie Herrin ihrer Leidenschaft und folgte dem Befehl des Eunuchen, indem sie sich tief und ehrerbietig wie vor der Mutter des Königs vor Nitetis verneigte und ihre Tränen frei und offen unter den Augen aller Achämeniden fließen ließ.

Otanes und Intaphernes verbissen nur mühsam den Grimm, welchen die Erniedrigung ihrer Tochter und Enkelin in ihnen erweckte. Und manche aus der Familie der Achämeniden sahen voller Rührung auf die unglückliche Phädime, während sie die bevorzugte, schöne Fremde wütend fixierten.

Endlich waren die Zeremonien beendet, und die Schmauserei konnte beginnen. – Vor dem König lag in einem goldenen Korb, von den anderen Früchten umrahmt, ein riesiger Granatapfel in der Größe eines Kinderkopfes[92].

Jetzt erst bemerkte er ihn, musterte die Schönheit der seltenen, ungeheuren Frucht mit Kennerblicken und fragte: »Wer hat diesen wunderbaren Apfel gezogen?«

»Dein Knecht Oropastes«, antwortete der Oberste der Magier, und verbeugte sich tief. »Seit vielen Jahren treibe ich die Gärtnerkunst; jetzt habe ich es gewagt, den schönsten Erfolg meiner Mühen zu deinen Füßen niederzulegen[93].«

»Ich danke dir!« rief der König, »denn, meine Freunde, dieser Granatapfel wird mir die Wahl eines Statthalters erleichtern, wenn wir in den Krieg ziehen. Beim Mithra, wer einen kleinen Baum so sorgsam zu pflegen versteht, der wird auch in großen Dingen tüchtig sein! Welch eine Frucht! Noch einmal danke ich dir, Oropastes, und weil der Dank des Königs nicht in Worten allein bestehen darf, so ernenne ich dich heute schon, für den Fall eines Krieges, zum Statthalter des gesamten Reichs. Ja, meine Freunde, wir werden nicht mehr lange in träger Ruhe unsere Zeit verträumen. Der Perser verliert seine Fröhlichkeit ohne die Herausforderungen des Krieges!«

Beifälliges Murmeln zog durch die Reihen der Achämeniden. »Sieg dem König!« erklang es aufs neue.

Schnell vergessen war der Groll wegen des gedemütigten Weibes: Schlachtgedanken, Träume von unsterblichem Waffenruhm und Siegeskränzen, Erinnerungen an vergangene Großtaten hoben die Feststimmung.

Der König selbst, an diesem Tag mäßiger als sonst, munterte seine Gäste zum Trinken auf und freute sich über die lärmende Heiterkeit und die überschäumende Kampflust seiner Helden, mehr aber noch über die zauberhafte Schönheit der Ägypterin. Sie war bleicher als sonst und gänzlich erschöpft von den Anstrengungen des vergangenen Morgens und der ungewohnten Last der Tiara. Aber Kambyses fühlte sich rundum glücklich, als er an ihrer Seite saß.

Sein Starrsinn schien sich in mildes Wohlwollen, seine strenge Härte in freundliche Nachgiebigkeit verwandelt zu haben, als er dem neben ihm sitzenden Bartja zurief: »Nun, Bruder, hast du mein Versprechen vergessen? Weißt du nicht mehr, daß du heute von mir erbitten darfst, was dein Herz begehrt? So ist's recht, leere den Becher, das macht Mut! Daß du aber nichts zu Geringes forderst! Ich bin heute in der Stimmung, große Geschenke zu machen! Ah, du willst mir im Geheimen sagen, was du begehrst? So tritt näher! Ich bin doch neugierig zu erfahren, was der glücklichste Jüngling in meinem ganzen Reich so sehnlich begehrt, daß er wie ein Mädchen errötet, sobald man von seinem Wunsch spricht.«

Bartja, dessen Wangen in der Tat vor Erregung glühten, beugte sich lächelnd dem Ohr seines Bruders entgegen und erzählte ihm, leise flüsternd, in kurzen Worten die Geschichte seiner Liebe.

Sapphos Vater hatte geholfen, seine Vaterstadt Phocaea gegen die Heere des Cyrus zu verteidigen. Diesen Umstand hob Bartja klug hervor, nannte seine Geliebte der Wahrheit gemäß die Tochter eines hellenischen Streiters aus edlem Geschlecht und verschwieg[94], daß derselbe durch kaufmännische Unternehmungen große Schätze erworben habe. Er schilderte seinem Bruder die Anmut, hohe Bildung und Liebe seiner Braut und wollte sich eben auf das Zeugnis des Krösus berufen, als ihn Kambyses unterbrach und, seine Stirn küssend, ausrief: »Spare deine Worte, mein Bruder und folge der Sehnsucht deines Herzens. Ich kenne die Macht der Liebe und will dir helfen, die Einwilligung unserer Mutter zu erringen.«

Bartja warf sich, von Glück und Dankbarkeit überwältigt, dem königlichen Bruder zu Füßen; dieser aber hob ihn auf und rief, sich besonders an Nitetis und Kassandane wendend: »Merkt auf, ihr Lieben! Der Stamm des Cyrus soll neue Blüten treiben, denn unser Bruder Bartja hat sich entschlossen, seinem den Göttern mißliebigen Junggesellenleben[95] ein Ende zu machen. In wenigen Tagen zieht der Verliebte in deine Heimat, Nitetis, und bringt den zweiten Edelstein vom Ufer des Nils in unsere bergige Heimat!«

»Was hast du, Schwester?« rief, ehe Kambyses diese Worte vollendet hatte, die junge Atossa, indem sie die Stirn der Ägypterin, die ohnmächtig in ihren Armen ruhte, mit Wein kühlte.

»Was war los?« fragte die blinde Kassandane, als die Braut des Königs nach wenigen Augenblicken wieder zu sich kam.

»Die Freude, das Glück, Tachot«, stammelte Nitetis.

Kambyses war, wie seine Schwester, der Umsinkenden zu Hilfe gesprungen. Als diese ihr volles Bewußtsein zurückerlangt hatte, bat er sie, sich durch einen Trunk zu stärken, reichte ihr selbst den Becher und fuhr, seinen ersten Bericht ergänzend, fort: »Bartja wird in deine Heimat ziehen, meine Gattin, und sich die Enkelin einer gewissen Rhodopis, die Tochter eines edlen Kriegshelden, welcher dem männlichen Phocaea entstammt, aus Naukratis am Nil zum Weibe holen.«

»Was war das?« rief die blinde Mutter des Königs.

»Was ist dir?« fragte die muntere Atossa in besorgtem, beinahe vorwurfsvollem Ton.

»Nitetis!« rief Krösus seinem Schützling mahnend zu.

Aber diese Warnungen kamen zu spät, denn schon war der Becher, welchen Kambyses seiner Geliebten überreicht hatte, ihren Händen entsunken und klirrend zu Boden gefallen.

Die Blicke aller Anwesenden hingen in ängstlicher Spannung an den Zügen des Königs, welcher, bleich wie der Tod, mit zitternden Lippen und krampfhaft geballter Faust abermals von seinem Sessel aufgesprungen war.

Nitetis schaute, um Nachsicht bittend, zu ihrem Geliebten empor; er aber wandte, den Zauber dieses Blickes fürchtend, sein Haupt und rief mit heiserer Stimme: »Führe die Frauen in ihre Gemächer, Boges! Ich will sie nicht mehr sehen ... Das Trinkgelage soll beginnen ... Schlafe wohl, meine Mutter, und hüte dich, Nattern mit deinem Herzblut zu säugen. Schlafe gut, Ägypterin, und bitte die Götter, daß sie dir mehr Verstellungskunst gewähren mögen. Ihr Freunde, morgen ziehen wir zum Jagen aus! Gib mir zu trinken, Mundschenk! Fülle den großen Becher; aber koste viel, sehr viel, denn heute fürcht' ich mich vor Gift, heut zum erstenmal! Hörst du, Ägypterin; ich fürchte mich vor Gift, und alle Gifte und Arzneien[96], haha, das weiß ja ein jedes Kind, alle Gifte kommen aus Ägypten!«

Nitetis verließ die Halle, mehr taumelnd als gehend. Boges begleitete sie und befahl den Sänftenträgern, sich zu beeilen.

Bei den hängenden Gärten angelangt, übergab er die Ägypterin den Eunuchen, welche ihr Haus zu bewachen hatten, und verabschiedete sich von ihr, indem er, seine Hände reibend und leise kichernd, keineswegs ehrerbietig wie sonst, aber um so vertraulicher und freundlicher, sagte: »Träume von dem schönen Bartja und seiner ägyptischen Liebsten, mein weißes Nilkätzchen! Hast du nichts an den schönen Knaben, dessen Verliebtheit dich so sehr erschreckte, zu bestellen? – Besinne dich gut; der arme Boges will gern den Vermittler spielen, der verachtete Boges will dir wohl, der demütige Boges wird sich grämen, wenn er die stolze Palme von Sais fallen sieht, der Seher Boges verkündet dir eine baldige Heimkehr nach Ägypten oder eine sanfte Ruhe in der schwarzen Erde von Babylon, der gute Boges wünscht dir ruhigen Schlaf! Gehabe, dich wohl, mein geknicktes Blümchen, meine bunte Natter, die sich selbst verwundete.«

»Unverschämter!« rief die entrüstete Königstochter.

»Ich danke dir«, antwortete der lächelnde Unhold.

»Ich werde mich über dein Betragen beschweren«, drohte Nitetis.

»Wie liebenswürdig du bist!« erwiderte Boges.

»Fort aus meinen Augen!« rief die Ägypterin.

»Ich gehorche deinen holden Winken«, flüsterte der Eunuch, als ob er ihr ein Liebesgeheimnis ins Ohr zu raunen habe.

Angewidert und entsetzt über diesen Hohn, wandte sie Boges, dessen Niedertracht sie durchschaute, den Rücken und eilte dem Haus zu; er aber rief ihr nach: »Denke meiner, schöne Königin, denke meiner! Alles, was dir in den nächsten Tagen begegnen wird, ist eine Liebesgabe des armen, verachteten Boges!«

Sobald die Ägypterin verschwunden war, änderte er seinen Ton und befahl den Wächtern in strenger, befehlshaberischer Weise, die hängenden Gärten sorgsam zu bewachen. »Wer von euch einem anderen Menschen als mir diesen Ort zu betreten gestattet, ist des Todes schuldig! Niemand, hört ihr, niemand; am wenigsten aber Boten von der Mutter des Königs, von Atossa oder anderen Großen dürfen den Fuß auf diese Treppe setzen. Wenn Krösus oder Oropastes die Ägypterin zu sprechen begehren, so weist ihr sie bestimmt zurück! Verstanden? Hiermit wiederhol' ich, daß ihr alle ohne Unterschied am längsten gelebt haben sollt, wenn ihr euch durch Bitten oder Geschenke zum Ungehorsam verleiten laßt. Niemand darf diese Gärten ohne meinen ausdrücklichen Befehl betreten! Ich denke, daß ihr mich kennt! Nehmt diese Goldstateren zum Lohne für den erschwerten Dienst und hört meinen Schwur beim Mithra, daß ich den Nachlässigen oder Ungehorsamen nicht schonen werde!«

Die Wächter verneigten sich und waren entschlossen, ihrem Vorgesetzten zu gehorchen. Sie wußten, daß seine Drohungen ernst gemeint waren.

Dieselbe Sänfte, welche Nitetis getragen hatte, führte jetzt den Eunuchen in die Festhalle zurück.

Die Gattinnen des Königs hatten sich entfernt. Nur die Kebsweiber standen noch auf dem ihnen angewiesenen Platz und sangen, ungehört von den lärmenden Männern, ihre einförmigen Lieder.

Die zechenden Gäste dachten längst nicht mehr an das ohnmächtige Weib. Jeder neue Becher steigerte das Toben der Betrunkenen. Vergessen schien die Gegenwart des allmächtigen Herrschers.

Hier jauchzte ein Berauschter gellend auf, dort umarmten sich zwei Krieger, während woanders ein schwerberauschter Neuling von kräftigen Dienern aus der Halle getragen wurde.

An der Spitze der Tafel saß der König, bleich wie der Tod, und starrte teilnahmslos in den Becher. Sobald er seines Bruders ansichtig wurde, ballten sich seine Fäuste.

Er vermied es, ihn anzureden, und ließ seine Fragen unbeantwortet. Je länger er vor sich hinstarrte, je fester wurde seine Überzeugung, die Ägypterin habe ihn hintergangen und ihm Liebe geheuchelt, während ihr Herz Bartja gehörte! Welch schändliches Spiel war mit ihm getrieben worden, wie tief mußte die Treulosigkeit dieser gewandten Heuchlerin wurzeln, da die bloße Nachricht, daß sein Bruder eine andere liebe, ihr sogar ihr Bewußtsein raubte.

Otanes, der Vater der Phädime, hatte, als Nitetis die Halle verließ, gerufen: »Die Ägypterinnen scheinen für das Liebesglück ihrer Schwäger sehr empfindlich zu sein; die Perserinnen sind weniger freigebig mit ihren Gefühlen und sparen sie ihren Männern auf!«

Kambyses hatte sich den Anschein gegeben, als vernehme er nicht diese Worte, und verschloß seine Augen und sein Gehör, um des Gemurmels und der Blicke seiner Gäste, welche allesamt bestätigten, daß er hintergangen worden sei, nicht gewahr zu werden.

Bartja mochte ja auch keine Schuld an ihrer Treulosigkeit haben.

Vielleicht liebte sie den schönen Jüngling um so heißer, je weniger sie auf eine Erwiderung ihrer Leidenschaft hoffen durfte. Hätte er den leisesten Argwohn gegen seinen Bruder gehegt, so würde er ihn auf der Stelle getötet haben. Bartja war unschuldig an seiner Täuschung und seinem Unglück. Aber er war die Ursache desselben, und darum stieg der alte Groll, welcher, kaum eingeschlummert, in seinem Herzen ruhte, von neuem auf – diesmal mit doppelter Heftigkeit, denn jeder Rückfall ist gefährlicher als die erste Erkrankung.

Trotz angestrengten Nachdenkens fiel Kambyses keine Idee ein, wie er das falsche Weib bestrafen sollte. Ihr Tod würde seinen Durst nach Rache nicht stillen; er wollte ihr Schlimmeres antun!

Sollte er sie in Schmach und Schande nach Ägypten zurückschicken? O nein! Sie liebte ja ihre Heimat und würde dort von ihren Eltern sicher mit offenen Armen empfangen. Sollte er, nachdem sie ihre Schuld gestanden – denn das Geständnis zu erzwingen, war er fest entschlossen –, die Treulose in einen einsamen Kerker verschließen oder sie, als Dienerin seiner Kebsweiber, dem Boges übergeben?

Das schien ihm eine angemessene Strafe. So wollte er die Heuchlerin züchtigen, welche sich erlaubt hatte, ein frevelhaftes Spiel mit ihm zu treiben, und deren Anblick er doch nicht entbehren mochte.

Dann sagte er sich: »Bartja muß fort von hier, denn Feuer und Wasser kommen eher zusammen, als dieses Glückskind und ich. Seine Nachkommen werden sich später meine Schätze teilen und diese Krone tragen; aber noch bin ich König und will beweisen, daß ich's bin!«

Wie ein Blitz durchzuckte ihn die Erinnerung an seine stolze, allmächtige Größe. Aus seinen Träumen zu neuem Leben emporgerissen, warf er in wilder Leidenschaft seinen goldenen Becher mitten in die Halle, so daß der Wein wie Regenschauer auf seine Nachbarn niederspritzte und rief: »Hört auf mit dem müßigen Geschwätz und unnützen Lärm! Laßt uns, trunken wie wir sind[97], Kriegsrat halten und die Antwort bedenken, welche wir den Massageten schulden. Dich Hystaspes, als Ältesten von uns, frag' ich zuerst um deine Meinung!«

Der greise Vater des Darius erwiderte: »Mir scheint es, als ob uns die Gesandten der Nomaden keine Wahl gelassen hätten. Gegen menschenleere Steppen können wir nicht zu Felde ziehen; weil aber unsere Heere einmal gerüstet sind und unsere Schwerter schon zu lange geruht haben, so brauchen wir einen Krieg. Um diesen führen zu können, fehlt uns nichts als einige kräftige Feinde, und sich Feinde zu machen ist die leichteste Arbeit, die ich kenne!«

Die Perser brachen bei diesen Worten in lauten Jubel aus; Krösus aber ergriff, als der Lärm verstummte, das Wort und sprach: »Du bist ein Greis wie ich, Hystaspes; aber als echter Perser glaubst du, nur in Schlachten und Kämpfen glücklich sein zu können. Der Stab, einst das Zeichen deiner Feldherrnwürde, ist jetzt deine Stütze; dennoch redest du wie ein junger Hitzkopf. Feinde, das geb' ich zu, sind leicht gefunden; aber nur Toren bemühen sich, solche mit Gewalt zu erwerben. Wer sich mutwilligerweise Feinde verschafft, gleicht einem Frevler, der sich selbst verstümmelt. Laßt uns keinen Frevel begehen, meine Freunde, und keinen ungerechten, den Göttern verhaßten Krieg beginnen, sondern warten, bis man uns ein Unrecht zufügt, und dann, mit dem Bewußtsein, wegen einer gerechten Sache in den Kampf zu ziehen, siegen oder sterben.«

Ein leises Murmeln des Beifalls, übertönt von dem Rufe: »Hystaspes hat das Rechte getroffen! Suchen wir einen Feind!« ,unterbrach die Rede des Greises.

Der Botschafter Prexaspes, welcher nun das Wort erhielt, rief lachend: »Folgen wir den beiden edlen Greisen; dem Krösus, indem wir auf ein Unrecht, welches man uns zufügt, warten, dem Hystaspes, indem wir unsere Empfindlichkeit steigern und annehmen, daß jeder, der sich nicht freudig ein Mitglied des großen Reiches unseres Vaters Cyrus nennen möchte, unter die Feinde der Perser zu zählen sei. Fragen wir zum Beispiel bei den Indern an, ob sie stolz sein würden, deinem Zepter zu gehorchen, Kambyses. Sagen sie nein, dann lieben sie uns nicht, und wer uns nicht liebt, der ist eben unser Feind!«

»Nichts da!« rief Zopyrus. »Wir müssen Krieg haben um jeden Preis!«

»Ich stimme für Krösus«, rief Gobryas.

»Ich auch!« der edle Artabazos.

»Wir sind für Hystaspes«, schrien Araspes, der greise Intaphernes und andere alte Waffengefährten des Cyrus.

»Keinen Krieg gegen die Massageten, welche uns fliehen, aber Krieg um jeden Preis!« brüllte der Feldherr Megabyzus, der Vater des Zopyrus, und schlug mit seiner schweren Faust so laut auf die Tafel, daß die goldenen Gefäße aneinanderklirrten und mehrere Becher umfielen.

»Keinen Krieg gegen die Massageten, an denen die Götter selbst Cyrus rächten«, sagte der Oberpriester Oropastes.

»Krieg! Krieg!« brüllten die trunkenen Perser in wildem Durcheinander.

Kalt und ruhig ließ Kambyses einige Zeitlang die ungezügelte Begeisterung seiner Streiter toben. Dann erhob er sich von seinem Sitz und rief mit donnernder Stimme: »Schweigt und hört euren König!«

Wie ein Zauberschlag wirkten diese Worte auf die berauschte Schar.

Selbst der Trunkenste gehorchte in unbewußtem Gehorsam dem Befehl seines Herrschers, der, seine Stimme senkend, fortfuhr: »Ich hab' euch nicht gefragt, ob ihr Krieg oder Frieden begehrt, denn ich weiß, daß jeder Perser die Arbeit des Kampfes der ruhmlosen Untätigkeit vorzieht; – ich habe wissen wollen, was ihr an meiner Stelle den Massageten antworten würdet. – Haltet ihr die Seele meines Vaters, des Mannes, dem ihr eure Größe verdankt, für gerächt?«

Ein dumpfes bejahendes Gemurmel, unterbrochen von wenigen heftigen Verneinungen, antwortete dem König, dessen zweite Frage: »Sollen wir die Bedingungen der heut eingetroffenen Gesandtschaft annehmen und dem gelichteten, von den Göttern heimgesuchten Volk Frieden schenken?« von allen Anwesenden lebhaft bejaht wurde.

»Das ist es, was ich zu wissen verlangte«, fuhr Kambyses fort. »Morgen wollen wir in der Nüchternheit, nach alter Sitte, erwägen, was im Rausch beschlossen wurde. Durchzecht die letzten Stunden der Nacht. Ich verlasse euern Kreis und erwarte euch beim letzten Schrei des heiligen Vogels Parodar[98] am Tor des Bel, um mit euch zu jagen!«

Mit diesen Worten verließ der Herrscher die Halle. Ein donnerndes »Sieg dem König!« brauste ihm nach.

Boges, der Eunuch, hatte sich vor seinem Gebieter aus dem Saal geschlichen. Im Vorhof fand er einen jungen Helfer des Blumenzüchters von den hängenden Gärten.

»Was willst du hier?« fragte er ihn.

»Ich habe dem Prinzen Bartja etwas zu übergeben.«

»Dem Bartja? Hat er deinen Herrn um eine Sämerei oder einen Steckling gebeten?«

Der Knabe schüttelte seinen sonnenverbrannten Kopf und lächelte schelmisch.

»So hat dich ein anderer geschickt?« fragte Boges, aufmerksamer werdend.

»Ja, eine andere.«

»Ah, die Ägypterin läßt ihrem Schwager durch dich etwas sagen!«

»Wer hat dir das verraten?«

»Nitetis sprach mir davon. Gib her, was du hast; ich werde es Bartja sogleich überreichen.«

»Ich darf es keinem anderen als ihm selbst aushändigen.«

»Gib her; ich kann den Auftrag sicherer besorgen als du.«

»Ich darf nicht.«

»Gehorche mir, oder –«

In diesem Augenblick näherte sich der König den Streitenden. Boges besann sich einen Augenblick, dann rief er mit lauter Stimme den an der Pforte Wache haltenden Peitschenträgern und befahl ihnen, den erstaunten Jungen festzunehmen.

»Was gibt es hier?« fragte Kambyses.

»Dieser Verwegene«, antwortete der Eunuch, »ist in den Palast gedrungen, um Bartja eine Botschaft deiner Gattin Nitetis zu überbringen.«

Der Knabe war, als er den König gewahrte, den Boden mit der Stirn berührend auf die Knie gesunken.

Kambyses schaute totenbleich auf den unglücklichen Boten. Dann wandte er sich an den Eunuchen und fragte: »Was begehrt die Ägypterin von meinem Bruder?«

»Der Junge behauptet, er habe den Befehl, das, was er bringe, nur Bartja selbst zu übergeben.«

Bei diesen Worten hielt der Knabe dem König, indem er ihn bittend anschaute, eine Papyrusrolle entgegen.

Kambyses entriß ihm das Blatt und stampfte wütend mit dem Fuße, als er griechische Schriftzeichen erblickte, die er nicht zu lesen vermochte. Nachdem er sich gesammelt hatte, fragte er den Knaben, indem er ihn mit einem furchtbaren Blick anschaute: »Wer hat dir dies übergeben?«

»Die Zofe der ägyptischen Herrin, die Magiertochter Mandane.«

»Für meinen Bruder Bartja?«

»Sie sagte, ich solle dieses Blatt dem schönen Prinzen vor dem Festessen einhändigen, ihm einen Gruß von der Herrin Nitetis bestellen und ihm mitteilen ...«

Der König stampfte vor Ingrimm und Ungeduld mit dem Fuß, worüber der Junge so sehr erschrak, daß ihm die Stimme versagte und er nur mühsam fortfahren konnte: »Der Herr ging ja vor dem Essen neben dir; da konnte ich ihn nicht anreden. Jetzt erwarte ich ihn hier, denn Mandane versprach mir ein Goldstück, wenn ich den Auftrag geschickt ausrichten würde.«

»Das hast du nicht getan«, donnerte der nach seiner Ansicht so schändlich hintergangene Mann. »Das hast du nicht getan! Ihr Trabanten, ergreift den Burschen!«

Der Junge erhob bittend Blick und Stimme, aber vergebens, denn schon hatten ihn die Peitschenträger ergriffen. Der König aber war mit raschen Schritten zu seinen Gemächern geeilt und vernahm nicht mehr das Flehen um Gnade.

Boges folgte dem Herrscher und lachte still vor sich hin.

Als die Auskleider ihr Geschäft beginnen wollten, wies sie der König mit dem Befehl, ihn sofort zu verlassen, grollend zurück.

Nachdem sie sich aus dem Gemach entfernt hatten, rief er Boges und murmelte: »Von dieser Stunde an übertrage ich dir die Aufsicht über die hängenden Gärten und die Ägypterin. Bewache sie gut! Wenn ein Mensch oder eine Botschaft ohne mein Wissen zu ihr gelangt, so ist dein Leben verwirkt!«

»Aber wenn Kassandane oder Atossa zu ihr schicken?«

»So weise die Boten ab und laß ihnen sagen, ich würde jeden Versuch, den sie wagen sollten, mit Nitetis zu verkehren, für eine mir zugefügte Beleidigung ansehen.«

»Darf ich dich um eine Gnade bitten, o König?«

»Die Stunde dazu ist schlecht gewählt.«

»Ich fühle mich so krank. Übertrage nur für den morgigen Tag die Aufsicht über die Gärten einem anderen als mir.«

»Nein! – Verlaß mich!«

»Ich habe heftiges Fieber. Ich habe heut dreimal die Besinnung verloren. – Wenn irgend jemand während einer solchen Schwäche …«

»Wer könnte deine Stelle vertreten?«

»Der lydische Eunuchenhauptmann Kandaules. Er ist treu wie Gold und unbeugsam streng. Ein Tag der Erholung wird meine Gesundheit herstellen. Sei gnädig!«

»Niemand ist so schlecht bedient wie ich, der König. Kandaules mag dich morgen vertreten; gib ihm aber strenge Befehle und sage ihm, daß eine einzige Nachlässigkeit sein Leben bedroht. – Verlaß mich!«

»Noch eins, mein König: Du weißt, daß morgen nacht in den hängenden Gärten die seltene blaue Lilie erblüht. Hystaspes, Intaphernes, Gobryas, Krösus und Oropastes, die größten Gartenkünstler an deinem Hof, möchten sie gern in Augenschein nehmen. Dürfen sie auf wenige Minuten die hängenden Gärten betreten? Kandaules soll acht haben, daß sie nicht mit der Ägypterin verkehren.«

»Kandaules wird seine Augen offen halten, wenn ihm sein Leben lieb ist. – Geh!«

Boges verneigte sich tief und verließ das Gemach des Königs. Den Sklaven, welche ihm mit Fackeln voranleuchteten, warf er einige Goldstücke zu. Er war sehr fröhlich! Alle seine Pläne glückten über Erwartung, denn das Schicksal der Nitetis schien so gut wie entschieden, und er hielt das Leben des Kandaules, seines Standesgenossen, den er haßte, in seinen Händen.

Kambyses ging bis zum Morgen in seinen Gemächern auf und nieder. Als die Hähne krähten, hatte er fest beschlossen, Nitetis zu einem Geständnis zu zwingen und sie dann als Magd der Kebsweiber in den großen Harem zu senden.

Bartja, der Vernichter seines Glücks, sollte sogleich nach Ägypten reisen und später als Satrap entfernte Provinzen verwalten. Er scheute das Verbrechen des Brudermords, aber er kannte sich selber gut genug, um zu wissen, daß er in einem Augenblick des Jähzorns den Verhaßten töten würde, wenn er ihn nicht aus seiner Nähe verbannte.

Zwei Stunden nach Sonnenaufgang jagte Kambyses auf einem schnaubenden Hengst durch den riesigen Tiergarten von Babylon, um das von mehr als tausend Hunden aufgescheuchte Wild zu erlegen[99]. Sein zahlreiches Gefolge war mit Schild, Schwert, Lanze, Bogen und Fangschnur bewaffnet.

7. KAPITEL

Die Jagd war vorüber. Ganze Wagen voll von erlegtem Wildbret, darunter mehrere riesengroße Eber, die Kambyses mit eigener Hand erlegt hatte, wurden von den heimkehrenden Waidmännern mitgebracht. Vor den Pforten des Palastes zerstreuten sie sich, um in ihren Wohnungen das altpersische Jagdgewand von schlichtem Leder mit glänzenden medischen Hofkleidern zu vertauschen.

Während der Jagd hatte der König seinem Bruder mit mühsam zurückgehaltener Erregung den scheinbar freundlichen Befehl erteilt, am nächsten Tage aufzubrechen, um Sappho abzuholen und nach Persien zu geleiten. Er hatte ihm zu gleicher Zeit die Einkünfte der Städte Baktra, Rhagae und Sinope zur Erhaltung des neuen Hausstandes angewiesen und der jungen Frau, als Gürtelgeld, die Steuern ihrer väterlichen Heimat Phocaea geschenkt.

Bartja dankte dem freigebigen Bruder mit ungeheuchelter Wärme. Kambyses aber blieb eisigkalt, rief ihm einige kurze Abschiedsworte zu und wandte ihm, einen wilden Esel verfolgend, den Rücken zu.

Auf dem Heimzuge von der Jagd lud Bartja seine Seelenfreunde Krösus, Darius, Zopyrus und Gyges zu einem Abschiedstrunk ein.

Krösus wollte sich später zu den Zechenden gesellen, denn er hatte versprochen, beim Aufgang des Tistarsterns mit den vornehmen Blumenfreunden dem Erblühen der blauen Lilie auf den hängenden Gärten beizuwohnen.

Als er Nitetis dort am frühen Morgen aufsuchen wollte, war er von den Wächtern entschieden abgewiesen worden. Jetzt schien ihm die blaue Lilie eine neue Möglichkeit zu bieten, seinen geliebten Schützling, dessen gestriges Benehmen er sich kaum erklären konnte und dessen strenge Bewachung ihm große Angst einflößte, zu sehen und zu sprechen.

Als es dämmerte, saßen die jungen Achämeniden in einer schattigen Laube des königlichen Gartens beieinander, an deren

Seite helle Springbrunnen plätscherten. Araspes, ein vornehmer Perser und Freund des verstorbenen Cyrus, hatte sich zu den Plaudernden gesellt und tat sich gütlich an dem Wein des Königssohns.

»Glücklicher Bartja«, rief der alte Junggeselle, »du ziehst fort in ein goldenes Land, um dir das Weib deiner Liebe heimzuholen, während ich armer Hagestolz, getadelt von aller Welt, meinem Grabe entgegengehe, ohne Weiber und Kinder zu hinterlassen, welche mich beweinen und die Götter um ein mildes Gericht über meine Seele bitten möchten.«

»Wer wird solche Gedanken hegen?« rief Zopyrus, den Becher schwingend. »Glaube mir, jeder Mann, der eine Frau heimführt, kommt durch sie wenigstens einmal täglich in die Lage zu bereuen, daß er nicht unverheiratet geblieben ist! Sei fröhlich, Väterchen, und denke, daß du dich über deine eigene Schuld oder vielmehr über deine Weisheit beklagst. Man wählt die Frauen doch nur wie die Nüsse nach dem Aussehen der Schale. Wer mag wissen, ob ein guter oder verdorbener oder gar kein Kern darin steckt. Ich spreche aus Erfahrung, denn mit meinen zweiundzwanzig Jahren hab' ich doch fünf stattliche Weiber und eine ganz Schar von Sklavinnen in meinem Hause.«

Araspes lächelte bitter.

»Wer hindert dich denn, heute noch zu heiraten?« rief Gyges. »Du bist zwar sechzig Jahre alt; aber du nimmst es mit manchem Jüngeren auf, was Stattlichkeit, Kraft und Ausdauer anbetrifft. Du gehörst zu den edelsten Verwandten des Königs; ich sage dir, Araspes, du bekommst noch zwanzig schöne, junge Frauen!«

»Fege vor deiner eigenen Tür«, gab der Hagestolz dem Sohn des Krösus zurück. »Wäre ich wie du, so würd' ich wahrhaftig nicht bis in meine dreißiger Jahre unbeweibt geblieben sein!«

»Ein Orakelspruch verbot mir zu heiraten.«

»Torheiten! Wie kann sich ein verständiger Mann um Orakel kümmern. Nur in Träumen verkünden uns die Götter die Zukunft! Man sollte annehmen, daß du an deinem leiblichen Vater gesehen haben müßtest, wie schändlich jene griechischen Priester ihre besten Freunde betrügen.«

»Das verstehst du nicht, Araspes.«

»Und verlange es nicht zu verstehen, Gyges. Wahrscheinlich glaubst du gerade deswegen an die Orakel, weil du sie nicht verstehst und weil ihr in eurer Beschränktheit alles, was ihr nicht begreift, Wunder nennt. Was euch aber wunderbar erscheint, dem vertraut ihr sicherer als der einfachen auf der Hand liegenden Wahrheit. Das Orakel hat deinen Vater betrogen und ins Verderben gestürzt.«

»Du lästerst, Araspes. Ist es die Schuld der Götter, wenn wir ihre Sprüche falsch verstehen?«

»Ohne Zweifel, denn wenn sie uns nützen wollten, so würden sie uns mit ihren Worten die nötige Einsicht schenken, sie zu begreifen. Was helfen mir schöne Reden, wenn sie mir in einer mir unverständlichen Sprache vorgetragen werden?«

»Laßt das unnütze Streiten!« rief Darius. »Erkläre uns lieber, Araspes, warum du dich so lange von den Priestern tadeln, bei den Festen zurücksetzen und von den Weibern schmähen ließest, um, obgleich du jeden Bräutigam beglückwünschst, ein alter Junggeselle zu bleiben?«

Araspes blickte nachdenklich zu Boden, dann schüttelte er sich, tat einen langen Zug aus dem Becher und sagte: »Ich habe meinen Grund, ihr Freunde; aber jetzt kann ich ihn euch nicht mitteilen.«

»Erzähle! Erzähle!«

»Ich kann nicht, Kinder, ich kann nicht! Diesen Becher leere ich auf das Wohl deiner holden Sappho, mein glücklicher Bartja, und diesen hier weihe ich deinem künftigen Glück, mein Liebling Darius!«

»Ich danke!« rief Bartja, indem er freudig seinen Becher an die Lippen setzte.

»Du meinst es gut«, murmelte Darius, finster zu Boden schauend.

»Sohn des Hystaspes!« rief der Alte, den ernsten Jüngling betrachtend, »so finstere Züge stehen dem Bräutigam, der auf das Wohl seiner Liebsten trinken soll, gar übel! Ist das Töchterchen des Gobryas nicht nach Atossa die vornehmste aller jungen Perserinnen? Ist sie nicht schön?«

»Artystone besitzt alle Vorzüge einer Achämenidin«, antwortete Darius, dessen Gesichtsausdruck immer noch bedrückt war.

»Nun, was verlangst du denn noch mehr, du Ungenügsamer?«

Darius erhob den Becher und schaute in den Wein.

»Der Knabe ist verliebt, so wahr ich Araspes heiße«, rief der Alte.

»Was ihr für närrische Leute seid«, unterbrach Zopyrus diese Ausrufungen. »Der eine ist gegen alle persische Sitte Junggeselle geblieben, der andere heiratet nicht, weil ein Orakel ihn beängstigt, Bartja will sich mit einem Weib begnügen, und Darius sieht aus wie ein Destur, der die Sterbelieder singt, weil sein Vater ihm befiehlt, mit dem schönsten und vornehmsten Mädchen in ganz Persien glücklich zu werden!«

»Zopyrus hat recht«, rief der Alte. »Darius ist äußerst undankbar.«

Bartja sah dem getadelten Freund an, daß die Scherze der Gefährten ihm mißfielen, und drückte ihm die Hand. »Es tut mir leid, daß ich bei deiner Hochzeit abwesend sein werde. Wenn ich wiederkomme, so hoff' ich dich mit der Wahl deines Vaters ausgesöhnt zu finden.«

»Vielleicht«, antwortete Darius, »kann ich dir bei deiner Rückkehr noch eine zweite und dritte Frau zeigen.«

»Das mag Anahita geben!« rief Zopyrus. »Die Achämeniden würden bald aussterben, wenn alle handeln wollten wie Araspes und Gyges. Dein einziges Weib, Bartja, ist auch nicht der Rede wert! Es wäre deine Pflicht, schon um den Stamm des Cyrus zu erhalten, drei Frauen auf einmal heimzuführen.«

»Ich hasse unsere Sitte, viele Frauen zu nehmen«, rief Bartja. »Wir stellen uns durch sie unter die Weiber, denen wir zumuten, uns ein ganzes Leben lang treu zu bleiben, während wir, denen die Treue über alles gehen sollte, heute dieser, morgen jener unverbrüchliche Liebe schwören!«

»Bah!« rief Zopyrus. »Ich möchte lieber meine Zunge einbüßen, als einen Mann belügen. Unsere Frauen sind aber so trügerische Geschöpfe, daß man ihnen mit gleicher Münze zahlen muß.«

»Die Helleninnen sind von anderer Art, weil ihnen anders begegnet wird«, erwiderte Bartja. »Sappho erzählte mir von einer griechischen Frau; sie hieß, wie ich glaube, Penelope, und hat zwanzig Jahre lang in Liebe und Geduld auf ihren für tot gehaltenen Gatten gewartet, obgleich sie jeden Tag ungefähr fünfzig Freier vor ihrem Hause fand.«

»Meine Weiber möchten nicht so lange auf mich warten!« rief Zopyrus und lachte vergnügt. »Offen gestanden würde ich mich auch nicht grämen, wenn ich nach einer Abwesenheit von zwanzig Jahren bei meiner Heimkehr ein leeres Haus fände. Statt der Untreuen, die indessen alt geworden sein müßten, könnte ich dann um so jüngere schönere Kinder in meinen Harem aufnehmen. Aber es findet nicht jede einen Entführer, und unseren Frauen ist ein abwesender immer noch lieber als gar kein Mann.«

»Wenn deine Weiber diese Worte hörten!« lachte Araspes.

»Sie würden mir den Krieg erklären, oder, was noch schlimmer wäre, sie würden Frieden miteinander schließen.«

»Wieso?«

»Wieso? Man merkt, daß ihr keine Erfahrungen habt!«

»So weihe uns in die Geheimnisse deiner Ehe ein.«

»Sehr gern! Ihr könnt euch denken, daß fünf Frauen in einem Hause weniger friedlich zusammenleben als fünf Tauben in einem Schlag; die meinen wenigstens führen einen ununterbrochenen Krieg auf Leben und Tod. Daran hab' ich mich gewöhnt und freue mich über ihre Munterkeit. Vor einem Jahr waren sie nun zum erstenmal einig, und diesen Tag des Friedens muß ich den unglücklichsten meines Lebens nennen.«

»Spaßvogel!«

»Nein, ich rede in vollem Ernst. Der elende Eunuch, welcher die fünf zu bewachen hat, ließ einen alten Juwelenhändler aus Tyrus zu ihnen. Jede wählte sich einen kostbaren Schmuck. Als ich nach Hause komme, naht sich mir Sudabe und bittet um das Geld für jenes Geschmeide. Das Ding war so teuer, daß ich mich weigerte, den Kaufpreis zu erlegen. Alle fünf baten mich einzeln um das Geld, ich aber schlug es jeder einzelnen rundweg ab und ging zu Hofe. Als ich wieder nach Hause komme, sitzt meine ganze Weiberschar heulend zusammen. Eine umarmt die andere und nennt sie ihre Leidens- und Unglücksgefährtin. Die Feindinnen erheben sich in rührender Einmütigkeit und überhäufen mich mit Schmähreden und drohenden Worten, bis ich das Zimmer verlasse. Als ich mich niederlegen will, finde ich fünf verschlossene Türen. Am nächsten Morgen wird das Gejammer vom vorigen Abend fortgesetzt. Ich fliehe wiederum und reite mit dem König auf die Jagd. Als ich ermüdet, hungrig und halb erfroren heimkehre – es war im Frühling und wir verweilten schon zu Ekbatana, als der Schnee noch ellenhoch auf dem Orontes lagerte –, find' ich kein Feuer im Herd und keine Mahlzeit bereitet. Die edle Schar hatte sich, um mich zu strafen, verbündet, das Feuer gelöscht, den Köchen verboten, ihre Pflicht zu tun, und, was das Schlimmste war, den Schmuck behalten! – Als ich kaum den Sklaven befohlen habe, das Feuer anzuschüren und ein Mahl zu bereiten, erscheint der unverschämte Juwelenhändler von neuem und verlangt sein Geld. Ich weigere mich abermals zu bezahlen, ich verbringe wieder abgeschlossen von den Weibern meine Nacht und opfere am nächsten Morgen, um des lieben Friedens willen, zehn Talente. Seitdem fürchte ich die Einigkeit meiner Geliebten wie die bösen Diws und sehe nichts lieber als ihre kleinen Zänkereien und Händel.«

»Armer Zopyrus!« lachte Bartja.

»Armer?« fragte der fünffache Eheherr. »Ich sage euch, daß ich besser dran bin als ihr. Meine Frauen sind jung und anmutig, und wenn sie altern, wer hindert mich, schönere in mein Haus zu nehmen, die dann neben den verblühten doppelt reizend erscheinen werden. – He, Sklave, sorge für Lampen! Die Sonne ist untergegangen und der Wein mundet nicht, wenn man im Finsteren sitzt.«

»Hört, wie schön der Vogel Bülbül singt!« rief Darius, welcher aus der Laube ins Freie getreten war, den Freunden zu.

»Beim Mithra, Sohn des Hystaspes, du bist verliebt«, unterbrach Araspes den Ausruf des Jünglings. »Wer den Wein verläßt, um der Nachtigall zu lauschen, den hat der Blütenpfeil der Liebe[100] so sicher getroffen, wie ich Araspes heiße!«

»Du hast recht, Väterchen«, rief Bartja. »Philomele, wie die Hellenen unsere Bülbül nennen, der die Liebe so schöne Gesänge in die Brust legt, ist bei allen Völkern der Vogel der Liebenden. Von welcher Schönen träumtest du, Darius, als du in die Nacht hinaustratest, um der Bülbül zu lauschen?«

»Von keiner«, antwortete der Befragte. »Ihr wißt, wie gern ich die Sterne beobachte. Der Tistarstern ging heute so wunderbar strahlend auf, daß ich den Wein verließ, um ihn näher zu betrachten. Ich hätte meine Ohren verschließen müssen, um den lauten Wechselgesang der Nachtigallen nicht zu vernehmen.«

»Du hast sie weit genug geöffnet; dein entzückter Ausruf bewies das!« lachte Araspes.

»Genug!« rief Darius, den diese Neckereien verdrossen.

»Unvorsichtiger«, flüsterte jetzt der Alte dem Jüngling zu, »nun erst hast du dich verraten! Wärest du nicht verliebt, so würdest du lachen, statt aufzubrausen! Aber ich will dich nicht reizen und frage dich, was du aus den Sternen gelesen?«

Darius schaute bei diesen Worten nochmals zum Himmel empor und heftete seine Augen unverwandt an ein leuchtendes über dem Horizont schwebendes Sternbild. Zopyrus beobachtete den Astrologen und rief den Freunden zu: »Dort oben muß etwas Wichtiges vorgehen. He, Darius, teile uns mit, was sich am Himmel ereignet!«

»Nichts Gutes«, antwortete dieser. »Ich habe mit dir allein zu reden, Bartja.«

»Warum das? Araspes ist verschwiegen, und vor euch anderen hab' ich kein Geheimnis.«

»Dennoch –«

»Rede nur!«

»Nein, ich bitte dich, mir in den Garten zu folgen.«

Bartja nickte den Zechern zu, legte seinen Arm auf die Schulter des Darius und trat mit ihm in das helle Mondlicht hinaus. Als sie allein waren, ergriff der Sohn des Hystaspes beide Hände seines Freundes und sagte: »Heut zum drittenmal gehen am Himmel Dinge vor, welche dir nichts Gutes verheißen. Dein böser Stern tritt deinem heilbringenden Gestirn so nah, daß man nur wenig Astrologie zu verstehen braucht, um dir voraussagen zu können, daß dir Gefahr droht. Sieh dich vor, Bartja, und reise noch heut nach Ägypten, denn die Sterne sagen mir, daß dir am Euphrat, nicht in der Ferne, das Verhängnis droht.«

»Glaubst du so fest an die weissagende Kraft des gestirnten Himmels?«

»Sicher! Die Sterne lügen niemals!«

»Dann wäre es Torheit, sich dem, was sie verheißen, entziehen zu wollen.«

»Sicher, der Mensch kann zwar seinem Schicksal nicht entgehen; das Schicksal gleicht aber den Lehrern in der Fechtkunst, welche diejenigen Schüler am liebsten haben, die am mutigsten und geschicktesten mit ihnen zu kämpfen verstehen. Reise heute noch nach Ägypten, Bartja!«

»Ich kann nicht, denn ich habe der Mutter und Atossa noch nicht Lebewohl gesagt.«

»Sende ihnen durch einen Boten deine Abschiedsgrüße und trage Krösus auf, ihnen den Grund deiner Abreise auseinanderzusetzen.«

»Sie würden mich für feige halten.«

»Einem Menschen auszuweichen ist schimpflich; dem Verhängnis aus dem Weg zu gehen zeugt dagegen von Weisheit.«

»Du widersprichst dir selbst, Darius! Was würde der Fechtmeister über den fliehenden Schüler sagen?«

»Er würde sich der Kriegslist freuen, durch welche der Vereinzelte einer großen Übermacht zu entgehen sucht.«

»Welche ihn endlich dennoch fangen und vernichten würde. – Wie sollte ich eine Gefahr, die, du sagtest es selbst, nicht abgewendet werden kann, hinauszuschieben suchen? Wenn mich ein Zahn schmerzt, so lasse ich ihn sofort ausreißen, während Weiber und Feiglinge sich wochenlang quälen und ängstigen, um die schmerzliche Operation nur nicht gleich, sondern so spät als möglich vollziehen zu lassen. Ich erwarte die Gefahr mit festem Mut und wünsche ihr recht bald zu begegnen, um sie desto eher hinter mir zu haben!«

»Du kennst nicht ihre Größe.«

»Fürchtest du für mein Leben?«

»Nein.«

»Teile mir mit, was dich sorgt!«

»Jener ägyptische Priester zu Sais, mit dem ich die Sterne beobachtete, hat dein Horoskop mit mir gestellt. Er war der himmelskundigste Mann, welchen ich jemals gesehen. Ich verdanke ihm manche Kenntnis und will dir nicht verschweigen, daß er mich schon damals auf Gefahren aufmerksam machte, die über deinem Haupt schweben.«

»Und du verschwiegst mir das?«

»Warum sollt' ich dich vorzeitig ängstigen? Jetzt, da sich das Verhängnis nähert, warn' ich dich.«

»Ich danke dir und werde vorsichtig sein. Früher hätte ich nicht auf deine Mahnung gehört. Seit ich aber liebe, ist mir's, als hätt' ich nicht mehr so frei über mein Leben zu verfügen, wie sonst.«

»Ich verstehe dieses Gefühl ...«

»Du verstehst mich? So hatte Araspes recht beobachtet? – Du sagst nicht nein?«

»Ein Traum ohne Hoffnung!«

»Welches Weib könnte dich verschmähen?«

»Verschmähen?«

»Ich begreife dich nicht! Sinkt dir, dem kühnsten Jäger, dem stärksten Ringer, dem weisesten aller jungen Perser der feste Mut einem Weib gegenüber?«

»Darf ich dir vertrauen, mehr vertrauen als ich meinem Vater vertrauen würde, Bartja?«

»Du darfst!«

»Ich liebe die Tochter des Cyrus, deine und des Königs Schwester, Atossa!«

»Hab' ich dich recht verstanden; du liebst Atossa? Von heute an glaube ich nicht mehr an deine Sterne, denn statt der Gefahren, mit denen sie mich bedrohen, schenken sie mir ein unerwartetes Glück. Umarme mich, mein Bruder, und erzähle mir die Geschichte deiner Liebe, damit ich dir helfen kann, das, was du einen Traum sonder Hoffnung nanntest, zur Wahrheit zu machen!«

»Vor unserer Abreise nach Ägypten zogen wir, wie du weißt, mit dem ganzen Hoflager von Ekbatana nach Susa. Ich befehligte damals die Abteilung der ›Unsterblichen‹, welche die Wagen der königlichen Frauen zu beschützen hatte. Auf dem Engpaß, der über den Orontes führt, glitten die Pferde vor dem Wagen deiner Mutter und Schwester aus. Das Joch, an welches die Rosse geschirrt waren[101], brach von der Deichsel, und vor meinen Augen sank der vierrädrige, schwere Wagen ohne Halt und Hemmnis in den Abgrund. Schaudernd sahen wir, unsere Pferde zu furchtbarer Eile spornend, das Fuhrwerk verschwinden. Bei der Stätte des Unglücks angelangt, glaubten wir uns auf den Anblick von Trümmern und Leichen vorbereiten zu müssen; die Götter hatten aber die Deinen in ihren allmächtigen Schutz genommen, und der in den Abgrund geschleuderte Wagen ruhte mit zertrümmerten Rädern in den Armen zweier riesiger Zypressen, welche sich mit zähen Wurzeln an die zerklüfteten Schieferfelsen klammerten und ihre dunklen Wipfel bis zum Saum der Fahrstraße emporstreckten.

Ich sprang schnell vom Pferd und kletterte, ohne mich zu besinnen, an einer der Zypressen hernieder. Deine Mutter und Schwester riefen um Hilfe und streckten mir ihre Arme flehend entgegen. Ihre Gefahr war entsetzlich, denn die hölzernen Wände des Wagens, von dem harten Anprall aus den Fugen gerissen, drohten sich in jedem Augenblick zu teilen und die von ihnen eingeschlossenen Frauen preiszugeben dem unvermeidlichen Sturz in den Abgrund, welcher tief, schwarz, unergründlich, ein Sitz der finsteren Diws, bereit schien, die schönen Opfer in seinem Rachen zu zermalmen.

Ich stand, mich an den Stamm der Zypresse klammernd, vor dem zerberstenden, schwebenden Wagen. Da traf mich zum erstenmal der flehende Blick deiner Schwester. Seit jenem Augenblick liebte ich Atossa; aber damals wußte ich noch nicht, was in meinem Herzen vorging, denn ich konnte an nichts als an die Rettung der Deinen denken. In wilder Hast hob ich die zitternden Weiber aus dem Wagen, dessen Teile eine Minute später auseinanderfielen und der dann krachend in den Abgrund herniederstürzte. Ich bin ein starker Mann, aber ich bedurfte des Aufwandes aller Kräfte, um mich selbst und die beiden Frauen so lange über dem Abgrund zu erhalten, bis man Seile zu mir heruntergeworfen hatte. Atossa hing an meinem Hals, Kassandane ruhte, von meiner Linken gehalten, an meiner Brust. Mit der Rechten schlang ich den Strick um meinen Leib, man zog uns empor, und wenige Minuten später befand ich mich mit den Geretteten auf der sicheren Landstraße.

Nachdem ein Magier die Wunden, welche das scharf angezogene Seil in meine Seite geschnitten hatte, verbunden hatte, ließ mich der König rufen, beschenkte mich mit dieser Halskette und den Einkünften einer ganzen Satrapie und führte mich selbst zu den Frauen, welche mir in warmen Worten ihren Dank aussprachen. Kassandane gestattete mir, ihre Stirn zu küssen, und ließ mir den ganzen Schmuck, welchen sie während jenes Augenblicks der Gefahr getragen hatte, für meine künftige Gattin überreichen. Atossa zog einen Ring von ihrem Finger, steckte ihn an meine Hand und küßte dieselbe, lebhaft, wie sie ist, in dankbarer Aufwallung. Seit jenem Tag, dem glücklichsten meines Lebens, habe ich deine Schwester bis zum gestrigen Abend niemals wiedergesehen. Bei dem großen Geburtstagsessen saßen wir einander gegenüber. Mein Auge begegnete dem ihren. Ich sah nichts als Atossa und weiß, daß sie ihren Retter nicht vergessen hat. Kassandane …«

»Oh, meine Mutter wird dich gern ihren Schwiegersohn nennen, dafür leiste ich Bürgschaft! An den König mag sich dein Vater wenden; er ist unser Onkel und darf die Tochter des Cyrus mit gutem Recht für seinen Sohn begehren!«

»Erinnerst du dich noch an den Traum deines Vaters? Um seinetwillen hat Kambyses niemals aufgehört, mich mit Mißtrauen zu betrachten.«

»Das ist längst vergessen! Mein Vater träumte vor seinem Tod, du hättest Flügel[102] ; darum fürchtet er, von den Traumdeutern verblendet, du, ein achtzehnjähriger Junge, könntest nach der Krone streben. Kambyses dachte oft an diesen Traum, bis ihm Krösus, nachdem du die Meinen gerettet hattest, erklärte, der Traum sei erfüllt, denn nur ein geflügelter Adler oder Darius vermöge so kräftig und geschickt über einem Abgrund zu schweben.«

»Doch diese Deutung behagte deinem Bruder nur wenig. Er will der einzige Adler in Persien sein; Krösus aber schmeichelt nie seinem Stolz.«

»Wo er nur so lange bleibt?!«

»Er ist auf den hängenden Gärten. Dein Vater und Gobryas werden ihn zurückhalten.«

»Das nenne ich höflich!« ließ sich in diesem Augenblick die Stimme des Zopyrus vernehmen. »Bartja ladet uns zum Festessen ein und läßt uns, Geheimnisse auskramend, ohne Wirt die Becher leeren!«

»Wir kommen, wir kommen!« rief der Königssohn als Antwort zurück. Dann ergriff er die Hand des Darius, drückte sie und sagte: »Deine Liebe zu Atossa macht mich glücklich. Ich bleibe bis übermorgen hier, wenn mich auch die Sterne mit allen Gefahren der Welt bedrohen! Morgen ergründe ich Atossas Herz, und erst wenn alles auf dem richtigen Weg ist, ziehe ich fort. Dann kann Darius sein Ziel mit eigenen Kräften erreichen.«

Mit diesen Worten begab sich Bartja zur Laube. Sein Freund starrte wieder zum Himmel hinauf. Je länger er in die Sterne sah, desto finstrer wurde seine Miene. Als der Tistarstern unterging, murmelte er: »Armer Bartja!« Die Freunde riefen ihn, und er wollte soeben zu ihnen zurückkehren, als ihm ein Stern auffiel, dessen Stellung er mit Aufmerksamkeit musterte. Der Ernst seiner Züge verwandelte sich in triumphierendes Lächeln, seine hohe Gestalt schien zu wachsen, seine Hand preßte sich auf sein Herz, und mit den leise geflüsterten Worten: »Geflügelter Darius, dein Stern wird dir zur Seite stehen!« begab er sich zu den Freunden.

Kurze Zeit darauf näherte sich Krösus der Laube. Die Jungen sprangen von ihren Sitzen, um den Greis zu begrüßen, der, wie vom Blitz getroffen, stehen blieb, als er Bartjas vom hellen Mondlicht beschienenes Antlitz erkannte.

»Was ist passiert, Vater?« fragte Gyges, indem er die Hand des Krösus voller Besorgnis ergriff.

»Nichts, nichts«, stammelte dieser kaum hörbar, drängte seinen Sohn zur Seite, näherte sich Bartja und flüsterte ihm ins Ohr: »Du bist noch hier? Warte nicht länger und fliehe! Die Peitschenträger, welche dich verhaften sollen, folgen mir auf dem Fuße! Glaube mir, wenn du dich nicht beeilst, mußt du deine doppelte Unvorsichtigkeit mit dem Tode büßen.«

»Aber Krösus, ich habe –«

»Du hast das Gesetz dieses Landes, dieses Hofes verhöhnt und wenigstens dem Schein nach die Ehre deines Bruders gekränkt ...«

»Du redest –«

»Fliehe, flieh, sag' ich dir; denn wärest du auch in unschuldiger Absicht auf den hängenden Gärten und bei der Ägypterin gewesen, so hast du dennoch alles zu fürchten! Wie konntest du, der doch den Jähzorn des Kambyses kennt, sein ausdrückliches Gebot so dreist verletzen!«

»Ich verstehe nicht ...«

»Keine Entschuldigungen! Flieh! Du weißt genau, daß dich

Kambyses schon lange mit Eifersucht betrachtet, daß dein nächtlicher Besuch bei der Ägypterin …«

»Ich habe, seitdem Nitetis hier ist, die hängenden Gärten mit keinem Fuße betreten!«

»Füge nicht zum Frevel die Lüge, ich …«

»Ich schwöre dir …«

»Willst du eine Tat des Leichtsinns durch Meineid zum Verbrechen machen? – Die Peitschenträger kommen schon, flieh endlich.«

»Ich bleibe, denn ich beharre bei meinem Schwur.«

»Verblendeter! Wisse, daß ich selbst, Hystaspes und andre Achämeniden, dich, noch ist es keine Stunde her, auf den hängenden Gärten gesehen haben …«

Bartja ließ sich in seinem Erstaunen halb willenlos von dem Greis fortführen; als er aber dessen letzte Behauptung vernommen hatte, blieb er stehen, rief seine Freunde herbei und sagte: »Krösus will mir vor weniger als einer Stunde auf den hängenden Gärten begegnet sein; ich aber bin, wie ihr wißt, seit Sonnenuntergang nicht von euch gewichen. Bestätigt ihm durch euer Zeugnis, daß hier ein böser Diw sein Spiel mit unserem Freund und seinen Begleitern getrieben haben muß.«

»Ich schwöre dir, Vater«, rief Gyges, »daß Bartja seit vielen Stunden diesen Garten nicht verlassen hat.«

»Wir beteuern dasselbe«, stimmten Araspes, Zopyrus und Darius lebhaft ein.

»Ihr wollt mich betrügen!« rief Krösus aufbrausend und blickte einen nach dem andern vorwurfsvoll an. »Glaubt ihr, ich sei blind oder dumm? Meint ihr, daß euer Zeugnis die Aussage der edelsten Alten, Hystaspes, Gobryas, Intaphernes und des Oberpriesters Oropastes entkräftigen werde? Bartja ist trotz eures falschen Zeugnisses, das keine Freundschaft entschuldigen kann, ein Kind des Todes, wenn er nicht flieht!«

»Angramainjus soll mich ins Unglück schicken«, rief der alte Araspes, »wenn der Sohn des Cyrus vor zwei Stunden auf den hängenden Gärten gewesen ist.«

»Du brauchst mich nicht mehr deinen Sohn zu nennen«, fügte Gyges hinzu, »wenn unser Zeugnis falsch war.«

»Bei den ewigen Sternen«, hob Darius an, als Bartja die durcheinander Schreienden unterbrach und mit fester Stimme sagte: »Dort kommt eine Abteilung der Leibwache in den Garten. Ich soll verhaftet werden und kann nicht fliehen, weil ich, der ich unschuldig bin, dadurch den Verdacht der Schuld auf mich laden würde. Bei der Seele meines Vaters, bei den blinden Augen meiner Mutter, bei dem reinen Licht der Sonne, schwöre ich dir, Krösus, daß ich dich nicht belüge.«

»Soll ich dir gegen das Zeugnis meiner beiden Augen glauben, die mich noch nie betrogen haben? Ich will es, Bartja, denn ich liebe und ehre dich. Bist du schuldig, bist du unschuldig, ich weiß es nicht, ich will es nicht wissen; das aber weiß ich, daß du fliehen mußt, eilig fliehen! Du kennst Kambyses! Mein Wagen wartet an der Pforte. Jage die Pferde tot, aber flieh! Die Soldaten scheinen zu wissen, um was es sich handelt, denn sie zaudern doch nur so lange, um dir, ihrem Liebling, Zeit zur Flucht zu lassen. Flieh, oder es ist um dich geschehen!«

»Flieh, Bartja«, rief jetzt auch Darius und drängte seinen Freund vorwärts. »Und denke an die Warnung, die dir der Himmel selbst in Sternenschrift sandte.«

Bartja schüttelte schweigend den Kopf und wies seine ängstlichen Freunde zurecht: »Ich bin noch nie geflohen und gedenke auch heute standzuhalten. Feigheit scheint mir schlimmer als Tod, und ich leide lieber Unrecht von andern, als daß ich mich selbst beschimpfe. Da sind die Soldaten! Willkommen Bischen, du sollst mich verhaften? Ja!? Warte nur einen Augenblick, bis ich den Freunden Lebewohl gesagt habe.«

Der angeredete Bischen war ein alter Feldhauptmann des Cyrus. Er hatte Bartja den ersten Unterricht im Pfeilschießen und Speerwerfen erteilt und im Tapurenkrieg an seiner Seite gefochten. Die beiden waren wie Freunde, aber jetzt sagte Bischen: »Du brauchst von deinen Freunden nicht Abschied zu nehmen, denn der König, der wie ein Rasender tobt, hat befohlen, ich sollte dich und jeden, den ich bei dir finden würde, verhaften.«

Dann fügte er leise hinzu: »Der König ist außer sich vor Zorn und bedroht dein Leben. Du mußt fliehen. Meine Leute gehorchen mir blindlings und werden dich nicht verfolgen; ich aber bin alt, und Persien verliert nur wenig, wenn mein Kopf fallen sollte.«

»Ich danke dir, Freund«, sagte Bartja und reichte ihm die Hand. »Aber ich kann dein Opfer nicht annehmen, denn ich bin unschuldig und weiß, daß Kambyses wohl jähzornig, aber nicht ungerecht ist. Kommt, Freunde. Ich glaube, daß der König uns heute noch verhören wird.«

8.
KAPITEL

Zwei Stunden später stand Bartja mit seinen Begleitern vor dem König. Bleich und hohläugig thronte Kambyses auf seinem goldenen Stuhl, hinter dem zwei Leibärzte mit allerlei Gefäßen und Instrumenten in der Hand warteten. Erst vor wenigen Minuten war Kambyses wieder zu sich gekommen, nachdem er, länger als eine Stunde, an epileptischen Anfällen gelitten hatte.

Seit der Ankunft der Nitetis war er von diesem Übel verschont geblieben. Aber nach den Gefühlsaufwallungen und bösen Überraschungen dieses Tages hatte es ihn heute besonders schlimm erwischt[103].

Wäre er Bartja vor wenigen Stunden begegnet, so hätte er ihn mit eigener Hand getötet; der epileptische Anfall hatte seinen Zorn zwar nicht gebrochen, ihn aber soviel Kraft gekostet, daß er jetzt müde war.

Zur rechten Seite des Thrones standen Hystaspes, der greise Vater des Darius, Gobryas, sein zukünftiger Schwiegervater, der betagte Intaphernes, der Großvater jener Phädime, welche wegen der Ägypterin die Gunst des Königs verloren hatte, der Oberpriester Oropastes, Krösus und hinter diesem Boges, der Eunuchenoberst. Zur Linken verweilten Bartja, dessen Hände mit schweren Ketten gefesselt waren, Araspes, Darius, Zopyrus und Gyges. Im Hintergrund standen mehrere hundert Würdenträger und Große. Nach langem Schweigen erhob Kambyses seine Blicke, ließ sie vernichtend auf dem gefesselten Bartja ruhen und sprach mit dumpfer Stimme: »Oberpriester, sage uns, was den erwartet, der seinen Bruder betrügt, den König entehrt und beleidigt und sein Herz mit schwarzen Lügen verfinstert!«

Oropastes trat hervor und antwortete: »Einen solchen erwartet, sobald er überführt ist, ein qualvoller Tod in dieser Welt und ein furchtbares Gericht auf der Brücke Chinvat[104], denn ein solcher hat gegen die höchsten Gebote gefrevelt, und indem er drei Verbrechen beging, jene Gunst unseres Gesetzes verscherzt, die demjenigen, welcher nur einmal gesündigt, und sei er nichts als ein Sklave, das Leben zu schenken gebietet[105].«

»So ist Bartja des Todes schuldig! Führt ihn fort, ihr Wachen ,und erdrosselt ihn! Führt ihn fort! Schweig, Elender, ich will deine gleisnerische Stimme nie mehr hören, nie mehr dies lügnerische Auge sehen, welches alles mit buhlerischen Blicken betrügt und den Diws seinen Ursprung verdankt. Fort, ihr Wachen!«

Der Hauptmann Bischen nahte, um den Befehl zu vollstrecken; Krösus aber trat in diesem Augenblick vor den König, warf sich, den Estrich mit der Stirn berührend, zu Boden, erhob die Hände und sprach: »Jedes Jahr, jeder Tag bringe dir nichts als Glück, Auramazda spende dir alle Lebensgüter, und die *Amescha* çpenta[106] mögen die Wächter deines Thrones sein! Verschließe dein Ohr nicht der Rede des Alters und bedenke, daß Cyrus, dein Vater, mich zu deinem Ratgeber bestellte. Du willst deinen Bruder umbringen; ich aber sage dir, folge nicht deinem Zorn, sondern suche dich selbst zu beherrschen! Zu prüfen vor dem Handeln ist die Pflicht der Weisen und Könige. Hüte dich, brüderliches Blut zu vergießen, denn wisse, daß seine Dämpfe aufsteigen zum Himmel und zu Wolken werden, welche die Tage des Mörders verfinstern und endlich tausend Blitze der Rache auf ihn herniederschleudern. Ich weiß, daß du richten und nicht morden willst. Handle denn nach dem Brauche derer, welche Recht sprechen, und höre beide Teile, bevor du urteilst. Hat du dies getan, ist der Verbrecher überführt worden und geständig seiner Schuld, dann wird die Blutwolke dein Dasein nicht mehr verfinstern, sondern dich beschatten, und statt der Strafe der Götter wirst du den Ruhm eines gerechten Richters gewinnen.«

Kambyses hörte dem Greis schweigend zu, winkte Bischen zurückzutreten und befahl Boges, seine Klage zu wiederholen.

Der Eunuch verneigte sich und begann: »Ich war krank und mußte darum die Aufsicht über die Ägypterin meinem Gefährten Kandaules überlassen, welcher seine Unachtsamkeit mit dem Tode büßte. Gegen Abend befand ich mich wieder wohler und bestieg die hängenden Gärten, um zu sehen, ob alles in Ordnung sei, und die seltene Blume in Augenschein zu nehmen, welche in dieser Nacht aufblühen sollte. Der König, dem Auramazda Sieg verleihe, hatte befohlen, die Ägypterin strenger zu bewachen als sonst, weil sie sich unterfangen hatte, dem edlen Bartja einen Brief …«

»Schweig«, unterbrach der König den Eunuchen, »und halte dich bei der Sache.«

»Als der Tistarstern gerade aufging, langte ich auf den Gärten an und verweilte einige Zeitlang mit diesen edlen Achämeniden, dem Oberpriester und dem König Krösus bei der blauen Lilie, denn sie war in der Tat von zauberhafter Schönheit. Dann rief ich meinen Genossen Kandaules und fragte ihn in Gegenwart dieser edlen Zeugen, ob alles in Ordnung sei. Er bejahte dies und fügte hinzu, er komme eben von Nitetis, welche den ganzen Tag geweint und weder Trank noch Speise zu sich genommen habe. Ich, besorgt für das Wohlsein meiner hohen Gebieterin, trage Kandaules auf, einen Arzt zu holen, und will mich eben, um mich selbst von dem Befinden der Herrin zu überzeugen, von den edlen Achämeniden trennen, als ich im Mondenschein eine männliche Gestalt erkenne. Ich war so krank und schwach, daß ich kaum stehen konnte, und hatte keine männliche Hilfe außer dem Gärtner bei mir. Meine Untergebenen hielten, ziemlich weit von uns, an den Eingängen Wache. Ich klatschte in die Hände, um einige von ihnen herbeizurufen, und näherte mich, als sie nicht kamen, von diesen Edlen beschützt, dem Haus. Die männliche Gestalt stand vor den Fenstern der Ägypterin und stieß, als sie uns nahen hörte, einen leisen Pfiff aus. Dann erschien, im hellen Mondlicht genau erkennbar, eine zweite Gestalt, welche aus dem Fenster des Schlafzimmers der Ägypterin in den Garten sprang und mit ihrem Begleiter uns entgegenkam. Ich schalt meine Augen Lügner, als ich in dem Eindringling den edlen Bartja erkannte. Ein Feigengebüsch verbarg uns den Fliehenden. Wir aber konnten sie, da sie kaum vier Schritte weit von uns vorübergingen, ganz deutlich erkennen. Während ich mich noch bedenke, ob ich das Recht habe, einen Sohn des Cyrus zu verhaften, und Krösus Bartja anruft, verschwinden die beiden plötzlich hinter einem Zypressenbaum. Wir folgten ihnen und suchten lange, aber vergeblich nach den in rätselhafter Weise Entkommenen. Nur dein Bruder wird imstande sein, uns die seltsame Art seines Verschwindens zu erklären. Die Ägypterin lag, als ich gleich darauf das Haus untersuchte, ohnmächtig auf dem Diwan in ihrem Schlafzimmer.«

Alle Anwesenden horchten in ängstlicher Spannung. Kambyses aber knirschte mit den Zähnen und fragte mit erregter Stimme: »Kannst du die Worte des Eunuchen bezeugen, Hystaspes?«

»Ja!«

»Warum legtet ihr nicht Hand an den Frevler?«

»Wir sind Krieger, aber keine Häscher.«

»Oder besser, jener Betrüger ist euch lieber als euer König.«

»Wir ehren dich und verabscheuen den Verbrecher Bartja, wie wir den schuldlosen Sohn des Cyrus liebten.«

»Habt ihr Bartja genau erkannt?«

»Ja.«

»Auch du, Krösus, verneinst nicht meine Frage?«

»Nein. Ich glaube, deinen Bruder im Mondschein so deutlich, als er dort vor mir steht, gesehen zu haben: doch mein' ich, daß uns irgendeine wunderbare Ähnlichkeit getäuscht haben muß.«

Boges erblaßte bei diesen Worten. Kambyses aber schüttelte mißbilligend sein Haupt und sagte: »Wem dürfte ich überhaupt noch glauben, wenn jetzt schon die Augen meiner bewährtesten Helden trügen. Wer möchte Richter sein, wenn Zeugnisse wie die euren keine Gültigkeit haben sollten?«

»Andere ebenso gültige Aussagen als die unseren werden dir beweisen, daß wir uns geirrt haben müssen.«

»Wer wagt es, für jenen Frevler Zeugnis abzulegen?« fragte Kambyses. In seiner Wut sprang er vom Stuhl auf und stampfte mit den Füßen.

»Wir!« riefen Araspes, Darius, Gyges und Zopyrus wie mit einer Stimme.

»Verräter, Schurken!« schrie der König. Als aber seine Blicke den mahnenden Augen des Krösus begegneten, senkte er seine Stimme und rief: »Was habt ihr für den Frevler vorzubringen? Bedenkt euch wohl, bevor ihr redet, und fürchtet die Strafe, welche auf falsche Zeugnisse ausgesetzt ist.«

»Wir bedürfen dieser Mahnung nicht«, sagte Araspes, »doch können wir beim Mithra beschwören, daß wir seit der Heimkehr von der Jagd Bartja und seinen Garten keinen Augenblick verlassen haben.«

»Und«, fügte Darius hinzu, »ich, der Sohn des Hystaspes, kann die Unschuld deines Bruders ganz besonders klar beweisen. Ich beobachtete mit ihm den Tistarstern, welcher ja, nach der Aussage des Boges, seine Flucht beleuchtet haben soll.«

Hystaspes sah nach diesen Worten staunend und fragend auf seinen Sohn. Kambyses schaute bald den einen, bald den anderen Teil der Zeugen an, welche sich gegenseitig zu glauben gewohnt waren, aber in diesem Fall einander doch nicht glauben konnten.

Bartja, der bis dahin geschwiegen und schmerzlich auf die Ketten, welche seine Hände fesselten, geschaut hatte, benutzte das allgemeine Stillschweigen und sagte, indem er sich tief verneigte: »Gestattest du mir, einige Worte zu reden, mein König?«

»Sprich!«

»Unser Vater gab uns das Beispiel, nur dem Guten und Reinen nachzustreben. Darum war mein Wandel bisher unbefleckt. Kannst du mich einer einzigen finsteren Handlung anklagen, so glaube mir nicht. Wenn du mir bisher vertraut hast, so bedenke, daß ein Sohn des Cyrus den Tod einer Lüge vorzieht. Ich gestehe, daß sich noch kein Richter in einer mißlicheren Lage befand als du. Die Besten deines Reichs zeugen gegen die Besten, der Freund gegen den Freund, der Vater gegen den Sohn. Ich aber sage dir, daß, wenn ganz Persien seine Hand gegen dich erheben würde und alle beschwören wollten, Kambyses habe dies oder jenes begangen, du aber versichern würdest: ›Ich tat es nicht.‹ Würdest du nicht, das ganze Persien Lügen strafen und ausrufen: ›Ihr seid falsche Zeugen, denn viel eher wird das Meer Feuer auswerfen, als der Mund des Cyrussohnes mit Lügen umgehen!‹«

Kambyses sah nach diesen Worten weniger zornig auf seinen Bruder; dieser fuhr fort: »So beschwöre ich denn hiermit beim Mithra und allen reinen Geistern meine Unschuld. Wenn ich seit meiner Heimkehr auf den hängenden Gärten gewesen bin, wenn mein Mund dich jetzt belügt, dann soll mein Leben vergehen und mein Geschlecht aussterben!«

Bartja hatte diesen Eid mit so sicherer, überzeugender Stimme geleistet, daß Kambyses befahl, seine Ketten zu lösen. Dann sagte er nach kurzem Sinnen: »Ich will dir glauben, denn ich vermag nicht, dich für den verworfensten aller Menschen zu halten. Morgen wollen wir die Sternendeuter, Weissager und Priester befragen. Vielleicht vermögen sie die Wahrheit an den Tag zu bringen. Siehst du ein Licht in dieser Finsternis, Oropastes?«

»Dein Knecht vermutet, daß ein Diw die Gestalt des Bartja angenommen habe, um deinen Bruder zu verderben und deine königliche Seele mit dem Blut des Sohnes deines Vaters zu beflecken.«

Kambyses und alle Anwesenden nickten beifällig; ja, Kambyses wollte eben seinem Bruder die Hand reichen, als ein Stabträger eintrat, welcher dem König ein Dolchmesser überreichte. Ein Eunuch hatte es unter dem Fenster des Schlafzimmers der Nitetis gefunden.

Kambyses schaute die Waffe, deren kostbarer Griff von Rubinen und Türkisen wimmelte, prüfend an, erblaßte und warf den Dolch plötzlich so heftig vor die Füße seines Bruders, daß die Edelsteine aus ihrer Fassung fielen.

»Dies ist dein Dolch, du Elender!« schrie er und brauste von neuem jähzornig auf. »Heute morgen beim Jagen hast du mit ihm dem Eber, den ich erlegte, den letzten Stoß gegeben. Auch du, Krösus, mußt ihn kennen, denn mein Vater nahm ihn aus deiner Schatzkammer zu Sardes. Jetzt bist du überführt, du Lügner und Betrüger! Die Diws brauchen keine Waffen, und Messer gleich diesem findet man nicht auf allen Wegen. Du faßt nach deinem Gürtel? Du erbleichst? Dein Messer fehlt dir?«

»Es ist fort. Ich muß es verloren, und ein Feind von mir ...«

»Feßle ihn, Bischen! Führt den Verräter und die falschen Zeugen in den Kerker! Morgen werden sie erdrosselt! Tod ist die Strafe für den Meineid! Wenn sie entwischen, so fallen die Köpfe der Wächter. Kein Wort will ich hören; hinaus, ihr meineidigen Schurken. Du eilst auf die hängenden Gärten, Boges, und bringst die Ägypterin zu mir. Aber nein, ich will die Schlange nicht mehr sehen! Bald graut der Morgen. Zur Mittagszeit soll die Verräterin durch die Stadt gepeitscht werden. Dann will ich ...«

Weiter konnte der König nicht sprechen, denn er sank, einem neuen epileptischen Krampf verfallend, auf den marmornen Fußboden der Halle nieder.

Während dieses entsetzenerregenden Schauspiels trat die blinde Kassandane, geführt von dem greisen Feldherrn Megabyzus, in den Saal. Die Aufregung war in ihre einsamen Gemächer gedrungen; darum hatte sie sich, trotz der nächtlichen Stunde, aufgemacht, um die Wahrheit zu ergründen und ihren Sohn vor Übereilungen zu warnen. Fest und unerschütterlich glaubte sie an die Unschuld Bartjas und der Nitetis, wenn sie sich das Vorgefallene auch nicht erklären konnte. Mehrere Male hatte sie versucht, sich mit der Ägypterin in Verbindung zu setzen, aber es war ihr nicht gelungen; denn die Wächter hatten die Kühnheit gehabt, ihr, als sie endlich in eigener Person zu den hängenden Gärten kam, den Eintritt zu untersagen.

Krösus eilte der hohen Frau entgegen, teilte ihr in schonender Weise das Vorgefallene mit, bestärkte sie in den Glauben an die Unschuld der Angeklagten und führte sie zum Lager ihres Sohnes, des Königs.

Die Krämpfe desselben dauerten diesmal nicht lange. Erschöpft und bleich lag er auf seinem goldenen Bett unter Decken von purpurner Seide. Neben ihm saß seine blinde Mutter, am Fußende des Lagers stand Krösus mit Oropastes, und im Hintergrund des Zimmers berieten sich vier Leibärzte[107], leise flüsternd, über den Zustand des Kranken.

Kassandane ermahnte ihren Sohn mit sanften Worten, sich vor leidenschaftlichem Aufbrausen zu hüten und zu bedenken, welch traurige Folgen jeder Ausbruch des Zorns für seine Gesundheit haben könnte.

»Du hast recht, Mutter«, antwortete der König mit bitterem Lächeln. »Es wird nötig sein, daß ich alles, was meinen Zorn erweckt, aus meinem Weg räume. Die Ägypterin muß sterben und mein verräterischer Bruder seiner Buhlerin folgen!«

Kassandane entfaltete ihre ganze Beredsamkeit, um für die Unschuld der Verurteilten zu sprechen und den Zorn des Königs zu besänftigen, aber weder Bitten noch Tränen vermochten den Entschluß des Kambyses umzustoßen.

Endlich unterbrach Kambyses die wehklagende Greisin und sagte: »Ich fühle mich tödlich erschöpft und kann dein Schluchzen und deine Klagen nicht länger mit anhören. Die Schuld der Nitetis ist erwiesen. Ein Mann hat ihr Schlafzimmer verlassen, und dieser Mann war kein Dieb, sondern der schönste der Perser, an den sie sich gestern Abend einen Brief zu senden erfrechte.«

»Kennst du den Inhalt dieses Schreibens?« fragte Krösus und näherte sich dem Lager.

»Nein; es war in griechischer Sprache geschrieben. Die Treulose wählt zu ihren frevelhaften Bestellungen Zeichen, welche niemand an diesem Hofe zu lesen vermag.«

»Gestattest du mir, daß ich dir den Brief übersetze?«

Kambyses deutete mit der Hand auf ein Kästchen von Elfenbein, in welchem das verhängnisvolle Schreiben lag, und sagte: »Nimm und lies; verschweige mir aber kein Wort, denn morgen werde ich mir diesen Brief nochmals von einem der Kaufleute aus Sinope, die zu Babylon wohnen, vorlesen lassen.«

Krösus atmete in neuer Hoffnung auf und nahm das Papier in die Hand. Als er es überlesen hatte, füllten sich seine Augen mit Tränen, und seine Lippen murmelten: »Die Pandorasage ist dennoch wahr, und ich kann den Dichtern, welche die Weiber schmähen, nicht mehr zürnen. Alle, alle sind falsch und treulos! O Kassandane, wie trügerisch sind die Götter. Sie schenken uns die Gabe des Alters; aber nur, um uns wie die Bäume, wenn der Winter naht, zu entblättern und uns zu zeigen, daß alles, was wir für Gold hielten, Kupfer, und das, wovon wir Labung hofften, Gift sei.«

Kassandane weinte laut auf und zerriß ihr kostbares Gewand; Kambyses aber ballte die Fäuste, als Krösus mit bewegter Stimme folgende Worte las:

»Nitetis, Tochter des Amasis von Ägypten, an Bartja, den Sohn des großen Cyrus.

Ich habe Dir, aber Dir allein, etwas Wichtiges zu sagen. Morgen hoffe ich Dich vielleicht bei Deiner Mutter zu sprechen. Es liegt in Deiner Hand, ein armes, liebendes Herz zu trösten und ihm vor seinem Verlöschen einen glücklichen Augenblick zu gewähren. Ich habe Dir viel und Trauriges zu erzählen und wiederhole Dir, daß ich Dich bald sprechen muß‹.«

Das verzweifelte Gelächter ihres Sohnes schnitt der Mutter ins Herz. Sie beugte sich über ihn und wollte sein Angesicht küssen; Kambyses aber wehrte ihren Liebkosungen und sagte: »Es ist eine zweifelhafte Ehre, zu deinen Lieblingen zu gehören. Bartja hat sich von der Verräterin nicht zweimal rufen lassen und sich mit falschen Schwüren entehrt. Seine Freunde, die Blüte unserer

Jugend, haben sich für ihn mit unauslöschlicher Schande bedeckt, und deine ›geliebteste Tochter‹ ist durch ihn … Aber nein, Bartja hat an ihrer Entwicklung keine Schuld. Aus Heuchelei, Lüge und Trug bestand ihr Leben; ihr Tod soll euch beweisen, daß ich zu strafen verstehe. Jetzt verlaßt mich, denn ich muß allein sein.«

Kaum hatten sich die Anwesenden entfernt, als Kambyses aufsprang und wie ein Rasender umherlief, bis der heilige Vogel Parôdar den Tag erweckte. Als die Sonne aufgegangen war, legte er sich wiederum auf sein Lager und versank in einen der Erstarrung ähnlichen Schlaf.

Während dieser Vorgänge saßen die jungen gefangenen Helden und der alte Araspes, nachdem Bartja dem Gyges einen Abschiedsbrief an Sappho diktiert hatte, zechend beieinander. »Laßt uns fröhlich sein«, rief Zopyrus, »denn ich glaube, daß es mit der Freude bald vorbei sein wird! Morgen früh sind wir tot. Schade, daß wir Menschen nur einen Hals haben; hätten wir zwei, so würde ich mehr als ein Goldstück für unser Leben verwetten.«

»Zopyrus hat recht«, fügte Araspes hinzu, »wir wollen fröhlich sein und die Augen aufhalten, denn sie werden sich bald genug auf immer schließen.«

»Wer unschuldig wie wir in den Tod geht, hat keine Ursache zur Trauer«, sagte Gyges. »Füll mir den Becher, Schenk!«

»He, Bartja und Darius«, rief Zopyrus den Freunden zu, die sich leise besprachen. »Habt ihr wieder Geheimnisse? Kommt her zu uns und nehmt den Becher! Ich habe mir, beim Mithra, niemals den Tod gewünscht, heute freue ich mich aber auf den schwarzen Azis[108], denn er wird uns alle auf einmal entführen. Zopyrus stirbt lieber mit seinen Freunden, als daß er ohne sie lebt!«

»Vor allen Dingen«, sagte Darius, indem er sich mit Bartja zu den Trinkenden gesellte, »müssen wir uns das Vorgefallene zu erklären versuchen.«

»Mir ist's gleich«, rief Zopyrus, »ob ich mit oder ohne Erklärung sterbe, wenn ich nur weiß, daß ich unschuldig bin und den

Tod des falschen Zeugen nicht verdient habe! Schaff uns goldene Pokale herbei, Bischen, aus diesen schlechten, ehernen Bechern will mir der Wein nicht munden. Wenn auch Kambyses unseren Freunden und Vätern uns zu besuchen verbietet, so kann er doch nicht wollen, daß wir in unseren letzten Stunden Not leiden!«

»Nicht das Metall des Gefäßes, sondern der Tod verbittert dir den Trunk«, sagte Bartja.

»Nein«, rief Zopyrus, »ich hatte schon halb vergessen, daß das Erdrosseln zu töten pflegt.« Nach diesen Worten stieß er Gyges an und flüsterte ihm zu: »Sei doch heiter! Siehst du denn nicht, daß Bartja der Abschied von der Erde schwer wird? Was hast du gesagt, Darius?«

»Ich meinte, es sei nicht anders möglich, als daß, wie Oropastes vermutet, ein böser Diw Bartjas Gestalt angenommen und sich zu der Ägypterin begeben hat, um uns ins Unglück zu stürzen.«

»Ich glaube nicht an solche Dinge!«

»Erinnert ihr euch nicht an die Sage vom König Kawus, zu dem gleichfalls ein Diw in der schönen Gestalt eines Sängers trat?«

»Natürlich«, rief Araspes. »Cyrus ließ sich diese Sage so oft beim Essen vorsingen, daß ich sie auswendig weiß. Wollt ihr sie hören?«

»Gern, gern, singe, laß hören!« riefen die Männer. Araspes besann sich einen Augenblick, dann begann er halb sprechend, halb singend:

Nun Kawus, statt des Vaters, König war,
Und alle Welt ihm untertänig war,
Nun er die Erde vor sich beben sah
Und sich von Schätzen reich umgeben sah,
Die Ketten sah, den Thron, die Perlenreih'n
Der Krone Gold und funkelndes Gestein,
Die Thasirrosse stark von Bug und Weichen,
Schien er sich auf der Erde ohnegleichen,
So einst in goldgeschmückter Rosenlaube
Erlabt' er sich am süßen Saft der Traube;
Zu einem Höfling unterdessen trat

Ein Diw, in Sängertracht gehüllt, und bat
Um Einlaß bei dem Schah. So hub er an:
›Ich bin ein Sänger von Masenderan[109]:
Der Schah, wenn ihm genehm ist, mich zu hören,
Mag Zutritt mir zu seinem Thron gewähren.‹

Und Kawus spricht: ›Man führ' ihn gleich herein!
Er nehme Platz in meiner Sänger Reih'n!‹ –
Da schlägt der Diw die Saiten, und dem schönen
Masenderan läßt er ein Lied ertönen.

›Wollt ihr das Lied von Masenderan hören?‹
›Singe, singe weiter!‹

›Gepriesen sei mein Land Masenderan!
Glück lache seine Au'n und Länder an,
Wo in den Gärten stets die Rose blüht,
Am Berghang Tulp' und Anemone blüht,
Wo immer rein die Luft und grün das Land,
Den ew'gen Lenz nicht Frost noch Hitze bannt,
Wo stets die Nachtigall im Walde singt,
Die Hündin an der Bergeshalde springt
Und nie von ihrem munter'n Laufe ruht;
Wo alles prangt in Duft und Farbenglut;
Wo Rosenwasser in den Strömen fließt
Und Wohlgerüche in die Seele gießt.
*Im Bahman, Ader, Ferwerdin und Di**
Blüh'n dort die Tulpen; sie verwelken nie;
Der Rand der Bäche grünt das ganze Jahr,
Die Falken sind beim Jagen immerdar;
Das ganze Land, so weit es sich erstreckt,
Ist mit Geschmeide, Seid' und Gold bedeckt;
Die Priester sind dort goldbediademt,
Die Großen tragen Gürtel, goldverbrämt;
Ist einem dort der Aufenthalt verweigert,
So fehlt ihm, was sein Glück aufs Höchste steigert[110].‹

Mai, März, Juli, April,

»Und Kai Kawus hörte auf die Worte des in Sängergestalt verwandelten Diw und zog nach Masenderan und wurde dort von den Diws geschlagen und des Augenlichts beraubt.«

»Aber«, fiel Darius ein, »Rustem, der große Held, kam und schlug den Erscheng und die anderen bösen Geister und befreite die Gefangenen und machte die Blinden sehend, indem er ihnen das Blut der getöteten Diws in die Augen träufelte. Ebenso wird es uns ergehen, ihr Freunde! Wir, die Gefangenen, werden befreit und dem Kambyses und unseren verblendeten Vätern die Augen geöffnet werden, daß sie unsere Unschuld erkennen. Höre, Bischen, gehe, wenn wir dennoch getötet werden sollten, zu den Magiern, den Chaldäern und dem Ägypter Nebenchari und sage ihnen, sie möchten nicht mehr nach den Sternen schauen, denn sie hätten dem Darius bewiesen, daß sie Lügner und Betrüger wären!«

»Ich habe es immer gesagt«, unterbrach ihn Araspes, »daß nur die Träume zu weissagen verstehen. Bevor Abradat in der Schlacht vor Sardes fiel, sah die unvergleichliche Panthea im Traum, wie er von einem lydischen Pfeil durchbohrt wurde.«

»Grausamer Mensch«, rief Zopyrus, »mußt du uns erinnern, daß sich's schöner auf dem Schlachtfeld als mit zusammengeschnürtem Hals stirbt?!«

»Hast recht!« erwiderte der Alte: »Ich habe manchen Tod gesehen, der mir wünschenswerter vorkam als der unsere, ja selbst als das Leben. Ach, Kinder, es gab eine Zeit, in der es besser war als heute!«

»Erzähle uns etwas aus jenen Tagen!«

»Verrate uns, warum du niemals geheiratet hast! In der anderen Welt wird dir's nicht schaden, wenn wir dein Geheimnis ausplaudern.«

»Ich habe kein Geheimnis; denn das, was ihr unbedingt wissen wollt, kann euch jeder eurer Väter mitteilen. So hört denn!

Als ich jung war, spielte ich mit den Frauen, aber spottete der Liebe. Da wollte es der Zufall, daß Panthea, die schönste aller Frauen, in unsere Hände fiel. Cyrus machte mich, der sich rühmte, ein unverwundbares Herz zu haben, zu ihrem Wächter. Ich sah Panthea täglich, und, ja, meine Freunde, und lernte, daß die Liebe stärker sei als unsere Willenskraft. Panthea wies meine

Bewerbung ab, veranlaßte Cyrus, mich aus ihrer Nähe zu entfernen und ihren Gatten Abradat als Bundesgenossen aufzunehmen. Das treue edle Weib schmückte vor dem Kampf ihren schönen Gatten mit all ihrem Geschmeide und sagte ihm, daß er der Tugend des Cyrus, welcher sie, die Gefangene, wie eine Schwester behandelt hatte, nur durch aufopfernde Freundschaft und heldenmütige Tapferkeit danken könne. Abradat stimmte der Gattin bei, kämpfte wie ein Löwe für Cyrus und fiel. An seiner Leiche entleibte sich Panthea. Als ihre Diener dies erfahren hatten, machten sie am Grab der schönen Herrin auch ihrem Leben ein Ende. Cyrus beweinte das edle Paar und ließ ihm einen Grabstein errichten, den ihr heute noch bei Sardes sehen könnt. Auf demselben stehen die schlichten Worte: ›Der Panthea, dem Abradat und den treuesten aller Diener.‹ Seht, ihr Kinder, wer eine solche Frau geliebt hat, der kann wohl schwer noch an eine andere denken[111]!«

Die jungen Helden hatten dem Alten schweigend zugehört, und blieben, als er schon längst zu erzählen aufgehört hatte, noch immer stumm. Endlich rief Bartja, seine Hände zum Himmel erhebend: »O großer Auramazda! Warum läßt du mich nicht enden wie Abradat; warum müssen wir wie Mörder in Schimpf und Schande sterben?«

In diesem Augenblick trat Krösus, von Peitschenträgern begleitet, mit gefesselten Händen in die Halle. Die Freunde eilten ihm entgegen und bestürmten ihn mit Fragen. Gyges warf sich an die Brust seines Vaters, und Bartja näherte sich dem Mentor seiner Jugendjahre mit geöffneten Armen.

Die heiteren Züge des Greises waren streng und ernst und seine sonst so milden Augen düster, fast drohend. Mit einer kalten, gebieterischen Handbewegung wies er den Königssohn zurück und sagte mit zitternder, Schmerz und Vorwürfe atmender Stimme: »Laß meine Hand, verblendeter Knabe; du bist nicht wert der Liebe, die ich dir bis zu diesem Tag schenkte. Vierfach treulos hast du deinen Bruder betrogen, deine Freunde hintergangen, das arme Kind, das in Naukratis auf dich wartet, verraten und das Herz der unglücklichen Tochter des Amasis vergiftet.«

Anfänglich hörte Bartja gelassen zu, als aber Krösus das Wort

»betrogen« aussprach, ballten sich seine Fäuste, und wild mit dem Fuß stampfend, rief er aus: »Deine Jahre, deine Schwäche und der Dank, den ich dir schulde, schützen dich, Krösus, sonst würden diese Schmähreden deine letzten gewesen sein!«

Krösus hörte sich diesen Ausbruch gerechten Zorns ruhig an und sagte: »Kambyses und du seid eines Blutes; dies beweist dein törichtes Toben. Es würde dir besser stehen, wenn du deine Freveltaten bereuen und mich, deinen Lehrer und Freund, um Verzeihung bitten würdest.«

Diese Worte lösten den Zorn des beleidigten Jünglings. Seine geballten Hände sanken kraftlos nieder, und seine Wangen wurden totenbleich.

Diese vermeintlichen Zeichen der Reue milderten die Entrüstung des Greises. Seine Zuneigung war stark genug, um Bartja zu umarmen. Er fragte ihn, wie ein Vater seinen Sohn fragt, den er auf dem Schlachtfelde verwundet antrifft: »Gestehe mir, du armer verblendeter Junge, wie war es möglich, daß du dich zu einer solchen Schandtat hast hinreißen lassen?«

Bartja hörte diesen Worten schaudernd zu. Sein Angesicht rötete sich wieder und seine Seele füllte sich mit Bitterkeit. Zum erstenmal verließ ihn der Glaube an die Gerechtigkeit der Götter.

Er nannte sich das Schlachtopfer eines grausamen, unerbittlichen Geschicks, er empfand dasselbe, was das unschuldige, gehetzte Wild fühlen muß, wenn es zusammenbricht und das Nahen der Meute und der Jäger vernimmt. In seiner Unerfahrenheit wußte er nicht, wie er diesen Schicksalsschlägen entgegentreten sollte. Man hatte seinen Körper und seinen Mut irdischen Feinden gegenüber zu stählen gewußt; aber seine Erzieher hatten ihn ebensowenig wie seinen Bruder gelehrt, die Schläge des Schicksals abzuwehren. Schienen Kambyses und Bartja doch bestimmt zu sein, nur aus der Schale des Glücks und der Freude zu trinken.

Zopyrus konnte die Tränen seines Freundes nicht ansehen. Voller Zorn warf er Krösus vor, hart und ungerecht zu sein. Gyges schaute seinen Vater verwirrt an, Araspes stellte sich zwischen den tadelnden Greis und den gekränkten Jüngling. Darius aber trat mir ruhiger Überlegenheit, nachdem er eine Zeitlang alle Beteiligten still beobachtet hatte, Krösus gegenüber und sagte: »Ihr kränkt und beleidigt einander, ohne daß der Angeklagte zu wissen scheint, was er verbrochen hat, ohne daß der Richter sich die Verteidigung des Beschuldigten auch nur einmal ruhig anhört. Ich bitte dich, Krösus, teile uns mit, um der Freundschaft willen, die uns bis heute verband, was dich bewog, Bartja, an dessen Unschuld du noch vor kurzem glaubtest, so hart zu verurteilen?«

Der Greis folgte diesem Verlangen und erzählte, daß er einen eigenhändigen Brief der Ägypterin gelesen, in welchem sie den Jüngling zu einer geheimen Zusammenkunft aufforderte. Seine eigenen Augen, das Zeugnis der ersten Männer im Reiche, ja selbst der vor dem Hause der Nitetis gefundene Dolch habe ihn nicht von der Schuld seines Lieblings überzeugen können; jener Brief aber sei gleich einer Brandfackel in sein Herz geflogen und habe den letzten Rest seines Glaubens an die Tugend der Ägypterin vernichtet.

»Ich verließ den König«, so schloß er, »fest überzeugt von der frevelhaften Verbindung eures Freundes mit jener Ägypterin, deren Herz ich bis dahin für einen Spiegel alles Guten und Schönen gehalten hatte. Könnt ihr mir verargen, wenn ich denjenigen tadle, welcher diesen klaren Spiegel so schändlich befleckt hat?«

»Wie soll ich dir meine Unschuld beweisen!?« rief Bartja, die Hände ringend. »Wenn du bloß mehr Vertrauen zu mir hättest …«

»Mein Junge! Um dein Leben zu retten, verwirkte ich, wenige Minuten ist es her, das meine. Als ich erfuhr, daß Kambyses euern Tod befohlen habe, eilte ich zu ihm, bestürmte ihn mit Bitten und vermaß mich, als mein Flehen nichts fruchtete, dem gereizten Mann bittere Vorwürfe zu machen. Da riß ihm endgültig der Geduldsfaden, und tobend befahl er auch meinen Tod. Der Peitschenträger-Oberst Giw verhaftete mich, schenkte mir aber bis morgen das Leben. Er ist mir verpflichtet und wird den Aufschub der Hinrichtung verheimlichen können. Ich freue mich, daß ich euch, meine Söhne, nicht zu überleben brauche, und sterbe unschuldig neben euch, den Schuldigen.«

Diese Worte erweckten einen neuen Sturm des Widerspruchs.

Abermals bewahrte nur Darius die Ruhe. Er erzählte Krösus nochmals haarklein den ganzen Verlauf des Abends, um so die

Unschuld des Bartja zu beweisen. Dann forderte er den der Treulosigkeit Angeklagten zum Reden auf. Bartja wies jedes Einverständnis mit Nitetis so kurz, schlagend und entschieden zurück und bekräftigte seine Aussage mit einem so furchtbaren Schwur, daß die Überzeugung des Krösus erst zu schwanken, endlich zu schwinden begann. Als Bartja seine Rede schloß, atmete Krösus auf, nahm seinen früheren Schüler in die Arme und bekannte, man habe seine Brust von einer schweren Last befreit.

Sosehr sich die Freunde nun auch bemühten, das Vorgefallene zu erklären, so erfolglos blieben ihre Versuche. Übrigens waren alle der festen Ansicht, Nitetis liebe Bartja und habe jenen Brief an ihn in böser Absicht geschrieben.

»Wer sie gesehen hat«, rief Darius aus, »als Kambyses den Tischgenossen mitteilte, Bartja habe sich ein Weib erwählt, der kann nicht an ihrer Leidenschaft für ihn zweifeln. Als sie den Becher fallen ließ, hörte ich schon den Vater der Phädime sagen, die Ägypterinnen schienen großen Anteil an den Herzensangelegenheiten ihrer Schwäger zu nehmen.«

Während dieser Gespräche war die Sonne aufgegangen und schien hell und freundlich in das Zimmer der Gefangenen.

»Mithra will uns das Scheiden schwermachen«, murmelte Bartja.

»Nein«, erwiderte Krösus, »er leuchtet uns nur freundlich voran in die Ewigkeit.«

9.
KAPITEL

Die unschuldige Urheberin all dieser traurigen Verwicklungen, Nitetis, hatte seit dem Geburtstagsfest des Königs unendlich traurige Stunden verlebt. Seit jenen harten Worten, mit denen Kambyses sie aus der Halle gewiesen, nachdem ihr unerklärliches Benehmen seine Eifersucht erweckt hatte, war nicht die geringste Kunde, weder von ihrem zornigen Geliebten noch von seiner Mutter oder Schwester, zu ihr gelangt. Bisher hatte sie jeden Tag seit ihrer Ankunft in Babylon Kassandane und Atossa gesehen. Als sie sich zu den beiden Frauen tragen lassen wollte, um ihnen ihr sonderbares Benehmen zu erklären, verbot ihr Kandaules, ihr neuer Wächter, in kurzen Worten, das Haus zu verlassen. Bis zu diesem Zeitpunkt hatte sie geglaubt, eine freimütige Erzählung dessen, was sie dem letzten Briefe aus ihrer Heimat entnommen hatte, würde alle Mißverständnisse aufklären. In Gedanken sah sie schon Kambyses, seine Heftigkeit und seine törichte Eifersucht bereuend, ihr die Vergebung fordernde Hand entgegenstrecken. Voller Hoffnung dachte sie an jene Worte, die sie einst aus dem Mund des Ibykus vernommen hatte: »Wie ein starker Mann heftiger als ein Schwächling vom Fieber erfaßt wird, so quält die Eifersucht ein kräftig liebendes Herz furchtbarer als ein kühles, das keiner Leidenschaft fähig ist.«

Wenn der große Kenner der Liebe recht hatte, so mußte Kambyses, dessen Eifersucht so schnell und furchtbar entflammt war, eine große Leidenschaft für sie empfinden. In diese Zuversicht mischten sich fortwährend trübe Gedanken an die Heimat und finstere Ahnungen. Als die Mittagssonne am Himmel brannte und noch immer keine Nachricht von denen, die sie liebte, kam, wurde sie von einer fieberhaften Unruhe ergriffen, welche sich immer weiter steigerte, bis die Nacht hereinbrach. Dann trat Boges bei ihr ein und erzählte ihr mit bitterem Hohn, daß der König ihren Brief an Bartja besitze und der Gärtnerknabe, welcher ihn überbringen sollte, hingerichtet worden sei. Die gemarterten Nerven der Königstochter vermochten diesem neuen Schlag nicht zu widerstehen. Bevor Boges sie verließ, trug er die

Besinnungslose in ihr Schlafgemach und riegelte es sorgfältig zu.

Wenige Minuten später entstiegen zwei Männer, ein Jüngling und ein Greis, der Falltür, welche Boges vor zwei Tagen so aufmerksam geprüft hatte. Der Alte blieb, sich an die Wand des Hauses drängend, stehen, während der Junge einer aus dem Fenster winkenden Hand folgte und sich mit einem Satz in das Zimmer schwang. Liebesworte und die Namen Gaumata und Mandane wurden leise geflüstert, Küsse gewechselt und Schwüre geleistet. Endlich klatschte der Alte in die Hände. Der junge Mann verstand diesen Wink, umarmte die Dienerin der Nitetis noch einmal, sprang wieder durch das Fenster in den Garten, eilte an den nahenden Bewunderern der blauen Lilie vorüber, schlüpfte mit seinem Begleiter in die offen gehaltene Falltür, schloß sie behutsam und verschwand.

Mandane eilte schnell in das Zimmer, wo ihre Herrin des Abends zu verweilen pflegte. Inzwischen kannte sie deren Gewohnheiten und wußte, daß sie allabendlich beim Aufgang der Sterne am Fenster saß und, ohne nach einer Dienerin zu verlangen, stundenlang auf den Fluß und die Ebene starrte. So hatte Mandane, ohne eine Entdeckung von dieser Seite zu befürchten und in dem Bewußtsein, von dem Eunuchen-Obersten selbst beschützt zu werden, ihren Geliebten ruhig erwarten können.

Kaum hatte sie ihre bewußtlose Herrin gefunden, als sie vernahm, wie sich der Garten mit Menschen füllte, Männer- und Eunuchenstimmen durcheinanderschrien und die Trompete ertönte, welche die Wächter herbeirufen sollte. Anfänglich zitterte sie vor Angst, man habe ihren Geliebten entdeckt; als aber Boges erschien und ihr zuflüsterte: »Er ist glücklich entkommen!«, befahl sie den Dienerinnen, die aus dem Weibergemach, in das sie dieselben, ihres Stelldicheins wegen, verbannt hatte, scharenweise herbeiströmten, die Gebieterin in ihre Schlafkammer zu tragen. Dort versuchte sie, Nitetis wachzurütteln. Diese hatte kaum die Augen geöffnet, als Boges in ihr Zimmer trat und den beiden Eunuchen, die ihm folgten, befahl, Ketten um die zarten Arme der Jungfrau zu legen.

Widerstandslos ließ Nitetis alles über sich ergehen; ja, sie fand keine Erwiderung, als ihr Boges, das Haus verlassend, zurief: »Laß dir's in deinem Käfig wohlgefallen, mein gefangenes

Vögelchen. Soeben erzählt man deinem Herrn, ein Königsmarder habe sich in seinem Taubenschlag vergnügt. Gehab dich wohl und denk an den armen, geplagten Boges, wenn dich bei dieser Hitze die feuchte Erde abkühlen wird. Ja, mein Täubchen, im Tode erkennt man seine wahren Freunde, darum will ich dich in keinem Sacke von grobem Leinenzeuge, sondern in einem Tuch von zarter Seide vergraben lassen! Lebe wohl, mein Herzblatt!«

Fassungslos hörte Nitetis sich diesen Spott an und bat Mandane, nachdem sich der Eunuch entfernt hatte, um Aufklärung über das Vorgefallene. Die Zofe erzählte ihr, dem Rat des Eunuchen folgend, Bartja habe sich in die hängenden Gärten geschlichen und sei, als er eben ein Fenster ersteigen wollte, von mehreren Achämeniden gesehen worden. Man habe Kambyses den Verrat seines Bruders mitgeteilt und fürchte nun angesichts der Eifersucht des Königs das Schlimmste. Das leichtsinnige Mädchen vergoß bei dieser Erzählung reichliche Tränen bitterer Reue, welche ihrer Herrin wohltaten, weil sie dieselben für Zeugen aufrichtiger Liebe und Teilnahme hielt. Als Mandane schwieg, schaute Nitetis verzweifelt auf ihre Ketten. Sie bedurfte einiger Zeit, um sich in ihre furchtbare Lage zu finden. Dann überlas sie den Brief aus der Heimat noch einmal, schrieb auf einen Zettel die kurzen Worte: »Ich bin unschuldig«, befahl der schluchzenden Dienerin, beide nach ihrem Tod der Mutter des Königs zu übergeben, und durchwachte eine unendlich lange Nacht. In ihrem Salbenkästchen befand sich ein Mittel zur Verschönerung der Haut, welches, wie sie wußte, den Tod herbeiführte, wenn man es in größerer Menge genoß. Dieses Gift ließ sie sich bringen und beschloß mit ruhiger Überlegung, sich, wenn der Henker nahen sollte, mit eigener Hand den Tod zu geben. So verlor sie ein wenig von ihrer Angst vor der letzten Stunde und sagte sich: »Er tötet dich zwar; aber er tötet dich aus Liebe.« Dann kam ihr der Gedanke, ihm einen Brief zu schreiben und ihm in demselben die ganze Fülle ihrer Liebe zu gestehen. Er sollte dies Schreiben erst nach ihrem Tod erhalten, damit er nicht dachte, sie habe es nur geschrieben, um ihr Leben zu retten. Die Hoffnung, der unbeugsame Starke könnte diese letzten Grüße vielleicht mit seinen Tränen benetzen, erfüllte ihre Seele mit einer schmerzlichen Wollust.

Trotz ihrer schweren Ketten schrieb sie dann folgende Worte:

»Kambyses wird dieses Schreiben erst erhalten, wenn ich nicht mehr sein werde. Es soll meinem Gebieter sagen, daß ich ihn heißer liebe als die Götter, die Welt, ja als mein eigenes junges Leben. Kassandane und Atossa sollen sich meiner freundlich erinnern! Aus dem Brief meiner Mutter werden sie ersehen, daß ich unschuldig bin und Bartja nur um meiner armen Schwester willen zu sprechen begehrte. Boges hat mir gesagt, mein Tod sei beschlossen. Wenn der Henker naht, so werde ich meinem Leben ein Ende machen. Ich begehe ein Verbrechen an mir selbst, um dich, Kambyses, vor einer schimpflichen Tat zu bewahren.«

Dieses Schreiben übergab sie samt dem Brief ihrer Mutter der weinenden Mandane mit der Bitte, beide dem Kambyses zuzustellen, sobald sie gestorben sei.

Dann warf sie sich nieder und flehte zu den Göttern ihrer Heimat, indem sie dieselben wegen ihrer Abtrünnigkeit um Verzeihung bat.

Als Mandane sie ermahnte, sich niederzulegen, weil sie schon sehr geschwächt sei, erwiderte Nitetis: »Ich brauche nicht zu schlafen, denn ich habe ja nur noch kurze Zeit zu wachen!«

Je länger sie betete und ägyptische Hymnen sang, desto inniger wandte sie sich wieder den Göttern ihrer Heimat zu, die sie nach so kurzem Kampfe verleugnet hatte. Fast alle Gebete, die sie kannte, bezogen sich auf das Leben nach dem Tod. Im Reiche des Osiris, in der Unterwelt, wo die zweiundvierzig Totenrichter den Wert oder Unwert einer Seele beurteilen sollten, durfte sie ihre Lieben wiederzusehen hoffen, sofern ihre Seele nicht die Wanderung durch die Leiber der Tiere antreten mußte und sofern ihr Körper, der Seelenträger, erhalten bleiben würde[112]. Diese Zweifel erfüllten sie mit fieberhafter Unruhe. Die Lehre, daß das Wohl der Seele an die Erhaltung des zurückbleibenden irdischen Teils des Ichs geknüpft sei, war ihr von Kindheit an vertraut. Sie glaubte an diesen Wahn, der Pyramiden getürmt und Felsen ausgehöhlt hatte, und erbebte, als sie daran dachte, daß ihr Leichnam, nach persischer Sitte, den Hunden, Raubvögeln und zerstörenden Mächten preisgegeben und ihrer Seele somit jede Hoffnung auf das ewige Leben geraubt werden würde. Da kam ihr der Gedanke, den alten Göttern nochmals untreu zu werden und sich vor den neuen Geistern des Lichts niederzuwerfen. Diese gaben den abgestorbenen Leib den Elementen, aus denen er bestand, zurück und prüften nur die Seele des Verstorbenen. Als sie aber ihre Hände zur großen Sonne erhob, die soeben mit ihren goldenen Strahlenschwertern die im Euphrattal wallenden Nebel besiegte, als sie den Mithra in neuerlernten Liedern zu preisen beginnen wollte, da versagte ihr die Stimme, und statt des Mithra sah sie in dem Gestirn des Tages den Gott, den sie in Ägypten so oftmals gelobt hatte, den großen Ra, und statt des Hymnus der Magier sang sie das Lied, mit dem die ägyptischen Priester die Morgensonne zu begrüßen pflegten:

Der großen Gottheit eure Knie beugt,
Dem Kind des Himmels, dem erhab'nen Ra,
Ihm, der aus eig'ner Urkraft sich erzeugt,
Den, frisch erneut, ein jeder Morgen sah.

Dir schalle Ruhm, der Du im Himmelsmeer,
Gedeihen spendend, wallest durch das Blau;
Du schufest alles, alles rings umher,
So weit sich wölbt die hohe Himmelsau.

Du bist der Wächter, dessen milder Strahl
Den Reinen allen süßes Leben bringt;
Dir schalle Ruhm; und wenn im Himmelstal
Dein heller Pfad sich durch die Bläue schlingt,

So beben alle Götter, die Dir nah,
Vor süßer Wonne, Kind des Himmels, Ra[113]*!*

Reicher Trost zog mit diesem Lied in ihr Herz. Mit tränenfeuchten Augen schaute sie zur Sonne, deren Strahlen die Augen noch nicht blendeten. Dann ließ sie ihren Blick über die Ebene wandern. Da floß, dem Nil ähnlich, der Euphrat mit seinen gelblichen Wellen. Zahlreiche Dörfer schauten, wie in ihrer Heimat, aus üppigen Saatfeldern und Feigengebüschen hervor. In Richtung Westen dehnte sich meilenweit der Tiergarten des Königs mit seinen hohen Zypressen und Nußbäumen. Auf allen Blättern und Halmen schimmerte der Morgentau, und in den Büschen des Gartens, den sie bewohnte, sangen zahllose Vögel. Jetzt erhob sich ein leiser Lufthauch, trug süße Rosendüfte zu ihr und spielte mit den Wipfeln der Palmen, die sich am Ufer des Stromes schlank und zierlich erhoben. Oftmals hatte sie diese schönen Bäume bewundert und sie mit Tänzerinnen verglichen, wenn der Sturm ihre schweren Kronen erfaßte und ihre schlanken Stämme beugte. Wie häufig hatte sie sich gesagt, hier müsse die Heimat des Phönix, des Vogels aus dem Palmenland, sein, der, wie die Priester erzählten, alle fünfhundert Jahre zu dem Tempel des Ra nach Heliopolis kam, wo er sich in heiligen Weihrauchflammen verbrannte, um schöner zu erstehen aus seiner Asche und nach drei Tagen in seine östliche Heimat zurückzufliegen. Und während sie an Phönix dachte, der sich aus der Asche des Unglücks zu neuem, schönerem Glück erhob, da flog von den Zypressen her, welche die Wohnung dessen verbargen, den sie liebte und der sie so elend gemacht hatte, ein großer Vogel mit glänzendem Gefieder auf, schwang sich höher und höher und ließ sich endlich auf einer Palme dicht vor ihrem Fenster nieder. Einen solchen Vogel hatte Nitetis noch nie gesehen, und es konnte auch kein gewöhnlicher Vogel sein, denn eine goldene Kette hing an seinem Fuß, und sein Schweif bestand nicht aus Federn, sondern, wie sie meinte, aus Sonnenstrahlen. Dies war Benno*, der Vogel des Ra! Andächtig fiel sie wieder auf die Knie nieder und sang das alte Phönixlied:

Hoch über den Häuptern der Menschen daher
Durchschneidet mein Fittich das Äthermeer.
Der Schöpfer, der mächtige, hat mich gemacht;
Ich gleiche ihm selber an glänzender Pracht.
Nun bin ich so lieblich, so köstlich zu schauen,
Wie Kronen der Blumen auf blühenden Auen.
Doch strahl' ich auch glänzend im herrlichsten Licht,
Geheim ist mein Wesen, du kennest es nicht;
Ich aber kenn' alles, was wird und geschah,
Ich bin ja die Seele des ewigen Ra[114].

* Im Altägyptischen hieß der Phönix Benno. Über ihn und seinen Kult zu Heliopolis s. Note 117 d. 1. T. und 112 d. 2. T.

Nitetis schaute dem vermeintlichen Phönix, einem Paradiesvogel, der das Kettchen, welches ihn an einen Baum im Tiergarten gefesselt, zerrissen hatte, freundlich nach. Eine wunderbare Zuversicht auf Rettung zog in ihr Herz, denn sie meinte, der Gott Ra habe ihr den Vogel zugesandt, dessen Gestalt sie als seliger Geist annehmen sollte. Solange man noch wünscht und hofft, kann man viel Unglück ertragen; kommt das Glück nicht, so verlängert sich die Erwartung. Diese Stimmung ist in sich selbst genug und enthält eine Art Genuß, der die Stelle der Wirklichkeit vertreten kann. Mit neuer Hoffnung legte sich Nitetis, ermattet wie sie war, auf den Diwan und versank bald gegen ihren Willen, ohne das Gift berührt zu haben, in einen tiefen, traumlosen Schlaf.

Während Nitetis schlief, wachte Mandane, gequält von furchtbaren Gewissensbissen. Wie gern würde sie ihre gestrigen Taten ungeschehen machen!

Sie wurde nicht müde, sich eine ruchlose Mörderin zu nennen. Hundertmal nahm sie sich vor, alles der Wahrheit gemäß zu gestehen und Nitetis zu retten. Aber jedesmal siegten Lebenslust und Furcht über die guten Regungen ihres schwachen Herzens. Wenn sie gestand, so war sie des Todes gewiß, und sie fühlte sich so ganz für das Leben geschaffen, ihr graute so sehr vor dem Grab, sie hoffte so viel von der Zukunft! Hätte sie nur ewige Gefangenschaft zu befürchten gehabt, so würde sie vielleicht die volle Wahrheit enthüllt haben; sterben aber, sterben konnte sie nicht! Und war denn die Verurteilte überhaupt durch ein Geständnis zu retten?

Hatte sie denn nicht selbst eine Botschaft von Nitetis durch den unglücklichen Gärtnerknaben an Bartja bestellen müssen? Dieser geheime Briefwechsel war entdeckt worden, und darum wäre Nitetis wohl auch ohne ihr Zutun verloren gewesen! Wir sind niemals geschickter, als wenn es gilt, das Unrecht, welches wir begehen, vor uns selbst zu beschönigen.

Mandane kniete, als die Sonne aufging, vor dem Lager ihrer Herrin, weinte bitterlich und begriff nicht, wie die Ägypterin jetzt schlafen konnte.

Auch Boges, der Eunuch, hatte eine schlaflose, aber glückliche Nacht verlebt. Sein Stellvertreter und Amtsgenosse Kandaules, den er seit langem haßte, war seiner Nachlässigkeit, ja vielleicht Bestechlichkeit wegen auf Befehl des Königs sofort hingerichtet worden. Nitetis war nicht nur gestürzt, sondern vielmehr zu einem schimpflichen Tod verurteilt worden, der sie für immer unschädlich machen sollte. Auch der Einfluß der Mutter des Königs hatte einen harten Stoß erlitten. Endlich schmeichelte Boges das Bewußtsein seiner Überlegenheit und der geschickten Durchführung seines schwierigen Unternehmens ebensosehr, wie ihn die Hoffnung beglückte, bald wieder durch seinen Liebling Phädime der allmächtige Günstling von früher zu werden. Das über Krösus und die jungen Helden verhängte Todesurteil war ihm gleichfalls erwünscht, denn sie allein hätten seine Intrige aufdecken können.

Der Morgen graute schon, als er das Gemach des Königs verließ, um sich zu Phädime zu begeben. Die stolze Perserin war noch nicht zur Ruhe gegangen. Sie erwartete in fieberhafter Ungeduld den Eunuchen, denn schon war das Gerücht von dem Todesurteil in das Weiberhaus und zu ihr gedrungen.

Nur mit einem leichten seidenen Hemd und gelben, von Türkisen und Perlen strotzenden Pantoffeln bekleidet, lag Phädime, von zwanzig Dienerinnen umgeben, auf dem purpurnen Diwan ihres Putzzimmers. Sobald sie Boges nahen hörte, schickte sie die Sklavinnen fort, sprang auf, lief ihm entgegen und überschwemmte ihn mit einer Flut von zusammenhanglosen Fragen, welche alle ihre Feindin Nitetis betrafen.

»Gemach, mein Täubchen«, sagte Boges, seine fleischige Hand auf ihre Schulter legend. »Geduld! Wenn du dich nicht bequemen kannst, mäuschenstill und ohne Fragen meinem Bericht zuzuhören, so erfährst du heute kein Sterbenswort. Ja, meine goldene Königin, ich habe dir so viel zu erzählen, daß ich erst morgen fertig werden würde, wenn du mich nach Herzenslust unterbrechen dürftest. Ach, mein Lämmchen, ich habe heut noch so viel zu tun! Da gilt es erstens, einem ägyptischen Eselsritt beizuwohnen, zweitens, einer ägyptischen Hinrichtung zuzusehen … Aber ich greife meiner Geschichte vor und will von Anfang an erzählen. Weinen, lachen, schreien darfst du vor Freude, soviel du willst;

das Fragen bleibt dir aber verwehrt, bis ich fertig bin. Diese Liebkosung hab' ich wohl verdient! So, jetzt lieg' ich gut und kann anfangen: ›Es lebte in Persien ein großer König, der viele Weiber hatte, von denen er Phädime am meisten liebte und vor allen anderen auszeichnete. Da gefiel es ihm eines Tages, um die Hand der Tochter des Amasis von Ägypten zu werben. So schickte er denn eine große Gesandtschaft mit seinem eigenen Bruder als Freiwerber nach Sais ...‹«

»Was soll das?« rief Phädime ungeduldig. »Ich will wissen, was sich heute ereignet hat.«

»Geduld, Geduld, mein ungestümer Wind des Ader* . Wenn du mich noch einmal unterbrichst, so gehe ich fort und erzähle den Bäumen meine Geschichte. Gönne mir doch die Freude, meine Erfolge noch einmal zu durchleben. Während ich das erzähle, fühle ich mich etwa so wie ein Bildhauer, der den Hammer aus der Hand gelegt hat und sein eben vollendetes Werk betrachtet.«

»Nein, nein«, unterbrach ihn Phädime abermals, »ich kann jetzt nicht hören, was ich schon lange weiß. Ich sterbe vor Ungeduld. Seit vielen Stunden warte ich hier in fieberhafter Spannung. Jedes neue Gerücht, das Dienerinnen und Eunuchen zu mir brachten, steigerte meine Ungeduld. Ich bin im Fieber und kann nicht länger warten. Verlange von mir, was du willst, aber befreie mich aus dieser entsetzlichen Spannung. Später will ich dir, wenn du mich bittest, tagelang zuhören!«

Boges lächelte vergnüglich und rieb sich die Hände. »Schon als Kind hab' ich kein schöneres Vergnügen gekannt, als einem an der Angel zappelnden Fischlein zuzusehen; jetzt hängst du, der schönste aller Goldkarpfen, an meinem Seile; darum kann ich dich nicht eher loslassen, als bis ich mich zur Genüge an deiner Ungeduld geweidet habe.«

Phädime sprang nun von dem Lager auf, das sie mit Boges geteilt hatte, stampfte mit den Füßen und gebärdete sich wie ein ungezogenes Kind. Dem Eunuchen schien dies Betragen große Freude zu machen, denn er rieb sich immer lustiger die Hände, lachte so heftig, daß ihm Tränen über die Wangen liefen, und

* März

leerte viele Becher Wein auf das Wohl der gefolterten Schönen, bevor er endlich zu erzählen begann: »Es war mir nicht entgangen, daß Kambyses seinen Bruder Bartja, der die Ägypterin hierhergebracht hatte, aus Eifersucht und keinem anderen Grunde gegen die Tapuren schickte. Das hochmütige Weib, dem ich nichts zu befehlen haben sollte, schien mir aber so wenig nach dem schönen Blondkopf zu fragen wie ein Jude nach Schweinefleisch oder ein Ägypter nach weißen Bohnen[115]. Dennoch beschloß ich, die Eifersucht des Königs zu nähren und mittels derselben die Unverschämte, der es zu gelingen schien, uns beide aus der Gunst des Herrschers zu verdrängen, unschädlich zu machen. Lange suchte ich vergeblich nach einem tauglichen Plan.

Als endlich das Neujahrsfest kam*, versammelten sich alle Priester des Reichs zu Babylon. Acht Tage lang war die Stadt voller Jubel, Schmausereien und Gelage. Auch am Hofe ging es hoch her, und ich hatte wenig Zeit, an meine Pläne zu denken. Da führten mir die gütigen Götter, als ich gerade am allerwenigsten auf Erfolge hoffen durfte, einen Jüngling in den Weg, den Angramainjus selbst für meine Pläne geschaffen zu haben schien. Gaumata, der Bruder des Oropastes, war nach Babylon gekommen, um dem großen Neujahrsopfer beizuwohnen. Als ich den Jüngling zum erstenmal bei seinem Bruder, den ich im Auftrag des Königs besuchen mußte, sah, glaubte ich ein Gespenst zu erblicken, so vollkommen glich er dem Bartja. Nachdem ich mein Geschäft mit Oropastes beendet hatte, begleitete mich der Junge bis zu meinem Wagen. Ich ließ nichts von meinem Erstaunen merken, überhäufte ihn mit Freundlichkeit und bat ihn, mich zu besuchen. Am selben Abend klopfte er bei mir an. Ich ließ den besten Wein auftragen, nötigte ihn zum Trinken und erfuhr abermals, daß die beste Eigenschaft des Weins die ist, selbst den Schweigsamen plauderhaft zu machen. Gaumata bekannte mir in seinem Rausch, er sei nicht nur um des Opfers, sondern vielmehr um eines Mädchens willen nach Babylon gekommen, das bei der Ägypterin als oberste Dienerin verweile. Er liebe sie, so erzählte er, seit seiner Kindheit; sein ehrgeiziger Bruder aber wolle höher mit ihm hinaus und habe der schönen Mandane, um

* Im März, bei der Frühlings-Tagundnachtgleiche.

sie von ihm zu trennen, eine Stelle bei der neuen Gattin des Königs verschafft. Endlich bat er mich, ihm eine Unterredung mit seiner Liebsten zu verschaffen. Ich hörte ihm freundlich zu, machte aber Schwierigkeiten und ersuchte ihn schließlich, am folgenden Tage noch mal bei mir anzufragen. Gaumata kam tatsächlich wieder. Ich sagte, daß sich etwas tun ließe, wenn er sich entschließen wolle, meinen Anordnungen blindlings zu gehorchen. Willig ging er auf alles ein, reiste auf mein Geheiß nach Rhagae zurück und kam erst vorgestern heimlich nach Babylon, wo ich ihn in meiner Wohnung verborgen hielt. Bartja war indessen wiedergekommen. Jetzt galt es, die Eifersucht des Königs von neuem zu erregen und die Ägypterin auf einen Schlag zur unerwünschten Person zu machen. Durch deine Erniedrigung erweckte ich den Groll deiner Verwandten gegen unsere Feindin und bereitete mein Unternehmen vor. Das Schicksal war mir besonders wohl gesonnen. Du weißt, wie Nitetis sich beim Geburtstagsschmaus benahm, aber es ist dir unbekannt, daß sie am selben Abend einen Gärtnerburschen mit einem Brief an Bartja in die Königsburg sandte. Der ungeschickte Bote ließ sich erwischen und wurde in derselben Nacht auf Befehl des wütenden Königs hingerichtet. Ich aber sorgte dafür, daß Nitetis so abgeschnitten von jeder Verbindung mit ihren Freunden blieb, als wohne sie im Neste der Simurg[116]. Das andere weißt du.«

»Aber wie entkam Gaumata?«

»Durch eine nur mir bekannte Falltür, die den Fliehenden weit geöffnet erwartete. Alles ging vortrefflich; ja, es war mir sogar gelungen, ein Dolchmesser des Bartja, das er auf der Jagd verloren hatte, zu erlangen und es unter das Fenster der Nitetis zu legen. Um den Prinzen zu entfernen und ihn zu hindern, während der Zeit dieser Vorgänge mit dem König oder anderen gewichtigen Zeugen zusammenzukommen, hatte ich den griechischen Kaufmann Koläus, der gegenwärtig milesische Tuche zu Babylon feilhält und der mir jeden Gefallen tut, weil ich den ganzen Bedarf an wollenen Stoffen für das Weiberhaus von ihm entnehme, gebeten, mir einen Brief in griechischer Sprache zu schreiben, der Bartja im Namen seiner Liebsten, Sappho heißt sie, aufforderte, sich ganz allein zur Zeit des Aufgangs des Tistarsterns bei dem ersten vor dem Euphrattor gelegenen Stationshaus einzufinden. Mit diesem Brief hatte ich aber Unglück, denn der Bote, welcher ihm denselben übergeben sollte, richtete seine Bestellung ungeschickt aus. Zwar beteuert er, das Schreiben Bartja selbst übergeben zu haben; es unterliegt aber keinem Zweifel, daß er es einem Fremden, wahrscheinlich dem Gaumata, aushändigte. Ich war nicht wenig erschreckt, als ich erfuhr, Bartja habe am Abend mit seinen Freunden zusammen Wein getrunken. Doch das Geschehene war nicht rückgängig zu machen, und Zeugen wie dein Vater, Hystaspes, Krösus und Intaphernes wogen die Aussagen des Darius, Gyges und Araspes reichlich auf. Hier zeugte man gegen, dort für den Freund. Schließlich ging doch noch alles gut. Die jungen Herren sind zum Tode verurteilt, und Krösus, der sich, wie immer, dem König unverschämte Dinge zu sagen erdreistete, wird schon sein letztes Stündlein hinter sich haben. Was die Ägypterin betrifft, so hat der oberste Schreiber soeben folgendes Schriftstück aufsetzen müssen. Höre, mein Täubchen, und freue dich!

›Die ehebrecherische Tochter des Königs von Ägypten, Nitetis, soll zur Strafe für ihre Schandtaten nach der Strenge des Gesetzes gerichtet werden: Man setze sie rittlings auf einen Esel und führe sie durch die Straßen der Stadt, damit das Volk von Babylon sehe, daß Kambyses die Tochter eines Königs ebenso streng bestraft wie seine Richter die geringste Bettlerin bestrafen. Wenn die Sonne untergegangen ist, soll die Ruchlose lebendig vergraben werden. – Dieser Befehl wird dem Eunuchen-Obersten Boges zur Ausführung übergeben. Der Oberst der Schreiber Ariabignes im Auftrag des Königs Kambyses.‹

Kaum hatte ich diese Zeilen in meinen Ärmel gesteckt, als sich die Mutter des Königs mit zerrissenen Kleidern, von Atossa geführt, in die Halle drängte. – Da gab es viel Heulen, Geschrei, Vorwürfe, Flüche, Bitten und Beschwörungen; der König blieb aber standhaft, und ich glaube, daß Kassandane und Atossa dem Krösus und Bartja in die andere Welt nachgesandt worden wären, wenn nicht die Scheu vor der Seele des Vaters den wutschnaubenden Sohn abgehalten hätte, seine Hand an die Witwe des Cyrus zu legen. – Kassandane hat sich übrigens mit keinem Wort für Nitetis eingesetzt. Sie scheint von deren Schuld ebenso fest überzeugt zu sein wie du und ich. Den verliebten Gaumata brauchen wir auch nicht mehr zu fürchten. Ich habe drei Männer gemietet, welche ihm, bevor er nach Rhagae kommt, ein kühles Bad in den Wogen des Euphrat verschaffen sollen! Die Fische und Würmer werden lustige Tage haben, ha, ha!«

Phädime stimmte in dieses Gelächter ein, überschüttete den Eunuchen mit Schmeichelnamen, welche sie ihm abgelernt hatte, und hängte ihm mit ihren Armen eine schwere, von Edelsteinen strotzende Kette als Zeichen ihrer Dankbarkeit um den Hals.

10. KAPITEL

Die Nachricht von Bartjas Verrat und der bevorstehenden Hinrichtung der Nitetis erfüllte ganz Babylon, bevor die Sonne die Mittagshöhe erreicht hatte. Die Straßen wimmelten von Menschen, welche dem seltsamen Schauspiel, das die Bestrafung der treulosen Gattin des Königs abzugeben versprach, mit Ungeduld entgegenfieberten. Die Peitschenträger hatten Mühe, den Andrang der Gaffer zurückzuhalten. Als sich später das Gerücht von der bevorstehenden Hinrichtung Bartjas und seiner Freunde verbreitete, nahm der Jubel des Volks, welches von dem am Geburtstagsfest des Königs und den ihm folgenden Tagen freigebig gespendeten Palmenwein berauscht war, eine andere Gestalt an. Trunkene Männer rotteten sich zusammen und durchzogen die Straßen mit dem Ruf: »Bartja, der gute Sohn des Cyrus, soll getötet werden!« Die Frauen vernahmen diese Worte in ihren stillen Gemächern, entflohen den Wärtern und eilten, den gewohnten Schleier vergessend, hinaus ins Freie, um den empörten Männern heulend zu folgen. Die Freude, eine besonders glückliche Fremde gedemütigt zu sehen, schwand vor dem Schmerz über die nahe Hinrichtung des geliebten Mannes. Weiber, Kinder und Männer tobten, schrien, fluchten und feuerten einander zu immer heftiger werdenden Zornesausbrüchen an. Alle Werkstätten leerten sich, die Kaufleute schlossen ihre Gewölbe, und die Schüler und Dienstleute, denen der Geburtstag des Königs acht freie Tage zu geben pflegte, benutzten ihre Unabhängigkeit, um am lautesten zu schreien und, oftmals ohne zu wissen, um was es sich handelte, zu klagen und zu heulen.

Endlich wurde das Getümmel so groß, daß die Peitschenträger nicht mehr zur Herstellung der Ruhe genügten und eine Abteilung der Leibwache aufmarschieren mußte. Sobald sich die glänzenden Rüstungen und langen Lanzen zeigten, wich das Volk zurück, besetzte die Nebengassen und sammelte sich, sobald die Soldaten sich verzogen hatten, zu neuen Haufen.

Am sogenannten Tor des Bel, in welches die nach Westen führende Landstraße mündete, war das Gedränge am größten, denn es hieß, daß die Ägypterin zu diesem Tor, durch welches sie in Babylon eingezogen, schimpflich hinausgeführt werden solle. So war denn auch an dieser Stelle eine besonders zahlreiche Schar von Peitschenträgern aufgestellt worden, der es oblag, den durch das Tor ziehenden Wanderern Platz zu machen. Übrigens begaben sich heute nur wenige aus der Stadt hinaus, denn die Neugier war stärker als der Drang, Geschäfte abzuschließen oder sich im Freien zu ergehen; diejenigen aber, welche von auswärts kamen, verweilten fast alle bei dem Tor, als sie vernahmen, welches Schauspiel dort geboten werden sollte.

Die Sonne stand hoch am Himmel, und es fehlten nur noch wenige Stunden an der zum Eselsritt der Nitetis festgesetzten Tageszeit, als sich ein Reisezug in großer Schnelligkeit dem Tor näherte. Erst kam eine sogenannte Harmamaxa, welche von vier Pferden gezogen wurde, dann ein zweirädriger Karren, endlich ein mit Maultieren bespannter Lastwagen. In ersterem Fuhrwerk saßen ein schöner, stattlicher Mann von etwa fünfzig Jahren in persischer Hoftracht und ein Greis in langen, weißen Gewändern, während mehrere Sklaven in schlichten Hemden und mit breitkrempigen Filzhüten auf den kurzgeschorenen Haaren in dem Karren hockten. Nebenher ritt ein älterer Mann in persischer Dienertracht. Der Lenker des ersten Gespanns hatte große Mühe, seinen mit Quasten und Glöckchen behängten Pferden einen Weg durch die Volksmenge zu bahnen. Dicht vor dem Tor mußte er anhalten und einige Peitschenträger herbeirufen. »Mach uns Platz!« schrie er einem Hauptmann der Sicherheitswächter zu, der sich mit seinen Leuten dem Fuhrwerk näherte, »die königliche Post hat keine Zeit zu verlieren, und ich fahre einen vornehmen Herrn, der dich jede Minute Aufschub büßen lassen wird!«

»Nur mit der Ruhe, mein Sohn«, gab der Hauptmann zurück. »Du siehst, daß es heute leichter ist, aus Babylon heraus- als hineinzukommen. Wen fährst du?«

»Einen vornehmen Herrn, der einen Freipaß des Königs besitzt. Schnell, mach uns Platz!«

»Hm, das Gefolge sieht eben nicht königlich aus!«

»Was geht's dich an? Der Freipaß ...«

»Ich muß ihn sehen, eh ich euch in die Stadt lasse!« Diese

Worte richtete er halb an die Reisenden, welche er aufmerksam und mißtrauisch anschaute, halb an den Kutscher.

Während der persisch gekleidete Mann in dem Ärmel seines Gewandes nach dem Freipaß suchte, wandte sich der Peitschenträger einem sich nähernden Kameraden zu, zeigte auf das spärliche Gefolge des Reisenden und sagte: »Hast du je einen so wunderlichen Aufzug gesehen? Ich will nicht Giw heißen, wenn hinter diesen Ankömmlingen nichts Besonderes steckt. Der unterste Teppichbreiter des Königs reist ja mit viermal größerem Gefolge als dieser Mensch, der einen Freipaß führt und die Kleider eines Tischgenossen trägt!«

Jetzt streckte ihm der Beargwohnte ein zusammengerolltes, nach Moschus duftendes Seidenröllchen[117] entgegen, auf dem das Siegel des Königs und einige Schriftzeichen zu sehen waren.

Der Peitschenträger ergriff es und prüfte das Siegel. »Es ist richtig«, murmelte er. Dann begann er die Buchstaben anzublicken. Kaum hatte er die ersten derselben entziffert, als er den Reisenden scharf und immer schärfer anschaute und mit dem Rufe: »Herbei ihr Leute, umstellt den Wagen; dieser Mann ist ein Betrüger!« den Pferden in die Zügel fiel.

Nachdem er sich überzeugt hatte, daß die Reisenden nicht fliehen konnten, näherte er sich wieder dem Fremden und sagte:

»Du führst einen Freipaß, der dir nicht gehört. Gyges, der Sohn des Krösus, für den du dich ausgibst, sitzt im Gefängnis und soll noch heute hingerichtet werden. Du hast keine Ähnlichkeit mit ihm und wirst es bereuen, dich für den Sohn des Krösus ausgegeben zu haben. Steige aus und folge mir.«

Der Reisende leistete diesem Befehl keinen Gehorsam, sondern bat den Hauptmann in gebrochenem Persisch, sich vielmehr zu ihm in den Wagen zu setzen, weil er ihm wichtige Dinge anzuvertrauen habe. Der Beamte zauderte einen Augenblick; als er aber sah, daß eine neue Schar von Peitschenträgern heranrückte, winkte er ihnen, vor den ungeduldig stampfenden Pferden stehenzubleiben, und stieg in die Harmamaxa.

Der Fremde schaute den Hauptmann lächelnd an und fragte ihn: »Seh' ich aus wie ein Betrüger?«

»Nein, denn wenn deine Sprache auch verrät, daß du kein Perser bist, so hast du doch das Aussehen eines Edlen.«

»Ich bin ein Hellene und hierhergekommen, um Kambyses einen großen Dienst zu leisten. Der Freipaß des Gyges, der mein Freund ist, wurde mir von ihm, als er in Ägypten war, für den Fall, daß ich nach Persien kommen sollte, geliehen. Ich bin bereit, mich vor dem König zu rechtfertigen, und habe nichts zu fürchten, wohl aber für Nachrichten, die ich bringe, große Gunst zu erwarten. Laß mich, wenn dies deine Pflicht erfordert, ungesäumt zu Krösus führen; dieser wird Bürgschaft für mich leisten. Verteile diese Goldstücke unter deinen Leuten, und erzähle mir sogleich, was mein armer Freund Gyges verbrochen hat und was dies Menschengewimmel bedeutet.«

Der Fremde hatte zwar in schlechtem Persisch, aber mit so überlegener Würde und so fester Sicherheit gesprochen, auch war seine Gabe so reich gewesen, daß der an Unterwürfigkeit gewöhnte Despotendiener einem Fürsten gegenüberzusitzen glaubte. Ehrerbietig kreuzte er die Arme, entschuldigte sich wortreich für sein Mißtrauen und erzählte dem Fremden alles, was er über die Ereignisse der letzten Nacht wußte. Er hatte in der vergangenen Nacht während des Verhörs in der großen Halle Wache gestanden und konnte darum mit ziemlicher Genauigkeit berichten. Der Grieche folgte dem Erzähler in großer Spannung und schüttelte häufig, namentlich aber, als von der Treulosigkeit der Amasis-Tochter und des Cyrus-Sohnes die Rede war, ungläubig den Kopf. Die verhängten Todesurteile, besonders das des Krösus, schienen ihn tief zu ergreifen; aber schnell verschwand das Bedauern aus seinen lebhaften Zügen, um tiefem Nachdenken und bald darauf einer Freude Platz zu machen, welche erraten ließ, daß er eine Lösung gefunden zu haben glaubte. Auf einmal wich seine ernste Würde von ihm. Munter auflachend und mit der Hand an seine hohe Stirn tippend, ergriff er mit der Linken die Hand des erstaunten Hauptmanns, drückte sie und fragte:

»Würdest du dich freuen, wenn Bartja gerettet werden könnte?«

»Unaussprechlich!«

»Wohl, dann bürg' ich dafür, daß du wenigstens zwei Talente*

* Währung jener Zeit

erhältst, wenn du mir die Möglichkeit verschaffst, den König zu sprechen, bevor das erste der Todesurteile vollstreckt worden ist.«

»Aber, wie könnte ich, ein armer Hauptmann –«

»Du mußt, du mußt!«

»Ich kann nicht!«

»Ich weiß wohl, daß es für einen Fremden schwer, beinahe unmöglich ist, eine Unterredung mit euerem Herrscher zu erlangen. Meine Botschaft duldet aber keinen Aufschub, denn ich vermag die Unschuld Bartjas und seiner Freunde zu beweisen. Hörst du, dies kann ich. Glaubst du nun, daß du mir den Zutritt verschaffen mußt?«

»Aber wie wär' es möglich?«

»Frage nicht, sondern handle! – Sagtest du nicht, Darius gehöre mit zu den Verurteilten?«

»Ja.«

»Ich hörte, sein Vater sei ein hochangesehener Mann.«

»Er ist der Erste im Reich nach den Kindern des Cyrus.«

»So führe mich sofort zu ihm. Er wird mich freundlich empfangen, wenn er erfährt, daß ich seinen Sohn zu retten vermag.«

»Wunderbarer Fremdling, aus deinen Worten spricht soviel Zuversicht, daß ich …«

»Daß du mir glauben darfst! Schnell, schnell, schaff uns Leute, welche das Gedränge auflösen und uns zum Palast begleiten können!«

Außer dem Zweifel gibt es nichts, was sich geschwinder mitteilt als die Hoffnung auf die Erfüllung eines ersehnten Wunsches.

Der Peitschenträgerhauptmann glaubte dem seltsamen Reisenden, sprang, seine Geißel schwingend, aus dem Wagen und rief seinen Untergebenen zu: »Dieser edle Herr ist gekommen, um Bartjas Unschuld zu beweisen, und muß sogleich zum König geführt werden. Folgt mir, Freunde, und macht ihm Platz!«

In diesem Augenblick erschien ein Zug berittener Leibgardisten. Der Hauptmann eilte ihrem Befehlshaber entgegen und bat ihn, unterstützt von dem Zuruf der Menge, den Fremden zum Palast zu begleiten.

Indessen schwang sich der Reisende auf das Pferd seines Dieners und folgte den ihm Bahn brechenden Persern.

Je weiter die Reiter kamen, desto williger öffneten sich die Volkshaufen, desto brausender wurde der Jubel der Menge, desto ähnlicher der Ritt des Fremden einem Triumphzug.

Nach wenigen Minuten hielten die Reiter an der Pforte des Palastes. Noch hatten sich ihnen die Tore nicht geöffnet, als ein zweiter Zug erschien, an dessen Spitze der greise Hystaspes in braunen, zerrissenen Trauerkleidern auf einem blau gefärbten Pferd daherritt, dessen Schweif und Mähne abgeschoren waren[118]. Er war gekommen, um den König um Gnade für seinen Sohn zu bitten.

Kaum erblickte der Peitschenträgerhauptmann den edlen Greis, als er laut aufjubelte, sich vor dessen Roß niederwarf und ihm mit gekreuzten Armen mitteilte, welche Hoffnung jener Fremde in ihm erweckt habe.

Hystaspes winkte dem Reisenden, der auf seinem Pferd höflich eine Verbeugung andeutete, und ließ sich von ihm die Aussage des Peitschenträgers bestätigen. Auch er gewann nun neue Zuversicht, bat den Griechen, ihm zu folgen, führte ihn in den Palast und ersuchte den obersten Stabträger, ihn zum König zu führen. Dem Griechen riet er, an der Pforte des königlichen Gemachs zu warten.

Kambyses lag, als sein greiser Verwandter das Zimmer betrat, bleich wie der Tod auf seinem Purpurdiwan. Zu seinen Füßen kniete ein Mundschenk, welcher sich bemühte, die Scherben eines kostbaren ägyptischen Glasgefäßes aufzulesen, das ihm der König, weil ihm der in ihm dargereichte Trunk nicht mundete, ungeduldig vor die Füße geworfen hatte. Eine große Zahl von Hofbeamten umgab in ziemlicher Entfernung den gereizten Gebieter. Ihnen allen war die Furcht vor dem Zorn des Herrschers deutlich anzusehen. Lautlose Stille erfüllte den weiten Raum, durch dessen offene Fenster das blendende Licht und die drückende Hitze des babylonischen Maitages zog. Allein ein großer Hund von edler epirotischer Rasse unterbrach das tiefe Schweigen mit wimmerndem Geheul. Kambyses hatte das Tier mit einem gewaltigen Fußtritt zurückgestoßen. Bevor der Stabträger Hystaspes einführte, sprang der König von seinem Lager auf. Er konnte die träge Ruhe nicht mehr aushalten; Schmerz und Zorn drohten ihn zu ersticken. Das Geheul des Hundes erweckte einen schnellen Gedanken in seinem abgemarterten, nach Vergessenheit lechzenden Gehirn.

»Zur Jagd!« schrie er den zusammenschreckenden Höflingen zu und erhob sich ruckartig.

Die Jägermeister, Stallmeister und der oberste Hüter des Hundezwingers eilten, dem Befehl ihres Herrn zu gehorchen. Dieser rief ihnen nach: »Ich will den ungezähmten Hengst Reksch[119] besteigen. Rüstet die Falken, laßt alle Hunde los, holt jeden, der den Speer zu führen versteht! Wir wollen im Tiergarten aufräumen!«

Als hätten diese Worte seinen gewaltigen Körper gänzlich erschöpft, legte er sich nun wieder auf dem Diwan nieder. Er bemerkte den eingetretenen Hystaspes nicht, denn seine finsteren Blicke folgten unablässig den Sonnenstäubchen, welche in dem durch das Fenster dringenden Lichte muntere Spiele trieben.

Der Vater des Darius wagte den Gereizten nicht anzureden; er stellte sich aber in das Fenster, zerteilte die flatternden Keime und zog in dieser Weise den Blick des Königs auf sich.

Kambyses schaute ihn und seine zerrissenen Gewänder erst grollend, dann bitter lächelnd an und fragte: »Was willst du?«

»Sieg dem König! Dein armer Diener und Oheim ist gekommen, um die Gnade seines Herrschers anzurufen!«

»Steh auf und geh! Du weißt, daß ich für Meineidige und falsche Zeugen keine Gnade kenne. Es ist besser, einen toten als einen ehrlosen Sohn zu haben.«

»Wenn Bartja aber unschuldig wäre und Darius –«

»Du wagst es, mein Urteil anzufechten?«

»Das sei fern von mir. Was der König tut, ist gut und duldet keinen Widerspruch. Doch –«

»Schweig! Ich will nicht, daß man diese finsteren Missetaten von neuem ins Gespräch bringt. Du bist beklagenswert als Vater; aber auch mir haben die letzten Stunden keine Freuden gebracht. Ich bedauere dich, Greis, doch ich darf die Strafe deines Sohnes so wenig zurücknehmen, wie du sein Verbrechen ungeschehen machen kannst.«

»Aber wenn Bartja dennoch unschuldig wäre, wenn die Götter …«

»Meinst du, daß die Himmlischen Betrüger und Meineidige unterstützen?«

»Nein, mein König! Aber ein neuer Zeuge ist erschienen, der ...«

»Ein neuer Zeuge? Wahrlich, ich möchte gern mein halbes Reich hingeben, wenn ich mich von der Unschuld vieler meinem Hause so nahe stehender Menschen überzeugen könnte!«

»Sieg meinem Herrscher, dem Auge des Reichs! Draußen harrt ein Hellene, der, nach seiner Gestalt und Haltung zu urteilen, einer der Edelsten seines Stammes zu sein scheint. Er behauptet, die Unschuld Bartjas beweisen zu können.«

Der König lachte bitter auf und rief: »Ein Hellene!? Vielleicht ein Verwandter der Schönen, die Bartja so treulich liebte? Was will dieser Fremdling von den Angelegenheiten meines Hauses wissen? Aber ich kenne diese ionischen Hungerleider! Frech und schamlos mischen sie sich in alles und glauben, mit ihrer Schlauheit und ihren Ränken betören zu können! Wieviel hast du für den neuen Zeugen bezahlt, mein Oheim? Den Griechen geht eine Lüge so leicht von den Lippen wie den Magiern ein Segensspruch, und ich weiß recht gut, daß sie mit Gold für alles zu gewinnen sind. Ich bin neugierig, deinen Zeugen zu sehen. Ruf ihn! Wenn er mich belügen will, so mag er jedoch bleiben, wo er ist, und bedenken, daß es, wo das Haupt eines Cyrus-Sohnes fällt, auf tausend Griechenköpfe nicht ankommen kann!« – Bei diesen Worten flammte das Auge des Königs zornig auf, Hystaspes aber ließ den Hellenen rufen.

Bevor derselbe in die Halle trat, banden ihm die Stabträger ein Tuch vor den Mund und befahlen ihm, sich vor dem König niederzuwerfen. Der Grieche schritt dem Herrscher, welcher ihn durchdringend anblickte, aufrecht und ohne Zögern entgegen. Er warf sich vor ihm nieder und küßte nach persischer Sitte die Erde.

Das anmutige Wesen und die schöne Gestalt des Fremden, der seinen Blick ruhig und bescheiden ertragen hatte, schienen dem König ein wenig Eindruck gemacht zu haben. Er ließ ihn nicht lange am Boden liegen und fragte ihn nicht eben unfreundlich:

»Wer bist du?«

»Mein Name ist Phanes, meine Heimat Athen. Zehn Jahre lang

habe ich als Kriegsoberster und Befehlshaber der griechischen Söldner des Amasis gedient.«

»Bist du derselbe, dessen geschickter Führung die Ägypter ihre Siege auf Zypern verdanken?«

»Der bin ich.«

»Was führt dich nach Persien?«

»Der Glanz deines Namens, o Kambyses, und die Sehnsucht, mein Schwert und meine Erfahrungen deinem Dienste zu weihen.«

»Weiter nichts? Sei aufrichtig und bedenke, daß dich eine einzige Lüge das Leben kosten kann. Wir Perser haben andere Begriffe von Wahrhaftigkeit als ihr Hellenen!«

»Auch mir ist die Lüge verhaßt.«

»So sprich!«

»Freilich trieb mich noch ein Drittes nach Persien, das ich dir aber später mitteilen möchte. Dies Dritte betrifft etwas ungemein Wichtiges, zu dessen Besprechung wir langer Zeit bedürfen; heute aber –«

»Gerade heute werd' ich gern etwas Neues hören. Begleite mich auf die Jagd! Du kommst mir wie gerufen, denn niemals hab' ich einer Zerstreuung nötiger bedurft als eben jetzt.«

»Ich werde dich gern begleiten, wenn du –«

»Man stellt dem König keine Bedingungen! Bist du im Jagen geübt?«

»Ich habe manchen Löwen in der lybischen Wüste erlegt.«

»So komm und folge mir!«

Der König schien im Gedanken an die Jagd seine Erschlaffung abgeschüttelt zu haben und wollte die Halle verlassen, als sich Hystaspes von neuem ihm zu Füßen warf und mit erhobenen Händen ausrief: »Soll mein Sohn, soll dein Bruder unschuldig sterben? Bei der Seele deines Vaters, der mich seinen treuesten Freund zu nennen pflegte, beschwöre ich dich, diesen Mann anzuhören!«

Kambyses blieb stehen. Seine Stirn umzog sich mit neuen Falten, seine Stimme klang drohend, und seine Augen sprühten Blitze, als er dem Griechen, die Hand gegen ihn erhebend, zurief: »Sage, was du weißt; bedenke aber, daß du mit jedem unwahren Wort dein eigenes Todesurteil aussprichst!«

Phanes hörte ihn ruhig an, verneigte sich und sagte dann: »Der Sonne und meinem König kann nichts verborgen bleiben. Wie vermöchte ein armer Sterblicher so Gewaltigen die Wahrheit zu verschließen? Der edle Hystaspes sagt, ich vermöge die Unschuld deines Bruders sicher zu beweisen; ich aber kann nur hoffen und wünschen, daß mir so Großes und Schönes gelingen möge. Jedenfalls haben mich die Götter eine Spur auffinden lassen, welche wohl geeignet scheint, ein neues Licht auf die gestrigen Vorgänge zu werfen. Beurteile selbst, ob ich allzu kühn gehofft und allzu schnellen Verdacht geschöpft habe; bedenke aber stets, daß mein Wille, dir zu dienen, redlich, und mein Irrtum, wenn ich mich täuschte, verzeihlich war; bedenke, daß es nichts Gewisses auf der Welt gibt und daß ein jeder eben das, was er für das Wahrscheinlichste hält, untrüglich zu nennen pflegt.«

»Du sprichst gut und erinnerst mich durch deine Worte an … Verwünscht! Rede und mach's kurz! Im Hofe bellen die Hunde!«

»Ich befand mich noch in Ägypten, als deine Gesandtschaft dorthin kam, um Nitetis nach Persien zu holen. Im Hause meiner trefflichen, vielberühmten Landsmännin und Freundin Rhodopis wurde ich mit Krösus und seinem Sohne bekannt, während ich deinen Bruder und seine Freunde nur flüchtig zu sehen bekam. Trotzdem erinnerte ich mich des schönen Angesichts des königlichen Jünglings gar wohl, denn als ich später zu Samos die Werkstätte des großen Bildhauers Theodorus besuchte, erkannte ich seine Züge wieder –«

»Trafst du mit ihm auf Samos zusammen?«

»Nein! Theodorus hatte aber das Haupt eines Sonnengottes, der von den Alkmäoniden für den neuen Tempel zu Delphi bei ihm bestellt war, mit den Zügen deines Bruders, welche sich seinem Gedächtnis getreulich eingeprägt hatten, geschmückt.«

»Deine Erzählung fängt wenig glaubhaft an. Wie wäre es möglich, ein Angesicht, das man nicht vor sich hat, so ähnlich nachzubilden?«

»Theodorus hat dies Meisterwerk vollbracht und wird dir gern, wenn du seine Kunstfertigkeit erproben willst, ein zweites Bild deines Bruders –«

»Ich verlange nicht danach. Erzähle weiter!«

»Auf meiner Reise hierher, die ich, Dank der vortrefflichen

Einrichtungen deines Vaters, in unglaublich kurzer Zeit, bei jeder vierten Meile die Pferde wechselnd, zurücklegte ...«

»Wer gestattete dir, als Fremdem, die Benutzung der Postpferde?«

»Der für den Sohn des Krösus ausgestellte Freipaß, welcher zufällig in meinen Besitz kam, als mich Gyges, um mir das Leben zu retten, zwang, meine Kleider mit seinen Gewändern zu vertauschen.«

»Ein Lyder betrügt den Fuchs, ein Syrer den Lyder, aber ein Ionier alle beide«, murmelte der König und lächelte zum erstenmal. »Krösus erzählte mir von dieser Geschichte. – Armer Krösus!« Bei diesen Worten verfinsterten sich seine Züge von neuem und seine Hand versuchte, die Falten von seiner Stirn zu streichen; der Athener aber fuhr fort: »Ich legte meine Reise ohne Hindernis zurück, bis ich heute morgen in der ersten Stunde nach Mitternacht von einem seltsamen Ereignis aufgehalten wurde.« Der König horchte, aufmerksamer werdend, der Erzählung und mahnte den die persische Sprache mühsam handhabenden Athener zur Eile.

»Wir befanden uns«, fuhr dieser fort, »zwischen dem letzten und vorletzten Stationshaus vor Babylon und hofften, bei Sonnenaufgang die Stadt zu erreichen. Ich gedachte meiner bewegten Vergangenheit, und meine schmerzerfüllte, von der Erinnerung an noch nicht gerächte Freveltaten beunruhigte Seele fand keinen Schlaf, während der ägyptische Greis an meiner Seite bereits schlief. Der einförmige Klang der Glöckchen an den Pferdegeschirren, der immer gleiche Hufschlag der Gäule und das Brausen der Euphratwogen hatten ihn eingelullt. Die Nacht war wunderbar schön und still. Die Strahlen des Mondes beschienen den Weg und die Landschaft beinahe tageshell. Kein Fuhrwerk, kein Wanderer oder Reiter war uns seit einer Stunde begegnet; die ganze Bevölkerung der Umgegend von Babylon befand sich, wie man uns erzählt hatte, zu deinem Geburtstagsfest in der Stadt, um die Pracht deines Hofes anzustaunen und deine Freigebigkeit zu genießen. Dann hörte ich unregelmäßigen Hufschlag und Glöckchengeläute. Und wenige Augenblicke später vernahm ich deutliche Hilferufe. Ich nötigte den mich zu Pferde begleitenden persischen Diener abzusteigen, schwang mich in seinen Sattel, befahl dem Fuhrknecht, welcher den Karren, auf dem meine Sklaven saßen, lenkte, seine Maultiere nicht zu schonen, lockerte meinen Dolch und mein Schwert, gab dem Pferd die Sporen und jagte dem immer lauter werdenden Hilferuf entgegen. Ich war noch keine Minute geritten, als ich Zeuge eines entsetzlichen Schauspiels wurde. Drei wild aussehende Burschen rissen einen Jüngling, der das weiße Gewand der Magier trug, vom Pferd, betäubten ihn mit Schlägen und waren, als ich vor ihnen stand, im Begriff, ihr Opfer in den Euphrat zu werfen, der an dieser Stelle die Wurzeln der Palmen und Feigenbäume, welche die Landstraße einfassen, bespült. Schnell entschlossen, stieß ich mein hellenisches Schlachtgeschrei aus, das schon manchen Feind erbeben ließ, und stürzte mich auf die Mörder. Feige wie alle Menschen ihres Gelichters ergriffen sie die Flucht, sobald sie einen ihrer Spießgesellen mit gespaltenem Schädel daliegen sahen. Ich ließ die Elenden laufen und beugte mich über den schwerverwundeten jungen Mann. Wer beschreibt mein Entsetzen, als ich in ihm deinen Bruder Bartja zu erkennen glaubte! Ja, das waren dieselben Züge, welche ich zu Naukratis und in der Werkstätte des Theodorus gesehen, das waren …«

»Wunderbar!« unterbrach Hystaspes den Erzähler.

»Vielleicht allzu wunderbar, um glaubhaft zu sein«, fügte Kambyses hinzu. »Nimm dich in acht, Hellene, und bedenke, daß mein Arm weit reicht! Ich werde die Wahrhaftigkeit deiner Erzählung prüfen lassen!«

»Ich bin gewöhnt«, erwiderte der Athener, sich tief verneigend, »der Lehre des weisen Pythagoras zu folgen, dessen Ruhm vielleicht auch bis zu dir gedrungen ist. Bevor ich rede, denke ich nach, ob ich das, was ich sage, nicht in der Zukunft bereuen könnte.«

»Das klingt schön und weise; aber, beim Mithra, ich habe ein Wesen gekannt, das den Namen desselben Lehrers oftmals im Mund führte und sich in seinen Taten als treueste Schülerin des Angramainjus bewährte. Du kennst die Verräterin, welche heute noch gleich einer giftigen Natter von der Erde getilgt werden soll.«

»Wirst du mir verzeihen«, fragte Phanes, welcher den tiefen Schmerz, der die Züge des Königs erfüllte, bemerkt hatte, »wenn ich dir einen anderen Spruch unseres großen Meisters zurufe?«

»Rede!«

»Jedes Gut wird ebenso schnell verloren wie gewonnen; darum trage, wenn dir die Götter Schmerzen bereiten, dein Geschick in Geduld. Murre nicht unwillig, sondern bedenke, daß niemandem von den Göttern schwerere Lasten auferlegt werden, als er zu tragen vermag. Hast du eine Herzenswunde, so berühre sie ebensowenig wie ein leidendes Auge. Gegen Schmerzen der Seele gibt es nur zwei Arzneimittel: Hoffnung und Geduld!«

Kambyses folgte diesen den goldenen Sprüchen des Pythagoras entlehnten Worten und lächelte bitter, als er das Wort »Geduld« vernahm. Aber die Rede des Atheners hatte ihm gefallen, und er forderte ihn auf, weiter zu erzählen.

»Wir trugen«, fuhr Phanes, sich tief verneigend, fort, »den ohnmächtigen jungen Mann in meinen Wagen und brachten ihn zum nahegelegenen Stationshaus. Dort schlug er die Augen auf und fragte, mich ängstlich anschauend, wer ich sei und wo er sich befinde? Der Wirt des Stationshauses stand neben uns: Darum mußte ich, um den Freipaß, durch den ich neue Pferde bekam, nicht Lügen zu strafen und keinen Verdacht in dem Mann aufkommen zu lassen, mich für Gyges, den Sohn des Krösus, ausgeben.

Der verwundete Jüngling schien denjenigen, für welchen ich gehalten zu werden wünschte, zu kennen, denn er schüttelte bei meinen Worten das Haupt und murmelte: ›Du bist nicht der, für den du dich ausgibst!‹ Dann schloß er abermals die Augen und verfiel in ein heftiges Fieber. Nun entkleideten wir ihn, öffneten ihm eine Ader und verbanden seine Wunden. Mein persischer Diener, der Bartja am Hofe des Amasis, wo er als Stallaufseher gedient, gesehen hatte, leistete, unterstützt von dem ägyptischen Greis, der mich begleitet, Hilfe. Er wurde nicht müde zu beteuern, der Verwundete sei niemand anders als dein hoher Bruder. Auch der Wirt des Stationshauses schwor, als wir das Angesicht des Jünglings vom Blut gereinigt hatten, der Überfallene sei ohne jeden Zweifel der jüngere Sohn deines großen Vaters. Indessen war mein ägyptischer Begleiter hinausgegangen und hatte aus der Reiseapotheke[120], ohne die ein Ägypter nur ungern seine Heimat verläßt, ein Tränkchen geholt, das er dem Kranken reichte. Die Tropfen wirkten so wunderbar, daß sich das fiebernde Blut in wenigen Stunden beruhigte. Als die Sonne aufging, öffnete der junge Mann die Augen. Nun verneigten wir uns vor ihm, den wir für deinen Bruder hielten, und fragten ihn, ob er in den Palast nach Babylon gebracht zu werden wünsche. Er verneinte dies mit Heftigkeit und versicherte, daß er nicht der sei, für den wir ihn hielten, sondern ...«

»Wer kann Bartja so ähnlich sehen? Rede! Ich bin neugierig, dies zu erfahren!« unterbrach der König den Sprecher.

»Er behauptete, daß er der Bruder deines Oberpriesters sei, Gaumata heiße und daß man seinen Namen auf dem Freipaß, welcher in dem Ärmel seines Magiergewandes stecke, finden müßte. Der Wirt der Herberge fand das bezeichnete Dokument und bestätigte, da er lesen konnte, die Behauptung des Kranken, der bald von neuen Fieberschauern ergriffen wurde, in denen er allerlei zusammenhanglose Reden führte.«

»Hast du sie verstanden?«

»Ja! Er wiederholte immer dasselbe. Die hängenden Gärten schienen all seine Gedanken auszufüllen. Er mußte soeben einer großen Gefahr entgangen sein und scheint dort mit einem Weibe namens Mandane eine Liebeszusammenkunft gehabt zu haben.«

»Mandane«, murmelte Kambyses. »Mandane? Wenn ich nicht irre, heißt so die erste Dienerin der Nitetis.«

Einen Augenblick sann der Grieche schweigend nach, dann lächelte er und rief: »Laß die gefangenen Freunde frei, mein König, denn ich bürge dir mit meinem Kopf dafür, daß Bartja nicht auf den hängenden Gärten war!«

Der König schaute den kühnen Redner verwundert, aber freundlich an. Das freie, zwanglose, anmutige Wesen, welches der Athener ihm, dem König, gegenüber, zeigte, war ihm neu und berührte ihn wie der Hauch der Seeluft einen Menschen, der zum erstenmal das Meer sieht. Während seine nächsten Verwandten ihn nur mit gekrümmtem Rücken anzureden wagten, stand der Grieche schlank und aufrecht vor ihm. Während die Perser jedes Wort, welches sie an ihren Herrscher richteten, mit blumigen Phrasen und schmeichlerischen Redensarten zu behängen pflegten, sprach der Athener frei, schlicht und schmucklos. Dabei begleitete er seine Rede mit so anmutigen Bewegungen und so ausdrucksvollen Blicken, daß sie der König trotz seiner mangelnden

Sprachgewandheit besser verstand als die meist in Gleichnisse gekleideten Berichte seiner eigenen Untertanen. Nur Nitetis und diesem Fremden gegenüber hatte er je vergessen, daß er König war. Hier stand der Mensch vor dem Menschen, hier vergaß der stolze Selbstherrscher, daß er mit einem Wesen rede, dessen Leben oder Tod ein Spielball seiner Laune war. So mächtig wirkt die Würde des Mannes, das Selbstbewußtsein eines sich seines Anspruchs auf Freiheit bewußten Menschen und die überlegene Bildung selbst auf den strengen Despoten. Auch gab es noch etwas anderes, das Kambyses so schnell für den Athener gewann. Dieser Mann schien gekommen zu sein, um ihm vielleicht den teuersten verloren und mehr als verloren geglaubten Schatz wiederzugeben. Wie konnte aber das Leben dieses ausländischen Abenteurers als Pfand für die Söhne der ersten aller Perser angenommen werden? Dennoch erzürnte der Vorschlag des Phanes den König keineswegs. Er lächelte vielmehr über die Kühnheit des Hellenen, der sich in seinem Eifer von dem Tuch, das seinen Mund und Bart umwehte, befreit hatte und rief: »Es scheint mir, beim Mithra, als wolltest du uns Gutes bringen, Hellene! Ich nehme deinen Vorschlag an. Sind die Gefangenen, trotz deiner Vermutung, schuldig, so bist du verpflichtet, dein Leben lang als mein Diener an unserem Hof zu verweilen; vermagst du aber in der Tat das zu beweisen, wonach mein Herz sich sehnt, dann will ich dich zum reichsten deiner Landsleute machen.«

Phanes lächelte ablehnend und fragte: »Gestattest du mir, einige Fragen an dich und deine Hofbeamten zu richten?«

»Rede und frage, wie und was du willst!«

In diesem Augenblick trat der Jägermeister in die Halle und zeigte an, daß alles zum Jagen bereit sei.

»Man soll warten!« herrschte der König den atemlosen Mann an. »Ich weiß nicht, ob wir heute überhaupt jagen werden. Wo ist der Peitschenträgerhauptmann Bischen?«

Datis, das sogenannte Auge[121] des Königs, enteilte dem Zimmer und kam in wenigen Minuten, die Phanes, um verschiedene der anwesenden Großen über allerlei ihm wichtige Einzelheiten zu befragen, benutzte, mit dem Gesuchten wieder.

»Was treiben die Gefangenen?« fragte Kambyses den vor ihm liegenden Hauptmann.

»Sieg dem König! Sie erwarten den Tod mit Ruhe, denn es ist süß, durch deinen Willen zu sterben.«

»Hast du ihre Gespräche mit angehört?«

»Ja, mein Herrscher.«

»Gestehen sie einander zu, daß sie schuldig sind?«

»Mithra allein weiß in das Herz zu schauen; aber du, mein Fürst, würdest, wie ich, dein ärmster Knecht, an die Unschuld dieser Verdammten glauben, wenn du sie sprechen hörtest.«

Der Hauptmann schaute ängstlich zum König auf, denn er fürchtete, diese Worte könnten seinen Zorn erregt haben. Kambyses aber lächelte freundlich, statt zu grollen. Plötzlich verfinsterte ein trüber Gedanke sein Antlitz, und kaum vernehmbar fragte er: »Wann ist Krösus hingerichtet worden?«

Der Hauptmann erzitterte bei diesen Worten, Angstschweiß trat vor seine Stirn, und seine Lippen vermochten kaum die Worte zu stammeln: »Er ist – er hat – wir dachten –«

»Was dachtet ihr?« unterbrach ihn Kambyses, in dessen Brust eine neue Hoffnung aufdämmerte. »Solltet ihr meinen Befehl nicht sogleich ausgeführt haben? Sollte Krösus noch unter den Lebenden wandeln? Rede, sprich, ich will die volle Wahrheit wissen!«

Der Hauptmann krümmte sich wie ein Wurm zu den Füßen seines Gebieters und stammelte endlich, ihm seine Hände flehentlich entgegenstreckend: »Gnade, Gnade, mein Herrscher! Ich bin ein armer Mann und habe dreißig Kinder, von denen fünfzehn –«

»Ich will wissen, ob Krösus lebt oder nicht!«

»Er lebt! Ich dachte, daß ich nichts Böses täte, wenn ich ihn, dem ich alles verdanke, eine Stunde länger leben ließe, damit er …«

»Es ist genug!« rief jetzt der König hoch aufatmend. »Diesmal soll dir dein Ungehorsam straflos hingehen, und weil du so viele Kinder hast, mag dir der Schatzmeister zwei Talente auszahlen. – Gehe jetzt zu den Gefangenen, bescheide Krösus hierher und sage den anderen, sie möchten, wenn sie unschuldig wären, guten Mutes sein.«

»Mein König ist die Leuchte der Welt und ein Ozean der Gnade!«

»Bartja und seine Freunde sollen nicht länger eingeschlossen bleiben. Sie mögen sich, von euch bewacht, im Palasthof ergehen; Du, Datis, begibst dich sogleich zu den hängenden Gärten und befiehlst Boges, die Vollstreckung des Urteils an der Ägypterin aufzuschieben. Ferner soll zu dem von dem Athener bezeichneten Stationshaus geschickt und der dort liegende Verwundete unter sicherer Bedeckung hierhergebracht werden.«

Der König wollte schon gehen; Phanes hielt ihn aber zurück und fragte: »Gestattet mir mein König eine Bemerkung?«

»Rede!«

»Es scheint mir, als könnte uns der Eunuchen-Oberst die sicherste Auskunft geben. Der phantasierende Jüngling sprach diesen Namen oftmals in Verbindung mit dem seiner Liebsten aus.«

»Eile, Datis, und führe Boges hierher!«

»Auch der Oberpriester Oropastes muß, als Bruder des Gaumata, verhört werden; ebenso Mandane, welche, wie mir soeben versichert wurde, die oberste Dienerin der Ägypterin ist.«

»Hole sie, Datis!«

»Wenn man endlich Nitetis selbst …«

Bei diesen Worten des Atheners erbleichte der König. Wie gern hätte er die Geliebte wiedergesehen! Aber er fürchtete sich vor den bestrickenden oder vorwurfsvollen Blicken dieser Frau; darum rief er Datis zu: »Geh und hole Boges und Mandane; die Ägypterin soll, wohl bewacht, auf den hängenden Gärten bleiben!«

Der Athener verneigte sich ehrerbietig, als wenn er sagen wollte: Nur dir steht es zu, an dieser Stelle zu befehlen.

Der König betrachtete ihn mit Wohlgefallen und setzte sich wieder auf den purpurfarbenen Diwan. Er stützte seine Stirn mit der Hand und schaute zu Boden. Das Bild der einst so innig Geliebten trat immer greifbarer vor seine Seele. Der Gedanke, daß Nitetis doch unschuldig sein könnte, schlug immer festere Wurzeln in seinem Herzen. Wenn Bartja freigesprochen werden konnte, dann war auch jeder andre Irrtum denkbar; dann wollte er selbst auf die hängenden Gärten gehen, ihre Hand ergreifen und ihre Verteidigung anhören. Hat die Liebe einen reifen Mann erfaßt und durchdrungen, so schlingt sie sich wie die Blutadern durch sein ganzes Wesen und kann nur mit seinem Leben vernichtet werden.

Als Krösus in das Zimmer trat, erwachte Kambyses aus seinen Träumen, hob den Greis, der sich ihm zu Füßen geworfen hatte, freundlich auf und sagte: »Du hast dich an mir vergangen; ich aber will Gnade üben, weil ich der letzten Worte meines sterbenden Vaters gedenke, der mir befahl, dich als Ratgeber und Freund hochzuhalten. Nimm dein Leben aus meiner Hand zurück und vergiß meinen Zorn, wie ich deine Unehrerbietigkeit vergessen will. Laß dir jetzt von jenem Mann, der dich zu kennen behauptete, mitteilen, was er vermutet. Es verlangt mich danach, auch deine Ansicht zu hören.«

Krösus wandte sich, tief bewegt, dem Athener zu und ließ sich von ihm, nachdem er ihn herzlich willkommen geheißen hatte, in seine Vermutungen einweihen.

Krösus hörte ihm immer aufmerksamer zu, hob, als Phanes schwieg, seine Hand zum Himmel empor und rief: »Verzeiht mir, ihr ewigen Götter, wenn ich jemals an eurer Gerechtigkeit zweifelte. Ist es nicht wunderbar, Kambyses? Mein Sohn stürzte sich in Gefahr, um diesem edlen Mann das Leben zu retten, und jetzt führen die Götter den Geretteten nach Persien, um alles, was Gyges ihm erzeigte, zehnfach wiedergutzumachen! Wäre Phanes von den Ägyptern umgebracht worden, so würden vielleicht schon in dieser Stunde die Häupter unserer Söhne gefallen sein!«

Bei diesen Worten warf sich Krösus an die Brust des Hystaspes, der, gleich ihm, seinen Lieblingssohn zum zweitenmal geboren werden sah.

Der König, Phanes und die persischen Würdenträger sahen tiefbewegt auf die sich umarmenden Greise. Keiner der Anwesenden zweifelte mehr an der Unschuld des Bartja, obgleich sie bisher nur durch Vermutungen begründet worden war. Wo der Glaube an die Schuld gering ist, pflegt der Verteidiger offene Ohren zu finden.

11. KAPITEL

Phanes hatte mit echt attischem Scharfsinn aus dem Gehörten den rechten Sachverhalt dieser traurigen Angelegenheit erraten; ja, ihm war nicht entgangen, daß auch die Bosheit ihre Hand im Spiel gehabt haben müsse; konnte doch Bartjas Dolch nicht anders als durch einen Verräter auf die hängenden Gärten gekommen sein.

Während er diesen Verdacht dem König kundtat, wurde der Oberpriester Oropastes von den Stabträgern in die Halle geführt.

Der König schaute ihn grollend an und fragte ohne jedes einleitende Wort: »Hast du einen Bruder?«

»Ja, mein König. Er und ich sind die einzigen Überlebenden von sechs Geschwistern; meine Eltern …«

»Ist dieser Bruder jünger oder älter als du?«

»Ich war der älteste von uns allen, während er, der jüngste, meinem Vater als Freude seines Alters geboren wurde.«

»Hast du eine auffallende Ähnlichkeit zwischen ihm und einem meiner Verwandten bemerkt?«

»Ja, mein König. Gaumata gleicht deinem Bruder Bartja so auffallend, daß man ihn in der Priesterschule zu Rhagae, wo er sich noch heute befindet, den Prinzen nannte.«

»War er in der jüngsten Zeit in Babylon?«

»Während des Neujahrsfestes zum letztenmal.«

»Sprichst du die Wahrheit?«

»Mein Kleid und mein Amt würden mich doppelt strafbar machen, wenn ich meinen Mund zu einer Lüge öffnen wollte.«

Der König errötete bei diesen Worten vor Zorn und rief: »Dennoch lügst du, denn Gaumata war gestern abend hier! Du erbebst mit gutem Grunde!«

»Mein Leben gehört dir, dem alles gehört; dennoch schwöre ich, der Oberpriester, bei dem höchsten Gott, dem ich dreißig Jahre lang treulich gedient habe, daß ich nichts von der gestrigen Anwesenheit meines Bruders in Babylon weiß.«

»Dein Angesicht trägt die Züge der Wahrhaftigkeit.«

»Du weißt, daß ich am gestrigen hohen Tage keinen Augenblick von deiner Seite gewichen bin.«

»Ich weiß.«

Abermals öffneten sich die Pforten, um die zitternde Mandane einzulassen. Der Oberpriester sah sie staunend und fragend an. Dem aufmerksam beobachtenden Auge des Königs entging es nicht, daß die Zofe in einer gewissen Beziehung zu Oropastes stand, darum fragte er ihn, ohne das zitternde Mädchen, welches vor seinen Füßen lag, zu beachten: »Kennst du dieses Weib?«

»Ja, mein König. Sie erhielt durch mich die hohe Stelle einer Oberin allen Gesindes bei der – vergib ihr Auramazda – bei der ägyptischen Königstochter.«

»Wie kamst du, ein Priester, dazu, dies junge Weib zu begünstigen?«

»Ihre Eltern starben an derselben Pest, welche meine Brüder dahinraffte. Ihr Vater war ein ehrenwerter Priester und ein Freund unseres Hauses. Darum nahmen wir das Mädchen zu uns. So wurde ich ihr Pflegevater und ließ sie mit meinem jüngsten Bruder erziehen, bis er in die Priesterschule eintrat.«

Der König wechselte mit Phanes einen Blick des Einverständnisses und fragte: »Warum hast du das Mädchen, welches doch sehr schön zu sein scheint, nicht bei dir behalten?«

»Als sie die Ohrringe erhalten hatte, hielt ich es für passend, sie, eine Jungfrau, aus meinem priesterlichen Hause zu entfernen und ihr eine selbständige Zukunft zu gründen.«

»Hat sie auch als erwachsenes Mädchen deinen Bruder wiedergesehen?«

»Ja, mein König. Sooft mich Gaumata besuchte, ließ ich ihn mit Mandane wie mit seiner Schwester verkehren. Als ich aber später bemerkte, daß sich in die Freundschaft Leidenschaft zu mischen begann, wurde mein Beschluß, das Mädchen fortzuschicken, immer fester.«

»Wir wissen genug«, sagte der König, indem er dem Oberpriester durch einen Wink zurückzutreten befahl. Dann blickte er auf das Mädchen hinunter und forderte sie auf, sich zu erheben.

Mandane stand zitternd und bebend auf. Ihr Gesichtchen war bleich wie der Tod. Ihre Lippen hatten eine bläuliche Farbe angenommen.

»Erzähle, was du vom gestrigen Abend weißt, bedenke aber, daß eine Lüge dein Tod ist.«

Die Knie der Geängstigten bebten so stark, daß sie sich kaum aufrecht zu halten vermochte. Die Furcht versiegelte ihre Lippen.

»Meine Geduld ist kurz!« rief ihr Kambyses zu.

Mandane schrak zusammen, wurde noch bleicher und brachte immer noch kein Wort hervor. Da trat Phanes an den zornigen König heran und bat ihn leise, ihm zu gestatten, dies Weib zu verhören. Ihr Mund, den jetzt die Angst verschließe, werde von einem freundlichen Worte geöffnet werden.

Kambyses nickte ihm zu, und was ihm der Athener vorausgesagt hatte, bewahrheitete sich; denn kaum hatte er Mandane des Wohlwollens aller Anwesenden versichert, seine Hand auf ihren Kopf gelegt und ihr freundlich zugeredet, als sie zu weinen und dann zu reden begann. Sie erzählte, von leisem Schluchzen unterbrochen, alles, was sie wußte, verschwieg nicht, daß Boges jenes Stelldichein unterstützt habe, und schloß mit den Worten: »Ich weiß wohl, daß ich mein Leben verwirkt habe und daß ich das schlechteste und undankbarste Wesen auf der Welt bin; all dies Unheil wäre aber niemals möglich gewesen, wenn Oropastes seinem Bruder gestattet hätte, mich zu heiraten!«

Bei diesen sehnsüchtig ausgesprochenen Worten brach sie in neues Schluchzen aus, während sich die ernsten Zuhörer, ja selbst der König, eines leisen Lächelns nicht erwehren konnten.

Dies Lächeln rettete das schwerbedrohte Leben des Mädchens. Kambyses würde aber nach allem, was er erfahren, kaum gelächelt haben, wenn Mandane nicht mit jenem feinen Instinkte, welcher die Frauen in der Stunde der drohenden Gefahr nie verläßt, verstanden hätte, seiner Eitelkeit zu schmeicheln. Sie verweilte länger als nötig bei der Freude, welche Nitetis über die Geschenke des Königs geäußert hatte.

»Tausendmal«, rief sie, »küßte meine Herrin alle Dinge, die man ihr von dir, o König, brachte; sehr oft hat sie ihre Lippen auf jenen Blumenstrauß gedrückt, welchen du ihr vor einigen Tagen mit eigenen Händen pflücktest. Ach, und als der Strauß zu welken begann, da nahm sie Blume für Blume, breitete die Blütenblättchen sorglich aus, legte sie zwischen wollene Tücher und stellte eigenhändig ihre schwere, goldene Salbenschachtel darauf, um sie zu trocknen und als Andenken an deine Güte aufzubewahren!«

Als sie bemerkte, daß sich die Züge ihres strengen Richters bei diesen Worten aufheiterten, schöpfte sie neuen Mut, legte der Herrin süße Worte, welche diese niemals ausgesprochen, in den Mund und behauptete, daß sie, Mandane, hundertmal gehört habe, wie Nitetis den Namen ›Kambyses‹ unaussprechlich zärtlich im Schlaf ausgerufen habe. Endlich schloß sie ihre Rede, indem sie schluchzend um Gnade bettelte.

Der König schaute ohne Groll, aber mit grenzenloser Verachtung zu ihr hernieder, stieß sie mit dem Fuß zurück und rief: »Aus meinen Augen, du Hündin! Blut wie deines würde das Beil des Henkers besudeln! Aus meinen Augen!«

Mandane ließ sich nicht lange bitten, die Halle zu verlassen. Das »aus meinen Augen« klang ihr wie süße Musik. Sie eilte durch die weiten Höfe des Palastes, um auf der Straße dem drängenden Volk wie eine Verrückte unaufhörlich zuzurufen: »Ich bin frei! Ich bin frei!«

Kaum hatte sie den Saal verlassen, als Datis, das Auge des Königs, ihn von neuem betrat und die Mitteilung brachte, daß man den Eunuchen-Obersten vergeblich gesucht habe. Derselbe sei in rätselhafter Weise von den hängenden Gärten verschwunden; er, Datis, habe jedoch seinen Untergebenen den Auftrag erteilt, den Flüchtling zu suchen und ihm denselben tot oder lebendig abzuliefern.

Der König brauste bei dieser Botschaft in neuem Jähzorn auf und bedrohte den Sicherheitsbeamten, welcher die Aufregung des Volkes seinem Gebieter klüglich verschwieg, mit schwerer Strafe, wenn man des Entflohenen nicht bis zum nächsten Morgen habhaft werden sollte.

Kaum hatte er ausgesprochen, als der Stabträger einen Eunuchen der Mutter des Königs einführte, durch den sie ihren Sohn um eine Unterredung ersuchen ließ.

Kambyses entsprach diesem Wunsch, reichte Phanes seine Hand zum Kuß, eine seltene und nur den Tischgenossen gewährte Gunstbezeugung, und rief: »Alle Gefangenen sind sofort auf freien Fuß zu setzen. Geht hin zu euren Söhnen, ihr geängstigten Väter, und sagt ihnen, sie möchten meiner Gnade versichert sein. Es wird sich wohl für jeden von ihnen eine Satrapie, als Ersatz für diese Nacht unschuldiger Gefangenschaft, finden. Dir, mein hellenischer Freund, bin ich zu großem Dank verpflichtet. Um mich desselben zu entledigen und dich an meinen Hof zu fesseln, bitte ich dich, dir von unserem Schatzmeister hundert Talente auszahlen zu lassen.«

»Eine so große Summe«, gab Phanes, sich verneigend zurück, »werde ich kaum gebrauchen können.«

»Dann mißbrauche sie!« erwiderte der König freundlich lächelnd und verließ mit dem an den Athener gerichteten Ruf: »Auf Wiedersehen beim Festessen!« von seinen Hofbeamten begleitet die Halle.

Während dieser Vorgänge herrschte in den Gemächern der Mutter des Königs tiefe Trauer. Kassandane glaubte, nachdem sie den Inhalt jenes Briefes an Bartja vernommen hatte, an die Treulosigkeit der Nitetis, während sie ihren geliebten Sohn für unschuldig hielt. Wem durfte sie noch trauen, wenn das Mädchen, in dem sie bis dahin die Verkörperung aller weiblichen Tugenden gesehen hatte, eine verworfene Treulose genannt werden mußte, wenn die edelsten Jünglinge meineidig werden konnten?!

Nitetis war für sie mehr als tot; Bartja, Krösus, Darius, Gyges, Araspes, mit denen sie verwandt oder befreundet war, waren für sie so gut wie gestorben. Und sie durfte ihrem Schmerz nicht einmal freien Lauf lassen, denn sie mußte ja die Verzweiflung ihres wilden Kindes zügeln.

Atossa gebärdete sich wie eine Rasende, als sie von den verhängten Todesurteilen hörte. Die Mäßigung, welche sie durch den Umgang mit der Ägypterin gewonnen hatte, wich von ihr, und ihr so lang zurückgehaltenes Ungestüm brach doppelt lebhaft hervor.

Nitetis, ihre einzige Freundin, Bartja, ihr Bruder, an dem sie mit ganzer Seele hing, Darius, den sie, jetzt fühlte sie es, nicht nur als ihren Lebensretter ehrte, sondern mit der ganzen Innigkeit einer ersten Neigung liebte, Krösus, an dem sie wie eine Tochter hing – alle, die ihr lieb und teuer waren, sollte sie jetzt auf einmal verlieren.

Sie zerriß ihre Kleider, zerraufte sich die Haare, nannte Kambyses ein Ungeheuer und jeden, der an die Schuld so trefflicher

Menschen glaube, verblendet und wahnsinnig. Dann zerfloß sie wieder in Tränen und schickte demütige Gebete zu den Göttern, um wenige Minuten später ihre Mutter zu beschwören, sie auf die hängenden Gärten zu begleiten und mit ihr die Verteidigung der Nitetis anzuhören.

Kassandane suchte das ungestüme Mädchen zu besänftigen und beteuerte, daß jeder Versuch, Nitetis zu sprechen, vergeblich sein würde. Daraufhin begann Atossa von neuem zu toben. Kassandane blieb nichts anderes übrig, als ihr mit mütterlicher Strenge Stillschweigen aufzuerlegen und sie, als der Morgen graute, in ihr Schlafgemach zu verweisen.

Das Mädchen folgte dem Gebot der Blinden, setzte sich jedoch, statt ihr Lager aufzusuchen, an das hohe Fenster, das auf die hängenden Gärten hinausging. Sie schaute zu dem Haus hinüber, in welchem jetzt ihre Freundin einsam, verlassen, verbannt, einem schmachvollen Tod entgegensah. Plötzlich heftete sich ihr Blick unverwandt auf einen schwarzen Punkt, welcher vom Haus der Ägypterin aus immer größer wurde: Er flog in gerader Linie auf sie zu und ließ sich endlich auf einer Zypresse dicht vor ihrem Fenster nieder.

Da schwand mit einemmal der Gram aus ihren Gesichtszügen; sie klatschte in die Hände und rief aus: »Oh, sieh da, der Vogel Homaï[122]! Der Glücksvogel! Alles wird doch noch gut werden!«

Derselbe Paradiesvogel, dessen Anblick dem Herzen der Nitetis so wunderbaren Trost gebracht hatte, schenkte auch Atossa neue Zuversicht.

Prüfend, ob sie von niemand gesehen werde, schaute sie in den Garten. Als sie sich überzeugt hatte, daß keiner, außer einem alten Gärtner, darin verweile, schwang sie sich aus dem Fenster hinaus, brach einige Rosenblüten und Zypressenzweige und näherte sich mit ihnen dem Greis, welcher ihrem Treiben kopfschüttelnd zusah.

Schmeichlerisch liebkoste sie die Wangen des Alten, legte ihre Blumen in seine gebräunte Hand und fragte: »Hast du mich lieb, Sabaces?«

»O Herrin!« lautete die einzige Antwort des Greises, der den Saum des Gewandes der Königstochter inbrünstig an seine Lippen drückte.

»Ich glaube dir und will dir beweisen, daß ich meinem alten, treuen Sabaces traue. Verstecke diese Blumen wohl und eile schnell in den Palast des Königs. Sag, du brächtest Früchte für die Tafel. Neben der Wache der Unsterblichen werden mein armer Bruder Bartja und Darius, der Sohn des edlen Hystaspes, gefangengehalten. Du sorgst dafür, daß den beiden diese Blumen sogleich, aber hörst du, sogleich mit einem herzlichen Gruß von mir übergeben werden.«

»Die Wächter werden mich nicht zu den gefangenen Herren lassen.«

»Nimm diese Ringe und drücke sie ihnen in die Hand. Man kann den Armen doch nicht verbieten, sich an Blumen zu erfreuen!«

»Ich will es versuchen.«

»Ich wußte ja, daß du mich liebst, guter Sabaces! Jetzt mache schnell, daß du fortkommst, und kehre rasch zurück!«

Der Greis entfernte sich so eilig, wie er konnte. Atossa schaute ihm gedankenvoll nach und murmelte vor sich hin: »Jetzt werden sie beide wissen, daß ich sie bis an ihr Ende geliebt habe. Die Rose bedeutet: ›Ich liebe dich‹; die immergrüne Zypresse: ›treu und unwandelbar‹.« Nach einer Stunde kam der Greis zurück und überbrachte der Königstochter, welche ihm entgegeneilte, den Lieblingsring des Bartja und von Darius ein in Blut getränktes indisches Tuch.

Mit Tränen in den Augen nahm Atossa diese Gaben aus der Hand des Alten, dann setzte sie sich mit den Andenken unter einen breitästigen Platanenbaum, drückte sie abwechselnd an ihre Lippen und murmelte: »Bartjas Ring bedeutet, daß er an mich denkt; das blutgetränkte Tuch des Darius, daß er bereit ist, sein Herzblut für mich zu vergießen.«

Atossa lächelte bei diesen Worten.

Wenige Stunden später verkündete ein Bote des Krösus den königlichen Frauen, daß die Unschuld des Bartja und seiner Freunde erwiesen und auch Nitetis so gut wie gerechtfertigt sei.

Sofort schickte Kassandane einen Boten auf die hängenden Gärten, um Nitetis aufzufordern, vor ihr zu erscheinen. Atossa lief, im Jubel ebenso zügellos wie im Jammer, der Sänfte ihrer Freundin entgegen und flog von einer ihrer Dienerinnen zur andern, um ihnen zuzurufen: »Alle sind unschuldig; alle, alle sollen uns erhalten bleiben!«

Und als die Sänfte mit der Freundin sich endlich näherte, als sie die Geliebte, bleich wie der Tod, in ihr erblickte, da brach sie in ein lautes Schluchzen aus, fiel der Aussteigenden um den Hals und bedeckte sie so lange mit Küssen und Liebkosungen, bis sie bemerkte, daß die Knie der Erretteten wankten und sie einer kräftigeren Stütze als ihrer schwachen Arme bedürfe.

Ohnmächtig wurde die Ägypterin in die Gemächer der Mutter des Königs getragen. Als sie die Augen wieder aufschlug, ruhte ihr marmorbleiches Haupt im Schoß der Blinden, fühlte sie Atossas warme Lippen auf ihrer Stirn, stand Kambyses, der dem Ruf seiner Mutter gefolgt war, an ihrem Lager.

Verstört und beängstigt schaute sie sich im Kreise derer um, die sie am meisten liebte. Endlich erkannte sie einen nach dem anderen, strich mit der Handfläche über ihre bleiche Stirn, als wollte sie einen Schleier von ihr entfernen, lächelte jeden einzelnen freundlich an und schloß dann wiederum die Augen. Sie konnte ihr Glück nicht fassen, es schien ihr unwirklich, und so glaubte sie, die gütige Isis habe ihr ein süßes Traumbild beschert, und versuchte nun, es mit aller Kraft ihrer Seele festzuhalten.

Da rief Atossa ihren Namen mit ungestümer Zärtlichkeit. – Aufs neue schlug sie die Augen auf und begegnete abermals denselben liebevollen Blicken, von denen sie geträumt zu haben glaubte. Ja, das war ihre Atossa, das ihre mütterliche Freundin, und das war nicht der zürnende König, sondern der Mann, der sie liebte. – Jetzt öffnete auch er die Lippen und rief: »Oh Nitetis, erwache! Ich glaube, daß du nicht schuldig bist!« Sie bewegte leise ihr Haupt, und über ihre schönen Züge schwebte, wie der Hauch des jungen Frühlings über ein Rosenbeet, ein wonniges Lächeln.

»Sie ist unschuldig; beim Mithra, sie kann nicht schuldig sein!« rief Kambyses erneut und stürzte, ohne auf die Anwesenden zu achten, auf die Knie nieder.

Ein persischer Heilkünstler näherte sich jetzt der Geretteten und bestrich ihre Schläfen mit einem süß duftenden Salböl, während der Augenarzt Nebenchari Beschwörungsformeln murmelnd, kopfschüttelnd ihren Puls befühlte und ihr einen Trank aus seiner Handapotheke reichte. Nun gewann sie ihre volle Besinnung wieder und fragte, sich an Kambyses wendend, nachdem sie sich mühsam aufgerichtet und die Liebesbezeugungen der Freundinnen erwidert hatte: »Wie konntest du solches von mir denken, mein König!?« Kein Vorwurf, nur tiefer Schmerz sprach aus diesen Worten, welche Kambyses mit der leisen Bitte: »Verzeihe mir«, beantwortete.

Kassandane dankte durch einen freundlichen Blick ihrer blinden Augen dieser Selbstverleugnung ihres Sohnes und sagte: »Auch ich, meine Tochter, bedarf deiner Vergebung.«

»Ich aber habe nie an dir gezweifelt!« rief Atossa und küßte die Freundin stolz und glücklich auf den Mund.

»Dein Schreiben an Bartja war es, das meinen Glauben an deine Unschuld erschütterte«, fügte die Mutter des Kambyses hinzu.

»Und doch war das alles so einfach aufzuklären«, antwortete Nitetis. »Hier, meine Mutter, nimm diesen Brief aus Ägypten. Krösus mag ihn dir übersetzen. Er wird alles erklären. Vielleicht bin ich unvorsichtig gewesen. Laß dir von deiner Mutter das Nötige mitteilen, mein König. Oh, bitte, spotte nicht meiner armen, kranken Schwester. Wenn eine Ägypterin liebt, so kann sie nicht vergessen! Mir ist so bang! Es geht zu Ende. Die letzten Stunden waren gar so entsetzlich! Das furchtbare Todesurteil, welches Boges, der entsetzliche Mann, mir vorlas, dies Urteil zwang mir das Gift in die Hand. Ach, mein Herz!«

Mit diesen Worten sank sie in den Schoß der Greisin zurück. Nebenchari, der Arzt, stürzte herbei, flößte der Kranken einige neue Tropfen ein und rief: »Dachte ich's doch! Sie hat Gift genommen und wird sicher sterben, wenn dieses Gegenmittel ihren Tod auch noch um einige Tage verzögert!«

Kambyses stand neben ihm, verfolgte bleich und starr jede seiner Bewegungen, während Atossa die Stirn der Freundin mit Tränen benetzte.

»Man bringe Milch und hole meinen großen Arzneikasten«, befahl der Augenarzt. »Ruft auch Dienerinnen, um sie fortzutragen, denn vor allen Dingen ist sie ruhebedürftig.«

Atossa eilte in das Nebenzimmer; Kambyses aber fragte den Heilkünstler ohne ihn anzublicken: »Gibt es keine Rettung?«

»Das Gift, welches sie genossen, hat unfehlbaren Tod zur Folge.«

Als der König diese Worte vernommen hatte, stieß er den Arzt von der Kranken zurück und rief: »Sie soll leben! Ich befehl' es! Hierher, Eunuch! Alle Ärzte in Babylon werden aufgeboten, alle Priester und Mobeds[123] berufen! Sie soll leben, hört ihr, sie muß leben, ich befehl' es, ich, der König!«

In diesem Augenblick öffnete Nitetis ihre Augen, als wollte sie dem Befehl ihres Gebieters Folge leisten. Ihr Gesicht war dem Fenster zugekehrt. Auf dem Zypressenbaum draußen saß der Paradiesvogel mit der goldenen Kette am Fuß. – Die Blicke der Leidenden fielen zuerst auf den vor ihr niedergesunkenen Geliebten, der seine Lippen auf ihre Rechte preßte. Lächelnd murmelte sie: »O dieses Glück!« Dann erblickte sie den Vogel, zeigte mit der Linken auf ihn und rief: »Seht! Der Vogel des Ra, der Phönix!«

Nach diesen Worten schloß sie ihre Augen und verfiel bald darauf in ein heftiges Fieber.

TEIL III

1. KAPITEL

Prexaspes, der Botschafter des Königs, einer der vornehmsten Hofbeamten, hatte Gaumata, den Geliebten der Mandane, dessen Ähnlichkeit mit Bartja in der Tat staunenswert war, krank und verwundet, wie er war, nach Babylon gebracht. Hier wartete er im Kerker auf den Richterspruch, während Boges, sein Verführer, trotz aller Bemühungen der Sicherheitsbehörde nirgends aufzufinden war. Das Volksgedränge in den Straßen von Babylon hatte ihm die Flucht durch die Falltür auf den hängenden Gärten erleichtert. Die Reichtümer, die man in seiner Wohnung vorfand, waren ungeheuer. Ganze Kisten voll Gold und Schmucksachen, die er sich in seiner Stellung leicht verschaffen konnte, wurden in den königlichen Schatz zurückgeführt, dem sie entstammten. Aber Kambyses hätte gern, um des Verräters habhaft zu werden, den zehnfachen Betrag dieser Reichtümer hingegeben.

Zwei Tage nach der Freisprechung der Angeklagten ließ er, zu Phädimes Verzweiflung, alle Bewohnerinnen des Weiberhauses, seine Mutter, Atossa und die mit dem Tode ringende Nitetis ausgenommen, nach Susa schaffen. Mehrere vornehme Eunuchen verloren ihre hohen Stellen. Die Kaste sollte für das Verbrechen ihres der Strafe entronnenen Mitglieds büßen.

Oropastes, der sein Amt als Stellvertreter des Königs bereits angetreten und seine Unschuld an dem Verbrechen seines Bruders klar erwiesen hatte, belehnte ausschließlich Magier mit den erledigten Würden. Die Demonstration, welche von seiten der Babylonier zu Bartjas Gunsten stattgefunden hatte, wurde dem König erst bekannt, nachdem das Volk schon längst auseinandergelaufen war. Trotz seiner Sorge um Nitetis, die ihn stark in Anspruch nahm, ließ er sich genauen Bericht über diese gesetzwidrigen Vorfälle abstatten und befahl, die Rädelsführer streng zu strafen. Er vermutete, daß Bartja um die Gunst des Volkes werbe, und würde ihm vielleicht schon jetzt sein Mißfallen deutlich gezeigt haben, wenn ihm nicht sein besseres Gefühl gesagt hätte, daß nicht er dem Bartja, sondern Bartja ihm zu vergeben habe. Dennoch konnte er den Gedanken, sein Bruder sei erneut, an traurigen Ereignissen der letzten Tage schuld gewesen, ebensowenig unterdrücken wie den Wunsch, ihn so rasch wie möglich zu beseitigen. Darum schenkte er dem Verlangen des Jünglings, sofort nach Naukratis zu reisen, vollen Beifall.

Nach einem zärtlichen Abschied von Schwester und Mutter machte sich Bartja, zwei Tage nach seiner Freisprechung, auf den Weg. Gyges, Zopyrus und ein zahlreiches Gefolge, welches kostbare Geschenke von seiten des Kambyses für Sappho mit sich führte, begleiteten ihn. Darius folgte ihm nicht, da ihn seine Liebe für Atossa zurückhielt. Auch war der Tag nicht fern, an welchem er Artystone, die Tochter des Gobryas, auf Befehl seines Vaters heimführen sollte.

Bartja trennte sich mit schwerem Herzen von seinem Freund, dem er zur größten Vorsicht gegenüber Atossa riet. Kassandane wußte jetzt um das Geheimnis der Liebenden und versprach, sich bei dem König für Darius einzusetzen.

Wenn einer, so durfte der Sohn des Hystaspes seinen Blick zur Tochter des Cyrus erheben; war er doch eng mit dem regierenden Haus verschwägert, gehörte er doch wie Kambyses zu den Pasargarden; war doch sein Stamm eine jüngere Linie der herrschenden Dynastie und darum nicht minder vornehm als diese[1]. Sein Vater nannte sich das Oberhaupt des gesamten Reichsadels und verwaltete als solches die Provinz Persien, das Mutterland, dem das ungeheure Weltreich und dessen Beherrscher ihren Ursprung verdankten. Nach dem Aussterben der Familie des Cyrus hatten die Nachkommen des Hystaspes ein wohlbegründetes Erbrecht auf den persischen Thron. Darum war Darius, ganz abgesehen von seinen persönlichen Vorzügen, ein ebenbürtiger Freier für Atossa. Dennoch konnte man jetzt noch nicht wagen, um die Einwilligung des Königs zu bitten. Bei der düsteren Stimmung, in welcher sich derselbe seit den letzten Vorfällen befand, konnte er leicht eine abschlägige Antwort geben, und eine solche mußte unter allen Umständen als unwiderruflich betrachtet werden. So zog Bartja, ohne über die Zukunft des Paares beruhigt zu sein, in die Ferne.

Krösus versprach, auch hier als Vermittler aufzutreten, und führte Bartja kurz vor seiner Abreise mit Phanes zusammen.

Bartja trat dem Athener, von dem er durch seine Geliebte nur

Gutes gehört hatte, mit großer Freundlichkeit entgegen und gewann sich schnell die Zuneigung des erfahrenen Mannes, der ihm manchen nützlichen Wink und ein Empfehlungsschreiben[2] an den Milesier Theopompus zu Naukratis auf den Weg gab.

Als Bartja mit dem Athener wiederum zu den Freunden trat, wirkte er ernst und nachdenklich; bald aber hatte er die Sorgen vergessen und scherzte mit den Genossen beim Abschiedstrunk. Bevor er am Morgen darauf sein Roß bestieg, ließ ihn Nebenchari um eine Audienz bitten. Der Augenarzt wurde vorgelassen und ersuchte ihn, eine umfangreiche Briefrolle für den König Amasis nach Ägypten mitzunehmen. Sie enthielt eine ausführliche Schilderung des Leidens der Nitetis und endete: »So wird dieses arme Opfer Deines Ehrgeizes durch das Gift, welches sie, um nicht zu verzweifeln, einnahm, in wenigen Stunden einem zu frühen Tode verfallen. Wie der Schwamm ein Bild von der Tafel, so wischt die Willkür der Mächtigen dieser Erde das Glück eines Menschenlebens aus. Verbannt von Heimat und Besitz, verkümmert Dein Knecht Nebenchari; als Selbstmörderin siecht die unselige Tochter eines ägyptischen Königs dahin. Ihr Leichnam wird nach persischer Sitte von Hunden und Geiern zerrissen werden. Wehe denen, welche die Unschuldige des Glückes der Erde und der Ruhe im Jenseits beraubten!«

Bartja versprach dem finsteren Manne, dieses Schreiben, dessen Inhalt er nicht kannte, mitzunehmen, stellte, von einer jubelnden Volksmenge umgeben, vor den Toren der Stadt die Steine auf, welche ihm, nach dem persischen Aberglauben[3], eine glückliche Reise sicherten, und verließ Babylon.

Indessen schickte sich Nebenchari an, auf seinen Posten am Sterbelager der Ägypterin zurückzukehren.

An der Pforte der Mauer, welche den Garten des Weiberhauses mit den Höfen des großen Palastes verband, trat ihm ein weißgekleideter Greis entgegen. Der Arzt starrte ihn wie eine Geistererscheinung an. Da ihm derselbe jedoch vertraulich und freundlich zulächelte, beschleunigte er seine Schritte, streckte ihm mit einer Herzlichkeit, welche ihm keiner seiner persischen Bekannten zugetraut haben würde, die Hand entgegen und rief in ägyptischer Sprache: »Darf ich denn meinen Augen trauen?! Alter Hib, du hier in Persien? Jetzt aber sage mir in Osiris' Namen, was dich bewegen konnte, dein warmes Nest am Nil zu verlassen und die weite Reise gen Osten zu unternehmen?«

Der Alte, welcher sich während dieser Worte mit herunterhängenden Armen tief verbeugt hatte, schaute jetzt den Arzt freudestrahlend an und rief: »Wie froh bin ich, dich wiederzufinden. Welche Angst hab' ich um deinetwillen ausgestanden! Abgezehrt wie einen verhungerten Gefangenen aus den Steinbrüchen, verhärmt und elend dachte ich dich anzutreffen. Und jetzt sehe ich dich wieder in blühender Gesundheit, schön und stattlich wie immer! Ach wenn der arme, alte Hib an deiner Stelle gewesen wäre, so würde er sich längst zu Tode gegrämt und geärgert haben!«

»Das glaub' ich dir, Alterchen! Auch ich habe die Heimat mit blutendem Herzen verlassen. Die Fremde gehört dem Seth; die gütigen Götter wohnen nur in Ägypten, nur am heiligen gesegneten Nil!«

»Hat sich was mit dem Segen!« brummte der Alte.

»Du erschreckst mich, Hib. Was ist vorgefallen, daß ...?«

»Vorgefallen? – Hm – Schöne Dinge sind vorgefallen! Nun, du wirst schon zeitig genug davon hören! Glaubst du denn, daß ich unser Haus und meine Enkelchen verlassen und mich in meinem achtzigsten Jahr wie ein hellenischer oder phönizischer Landstreicher auf Reisen begeben haben würde, wenn es in Ägypten noch auszuhalten wäre?«

»Aber so rede doch!«

»Später, später! Jetzt mußt du mich fürs erste mit in deine Wohnung nehmen, die ich nicht verlassen will, solange wir in diesem schrecklichen Land bleiben.«

Der Greis hatte diese Worte mit so lebhaftem Abscheu ausgesprochen, daß sich Nebenchari eines Lächelns und der Frage: »Ist man dir denn gar so übel begegnet, mein Alter?« nicht erwehren konnte.

»Pest und Chamsin*!« polterte der Greis. »All diese Perser sind nichtswürdige Geschöpfe! Mich wundert nur, daß sie nicht allesamt rotköpfig und aussätzig geboren werden! Ach, Kind, ich

* Südwestwind, der vor allem den Staaten des fruchtbaren Niltals gefährlich wurde.

bin schon zwei Tage in dieser Hölle und habe ebensolange mitten unter den Götterverächtern leben müssen! Man sagte mir, es sei unmöglich, dich zu sprechen, denn du dürftest das Lager der kranken Nitetis nicht verlassen. Die arme Kleine: Ich hab's gleich gesagt, daß diese Heirat mit einem Fremden übel ablaufen würde. Na, es geschieht Amasis schon recht, wenn ihm seine Kinder Kummer machen! Er hat's um dich allein verdient!«

»Schäme dich, Alter!«

»Warum? Einmal muß es doch heraus! Ich hasse diesen hergelaufenen König, der, als er noch ein armer Junge war, deinem Vater die Datteln von den Bäumen schlug und die Schilder von den Haustüren riß! O, ich hab' ihn damals wohl gekannt, den Taugenichts! Es ist eine Schmach, daß man sich von solchem Menschen, der ...«

»Jetzt aber mal ruhig, Alter!« unterbrach Nebenchari den Greis. »Wir sind nicht alle von einem Holz gemacht, und wenn Amasis als Knabe wirklich nicht viel mehr war als du, dann ist es deine Schuld, wenn du als Greis so viel weniger bist als er.«

»Mein Großvater war Tempeldiener, mein Vater war es, darum mußte ich natürlich dasselbe werden[4] ...«

»Ganz recht, so befiehlt es das Gesetz der Kasten, demzufolge Amasis nichts anderes sein durfte, als höchstens ein armer Kriegshauptmann.«

»Nicht jeder hat ein so weites Gewissen wie dieser Glückspilz!«

»Immer der Alte! Schäme dich, Hib! Solange ich lebe, und das dauert nun schon ein volles halbes Jahrhundert, ist jedes dritte Wort, das du redest, ein Scheltwort. Als ich noch ein Kind war, mußte ich unter deiner üblen Laune leiden; jetzt trifft sie den König.«

»Und mit Recht! Oh, wenn du wüßtest! Sieben Monate ist es her, seitdem ...«

»Ich kann dir jetzt nicht länger zuhören. Beim Aufgang des Siebengestirns will ich aber einen Sklaven schicken, der dich in meine Wohnung führen soll. Bis dahin bleibst du in deinem bisherigen Quartier, denn ich muß zu meiner Kranken.«

»So, du mußt? – Gut, geh nur und laß den alten Hib sterben! Ich komme um, ich vergehe, wenn ich nur noch eine Stunde bei diesen Menschen bleiben soll!«

»Aber, was willst du eigentlich?«

»In deinen Gemächern warten, bis wir wieder abreisen.«

»Hat man dich denn gar so unglimpflich behandelt?«

»Und wie! Oh, dieser Ekel! Sie haben mich gezwungen, mit ihnen aus demselben Topf zu essen und mein Brot mit ihrem Messer zu schneiden. Ein heilloser Perser, der lange in Ägypten gewesen und mit mir gereist ist, hat ihnen alles mitgeteilt, was uns verunreinigt[5]. Als ich mir den Bart schneiden wollte, nahmen sie mir das Messer fort. Eine nichtswürdige Dirne küßte mich, eh ich mich dessen versah, auf die Stirn. Du brauchst nicht zu lachen! Ich brauche wenigstens einen Monat, um mich von all diesen Befleckungen zu säubern. Als endlich das Brechmittel, welches ich genommen, seine Wirkung tat, verhöhnten sie mich. Aber das war noch nicht alles. Ein verwünschter Küchenjunge schlug in meiner Gegenwart ein heiliges Kätzchen halb zu Tode. Ein Salbenreiber, der erfahren hatte, daß ich dein Diener sei, ließ mich durch denselben verruchten Bubares, mit dem ich hergekommen war, fragen, ob ich mich auch auf Augenheilkunde verstehe. Ich habe diese Frage bejaht; denn, weißt du, in sechzig Jahren sieht man seinem Herrn schon etwas ab. Da klagt mir der elende Mensch, Bubares verdolmetschte mir alles, daß er sich wegen eines schrecklichen Übels an seinen Augen beunruhige. Als ich ihn frage, worin die bestehe, läßt er mir antworten, daß er im Dunkeln nichts zu erkennen vermöge!«

»Du hättest ihm antworten sollen, das einzige Mittel gegen diese Krankheit sei, Licht anzustecken!«

»Oh, wie ich diese Bösewichter hasse! Wenn ich noch eine Stunde lang bei ihnen bleiben muß, so gehe ich zugrunde!«

Nebenchari lächelte und gab seinem Diener zurück: »Du wirst dich den Fremden gegenüber seltsam genug gebärdet und ihren Übermut gereizt haben. Die Perser sind im allgemeinen sehr artige, höfliche Leute[6]. Versuch's nur noch einmal mit ihnen! Heute abend will ich dich gern bei mir aufnehmen; eher aber kann ich nicht.«

»Dacht' ich mir's doch! Auch er hat sich verändert! Osiris ist tot, und Seth herrscht wieder auf Erden!«

»Gehab dich wohl! Wenn das Siebengestirn aufgeht, so erwartet dich der Sklave Pianchi, unser alter Äthiopier, an dieser selben Stelle.«

»Pianchi, der alte Spitzbube, den ich nicht leiden kann?!«

»Derselbe!«

»Hm, 's ist immer noch was Gutes, wenn man bleibt, wie man war. Ich kenne freilich Leute, die das nicht gerade von sich sagen können, die, statt sich auf ihre Kunst zu beschränken, auch innere Krankheiten heilen wollen, die einem alten treuen Diener ...«

»Befehlen, seinen Mund zu halten und den Abend in Geduld zu erwarten.«

Diese letzten mit Ernst gesprochenen Worte verfehlten ihren Eindruck auf den Alten keineswegs. Er verneigte sich und sagte, ehe sein Herr ihn verließ: »Ich bin unter dem Schutz des früheren Söldner-Obersten Phanes hierhergekommen. Er hat dringend mit dir zu sprechen.«

»Das ist seine Sache; er möge mich aufsuchen!«

»Du steckst ja den ganzen Tag bei dieser Kranken, deren Augen so gesund sind ...«

»Hib!«

»Meinetwegen mag sie den Star auf beiden Augen haben! Darf Phanes heut abend mit mir kommen?«

»Ich wünschte mit dir allein zu sprechen.«

»Und ich mit dir; der Hellene scheint aber sehr eilig zu sein und weiß fast alles, was ich dir zu erzählen habe.«

»Hast du geplaudert?«

»Das gerade nicht, aber ...«

»Mein Vater rühmte deine Treue, und ich hielt dich bis heute für zuverlässig und verschwiegen.«

»Das war ich auch immer. Dieser Hellene wußte aber schon viel von dem, was ich weiß, und das andere ...«

»Nun?«

»Den Rest hat er aus mir herausgeholt, ich weiß selbst nicht wie! Trüge ich nicht dies Amulett gegen den bösen Blick, so müßte ...«

»Ich kenne den Athener und verzeihe dir! Es würde mir lieb sein, wenn er dich heut abend begleitete. Wie hoch die Sonne schon steht! Die Zeit drängt! So erzähle in kurzen Worten, was sich zugetragen hat ...«

»Ich denke, heut abend …«

»Nein, ich muß wenigstens eine allgemeine Kenntnis von dem Vorgefallenen haben, eh ich mit dem Athener rede. Mach es kurz!«

»Du bist bestohlen worden.«

»Weiter nichts?«

»Wenn du das nichts nennst.«

»Antworte! Weiter nichts?«

»Nein!«

»Dann lebe wohl!«

»Aber, Nebenchari! …«

Der Augenarzt hörte diesen Ruf nicht mehr, denn schon hatte sich die Pforte, die zu dem Haus der Weiber des Königs führte, hinter ihm geschlossen.

Als das Siebengestirn aufgegangen war, saß Nebenchari in einem der prächtigen Zimmer, die er auf der östlichen Seite des Palastes, unweit von Kassandanes Wohnung, innehatte. Die Freundlichkeit, mit der er seinem alten Diener begegnet war, hatte wieder jenem Ernst Platz gemacht, der ihn unter den leichtblütigen Persern in den Ruf eines finsteren Griesgrams brachte.

Er war ein echter Ägypter, ein typisches Kind jener Priesterkaste, deren Mitglieder selbst in ihrer Heimat, sobald sie sich öffentlich zeigten, feierlich und würdevoll einherzugehen und niemals zu scherzen pflegten, während sie im Kreis ihrer Verwandten den selbstauferlegten Zwang abschüttelten und heiter bis zur Unbändigkeit sein konnten.

Nebenchari empfing Phanes mit kalter Höflichkeit, obgleich er ihn von Sais her kannte, und befahl dem alten Hib nach einer kurzen Begrüßung, ihn mit dem Obersten alleinzulassen.

»Ich habe dich aufgesucht«, begann der Athener in ägyptischer Sprache, deren er vollkommen mächtig war, »weil ich wichtige Dinge mit dir besprechen muß …«

»Von denen ich unterrichtet bin!« lautete die kurze Antwort des Arztes.

»Das möchte ich bezweifeln«, erwiderte Phanes mit ungläubigem Lächeln.

»Du bist aus Ägypten verjagt, von Psamtik, dem Thronerben bitter verfolgt und gekränkt worden und kommst jetzt nach Persien, um Kambyses zum Werkzeug deiner Rache gegen mein Vaterland zu machen.«

»Du irrst! Deinem Vaterland schulde ich nichts; desto mehr habe ich jedoch dem Haus des Amasis heimzuzahlen.«

»Du weißt, daß in Ägypten Staat und König eins sind.«

»Ich glaube vielmehr die andere Bemerkung gemacht zu haben, daß sich die Priester deiner Heimat gern dem Staat gleichsetzen.«

»So bist du besser unterrichtet als ich. Ich hielt bis dahin die ägyptischen Könige für unbeschränkt.«

»Das sind sie, soweit sie sich dem Einfluß deiner Standesgenossen zu entheben verstehen. – Auch Amasis beugt sich jetzt vor den Priestern.«

»Seltsame Neuigkeit!«

»Die man dir längst mitgeteilt haben wird.«

»Meinst du?«

»Ganz bestimmt! Aber noch bestimmter weiß ich, daß es Amasis einmal, hörst du, einmal gelungen ist, den Willen seiner Lenker dem seinigen unterzuordnen.«

»Ich erfahre nur wenig aus der Heimat und weiß nicht, was du meinst.«

»Das glaube ich; denn wenn du es wüßtest und balltest jetzt nicht deine Fäuste, dann wärest du nicht besser als ein Hund, der sich winselnd treten läßt und seinem Quäler die Hände leckt!«

Der Arzt erbleichte bei diesen Worten und sagte: »Ich weiß, daß ich von Amasis beleidigt worden bin; bitte dich aber, zu bemerken, daß ich die Rache für ein zu süßes Gericht halte, um es mit einem Fremden zu teilen.«

»Wohlgesprochen! Was aber meine Rache anbetrifft, so vergleiche ich sie mit einem Weinberg, der so voll ist, daß ich ihn nicht allein abzuernten vermag.«

»Und du bist hierhergekommen, um hilfreiche Winzer anzuwerben?«

»So ist es; gebe ich doch die Hoffnung immer noch nicht auf, daß du die Ernte mit mir teilen wirst.«

»Du irrst! Meine Arbeit ist vollbracht; die Götter selbst haben sie mir abgenommen. Amasis ist dafür, daß er mich aus der Heimat, von Freunden und Schülern verbannte und eigennütziger Pläne wegen in dies unreine Land schickte, hart genug bestraft worden.«

»Etwa durch seine Blindheit?«

»Vielleicht.«

»So weißt du nicht, daß dein Kunstgenosse Petammon eine Haut, die den Sehstern des Amasis bedeckte, durchschnitten und ihm das Tageslicht wiedergegeben hat?«

Der Ägypter zuckte zusammen und knirschte mit den Zähnen; aber er gewann schnell seine Fassung wieder und gab dem Athener zurück: »Dann haben die Götter den Vater in seinen Kindern bestraft.«

»Wie meinst du das? – Psamtik behagt dem König in seiner jetzigen Stimmung sehr wohl; Tachot leidet zwar, betet und opfert jedoch um so fleißiger mit dem Vater. Was endlich Nitetis betrifft, so wird ihm der wahrscheinliche Tod derselben nicht näher gehen, als sei eine Freundin seiner Tochter gestorben; das weißt du so gut wie ich.«

»Abermals kann ich dich nicht verstehen.«

»Das ist natürlich, solange du wähnst, daß ich die schöne Kranke für ein Kind des Amasis halte.«

Der Ägypter erbebte erneut; Phanes aber fuhr fort, ohne scheinbar auf seine Erregung zu achten: »Ich bin besser unterrichtet, als du denkst. Nitetis ist die Tochter Hophras, des entthronten Vorgängers deines Königs. Amasis hat sie auferzogen, als wäre sie sein eigenes Kind, erstens um deine Landsleute glauben zu machen, der gestürzte Pharao sei ohne Nachkommen gestorben; zweitens aber, um Nitetis aller Ansprüche auf einen Thron, der ihr von Rechts wegen zukommt, zu berauben. Am Nil sind ja auch Weiber regierungsfähig[7]!«

»Dies sind Vermutungen ...«

»Die ich durch unumstößliche Beweise zu bekräftigen vermag! Unter den Papieren, welche dein alter Diener Hib in einem Kästchen bei sich führte, müssen sich Briefe eines berühmten Geburtshelfers[8], deines leiblichen Vaters, vorfinden –«

»Wenn dem so wäre, dann sind doch in jedem Falle diese Schreiben mein Eigentum, das ich nicht herauszugeben gesonnen bin; zweitens aber möchtest du in Persien vergeblich nach einem Mann suchen, der die Schrift meines Vaters zu entziffern verstände.«

»Verzeih mir, wenn ich dich abermals auf einige Irrtümer aufmerksam mache. Erstens befindet sich jenes Kästchen, wie gesagt, in meinem Gewahrsam und wird dir, so hoch ich sonst das Recht des Eigentümers zu achten gewohnt bin, nicht eher zurückerstattet werden, bis mir sein Inhalt für meinen Zweck gedient hat. Zweitens verweilt in der Tat durch die wunderbare Fügung der Götter ein Mann zu Babylon, welcher jede Schriftart, die ein ägyptischer Priester nur immer kennen mag, zu lesen versteht. Erinnerst du dich zufällig des Namens Onuphis?«

Der Arzt erbleichte zum drittenmal und fragte: »Bist du sicher, daß dieser Mann noch am Leben ist?«

»Gestern hab' ich mit ihm gesprochen. Er war, wie du weißt, Oberpriester zu Heliopolis und darum in all eure Geheimlehren eingeweiht. Mein weiser Landsmann Pythagoras von Samos kam nach Ägypten, erlangte, nachdem er sich einigen eurer Zeremonien unterworfen hatte[9], die Erlaubnis, am Unterricht der Priesterschule von Heliopolis teilzunehmen, gewann sich durch seine großen geistigen Vorzüge die Liebe des trefflichen Onuphis, wurde durch ihn in alle Geheimlehren[10] eingeweiht und machte sie der Welt nutzbar. Ich selbst und meine edle Freundin Rhodopis nennen uns mit Stolz seine Schüler. Als deine Standesgenossen erfuhren, daß Onuphis zum Verräter an den Mysterien geworden sei, beschlossen die priesterlichen Richter, ihn umzubringen. Er sollte durch ein Gift getötet werden, das man aus den Kernen des Pfirsichbaumes gewinnen kann. Der Verurteilte hörte von dem, was ihn bedrohte, und floh nach Naukratis, wo er im Haus der Rhodopis, von deren Geist und Güte ihm Pythagoras erzählt hatte, ein durch den Freibrief des Königs gesichertes Versteck fand. Hier wurde er mit Antimenidas, dem Bruder des Dichters Alcäus von Lesbos bekannt, der viele Jahre lang, während er durch Pittakos, den weisen Herrscher von Mytilene, aus der Heimat verbannt gewesen, zu Babylon gelebt und bei Nebukadnezar, dem damaligen König von Assyrien, Kriegsdienst genommen hatte. Dieser Antimenidas gab ihm Empfehlungen an die Chaldäer. Onuphis reiste zum Euphrat, ließ sich zu Babylon nieder und mußte sich, da er als armer Mann seine Heimat verlassen hatte, nach einem Broterwerb umsehen. Einen solchen erhielt er durch den Empfehlungsbrief des Antimenidas. Heute noch fristet er, der einstmals zu den Mächtigsten in Ägypten gehörte, sein Leben, indem er den Chaldäern bei ihren astronomischen Berechnungen auf dem Turm des Bel mit seinen überlegenen Kenntnissen hilfreiche Hand leistet. Onuphis ist beinahe achtzig Jahr alt, doch vollkommen frischen Geistes. Als ich ihn gestern sprach und um seinen Beistand bat, sagte er mir ihn mit leuchtenden Augen zu. Dein Vater war einer seiner Richter; er will aber nicht seinen Groll von dem Erzeuger auf den Sohn übertragen und läßt dir seinen Gruß entbieten.«

Während dieser Erzählung hatte Nebenchari nachdenklich zu Boden geschaut. Als Phanes schwieg, sah er ihn durchdringend an und fragte: »Wo sind meine Papiere?«

»In Händen des Onuphis, der in ihnen nach den Belegen sucht, die ich brauche.«

»Daß hätte ich mir denken können! Sei so gut, mir zu sagen, wie die Kiste aussieht, welche Hib nach Persien brachte.«

»Es ist ein Köfferchen von schwarzem Ebenholz. Sein Deckel ist kunstreich geschnitzt. Man sieht in seiner Mitte einen geflügelten Käfer, und an seinen vier Ecken …«

Nebenchari atmete auf und sagte: »Dies Kistchen enthält nichts als einige Aufzeichnungen meines Vaters.«

»Die meinen Zwecken vielleicht genügen werden. Ich weiß nicht, ob man dir erzählt hat, daß ich mich der höchsten Gunst des Kambyses erfreue.«

»Um so besser für dich! Ich kann dir versichern, daß die Papiere, welche dir vielleicht ernstlich dienen könnten, in Ägypten geblieben sind.«

»Sie lagen in einer großen, bunt bemalten Sykomoren-Kiste.«

»Woher weißt du das?«

»Weil ich – merke wohl auf, Nebenchari – weil ich dir jetzt der Wahrheit gemäß mitteile – ich schwöre nicht, denn Pythagoras, der Meister, verbietet den Schwur –, daß eben diese Kiste mitsamt ihrem ganzen Inhalt im Hain des Neith-Tempels zu Sais, auf Befehl des Königs, *verbrannt* worden ist.«

Diese Worte, welche Phanes langsam, Silbe auf Silbe scharf

betonend, aussprach, trafen den Ägypter wie Blitzschläge. Die kalte Ruhe und Gemessenheit, die er bis dahin bewahrt hatte, wichen einer Erregung, die jedoch nicht lange währte. Dann verwandelte sie sich in eisige Ruhe, die glühenden Wangen entfärbten sich, und der bebende Mund sprach kalt und gelassen: »Du willst mich, um mich zu deinem Bundesgenossen zu machen, mit Haß gegen meine Freunde erfüllen. Ich kenne euch Hellenen! Ränkevoll und listig, verschmäht ihr keine Lüge, wenn es euch daran liegt, eure Zwecke zu fördern.«

»Du beurteilst mich und meine Landsleute nach echt ägyptischer Art; das heißt, du hältst uns als Fremde für so schlecht als möglich; diesmal täuschst du dich aber in deinem Verdacht! – Laß den alten Hib kommen und dir von ihm bestätigen, was du mir nicht glauben willst.«

Nebencharis Stirn verfinsterte sich, als Hib, seinem Ruf folgend, in das Zimmer trat.

»Komm näher!« herrschte er dem Alten zu.

Hib folgte achselzuckend dem Befehl.

»Hast du dich von diesem Mann bestechen lassen? Ja oder nein? Ich verlange die Wahrheit, denn es gilt das Wohl oder Wehe meiner Zukunft. Bist du in die Schlingen dieses Meisters in allen Listen gegangen, so verzeih' ich dir, weil ich dir, einem alten treuen Diener, vieles zu danken habe. Sage die Wahrheit, – ich beschwöre dich im Namen deiner osirischen Väter!«

Das gelbliche Gesicht des Alten war während dieser Worte seines Herrn aschfahl geworden. Mehrere Minuten lang konnte er schluckend und schnaufend keine Antwort finden. Endlich, nachdem es ihm gelungen war, die Tränen, welche sich in seine Augen drängen wollten, hinunterzuwürgen, rief er halb zornig, halb weinerlich: »Hab' ich's nicht gleich gesagt? Er ist in diesem Lande der Schmach und des Unheils verzaubert und verderbt worden. Wessen man selber fähig ist, das traut man auch andern zu! Sieh mich nur zornig an, ich mache mir nichts daraus. Was kann es mich überhaupt noch kümmern, wenn man mich, einen alten Mann, der sechzig Jahre lang demselben Haus treu und redlich gedient hat, für einen Schurken, einen Spitzbuben, einen Verräter, wenn's euch gefällig ist, auch für einen Mörder hält!«

Bei diesen letzten Worten flossen die Augen des Greises, sehr gegen seinen Willen, von heißen Tränen über. Der leicht gerührte Phanes klopfte ihm auf die Schulter und sagte, sich an Nebenchari wendend: »Hib ist ein treuer Mensch. Nenne mich einen Schurken, wenn er einen Obolus von mir angenommen hat.«

Der Arzt hätte dieser Worte des Atheners nicht bedurft, um von der Unschuld seines Dieners vollkommen überzeugt zu sein. Er kannte ihn so lange und so genau, daß er in den keiner Verstellung fähigen Zügen des Alten wie in einem offenen Buche zu lesen verstand; darum näherte er sich ihm und sagte begütigend: »Ich habe dir nichts vorgeworfen, Alter. Wer wird über eine bloße Frage so böse werden!«

»Soll mich wohl noch über deinen schändlichen Verdacht freuen?«

»Das nicht – wohl aber gestatte ich dir jetzt, zu erzählen, was sich während meiner Abwesenheit in unserem Haus zugetragen hat.«

»Schöne Geschichten! Wenn ich nur daran denke, wird mir so bitter im Mund, als ob ich Koloquintenäpfel kaute.«

»Du sagtest vorhin, man habe mich bestohlen.«

»Und wie! So ist noch gar kein Mensch vor uns bestohlen worden! Wenn die Spitzbuben noch Strolche von der Diebeskaste gewesen wären[11], so könnte man sich trösten, denn erstens würden wir dann den besten Teil unseres Eigentumes wiederbekommen haben, und zweitens nicht schlimmer dran gewesen sein als viele andere; wenn aber ...«

»Bleibe bei der Sache, denn meine Zeit ist knapp!«

»Ich weiß. Der alte Hib kann dir hier in Persien nichts recht machen; aber sei es drum! Du bist der Herr und hast zu befehlen; ich bin nichts als der Diener, der gehorchen muß. Ich will mir's merken! Es war also gerade in der Zeit, wo die große persische Gesandtschaft nach Sais kam, um Nitetis zu holen und sich von aller Welt wie Wundertiere angaffen zu lassen, als die Schändlichkeit vor sich ging. Ich sitze, gerade eh die Sonne unterging, auf dem Mückentürmchen und spiele mit meinem Enkel, dem ältesten Knaben meiner Benra*, er ist ein prächtiger, dicker Junge

* Deutsch: Palme.

geworden, der für sein Alter merkwürdig klug und kräftig ist. Der Schlingel erzählt mir eben von einem lustigen Streich – er hatte die Schuhe seiner Mutter versteckt[12] –, als es plötzlich mit dem Klopfer so heftig an die Haustür pocht, daß ich schon denke, es sei Feuer ausgebrochen, und den Jungen von meinem Schoß fallen lasse. So schnell ich kann, springe ich die Treppe hinunter, nehme mit meinen langen Beinen immer drei Stufen auf einmal und schiebe den Riegel zurück. Die Tür fliegt auf, und eine Schar von Tempeldienern und Sicherheitsbeamten – es waren wenigstens fünfzehn Mann – dringt, ehe ich noch Zeit habe, nach ihrem Begehr zu fragen, ins Haus. Pichi, der unverschämte Tempeldiener der Neith – du kennst ihn ja –, stößt mich zurück, riegelt die Tür von innen zu und befiehlt den Wächtern, mich festzubinden, wenn ich seinen Befehlen nicht Folge leisten würde. Ich werde natürlich grob, denn ich kann nicht anders, wenn mich etwas ärgert, das weißt du, Herr; da läßt er mich – bei unserem Gott Thot, der die Wissenschaft beschirmt, ich rede die Wahrheit, Herr – da läßt der Grünschnabel mir die Hände binden, verbietet mir, dem alten Hib, den Mund und teilt mir mit, daß er vom Oberpriester den Auftrag habe, mir fünfundzwanzig Stockprügel geben zu lassen, wenn ich mich nicht ohne jede Widerrede seinen Anordnungen fügen würde. Dabei zeigt er mir den Ring des Oberpriesters. Nun mußt' ich, ob ich wollte oder nicht, dem Befehl dieses Schuftes gehorchen! Der bestand in nichts Geringerem, als ihm sofort alle Schriftstücke, die du in deinem Hause zurückgelassen, einzuhändigen. Aber der alte Hib ist nicht so dumm, daß er sich fangen läßt, wenn auch manche, die ihn besser kennen sollten, meinen, daß er bestechlich und der Sohn eines Esels sei. Was werde ich also tun? Ich stelle mich, als wär' ich ganz zerknirscht von dem Anblicke des Siegelrings, ersuche Pichi so höflich, wie ich eben kann, mir die Hände loszubinden, und sage, daß ich die Schlüssel holen wolle. Man nimmt die Stricke von meinen Händen, ich eile die Treppe hinauf, immer fünf Stufen mit einem Schritt nehmend, reiße, oben angekommen, die Tür deines Schlafzimmers auf, schiebe meinen Enkel, der vor ihr stand, hinein und stoße den Riegel vor. Dank meiner langen Beine war ich den anderen so weit voraus, daß ich Zeit behielt, dem Jungen das schwarze Kästchen, welches du meiner besonderen Obhut empfohlen hattest, in den Arm zu geben, den kleinen Kerl durch das Fenster auf den Altan, der das Haus an der dem Hofe zugekehrten Seite umgibt, zu heben und ihm zu befehlen, es sofort in den Taubenschlag zu stecken. Dann öffne ich die Tür, als wäre nichts geschehen, mache dem Pichi weis, der Junge habe ein Messer im Munde gehabt und ich sei darüber so entsetzt gewesen, daß ich vor lauter Angst die Treppe so rasch hinaufgesprungen sei und den Buben nun zur Strafe an die Luft gesetzt habe. Der Bruder eines Nilpferdes glaubte mir und ließ sich dann durch das ganze Haus führen. Erst fanden sie die große Sykomoren-Kiste mit den Papieren, welche du mir gleichfalls sorgsam zu bewachen anbefohlen hattest, dann die Papyrusrollen auf deinem Arbeitstische und nach und nach alles Geschriebene, was nur im Hause aufzutreiben war. Das steckten sie ohne Auswahl in die große Kiste und trugen sie hinunter; das schwarze Kästchen aber lag unversehrt im Taubenschlage. Mein Enkel ist der klügste Junge in ganz Sais!

Als ich sah, wie die Kiste zum Haus hinausgetragen wurde, erwachte meine mühsam hinuntergekämpfte Wut von neuem. Ich drohte den unverschämten Eindringlingen, sie bei den Richtern, ja, wenn nötig, beim König zu verklagen, und würde auch das Volk gegen sie aufgehetzt haben, wenn die verdammten Perser, denen die Stadt gezeigt wurde, nicht gerade in diesem Augenblick die ganze Aufmerksamkeit der zusammengelaufenen Menge in Anspruch genommen hätten. Am selben Abend ging ich zu meinem Schwiegersohn, der, wie du weißt, gleichfalls Tempeldiener der Göttin Neith ist, und bat ihn, alles aufzubieten, um sich Kenntnis von dem Schicksal der geraubten Schriften zu verschaffen. Der gute Mensch ist dir noch immer dankbar für die reiche Mitgift, welche du meiner Benra schenktest, und kam drei Tage später zu mir, um mir zu erzählen, daß er Zeuge gewesen sei, wie man deine schöne Kiste und alle in ihr befindlichen Rollen verbrannt habe. Ich bekam vor Ärger die Gelbsucht, ließ, mich aber von meiner Krankheit nicht abhalten, bei den Richtern eine Klageschrift einzureichen. Diese Elenden wiesen mich, gewiß nur weil sie selbst Priester sind, mit meiner Beschwerde ab. Jetzt gab ich in deinem Namen ein Bittschreiben beim König ein, wurde aber auch von diesem mit der schnöden Drohung abgewiesen, man werde mich als Staatsverräter betrachten, wenn ich jene Papiere noch einmal erwähnen würde. Nun war mir meine Zunge zu lieb[13], um weitere Schritte zu wagen. Der Boden brannte mir unter den Füßen. Ich konnte nicht in Ägypten bleiben, denn ich mußte dich sprechen; ich mußte dir erzählen, was man dir angetan; ich mußte dich, der du mächtiger bist als dein armer Diener, auffordern, dich zu rächen; ich mußte dir auch den schwarzen Kasten geben, den man mir sonst vielleicht gleichfalls abgejagt hätte. So verließ ich denn mit blutendem Herzen die Heimat und mein Enkelchen, um, so alt ich bin, in die typhonische Fremde zu ziehen. Ach, der kleine Junge war so klug! Als ich ihn beim Abschied küßte, sagte er: ›Bleib bei uns, Großvater! Wenn die Fremden dich verunreinigen, so darf ich dich nicht mehr küssen.‹ Benra grüßt dich herzlich, und mein Schwiegersohn läßt dir sagen, er habe in Erfahrung gebracht, daß Psamtik, der Thronfolger, und Petammon, der Augenarzt, dein alter Nebenbuhler, ganz allein an dieser fluchwürdigen Freveltat schuld wären. Weil ich mich nicht dem typhonischen Meere anvertrauen wollte, so reiste ich zuerst mit einem Zuge arabischer Handelsleute bis nach Thadmor, der palmenreichen Wüstenstation der Phönizier[14], und von dort mit sidonischen Händlern bis Karchemis am Euphrat. Dort verbindet sich die von Phönizien nach Babylon führende Straße mit derjenigen, die von Sardes aus hierherführt. Schwer ermüdet saß ich dort in dem Wäldchen vor dem Stationshaus, als ein mit königlichen Postpferden reisender Fremder ankam. Ich erkannte in ihm sofort den früheren Obersten der hellenischen Söldner.«

»Und ich«, unterbrach Phanes den Erzähler, »erkannte ebenso schnell in dir, Alter, den längsten und zänkischsten Menschen, der mir je begegnet ist. Hundertmal hatte ich zu Sais über dich lachen müssen, wenn du über die Kinder geschimpft hast, die dir nachliefen, sooft du mit dem Arzneikästchen unter dem Arme deinem Herrn durch die Straßen folgtest. Ja, ich erinnerte mich, sobald ich dich sah, eines Scherzes, den sich der König nach seiner Art auf deine Kosten erlaubt hatte. Als ihr beide eines Tages vorbeikamt, rief er: ›Der Alte kommt mir vor wie eine grimmige Eule, die von kleinen necksüchtigen Vögeln umflattert wird, und Nebenchari soll ein böses Weib haben, das ihm zum Lohne für all die Augen, welche er sehend macht, seine eigenen auskratzen wird!«

»Wie gemein!« rief der Alte.

Der Arzt hatte schweigend und sinnend der Erzählung seines Dieners zugehört. Von Zeit zu Zeit wechselte die Farbe seines Angesichts. Als er hörte, daß man seine Papiere, die Frucht vieler mühsam durcharbeiteter Nächte, mit dem Einverständnis seiner Standesgenossen und des Königs freventlich zerstört habe, ballten sich seine Fäuste.

Dem Athener war keine Bewegung des Saïten entgangen. Er kannte die menschliche Natur und wußte, daß ein Wort des Spottes häufig die Seele des Ehrgeizigen tiefer verletzt als harte Beleidigungen. Darum wiederholte er jenen leichtfertigen Scherz, den sich Amasis einstmals erlaubt hatte. Auch war seine Rechnung richtig gewesen, denn er bemerkte, daß Nebenchari bei seinen letzten Worten eine Rose, welche vor ihm auf dem Tisch lag, mit der flachen Hand zerdrückte. Ein wohlgefälliges Lächeln unterdrückend, sah Phanes zu Boden und fuhr fort: »Jetzt wollen wir aber die Erzählung der Reiseabenteuer des braven Hib schnell beschließen. Ich lud ihn ein, in meinen Wagen zu kommen. Erst weigerte er sich, mit einem so verruchten Fremden, wie ich es bin, auf einem Polster zu sitzen; doch gab er endlich meinen Bitten nach und gelangte glücklich zu Babylon an, wo ich ihm im Königspalast ein Unterkommen verschaffte. Dich konnten wir wegen der traurigen Vergiftung deiner Landsmännin nicht erreichen. Den Rest weißt du.«

Nebenchari senkte bejahend sein Haupt und befahl Hib mit einem Wink, das Zimmer zu verlassen.

Der Alte gehorchte brummend. Als sich die Tür hinter ihm geschlossen hatte, näherte sich der Heilkünstler dem Kriegsmann und sagte: »Ich fürchte, Hellene, daß wir trotz alledem keine Bundesgenossen werden können!«

»Und warum nicht?«

»Weil ich vermute, daß mir deine Rache zu mild ausfallen würde.«

»In dieser Beziehung brauchst du dir keine Sorgen zu machen«, antwortete der Athener. »Darf ich dich meinen Bundesgenossen nennen?«

»Ja, unter einer Bedingung!«

»Laß sie hören!«

»Du mußt mir Gelegenheit verschaffen, mit eigenen Augen das Werk unserer Rache zu sehen.«

»Das heißt, du willst, wenn Kambyses nach Ägypten zieht, das Heer begleiten?«

»Ja! Und wenn meine Feinde in Schmach und Elend schmachten, dann will ich ihnen zurufen: ›Seht, ihr Feiglinge, dies Unheil verdankt ihr dem armen verbannten Augenarzt!‹ O meine Bücher, meine Bücher! Sie waren mir Ersatz für Weib und Kind, die ich beide verloren. Aus ihnen sollten Hunderte lernen, den Blinden aus seiner Nacht zu erlösen. Da meine Bücher jetzt zerstört sind, hab' ich umsonst gelebt; mit meinen Werken haben die Elenden mich selbst verbrannt!« Bei diesen Worten schluchzte der unglückliche Mann schmerzlich auf; Phanes aber näherte sich ihm, ergriff seine Rechte und sprach: »Dich, mein Freund, haben die Ägypter geschlagen, ich aber bin von ihnen mißhandelt worden; dir sind Diebe in die Scheune gedrungen, mir haben Mordbrenner Haus und Hof eingeäschert. Weißt du, Mann, was man mir angetan hat? Wenn sie mich verjagten und verfolgten, so hatten sie ein Recht dazu, denn ich war nach ihren Gesetzen des Todes schuldig. Um meinetwillen hätte ich ihnen vergeben können, denn ich hing an diesem Amasis, wie ein Freund an dem Freunde hängt. Das wußte der Elende, und dennoch litt er das Unglaubliche. Oh, das Gehirn sträubt sich, das Entsetzliche zu denken! Wie Wölfe drangen sie bei Nacht in das Haus eines wehrlosen Weibes und raubten meine Kinder, ein Mädchen und einen Knaben, den Stolz, die Freude, den Trost meines heimatlosen Lebens. Und was taten sie mit ihnen? Das Mädchen hielten sie gefangen, wie sie vorgaben, um mich zu verhindern, Ägypten an die Fremden zu verraten; den Knaben aber, das Bild der Schönheit und Güte, meinen einzigen Sohn, hat Psamtik, der Thronerbe, vielleicht mit Wissen des Amasis, ermorden lassen. Mein Herz war in Gram und Verbannung zusammengeschrumpft, jetzt aber fühle ich, wie es in der Hoffnung nach Rache anschwillt und in freudigeren Schlägen pocht!«

Nebenchari sah mit glühenden Blicken in die flammenden

Augen des Atheners und sprach, indem er ihm die Hand reichte: »Wir sind Bundesgenossen!«

Der Hellene ergriff die Rechte des Arztes und sagte: »Jetzt gilt es zunächst, uns der Gunst des Königs zu versichern!«

»Ich werde Kassandane sehend machen.«

»Du könntest?«

»Jene Operation, welche Amasis das Licht wiedergab, ist meine Erfindung. Petammon entwandte sie mir aus meinen verbrannten Schriften.«

»Warum hast du aber deine Kunst nicht früher bewährt?«

»Weil ich nicht gewohnt bin, meinen Feinden Geschenke zu machen.«

Phanes fühlte bei diesen Worten einen leisen Schauder; faßte sich aber schnell und sagte: »Auch mir ist die Gunst des Königs gewiß. Die Gesandten der Massageten sind heute schon heimwärts gezogen. Man hat ihnen den Frieden bewilligt und –«

In diesem Augenblick wurde die Tür aufgerissen, ein Eunuch Kassandanes stürzte atemlos ins Zimmer und rief Nebenchari zu: »Die Herrin Nitetis will sterben! Schnell, schnell! Mach dich auf und folge mir!«

Der Arzt winkte seinem Bundesgenossen zu, zog die Sandalen an und folgte dem Eunuchen an das Lager der kranken Königsbraut.

2. KAPITEL

Schon versuchte die Sonne, sich durch die dichten Vorhänge, welche das Fenster des Krankenzimmers der Ägypterin verschlossen, Bahn zu brechen, als Nebenchari noch immer an ihrem Lager saß. Bald befühlte er ihren Puls, bald bestrich er ihre Stirn und Brust mit duftenden Salben, bald starrte er träumerisch vor sich hin. Die Leidende schien nach einem Krampfanfalle in tiefem Schlummer zu liegen. Am Fußende ihres Bettes standen sechs persische Heilkünstler und murmelten Beschwörungen, während Nebenchari zu Häupten der Kranken saß und von dort aus den Asiaten, die seine überlegenen Kenntnisse anerkannten, Vorschriften diktierte.

Sooft der Ägypter den Puls der Kranken berührte, zuckte er mit den Achseln, eine Bewegung, welche seine persischen Kollegen jedesmal einhellig nachahmten. Von Zeit zu Zeit öffnete sich der Vorhang des Zimmers und ließ einen blühenden Mädchenkopf sehen, dessen blaue Augen den Heilkünstler ängstlich fragend anschauten, um von ihm mit demselben bedauernden Achselzucken abgefertigt zu werden. Zweimal hatte sich die Fragerin, Atossa, die Schwester des Königs, bis an das Lager ihrer kranken Freundin geschlichen, um einen leisen Kuß auf ihre Stirn zu hauchen; jedesmal aber wurde sie von dem ägyptischen Arzt mit strengen Blicken ins Nebenzimmer gesandt.

Hier lag Kassandane, den Ausgang der Dinge erwartend, während Kambyses, als die Sonne aufgegangen und Nitetis in Schlummer versunken war, die Krankenstube verlassen und sich auf ein Roß geschwungen hatte, um, von Phanes, Prexaspes, Otanes, Darius und vielen aus dem Schlaf geweckten Höflingen begleitet, den Tiergarten in einem wilden Ritte zu durchmessen. Er wußte, daß er alle Aufregungen und Erschütterungen am besten auf dem Rücken eines unbändigen Hengstes vergessen konnte.

Als Nebenchari den dröhnenden Hufschlag aus der Ferne vernahm, schrak er zusammen. Ihm träumte mit offenen Augen, der König ziehe mit unübersehbaren Reiterscharen in seine Heimat, werfe Brandfackeln in ihre Städte und Tempel und zermalme mit gewaltigen Faustschlägen die Riesenbauten der Pyramiden. Erneut öffnete sich der Vorhang des Nebenzimmers, und wieder schlich Atossa herbei und legte ihre Hand auf seine Schulter. Er schrak zusammen und erwachte. Nebenchari hatte drei Tage und drei Nächte fast ohne jede Unterbrechung an diesem Lager gesessen.

Atossa schlich zu ihrer Mutter zurück. Tiefes Schweigen lagerte in der schwülen Luft des Krankenzimmers. Der Ägypter dachte an seinen Traum und sagte sich, daß er im Begriff sei, zum Verräter zu werden. Nebenchari sah sich neben den mit Ketten belasteten Gestalten des Amasis, der ihn verbannt und verspottet hatte, stehen. Seine Lippen bewegten sich leise; sie durften an dieser Stätte den unbarmherzigen Worten, die er im Geiste seinen um Gnade flehenden Feinden zurief, keinen Ausdruck geben. Dann wischte sich der harte Mann eine Träne aus dem Auge. Vor seiner Seele zogen die langen Nächte vorüber, in denen er, mit dem Schreibrohr in der Hand, beim matten Schein der Lampe dagesessen und seine Gedanken und Erfahrungen in den feinsten hieratischen Zeichen niedergeschrieben hatte. Für manche Krankheit des Auges, welche die heiligen Bücher des Thot und die Traktate eines alten hochberühmten Arztes aus Byblos[15] unheilbar nannten, hatte er ein Rettungsmittel gefunden. Aber er wußte wohl, daß seine Amtsgenossen ihn des Frevels bezichtigt haben würden, wenn er sich herausgenommen hätte, die geweihten Schriften verbessern zu wollen. Darum hatte er als Überschrift seines Werkes die Worte gewählt: »Einige neue von Nebenchari, dem Augenarzt, aufgefundene Schriften des großen Thot, die Heilkunde des Gesichts betreffend[16].« Nach seinem Tode wollte er seine Arbeit der Bibliothek zu Theben[17] vermachen, damit seine Erfahrungen all seinen Nachfolgern nützlich werden und der ganzen Schar der Leidenden Früchte tragen möchten. Anerkennung nach dem Tod wünschte er für sich, während er der Wissenschaft den Schlaf seiner Nächte opferte. – Da stand jetzt sein alter Nebenbuhler, nachdem er ihm die Erfindung des Starschnittes geraubt, an der Seite des Thronfolgers im Hain der Neith und schürte das vernichtende Feuer. Ihr hämisches Gelächter stieg mit den Flammen, Rache heischend, gen Himmel.

Dort drüben reichte der Oberpriester dem Amasis die Briefe seines Vaters. Hohn und Spott sprühte von den Lippen des Königs, triumphierende Freude aus den Zügen Neithoteps. – So sehr war Nebenchari in seinen Träumen versunken, daß ihn einer der persischen Ärzte auf das Erwachen der Kranken aufmerksam machen mußte. Er nickte lächelnd, befühlte den Puls der Kranken und fragte sie in ägyptischer Sprache: »Hast du gut geschlafen, Herrin?«

»Ich weiß nicht«, antwortete die Kranke mit kaum vernehmbarer Stimme. »Mir war zwar, als wenn ich geschlummert hätte; dennoch sah und hörte ich alles, was hier im Zimmer vorging. Ich fühlte mich so müde, daß ich den Traum nicht vom Wachen unterscheiden konnte. Ist nicht Atossa mehrmals bei mir gewesen?«

»Ganz recht!«

»Und Kambyses verweilte bis die Sonne aufging bei Kassandane; dann ging er ins Freie, bestieg den Hengst Reksch und ritt in den Tiergarten.«

»Woher weißt du das?«

»Ich hab' es gesehen.«

Nebenchari schaute besorgt in die glänzenden Augen der Jungfrau, welche fortfuhr: »Auch hat man viele Hunde in den Hof hinter diesem Hause geführt.«

»Der König will seinen Schmerz über dein Leiden vielleicht durch eine Jagd betäuben.«

»O nein, das weiß ich besser! Oropastes hat mich gelehrt, daß jedem sterbenden Perser Hunde[18] zugeführt werden, damit der Diw des Todes in sie fahre.«

»Du bist ja noch am Leben, Herrin, und …«

»Oh, ich weiß, daß ich sterben werde! Hätt' ich auch nicht gesehen, wie du und die anderen Ärzte mich anschautet, so wüßte ich dennoch, daß ich nur noch wenige Stunden zu leben habe. Das Gift ist tödlich!«

»Du sprichst zuviel, Herrin, das Reden wird dir schaden.«

»Laß mich, Nebenchari! Ich muß dich um etwas bitten, eh ich sterbe.«

»Ich bin dein Diener!«

»Nein, Nebenchari, mein Freund sollst du sein, mein Priester!

Nicht wahr, du zürnst mir nicht mehr, weil ich zu den persischen Göttern gebetet habe? Unsere Hathor ist doch immer meine beste Freundin geblieben. – Ja, ich seh' dir's an, daß du mir vergibst. – Nun mußt du mir aber auch versprechen, mich nicht von Hunden und Geiern zerreißen zu lassen. Oh, der Gedanke ist gar zu schrecklich! Nicht wahr, du wirst meinen Leichnam balsamieren und ihn mit Amuletten schmücken?«

»Wenn der König es gestattet.«

»O gewiß! Wie könnte Kambyses meine letzte Bitte unerhört lassen?«

»Meine Kunst gehört dir!«

»Ich danke dir; aber ich habe noch eine Bitte.«

»Faß dich kurz! Meine persischen Genossen deuten mir an, daß ich dir Schweigen auferlegen soll.«

»Kannst du sie nicht auf einen Augenblick entfernen?«

»Ich will es versuchen.«

Nebenchari näherte sich den Magiern. Wenige Minuten sprach er mit ihnen, dann verließen sie das Zimmer. Er hatte vorgegeben, eine große Beschwörung, der kein Dritter beiwohnen dürfe, vornehmen und ein neues geheimes Gegengift anwenden zu wollen.

Als die beiden allein waren, atmete Nitetis freudig auf und sagte: »Gib mir deinen Priestersegen zur langen Reise in die Unterwelt, und mach mich fertig für die Wanderung zum Osiris!«

Nebenchari kniete an ihrem Lager nieder und murmelte leise Gesänge, denen Nitetis mit andächtiger Stimme antwortete. Der Arzt stellte Osiris, den Herrn der Unterwelt, dar; Nitetis die Seele, welche sich vor ihm rechtfertigt.

Nachdem diese Zeremonien beendet waren, hob sich die Brust der Kranken in volleren Atemzügen. Nebenchari sah nicht ohne Rührung auf die junge Selbstmörderin. Er war sich bewußt, den Göttern seiner Heimat diese Seele gerettet zu haben. Während dieser Augenblicke hatte er in reinem Mitleiden und wahrer Menschenliebe jedes bittere Gefühl vergessen; als aber der Gedanke, Amasis habe das Unglück auch dieses lieblichen Geschöpfes verschuldet, in ihm aufstieg, verfinsterten schwarze Gedanken von neuem seine Seele. – Nitetis, welche eine Zeitlang schweigend dagelegen hatte, wandte sich, wiederum freundlich lächelnd, ihrem neuen Freunde zu und fragte: »Nicht wahr, ich werde vor den Totenrichtern Gnade finden?«

»Ich hoffe und glaube es!«

»Vielleicht werde ich Tachot am Throne des Osiris finden, und mein Vater …«

»Dein Vater und Deine Mutter erwarten dich! Segne in deiner letzten Stunde diejenigen, welche dich erzeugten, und fluche denen, welche dir Eltern, Thron und Leben raubten.«

»Ich verstehe dich nicht.«

»Fluche denen, Mädchen, welche dir Eltern, Thron und Leben raubten!« rief der Arzt aufs neue und richtete sich hoch auf. »Fluche den Bösen, Mädchen, denn dieser Fluch wird dir höhere Gnade vor den Totenrichtern verschaffen als tausend gute Werke!« Der Arzt griff, indem er diese Worte ausrief, nach der Hand der Kranken und drückte sie heftig.

Nitetis schaute den Zürnenden ängstlich an und sagte eher schüchtern als entschlossen: »Ich fluche!«

»Fluche denen, die deinen Erzeugern Thron und Leben raubten!«

»Denen, die meinen Erzeugern Thron und Leben raubten! Oh – ach – mein Herz!« –

Entkräftet sank sie auf das Lager zurück.

Nebenchari beugte sich über die Frau, drückte, ehe die Ärzte des Königs das Zimmer betreten konnten, einen leisen Kuß auf die Stirn der Sterbenden und murmelte: »Sie stirbt als meine Bundesgenossin. Die Götter vernehmen den Fluch der sterbenden Unschuld! Nicht nur als mein eigener, nein, auch als Rächer König Hophras trage ich das Schwert nach Ägypten!« –

Einige Stunden später schlug Nitetis noch einmal die Augen auf.

Diesmal ruhte ihre kalte Rechte in den Händen Kassandanes. Zu ihren Füßen kniete Atossa; Krösus stand zu Häupten des Bettes und unterstützte mit seinen alten Armen den gewaltigen König, welcher im Übermaß des Schmerzes gleich einem Trunkenen hin und her wankte. Die Sterbende schaute sich strahlenden Blickes in diesem Kreise um. Sie war unsagbar schön. Kambyses nahte sich den erkaltenden Lippen und drückte einen Kuß auf dieselben – den ersten und letzten, den er ihr geben durfte. Da entquollen zwei volle, warme Freudentränen ihren brechenden Augen, der Name Kambyses klang leise von ihrem erbleichenden Munde, sie sank in Atossas Arme zurück und war nicht mehr.

Auf ein Zeichen des obersten persischen Arztes verließen alle Anwesenden außer Nebenchari und Krösus in großer Eile das Zimmer; man führte Hunde in das Krankenzimmer, um ihre klugen Köpfe der Verstorbenen zuzuwenden und durch sie die bösen Geister verscheuchen zu lassen. Nach dem Ableben der Jungfrau bezogen Kassandane, Atossa und alle ihre Diener sofort ein anderes Haus, um von dem Leichnam nicht verunreinigt zu werden. Man löschte alle Feuer in der alten Wohnung, damit das reine Element den befleckenden Geistern des Todes entrückt werde[19], man murmelte Beschwörungsformeln und unterzog sich zahlreichen Waschungen mit Wasser und Rinderurin.

Am Abend verfiel Kambyses in seine alten epileptischen Krämpfe. Zwei Tage später erteilte er Nebenchari die Erlaubnis, den Leichnam der Verstorbenen, ihrem letzten Wunsch gemäß, in ägyptischer Weise zu balsamieren. Er selbst überließ sich schrankenlos seinem Schmerz, zerfleischte seine Arme, zerriß seine Kleider und streute Asche auf sein Haupt und sein Lager. Alle Großen des Hofes mußten seinem Beispiel folgen. Die Wachen zogen mit zerrissenen Fahnen, bei gedämpftem Trommelschalle, auf. Die Zimbeln und Pauken der Unsterblichen waren mit Flor umwunden; die Rosse, die der Verstorbenen gedient hatten, sowie diejenigen, welche bei Hofe benutzt wurden, mußten blau gefärbt und ihrer Schweife beraubt werden; das ganze Hofpersonal ging in dunkelbraunen, bis zum Gürtel zerrissenen Trauerkleidern umher, und die Magier mußten drei Tage und drei Nächte lang ohne Unterbrechung für die Abgeschiedene beten[21], deren Seele in der dritten Nacht bei der Brücke Chinvat den Richterspruch für die Ewigkeit erwartete.

Auch der König, Kassandane und Atossa entzogen sich jenen Reinigungen nicht und sprachen, wie für eine nächste Anverwandte, dreißig Sterbegebete, während Nebenchari die Tote in einem vor den Toren der Stadt gelegenen Haus nach allen Regeln der Kunst in der kostbarsten Weise zu balsamieren begann[22].

Neun Tage lang verweilte Kambyses in einem Zustand, der dem Wahnsinn glich. Bald wütend, bald stumpf und teilnahmslos, gestattete er nicht einmal seinen nächsten Verwandten und dem Oberpriester, ihm nahezukommen. Am Morgen des zehnten Tages ließ er den Obersten der sieben Richter kommen und befahl ihm, das Urteil über Gaumata, den Bruder des Orpastes, in so milder Weise als möglich zu sprechen. Nitetis hatte ihn auf dem Krankenlager gebeten, das Leben des unglücklichen Jünglings zu schonen.

Eine Stunde später überbrachte man ihm den Wahrspruch zur Bestätigung. Derselbe lautete: »Sieg dem König! – Nachdem Kambyses, das Auge der Welt und die Sonne der Gerechtigkeit, in seiner Milde, die so weit ist als der Himmel und so unerschöpflich wie das Meer, uns befohlen hat, die Verbrechen des Magiersohnes Gaumata nicht mit der Strenge des Richters, sondern mit der Nachsicht der Mutter zu beurteilen und zu bestrafen, so haben wir, die sieben Richter des Reiches, beschlossen, sein Leben zu schonen. Da aber durch den Leichtsinn dieses Jünglings die Höchsten und Besten im Reich gefährdet wurden und befürchtet werden muß, daß er sein Angesicht und seine Gestalt, welche die Götter denen des edlen Cyrus-Sohnes Bartja wunderbar ähnlich machten, noch einmal zum Schaden der Reinen und Gerechten mißbrauchen könnte, so haben wir beschlossen, ihn so zu entstellen, daß der Unwürdige vom Würdigsten im Reiche leicht zu unterscheiden sein möge. Darum sollen dem Gaumata, mit Willen und auf Geheiß des Königs, beide Ohren abgeschnitten werden, zur Ehre der Gerechten und zur Schmach des Unreinen!«

Kambyses bestätigte dieses Urteil, welches am selbigen Tage vollstreckt wurde.

Oropastes wagte nicht, für seinen Bruder Fürsprache einzulegen; die demselben angetane Schmach kränkte aber seine ehrgeizige Seele tiefer, als hätte man ihn zum Tode verurteilt. Er fürchtete, durch den Verstümmelten an Ansehen einzubüßen, und befahl ihm deswegen, Babylon so bald als möglich zu verlassen und ein Landhaus zu beziehen, welches er auf dem Berge Arakadris[23] besaß.

Während der letzten Tage hatte sich ein dürftig gekleidetes Weib, dessen Angesicht von einem dichten Schleier bedeckt war, Tag und Nacht an dem großen Eingangstor des Palastes aufgehalten und sich weder von den Drohungen der Wachen noch den rohen Späßen der königlichen Dienstleute von ihrem Posten vertreiben lassen. Keiner der Unterbeamten, der das Tor passierte, entging ihren neugierigen Fragen, erst nach dem Befinden der Ägypterin, dann nach dem Ergehen Gaumatas. Als ihr ein gesprächiger Lampenanzünder das über den Bruder des großen Oberpriesters verhängte Urteil, schadenfroh lachend, mitteilte, gebärdete sie sich wie eine Verrückte und küßte das Gewand des erstaunten Mannes, der sie für eine Geisteskranke hielt und ihr ein Almosen anbot. Sie lehnte es ab und verharrte auf ihrem Posten. Sie ernährte sich allein von den Brotstücken, die ihr mitleidige Speiseverteiler zuwarfen. Als Gaumata drei Tage später in einer verschlossenen Harmamaxa, mit fest verbundenem Haupt, zum Tor des Palastes hinausfuhr, eilte sie dem Wagen nach und lief so lange schreiend neben ihm her, bis der Fuhrknecht seine Maultiere anhielt und nach ihrem Begehren fragte. Nun schlug sie den Schleier zurück und zeigte dem kranken Jüngling ihr hübsches, tieferrötendes Gesicht. Gaumata stieß, als er es erkannte, einen leisen Schrei aus, sammelte sich aber bald wieder und fragte: »Was willst du von mir, Mandane?«

Die Unglückliche hob ihre Hände flehend empor und rief: »O verlaß mich nicht, Gaumata! Nimm mich mit Dir! Ich verzeihe dir all das Unglück, in welches du mich und die arme Herrin gestürzt hast. Ich liebe dich ja so sehr und will dich pflegen und für dich sorgen wie deine niedrigste Magd!«

Der Jüngling kämpfte in seinem Innern einen kurzen Kampf. Schon wollte er die Tür des Wagens öffnen und die Geliebte seiner Kindheit in seine Arme schließen, als er den Hufschlag nahender Pferde vernahm. Er sah sich um, erblickte einen Wagen voller Magier, welche zum Gebet nach dem Schloß fuhren, und erkannte in ihnen mehrere frühere Genossen aus der Priesterschule. Seine Scham erwachte; er fürchtete, von ihnen, die er, als Bruder des Oberpriesters, oftmals stolz und hochfahrend behandelt hatte, gesehen zu werden. So warf er Mandane einen Beutel voll Gold zu, den ihm sein Bruder beim Abschied geschenkt hatte, und befahl dem Fuhrmann, in aller Eile fortzufahren. Die Maultiere jagten in wilder Flucht davon. Mandane stieß den Beutel mit den Füßen von sich, lief dem Gespanne nach und hielt sich an dem Kasten des Wagens fest. Ein Rad erfaßte ihr Kleid und riß sie zu Boden. Mit der Kraft der Verzweiflung sprang sie auf die Maultiere, die, da die Straße einen Berg hinaufführte, langsamer gehen mußten, und warf sich ihnen in die Zügel. Der Fuhrknecht brauchte seine dreischnürige Geißel, die Tiere bäumten sich auf, rissen das Mädchen um und jagten davon. Ihr letzter Angstschrei drang wie ein Lanzenstich in die Wunden des Verstümmelten.

Am zwölften Tage nach dem Tod der Nitetis begab sich Kambyses wieder auf die Jagd. Das Waidwerk sollte ihn zerstreuen. Die Großen empfingen ihren Herrscher mit donnerndem Zuruf. Die wenigen Tage des Grams hatten den des Leides ungewohnten Mann stark verändert. Sein Angesicht war bleich, sein rabenschwarzes Haupt- und Barthaar grau geworden. Die frühere Siegesgewißheit strahlte nicht mehr aus seinen Blicken; hatte er doch schmerzlich erfahren, daß es einen stärkeren Willen gab als den eigenen, daß er zwar vieles vernichten, aber auch nicht das ärmste Leben erhalten konnte. Ehe man aufbrach, musterte Kambyses die Jäger, rief Gobryas herbei und fragte nach Phanes.

»Mein König hat nicht befohlen –«

»Er ist ein- für allemal mein Gast und Gefährte. Ruf ihn und folge uns nach!«

Gobryas verneigte sich, sprengte zum Palast zurück und hielt nach einer halben Stunde wiederum mit Phanes beim Gefolge des Königs.

Mancher freundliche Gruß der Jagdgenossen wurde dem Athener zuteil; ein Umstand, der um so befremdender war, als niemand neidischer zu sein pflegt als Höflinge, und kein Mensch der Mißgunst sicherer sein darf, als der Günstling eines Herrschers. Nur Phanes schien eine Ausnahme von dieser Regel zu bilden. Er war allen Achämeniden so offen, so frei und doch bescheiden entgegengekommen, daß alle, mit wenigen Ausnahmen, das Erscheinen des Atheners freudig begrüßten. Als er sich von dem Jägerzug getrennt hatte, um mit dem König einen wilden Esel zu verfolgen, gestand einer dem andern zu, noch niemals einen so vollkommenen Mann wie Phanes gesehen zu haben. Man bewunderte die Klugheit, mit der er die Unschuld der Gefangenen an den Tag gebracht, die Feinheit, mit welcher er den König gewonnen, die Schnelligkeit, mit der er die persische Sprache erlernt hatte. Auf der Jagd bewährte er sich als vollkommener Reiter und im Kampf mit einem Bären als ausnehmend kühner und geschickter Jäger. Während die Höflinge bei der Heimkehr all diese Eigenschaften des neuen Günstlings in den Himmel erhoben, rief der alte Araspes: »Ich gebe gern zu, daß dieser Hellene, welcher sich übrigens auch schon im Krieg bestens bewährt hat, ein großartiger Mann ist; ihr würdet ihm aber nicht halb soviel Lob zuteil werden lassen, wenn er kein Fremder, wenn auch seine Art nichts Neues wäre!«

Phanes hatte diese Worte vernommen, denn er befand sich, von dichtem Strauchwerk versteckt, in unmittelbarer Nähe des Redners. Als dieser schwieg, gesellte er sich zu den Plaudernden und sagte lächelnd: »Ich habe dich verstanden und danke dir für deine freundliche Gesinnung. Der zweite Teil deiner Rede berührte mich beinahe noch angenehmer als der erste; fand ich doch in ihm meine eigene Bemerkung bestätigt, daß ihr Perser das großmütigste aller Völker seid, da ihr den Tugenden fremder Menschen beinahe größeres Lob als euren eigenen zuteil werden laßt.«

Alle Anwesenden lächelten geschmeichelt, Phanes aber fuhr fort: »Wie anders sind die Juden! Sie halten sich für das einzige den Göttern wohlgefällige Volk und machen sich dadurch der ganzen Welt verhaßt. Und nun erst die Ägypter! Ihr glaubt nicht, wie verkehrt diese Menschen sind! Wenn es auf die Priester, welche ausnehmend mächtig sind, allein ankäme, so würden alle Ausländer getötet und das ganze Reich des Amasis jedem Fremden unzugänglich gemacht werden. Ein echter Ägypter hungert lieber, als daß er aus einem Topf mit uns speist. Es gibt nirgends so viele Seltsamkeiten wie dort! Doch gerechterweise muß ich auch gestehen, daß Ägypten das reichste aller Länder ist. Wem dieses Reich gehört, der braucht selbst die Götter nicht um ihre Schätze zu beneiden! Und es ist kinderleicht zu erobern, dieses schöne Ägypten! Ich kenne die Verhältnisse dort aus zehnjähriger Erfahrung und weiß, daß die ganze Kriegerkaste des Amasis einer einzigen Schar wie eure Unsterblichen nicht widerstehen könnte. Nun, wer weiß, was die Zukunft bringt! Vielleicht machen wir noch alle zusammen einen Ausflug an den Nil. Ich meine, daß eure guten Schwerter ziemlich lange gerastet haben!«

Stürmische Beifallsrufe begleiteten die Worte des Atheners.

Kambyses hatte den Jubel seines Gefolges vernommen, wandte sein Roß und fragte nach der Ursache des Lärms. Phanes sagte, die Achämeniden hätten gejauchzt bei dem Gedanken an die Möglichkeit eines bevorstehenden Krieges.

»Welchen Krieges?« fragte der König, zum erstenmal seit langen Tagen lächelnd.

»Wir redeten nur von der allgemeinen Möglichkeit«, antwortete Phanes leichthin. Dann lenkte er sein Roß dicht an die Seite des Königs und sprach: »Bis zum heutigen Tage war mir dein Schmerz zu heilig, um ihn zu stören; jetzt aber ist die Zeit gekommen, dich dem Grame zu entreißen und dein erkaltendes Herz mit neuen Zielen zu füllen. Du wirst Dinge vernehmen, welche dich kränken müssen.«

»Es gibt nichts mehr, was mich betrüben könnte!«

»Meine Worte werden nicht deinen Schmerz, sondern deinen Zorn erregen!«

»Du machst mich neugierig!«

»Man hat dich ebenso schnöde betrogen wie jenes liebliche Wesen, das vor wenigen Tagen zu früh sterben mußte.«

Kambyses schaute den Athener mit blitzenden Augen fragend an.

»König Amasis von Ägypten hat sich erlaubt, mit dir, dem mächtigen Herrn der Erde, ein freventliches Spiel zu treiben. Jene holde Jungfrau war nicht seine Tochter, obgleich sie selber glaubte, das Kind des Amasis zu sein; sie –«

»Unmöglich!«

»Sollte man meinen. Und doch rede ich die Wahrheit! Amasis hat ein Gewebe von Lügen gesponnen, mit dem er alle Welt, und auch dich, o König, bestrickte. Nitetis war ein Fürstenkind; aber nicht der Kronenräuber Amasis, nein, der echte, aber durch ihn gestürzte König von Ägypten, Hophra, erzeugte diese Perle! Runzle die Stirn, mein Herrscher; du hast ein Recht dazu, denn es ist grausam, von Freunden und Bundesgenossen betrogen zu werden!«

Kambyses gab seinem Hengst die Sporen und rief, nachdem Phanes, um seine letzten Worte tief wirken zu lassen, eine Zeitlang geschwiegen hatte: »Ich will Näheres wissen!«

»Der entthronte Hophra hatte zwanzig Jahre[24] lang in leichter Gefangenschaft zu Sais gelebt, als sich seine Gattin, welche drei Kinder geboren und ebensoviele begraben hatte, erneut schwanger fühlte. Hophra war glücklich und wollte, um sich für diese Gnade zu bedanken, in dem Tempel der Pacht, einer ägyptischen Göttin, der man den Kindersegen zuschreibt, Opfer bringen, als ein früherer Großer seines Hofes namens Patarbemis[25], den er im Zorn ungerechterweise schmählich verstümmelt hatte, ihn mit einer Schar von Sklaven überfiel und niedermetzelte. Amasis ließ die klagende Witwe sofort in seinen Palast bringen und ihr ein Gemach neben dem Zimmer seiner Gattin Ladice anweisen, welche gleich ihr einer baldigen Niederkunft entgegensah. Die Witwe des Hophra schenkte dort einem Mädchen das Leben, verlor aber dabei ihr Leben. Ladice gebar drei Tage später gleichfalls ein Kind. – Aber da sind wir im Schloßhofe. Wenn du mir gestattest, so werde ich dir den Bericht des Geburtshelfers, welcher den Betrug vermittelte, vorlesen lassen. Verschiedene Aufzeichnungen desselben sind durch eine wunderbare Fügung, von der ich dir später erzählen werde, in meine Hände gekommen. Onuphis, ein früherer Oberpriester von Heliopolis in Ägypten, lebt hier zu Babylon und kennt alle Schreibarten[26] seines Volkes. Nebenchari, der Augenarzt, wird sich, wie natürlich, weigern, einen Betrug, der seinem Vaterland sicheres Verderben bringen muß, aufdecken zu helfen.«

»Ich erwarte dich in einer Stunde mit jenem Mann. Krösus, Nebenchari und alle Achämeniden, welche in Ägypten waren, sollen gleichfalls erscheinen. Bevor ich handle, muß ich Gewißheit haben. Dein Zeugnis reicht nicht aus, denn ich weiß von Amasis selbst, daß du Grund hast, seinem Haus zu zürnen.«

Zur festgesetzten Zeit standen die Befohlenen vor dem König.

Der frühere Oberpriester Onuphis war ein Greis von achtzig Jahren, dessen abgezehrtes Gesicht einem Totenschädel geglichen hätte, wären da nicht die großen, hellen Augen gewesen.

Schon halb gelähmt, saß er vor dem König in einem Lehnsessel und hielt eine große Papyrusrolle in der abgemagerten Hand. Seine Kleidung war schneeweiß, wie es sich für einen Priester ziemte, zeigte aber hier und dort Flicken und Risse. Früher mochte er groß und schlank gewesen sein; jetzt aber war er so gebeugt von Alter, Entbehrungen und Leiden, daß seine Gestalt winzig klein, sein Haupt dagegen viel zu groß für den zwerghaften Leib erschien.

Neben diesem seltsamen Mann stand Nebenchari und legte die Kissen zurecht, welche seinen Rücken stützten. Der Arzt verehrte in ihm nicht nur den in alle Mysterien tief eingeweihten Oberpriester, sondern auch den hochbetagten Greis[27]. Zur Linken des Alten stand Phanes, neben diesem Krösus, Darius und Prexaspes.

Der König saß auf einem Thronsessel. Sein Angesicht war streng und düster, als er anhob: »Der edle Hellene dort, den ich für meinen Freund zu halten geneigt bin, hat mir seltsame Mitteilungen gemacht. Amasis von Ägypten soll mich schnöderweise betrogen haben. Meine verstorbene Gattin soll nicht seine, sondern seines Vorgängers Tochter gewesen sein!«

Ein Murmeln des Staunens ließ sich hören.

»Der Greis dort drüben ist erschienen, um uns den Betrug zu beweisen.«

Onuphis machte eine zustimmende Bewegung.

»Jetzt richte ich zuerst an dich, Prexaspes, meinen Botschafter, die Frage: Ist dir Nitetis ausdrücklich als Tochter der Amasis übergeben worden?«

»Ausdrücklich! Zwar hatte Nebenchari der hohen Kassandane die andere Zwillingsschwester, Tachot, als die schönere von beiden Königstöchtern, gepriesen. Amasis bestand aber darauf, Nitetis nach Persien zu schicken. Ich vermutete, daß er dich, indem er dir sein schönstes Kleinod anvertraute, besonders verpflichten wollte, und ließ ab von der Werbung um Tachot, weil mir die Verstorbene, sowohl an Liebreiz als an Würde, ihre Schwester zu überragen schien. In seinem Briefe an dich schrieb er auch, wie du dich erinnern wirst, daß er dir sein schönstes, liebstes Kind anvertraue.«

»Das schrieb er in der Tat.«

»Und sicher war Nitetis die schönere und edlere von beiden«, bestätigte Krösus die Worte des Gesandten. »Übrigens kam es mir vor, als wäre Tachot der Liebling des ägyptischen Königspaares.«

»Ganz gewiß!« fügte Darius hinzu, »Amasis neckte einst Bartja beim Schmause und sagte: ›Sieh nicht zu tief in Tachots Augen, denn wärest du auch ein Gott, so würde ich dir doch nicht gestatten, sie mit nach Persien zu nehmen!‹ Der Thronfolger Psamtik war über diese Äußerung auffallend entrüstet und rief dem Könige zu: ›Vater, gedenke des Phanes!‹«

»Des Phanes?«

»Ja, mein König«, antwortete der Athener. »Amasis hatte mir einst im Rausche sein Geheimnis verraten; Psamtik warnte ihn nun, sich nicht zum zweitenmal zu vergessen.«

»Erzähle!«

»Als ich von Zypern siegreich nach Sais heimkehrte, wurde ein großes Fest bei Hofe gefeiert. Amasis zeichnete mich in jeder Weise aus und umarmte mich, weil ich eine reiche Provinz für ihn gewonnen hatte, zum Entsetzen seiner Landsleute. Je trunkener er wurde, desto wärmere Anerkennung zollte er mir. Als ich ihn endlich mit Psamtik in seine Wohnung zurückführte und wir an den Gemächern seiner Töchter vorbeikamen, blieb er stehen und sagte: ›Da schlummern die Mädchen. Wenn du deine Gattin verstoßen willst, Athener, so gebe ich dir Nitetis zur Frau! Du wärest mir ein lieber Schwiegersohn. Es ist ein wunderlich Ding mit diesem Mädchen, Phanes! Sie ist nicht mein eigenes Kind!‹ … So viel ließ Psamtik den Trunkenen sagen. Dann legte er ihm die Hand auf den Mund und schickte mich mit barschen Worten in mein Quartier. Dort überdachte ich das Gehörte und reimte mir zusammen, was ich jetzt aus sicherer Quelle weiß. Ich bitte dich, König, diesem Greise zu befehlen, die Tagebuchblätter des Geburtshelfers Imhotep zu übersetzen.«

Kambyses winkte, und der Greis las mit einer lauten, vollklingenden Stimme, welche niemand diesem gebrechlichen Körper zugetraut haben würde, vor: »Am fünften Tage des Monats Thot[28] wurde ich zum König gerufen. Ich erwartete dies, denn die Königin lag in den Wehen. Mit meiner Hilfe gebar sie leicht und glücklich ein schwaches Mädchen. – Als die Amme dasselbe übernommen hatte, führte mich Amasis hinter den Vorhang, der das Schlafgemach seiner Gattin zerteilt. Dort lag ein zweiter Säugling, in dem ich das Neugeborene der Gattin des Hophra erkannte, die am dritten Tage des Thot unter meinen Händen gestorben war. Der König zeigte auf die kräftige Kleine und sagte: ›Dies ist ein elternloses Wesen; da aber das Gesetz sagt, man solle sich der verlassenen Waisen annehmen[29], so haben Ladice und ich beschlossen, diesen Säugling aufzuerziehen, als wenn er unsere eigene Tochter wäre. Nun liegt uns daran, der Welt und dem Kind diese Handlung zu verbergen. Darum bitte ich dich, die Nachricht zu verbreiten, Ladice habe ein Zwillingspaar zur Welt gebracht. Dafür sollst du heute noch fünftausend goldene Ringe und Jahr für Jahr, solange du lebst, den fünften Teil dieser Summe bekommen.‹ Ich verneigte mich schweigend, befahl allen Anwesenden, die Wochenstube zu verlassen und rief sie dann wieder herein, um ihnen mitzuteilen, daß Ladice ein zweites Mädchen zur Welt gebracht habe. Das wahre Kind des Amasis erhielt den Namen Tachot, das untergeschobene wurde Nitetis genannt.«

Kambyses sprang bei diesen Worten von seinem Sitze auf und durchmaß den Saal mit großen Schritten; Onuphis aber fuhr, ohne sich stören zu lassen, fort: »Am sechsten Tage des Monats Thot. Als ich mich heute morgen, um ein wenig von den Anstrengungen der Nacht auszuruhen, niedergelegt hatte, erschien ein Diener des Königs, der mir das versprochene Gold und einen Brief überbrachte. In demselben wurde ich gebeten, ein totes Kind zu beschaffen, welches als das verstorbene Töchterlein des Hophra mit großer Feierlichkeit bestattet werden sollte. Mit vieler Mühe hab' ich vor einer Stunde das Verlangte von dem armen Mädchen, welches heimlich bei der alten Frau, die am Eingang der Totenstadt wohnt, niedergekommen ist, erhalten. Sie wollte ihren verstorbenen Liebling, der ihr so viel Gram und Schande gebracht hatte, nicht von sich geben und half mir erst, als ich ihr versprach, das Kleine sollte aufs schönste mumisiert und beigesetzt werden. In meinem großen Arzneikasten, den diesmal mein Sohn Nebenchari, statt meines Dieners Hib, tragen mußte, schafften wir die kleine Leiche in das Wochenzimmer der Gattin des Hophra. Das Kind des armen Mädchens wird mit aller Herrlichkeit begraben werden. Dürfte ich ihr doch mitteilen, welches schöne Los ihren Liebling nach dem Tod erwartet. Nebenchari wird soeben zum König berufen.«

Bei der zweiten Nennung dieses Namens blieb Kambyses stehen und fragte: »Ist unser Augenarzt Nebenchari derselbe, den diese Schrift erwähnt?«

»Nebenchari«, gab Phanes zurück, »ist der Sohn desselben Imhotep, der die beiden Kinder vertauschte!«

Der Augenarzt blickte düster zu Boden.

Kambyses nahm Onuphis die Papyrusrolle aus der Hand, beschaute die Schriftzeichen, welche sie bedeckten, kopfschüttelnd, näherte sich dem Arzt und sprach:

»Betrachte diese Zeichen und sage mir, ob dein Vater sie geschrieben?«

Nebenchari fiel auf die Knie nieder und erhob seine Hände.

»Hat dein Vater diese Zeichen gemalt? frage ich.«

»Ich weiß nicht, ob … In der Tat ….«

»Die Wahrheit will ich wissen! Ja oder nein?«

»Ja, mein König; aber …«

»Erhebe dich und sei meiner Gnade gewiß. Es ziert den Untertan, wenn er treu zu seinem Herrscher steht; vergiß aber nicht, daß du *mich* jetzt deinen König zu nennen hast. Kassandane ließ mir sagen, du wollest ihr morgen durch eine kunstreiche Operation das Augenlicht wiedergeben.. Wagst du auch nicht zuviel?«

»Ich bin meiner Kunst gewiß, o König!«

»Noch eins! – Wußtest du um diesen Betrug?«

»Ja – mein Fürst.«

»Und du hast mich im Irrtum gelassen?«

»Ich hatte Amasis schwören müssen, das Geheimnis zu bewahren, und ein Schwur ….«

»Der Schwur ist heilig. Sorge dafür, Gobryas, daß diesen beiden Ägyptern eine Portion von unserer Tafel angewiesen werde. Du scheinst einer besseren Nahrung zu bedürfen, Alter!«

»Ich bedarf nichts als Luft zum Atmen, eine Krume Brot und einen Schluck Wasser, um nicht zu verhungern und zu verdursten, ein reines Gewand, um den Göttern und mir selbst angenehm zu sein, und ein eigenes Stübchen, um keinem Menschen im Wege zu stehen. Niemals war ich reicher als am heutigen Tage.«

»Wieso?«

»Ich bin soeben im Begriff, ein Königreich zu verschenken.«

»Du sprichst in Rätseln.«

»Ich habe durch meine Übersetzung dargetan, daß deine verstorbene Gattin das Kind des Hophra gewesen sei. Nach unserem Erbrecht hat, wenn keine Söhne oder Brüder vorhanden sind, auch die Tochter des Königs ein volles Anrecht auf den Thron. Wenn diese wiederum kinderlos stirbt, so ist ihr Gatte ihr gesetzlicher Nachfolger. Amasis ist ein Kronenräuber, während Hophra und seine Nachkommen durch das Recht der Geburt Ansprüche auf die Herrscherwürde haben. Psamtik verliert jedes Recht auf das Zepter, sobald sich ein Bruder, ein Sohn, eine Tochter oder ein Schwiegersohn des Hophra findet. Also begrüße ich in meinem König den zukünftigen Herrn meines schönen Vaterlandes.«

Kambyses lächelte selbstgefällig, und Onuphis fuhr fort:

»Auch habe ich in den Sternen gelesen, daß Psamtik untergehen wird; dir aber die Krone von Ägypten beschieden ist.«

»Die Sterne sollen recht behalten!« rief Kambyses. »Dir aber, du freigebiger Alter, befehle ich, einen Wunsch, er möge lauten, wie er wolle, auszusprechen.«

»Laß mich deinem Heerzuge in einem Wagen folgen. Ich sehne mich danach, meine Augen am Nil zu schließen.«

»So sei es! Verlaßt mich jetzt, ihr Freunde, und sorgt dafür, daß alle Tischgenossen zum heutigen Schmause erscheinen. Wir wollen beim süßen Wein Kriegsrat halten. Ein Feldzug nach Ägypten scheint mir lohnender zu sein als ein Kampf mit den Massageten!«

»Sieg dem König!« riefen die Anwesenden mit lautem Jubel und entfernten sich, während Kambyses seine An- und Auskleider rufen ließ, um zum erstenmal die Trauergewänder mit den prunkenden Königskleidern zu vertauschen.

Krösus und Phanes begaben sich gemeinsam in den Garten, welcher auf der Ostseite des Schlosses mit Baum- und Sträucherpflanzungen, Wasserkünsten und Blumenbeeten grünte. Die Züge des Atheners strahlten vor Befriedigung, während der entthronte König sorgenvoll vor sich hinblickte.

»Hast du bedacht, Hellene«, begann der letztere, »welche Brandfackel du soeben in die Welt geschleudert hast?«

»Unbedacht zu handeln ist nur Kindern und Narren eigen.«

»Du vergißt die von der Leidenschaft Betörten.«

»Zu diesen gehöre ich nicht.«

»Und dennoch zeugt die Rache die furchtbarsten Leidenschaften«, stellte Krösus fest.

»Nur, wenn sie in blinder Hast geübt wird. Meine Rache ist kühl wie dieses Eisen; aber ich kenne meine Pflicht«, erwiderte Phanes.

»Die erste Pflicht jedes Tugendhaften ist, dem Wohle seines Vaterlandes sein eigenes unterzuordnen.«

»Das weiß ich ...«

»Vergißt aber, daß du den Persern mit dem ägyptischen Reiche deine hellenische Heimat auslieferst!«

»Ich denke anders.«

»Glaubst du, daß Persien das schöne Griechenland unangefochten lassen wird, wenn alle anderen Küsten des Mittelmeeres ihm gehören?« fragte Krösus.

»Keineswegs, wohl aber kenn' ich meine Hellenen und glaube, daß sie allen Barbarenheeren siegreich widerstehen und, naht die Gefahr, größer sein werden denn je. Die Not wird all unsre Stämme vereinen, sie wird uns zu einem großen, einigen Volke machen und die Throne der Tyrannen stürzen.«

»Das sind Träume.«

»Die zur Wahrheit werden, so wahr ich auf die Erfüllung meiner Rache hoffe!«

»Ich kann nicht mir dir streiten, denn mir sind die Verhältnisse deiner Heimat fremd geworden. Übrigens halte ich dich für einen weisen Mann, der das Schöne und Gute liebt und zu rechtlich denkt, um aus bloßem Ehrgeiz ein ganzes Volk ins Verderben zu schicken. Jetzt erzähle mir, wenn dir etwas an meiner Meinung gelegen ist, welches Unrecht deine Rachsucht so mächtig entflammt hat!«

»Höre denn und versuche niemals wieder, mich von meinem Vorhaben abzulenken! Du kennst den Thronerben von Ägypten, du kennst auch Rhodopis. Ersterer war mein Todfeind, aus mehreren Gründen, letztere die Freundin aller Hellenen, und ganz besonders die meine. Als ich Ägypten verlassen mußte, bedrohte mich Psamtik mit seiner Rache. Dein Sohn Gyges rettete mich vor dem Tod. Einige Wochen später kamen meine Kinder nach Naukratis, um mir von dort aus nach Sigeum zu folgen. Rhodopis nahm sie in ihren freundlichen Schutz. Ein Elender hatte das herausbekommen und dem Thronfolger verraten. In der folgenden Nacht wurde das Haus der Thrakierin umstellt und durchsucht. Man fand meine Kinder und nahm sie gefangen. Amasis war unterdessen erblindet und ließ seinen elenden Sohn gewähren, der sich nicht entblößte, meinen einzigen Knaben – zu …«

»Er ließ ihn töten?«

»Du sagst es.«

»Und dein anderes Kind?«

»Das Mädchen ist heute noch in seiner Gewalt.«

»Aber man wird der Armen ein Leid antun, wenn man erfährt …«

»Sie möge sterben. Lieber kinderlos, als ohne Rache zu Grabe gehen!«

»Ich verstehe dich und kann dir nicht mehr zürnen. Die Ermordung deines Sohnes muß gerächt werden.«

Bei diesen Worten drückte der Greis die Rechte des Atheners, der, nachdem er seine Tränen getrocknet hatte und seiner Gemütsbewegung Herr geworden war, ausrief: »Komm jetzt zum Kriegsrate! Niemand darf den Schandtaten des Psamtik dankbarer sein als Kambyses. Diesem Mann der schnellen Leidenschaft liegt die Rolle des Friedensfürsten ohnehin nicht.«

»Und doch scheint mir die höchste Aufgabe eines Königs die zu sein, an der inneren Wohlfahrt seines Reiches zu arbeiten. Aber die Menschen sind einmal so, daß sie ihre Schlächter höher preisen als ihre Wohltäter. Wie viele Gesänge ertönten dem Achill; wem aber ist es eingefallen, die weise Regierung des Pittakus in Liedern zu feiern?« sagte Krösus.

»Es gehört eben mehr Mut dazu, Blut zu vergießen, als Bäume zu pflanzen.«

»Aber mehr Güte und Klugheit, Wunden zu heilen, als Wunden zu schlagen. Doch ehe wir die Halle betreten, muß ich dir noch eine dringende Frage stellen. Wird Bartja, wenn Amasis die

Pläne des Königs erfährt, ohne Gefahr in Naukratis bleiben können?«

»Keineswegs. Ich habe ihn jedoch gewarnt und ihm geraten, verkleidet und dazu unter falschem Namen aufzutreten.«

»Zeigte er sich einsichtig?« fragte Krösus.

»Ich denke ja.«

»Jedenfalls wird es gut sein, wenn man ihm einen Boten nachsendet, der ihn warnt.«

»Wir wollen den König darum bitten.«

»Komm jetzt. Dort fahren schon die Wagen aus der Küche, welche die Mahlzeit für den Hofstaat enthalten.«

»Wie viele Menschen werden vom Könige täglich ernährt?« fragte Phanes.

»Etwa fünfzehntausend.«

»So mögen die Perser den Göttern danken, daß ihre Herrscher nur einmal des Tages zu speisen pflegen!«

3.
KAPITEL

Sechs Wochen nach diesen Ereignissen trabte eine kleine Reiterschar den Toren von Sardes entgegen.

Pferd und Reiter waren von Schweiß und Staub bedeckt. Die Gesichter der beiden Männer, die in bestaubter persischer Hoftracht an der Spitze des Zuges ritten, spiegelten Ungeduld wider.

Die Königsstraße, welche sich über die Vorberge des Tmolus-Gebirges hinzog, war von Äckern mit schwarzem Fruchtboden umgeben. Oliven-, Zitronen- und Platanenhaine, Maulbeer- und Weinpflanzungen zogen sich am Fuß der Berge hin, während in größerer Höhe Pinien, Zypressen und Nußbaumwälder grünten. Auf den Äckern standen Feigensträucher und Dattelpalmen voller Früchte. Auf den Wiesen blühten farben- und duftreiche Blumen. Dann und wann zeigten sich sorgsam eingefaßte Brunnen mit Ruhesitzen und schattigem Strauchwerk am Rande der Straße, die über Schluchten und Bäche führte, die durch die Hitze des Sommers halb ausgetrocknet waren. An schattigen feuchten Stellen blühte die Lorbeerrose, während sich da, wo die Sonne am heißesten brannte, schlanke Palmen wiegten. Ein tiefblauer, vollkommen wolkenloser Himmel lag über dieser üppigen Landschaft, deren Horizont im Süden von den schneeigen Spitzen des Tmolus-Gebirges, im Westen von den bläulich schimmernden Sipylus-Bergen begrenzt war. Jetzt führte die Straße talabwärts durch ein Birkenwäldchen, um dessen Stämme sich traubenreiche Weinreben bis zu den Gipfeln rankten. An einer Krümmung des Weges, welche einen weiten Blick in die Ferne bot, hielten die Reiter. Vor ihnen lag die Hauptstadt des einstigen lydischen Reiches, die frühere Residenz des Krösus, das goldene Sardes[31], im Hermustal.

Ein steiler schwarzer Felsen, auf dessen Gipfel sich Bauten von weißem Marmor erhoben, die Burg, um deren dreifache Mauer der König Meles vor vielen Jahrhunderten einen Löwen getragen hatte, damit sie uneinnehmbar werde, beherrschte die Schilfdächer der zahlreichen Häuser dieser Stadt[32]. Nach Süden hin war der Abfall des Burgberges weniger steil. Im Norden der

Akropolis erhob sich am Goldsand führenden Paktolus-Fluß der frühere Palast des Krösus. Über dem Marktplatz, der den Reisenden wie ein unbewachsener Fleck inmitten einer blühenden Wiese vorkam, rauschte der rötliche Fluß, der sich nach Westen zu in ein schmales Gebirgstal ergoß, um dort den Fuß des großen Tempels der Cybele zu bespülen.

Nach Osten hin erstreckten sich weite Gärten, in deren Mitte der spiegelhelle Gygäische See erglänzte. Bunte Luftfahrzeuge, begleitet von vielen schneeweißen Schwänen, bedeckten ihn. Etwa eine Viertelstunde von den Wassern entfernt erhoben sich zahlreiche, von Menschenhänden aufgeschüttete Hügel[33].

»Was haben diese eigentümlich aussehenden Erdberge zu bedeuten?« fragte Darius, der Anführer jener Schar, den an seiner Seite reitenden Mann, Prexaspes, den Botschafter des Kambyses.

»Es sind die Gräber der früheren Könige von Lydien«, lautete die Antwort. »Das größte unter ihnen, dort drüben links, nicht das mittlere, welches einem fürstlichen Ehepaare, der Panthea und dem Abradat geweiht wurde, ist das dem Vater des Krösus, Alyattes, errichtete Denkmal. Die Handelsleute, Handwerker und Dirnen von Sardes haben es ihrem verstorbenen Könige aufgeschüttet. An den fünf Säulen, welche auf dem Gipfel stehen, kann man lesen, wer wieviel zuwegegebracht hat. Die Dirnen sind am fleißigsten gewesen[34]. Der Großvater des Gyges soll ein besonderer Freund von ihnen gewesen sein.«

»Dann ist der Enkel sehr aus der Art geschlagen!«

»Was um so wunderbarer erscheinen muß, da auch Krösus in seiner Jugend durchaus kein Feind der Frauen gewesen ist und die Lyder eigentlich den Freuden der Liebe sehr ergeben sind. Dort drüben im Paktolus-Tal, unweit der großen Goldwäscherei, steht der Tempel der Göttin von Sardes[35], die man Cybele oder Ma benennt. Du siehst das weiße Gemäuer aus dem Haine hervorleuchten. Da findet sich manches schattige Plätzchen, wo sich die jungen Leute von Sardes zu Ehren der Göttin, wie sie sagen, vergnügen.«

»Genau wie in Babylon am Feste der Mylitta[36].«

»An den Küsten von Zypern herrscht dieselbe Gewohnheit[37]. Als ich dort auf meiner Heimfahrt von Ägypten landete, empfing mich eine Schar der schönsten Mädchen mit süßen Gesängen und führte mich, tanzend und Zimbeln schlagend, in den Hain ihrer Göttin. Dort mußte ich einige Goldstücke niederlegen und wurde dann von dem hübschesten Mädchen, das du dir denken kannst, in ein duftendes Zelt von Purpurstoff geführt, wo wir ein Lager von Rosen und Lilienblättern hatten.«

»Zopyrus wird der Krankheit des Bartja nicht zürnen.«

»Und sich länger im Hain der Cybele als an der Seite des Leidenden aufhalten. Ich freue mich sehr, den heiteren Kumpan wiederzusehen.«

»Ich werde sie unterdrücken, obgleich jene Stimmungen, die du mit Recht tadelst, ihren Grund haben. Krösus sagt, man sei nur übel gelaunt, wenn man zu träge oder kraftlos wäre, gegen Mißhelligkeiten anzukämpfen. Unser Freund hat recht. Man soll Darius weder einer Schwäche noch einer Trägheit zeihen dürfen. Wenn ich nicht die Welt beherrschen kann, so will ich wenigstens Herr meiner selbst sein!«

Der junge Mann richtete sich bei diesen Worten in seinem Sattel hoch empor. Sein Begleiter sah ihn staunend an und rief:

»Wahrlich, Sohn des Hystaspes, ich glaube, daß du zu großen Dingen bestimmt bist. Die Götter haben ihrem Liebling Cyrus, als du noch ein Knabe warest, nicht von ungefähr jenen Traum geschenkt, der ihn bewog, dich vor deinem Vater in Gewahrsam zu halten.«

»Und dennoch sind mir noch keine Flügel gewachsen!«

»Nicht deinem Körper, wohl aber deinem Geist. Du wandelst eine gefährliche Straße!«

»Ich weiß um meine Stärken.«

»Doch Stärkere werden versuchen, deine Flügel zu brechen!«

»Sie mögen kommen! Ich weiß, daß ich nur das Rechte will, und vertraue meinem Stern!«

»Weißt du auch, wie er heißt?«

»Er beherrschte die Stunde meiner Geburt, und Anahita[38] ist sein Name.«

»Ich glaube ihn besser zu kennen. Es ist Ehrgeiz, was dich treibt. Hüte dich, Darius! Auch ich bin einstmals jene Straße gewandert, welche entweder zum Ruhm oder in die Schande, aber nur selten zum wahren Glücke, führt. Der Ehrgeizige gleicht dem Dürstenden, welcher Salzwasser trinkt! Je mehr Ruhm er erntet, desto begieriger wird er nach neuem Ruhm. Ich war ein unbedeutender Soldat, heute bin ich der Botschafter des Kambyses. Was bleibt dir zu erstreben übrig, da es jetzt schon, außer den Kindern des Cyrus, keinen Größeren gibt, als dich ...? Aber trügen mich nicht meine Augen, so reiten dort Zopyrus und Gyges an der Spitze jener Reiterschar, die uns von der Stadt her entgegenzieht. Der Angare, welcher vor uns die Herberge verließ, muß unsere Ankunft gemeldet haben.«

»Ja, sie sind es!«

»Sieh nur, wie übermütig Zopyrus mit dem Palmenzweige winkt und wedelt!«

»Ihr Leute, schneidet uns schnell ein paar Äste von diesem Strauch! So ist's recht! Laßt uns mit purpurner Granate der grünen Palme antworten!«

Wenige Minuten später umarmten Darius und Prexaspes ihre Freunde. Dann zogen die vereinten Reitertruppen durch die Gärten, welche den Gygäischen See, den Erholungsplatz der Bewohner von Sardes, umgaben, in die Stadt. Die Sonne neigte sich schon zum Untergang, und es wurde kühler. Lydische Krieger mit reichverzierten Helmen und persische Soldaten, welche zylinderförmige Tiaren trugen, gingen geschminkten und bekränzten Frauen nach. Wärterinnen führten Kinder zu dem See, um sie die Schwäne füttern zu lassen. Unter einem Platanenbaum saß ein blinder Sängergreis, der seinen zahlreichen Zuhörern wehmütige Lieder, die er mit der zwanzigsaitigen lydischen Laute, der Magadis, begleitete, vorsang. Kegel und Würfel spielende[39] Jünglinge ergötzten sich im Freien, und halberwachsene Mädchen kreischten erschrocken auf, wenn der geschleuderte Ball eine Genossin traf oder von ungefähr in den See fiel.

Die persischen Ankömmlinge beobachteten staunend das muntere Treiben. Dann wandten sie ihre Aufmerksamkeit den Freunden zu, die ihnen von Bartja und dessen glücklich überstandener Krankheit erzählten.

Der Satrap von Sardes, Orötes, ein stattlicher Mann in glänzender Hoftracht, kam ihnen an der Pforte des Palastes, den Krösus vor ihm bewohnt hatte, entgegen. Die Satrapie, welche er verwaltete, war eine der wichtigsten und einträglichsten im ganzen Reich. Seine Hofhaltung glich derjenigen des Kambyses an Glanz und Reichtum, wenn er auch weniger Diener hatte als dieser. Dennoch kam den Reitern an der Pforte des Palastes eine große Schar von Leibwächtern, Sklaven, Eunuchen und reichgekleideten Beamten entgegen.

Obgleich Darius und Prexaspes an die Pracht einer königlichen Hofhaltung gewöhnt waren, staunten sie doch über die Schönheit und den Glanz des Satrapenhauses. Besonders bewunderten sie die feinen Marmorarbeiten, welche man weder in Babylon noch in Susa noch in Ekbatana vorfand[40]. Gebrannte Ziegel und Zedernholz mußten dort die glatten Blöcke des Urkalkes ersetzen.

In der großen Halle fanden die Ankömmlinge den bleichen Bartja, welcher auf einem Polster saß. Sofort erhob er sich und streckte ihnen die Arme entgegen.

Nachdem die vereinten Freunde an der Tafel des Satrapen geschmaust hatten, begaben sie sich, um ungestört miteinander sprechen zu können, in das Gemach des Genesenden. Als sie sich dort niedergelassen, rief Darius, indem er sich an Bartja wandte:

»Jetzt mußt du mir zuallererst erzählen, wie du zu dieser bösen Krankheit gekommen bist.«

»Kerngesund«, begann der Königssohn, »reisten wir, wie ihr wißt, von Babylon ab und kamen ohne Unterbrechung bis nach Germa, einem kleinen am Sangarius gelegenen Städtchen. Von dem anstrengenden Ritt ermüdet, verbrannt von der Sonne des Chordât* und vom Staub des Weges beschmutzt, sprangen wir von den Pferden, warfen die Kleider ab und stürzten uns in die Wogen des Stromes, der an dem Stationshaus vorüberfloß. Gyges tadelte unsere Unvorsichtigkeit. Wir aber schlugen seine Mahnungen in den Wind und schwammen fröhlich in den grünen Wogen umher. Vollkommen ruhig wie immer ließ uns Gyges gewähren, entkleidete sich, nachdem wir mit dem Bade fertig waren, und sprang gleichfalls in den Strom.

Zwei Stunden später saßen wir wieder in den Sätteln, jagten, als gelte es Tod und Leben, auf der Landstraße fort, wechselten bei jedem Stationshaus die Pferde und machten die Nacht zum Tage.

* Mai

In der Nähe von Ipsus bekam ich heftige Kopf- und Gliederschmerzen, schämte mich aber, meine Leiden zu gestehen, und hielt mich aufrecht, bis wir zu Bagis frische Pferde besteigen sollten. Als ich mich in den Sattel schwingen wollte, schwanden mir Kräfte und Sinne und ich sank bewußtlos zu Boden.«

»Wir bekamen einen schönen Schreck, als du zusammenbrachst«, unterbrach Zopyrus den Redner, »aber zum Glück war Gyges bei mir. Ich war völlig hilflos. Jener behielt aber seine Geistesgegenwart und handelte wie ein umsichtiger Feldherr. – Der Esel von einem Arzt, der herzulief, beteuerte, Bartja sei rettungslos verloren, wofür er von mir eine Tracht Prügel bekam.«

»Die er sich gern gefallen ließ«, lachte der Satrap, »da du auf jede Schwiele eine Goldstatere zu legen befahlst.«

»Meine Kampfeslust hat mich schon viel Geld gekostet! Doch zur Sache. Kaum hatte Bartja wieder die Augen geöffnet, als mir Gyges auftrug, nach Sardes zu reiten und einen guten Arzt mit einem bequemen Reisewagen zu holen. Den Ritt macht mir so bald keiner nach! Eine Stunde vor der Stadt brach mein drittes Pferd vor Ermüdung zusammen. Nun lief ich, was ich laufen konnte, den Toren zu. Die Spaziergänger und Wandrer müssen mich alle für wahnsinnig gehalten haben. Den ersten Reiter, der mir begegnete, einen Kaufmann aus Kelänä, riß ich ohne weiteres vom Pferde, schwang mich in den Sattel und war, bevor der nächste Morgen graute, mit dem geschicktesten sardischen Arzt und dem besten Reisewagen des Oroetes bei unserm Kranken, den wir, im langsamsten Schritte fahrend, in dieses Haus brachten, wo er ein hitziges Fieber bekam, alle Dummheiten, die nur ein Menschengehirn ausdenken kann, phantasierte, und uns so grausame Angst ausstehen ließ, daß mir, wenn ich daran denke, noch immer die Schweißtropfen von der Stirne triefen.«

Hier ergriff Bartja die Hand des Freundes und wandte sich an Darius:

»Ihm und Gyges verdanke ich mein Leben. Sie haben mich, bis sie euch entgegenritten, keine Minute verlassen und mich gepflegt wie eine Mutter ihr krankes Kind. Auch deiner Güte, Oroetes, bin ich verpflichtet; doppelt, weil dir aus derselben Unannehmlichkeiten erwachsen sind.«

»Wie wäre das möglich?« fragte Darius.

»Jener Polykrates von Samos, dessen Namen in Ägypten so oft genannt wurde, hat den berühmtesten Arzt, den Griechenland zeugte, bei sich. Nun schreibt Oroetes, als ich krank in seinem Hause liege, an Democedes und bittet ihn mit ungeheuren Versprechungen, sogleich nach Sardes zu kommen. Samische Seeräuber, welche die ganze jonische Küste unsicher machen, fangen den Boten auf und überbringen den Brief des Oroetes ihrem Herrn Polykrates. Dieser öffnet ihn und schickt den Abgesandten hierher zurück mit der Botschaft, Democedes stehe in seinem Sold. Wenn Oroetes[41] seine Dienste begehre, so möge er sich an ihn, den Polykrates selbst, wenden. Unser edler Freund demütigte sich um meinetwillen und gehorchte dem Samier, indem er ihn seinen Arzt nach Sardes zu senden ersuchte.«

»Und Polykrates?« fragte Prexaspes.

»Der hochmütige Inselfürst sandte sofort den Heilkünstler, welcher mich, wie ihr seht, wieder hergestellt und Sardes erst vor wenigen Tagen reich beschenkt verlassen hat.«

»Übrigens«, fiel Zopyrus dem Königssohn in die Rede, »kann ich wohl begreifen, warum der Samier seinen Leibarzt nicht gern von sich läßt. Ich sage Dir, Darius, solchen Mann gibt es nicht zweimal! Schön ist er wie Minutscher, klug wie Piran Wisa und stark wie Rustem[42]. Du hättest nur sehen sollen, wie er metallene Scheiben, die er Diskus nannte, zu schleudern verstand. Ich bin kein Schwächling; aber er warf mich nach kurzem Ringen zu Boden, und Geschichten konnte er erzählen, Geschichten, daß einem beim Zuhören das Herz im Leibe tanzte.«

»Wir haben einen ähnlichen Menschen kennengelernt«, sagte Darius, die Begeisterung seines Freundes belächelnd, »Phanes, den Athener, welcher damals kam, um unsere Unschuld zu beweisen.«

»Democedes, der Arzt, stammt aus Kroton, einem Ort, der dicht beim Untergang der Sonne liegen muß –«

»Aber«, fügte Oroetes hinzu, »wie Athen von Hellenen bewohnt wird. Hütet euch vor diesen Menschen, meine jungen Freunde, denn sie sind ebenso schlau, lügnerisch und selbstsüchtig wie kräftig, klug und schön.«

»Democedes ist ehrlich«, rief Zopyrus.

»Und Phanes«, versicherte Darius, »wird selbst von Krösus für ebenso tugendhaft als tüchtig gehalten.«

»Auch Sappho«, bestätigte Bartja diese Aussage, »hat des Atheners nur rühmend gedacht. Schweigen wir aber von den Hellenen, denen Oroetes nicht wohl will, da sie ihm, ihrer Widerspenstigkeit wegen, viel zu schaffen machen.«

»Das wissen die Götter!« seufzte der Satrap. »Eine Griechenstadt ist schwerer im Gehorsam zu halten als alle Länder zwischen dem Euphrat und Tigris.«

Während dieser Worte des Satrapen war Zopyrus an das Fenster getreten und rief, indem er den Redner unterbrach: »Die Sterne stehen schon sehr hoch, und Bartja bedarf der Ruhe; darum eile dich, Darius, und fange an von der Heimat zu erzählen!«

Der Sohn des Hystaspes winkte beistimmend und begann mit dem Bericht jener Ereignisse, welche wir bereits kennen. Das traurige Ende der Nitetis flößte namentlich Bartja aufrichtige Teilnahme ein, während der entdeckte Betrug des Amasis alle Anwesenden mit Staunen und Entrüstung erfüllte.

»Nachdem die eigentliche Herkunft der Verstorbenen unumstößlich festgestellt war«, fuhr der Erzähler nach einer kurzen Pause fort, »schien Kambyses wie umgewandelt zu sein. Er berief uns alle zum Kriegsrat und hatte bei Tafel wieder statt der Trauerkleider königliche Gewänder an. Ihr könnt euch denken, mit welchem Jubel die Hoffnung auf einen Krieg mit Ägypten aufgenommen wurde. Nicht einmal Krösus, der dem Amasis wohlgesonnen ist und sonst, wo er nur immer kann, zum Frieden rät, hatte diesmal etwas einzuwenden. Am anderen Morgen wurde, wie gewöhnlich, das im Rausch Beschlossene nüchternen Mutes überdacht. Nachdem verschiedene Ansichten laut geworden waren, bat Phanes um das Wort und sprach wohl eine Stunde lang. Aber wie verstand er zu reden! Es war, als hätten ihm die Götter Wort für Wort in den Mund gelegt. Unsere Sprache, die er in unglaublich kurzer Zeit erlernt hat, floß wie Honig von seinen Lippen und lockte bald heiße Tränen aus aller Augen, bald stürmischen Jubel und wilde Ausbrüche der Wut aus der Brust der Anwesenden. Ich vermag seine Rede nicht wiederzugeben, denn meine Worte würden neben den seinen wie Trommelgerassel neben Donnerschlägen klingen. Und als wir endlich, hingerissen und begeistert, den Krieg einstimmig beschlossen hatten, nahm Phanes noch einmal das Wort und gab die Mittel und Wege an, durch welche man den Sieg am leichtesten erringen könnte.«

Hier mußte Darius innehalten, denn Zopyrus war ihm mit lauten Jubelrufen um den Hals gefallen. Auch Bartja, Gyges und der Satrap Oroetes nahmen diese Nachricht freudig auf und drängten den Erzähler, schleunigst fortzufahren.

»Im Monat Farwardin[43]«, begann der Jüngling von neuem, »müssen unsere Heere an der Grenze von Ägypten stehen, weil im Murdâd* der Nil sein Bett verläßt und den Marsch des Fußvolks erschwert. Der Hellene Phanes ist jetzt auf dem Wege zu den Arabern, um ein Bündnis mit ihnen zu schließen[44]. Die Wüstensohne sollen unsere Heere in ihrem quellenlosen Lande mit Wasser und Führern versehen. Ferner will er das reiche Zypern, welches er einstmals dem Amasis eroberte, für uns gewinnen. Die Könige dieser Insel haben durch seine Fürsprache ihre Kronen behalten und werden seinen Ratschlägen Folge leisten. Der Athener sorgt für alles und kennt die Gegend. Er zeigte uns auch das Bild aller Länder auf einer Kupfertafel.«

Oroetes nickte zustimmend mit dem Kopf und sagte: »Auch ich besitze solches Gemälde der Welt. Ein Milesier namens Hekatäus[45], der sich fortwährend auf Reisen befindet, hat es gezeichnet und es mir für einen Freipaß überlassen.«

»Was diese Hellenen sich aber auch alles ausdenken!« rief Zopyrus, der sich gar nicht erklären konnte, wie ein Bild der Erde aussehen möchte.

»Ich will dir morgen meine Kupfertafel zeigen«, sagte Oroetes; »jetzt aber sollten wir Darius nicht wieder unterbrechen.«

»Phanes ging also nach Arabien«, fuhr der Erzähler fort, »während Prexaspes nicht nur abreiste, um dir, Oroetes, zu befehlen, so viele Soldaten als möglich – besonders Ionier und Karier, deren Anführung der Athener übernehmen wird – auszuheben, sondern auch, um Polykrates ein Bündnis mit uns anzutragen.«

»Ein Bündnis mit ihm, dem Seeräuber?« fragte Oroetes, dessen Stirn sich verfinsterte.

* Juli

»Mit ihm, genau«, sagte Prexaspes, indem er die unwillige Miene des Oroetes geflissentlich unberücksichtigt ließ. »Phanes hat von dem Gebieter über so viele treffliche Schiffe schon Zusagen erhalten, die meiner Sendung einen günstigen Erfolg versprechen.«

»Die phönizischen, syrischen und jonischen Kriegsfahrzeuge«, erwiderte der Satrap, »würden hinreichen, um die ägyptische Flotte zu bewältigen.«

»Ganz recht! Sollte sich aber Polykrates gegen uns erklären, so würden wir uns kaum auf der See behaupten können; hast du doch selbst gesagt, daß er im ägäischen Meer nach Willkür schaltet und waltet.«

»Dennoch mißbillige ich jeden Vertrag mit dem Räuber!«

»Wir suchen vor allen Dingen starke Bundesgenossen, und die Seemacht des Polykrates ist gewaltig. Erst wenn wir Ägypten mit seiner Hilfe besitzen, wird die Zeit, seinen Übermut zu demütigen, gekommen sein. Einstweilen bitte ich dich, deinen persönlichen Groll zu unterdrücken und nur an das Gelingen unseres großen Vorhabens zu denken. Diese Worte sage ich im Namen des Königs, dessen Ring ich trage und dir zu zeigen beauftragt bin.«

Oroetes verneigte sich kurz vor diesem Zeichen der Herrschergewalt und fragte: »Was verlangt Kambyses von mir?«

»Er befiehlt, daß du alles aufbieten mögest, um jenes Bündnis mit dem Samier zustande zu bringen. Auch sollst du deine Truppen so rasch als möglich zum großen Reichsheer in der babylonischen Ebene stoßen lassen.«

Der Satrap verneigte sich und verließ in trotziger Haltung das Zimmer.

Sobald seine Schritte in dem Säulengange des inneren Hofes verhallten, rief Zopyrus:

»Der arme Mann! Es ist hart für ihn, dem Übermütigen, der sich manche Frechheit gegen ihn herausnahm, freundlich begegnen zu sollen. Denkt nur an die Geschichte mit dem Arzte!«

»Du bist zu mild«, sagte Darius, den Freund unterbrechend. »Dieser Oroetes gefällt mir nicht! So darf man keinen Befehl des Königs aufnehmen! Sahet ihr nicht, wie er seine Lippen blutig biß, als ihm Prexaspes den Siegelring des Herrschers zeigte?«

»In diesem Mann lebt ein trotziger Geist!« rief auch der Botschafter. »Er verließ uns so schnell, weil er seinen Zorn nicht länger bemeistern konnte.«

»Trotzdem ersuche ich dich«, bat Bartja, »meinem Bruder das Benehmen des Satrapen, dem ich Dankbarkeit schulde, zu verschweigen.«

Prexaspes verneigte sich, Darius aber sprach: »Jedenfalls muß man ein wachsames Auge auf diesen Menschen richten. Gerade an dieser Stelle, so weit von der Pforte des Königs, inmitten feindlicher Völker, brauchten wir Statthalter, die ihrem Herrscher williger gehorchen, als Oroetes, der sich einbildet, König von Lydien zu sein!«

»Grollst du dem Satrapen?« fragte Zopyrus.

»Ich glaube, ja«, – lautete die Antwort. »Wer mir auch begegnet, flößt mir gleich im ersten Augenblick entweder Liebe oder Abneigung ein. Dieses schnelle unerklärliche Gefühl hat mich selten betrogen. Oroetes mißfiel mir schon, bevor ich ein Wort aus seinem Mund vernommen hatte. Ebenso erging es mir mit dem Ägypter Psamtik, während ich mich zu Amasis hingezogen fühlte.«

»Du bist mal anders als wir!« lachte Zopyrus. »Tu mir aber jetzt den Gefallen und laß den armen Oroetes ruhen; es ist ganz gut, daß er fort ist, denn nun kannst du ungezwungener von der Heimat reden. Was machen Kassandane und Atossa? Wie geht's dem Krösus? Was treiben meine Weiber? Sie werden nächstens eine neue Gefährtin bekommen, denn ich bin willens, morgen um die ausnehmend hübsche Tochter des Oroetes zu werben. Mit den Augen haben wir beide uns schon allerlei Liebes erzählt. Ich weiß nicht, ob wir persisch oder syrisch sprachen; aber wir sagten einander die angenehmsten Dinge.«

Die Freunde lachten, und Darius rief, in die allgemeine Heiterkeit einstimmend: »Jetzt sollt ihr eine frohe Botschaft, die ich mir eigentlich, als das Beste, für den Schluß aufgespart hatte, vernehmen. He, Bartja, spitze nur die Ohren! Deine Mutter, die edle Kassandane, hat das Licht der Augen zurückerlangt! Ja, ja – es ist die reine, lautere Wahrheit! – Wer sie geheilt hat? – Nun, wer anders als der griesgrämige Ägypter! Beruhigt euch nur und laßt mich weitererzählen, sonst wird es Morgen, ehe Bartja zum Schlafen kommt.

Laßt mich mit dem König beginnen! – Solange Phanes in Babylon war, schien er seinen Schmerz um die Ägypterin zu vergessen. Der Athener durfte ihn niemals verlassen. Sie waren unzertrennlich. Kambyses fand in dieser Gesellschaft auch gar keine Zeit zur Trauer, denn der Hellene hatte jeden Augenblick neue Einfälle und unterhielt nicht nur den König, sondern uns alle. Sobald er aber einen Augenblick allein war, traten ihm Tränen über seinen gemordeten Knaben in die Augen. Alle Morgen ritt er mit Kambyses und uns allen zum Euphrat und freute sich an den Übungen der Achämeniden-Knaben. Als er diese an den Sandhügeln vorbeireiten und die auf ihnen stehenden Töpfe mit Pfeilen zerschießen sah, als er erblickte, wie sie Holzblöcke auf einander warfen und ihnen geschickt auswichen[46], gestand er, daß er dies nicht nachzumachen verstünde, wogegen er sich anbot, im Speerwerfen und Ringspiele mit uns allen den Kampf aufzunehmen. Lebhaft, wie er ist, sprang er sogleich vom Pferde, warf – es war eine Schande[47] – die Kleider ab und schleuderte, zum Jubel der Knaben, ihren Ringmeister wie eine Feder in den Sand. Dann überwältigte er eine gute Anzahl von Großsprechern und hätte wohl auch mich bezwungen, wenn er nicht schon ermüdet gewesen wäre. Ich versichere euch übrigens, daß ich stärker bin als er, denn ich vermag schwerere Blöcke zu heben. Der Athener gleicht aber einem Aal an Behendigkeit und umstrickt seine Gegner mit wunderbaren Griffen. Seine Nacktheit kam ihm auch zustatten. Eigentlich sollte man, wäre es nicht unschicklich, nur entkleidet ringen und sich dazu, wie die Hellenen, die Haut mit Olivenöl salben.

Indessen hatte Kassandane durch die Kunst des Nebenchari ihr Augenlicht wiedererlangt, ein Vorfall, welcher natürlich dazu beitrug, den Tiefsinn des Königs noch mehr zu zerstreuen. Wir hatten gute Tage, und ich wollte mich eben um Atossas Hand bewerben, als Phanes nach Arabien aufbrach und sich alles schnell veränderte.

Sobald nämlich der Athener die Pforte verlassen hatte, schienen alle bösen Diws in den König gefahren zu sein. Stumm und düster ging er einher, sprach kein Wort und genoß, um seinen Trübsinn zu übertäuben, schon am frühen Morgen ganze Kannen des schwersten syrischen Weins. Des Abends war er so trunken, daß man ihn gewöhnlich aus der Halle tragen mußte, während er des Morgens mit Krämpfen und Kopfschmerzen erwachte. Bei Tage wandelte er umher, als suche er etwas, und bei Nacht hörte man ihn oft den Namen Nitetis rufen. Die Ärzte waren um seine Gesundheit besorgt und gaben ihm Arzneien, die er fortgoß. Krösus hatte ganz recht, als er ihnen eines Tages zurief: ›Ehe man sich mit der Heilung befaßt, ihr Herren Magier und Chaldäer, muß man den Sitz der Krankheit ergründet haben! Kennt ihr denselben? Nein? Dann will ich euch sagen, was dem König fehlt! Er hat ein inneres Leiden und eine Wunde. Das erstere heißt Langeweile, und die zweite sitzt im Herzen. Für jene ist der Athener gut, für diese aber weiß ich kein Mittel, denn die Erfahrung lehrt, daß solche Wunden entweder von selbst vernarben, oder aber nach innen verbluten.‹

›Ich wüßte dennoch eine Arznei für den König!‹ rief Otanes, der diese Worte vernommen hatte. ›Wir sollten ihn überreden, die Weiber, oder wenigstens meine Tochter Phädime, aus Susa zurückkommen zu lassen. Liebe zerstreut die Schwermut und beschleunigt den Lauf des langsam fließenden Blutes!‹ – Wir gaben dem Redner recht und forderten ihn auf, den Herrscher an die verbannten Frauen zu erinnern. Otanes wagte den Vorschlag, als wir gerade beim Schmaus saßen, wurde aber so hart vom König angelassen, daß er uns allen leid tat. Kurze Zeit darauf ließ Kambyses eines Morgens alle Mobeds und Chaldäer kommen, um ihnen die Deutung eines seltsamen Traumgesichts zu befehlen.

Er hatte geträumt, daß er sich inmitten einer dürren Ebene befinde, die, dem Boden einer Tenne ähnlich, keinen Halm erzeugte. Mißgestimmt über den öden, traurigen Anblick des Platzes, wollte er soeben andere, fruchtbarere Orte aufsuchen, als Atossa erschien und, ohne ihn zu bemerken, einer Quelle entgegenlief, die plötzlich wie durch Zauberei mit fröhlichem Gemurmel aus dem dürren Boden emporquoll. Staunend sah er diesem Schauspiel zu und bemerkte, wie sich überall, wo der Fuß seiner Schwester das versengte Land berührt hatte, schlanke Terebinthen[48] erhoben, die sich, da sie größer wurden, in Zypressenbäume verwandelten, deren Gipfel bis in den Himmel ragten. Als er Atossa anreden wollte, war er aufgewacht.

Die Mobeds und Chaldäer berieten sich und deuteten den Traum dahin, Atossa werde bei all ihren Unternehmungen vom Glück begünstigt werden.

Kambyses gab sich mit dieser Antwort zufrieden; als er aber in der nächsten Nacht ein ähnliches Traumbild erblickte, da bedrohte er die Mobeds mit dem Tode, wenn sie ihm keine andere Deutung geben würden. Die Weisen bedachten sich lange und antworteten endlich, Atossa werde einstmals Königin und die Mutter mächtiger Fürsten werden.

Mit dieser Auslegung war der König zufrieden und lächelte sonderbar vor sich hin, als er uns seinen Traum erzählte.

Kassandane berief mich am selbigen Tage und gab mir zu verstehen, ich möge, so mir mein Leben lieb sei, jeder Hoffnung auf den Besitz ihrer Tochter entsagen.

Eben wollte ich den Garten der Greisin verlassen, als ich Atossa hinter einem Granatengebüsch erblickte. Sie winkte mir. Ich ging zu ihr. Wir vergaßen Gefahr und Schmerz und nahmen endlich Abschied auf immer. Jetzt wißt ihr alles. Und nun, wo ich entsagt habe, wo jeder fernere Gedanken an dieses schöne Mädchen Wahnsinn wäre, muß ich mir Gewalt antun, um nicht eines Weibes wegen, wie der König, in Trübsinn zu verfallen. So lautet das Ende dieser Geschichte, deren Schluß wir schon erwarteten, als mich, dem zum Tode Verurteilten, Atossas Rose zum Glücklichsten aller Sterblichen machte. Hätte ich euch damals, in der vermeinten Todesstunde, mein Geheimnis nicht verraten, so würde es mit mir zu Grabe gegangen sein! Doch, was rede ich! Auf eure Verschwiegenheit darf ich ja zählen und bitte euch nur, mich nicht so bedauerlich anzublicken. Ich bin, wie ich meine, noch immer beneidenswert, denn ich habe eine Stunde des Glückes genossen, die hundert Jahre des Elends aufwiegt. Jetzt aber laßt mich schnell zu Ende kommen!

Drei Tage nach meinem Abschied von Atossa mußte ich Artystone, des Gobryas Tochter, heimführen. Sie ist schön und würde einen anderen als mich glücklich machen. Am Morgen nach der Hochzeit kam der Angare, welcher die Nachricht von Bartjas Erkrankung nach Babylon brachte. Ich bat den König, dich aufsuchen, pflegen und vor der in Ägypten drohenden Gefahr warnen zu dürfen, nahm, trotz der Einsprache meines Schwiegervaters, von meiner Neuvermählten Abschied und jagte in Begleitung des Prexaspes ohne Aufenthalt an deine Seite, mein Bartja, um dich mit Zopyrus nach Ägypten zu begleiten, während Gyges dem Botschafter als Dolmetscher nach Samos folgen muß. So befiehlt es der König, dessen Stimmung sich in den letzten Tagen verbessert hat, weil er in der Besichtigung der herbeiziehenden Heeresmassen Zerstreuung findet und ihm die Chaldäer versichert haben, daß der Planet Adar[49], welcher ihrem Kriegsgott Chanon angehört, den persischen Waffen einen großen Sieg verheiße. Wann denkst du reisen zu dürfen, Bartja?«

»Morgen, wenn du willst«, antwortete dieser. »Die Ärzte sagten, daß mir die Seefahrt gut bekommen würde. Die Landreise bis Smyrna ist ja nur kurz.«

»Und ich«, fügte Zopyrus hinzu, »versichere dir, daß deine Liebste dich schneller gesund machen wird als alle Arzeneibereiter der Welt!«

»So wollen wir in drei Tagen aufbrechen«, überlegte Darius, »denn wir haben noch allerlei vor der Abfahrt zu besorgen. Bedenkt nur, daß wir in ein so gut wie feindliches Land ziehen! Bartja muß, so habe ich mir überlegt, als ein Teppichhändler von Babylon auftreten. Ich stelle seinen Bruder dar und Zopyrus einen Kaufmann, der mit sardischem Rot[50] Handel treibt.«

»Könnten wir nicht als Krieger auftreten?« fragte Zopyrus. »Wie wär's, wenn wir uns für lydische Soldaten ausgeben, die vor einer Strafe geflohen sind und Dienste im ägyptischen Heere suchten?«

»Der Vorschlag hört sich gut an!« sagte Bartja. »Auch meine ich, daß man uns unserer Haltung wegen eher für Krieger als für Kaufleute hält.«

»Das wäre nicht maßgebend«, erwiderte Gyges. »So ein hellenischer Großhändler und Schiffsherr geht einher, als wenn ihm die Welt gehört. Übrigens finde ich den Vorschlag des Zopyrus nicht übel.«

»Gut denn«, sagte Darius. »So soll uns Oroetes mit den Kleidern lydischer Taxiarchen versehen.«

»Warum nicht gar mit dem Schmuck der Chiliarchen[51]!« rief Gyges. »Das würde bei eurer Jugend Verdacht erregen.«

»Als gemeine Soldaten können wir doch nicht auftreten.«

»Nein, aber wohl als Hekatontarchen!«

»Auch gut«, lachte Zopyrus, »wenn ich mich nur nicht für einen Krämer ausgeben muß! – In drei Tagen geht's also fort! Es ist mir lieb, daß ich Zeit behalte, mich der Tochter dieses Satrapen zu widmen und endlich einmal den Cybele-Hain, nach dem ich mich schon lange sehne, zu besuchen. Aber jetzt, gute Nacht, Bartja! Und daß du mal ordentlich ausschläfst. Was würde Sappho sagen, wenn du mit bleichen Wangen zu ihr kämest!« –

4. KAPITEL

Ein heißer Hundstagsmorgen war über Naukratis aufgegangen. Der Nil hatte bereits seine Ufer überschritten und die Äcker und Gärten von Ägypten mit Wasserfluten bedeckt.

Die Häfen an der Mündung des Stromes wimmelten jetzt von Schiffen. Ägyptische Fahrzeuge, bemannt mit den phönizischen Kolonisten der Deltaküste, brachten feine Gewebe von Malta, Metalle und Gestein von Sardinien und Wein und Kupfer aus Zypern[52]. Griechische Trieren führten feine Öle und Weine, Mastixzweige, kalcidische Erzarbeiten und wollene Gewebe herbei; phönizische und syrische Fahrzeuge mit bunten Segeln brachten Zedern vom Libanon zum Bau von Häusern ins holzarme Ägypten, um dafür die Schätze Äthiopiens: Gold, Elfenbein und schwarze Sklaven, besonders aber das weltberühmte ägyptische Korn und seinen Papyrus einzutauschen. Aber die Zeit des bloßen Tauschhandels war längst vorüber, und die Kaufleute von Naukratis bezahlten ihre Einkäufe nicht selten mit klingendem Gold und sorglich gewogenem Silber.

Große Warenspeicher umgaben den Hafen der hellenischen Pflanzstadt. Neben ihnen standen leicht gebaute Häuser, in welche Musik und Gelächter, sowie der Blick und Zuruf geschminkter Huren die mutigen Seefahrer lockte[53]. Zwischen schwarzen und weißen Sklaven, welche schwere Ballen auf dem Rücken trugen, tummelten sich Ruderknechte und Steuermänner in verschiedenen Trachten. Schiffsherren in hellenischen oder schreiend bunten phönizischen Kleidern riefen ihren Untergebenen Befehle zu und übergaben den Großhändlern ihre Frachtgüter. Wo sich ein Streit erhob, zeigten sich schnell ägyptische Sicherheitsbeamte mit langen Stäben und hellenische Hafenwächter, die von den Ältesten der Kaufmannschaft der milesischen Pflanzstadt angestellt waren.

Jetzt entleerte sich der Hafen, denn die Stunde der Eröffnung des Marktes war nahe[54], und der freie Hellene pflegte dort nicht gern zu fehlen. Mancher Neugierige blieb aber diesmal zurück, denn soeben wurde ein schöngebautes samisches Schiff mit langem Schwanenhalse, die Okeia[55], an deren Vorderteil ein hölzernes Bild der Göttin Hera prangte, abgeladen. Besonderes Aufsehen erregten drei Männer in lydischer Kriegertracht, welche der Triere entstiegen. Mehrere Sklaven folgten denselben und trugen ihnen einige Kisten und Bündel nach.

Der Schönste der Ankömmlinge, in denen der Leser unsre jungen Freunde Darius, Bartja und Zopyrus erkannt haben wird, redete einen Hafenwächter an und bat ihn, ihm die Wohnung Theopompus, seines Gastfreundes, zu zeigen.

Dienstwillig und höflich wie alle Griechen, ging der Beamte den Fremden voran und führte sie über den Markt, dessen Eröffnung gerade durch den Klang einer Glocke angezeigt wurde, in ein stattliches Haus, das Eigentum des angesehensten Mannes von Naukratis, des Milesiers Theopompus.

Aber die jungen Männer waren nicht ohne Verzögerung über den Markt gekommen. Der Zudringlichkeit frecher Fischverkäufer hatten sie sich ebenso leicht entzogen als den einladenden Zurufen der Fleischer, Wurst- und Gemüsehändler, Töpfer und Bäcker. Als sie sich aber dem Platz[56] der Blumenmädchen näherten, klatschte Zopyrus vor heller Freude über den reizenden Anblick, der sich vor ihm auftat, laut in die Hände.

Drei wunderliebliche Geschöpfe in weißen, halbdurchsichtigen Gewändern mit bunten Säumen saßen, von lauter Blumen umgeben, auf niedrigen Sesseln und wanden gemeinsam einen großen Kranz von Rosen, Veilchen und Orangenblüten. Ihre von Kränzen umgebenen Köpfe glichen den drei Rosenknospen, welche eine von ihnen den Fremden entgegenhielt.

»Kauft mir meine Rosen ab, ihr schönen Herren!« rief sie, »und steckt sie euren Liebchen in die Haare!«

Zopyrus nahm die Blumen und gab, die Hand des Mädchens festhaltend, zurück: »Ich komme soeben aus weiter Ferne, schönes Kind, und habe noch keine Freundin zu Naukratis; darum laß mich diese Rosen in dein eigenes goldenes Haar und dieses Goldstück in deine weiße Hand stecken!«

Das Mädchen lachte fröhlich auf, zeigte die überreiche Gabe[57] ihrer Schwester und rief: »Beim Eros! Männern wie euch kann es nicht an Freundinnen fehlen! Seid ihr Brüder?«

»Nein!«

»Das ist schade, denn wir sind Schwestern!«

»Und du meinst, daß wir drei hübsche Pärchen abgeben würden?«

»Das hab' ich vielleicht gedacht; aber nicht gesagt.«

»Und deine Schwestern?«

Die Mädchen lachten, schienen nicht abgeneigt gegen eine derartige Verbindung zu sein und reichten auch Bartja und Darius Rosenknospen.

Die beiden nahmen die Blumen an, spendeten gleichfalls ein Goldstück und wurden nicht eher von den Schönen fortgelassen, bis sie den Helm eines jeden mit grünen Lorbeerblättern umkränzt hatten.

Die Kunde von der seltenen Freigebigkeit der Fremden hatte sich rasch unter den vielen Blumenmädchen verbreitet, welche rings umher Bänder, Blüten und Kränze feilboten. Jede reichte ihnen Rosen und lud sie mit Blicken und Worten ein, zu verweilen und zu kaufen.

Zopyrus wäre gern, wie mancher junge Herr von Naukratis, noch viel länger bei den Mädchen geblieben, die sich fast alle durch Schönheit und leicht zu gewinnende Herzen auszeichneten. Darius drängte ihn aber fort und ersuchte Bartja, dem Leichtsinnigen jeden weiteren Aufenthalt zu verbieten. So gelangten sie denn, nachdem sie bei den Tischen der Wechsler und den Bürgern, die, auf steinernen Bänken sitzend, unter freiem Himmel Rat hielten, vorbeigekommen waren, zum Haus des Theopompus.

Sobald ihr hellenischer Führer mit dem metallenen Klopfer an die Türe gepocht hatte, wurde sie von einem Sklaven geöffnet. Da sich der Hausherr auf dem Markt befand, wurden die Fremden von dem Beschließer, einem im Hause des Theopompus ergrauten Diener, in die Andronitis geführt und gebeten, dort die Heimkehr des Wirtes zu erwarten.

Während sich die Jünglinge noch an den schönen Wandmalereien und der kunstreichen Steinarbeit des Fußbodens dieser Halle erfreuten, kehrte Theopompus, jener Großhändler, den wir bereits im Hause der Rhodopis kennengelernt haben, begleitet von vielen Sklaven, welche ihm die von ihm erstandenen Gegenstände nachtrugen, vom Markt zurück[58].

Der Milesier trat den Fremden mit anmutiger Höflichkeit entgegen und fragte in verbindlicher Weise, womit er ihnen dienen könnte.

Nachdem Bartja sich überzeugt hatte, daß sich kein unberufener Hörer in der Nähe aufhalte, übergab er dem Hausherrn die Briefrolle, welche ihm von Phanes beim Abschied übergeben worden war.

Kaum hatte Theopompus das Schreiben gelesen, als er sich tief vor dem Königssohn verbeugte und ausrief: »Beim Zeus, der das Gastrecht wahrt, eine größere Ehre, als durch deinen Besuch, hätte meinem Haus nicht widerfahren können. Betrachte alles, was ich habe, als dein Eigentum, und bitte auch deine Begleiter, bei mir vorliebzunehmen! Verzeihe, wenn ich dich in deinen lydischen Kleidern nicht gleich erkannte. Wie ich meine, sind deine Locken kürzer und dein Bart ist voller geworden, seit du Ägypten verlassen hast. Ich habe recht, und du wünschest unerkannt zu bleiben? Ganz nach deinem Begehr! Die schönste Gastlichkeit ist diejenige, welche den Gästen die vollste Freiheit gewährt. Oh, jetzt erkenne ich auch deine Freunde wieder! Aber diese haben sich ebenfalls sehr verändert und, gleich dir, die Locken gestutzt. Ja, ich möchte behaupten, daß du, mein Freund, dessen Name …«

»Ich heiße Darius.«

»Daß du, Darius, deine Haare schwarz gefärbt hast. Ja? Ihr seht, daß mein Gedächtnis mich nicht betrügt. Übrigens darf ich mich dessen nicht allzuhoch rühmen; hab' ich euch doch mehrmals zu Sais und auch hier gesehen! Du fragst, o Königssohn, ob euch die anderen nicht erkennen würden? Gewiß nicht! Die fremde Tracht, die kurzen Haare und die Färbung eurer Augenbrauen verändern euch wunderbar. Aber verzeiht einen Augenblick! Mein alter Schließer winkt und scheint eine wichtige Nachricht zu bringen.«

Wenige Minuten später kehrte Theopompus zurück und rief: »Ja, ja. So darf man nicht zu Naukratis auftreten, wenn man unerkannt bleiben will! Ihr habt mit den Blumenmädchen getändelt und sie für ein paar Rosen nicht wie entflohene lydische Hekatontarchen, sondern wie große Herren, die ihr eben seid, bezahlt! Ganz Naukratis kennt die schönen, leichtsinnigen Schwestern

Stephanion, Chloris und Irene, die mit ihren Kränzen manches junge Herz bestrickt und mit ihren süßen Blicken manchen blanken Obolus aus dem Säckel unserer leichtblütigen Söhne gelockt haben! Bei den Blumenmädchen halten sich die Männer zur Marktzeit am liebsten auf, und was dort verhandelt wird, das pflegt in stiller Nacht mit mehr als einem Goldstück bezahlt zu werden. Für ein freundliches Wort und ein paar Rosen ist man aber weniger freigebig als ihr! Die Mädchen haben sich mit euren Geschenken gebrüstet und ihren kargeren Bewerbern die glänzenden Goldstücke gezeigt. Das Gerücht ist eine Göttin, welche arg zu übertreiben und aus der Eidechse ein Krokodil zu machen pflegt. So kam denn dem ägyptischen Hauptmann, der, seit Psamtik regiert, den Markt bewacht, die Nachricht zu Ohren, drei eben angekommene lydische Krieger hätten Gold unter die Kranzwinderinnen ausgestreut. Das erregte Verdacht und veranlaßte den Toparchen, einen Beamten hierherzuschicken, der sich nach eurer Herkunft und dem Zweck eurer Reise nach Ägypten erkundigen soll. Da habe ich denn eine List gebrauchen und dem Kundschafter etwas weismachen müssen. Ich handelte nach eurem Willen und gab euch als reiche Jünglinge von Sardes aus, die dem Groll des Satrapen entflohen sind ... Aber da kommt der Beamte mit dem Schreiber, der euch einen Paß ausstellen wird, damit ihr unangefochten am Nil verbleiben könnt. Ich habe ihm eine reiche Belohnung versprochen, wenn er euch zum Eintritt in die Söldnerschar des Königs behilflich sein will. Er ist in die Falle gegangen und glaubt mir. Wegen eurer Jugend traut man euch keine geheime Sendung zu.«

Der gesprächige Hellene hatte kaum ausgeredet, als der Schreiber, ein dürrer, weißgekleideter Mann, sich den Fremden gegenüberstellte und sie mit Hilfe eines Dolmetschers nach ihrer Herkunft und dem Zweck ihrer Reise befragte.

Die jungen Männer hielten ihre Behauptungen aufrecht, entwichene lydische Hekatontarchen zu sein, und ersuchten den Beamten, ihnen Mittel und Wege für ihren Eintritt in die ägyptischen Hilfstruppen anzugeben und sie mit Pässen zu versehen.

Nachdem Theopompus für sie Bürgschaft geleistet hatte, zauderte der Beamte nicht lange und stellte ihnen die gewünschten Papiere aus.

Der Paß des Bartja lautete:

Smerdes – Sohn des Sandon aus Sardes –, ungefähr zweiundzwanzig Jahre alt, von stattlichem, schlankem Wuchs, mit wohlgestaltetem Angesicht, gerader Nase und hoher Stirn, in deren Mitte sich eine kleine Narbe befindet, darf, weil Bürgschaft für ihn geleistet worden ist, da, wo das Gesetz die Fremden duldet, in Ägypten verweilen.
Im Namen des Königs.
Sachons, Schreiber.

Die Pässe des Zopyrus und Darius waren in derselben Weise abgefaßt[59].

Als die Beamten das Haus verlassen hatten, rieb sich Theopompus die Hände und sagte: »Nun könnt ihr, wenn ihr meinen Rat in allen Stücken befolgt, sicher in diesem Lande verweilen. Bewahrt diese Papierröllchen gleich euren Augen und laßt sie niemals von euch. Jetzt ersuche ich euch aber, mir zum Frühstück zu folgen und mir, wenn es euch genehm ist, zu erzählen, ob das Gerücht, welches am Markt verbreitet war, nicht, wie gewöhnlich, lügt. Eine von Kolophon kommende Triere brachte nämlich die Nachricht, dein Bruder, Bartja, rüste gegen Amasis.«

Am Abend desselben Tages feierten Bartja und Sappho ein glückliches Wiedersehen. Als sie endlich wieder in jener Akanthus-Laube, welche ihre junge Liebe mit blühenden Zweigen verborgen hatte, allein waren, sank Sappho an das Herz des Wiedergekehrten. Lange sprachen sie kein Wort und sahen weder Mond noch Sterne, die in der lauen Sommernacht ihre stillen Kreise über ihren Häuptern zogen. Sie hörten nicht das Lied der Nachtigallen, welche, wie damals, ihren geliebten Itys in flötenden Wechselgesängen riefen, sie fühlten nicht den befeuchtenden Tau, den die Nacht auf ihre wie auf die Häupter der Blumen im Rasen herniedergoß.

Endlich faßte Bartja beide Hände seiner Geliebten und schaute sie lange sprachlos an, als wollte er sich das Bild ihrer Züge unauslöschlich einprägen; sie aber blickte schamvoll zu Boden, als er endlich ausrief:

»Wenn ich von dir träumte, so erschienst du mir schöner als alles, was Auramazda erschaffen; jetzt aber sehe ich, daß du selbst meine Träume an Schönheit überbietest!«

Und als sie ihm für diese Wort mit einem strahlenden Blick gedankt hatte, schlang er nochmals seinen Arm um ihre Hüften, zog sie fester an sich und fragte:

»Hast du auch oft an mich gedacht?«

»Immer!«

»Und hast du damit gerechnet, mich schon so bald zu sehen?«

»Ach, so oft dachte ich: ›Er muß jetzt bald kommen!‹ Wenn ich des Morgens in den Garten trat und schaute hin nach Osten, deiner Heimat, wenn ich in meiner Kiste räumte und da die Lorbeerkrone fand, die dir so herrlich stand und die ich aufhob – Melitta sagt, solch aufbewahrter Kranz erhalte treue Liebe[60] –, dann dachte ich mir: ›Heut muß er kommen‹, lief zum Nil und winkte jedem Schiff mit dem Tuch zu, denn bei jedem Schiff dachte ich, es brächte dich. Und wenn du doch nicht kamst, so ging ich traurig in das Haus zurück. So floß die Zeit dahin, ein rascher Strom, der, gleich dem Nil dort drüben, ewig fließt und bald ein bunt bewimpeltes goldenes Boot, bald ein gefräßiges Krokodil an uns, den Sterblichen, vorüberführt!«

»Wie schön du sprichst. Ich bin stolz auf dich, meine Sappho! In deiner Tugend hab' ich einen Schatz, der mich viel reicher macht, als meinen Herrn und Bruder, dem die halbe Welt gehört!«

»O Bartja, ich kann kaum glauben, was du da sagst.«

»Mit deiner Hilfe spotte ich der Welt.«

»O reize nicht den Neid, den Zorn der Götter, die oft das Glück der Sterblichen verdrießt. Wir haben, seit du in die Ferne gezogen bist, gar manchen tränenreichen Tag hier erlebt.« Und dann erzählte sie Bartja, wie die Kinder Phanes' im Haus der Rhodopis heimisch wurden und von Psamtik, dem Sohn des Amasis, entführt und ermordet wurden oder im Kerker darbten.

»Ich kann deine Schmerzen nachfühlen, mein Kind. Dieser Junge, der dir so teuer war, das Mädchen, das im öden Kerker weint, soll bald gerächt werden. Bevor der Nil zum zweitenmal schwillt, wird ein gewaltiges Heer in dieses Land eindringen und Vergeltung fordern für den Mord!«

»Ja, der Knabe muß gerächt werden, und niemand darf ihn rächen außer dir!«

»Schon heute ziehen mehrere Reitertrupps zum Euphrattal fort und treffen sich dort mit unserm großen Heer.«

»Jetzt sinkt mir schon der schnell entflammte Mut. Ich zittere vor dem bloßen Worte ›Krieg‹. Wie viele Mütter macht er kinderlos, wie vielen Weibern sinkt, wenn Ares tobt, der Witwenschleier auf das schöne Haupt, wie viele Betten werden naß geweint, wenn Pallas ihre grause Ägis schwingt!«

»Aber im wilden Streit wächst der Mann auch über sich hinaus. Die Frau eines Persers muß sich über Schlachten freuen.«

»Zieh also in den Kampf.«

»Und der gerechten Sache wird der Sieg sein. Erst schlagen wir das Heer des Pharao – dann wird des Phanes' Tochter befreit …«

»Und dann der brave Aristomachus, der des entflohenen Phanes Platz bekam. Er ist verschwunden, niemand weiß, wohin. Doch sagte man, der Kronprinz habe ihn, weil er der Kinder wegen ihn bedroht, in einen Kerker gesteckt; wenn er ihn nicht – was schlimmer wäre als der schlimmste Tod – in einen fernen Steinbruch schleppen ließ. Der arme Alte war vom Heimatland durch böse Feinde verbannt worden. Am selben Tage, der ihn uns entzog, kam eine Botschaft vom Spartanervolk am Nil an, um Aristomachus, durch dessen Söhne Sparta hohen Ruhm gewonnen hatte, zum Eurotasstrom mit allen Ehren, welche Hellas kennt, zurückzurufen. Ein bekränztes Schiff erwartete den vielgepriesenen Alten, und als Führer der Gesandten kam sein eigener ruhmgekrönter Sohn.«

»Ich kannte jenen eisenharten Mann, der sich verstümmelte, um einer Schmach, die seiner Ehre drohte, zu entgehen. Wir rächen ihn, beim Anahita-Stern, der dort im Osten zitternd untergeht.«

»Oh, mein Geliebter, ist es schon so spät? Die Zeit mit dir ist so schnell vergangen. Hörst du nicht die Rufe? Ja, man wartet auf uns! Vor Tagesanbruch sollt ihr in der Stadt im Haus eures edlen Gastfreunds sein. Leb wohl, mein Held!«

»Geliebte, lebe wohl! Und in fünf Tagen ertönt der Hochzeitsgesang. Du zitterst ja, als ginge es in den Krieg!«

»Ich bebe vor der Größe unseres Glücks, wie man vor allem Ungeheuren bebt!«

»Rhodopis ruft schon wieder: Laß uns gehen! Ich habe Theopompus gebeten, mit der Greisin, wie es Brauch, sich zu bereden, wann und wie und wo die Hochzeitsfeier zu begehen sei. Ich bleibe unerkannt in seinem Haus, bis daß ich dich als meine Frau mit mir entführen werde.«

»Und ich werde dir folgen!«

Als die jungen Männer am nächsten Morgen im Garten des Theopompus mit ihrem Gastgeber lustwandelten, rief Zopyrus: »Ich habe die ganze Nacht von nichts als deiner Sappho geträumt, glücklicher Bartja. Solch ein Wesen ist noch niemals geschaffen worden. Meine neue Frau in Sardes, die ich für Wunder wie schön hielt, kommt mir jetzt wie eine Nachteule vor! Auramazda ist ein Verschwender! Mit Sapphos Reizen hätte er drei Schönheiten ausstatten können! Und wie köstlich es klang, als sie uns auf persisch ›gute Nacht‹ wünschte.«

»Sie hat während meiner Abwesenheit«, erwiderte Bartja, »die Sprache unserer Heimat von einer Susianerin, der Gattin eines babylonischen Teppichhändlers, welche in Naukratis wohnt, zu erlernen versucht.«

»Sie ist ein herrliches Mädchen!« rief der Großhändler. »Meine verstorbene Gattin liebte die Kleine wie ihr eigenes Kind und hätte sie gern mit unserem Sohn, der den Geschäften meines Hauses zu Milet vorsteht, verheiratet; doch die Götter haben es anders gewollt! Meine Abgeschiedene würde sich freuen, wenn sie die Hochzeitskränze am Haus der Rhodopis sehen könnte!«

»Es ist also Sitte bei euch, die Wohnung einer Braut mit Blumen zu schmücken?« fragte Zopyrus.

»Freilich!« antwortete Theopompus. »Wenn ihr eine bekränzte Tür seht, so wißt ihr, daß sie eine Braut verschließt; seht ihr einen Ölzweig an einem Hause hängen, so wurde in demselben ein Knabe geboren; erblickt ihr dagegen eine wollene Binde über der Pforte, so hat ein Mädchen hinter ihr die Welt erblickt. Ein Gefäß mit Wasser vor der Tür bedeutet, daß ihr einem Sterbehause nahe seid[61]. Doch die Stunde des Marktes naht, meine Freunde! Ich muß euch verlassen, denn mich rufen wichtige Geschäfte.«

»Ich begleite dich«, rief Zopyrus, »und bestelle Kränze für das

Haus der Sappho!«

»Haha!« lachte der Milesier. »Du sehnst dich nach den Blumenmädchen! Oh, dein Leugnen hilft dir nichts! Wenn du wünschest, so kannst du mich immerhin begleiten; ich bitte dich aber, weniger freigebig zu sein als gestern und dich an deine Verkleidung zu erinnern, die leicht gefährlich werden könnte, sobald erste Nachrichten von dem drohenden Kriege eintreffen sollten.«

Der Hellene ließ sich von einem Sklaven die Sandalen an die Füße binden und begab sich in Begleitung des Zopyrus auf den Markt, um wenige Stunden später heimzukehren. Wichtige Dinge mußten sich zugetragen haben, denn der sonst so heitere Mann schien außergewöhnlich ernst, als er zu den zurückgebliebenen Freunden trat.

»Ich fand die ganze Stadt in großer Aufregung«, begann er zu erzählen, »denn ein Gerücht verkündete, Amasis sei tödlich erkrankt. Als wir nun eben, um Geschäfte abzuschließen, auf der Börse[62] beisammenstanden und ich im Begriff war, durch den schnellen Verkauf all meiner hoch im Preise stehenden Vorräte große Summen zu sammeln, erschien der Toparch in unserer Mitte und brachte die Nachricht, daß Amasis nicht nur erkrankt sei, sondern, von allen Ärzten aufgegeben, seine letzte Stunde erwarte. Jeden Augenblick müssen wir auf das Ableben des Königs und auf ernste Wendungen der Dinge gefaßt sein. Der Tod dieses Monarchen ist der schwerste Verlust, welcher uns Hellenen treffen kann, denn er war uns stets mit Freundschaft zugetan und begünstigte uns, wo er konnte, während sein Sohn, ein erklärter Griechenfeind, alles aufbieten wird, um uns womöglich aus Ägypten zu verdrängen. Naukratis mit unseren Tempeln haßt er. Hätte sein Vater ihn nicht verhindert und bedürfte er nicht der hellenischen Söldner notwendig, so würde er uns, die verabscheuten Fremden, schon lange aus seinem Reiche vertrieben haben. Wenn Amasis tot ist, so wird ganz Naukratis den Heeren des Kambyses entgegenjubeln; wissen wir doch von meiner Heimat her, daß ihr auch Nichtperser zu ehren und in ihren Rechten zu schützen pflegt.«

»Ich werde dafür sorgen«, sagte Bartja, »daß mein Bruder all eure alten Freiheiten bestätigt und ihnen neue hinzufügt.«

»Möge er schnell in Ägypten eindringen!« rief der Hellene.

»Wir wissen, daß uns Psamtik, sobald er nur irgend kann, befehlen wird, unsre Tempel, die ihm ein Greuel sind, niederzureißen; der Bau einer hellenischen Opferstätte zu Memphis ist schon längst verboten worden.«

»Hier aber«, sagte Darius, »haben wir stattliche Tempel gesehen, als wir vom Hafen kamen.«

»Wir besitzen deren mehrere. Doch da kommt Zopyrus mit meinen Sklaven, die ihm einen Wald von Kränzen nachtragen. Er lacht, also muß er sich mit den Blumenmädchen gut unterhalten haben. Fröhlichen Morgen, Freund! Dich scheint die trübe Botschaft, welche Naukratis erfüllt, nicht eben zu bekümmern!«

»Ich gönne dem Amasis noch hundert Jahre!« rief Zopyrus. »Aber man wird, wenn er stirbt, mehr zu tun bekommen, als auf uns achtzugeben. Wann werdet ihr zu Rhodopis fahren, ihr Freunde?«

»Sobald es dunkel wird.«

»Dann bietet der edlen Frau diese Blumen, als Geschenk von mir! Ich dachte nie, daß eine Greisin mich so bezaubern könnte. Jedes ihrer Worte klingt wie Musik, und ob es auch ernst und weise ist, schmeichelt es sich doch wie ein Scherz in unser Ohr. Ich mag dich diesmal nicht begleiten, Bartja, denn ich würde dich doch nur stören! Was hast du beschlossen, Darius?«

»Ich möchte kein Gespräch mit Rhodopis versäumen.«

»Das verdenke ich dir nicht! Du mußt eben alles wissen und erlernen, während ich bestrebt bin, alles zu genießen! Wollt ihr mir auf heut abend Urlaub geben, ihr Freunde? Seht einmal …«

»Ich weiß alles!« unterbrach Bartja lachend den leichtfertigen Jüngling. »Du hast die Blumenmädchen bis jetzt nur bei Tage gesehen und möchtest nun auch wissen, wie sie sich beim Lampenlicht ausnehmen.«

»So ist's!« rief Zopyrus, ein ernstes Gesicht machend. »In dieser Beziehung bin ich wißbegierig wie Darius.«

»So wünschen wir dir viel Vergnügen bei den drei Schwestern!«

»Nicht doch – nur bei Stephanion, der jüngsten!«

Als Bartja, Darius und Theopompus das Haus der Rhodopis verließen, graute schon der Morgen. Ein Hellene, Syloson[63], der Bruder des Polykrates, der durch den Tyrannen aus seiner Heimat vertrieben worden war, hatte den Abend mit ihnen geteilt und kehrte jetzt in ihrer Gesellschaft nach Naukratis zurück, wo er seit mehreren Jahren wohnte.

Dieser Mann, den sein Bruder zwar verbannt hielt, dennoch aber reichlich mit Gold versorgte, führte das glänzendste Haus in Naukratis und war ebenso berühmt wegen seiner verschwenderischen Gastlichkeit als wegen seiner Kraft und Gewandheit. Außerdem zeichnete sich Syloson durch Schönheit und Kleiderpracht ganz besonders aus. Alle jungen Männer von Naukratis rechneten es sich zur Ehre an, den Schnitt und Faltenwurf seiner Gewänder nachzunahmen. Unabhängig und unbeschäftigt wie er war, brachte er viele Abende im Hause der Rhodopis zu, welche ihn zu ihren besten Freunden zählte und ihn auch in das Geheimnis ihrer Enkelin eingeweiht hatte.

An jenem Abend war bestimmt worden, die Hochzeit solle in vier Tagen still und heimlich begangen werden. Bartja hatte den Quittenapfel bereits mit seiner Geliebten, welche dem Zeus, der Hera und den anderen Schutzgöttern der Ehe am selben Tage Opfer darbrachte[64], verzehrt und sich durch diese Zeremonie förmlich mit ihr verlobt. Syloson übernahm es jetzt, für Sänger des Hymenäus und Fackelträger zu sorgen. Der Hochzeitsschmaus sollte im Hause des Theopompus, als dem des Bräutigams[65], zugerichtet werden. Die kostbaren Brautgeschenke des Königssohnes waren der Greisin bereits übergeben worden, während Bartja das bedeutende väterliche Erbteil seiner Geliebten ausschlug und auf Rhodopis übertrug, die sich es anzunehmen hartnäckig weigerte.

Syloson begleitete die Freunde bis zum Haus des Theopompus und wollte sich eben von ihnen verabschieden, als sich lauter Lärm in den nächtlich stillen Straßen vernehmen ließ und bald darauf eine ägyptische Scharwache herbeikam, die einen gebundenen Mann ins Gefängnis abführte. Der Verhaftete schien sehr erzürnt zu sein und wurde um so heftiger, je weniger die Scharwächter auf sein gebrochenes Griechisch und seine in einer ihnen unbekannten Sprache ausgestoßenen Flüche achteten.

Kaum hatten Bartja und Darius die Stimme des Gefangenen vernommen, als sie auf ihn zueilten und Zopyrus in ihm erkannten.

Syloson und Theopompus hielten die Scharwache augenblicklich an und fragten ihren Befehlshaber, was der Gefangene verbrochen habe. Der Beamte, welcher, wie jedes Kind zu Naukratis, den Milesier und den Bruder des Polykrates kannte, verneigte sich vor ihnen und erzählte, daß von dem fremden Jüngling ein Mord begangen worden wäre.

Theopompus nahm nun den Hauptmann beiseite und machte ihm große Versprechungen, wenn er den Gefangenen freilassen würde, konnte aber von dem Ägypter nichts weiter erlangen, als die Erlaubnis, seinen Gast sprechen zu dürfen.

Als die Freunde dem Zopyrus gegenüberstanden, baten sie ihn, schnell zu erzählen, was sich ereignet habe, und erfuhren, daß der leichtsinnige Jüngling beim Einbruch der Nacht die Blumenmädchen besucht habe, bis zum grauenden Morgen bei Stephanion geblieben und dann auf die Straße getreten sei. Kaum hatte er die Haustür geschlossen, als er von mehreren jungen Leuten angegriffen wurde, die ihm aller Wahrscheinlichkeit nach aufgelauert hatten. Mit einem von ihnen, welcher sich Stephanions Bräutigam nannte, war er schon am Morgen in Streit geraten. Die Dirne hatte den lästigen Bewerber von ihren Blumen fortgewiesen und Zopyrus gedankt, als er den Aufdringlichen mit Schlägen bedrohte. Sobald sich der Achämenide überfallen sah, zog er sein Schwert und schlug die nur mit Stöcken bewaffneten Angreifer leicht zurück, hatte aber das Unglück, den Eifersüchtigen, welcher ungestüm auf ihn eindrang, so schwer zu verwunden, daß er niedersank. Indessen war die Scharwache herbeigekommen und wollte Zopyrus, dessen Opfer kläglich »Mörder und Räuber« schrie, festnehmen; dieser aber zeigte sich keineswegs gewillt, seine Freiheit so leicht hinzugeben. Angestachelt von der ihn umgebenden Gefahr, stürzte der kampflustige Perser mit erhobenem Schwerte auf die Häscher los und hatte sich schon Bahn durch sie gebrochen, als eine zweite Wache herbeikam und ihn, vereint mit der ersten, angriff. Wieder schwang er sein Schwert, das diesmal den Schädel eines Ägypters spaltete. Ein zweiter Schlag verwundete einen Soldaten am Arm; als er aber zum dritten Hieb ausholte, fühlte er plötzlich, wie sich eine Schlinge um seinen Hals legte und sich fester und fester zusammenzog. Schnell verging ihm Besinnung und Atem. Als er wieder zu sich kam, war er gebunden und mußte, trotz seines Passes und seiner Berufung auf Theopompus, den Häschern folgen.

Nachdem er seine Erzählung beendet hatte, gab der Milesier dem Jüngling seine Mißbilligung zu erkennen und versicherte ihm, daß seine unzeitige Kampflust die traurigsten Folgen haben könnte. Darauf wandte er sich noch einmal an den Hauptmann und bat ihn, seine Bürgschaft für den Gefangenen anzunehmen; dieser aber wies jede Vermittlung ernst zurück und versicherte, daß er sein eigenes Leben durch Nachsicht gegen den Mörder verwirken werde; galt doch in Ägypten ein Gesetz, das selbst den Hehler eines Mordes mit der Todesstrafe bedrohte[66]. Er müsse, so versicherte der Hauptmann, den Verbrecher sofort nach Sais bringen und dort dem Nomarchen zur Bestrafung überantworten. »Er hat«, so schloß er seine Rede, »einen Ägypter gemordet und muß darum von einem ägyptischen Obergerichte verurteilt werden. In jedem anderen Fall steh' ich dir gern zu Diensten.«

Während dieser Rede sprach Zopyrus mit den Freunden und bat sie, unbesorgt um ihn zu sein. »Ich schwöre euch beim Mithra«, rief er aus, als Bartja ihm versprechen wollte, sich zu erkennen zu geben, um seine Freiheit zu erwirken, »daß ich mir ohne Besinnen mein Schwert ins Herz stoße, wenn ihr euch um meinetwillen diesen ägyptischen Hunden in die Hand gebt. Schon ist das Gerücht von dem nahenden Kriege in der ganzen Stadt verbreitet. Sobald Psamtik erfährt, was für kostbare Vögel in seinem Garn sitzen, wird er sich nicht lange besinnen und das Netz zuschlagen, um euch als Geiseln zu behalten. Auramazda schenke euch Heil und Segen und Reinheit! Lebt wohl, ihr Freunde, und denkt manchmal an den heiteren Zopyrus, der für Kampf und Liebe gelebt hat, und für Liebe und Kampf in den Tod geht!« –

Der Hauptmann hatte sich unterdessen wieder an die Spitze des Zuges gestellt und seinen Leuten den Befehl zum Aufbruch gegeben.

Wenige Minuten später war Zopyrus den Freunden entschwunden.

5.
KAPITEL

Nach dem ägyptischen Gesetz mußte Zopyrus zum Tod verurteilt werden.

Sobald die Freunde dies erfahren hatten, stand ihr Entschluß fest, sogleich nach Sais zu reisen und dort zu versuchen, den Gefangenen mit List zu befreien. Syloson, welcher in der Residenz bekannt und der ägyptischen Sprache mächtig war, bat sich freiwillig an, ihnen hilfreiche Hand zu leisten.

Durch Färbung der Haare und Augenbrauen sowie durch breitkrempige Filzhüte[67] selbst für Freunde unkenntlich und von Theopompus mit ganz einfachen hellenischen Anzügen ausgestattet, trafen Bartja und Darius mit dem reichgekleideten Syloson eine Stunde nach der Verhaftung des Zopyrus am Nilufer zusammen, bestiegen ein dem neuen Freunde gehörendes und von dessen Sklaven gerudertes Boot und langten nach kurzer, vom Winde begünstigter Fahrt, ehe das Tagesgestirn die Mittagshöhe erreicht hatte, zu Sais an, welches einer Insel gleich aus den überschwemmten Fluren hervortauchte.

An einer entlegenen Stelle stiegen sie aus und kamen zunächst in das Viertel der Handwerker, die, trotz der großen Mittagshitze, ihre Hantierungen fleißig verrichteten.

In dem offenen Hof eines Bäckerhauses sah man Gesellen, die den groben Teig mit den Füßen kneteten. Brote in allen Gestalten wurden aus den Öfen gezogen, kreisrunde und ovale Backwerke, Semmeln in Gestalt von Schafen, Schnecken und Herzen in Körbe gelegt. Flinke Burschen stellten drei, vier und fünf derselben auf ihre Köpfe, und trugen sie rasch und sicher zu den in andern Stadtteilen wohnenden Kunden[68]. Ein Fleischermeister schlachtete vor seinem Hause einen Ochsen, dessen Beine zusammengeknebelt waren, während seine Gesellen ihre Messer an Schleifsteinen schärften, um die Glieder einer wilden Ziege zu zerlegen[69]. Schuster[70] riefen aus ihren Buden die Vorbeieilenden an, und Zimmerleute, Schneider, Tischler und Weber[71] waren in voller Arbeit.

Handwerkerfrauen traten, mit nackten Kindern an der Hand,

aus den Häusern, um Einkäufe zu besorgen, während einige Soldaten sich dem Wein- und Bierschenker, der seine berauschende Ware[72] an offener Straße feilhielt, näherten.

Unsere Freunde bemerkten nur wenig von diesem Treiben und folgten schweigend dem Syloson, der sie bei der Wache der hellenischen Söldner ersuchte, auf ihn zu warten.

Der Samier kannte zufälligerweise den diensttuenden Taxiarchen und erkundigte sich bei ihm, ob er von einem Mörder gehört habe, der von Naukratis nach Sais gebracht worden sei.

»Freilich!« rief der Hellene. »Vor kaum einer halben Stunde ist er hier eingetroffen. Man fand an seinem Gürtel einen vollen Beutel und hält ihn für einen persischen Spion. Du weißt doch, daß Kambyses gegen Ägypten rüstet?«

»Es ist nicht möglich!«

»Ganz gewiß! Der Pharao ist auch schon unterrichtet. Arabische Kaufleute, deren Karawane gestern in Pelusium eintraf, brachten diese Nachricht mit.«

»Die ebenso falsch sein wird wie der Verdacht gegen den Lyder. Den kenne ich recht gut und beklage den armen Jungen. Er stammt aus einem der reichsten Häuser von Sardes, ist aber von dort entflohen, weil er einen Streit mit dem persischen Satrapen Oroetes hatte und von dessen allmächtiger Feindschaft verfolgt wurde. Ich will dir die ganze Geschichte ausführlich erzählen, wenn du mich nächstens zu Naukratis besuchst. Natürlich bleibst du einige Tage in meinem Hause und bringst mehrere Freunde mit. Mein Bruder hat mir einen Wein von Samos geschickt, der alles übertrifft, was du jemals gekostet hast. Nur einer feinen Zunge, wie der deinen, gönne ich diesen Göttertrank!«

Das Angesicht des Taxiarchen verklärte sich, während er, Sylosons Hand ergreifend, ausrief: »Beim Hunde, Freund, wir werden nicht auf uns warten lassen und deinen Schläuchen hart zusetzen! Wie wär's, wenn du Archidice[78], die drei Blumenschwestern und ein paar Flötenspielerinnen zum Imbiß bestelltest?«

»Keine soll fehlen! Dabei fällt mir auch ein, daß der arme junge Lyder um der Blumenschwestern willen gefangen sitzt. Ein eifersüchtiger Tölpel überfiel ihn mit mehreren Gesellen vor ihrem Haus. Mein lydischer Hitzkopf wehrte sich ...«

»Und schlug den Angreifer zu Boden?«

»So daß er nie wieder aufstehen wird.«

»Der Junge muß eine gute Faust schlagen.«

»Er hatte ein Schwert bei sich.«

»Desto besser für ihn.«

»Nein, desto schlimmer, denn sein Opfer ist ein Ägypter.«

»Das ist eine dumme Geschichte, die ein schlechtes Ende nehmen wird. Ein Fremder, der einen Ägypter erschlägt, ist des Todes so sicher wie jemand, der schon den Strick um den Hals hat[74]. Übrigens wird er einige Tage Frist haben. Die Priester sind alle mit Gebeten für den sterbenden König beschäftigt und haben keine Zeit zum Gerichthalten.«

»Ich gäbe viel darum, wenn man dem armen Schelm helfen könnte. Ich kenne seinen Vater.«

»Ja, und im Grunde hat er nichts als seine Schuldigkeit getan. Man darf sich nicht verprügeln lassen!«

»Weißt du, in welchem Gefängnis der arme Jüngling sitzt?«

»Freilich! Das große Gefangenenhaus wird umgebaut, darum ist er einstweilen in den Speicher gesperrt worden, der die Hauptwache der ägyptischen Leibgarde von dem Hain des Neith-Tempels trennt. Ich kam eben erst nach Hause und sah den armen Schelm dorthin abführen.«

»Er ist kühn und stark. Könnte er wohl, wenn man ihm hilft, entwischen?«

»Nimmermehr! Der Raum, in den man ihn gesteckt hat, ist zwei Stock hoch, und sein einziges Fenster schaut in den Hain der Göttin, der, wie du weißt, von zehn Fuß hohen Mauern umgeben und gleich einer Schatzkammer bewacht wird. An allen Toren stehen doppelte Posten. Nur da, wo das Wasser die Mauer bespült, braucht man zur Überschwemmungszeit natürlich keine Schildwachen aufzustellen. Die Tieranbeter sind vorsichtig wie Bachstelzen.«

»Das ist schade, dann müssen wir den armen Wicht seinem Schicksal überlassen. Leb wohl, Dämones, und folge bald meiner Einladung!«

Der Samier verließ die Wachstube und gesellte sich sofort zu den Freunden, die mit Ungeduld auf ihn warteten und seinem Bericht mit großer Spannung lauschten.

Als der Hellene mit der Beschreibung des Gefängnisses fertig war, rief Darius: »Ich glaube, daß wir Zopyrus mit einiger Kühnheit retten können. Er ist behend wie eine Katze und stark wie ein Bär. Ich habe einen Plan!«

»Teile ihn mit«, sagte Syloson, »und laßt euch sagen, daß auch ich nicht ohne Hoffnung bin.«

»Wir kaufen Strickleitern, einen Bindfaden und einen guten Bogen, schaffen das alles in den Kahn und fahren, wenn es dunkel wird, zu der unbewachten Stelle der Tempelmauer. Ihr helft mir, darüberzuklettern. Ich nehme die eingekauften Gegenstände mit mir, stoße den Adlerschrei aus, durch welchen mich Zopyrus sogleich erkennen wird, da wir uns von Kindheit an mit diesem Schrei auf Jagden und Fahrten zu rufen pflegen, schieße den Pfeil mit dem Bindfaden in sein Fenster, rufe dem Freund zu, das Ende der Schnur zu beschweren und herabzulassen, befestige die Strickleiter an die Schnur, Zopyrus zieht das Rettungswerkzeug hinauf, schlingt es um den eisernen Nagel, der in jedem Falle mit der Leiter hinaufwandern muß, steigt herunter, eilt mit mir zu der Stelle der Mauer, wo ihr mit dem Boot wartet, klettert mit Hilfe einer zweiten Strickleiter, die dort hängen muß, über sie hinweg, springt in den Kahn und ist gerettet!«

»Herrlich, herrlich!« rief Bartja.

»Aber sehr gefährlich!« fügte Syloson hinzu. »Wenn wir im heiligen Hain ergriffen werden, so sind wir schwerer Strafe gewiß. Die Priester feiern dort bei Nacht geheimnisvolle Feste, von denen jeder Unberufene streng ausgeschlossen ist. Übrigens soll der See im Hain der Schauplatz der Feste sein, und dieser ist ziemlich weit von dem Gefängnisse des Zopyrus entfernt.«

»Um so besser!« rief Darius. »Aber jetzt zur Hauptsache! Wir müssen eiligst zu Theopompus schicken und ihn ersuchen, eine schnelle Triere für uns zu mieten und zum Absegeln fertigmachen zu lassen. Die Nachricht von den Kriegsrüstungen des Kambyses ist bereits hier eingetroffen; man hält uns für Spione und wird Zopyrus und seine Befreier mit allen Kräften verfolgen; darum wäre es frevelhaft, wenn wir uns unnützen Gefahren aussetzen wollten. Du, Bartja, sollst die Botschaft ausrichten und dich heute noch mit Sappho vermählen, denn wir müssen morgen, geschehe was da wolle, von Naukratis aufbrechen. Keine

Widerrede, mein Freund, mein Bruder! Du kennst ja unseren Plan und weißt, daß du bei dem Rettungswerke, das doch nur einer ausführen kann, den müßigen Zuschauer spielen würdest. Ich habe den Anschlag erdacht und lasse mir's nicht nehmen, ihn auszuführen. Morgen sehen wir uns wieder, denn Auramazda beschirmt die Freundschaft der Reinen!«

Lange weigerte sich Bartja, die Gefährten im Stich zu lassen; gab aber endlich den vereinten Bitten und Vorstellungen nach und ging aufs Wasser zu, um dort ein Boot zur Reise nach Naukratis zu mieten, während Syloson und Darius die Werkzeuge zur Flucht des Zopyrus erstanden.

Um auf den Platz zu gelangen, wo die zu vermietenden Kähne lagen, mußte der Königssohn an dem Tempel der Neith vorüber. Die Aufgabe war nicht leicht, denn das Volk umwimmelte in dichten Haufen die Eingangspforte der Götterwohnung. Als sich Bartja bis zu den Obelisken vorgedrängt hatte, die bei der mit der geflügelten Sonnenscheibe und flatternden Fahnen geschmückten Pforte des Tempels standen, wurde er von priesterlichen Dienern zurückgehalten, welche die von Sphinxen begrenzte Prozessionsstraße freihielten. Die riesigen Torflügel des Pylonen öffneten sich, und Bartja, der gegen seinen Willen in die vorderste Reihe der Zuschauer gedrängt worden war, sah nun einen glänzenden Zug dem Tempel entströmen. Der unerwartete Anblick vieler ihm aus früherer Zeit bekannter Gesichter nahm seine Aufmerksamkeit so sehr in Anspruch, daß er den Verlust seines breitkrempigen Hutes, der ihm im Gedränge abgerissen worden war, kaum beachtete. Aus den Reden zweier hinter ihm stehender ionischer Söldner entnahm er, daß die Familie des Amasis, um für den sterbenden König zu beten und zu opfern, im Tempel gewesen sei.

Reichgeschmückte Priester mit Pantherfellen oder in langen weißen Gewändern gingen dem Zug voran. Diesen folgten Hofbeamte, die goldene Stäbe führten, an deren Spitzen Pfauenfedern und silberne Lotusblumen befestigt waren. Dann erschienen Pastophoren[75], die eine goldene Kuh, das Tier der Isis, auf den Schultern trugen. Nachdem sich die Menge vor diesem Heiligtum verneigt hatte, nahte die Königin in priesterlichem Gewand, einen reichen Kopfputz mit der geflügelten Sonnenscheibe und den Uräusschlangen auf dem Haupt, ein heiliges goldenes Sistrum[76], dessen Klang die Dämonen des Unheils vertreiben sollte, in der Linken und Lotusblumen in der Rechten tragend. Der hohen Frau folgten die Gattin, Tochter und Schwester des Oberpriesters in ähnlichem, aber weniger kostbarem Schmuck[77]. Dann erschien der Thronerbe in reichem Festornat. Hinter ihm wurde von vier jungen, weißgekleideten Priestern Tachot, die Tochter des Amasis und der Ladice, die falsche Schwester der Nitetis, in einer offenen Sänfte getragen. Die Wangen der kranken Jungfrau waren von der Andacht des Gebetes und der Hitze des Sommertages leicht gerötet. Ihre blauen Augen schwammen in Tränen und waren auf das Sistrum, welches ihre schwachen, abgezehrten Hände kaum zu halten vermochten, gerichtet.

Ein Murmeln der Teilnahme zog durch die Menge, welche mit Liebe an dem sterbenden König hing und seiner hinwelkenden, jungen Tochter jenes Mitleid freigebig schenkte, welches einem siechen Jugendleben, besonders wenn dasselbe zu Größe und Hoheit geboren zu sein scheint, so gern gezollt wird. Manches Auge wurde feucht, als sich die schöne Kranke zeigte, und Tachot schien die Teilnahme des Volkes zu bemerken, denn sie erhob ihre Blicke von dem Sistrum und schaute die Menge freundlich und dankbar an. Da plötzlich verschwand das Rot von ihren Wangen, tiefe Blässe bedeckte sie, und klirrend fiel das goldene Instrument aus ihren Händen auf die Steinplatten des Prozessionsweges, dicht vor Bartjas Füße, nieder. Er fühlte, daß er erkannt sei, und bedachte einen Augenblick, ob er sich nicht hinter seinen Nachbarn verbergen sollte; aber nur einen Augenblick dauerte dies Zaudern, denn schon hatte der ritterliche Sinn des jungen Helden jede Besorgnis überwunden. Schnell warf er sich auf das Sistrum und hielt es, nicht achtend der Gefahr, erkannt zu werden, der kranken Königstochter hin.

Tachot blickte ihn, ehe sie seine Hände von dem goldenen Fund befreite, fragend an; dann flüsterte sie, nur ihm verständlich: »Bist du Bartja? Bei deiner Mutter frage ich dich, bist du Bartja?«

»Ich bin es«, gab er ebenso leise zurück, »Bartja, dein Freund!«

Mehr konnte er nicht sagen, denn schon drängten ihn die Tempeldiener unter das übrige Volk zurück. Als er wieder auf seinem Platz stand, bemerkte er, daß sich Tachot, deren Träger dem Zug von neuem zu folgen begannen, noch einmal nach ihm umschaute. Ihre Wangen hatten sich wiederum gerötet und ihre leuchtenden Augen suchten die seinen. Er wich dem Blick der Kranken nicht aus, bückte sich abermals, um eine Lotusknospe, die sie vor ihm niederwarf, aufzuheben, und brach sich gewaltsam durch die Menge Bahn, deren Aufmerksamkeit er durch seine rasche Tat erweckt hatte.

Eine Viertelstunde später saß er in einem Kahn, der ihn zu Sappho führen sollte. Seine Besorgnis um Zopyrus war verschwunden; er hielt ihn schon für gerettet. In seinem Herzen wohnte, trotz der ihn bedrohenden Gefahren, eine wunderbare Zufriedenheit, er wußte selbst nicht, warum.

Indessen war die kranke Königstochter heimgekehrt, hatte sich des festlichen Schmuckes, der sie beengte, entkleiden und mit ihrem Ruhebett auf einen Altan des Schlosses tragen lassen, wo sie während der heißen Sommertage, von Blattpflanzen[78] und einem zeltartigen Tuch überschattet, am liebsten verweilte.

Sie konnte von dort aus den großen, mit Bäumen bepflanzten Vorhof des Schlosses überschauen, welcher heute von Priestern und Höflingen sowie von Befehlshabern des Heeres wimmelte. Ängstliche Spannung malte sich in allen Gesichtern, denn die Todesstunde des Amasis rückte immer näher heran.

Tachot vernahm mit fieberhaft gespanntem Gehör, ohne selbst bemerkt zu werden, vieles von dem, was gesprochen und verhandelt wurde.

Jetzt, da man den Verlust des Königs zu befürchten hatte, waren alle, selbst die Priester, seines Lobes voll. Da hörte man die Umsicht seiner Regierungsmaßregeln preisen. »Wie hat sich der Wohlstand Ägyptens unter seinem Zepter gehoben!« sagte ein Nomarch. »Welchen Ruhm brachte er unsern Waffen durch die Eroberung von Zypern und den Krieg mit den Libyern!« rief ein Kriegsoberster. Der Schatzmeister wischte sich eine Träne aus dem Auge und rief: »Und wie weise hielt er mit den Einkünften des Landes haus! Seit Ramses III. waren die Kammern des Schatzhauses nicht so gefüllt wie heute[79]!« –

Tachot hörte all diese Worte und ließ ihren Tränen freien Lauf.

Was man ihr bis jetzt verschwiegen hatte, bestätigte sich: Sie sollte bald ihren geliebten Vater verlieren.

Nachdem sie sich diese schreckliche Gewißheit klarzumachen versucht und ihre Dienerinnen vergeblich gebeten hatte, sie ans Bett des Kranken zu tragen, wandte sie ihr Ohr von den Gesprächen der Höflinge ab und schaute, als suchte sie dort einen Trost, auf das Sistrum, welches Bartja in ihre Hand gegeben und das sie mit sich auf den Altan genommen hatte. – Und sie fand, was sie suchte, denn es war ihr, als würde sie von dem Klang der goldenen Ringe des heiligen Instrumentes dieser Welt entrückt und in eine lachende Sonnenlandschaft versetzt.

Jene der Ohnmacht gleichende Mattigkeit, welche die Schwindsüchtigen oftmals überkommt, hatte sie ergriffen und schmückte ihre letzten Stunden mit lieblichen Träumen.

Die Sklavinnen, welche mit Fächern und Wedeln die Fliegen aus der Nähe der Schläferin scheuchten, versicherten später, Tachot niemals so schön und lieblich gesehen zu haben wie damals.

Eine Stunde mochte sie so gelegen haben, als ihre Atemzüge tief und röchelnd wurden, ein leiser Husten ihre Brust erhob und lichtes Blut von ihren Lippen auf ihr weißes Gewand tropfte. Jetzt erwachte die Schläferin und blickte verwundert und enttäuscht auf die Anwesenden. Als sie ihre Mutter Ladice bemerkte, welche in diesem Augenblick den Altan betrat, lächelte sie wiederum und sagte: »O Mutter, wie süß hab' ich geträumt!«

»So ist meinem teuren Kind der Gang in den Tempel wohl bekommen?« fragte die Königin, welche die Blutstropfen auf den Lippen der Kranken bebend wahrnahm.

»Ach, Mutter, sehr gut! Ich habe ihn ja wiedergesehen!«

Ladice blickte die Dienerinnen ihrer Tochter ängstlich an, als wollte sie fragen: »Hat auch der Geist eurer armen Herrin gelitten?« Tachot bemerkte diesen Blick und sagte mit fieberhafter Lebendigkeit: »Du glaubst, daß ich irre rede, Mutter? Ich habe ihn aber ganz gewiß nicht nur gesehen, sondern auch gesprochen. Er gab mir das Sistrum in die Hand und sagte, er sei mein Freund. Dann nahm er meine Lotusknospe auf und verschwand im Gedränge. Sieh mich nicht so bekümmert und staunend an, Mutter; ich rede die volle Wahrheit und habe nicht etwa geträumt. – Da hörst du's, Tent-rut hat ihn auch bemerkt! Er ist ganz gewiß um meinetwillen nach Sais gekommen, und das Kinderorakel im Vorhof des Tempels hat mich doch nicht betrogen! Jetzt fühl' ich auch gar nichts mehr von meiner Krankheit, und mir hat geträumt, ich läge in einem blühenden Mohnfelde, so rot wie das frische Blut der jungen Opferlämmer, und Bartja säße an meiner Seite, und Nitetis kniete neben uns und spielte wunderbare Lieder auf einer Nabla* aus Elfenbein. Ja, ich sage dir, Mutter, daß er bald kommen wird, und wenn ich gesund bin, dann – dann – o weh! – Mutter, ich sterbe!«

Ladice kniete vor dem Lager ihrer Tochter nieder und drückte heiße Küsse auf die gebrochenen Augen der Jungfrau.

Eine Stunde später stand sie an einem anderen Lager, dem Sterbebett ihres Mannes.

Die Züge des Königs waren entstellt von schweren Leiden; kalter Schweiß bedeckte seine Stirn und seine Hände klammerten sich an die goldenen Löwen[80], welche die Seitenlehnen des tiefen Krankenstuhls bildeten, in dem er ruhte.

Als Ladice in das Zimmer trat, öffnete er seine Augen, die noch immer, trotz ihrer einstigen Blindheit, scharf und geistsprühend glänzten.

»Warum bringst du Tachot nicht zu mir?« fragte er mit trockener Stimme.

»Sie ist zu krank und leidend, als daß –«

»Sie ist tot! Ihr ist wohl, denn der Tod ist keine Strafe, sondern das letzte Ziel des Lebens – das einzige Ziel, das wir ohne Mühe, aber, die Götter wissen es, unter wie vielen Leiden erreichen. Ra führt sie heim in seiner Barke mit seinen Getreuen, und Osiris wird sie aufnehmen, denn sie war schuldlos. Auch Nitetis ist tot. Wo ist der Brief des Nebenchari? – Da steht es: ›Sie nahm sich selbst das Leben und starb, indem sie einen großen Fluch über dich und die deinen ausrief. Diese Kunde, welche so wahr ist wie mein Haß gegen dich, sendet dir der arme, verbannte, verhöhnte und beraubte Augenarzt aus Babylon nach Ägypten.‹

Höre diese Worte, Psamtik, und laß dir von deinem sterbenden Vater sagen, daß jedes Unrecht, welches dir auf Erden eine

* Altägyptisches Saiteninstrument.

Drachme Genuß verschafft, deine Todesstunde mit Verzweiflung belastet. Um Nitetis willen wird furchtbares Unglück über Ägypten hereinbrechen. Die Nachricht der arabischen Händler ist wahr. Kambyses rüstet gegen uns und wird Ägypten überfallen wie ein brennender Wüstenwind. Vieles, was ich geschaffen, woran ich den Schlaf meiner Nächte und das Mark meines Lebens setzte, wird vernichtet werden. Aber dennoch hab' ich nicht umsonst gelebt, denn vierzig Jahre lang bin ich der sorgende Vater, der Wohltäter eines großen Volkes gewesen. Ferne Enkel werden den Namen des Amasis als eines großen, weisen und menschenfreundlichen Königs nennen und von meinen Bauten zu Sais und Theben mit Bewunderung lesen den Namen ihres Gründers und preisen die Fülle seiner Macht! Ja, auch Osiris und die zweiundvierzig Richter werden mich in der Unterwelt nicht verdammen, und die Göttin der Wahrheit, die Herrin der Waagschale[81], wird finden, daß das Gewicht meiner guten die Last meiner bösen Taten überwiegt!«

Der König seufzte und schwieg lange Zeit. Endlich blickte er seine Gattin mit herzlicher Innigkeit an und sagte: »Du, Ladice, bist mein treues, tugendhaftes Weib gewesen. Ich danke dir dafür und bitte dich für vieles um Verzeihung. Häufig konnten wir uns nicht verstehen. Ja, es ist mir leichter geworden, mich in die Eigenart deines Volkes hineinzudenken als dir, das ägyptische Wesen zu verstehen. Du weißt, wie hoch ich die Kunst deiner Landsleute schätze, wie gern auch ich mit Pythagoras, deinem Freunde, verkehrte, der tief eingeweiht war in alles, was wir wissen und glauben, und vieles davon freudig aufnahm. Er, der die tiefe Weisheit der Lehren erfaßt hatte, die mir heiliger erscheinen als alles andere, was ich kenne, hütete sich wohl, der Wahrheiten zu spotten, die die Priesterschaft vielleicht zu ängstlich dem Volke verbirgt. Mit unserem Tierdienst, Ladice, konntest du dich am wenigsten befreunden; aber ich meine doch, es sei richtiger und des Menschen würdiger, den Schöpfer im Geschöpfe als in steinernen Bildsäulen anzubeten. Zudem sind eure Götter allen menschlichen Schwächen unterworfen, ja, ich hätte meine Königin sehr unglücklich gemacht, wenn ich gleich dem hellenischen Zeus gelebt haben würde.«

Bei diesen Worten lächelte der König; dann fuhr er fort: »Aber weißt du, woher das kommt? Den Hellenen geht die schöne Form über alles; darum vermögen sie den Leib, den sie für das Herrlichste alles Geformten halten, nicht von der Seele zu trennen, wie sie auch behaupten, daß ein schöner Geist notwendig in einem schönen Körper wohnen müsse. So sind ihre Götter nichts als gesteigerte Menschen, während wir die Gottheit in der Natur und in uns selbst als körperlos wirkende Kraft erkennen. Zwischen dieser und dem Menschen steht das Tier, welches nicht, wie wir, nach dem Buchstaben, sondern nach den ewigen Gesetzen der Natur handelt[82]. Dieser ist nur von Menschen erdacht, jene aber verdanken der Gottheit ihren Ursprung. Und wer von uns strebt wohl so dringend nach Freiheit, dem höchsten Gut, als die Tiere? Wer lebt ohne Lehren und Anweisungen so gleichmäßig fort von Geschlecht zu Geschlecht, als jene?«

Hier versagte die Stimme des Königs, der nach kurzer Pause fortfuhr: »Ich fühle, daß es zu Ende geht, darum genug von diesen Dingen. Laß dir, mein Sohn und Nachfolger, meinen letzten Willen aussprechen. Handle nach ihm, denn die Erfahrung spricht zu dir! Prüfe alles selbst! Jeder Mensch, besonders aber ein König, hat die Pflicht, sich von allem, was diejenigen betrifft, für deren Wohl er zu sorgen hat, selbst zu überzeugen. Du, mein Sohn, siehst zuviel durch fremde Augen, hörst zuviel durch fremde Ohren und gehst zuwenig zur ersten Quelle zurück. Deine Ratgeber, die Priester, wollen sicher nur das Gute; aber – Neithotep, ich bitte dich, uns einen Augenblick alleinzulassen.«

Sobald sich der Oberpriester entfernt hatte, rief der König: »Sie wollen das Gute, aber nur das, was *ihnen* gut ist! Wir aber sind nicht die Könige der Priester und Vornehmen, sondern die Fürsten des Volkes. Höre darum nicht ausschließlich auf den Rat jener stolzen Kaste, sondern überzeuge dich selbst, indem du alle Bittschriften liest und treue, dir ergebene und im Volk beliebte Nomarchen anstellst, was den Ägyptern fehlt, was sie hoffen und wessen sie bedürfen. Weißt du genau, wie es im Land steht, dann ist es unschwer, gut zu regieren. Wähle nur die rechten Beamten; für die richtige Einteilung des Reichs bin ich besorgt gewesen, und unsere Gesetze sind gut und haben sich bewährt. An sie halte dich, und traue keinem, der sich für klüger ausgibt als das

Gesetz, denn ich sage dir, das Gesetz ist überall und immer klüger als der einzelne.

Mögen mir die Götter verzeihen, daß ich selbst in der letzten Stunde meinen Mund nicht zu verschließen vermag. Sie haben mich gemacht wie ich bin, und müssen mich nun auch ebenso hinnehmen. Ich rieb mir die Hände, als ich König wurde; mögest du die Hand aufs Herz legen, wenn du den Thron besteigst! Rufe Neithotep wieder herein, ich muß euch beiden noch etwas sagen!«

Als der Oberpriester an seiner Seite stand, streckte der König ihm die Hand entgegen und sprach: »Ich scheide ohne Groll von dir, obgleich ich meine, daß du deine Pflichten als Priester besser zu erfüllen verstandest als die als Sohn deines Vaterlandes und als Diener deines Königs. Psamtik wird dir, denk' ich, williger gehorchen als ich. Eines aber lege ich euch beiden ans Herz: Entlaßt die hellenischen Söldner nicht eher, als bis ihr die Perser mit ihrer Hilfe bekriegt und geschlagen habt! Ohne die Hilfstruppen werdet ihr rettungslos verloren sein, mit ihnen ist es nicht unmöglich, daß die ägyptischen Heere siegen. Seid klug und macht die Ionier darauf aufmerksam, daß sie am Nil für die Freiheit ihrer eigenen Heimat kämpfen. Der siegreiche Kambyses wird sich nicht mit Ägypten begnügen, während eine Niederlage der Perser auch den geknechteten Ioniern die Freiheit bringen kann. Ich wußte, daß du mir zustimmen würdest, Neithotep, denn im Grunde meinst du es doch wohl gut mit Ägypten. Jetzt bitte ich dich, mir die heiligen Gebete vorzulesen. Ich fühle mich sehr erschöpft; bald ist's vorbei. Könnte ich nur die arme Nitetis vergessen! Hatte sie das Recht, uns zu verfluchen? Die Totenrichter und Osiris mögen sich unserer Seelen erbarmen! – Setze dich hierher, Ladice, und lege die Hand auf meine heiße Stirn, du aber, Psamtik, schwöre in Gegenwart dieser Zeugen, daß du deine Stiefmutter hochhalten und ehren willst, als wärest du ihr eigenes Kind. Armes Weib! Du solltest mich bald aufsuchen bei Osiris. Was willst du noch ohne Gatten und Kinder auf dieser Erde? Wir haben Nitetis wie unsere eigene Tochter auferzogen, und dennoch werden wir um ihretwillen so schwer bestraft. Aber ihr Fluch trifft uns allein; nicht dich, Psamtik, nicht deine Kinder! Bringt mir jetzt meinen Enkel! Ich glaube, daß das eine Träne war.

Nun, man pflegt sich gewöhnlich von kleinen Dingen, an die man sich gewöhnt hat, am schwersten zu trennen!«

Ein neuer Gast war am selben Abend bei Rhodopis eingetroffen; Kallias, der Sohn des Phänippus, der der Rhodopis so lebhaft von dem Verlauf der Olympischen Spiele erzählt hatte.

Der Athener kam soeben aus seiner Heimat zurück und war, als alter, bewährter Freund, mit Freuden von der Greisin aufgenommen und in das Geheimnis des Hauses eingeweiht worden.

Knakias, der alte Sklave, hatte zwar die Empfangsfahne seit zwei Tagen mit ins Haus genommen, wußte aber, daß Kallias seiner Herrin stets willkommen sei, und führte ihn deswegen ebenso rasch zu ihr, wie er jeden anderen Besucher zurückwies.

Der Athener wußte viel Neues zu erzählen und führte endlich, als sich Rhodopis zu Geschäften entfernte, Sappho, seinen Liebling, in den Garten, um dort mit ihr scherzend und neckend nach dem sehnlich erwarteten Geliebten auszuschauen. Als er länger und länger ausblieb und die junge Frau sich Sorgen zu machen begann, rief er die alte Melitta, die beinahe noch ängstlicher als ihre Herrin nach Naukratis blickte, und ersuchte sie, das Saitenspiel, welches er mitgebracht hatte, in den Garten zu bringen.

Nachdem er die schöne, ziemlich große Laute von Gold und Elfenbein der Jungfrau überreicht hatte, sagte er lächelnd: »Dieses herrliche Instrument hat sein Erfinder, der göttliche Anakreon, auf meinen Wunsch eigens für mich machen lassen. Er nennt es Barbiton[83] und entlockt ihm wunderbare Töne, die selbst noch im Schattenreich fortklingen werden[84]. Ich habe dem Dichter, der sein Leben wie ein großes, den Musen, dem Eros und dem Dionysus dargebrachtes Opfer verbringt[85], von dir erzählt und ihm versprechen müssen, dir folgendes Liedchen, das er für dich ersonnen, als ein Geschenk von ihm zu überbringen. Höre:

Tantalus' Tochter ward gebannt
Zu Felsgestein im Phrygerland,
Und als ein Vogel flog vor Zeiten
Pandions Kind in alle Weiten;

›Ich aber möcht' ein Spiegel sein,
Dann säh'st Du stets in mich hinein;
Ich würde gern zu Deinem Kleid,
Dann trügest Du mich allezeit!

Ich wollte, daß ich Wasser wär',
Dann plätschert' ich rings um Dich her;
Auch möcht' ich gern, o Mägdelein,
Um Dich zu salben, Balsam sein!

Zum Gürtel dient' ich gerne Dir,
Zur Perle, Deines Halses Zier,
Zum Schuh, den Du Dir angeschnürt,
Damit mich nur Dein Fuß berührt'[86]*!*

»Zürnst du dem unbescheidenen Sänger?«

»Wie sollte ich! Dem Dichter muß man schon eine Freiheit gestatten!«

»Und noch dazu solchem Dichter!«

»Der einen so meisterhaften Sänger zum Überbringer seiner Lieder wählt!«

»Schmeichlerin! Ja, als ich zwanzig Jahre jünger war, wurde meine Stimme und mein Vortrag mit Recht gerühmt, jetzt aber ...«

»Du willst nur neues Lob ernten, ich lasse mir aber nichts abzwingen! Doch möchte ich gern wissen, ob dieses sogenannte Barbiton mit seinen weichen Klängen auch für andere Lieder als die des Tejers geeignet ist.«

»Ganz gewiß! Nimm das Plektrum[87] und versuche selbst, die Saiten zu schlagen, welche freilich für deine zarten Finger etwas schwer zu bemeistern sind.«

»Ich kann nicht singen, denn ich bin der Ausbleibenden wegen gar zu unruhig!«

»Oder du fühlst, mit anderen Worten, daß dir vor Sehnsucht die Stimme versagt. Kennst du das Lied deiner lesbischen Muhme, der großen Sappho, welches die Stimmung schildert, in der du dich in diesem Augenblicke aller Wahrscheinlichkeit nach befindest?«

»Ich glaube nicht.«

»So höre. Früher glänzte ich am liebsten mit diesem Gesange, den kein Weib, sondern Eros selbst erdacht zu haben scheint:

Selig, gleich den Göttern in der Höhe,
Preis' ich jenen, der in Deiner Nähe,
Der bei Dir, an Deiner Seite weilt;
Der den süßen Ton von Deinem Munde
Saugen darf, und ach die holde Kunde,
Die Dein Liebeslächeln ihm erteilt.

Tritt mir solches Bild im Geist entgegen,
Klopft mein Herz die Brust in wilden Schlägen,
Und in meinem Mund erstickt das Wort;
Lähmung fesselt plötzlich meine Zunge,
Und ein Feuer pflanzt mit wildem Sprunge
Sich durch meine Haut und Glieder fort.

Mein Gesicht hat seine Kraft verloren,
Ein Gebrause tönt in meinen Ohren,
Und vor Zittern kann ich nicht mehr steh'n.
Kalter Schweiß befeuchtet meine Glieder,
Gleich dem Grase sink' ich welkend nieder,
Könnt' ich atmen! 's ist um mich gescheh'n[88]*!*

»Nun, was sagst du von diesem Liede? Aber, beim Herkules, Kind, du bist ganz bleich geworden! Haben dich die Verse so sehr ergriffen, oder bist du nur erschrocken von dem treuen Bilde deines eigenen sehnsüchtigen Herzens? Beruhige dich, Mädchen! Wer weiß, was deinen Liebsten zurückhält –«

»Nichts, gar nichts!« rief in diesem Augenblicke eine frische Männerstimme, und wenige Sekunden später lag Sappho an der Brust des geliebten Jünglings.

Kallias spielte den schweigenden Zuschauer und lächelte vor Freude über die wunderbare Schönheit des jungen Paares.

»Nun aber«, rief der Königssohn, nachdem er mit Kallias bekannt geworden war, »muß ich die Großmutter eiligst aufsuchen. Statt in vier Tagen soll heute noch die Hochzeit sein! Jede

Stunde des Zauderns kann uns gefährlich werden. Ist Theopompus hier?«

»Ich vermute es fast«, antwortete Sappho; »denn ich wüßte sonst nicht, warum die Großmutter so lang im Hause bleibt. Aber was ist es mit der Hochzeit? Ich meine …«

»Laß uns erst hineingehen, meine Liebe; ich fürchte, daß ein Gewitter heraufzieht. Der Himmel verfinstert sich schon, und es fängt an unerträglich schwül zu werden!«

»So kommt schnell«, rief Sappho, »wenn ihr nicht wollt, daß ich vor Neugier vergehe! Vor dem Gewitter braucht ihr euch nicht zu fürchten. Seit meiner Kindheit hat es in Ägypten während dieser Jahreszeit weder geblitz, noch gedonnert[89]!«

»Dann wird dir heu' etwas Neues begegnen«, lachte der Athener. »Soeben fiel ein schwerer Regentropfen auf mein Haupt – die Nilschwalben flogen bei meiner Herfahrt ganz dicht über dem Wasser hin, und schon breitet sich eine Wolke über den Mond. Kommt schnell herein, damit ihr nicht naß werdet. He, Sklave, sorge dafür, daß man den Göttern der Unterwelt ein schwarzes Lamm opfert[90]!«

Im Wohnzimmer der Rhodopis saß Theopompus, wie Sappho richtig vermutet hatte. Er war eben mit seiner Erzählung von der Verhaftung des Zopyrus und der Reise des Bartja und seiner Freunde fertig geworden.

Je größere Besorgnis in den beiden wegen dieser Vorgänge erwacht war, desto freudiger wurden sie von der unerwarteten Erscheinung des Königssohnes überrascht, der in geflügelten Worten die Erlebnisse der letzten Stunden wiederholte und Theopompus bat, sich nach einem segelfertigen Schiff für ihn und seine Freunde umzusehen.

»Das trifft sich herrlich!« rief Kallias. »Meine eigene Triere, welche mich heut nach Naukratis brachte, liegt vollkommen ausgerüstet im Hafen und steht dir zu Diensten. Ich brauche nur dem Steuermann zu befehlen, die Mannschaft zusammen- und alles fertigzuhalten. – Du bist mir nicht verpflichtet; ich muß dir vielmehr für die mir erwiesene Ehre danken! Heda, Knakias, eile und sage meinem Sklaven Philomelus, der draußen im Vorsaale wartet, er möge sich in den Hafen rudern lassen und meinem Steuermann Nausarchus befehlen, alles zur

Abreise bereitzuhalten. Gib ihm dies Siegel, welches ihn zu allem bevollmächtigt!«

»Und meine Sklaven?« fragte Bartja.

»Knakias soll meinem alten Schaffner den Auftrag geben, sie zum Schiffe des Kallias zu führen«, erwiderte Theopompus.

»Wenn sie dieses Zeichen sehen, so werden sie ihm unbedingt folgen«, fügte Bartja hinzu und gab dem alten Diener seinen Ring.

Als sich Knakias unter tiefen Verbeugungen entfernt hatte, fuhr der Königssohn fort: »Jetzt aber muß ich dir, meine Mutter, eine dringende Bitte vortragen.«

»Ich errate sie«, lächelte Rhodopis. »Du wünschest, daß man die Hochzeit beschleunige, und ich sehe ein, daß ich deinem Verlangen nachgeben muß!«

»Wenn ich nicht irre«, rief Kallias, »so stehen wir hier dem seltenen Fall gegenüber, daß sich zwei Menschen über eine Gefahr, in der sie schweben, von Herzen freuen.«

»Du magst recht haben«, gab Bartja, die Hand seiner Geliebten verstohlen drückend, dem Athener zurück. Dann wandte er sich nochmals an Rhodopis und bat sie, ihm ohne Säumen ihr Liebstes, dessen Wert er wohl zu schätzen wisse, anzuvertrauen.

Rhodopis richtete sich hoch empor, legte ihre Rechte auf Sapphos, ihre Linke auf Bartjas Haupt und sagte:

»Nimm sie hin, mein Sohn; ich übergebe dir Sappho vertrauensvoll und gern, wie ein alter Kämpfer seinem starken Sohn das Beste, das er besitzt, seine Waffen, mit Freuden hingibt. – In wie weite Ferne sie auch zieht, wird sie doch stets Hellenin bleiben und, das ist mir ein hoher Trost, in ihrer neuen Heimat dem Griechentum neue Freunde werben. Ich danke dir für deine Tränen, Kind! Ich vermag den meinen zu gebieten, doch habe ich für diese Kunst dem Schicksal Unermeßliches gezahlt! Diesen Schwur, edler Bartja, hörten die Götter. Vergiß ihn niemals und nimm sie hin als dein Eigentum – deine Freundin – dein Weib! – Führe sie fort, sobald deine Gefährten heimkehren. Die Götter wollen nicht, daß zu Sapphos Vermählungsfeier der Hymenäus gesungen werde[91]!«

Bei diesen Worten fügte die Greisin die Hände des Paares ineinander, umarmte Sappho heiß und innig und hauchte einen leisen Kuß auf die Stirn des jungen Persers. Später wandte sie sich an die in tiefer Rührung dastehenden hellenischen Freunde und sprach:

»Das war eine stille Vermählung, ohne Gesang und Fackelschein. Möge ihr eine um so freudigere Ehe folgen! Geh hin, Melitta, und hole das Hochzeitsgeschmeide der Braut, die Armbänder und Halsketten, welche in dem Bronze-Kästchen auf meinem Putztisch liegen, damit unser Liebling ihrem Eheherrn, angetan, wie es der zukünftigen Fürstin ziemt, die Hand reichen kann[92].«

»Beeil dich«, rief Kallias, der jetzt seine alte Heiterkeit wiedererlangt hatte, »auch darf die Nichte der größten Hymenäen-Sängerin* nicht ganz ohne Sang und Klang in das Brautgemach treten. Da das Haus des jungen Eheherrn allzufern ist, so nehmen wir an, die leere Andronitis wäre seine Wohnung. Dorthin führen wir die Jungfrau durch die Mitteltür und genießen am Herde des Hauses ein fröhliches Hochzeitsmahl. Herbei, ihr Sklavinnen, und teilt euch in zwei Chöre. *Ihr* übernehmt den der Jünglinge, *ihr* den der Jungfrauen und singt uns den Sapphoschen Hymenäus: ›Wie im Gebirge.‹ Ich selbst spiele den Fackelträger[93], eine Würde, die mir ohnedem zukommt. Du mußt wissen, Bartja, daß meine Familie das erbliche Recht besitzt, die Fackeln bei den Mysterien von Eleusis zu tragen, weswegen man uns Daduchen oder Fackelträger nennt. Heda, Sklave! Sorge für Kränze an der Tür der Andronitis, und befiehl deinen Genossen, daß sie uns bei unserem Eintritt mit Zuckerwerk bewerfen[94]! Oh, Melitta, wie hast du die schönen Braut- und Bräutigams-Kronen von Veilchen und Myrten so schnell beschaffen können? – Der Regen fließt stromweise durch die Öffnung im Dach! – Sehet – Hymen hat Zeus überredet, daß er euch zu allen Gebräuchen der Vermählungsfeier verhelfe. Da ihr das Bad, welches Braut und Bräutigam nach alter Sitte am Hochzeitsmorgen zu nehmen pflegen, nicht haben könnt – so müßt ihr einen Augenblick hierher treten und das Naß des Zeus für geheiligtes Quellwasser gelten lassen! Jetzt aber stimmt den Gesang an, ihr Mädchen! Laßt die Jungfrau den Verlust ihrer Rosenzeit beklagen und die Jünglinge das Los der Jungvermählten preisen.« –

* Die Lesbierin Sappoho.

Nun begannen fünf hohe, wohlgeübte Stimmen den Chor der Jungfrau wehmütig klagend zu singen:

Wie im Gebirge die Hirten die Hyacinthe mit Füßen
Treten, daß abgeknickt die purpurne Blüte zur Erde
Hinsinkt, wo sie von keinem beachtet im Staube dahinwelkt;
Also die Jungfrau, wenn sie der Keuschheit Blüte geopfert,
Wird von den Knaben verachtet und
von den Mädchen gemieden.
Hymen o Hymenäus, o Hymen, komm, Hymenäus!«

Und der andere tiefere Chor gab in jubelnden Tönen den Mädchen zurück:

Wie auf kahlem Gefilde die Rebe, die einsam getrauert,
Da sie der Ulme vermählt, sich emporhebt,
Ranken und Trauben
Hoch um die Wipfel geschlungen,
des Landmanns herzliche Freude;
Also die Frau, die in blühender Jugend
den ehelichen Bund schloß,
Wird von dem Manne geliebt und
erfreuet die Herzen der Eltern.
Hymen o Hymenäus, o Hymen, komm, Hymenäus[95]*!*

Nun vereinten sich beide Chöre, um das ›Hymen komm, Hymenäus‹ sehnsüchtig und doch jubelvoll aber- und abermals zu wiederholen. Plötzlich verstummte der Gesang, denn das Licht eines Blitzes, dem ein heftiger Donnerschlag folgte, strahlte durch die Öffnung im Dach, unter welche Kallias das junge Paar geführt hatte. »Seht ihr?« rief der Daduche, seine Hand gen Himmel erhebend, »Zeus selbst schwingt die Hochzeitsfackel und singt den Hymenäus für seine Lieblinge.«

Als der nächste Morgen graute, traten Bartja und Sappho aus dem Brautgemach in den Garten, welcher nach dem Gewitter, das während der ganzen Nacht in unerhörter Heftigkeit getobt hatte, so heiter und morgenfrisch strahlte wie das Angesicht der Neuvermählten.

Die beiden hatten sich so zeitig von dem Hochzeitslager erhoben, weil in Bartjas Seele die Besorgnis um seine Freunde, welche er im Rausch der Zärtlichkeit beinahe vergessen hatte, von neuem und heftiger als vorher erwacht war.

Der Garten lag auf einem künstlichen Hügel, welcher die überschwemmte Ebene überragte. Auf dem Nilwasser schwammen weiße und blaue Lotusblumen, am Ufer und über den Untiefen zeigten sich, dicht aneinander gedrängt, große Schwärme von Silberreihern. Einsam kreisten breitbeschwingte Adler in der reinen Morgenluft, in den Kronen der Palmen wiegten sich Turteltauben, und die Pelikane und Enten auf dem Spiegel des Wassers flogen schreiend und schnatternd in die Höhe, sobald sich das bunte Segel einer Barke zeigte. Ein frischer Nordostwind durchwehte die von dem nächtlichen Gewitter abgekühlte Luft und trieb, trotz des frühen Morgens, eine große Anzahl von Fahrzeugen über die unter Wasser stehenden Äcker hin. Der Gesang der Matrosen vereinte sich mit dem Plätschern der Ruderschläge und dem Gezwitscher der Vögel, um die einförmige und dennoch bunte Landschaft des überschwemmten Niltals auch mit Tönen zu beleben.

Das junge Ehepaar stand eng aneinandergelehnt an der niederen Mauer, welche den Garten der Rhodopis umgab, und schaute, zärtliche Worte tauschend, diesem Schauspiel zu, bis Bartjas scharfes Auge ein Fahrzeug entdeckte, welches, vom Wind und kräftigen Ruderschlägen getrieben, gerade auf das Landhaus der Greisin zusteuerte.

Wenige Minuten später landete das Boot bei der Gartenmauer, und bald darauf stand Zopyrus mit seinen Rettern vor dem Königssohn.

Der Plan des Darius war, dank des Gewitters, welches die Ägypter erschreckt hatte, wohl gelungen; dennoch durfte keine Zeit verloren werden, denn es stand zu erwarten, daß die Saïten den Flüchtling mit allen ihnen zu Gebote stehenden Mitteln verfolgen würden.

Nach einem kurzen, aber um so zärtlicheren Abschied trennte sich Sappho von ihrer Großmutter und bestieg an Bartjas Hand, von der alten Melitta, die ihr nach Persien folgte, begleitet, den Kahn des Syloson und eine Stunde später die schöngezimmerte Hygieia, das schnellsegelnde Meerschiff des Kallias.

Der Athener erwartete die Flüchtlinge am Bord seiner Triere und nahm besonders von Sappho und Bartja herzlichen Abschied. Letzterer hängte dem Alten eine überaus kostbare Kette als Zeichen seiner Dankbarkeit um den Hals, während Syloson dem Darius, zum Andenken an die gemeinsam bestandene Gefahr, seinen Purpurmantel, ein unschätzbares Meisterwerk sidonischer Färberkunst, welches die Bewunderung des Hystaspessohnes erweckt hatte, um die Schultern legte. Darius nahm diese Gabe freudig an und rief dem Bruder des Polykrates beim Abschied zu: »Erinnere dich stets daran, hellenischer Freund, daß ich dir Dank schulde, und gib mir sobald als möglich Gelegenheit, dir einen Gegendienst zu leisten!«

Während dieser Worte fielen die Anker rasselnd auf das Deck des Schiffes, der Wind schwellte das ausgebreitete Segel, und aus dem Raum der Triere erklang das einförmige Keleusma oder Ruderlied, dessen Rhythmus der Trieraules* mit der Flöte angab. Die Spitze des Fahrzeugs mit der hölzernen Bildsäule der Hygieia** bewegte sich. Bartja und Sappho standen am Ruder und schauten so lange nach Naukratis zurück, bis die Ufer des Nils ihren Blicken entschwanden und die grünen Wogen des hellenischen Meeres den Bord der Triere bespülten.

* Trierenflötist.

** Göttin der Gesundheit.

6. KAPITEL

Schon zu Ephesus erhielt das junge Ehepaar die Nachricht vom Tod des Amasis. Von dort führte sie ihr Weg erst nach Babylon, dann nach Pasargadae in der Provinz Persis. Hier befanden sich Kassandane, Atossa und Krösus. Erstere hatte das Bedürfnis empfunden, vor dem Zug nach Ägypten, den sie mitmachen sollte, das nach Angabe des Krösus jüngst vollendete Grabmal ihres verstorbenen Gatten aufzusuchen. Die Greisin, welche das Licht ihrer Augen durch die Kunst des Nebenchari wiedererlangt hatte, war über die würdige Ausführung der Begräbnisstätte hocherfreut und verweilte täglich stundenlang in dem herrlichen Lustgarten, welcher dieselbe umgab[96].

Kassandane fühlte sich in der frischen Gebirgsluft, welche das Grab ihres geliebten Verstorbenen umwehte, unendlich wohl und sah mit Freude, daß auch Atossa an diesem stillen, schönen Ort ihre alte Heiterkeit, welche sie seit dem Tode der Nitetis und der Abreise des Darius verloren hatte, wiedergewann. Sappho befreundete sich bald mit der neuen Mutter und Schwester und verließ, wie diese, nur ungern das schöne Pasargadae.

Darius und Zopyrus waren bei dem großen Reichsheere, welches sich in der Ebene des Euphrat sammelte, verblieben, und auch Bartja mußte vor dem Aufbruch desselben nach Babylon zurück.

Kambyses zog seiner heimkehrenden Familie entgegen und sprach sich über die Schönheit seiner jungen Schwägerin mit Bewunderung aus, während Sappho den Bruder ihres Gatten, wie sie Bartja gestand, nur mit Furcht betrachten konnte.

Der König hatte sich in wenigen Monaten sehr verändert. Seine sonst nicht unedel geformten bleichen Züge waren jetzt vom übermäßigen Genuß des Weines gerötet. Sein sonst so glänzendes, rabenschwarzes Haar umwallte jetzt, grau und wüst, sein Haupt und Kinn, während das triumphierend stolze Lächeln, welches sonst seine Züge verschönte, einem Ausdruck verachtungsvollen Überdrusses und herber Strenge gewichen war.

Nur in der Trunkenheit, einem Zustand, der bei ihm längst aufgehört hatte, etwas Ungewöhnliches zu sein, hörte man ihn lachen; dann aber wiehernd und maßlos.

Gegenüber seinen Weibern zeigte er nach wie vor Widerwillen und ließ den Harem, selbst als er nach Ägypten aufbrach, in Susa zurück, während all seine Großen ihre Lieblingsfrauen und Kebsweiber mit sich führten. Trotzdem hatte sich niemand über Ungerechtigkeit von seiner Seite zu beklagen; vielmehr drang er, nachdrücklicher als je, auf strenge Vollziehung des Rechts; zeigte sich aber, wenn er einen Mißbrauch entdeckt hatte, unerbittlich und verhängte Strafen der grausamsten Art. Als ihm z. B. hinterbracht worden war, ein Richter Namens Sisamnes habe für Geld ein falsches Urteil gesprochen, ließ er dem Unglücklichen die Haut abziehen und den Richterstuhl mit ihr beschlagen; darauf ernannte er den Sohn des Gestraften zum Richter an des Vaters Stelle und zwang ihn, jenen entsetzlichen Stuhl einzunehmen[97]. Außerdem zeigte er sich als Kriegsherr unermüdlich tätig und leitete die Übungen der bei Babylon versammelten Truppen mit ebenso großer Strenge wie Umsicht.

Nach dem Neujahrsfest* sollte die Reichsarmee aufbrechen. Kambyses ließ es mit ungeheurem Aufwand begehen und begab sich nach Beendigung der Feierlichkeit zum Heere, bei dem er seinen vor Glückseligkeit strahlenden Bruder traf, welcher ihm, sein Gewand küssend, triumphierend erzählte, daß er hoffen dürfe, Vater zu werden. Der König erbebte bei dieser Kunde, sagte Bartja kein einziges Wort, berauschte sich am Abend bis zur Bewußtlosigkeit und rief am folgenden Morgen die Mobeds, Magier und Chaldäer zusammen, um ihnen eine Frage vorzulegen.

»Ihr wißt«, so begann er, »daß ihr, meine Träume deutend, behauptet habt, Atossa würde einen künftigen König dieses Reiches gebären. Werde ich gegen die Götter sündigen, wenn ich meine Schwester zum Weib nehme und wahr mache, was mir mein Traum verhieß?« –

Die Magier berieten sich kurze Zeit; dann warf sich Oropastes, der Oberpriester, vor dem König nieder und sprach:

* In unserem März.

»Wir glauben nicht, daß du durch diese Heirat sündigen würdest, denn erstens ist es Sitte, daß die Perser ihre Verwandten heimführen[98]; zweitens steht es zwar nicht im Gesetz, daß der Reine seine Schwester ehelichen darf; wohl aber, daß der König tun kann, was ihm beliebt[99]. Handle, wie du wünschest, und du wirst stets das rechte vollbracht haben!«

Kambyses entließ die Magier mit reichen Geschenken, übergab Oropastes alle Vollmachten als Statthalter des Reichs und verkündete später seiner entsetzten Mutter, er gedenke, sobald er die Ägypter besiegt und den Sohn des Amasis bestraft haben würde, seine Schwester Atossa heimzuführen.

Endlich brach das Heer, welches mehr als achthunderttausend Streiter zählte, in einzelnen Abteilungen auf und kam nach zwei Monaten zur syrischen Wüste, wo es die von Phanes gewonnenen Araberstämme der Amalekiter und Gessuriter antraf, welche die Truppen mit Wasser, das sie auf Pferden und Kamelen herbeigebracht hatten, versorgten.

Bei Akko, im Lande der Kanaaniter, sammelten sich die Flotten der dem Perserreiche angehörenden Syrer, Phönizier und Ionier sowie die gleichfalls von Phanes geworbenen Schiffe der Zyprier und Samier. Mit letzteren hatte es eine eigene Bewandtnis. Polykrates sah nämlich die Aufforderung, dem Kambyses eine Flotte zu senden, für eine günstige Gelegenheit an, um sich auf einmal von allen mit seiner Alleinherrschaft unzufriedenen Bürgern zu befreien. So ließ er denn vierzig Trieren mit achttausend mißvergnügten Samiern bemannen und sandte sie den Persern zu, mit der Bitte, keinen einzigen von ihnen heimkehren zu lassen[100].

Sobald Phanes dieses erfahren hatte, warnte er die Preisgegebenen, welche dann, statt gegen Ägypten zu kämpfen, nach Samos zurückfuhren und Polykrates zu stürzen versuchten. Sie wurden aber von ihm in einem Landtreffen geschlagen, begaben sich nach Sparta und suchten dort Hilfe gegen den Zwingherrn.

Einen vollen Monat vor der Überschwemmungszeit standen die persischen den ägyptischen Heeren bei Pelusium an der Nordostküste des Deltas gegenüber.

Alle Anordnungen des Phanes hatten sich vorzüglich bewährt. Die Reise eines Heeres durch die Wüste, welche sonst Tausende von Opfern zu fordern pflegte, war diesmal, dank den ihre Versprechungen treulich haltenden Arabern, ohne sonderliche Verluste zurückgelegt worden, und die glücklich gewählte Jahreszeit gestattete den persischen Soldaten, auf trockenen Wegen bequem und ohne Zeitverlust in Ägypten einzudringen.

Der König hatte seinen hellenischen Freund mit großer Auszeichnung empfangen und freundlich genickt, als ihm derselbe zurief: »Ich habe vernommen, daß du seit dem Tode deiner schönen Freundin weniger heiter zu sein pflegst als früher. Dem Manne ziemt ein langes Festhalten an seinem Schmerz, während die Frau ihr Leid in stürmischen aber flüchtigen Klagen ausströmt. Ich fühle mit dir, was dich bewegt, denn auch ich verlor mein Liebstes. Danken wir gemeinsam den Göttern, daß sie uns die besten Mittel gegen den Schmerz, Kampf und Rache, gewähren!«

Dann begleitete Phanes den Herrscher zu seinen Soldaten und zum Schmause. Es war staunenswert, welchen Einfluß er auf den grimmen Mann zu üben verstand, wie gemessen, ja zuweilen heiter Kambyses wurde, sobald der Athener in seiner Nähe erschien.

Wenn das persische Reichsheer ungeheuer genannt werden mußte, so war auch die Zahl der ägyptischen Truppen keineswegs zu verachten.

Das Lager derselben lehnte sich an die Mauern von Pelusium, der Grenzfestung, welche Ägypten von Alters her vor den Einfällen der Völker des Ostens zu sichern bestimmt war. Überläufer versicherten den Persern, daß die Gesamtheit des pharaonischen Heeres beinahe sechshunderttausend Mann betrage.

Außer einer großen Anzahl von Wagenkämpfern, dreißigtausend karischen und ionischen Söldnern und dem Gendarmeriekorps der Mazaïu* hatten sich zweihundertfünfzigtausend Kalasirier, einhundertsechzigtausend Hermotybier, zwanzigtausend Reiter[101] und viele Hilfstruppen (über fünfzigtausend Mann), unter denen die libyschen Maschawascha** sich durch alten

* Ein zum Teil aus Fremden zusammengesetztes Korps, das die Kriegsgefangenen zu bewachen und andere ähnliche Obliegenheiten zu erfüllen hatte.

** Wahrscheinlich die von Herodot genannten nordafrikanischen Maxyer.

Kriegsruhm, die Äthiopier durch große Anzahl hervortaten, unter den Feldzeichen des Psamtik versammelt.

Die Infanterie war in Regimenter und Kompanien, welche sich um vielerlei Feldzeichen[102] scharten, eingeteilt und abteilungsweise verschieden gerüstet. Da gab es Schwerbewaffnete mit großen Schildern, Lanzen und Dolchen; Beil- und Schwertfechter[103] mit kleinen Schildern und leichten Keulen, Schleuderer und, als Hauptmasse des Heeres, Schützen, deren ungespannte Bogen die Höhe des Menschenleibes beinah erreichten. Die Reiter waren nur mit dem Schurz bekleidet und führten leichte, den Morgensternen ähnliche Keulen, während die Wagenkämpfer, welche dem vornehmsten Teil der Kriegerkaste angehörten, im reichsten Schmuck in den Kampf zogen und sowohl auf das Geschirr ihrer herrlichen, weltberühmten Rosse als auf die Pracht ihrer zweirädrigen Fuhrwerke große Summen verwandten[104]. An ihrer Seite standen die Wagenlenker, während sie selbst, nur auf den Kampf bedacht, mit Bogen und Lanzen zu fechten pflegten.

Das Fußvolk der Perser war nicht viel zahlreicher als die ägyptische Infanterie, wogegen die asiatische Reiterei die Kavallerie der Niltalbewohner um das Sechsfache übertraf.

Sobald die beiden Heere einander gegenüberstanden, ließ Kambyses das weite pelusinische Gefilde von Gestrüpp und Bäumen reinigen und die Sandhügel, welche da und dort zu sehen waren, abräumen, um seinen Reitern und Sichelwagen freie Bahn zu schaffen[105]. Phanes unterstützte ihn mit seiner genauen Kenntnis des Orts und wußte es dahin zu bringen, daß sein mit tiefer strategischer Einsicht entworfener Schlachtplan nicht nur von Kambyses, sondern auch von dem alten Oberfeldherrn Megabyzus und den kriegskundigsten Achämeniden angenommen wurde. Seine Ortskenntnisse waren besonders schätzenswert wegen der Sümpfe, die die pelusinische Ebene durchzogen und die, sollte der Kampf für die Perser einen günstigen Ausgang nehmen, vermieden werden mußten. Nach Beendigung des Kriegsrats bat der Athener noch einmal um das Wort und sagte: »Jetzt endlich darf ich auch eure Neugier in bezug auf die verschlossenen Wagen voller Tiere, die ich hierher schaffen ließ, befriedigen. Sie enthalten fünftausend Katzen. Ihr lacht ich versichere euch aber, daß diese Tiere uns nützlicher sein werden; als hunderttausend Schwertkämpfer! Viele von euch kennen jenen Aberglauben der Ägypter, dem zuliebe sie eher sterben als eine Katze töten. Ich selbst hätte, wegen des Mordes solcher Vierfüßler, beinahe mein Leben eingebüßt. Dieses Aberglaubens gedenkend, hab' ich, wohin ich kam, auf Zypern, wo es prächtige Mäusefänger gibt, auf Samos, Kreta und in ganz Syrien alle Katzen, deren man habhaft werden konnte, einfangen lassen und mache euch nun den Vorschlag, sie an die Soldaten, welche rein-ägyptischen Truppen gegenüberstehen, zu verteilen und den Leuten zu befehlen, die heiligen Geschöpfe an ihre Schilder zu binden und den Angreifern entgegenzuhalten. Ich wette, daß jeder rechte Ägypter lieber das Schlachtfeld verlassen als auf eines der angebeteten Tiere schießen wird!«

Ein schallendes Gelächter antwortete diesem Vorschlag, der jedoch bei näherer Erwägung gebilligt und zur sofortigen Ausführung empfohlen wurde. Kambyses bot dem erfindungsreichen Hellenen die Hand zum Kuß, ersetzte seine Auslagen mit einem überreichen Geschenk und drang in ihn, sich mit einer vornehmen Perserin zu vermählen[106]. Dann lud er den Athener zum Abendessen ein; Phanes entschuldigte sich aber mit der notwendigen Musterung der ihm kaum bekannten ionischen Truppen, welche er führen sollte, und begab sich in sein Zelt.

Am Eingang seines Zelts fand er seine Sklaven im Streit mit einem bärtigen, zerlumpten und beschmutzten Greis, der durchaus mit ihm zu sprechen begehrte. Phanes hielt den Alten für einen Bettler und warf ihm ein Goldstück hin; jener bückte sich aber nicht einmal nach der reichen Gabe, sondern rief, indem er ihn am Mantel festhielt: »Ich bin Aristomachus von Sparta!«

Phanes erkannte jetzt den grausam veränderten Freund, führte ihn in sein Zelt, ließ ihm die Füße waschen und das Haupt salben, gab ihm Wein und Fleisch zur Stärkung, nahm ihm seine Lumpen ab und legte einen neuen Chiton um seine abgemagerten, sehnigen Schultern.

Aristomachus ließ sich dies alles schweigend gefallen. Erst nachdem er durch die kräftige Kost und den belebenden Trunk neue Kräfte gesammelt hatte, beantwortete er die Fragen des Atheners und erzählte ihm folgendes:

»Als Psamtik den Sohn des Phanes gemordet hatte, war er

ihm mit der Erklärung entgegengetreten, daß er seine Untergebenen veranlassen werde, aus dem Dienst des Amasis zu treten, wenn man das Töchterlein seines Freundes nicht ohne Säumen freilassen und eine genügende Auskunft über das Ende des verschwundenen Knaben geben würde. Der Thronerbe versprach, sich die Sache zu überlegen. Als der Spartaner zwei Tage später eine nächtliche Nilfahrt nach Memphis unternahm, wurde er von äthiopischen Kriegern angegriffen, überwältigt und mit geknebelten Gliedern in den finsteren Raum eines Fahrzeugs geworfen, welches, nach einer Reise von vielen Tagen und Nächten, an einem ihm unbekannten Ufer die Anker auswarf. Nun befreite man den Gefangenen aus seinem Kerker und führte ihn, bei glühender Hitze, durch eine Wüste, an seltsam gestaltetem Gestein vorbei nach Osten zu. Endlich kam er zu einem Gebirge, an dessen Fuß zahlreiche Hütten gebaut waren, in denen viele Menschen wohnten, die, mit Ketten an den Füßen, alle Morgen in den Schacht eines Bergwerks getrieben wurden, um dort Goldkörner aus dem harten Felsen zu hacken[107]. Manche der unglücklichen Grubenarbeiter verweilten schon länger als vierzig Jahre an dieser Stätte des Elends; die meisten von ihnen verfielen aber durch die ungeheure Anstrengung, welche man ihnen auferlegte, und die entsetzliche Hitze, die ihnen, sobald sie den Schacht verließen, entgegenstrahlte, einem frühzeitigen Tod.

»Meine Genossen«, so erzählte Aristomachus, »waren teils zum Tode verurteilte und begnadigte Mörder, teils ihrer Zunge beraubte Staatsverräter, teils dem König gefährliche und von ihm gefürchtete Menschen wie ich. Drei Monate arbeitete ich mit diesem Gesindel, von Vögten geschlagen, verschmachtend in der Hitze des Mittags, erstarrend, wenn der kalte Tau der Nächte auf meine nackten Glieder herniederfiel. Da fügten es die Götter, daß sich die Wärter bei dem Feste der Pacht, wie es Sitte in Ägypten ist, so sehr in Wein übernahmen, daß sie in den starren Schlaf der Trunkenheit verfielen und nicht bemerkten, wie ich und ein junger gefangener Jude, der beschuldigt worden war, bei einem Handel falsches Gewicht gebraucht zu haben, und deshalb seiner rechten Hand beraubt worden war, die Flucht ergriffen. Zeus Lakedämonius und der große Gott jenes Jünglings standen uns zur Seite und blendeten die Verfolger, deren Stimmen wir oftmals dicht hinter uns vernahmen.

Mit einem den Wächtern von mir entwandten Bogen verschaffte ich uns Nahrung. Wo sich kein Wild fand, aßen wir Wurzeln, Baumfrüchte und Vogeleier. Der Stand der Sonne und der Sterne half uns, den rechten Weg zu finden. Wir wußten, daß das Rote Meer nicht fern von den Bergwerken war und daß wir im Süden von Memphis, ja von Theben verweilt hatten. Bald erreichten wir den Strand und strebten unermüdlich nach Norden zu, bis wir mit freundlichen Schiffern zusammentrafen, die uns so lange verpflegten, bis ein arabisches Boot uns aufnahm, welches mich und den Juden, der die Sprache der Seefahrer kannte, nach Ezeongeber, im Lande der Edomiter, brachte. Dort vernahmen wir, daß Kambyses mit einem großen Heer gegen Ägypten ziehe, und reisten mit einem amalekitischen Reiterzug, welcher die Perser mit Wasser unterstützen sollte, nach Harma. Von hier aus wanderte ich mit Nachzüglern des großen asiatischen Heeres, die mich aus Mitleid dann und wann auf ihre Pferde setzten, nach Pelusium, und höre jetzt, daß du dem Großkönig als Kriegsoberster dienst. Ich habe meinen Schwur gehalten und bin treu für die Hellenen in Ägypten eingetreten; jetzt ist die Reihe an dir, dem alten Aristomachus zu helfen und ihm das einzige zu verschaffen, wonach er sich sehnt: Rache an seinen Verfolgern!«

»Die sollst du haben«, rief der Athener und drückte die Hand des Greises. »Ich werde dich an die Spitze der milesischen Schwerbewaffneten stellen und dir anheimgeben, gegen unsere Feinde zu wüten, wie es dir beliebt! Aber damit hab' ich meine Schuld noch lange nicht abgetragen, und ich preise die Götter, weil sie mir jetzt schon gestatten, dich durch ein einfaches Wort glücklich zu machen! Wisse, daß wenige Tage nach deinem Verschwinden ein spartanisches Ehrenschiff, geführt von deinem Sohn, nach Naukratis kam, um dich, den Vater zweier olympischer Sieger, auf Befehl der Ephoren in die Heimat zurückzurufen.«

Bei dieser Nachricht erbebten die Glieder des Greises, seine Augen füllten sich mit Tränen, und seine Lippen murmelten ein leises Gebet. Dann schlug er sich vor die Stirn und rief mit zitternder Stimme: »Jetzt erfüllt es sich – jetzt wird es zur Wahrheit! Verzeihe mir, Phöbus Apollo, wenn ich an den Worten deiner Priesterin zweifelte! Was verhieß das Orakel?

Wenn einst die reisige Schar von schneeigen Bergen herabsteigt,
Zu den Gefilden des Stroms, welcher die Ebene benetzt,
Führt Dich der zaudernde Kahn hinab zu jenem Gefilde,
Welches dem irrenden Fuß heimischen Frieden gewährt!
Wenn einst die reisige Schar von schneeigen Bergen herabsteigt,
Schenkt dir die richtende Fünf, was sie Dir lange versagt.

»Morgen graut der Tag der Vergeltung!« rief Phanes, in das Gebet des Alten einstimmend. »Morgen schlachte ich meinem Sohn die Totenopfer und gehe nicht eher zur Ruhe, bis Kambyses mit den von mir geschnitzten Pfeilen das Herz von Ägypten getroffen hat! Komm jetzt, mein Freund, und laß dich zum König führen. Ein Mann wie du schlägt einen ganzen Haufen ägyptischer Schleuderer in die Flucht!«

Die Nacht war hereingebrochen, und die persischen Soldaten standen, da ihr unbefestigtes Lager einen Überfall der Feinde befürchten lassen mußte, in Reih und Glied auf den ihnen angewiesenen Posten. Die Infanteristen lehnten sich an ihre Schilder und Speere, während die Reiter ihre gesattelten und gezäumten Pferde bei den Wachtfeuern hielten. Kambyses ritt an den Schlachtreihen vorüber und begeisterte durch seinen Gruß und Anblick die Scharen der Streiter[108]. Nur das Zentrum des Heeres hatte sich noch nicht aufgestellt, denn dieses bestand aus den persischen Leibwachen, den Apfelträgern, Unsterblichen und Verwandten des Königs, welche sich erst zugleich mit ihm den Feinden entgegenzustellen pflegten.

Außerdem waren die kleinasiatischen Griechen auf Befehl des Phanes, statt in die Reihen zu treten, zur Ruhe gegangen. Der Athener wünschte seine Streiter frisch zu erhalten und ließ sie, wenn auch in voller Rüstung, ruhig schlafen, während er selbst für sie wachte. Aristomachus war von den Ioniern mit lautem

Jubel empfangen, vom König freudig begrüßt worden und sollte mit der einen Hälfte der Hellenen zur Linken des Mitteltreffens kämpfen, während Phanes mit dem anderen Teil derselben auf der rechten Seite der Garden zu stehen kam. Der König wollte an der Spitze der zehntausend Unsterblichen, denen das blau-rotgoldene Reichsbanner und die Fahne des Kawe voranwehte[109], die Schlacht leiten, Bartja sollte das persische Gardereiterregiment (tausend Mann) und die ganz bepanzerte Kavallerie führen.

Krösus befehligte eine Abteilung des Heeres, welche das Lager, die in ihm befindlichen unermeßlichen Schätze, die Weiber der Großen, die Mutter und Schwester des Königs zu bewachen hatte.

Als sich der leuchtende Mithra zeigte und die finsteren Geister der Nacht sich in ihre Höhlen verbargen, wurde das heilige Feuer, welches dem Heer von Babylon aus vorangetragen worden war, zu riesenhafter Größe angefacht und von den Magiern und dem König mit kostbaren Wohlgerüchen gespeist. Dann verrichtete Kambyses das Opfer und flehte mit hocherhobener goldener Schale um Sieg und Ruhm. Hierauf gab er den Persern das Losungswort »Auramazda, Helfer und Führer« und stellte sich an die Spitze seiner Garden, deren Tiaren mit Kränzen geziert waren. Auch die Hellenen verrichteten ihre Opfer und jubelten laut, als die Priester verkündeten, daß die Vorzeichen Sieg versprächen. »Hebe« lautete ihre Parole[110].

Indessen hatten auch die ägyptischen Priester mit Opfer und Gebet den Morgen begonnen und sich dann in Schlachtordnung aufgestellt.

Dem Mitteltreffen gegenüber hielt Psamtik, der nunmehrige König, auf einem goldenen Fuhrwerk mit Bogenhaltern von demselben Metalle. Seine Rosse waren mit purpurnen Decken und goldenen Schabracken geschmückt und trugen Straußenfedern auf den stolzen Häuptern. Sein Wagenlenker entstammte der vornehmsten ägyptischen Familie[111] und stand, Zügel und Peitsche führend, zur Linken seines die Doppelkrone von Ober- und Unterägypten tragenden Gebieters.

Zur Linken des Zentrums sollten die hellenischen und karischen Söldner kämpfen. Die Reiterei stand an den äußersten

Enden der beiden Flügel des Heeres, während die ägyptischen und äthiopischen Fußvölker sich zur Rechten und Linken der Wagenkämpfer und Hellenen in sechsfachen Gliedern ordneten.

Psamtik fuhr ermutigend und grüßend an den Reihen der Seinen vorüber und hielt endlich vor den Hellenen still, um sie folgendermaßen anzureden: »Ich freue mich, ihr Helden, deren Waffentaten mir von Zypern und Libyen her wohlbekannt sind, daß ich diesmal euren Ruhm teilen und neue Siegeskränze auf euer Haupt setzen darf! Fürchtet nicht, daß ich, wenn wir unsre Feinde bezwingen, eure Freiheiten schmälern werde. Verleumder haben euch ins Ohr geraunt, solchen Undanks von mir gewärtig zu sein; ich aber versichere euch, daß ich euch und eure Nachkommen, wenn wir siegen, in jeder Weise begünstigen und die Stützen meines Thrones nennen will! Bedenket auch, daß ihr heute nicht allein für mich, sondern auch für die Freiheit eurer fernen Heimat kämpfen werdet. Ist es doch leicht zu ermessen, daß sich Kambyses, wenn er Herr von Ägypten werden sollte, nicht zufriedengeben, sondern vielmehr seine begehrliche Hand nach dem schönen Hellas und seinen Inseln ausstrecken wird. Ich brauche euch nur daran zu erinnern, daß diese zwischen Ägypten und euren asiatischen Brüdern, welche jetzt schon unter dem Perserjoch als Knechte seufzen, gelegen sind. Euer Zuruf beweist mir, daß ihr mir recht gebt; ich bitte euch aber, mir noch einen Augenblick Gehör zu schenken, denn es ist meine Pflicht, euch den Mann zu nennen, welcher nicht nur Ägypten, sondern auch seine eigene Heimat für ungeheure Schätze an den Großkönig von Persien verkauft hat. Phanes heißt jener Mann! – Ihr dürft nicht murren, denn ich schwöre euch, daß eben dieser Phanes das Gold des Kambyses angenommen und demselben versprochen hat, ihm nicht nur den Weg nach Ägypten, sondern auch die Pforte eures heimischen Mutterlandes zu öffnen. Dieser Mann kennt Land und Leute und ist mit Gold für alles zu erkaufen. Seht ihr, wie er dort neben dem König einhergeht, wie er sich vor ihm in den Staub wirft? Ist das ein Hellene? Scheint mir's doch, als hätt' ich einst vernommen, die Griechen fielen nur vor ihren Göttern nieder! Aber freilich, wer sein Vaterland verkauft, der hört auf, ein Bürger desselben zu sein! Ihr stimmt mir zu? Ihr gebt mir recht? Ihr verschmäht es, den Schandbuben euren

Landsmann zu nennen? – Wohl denn, so will ich die Tochter des Elenden, welche ich als Geisel zurückbehalten mußte und die der Habsüchtige mit seiner Heimat verkaufte, euch überantworten. Macht mit dem Kind eines Schurken, was ihr wollt. Schmückt es mit Rosen, fallt vor ihm nieder; vergeßt aber nicht, daß es jenem Mann angehört, der euch, der sein Vaterland verriet!«

Die so Angeredeten brachen in ein wütendes Geschrei aus und nahmen das zitternde Kind in Empfang. Ein Soldat hob das unglückliche Mädchen auf und hielt es seinem Vater, der es deutlich erkennen konnte, weil er von den Söldnern nur durch die Entfernung eines Bogenschusses getrennt war, entgegen. Zu gleicher Zeit rief ein Ägypter, welcher sich später durch seine laute Stimme berühmt machte[112], dem Erbebenden zu: »Gib acht, Athener, wie man hierzulande käufliche Verräter straft!« Dann ergriff ein Karer den Mischkrug, dessen vom König gespendeter Inhalt ihn und seine Waffenbrüder berauscht hatte, tauchte sein Schwert in die Brust des Kindes, ließ das unschuldige Blut desselben in das eherne Gefäß rinnen, füllte einen Becher mit dem gräßlichen Trank und leerte ihn, als bringe er das Wohl des versteinert dastehenden Vaters aus. Wie die Unsinnigen fielen die anderen Söldner über den Mischkrug her und schlürften, gleich wilden Tieren, den mit Blut besudelten Rebensaft[113].

In diesem Augenblick schoß Psamtik triumphierend den ersten Pfeil auf die Perser ab.

Die Söldner warfen die Leiche des Kindes zu Boden, stimmten, trunken von dem genossenen Blute, den Schlachtgesang an und eilten ihren ägyptischen Streitgenossen weit voraus in den Kampf.

Aber auch die Reihen der Perser setzen sich jetzt in Bewegung, und Phanes stürzte sich, rasend vor Schmerz und Wut, begleitet von seinen über die schändliche Barbarei ihrer Landsleute entrüsteten Schwerbewaffneten, auf dieselben Männer, deren Liebe er durch zehnjährige treue Führung verdient zu haben glaubte.

Als die Sonne in der Mittagshöhe stand, schien sich das Glück der Waffen den Ägyptern zuwenden zu wollen; als das Tagesgestirn unterging, waren die Perser im Vorteil; als sich der volle Mond am Himmel zeigte, verließen die Ägypter in wilder Flucht das Schlachtfeld und kamen entweder in den pelusinischen

Sümpfen und dem sie durchflutenden Nilarm in ihrem Rücken oder von asiatischen Schwertern erschlagen, für die Freiheit ihres Vaterlandes kämpfend, um.

Zwanzigtausend Perser und fünfzigtausend Ägypter bedeckten mit ihren Leichen den blutigen Staub des Meerstrandes, während die Verwundeten, Ertrunkenen und Gefangenen kaum zu zählen waren[114]. Psamtik hatte zu den letzten der Fliehenden gehört und auf dem Rücken eines edlen Rosses, leicht verwundet, das rettende jenseitige Ufer des Nils erreicht, um mit wenigen Tausenden seiner Getreuen nach Memphis, der wohlbefestigten Pyramidenstadt, zu enteilen.

Von den hellenischen Söldnern in ägyptischen Diensten waren wenige übriggeblieben, so furchtbar hatte der racheschnaubende Phanes mit seinen Ioniern in ihren Reihen gewütet. Zehntausend Karer gerieten in persische Gefangenschaft. Den Mörder seines Kindes schlug der Athener mit eigenen Händen zu Boden.

Auch Aristomachus hatte, trotz seines hölzernen Beines, Wunder der Tapferkeit verrichtet. Dennoch war es ihm ebensowenig wie seinen Genossen in der Rache gelungen, des Psamtik habhaft zu werden.

Als die Schlacht entschieden war und die Perser mit lautem Jubel zum Lager zurückkehrten, wurden sie von Krösus, den zurückgebliebenen Priestern und Soldaten empfangen und feierten mit Opfern und Gebeten den ruhmreichen Sieg.

Am anderen Morgen rief der König alle Heerführer zusammen und verteilte an sie je nach ihren Verdiensten Ehrenzeichen, als da sind: kostbare Kleider, goldene Ketten, Ringe, Säbel und Sterne von edlem Gestein[115], während er Gold- und Silbermünzen unter die Soldaten auswerfen ließ.

Der Hauptangriff der Ägypter hatte sich gegen das Mitteltreffen der Perser, an dessen Spitze der König kämpfte, so nachdrücklich gerichtet, daß die Garden schon zu weichen anfingen, als Bartja mit seinen Reitern rechtzeitig eintraf, die Wankenden mit neuem Mut beseelte und endlich, wie ein Löwe fechtend, den Ausgang des Tages durch seine Tapferkeit und Schnelligkeit entschied.

Die Perser jubelten dem Jüngling entgegen und nannten ihn

laut »den Sieger von Pelusium« und »den Besten der Achämeniden«.

Diese Rufe kamen dem König zu Ohren und erfüllten ihn mit tiefem Groll. Er war sich bewußt, mit Aufopferung seines Lebens, wahrem Heldenmut und der Kraft eines Riesen gekämpft zu haben, und die Schlacht wäre dennoch verloren gewesen, wenn ihm dieser Knabe nicht den Sieg geschenkt haben würde. Sein Bruder, der ihm das Glück der Liebe verkümmert hatte, nahm ihm jetzt die Hälfte seines Kriegsruhms. Kambyses fühlte deutlich, daß er Bartja haßte, und seine Fäuste ballten sich, als er des jungen, von edlem Selbstbewußtsein strahlenden Helden ansichtig wurde. Phanes weilte verwundet in seinem Zelte und neben ihm ruhte der röchelnde Aristomachus.

»Das Orakel hat dennoch gelogen«, murmelte der Spartaner. »Ich sterbe und sehe die Heimat niemals wieder!«

»Es redete die Wahrheit!« gab Phanes zurück. »Wie lauteten die letzten Worte der Pythia?«

Führt Dich der zaudernde Kahn hinab zu jenem Gefilde,
Welches dem irrenden Fuß heimischen Frieden gewährt!

»Verkennst du den Sinn dieser Worte? – Sie meinen den zaudernden Kahn des Charon, der dich zur letzten Heimat, dem großen Ruheplatz aller Wanderer, dem Reich des Hades, befördern soll!«

»Ja, du hast recht, mein Freund, es geht zum Hades!«

»Und die richtende Fünf, die Ephoren, haben dir vor dem Tod die Rückkehr nach Lakedämon gestattet. Auch mußt du den Göttern, die dir solche Söhne und Rache an deinen Feinden schenkten, dankbar sein. Ich werde, wenn ich genesen bin, nach Hellas reisen und deinem Sohn mitteilen, sein Vater sei, eines ruhmvollen Todes sterbend, auf seinem Schild vom Schlachtfeld in das Grab getragen worden.«

»Tu das und übergib ihm meinen Schild, den er als Andenken an seinen alten Vater aufbewahren soll. Ich habe nicht nötig, ihn zur Tugend zu ermahnen.«

»Soll ich Psamtik, wenn wir ihn gefangen haben werden, mitteilen, was du zu seinem Sturz beigetragen hast?«

»Nein; er sah mich, bevor er floh, und ließ vor Schreck über den unerwarteten Anblick den Bogen fallen. Seine Freunde hielten dies für ein Zeichen zur Flucht und wandten ihre Rosse.«

»Die Götter verderben den Frevler durch seine eigenen Schandtaten. Psamtik verlor den Mut, als er glauben mußte, daß selbst die Geister aus der Unterwelt gegen ihn kämpften.«

»Er hatte mit den Sterblichen genug zu tun! Die Perser haben gut gekämpft. Dennoch wäre ohne die Garden und uns die Schlacht verloren gewesen!«

»Ganz gewiß!«

»Zeus Lakedämonius, ich danke dir!«

»Du betest?«

»Ich preise die Götter, denn sie lassen mich ohne Sorge für unser Vaterland scheiden. Diese zusammengewürfelten Massen sind der hellenischen Heimat nicht gefährlich. – Heda, Arzt! Wann werde ich sterben?«

Der Heilkünstler von Milet, der die dem persischen Heerbanne folgenden kleinasiatischen Griechen nach Ägypten begleitet hatte, lächelte schmerzlich und sagte, auf die Pfeilspitze, welche in der Brust des Spartaners steckte, weisend: »Nur noch wenige Stunden darfst du das Tageslicht schauen. Sobald ich das Geschoß aus deiner Wunde entfernen würde, würde der Tod eintreten.«

Der Spartaner dankte dem Arzt, sagte Phanes Lebewohl, bat ihn, Rhodopis zu grüßen, und zog, ehe er daran gehindert werden konnte, mit sicherer Hand den Pfeil aus seiner Brust. Wenige Augenblicke später war Aristomachus gestorben.

Noch am gleichen Tag fuhr eine persische Gesandtschaft auf einem lesbischen Fahrzeug nach Memphis, um den König aufzufordern, sich und die Stadt auf Gnade und Ungnade zu ergeben. Kambyses folgte ihr, nachdem er eine Abteilung des Heeres unter Megabyzus zur Einnahme von Sais abgeschickt hatte.

In Heliopolis kamen ihm Gesandtschaften der hellenischen Bewohner von Naukratis und der Libyer, welche ihn um Schutz und Frieden baten, mit einem goldenen Kranz und reichen Geschenken entgegen. Er nahm sie gnädig auf und verhieß ihnen seine Freundschaft; die Gesandten von Kyrene und Barka wies er aber zornig ab und warf ihren Tribut, fünfhundert Silberminen, der ihm verächtlich klein erschien, mit eigenen Händen unter die Soldaten aus.

An demselben Ort kam ihm auch die Nachricht zu, daß die Memphiten bei der Ankunft seiner Gesandtschaft scharenweise herbeigeströmt wären, das Schiff in den Grund gebohrt und seine Fahrgäste, ohne Unterschied, wie rohes Fleisch in Stücke gerissen und in die Festung geschleift hätten[116]. Kambyses rief, sobald er dies gehört hatte, zornig aus: »So sollen denn, beim Mithra, für jeden dieser ermordeten Männer zehn Bewohner von Memphis zu Tode gehen!« – Zwei Tage später hielt er mit seinem Heer vor den Toren der Riesenstadt. Die Belagerung derselben dauerte nur kurze Zeit, denn die Besatzung war viel zu klein für die Größe des Platzes und die Bürgerschaft entmutigt von der furchtbaren pelusinischen Niederlage.

König Psamtik selbst zog dem König mit seinen vornehmsten Hofbeamten entgegen. Der unglückliche Mann erschien in zerrissenen Kleidern und hatte alle Zeichen der Trauer angelegt. Kambyses empfing ihn mit kaltem Schweigen und befahl, ihn samt Gefolge festzunehmen und abzuführen. Die Witwe des Amasis, Ladice, wurde rücksichtsvoll behandelt und auf Verwenden des Phanes in ihre Heimat Kyrene zurückgeschickt, wo sie bis zum Sturz ihres Neffen Arkesilaus III. und der Flucht ihrer Schwester Pheretime verblieb. Dann siedelte sie nach Anthylla in Ägypten über[117], lebte dort still und einsam und starb in hohem Alter.

Kambyses verschmähte es, den an ihm verübten Betrug an einer Frau zu rächen, und hatte als Perser zu viel Ehrfurcht vor einer Mutter, besonders aber vor der Mutter eines Königs, um der Witwe des Amasis ein Leid anzutun.

Psamtik verweilte, in fürstlichen Räumen und fürstlich bedient, unter strenger Bewachung im Palast der Pharaonen, während Kambyses die Residenzstadt Sais belagerte und einnahm.

Unter den vornehmen Ägyptern, welche das Volk zum Widerstand aufgereizt hatten, nahm Neithotep, der Oberpriester der Neith, den ersten Platz ein. Er wurde mit hundert seiner unglücklichen Mitschuldigen zu schwerer Gefangenschaft nach Memphis geschickt. Der größte Teil der Hofbeamten des Pharao brachte dagegen zu Sais dem Kambyses freiwillig seine Huldigung dar, gab ihm den Namen Ramestu, Kind der Sonne, und veranlaßte ihn, sich förmlich als König von Ober- und Unterägypten krönen und nach alter Sitte in die Priesterkaste aufnehmen zu lassen. Kambyses ließ sich das alles auf den Rat des Phanes und Krösus, wenn auch widerwillig, gefallen; ja, er opferte sogar im Tempel der Neith und ließ sich von dem neuen Oberpriester der Göttin einen flüchtigen Einblick in das Wesen der Mysterien geben. Einige der alten Höflinge zog er in seine Nähe, viele Verwaltungsbeamte beförderte er auf hohe Posten; der Admiral der Nilflotte des Amasis verstand es sogar, sich seine Gunst zu erwerben und sich zum Tischgenossen ernennen zu lassen[118].

Als Kambyses endlich die Stadt verließ, bestellte er Megabyzus zum Gouverneur derselben. Kaum hatte aber der König Sais verlassen, als das niedere Volk seinem verhaltenen Groll Luft machte, persische Wachtposten meuchlings ermordete, Brunnen vergiftete und die Ställe der Reiterei in Brand steckte. Megabyzus begab sich nach diesen Vorfällen zum König und warnte ihn, daß solche Feindseligkeit leicht zum offenen Aufstand führen könne. »Laß«, so empfahl er, »die zweitausend vornehmen Jünglinge von Memphis, die du zur Strafe für die Ermordung unserer Gesandtschaft zum Tode bestimmt hast, unverzüglich hinrichten. Auch kann es nicht schaden, wenn du den Sohn des Psamtik, um den sich die Empörer einstmals scharen werden, zu den Verurteilten gesellst. Die Töchter des früheren Königs und des Oberpriesters Neithotep müssen, wie ich höre, für die Bäder des edlen Phanes Wasser tragen.«

Der Athener lächelte bei diesen Worten und sagte: »Kambyses, mein Herr, hat mir auf meine Bitte so vornehme Dienerinnen zu halten gestattet.«

»Dir aber verboten«, fügte Kambyses hinzu, »das Leben irgendeines Mitgliedes des gestürzten Herrscherhauses zu gefährden. Nur ein König darf Könige bestrafen!«

Phanes verneigte sich; Kambyses aber wandte sich wiederum an Megabyzus und befahl ihm, die Hinrichtung der Verurteilten am folgenden Tag als warnendes Beispiel vollziehen zu lassen. Über das Schicksal des Königssohnes wollte er später eine Entscheidung fällen; derselbe sollte aber jedenfalls mit den anderen Verurteilten zum Richtplatz geführt werden. »Man muß sehen«, rief er, »daß wir der Feindseligkeit mit Strenge zu begegnen wissen!«

Als Krösus sich erlaubte, um Gnade für den unschuldigen Knaben zu bitten, lächelte Kambyses und sagte: »Sei ruhig, alter Freund, das Kind ist noch am Leben und wird es vielleicht nicht schlimmer bei uns haben als dein Sohn, der bei Pelusium so wacker kämpfte! Übrigens möchte ich wissen, ob Psamtik sein Schicksal gefaßt und männlich, wie du vor fünfundzwanzig Jahren, zu tragen versteht!«

»Das käme auf einen Versuch an!« sagte Phanes. »Laß den König in den Schloßhof treten und die Gefangenen und Verurteilten an ihm vorüberführen, dann wird sich erweisen, ob er ein Mann ist oder ein Feigling.«

»So sei es!« rief Kambyses. »Ich werde mich verbergen und ihn ungesehen beobachten. Du begleitest mich, Phanes, und nennst mir den Namen und Stand der einzelnen Gefangenen!«

Am Morgen des nächsten Tages begab sich der Athener mit dem König auf den Altan, welcher den riesengroßen, mit Bäumen bepflanzten Schloßhof umgab. Dichtes Blumengebüsch verbarg die Lauscher, welche jede Bewegung der Menschen unter ihnen erkennen und jedes ihrer Worte verstehen konnten. Psamtik stand, von einigen seiner früheren Genossen umgeben, an einen Palmenbaum gelehnt und schaute finster zu Boden, während seine Töchter mit dem Kinde Neithoteps und anderen Jungfrauen in Sklavenkleidern, gefüllte Wasserkannen tragend, in den Hof schritten. Sobald die Mädchen den König erblickten, erhoben sie ein lautes Klagegeschrei, welches Psamtik aus seinen Träumen weckte. Nachdem er die Jammernden erkannt hatte, beugte er sein Antlitz zur Erde nieder, richtete sich aber bald wieder auf und fragte seine älteste Tochter, für wen sie das Wasser trage? Als er vernommen hatte, daß sie Phanes Sklavendienste leisten müsse, erbleichte er, nickte mit dem Kopf und rief den Mädchen zu: »Geht!«

Wenige Minuten später traten die Gefangenen, mit Stricken am Hals und Zäumen im Mund, von persischen Wachen geführt, in den Hof[119]. Dem Zuge voran ging der kleine Necho, welcher seinem Vater die Händchen entgegenstreckte und ihn bat, daß er die fremden, bösen Menschen, die ihn töten wollten, bestrafen möge. Die Ägypter weinten bei diesen Worten vor übergroßem Schmerz; Psamtik aber beugte sich abermals tränenlos tief zur Erde nieder und winkte dann dem weinenden Knaben mit der Hand ein letztes Lebewohl entgegen.

Kurze Zeit darauf traten die zu Sais Gefangenen durch die Pforte. Unter ihnen befand sich der greise Neithotep. Der frühere Oberpriester war in Lumpen gekleidet und schlich an einem Stab mühsam vorwärts. Am Tor des Hofs schlug er die Augen auf und erblickte Darius, seinen einstigen Schüler. Ohne sich um seine Umgebung zu kümmern, ging er auf ihn zu, klagte ihm seine Not, bat ihn, ihm zu helfen, und flehte ihn endlich um ein Almosen an.

Darius tat seine Hand auf und veranlaßte dadurch die anderen Achämeniden, welche in seiner Nähe standen, den Alten scherzend anzurufen und ihm kleine Münzenstücke zuzuwerfen, die er mühsam und dankend von der Erde auflas.

Sobald Psamtik das erblickte, weinte er laut, rief den Namen seines Freundes klagend aus und schlug sich mit der Hand vor die Stirn. Kambyses wunderte sich, als er dieses sah, zerteilte die Blumen, trat an die Brüstung des Altans und rief dem Unglücklichen zu: »Sage mir, du seltsamer Mensch, warum du beim Anblicke deiner unglückseligen Tochter und deines in den Tod gehenden Sohnes nicht gejammert und geweint, einem Bettler aber, der nicht einmal mit dir verwandt sein soll, so große Teilnahme erwiesen hast?«

Psamtik schaute zu seinem Besieger hinauf und antwortete: »Meines Hauses Unglück, Sohn des Cyrus, war für Tränen zu groß; das Ungemach eines Freundes aber, der im Greisenalter vom angesehensten, glücklichsten Mann zum elenden Bettler wurde, durfte ich beweinen!«

Kambyses nickte dem Unglücklichen beifällig zu und bemerkte, als er sich umschaute, daß nicht er allein gerührt war. Krösus, Bartja und alle anwesenden Perser, ja sogar Phanes, der den beiden Königen als Dolmetscher gedient hatte, weinten laut.

Der stolze Sieger sah diese Tränen gern und sagte, sich dem Athener zuwendend: »Ich meine, hellenischer Freund, daß die uns zugefügte Unbill gerächt ist. Steh auf, Psamtik, und suche dich, wie dieser edle Greis« – dabei zeigte er auf Krösus –, »an dein neues Schicksal zu gewöhnen. Der Betrug deines Vaters ist an dir und deinem Hause gestraft worden. Dieselbe Krone, welche Amasis der Tochter des Hophra, meiner unvergeßlichen Gattin, raubte, habe ich von deinem Haupt gerissen. Um Nitetis' willen begann ich diesen Krieg; jetzt schenke ich deinem Sohn das Leben, weil sie ihn liebte. Ungekränkt magst du von nun ab als Tischgenosse an unsrem Hofe leben und die Ehren meiner Großen teilen. Hole den Knaben, Gyges! Er soll, wie du vor Jahren, mit den Söhnen der Achämeniden erzogen werden!«

Der Lyder eilte, um diesen erfreulichen Auftrag auszurichten, der Tür des Altanes zu; Phanes aber rief ihn, ehe er sie erreichen konnte, zurück, stellte sich in stolzer Haltung zwischen den König und den vor Wonne bebenden Psamtik und sprach: »Dein Gang, edler Lyder, würde vergebens sein; Necho, der Sohn des Psamtik, ist nicht mehr! Deinem Befehl trotzend, mein Herrscher, hab' ich die Vollmacht, welche du mir einst gegeben, benützt, um dem Henker aufzutragen, den Enkel des Amasis als ersten von allen Gefangenen hinzurichten. Jener Hörnerton, den ihr vernommen haben werdet, gab Kunde von dem Tod des letzten am Nil geborenen Thronerben von Ägypten. Ich kenne mein Geschick, Kambyses, und bitte nicht um ein Leben, dessen Ziel erreicht ist. Auch deinen vorwurfsvollen Blick, o Krösus, verstehe ich. Du beklagst die gemordeten Kinder; das Leben ist aber ein solches Gewebe von Jammer und Enttäuschungen, daß ich mit deinem Warner Solon denjenigen für den Glücklichsten halte, dem die Götter, wie einst dem Kleobis und Biton[120], einen frühen Tod bescheren. Gestatte mir, o Kambyses, als letzte Gnade, nur noch wenige Worte reden zu dürfen. Du, Psamtik, weißt, was uns entzweite. Ihr, an deren Achtung mir gelegen ist, sollt es jetzt alle erfahren. Ich bin von dem Vater dieses Mannes an seiner Stelle zum Befehlshaber der gegen Zypern gesandten Truppen ernannt worden und errang große Erfolge, wo er Demütigungen erntete; ich wurde ohne meinen Willen zum Mitwisser eines seine Ansprüche auf den Thron gefährdenden Geheimnisses; ich verhinderte ihn endlich, eine tugendhafte Jungfrau aus dem Hause ihrer Ahne, einer allen Hellenen ehrwürdigen Greisin, zu rauben. – Das ist es, was er mir nicht verzeihen konnte, was ihn bewog, mich, als ich die Dienste seines Vaters verlassen mußte, zum Kampf auf Tod und Leben herauszufordern. Jetzt ist der Streit entschieden. Du hast meine unschuldigen Kinder morden und mich selbst, gleich einem schädlichen Tier, hetzen lassen; das ist deine ganze Rache! Ich habe dich deines Thrones beraubt und dich und dein Volk zu Knechten gemacht. Ich habe deine Tochter meine Sklavin genannt, habe deinen Sohn verbluten lassen und mit angesehen, wie dieselbe Jungfrau, welche du verfolgtest, zur glücklichen Gattin eines Helden wurde. Du, Gestürzter, Sinkender, sahest mich zum Reichsten und Mächtigsten meiner Landsleute werden; du, Unglücklicher, mußtest mich – und das war meine schönste Rache – vor unbezwinglicher Rührung über dein entsetzliches Schicksal weinen sehen! Wer, so wie ich, das tiefste Elend seines Feindes nur um einen Atemzug überleben darf, den preise ich glücklich gleich den seligen Göttern. Jetzt habe ich nichts mehr zu sagen!« –

Phanes schwieg, die Hand auf seine Wunde pressend. Kambyses schaute ihn staunend an, trat einen Schritt vorwärts und wollte eben den Gürtel des Atheners berühren, eine Handbewegung, welche der Unterzeichnung eines Todesurteils gleichgekommen wäre[121], als seine Blicke auf die Ehrenkette fielen, welche er ihm zum Lohn für die Klugheit, mit der er die Unschuld der Nitetis bewiesen, um den Hals gehängt hatte. Die Erinnerung an seine Liebe und den Dank, welchen er dem seltenen Manne für zahllose Dienste schuldete, besänftigte seinen Groll und ließ seine zum Zeichen des Todes erhobene Hand sinken. Während einer Minute stand der strenge Herrscher dem ungehorsamen Freund zaudernd gegenüber, dann erhob er abermals, einer schnellen Eingebung folgend, seine Rechte und wies mit derselben gebieterisch auf den Ausgang des Hofes hin.

Phanes verneigte sich schweigend, küßte das Gewand des Königs und stieg gemessenen Schrittes in den Hof hinab. Psamtik schaute ihm bebend nach und sprang an die Brüstung des Altans, sank aber, bevor er seine Lippen zu einem Fluch öffnen konnte, kraftlos zusammen.

Kambyses winkte seinem Gefolge und befahl dem Jägermeister, Vorbereitungen zu einer Löwenjagd in den libyschen Bergen zu treffen.

7.
KAPITEL

Der Nil begann wiederum zu steigen. Zwei Monate, in denen sich manches zugetragen hatte, waren seit der Flucht des Phanes vergangen.

Sappho hatte an demselben Tag, an dem der Athener Ägypten verließ, eine Tochter zur Welt gebracht. Unter der Pflege ihrer Großmutter hatte sie sich soweit erholt, daß sie an einer Nilfahrt teilnehmen konnte, die auf Vorschlag des Krösus am Feste der Neith unternommen wurde. Das junge Ehepaar wohnte nicht mehr in Memphis, denn Bartja hatte, um dem seit der Flucht des Phanes unerträglichen Benehmen seines Bruders zu entgehen, das Königschloß von Sais bezogen. Auch Rhodopis, in deren Haus der Lyder mit seinem Sohn, Bartja, Darius und Zopyrus keine seltenen Gäste waren, schloß sich den Reisenden an.

Am Morgen des Neith-Festes bestieg man acht Meilen unterhalb Memphis eine köstlich geschmückte Barke und fuhr, von einem günstigen Nordwind und zahlreichen Ruderern getrieben, den Strom hinauf.

Unter dem teils vergoldeten, teils mit bunten Farben bemalten hölzernen Schirmdach, welches sich inmitten des Verdeckes erhob, verweilten die Fahrgäste, gesichert vor den brennenden Strahlen der Sonne.

Krösus saß an der Seite der Greisin, zu deren Füßen der Milesier Theopompus ruhte. Sappho lehnte sich an Bartja; Syloson, der Bruder des Polykrates, lag neben dem tiefsinnig in den Strom schauenden Darius, während Gyges und Zopyrus die Blumen, welche ihnen ein ägyptischer Sklave überreichte, zu Kränzen für die Stirn der beiden Frauen zusammenflochten.

»Man sollte nicht glauben«, sagte Bartja, »daß wir gegen den Strom fahren. Der Nachen fliegt wie eine Schwalbe über das Wasser!«

»Das macht der kräftige Nordwind«, entgegnete Theopompus. »Auch verstehen die ägyptischen Ruderknechte ihr Handwerk ganz vorzüglich.«

»Und arbeiten doppelt fleißig«, fügte Krösus hinzu, »weil es gegen den Strom geht! Nur wo wir Widerstand finden, pflegen wir unsere Kräfte einzusetzen.«

»Und wir schaffen uns selbst Schwierigkeiten«, sagte Rhodopis, »wenn das Geschick unseren Lebenskahn auf glatte Fluten setzt.«

»Könnte dich doch der König hören!« rief Krösus. »Statt mit seiner großen Eroberung zufrieden zu sein und nun auf die Wohlfahrt seiner Untertanen zu sinnen, schweifen seine Wünsche in die Ferne. Die ganze Welt möchte er bezwingen, während er sich selbst seit der Verbannung des Phanes fast alle Tage von dem Diw der Trunkenheit zu Boden werfen läßt.«

»Hat denn seine erhabene Mutter gar keine Macht über ihn?« fragte Rhodopis.

»Sie konnte ihn nicht einmal von dem Vorsatz, Atossa zu heiraten, abbringen und hat dem Hochzeitsschmaus in eigener Person beiwohnen müssen!«

»Die arme Atossa!« murmelte Sappho.

»Sie verlebt als Königin von Persien keine goldenen Tage«, sagte Krösus, »und wird mit ihrem brüderlichen Gatten um so schwerer in Zufriedenheit leben können, von je heftigerer Gemütsart sie selber ist. – Kambyses soll sie leider sehr vernachlässigen und ihr wie einem Kind begegnen. Übrigens erscheint diese Heirat den Ägyptern gar nicht außergewöhnlich, denn bei ihnen werden Bruder und Schwester nicht selten Mann und Weib[122].«

»Und auch in Persien«, fügte Darius, vollkommene Ruhe erheuchelnd, hinzu, »hält man Verbindungen mit Blutsverwandten für die besten Ehen.«

»Um aber auf den König zurückzukommen«, sagte Krösus, der mit Rücksicht auf den Sohn des Hystaspes dieses Gespräch geflissentlich abbrach, »so versichere ich dir, Rhodopis, daß er ein edler Mensch genannt werden darf. Seinen in Leidenschaft und Jähzorn begangenen Fehlern folgt die Reue auf dem Fuß, und niemals hat ihn der Vorsatz, ein guter und gerechter Herrscher zu sein, verlassen. Neulich habe ich versucht, ihn von seinem Vorhaben abzubringen, die Äthiopier, Ammonier und Karthager zu bekriegen. Von ersterem Volk weiß man nur märchenhafte Dinge und wird, wenn man es bekriegt, mit großen Opfern einen kleinen Gewinn erkaufen. Die Oase des Ammon ist wegen der Wüste, welche sie von Ägypten trennt, für ein größeres Heer kaum zugänglich, und es scheint mir sündhaft, gegen einen Gott und die Schätze eines solchen, möge man auch nicht zu seinen Anbetern gehören, einen Krieg zu beginnen. Was endlich die Karthager betrifft, so hat der Erfolg bereits die Wahrheit meiner Voraussagung bestätigt. Die Matrosen unsrer Flotte sind fast ohne Ausnahme Syrer und Phönizier und weigerten sich natürlich, gegen ihre Brüder zu Felde zu ziehen. Kambyses verlachte meine Gründe, nannte mich einen Feigling und schwor endlich, als ihn der Wein übermannt hatte, daß er auch ohne Phanes und Bartja imstande sein würde, schwierige Unternehmungen durchzuführen und große Völker zu unterjochen.«

»Was bedeutet diese Anspielung auf dich, mein Sohn?« fragte die Greisin.

»Er hat die Schlacht von Pelusium gewonnen, kein anderer!« rief Zopyrus, dem Freunde das Wort abschneidend.

»Du aber«, sagte Krösus, »hättest samt deinen Freunden vorsichtiger sein und bedenken sollen, daß es gefährlich ist, die Eifersucht eines Mannes wie Kambyses zu erwecken. Ihr vergeßt immer, daß sein Herz wund ist und den kleinsten Verdruß gleich einem Schmerz empfindet. Das Schicksal hat ihm das Weib seiner Liebe und den Freund, der ihm teuer war, entrissen; jetzt legt ihr es darauf an, ihm auch noch das Letzte, was ihm am Herzen liegt, seinen Kriegsruhm, zu schmälern.«

»Tadle ihn nicht«, rief Bartja, die Hand des Greises ergreifend. »Mein Bruder ist niemals ungerecht gewesen und weit entfernt, mir mein Glück – denn Verdienst kann ich meinen rechtzeitigen Angriff kaum nennen – zu beneiden. Ihr wißt ja, daß er mir nach der Schlacht diesen herrlichen Säbel, hundert edle Rosse und eine goldene Handmühle als Belohnung für meine Tapferkeit schenkte!«

Als die Sonne hinter dem Mokattam-Gebirge verschwunden war, setzten die Sklaven kostbar geschnitzte Stühle, Fußbänke und Tischchen auf das offene Verdeck, welches die muntere Gesellschaft nunmehr betrat. Ein wunderbar schöner, alle Erwartungen übertreffender Anblick bot sich den überraschten Augen dar.

Das Fest der Neith, welches die Ägypter »Lampenbrennen« nannten und das durch eine große Illumination aller Häuser des Landes gefeiert zu werden pflegte, hatte mit dem Aufgang des Mondes begonnen[124]. Die Ufer des Riesenstromes glichen unabsehbar langen Feuerstreifen. Jeder Tempel, jedes Haus, jede Hütte war, je nach dem Wohlstand des Besitzers, mit Lampen geschmückt. An den Portalen der Landhäuser sowie auf den Türmchen der größeren Gebäude brannten in Pechpfannen helle Feuer und schickten dichten Rauch empor, der sich mit den Fahnen und Wimpeln in der Luft wiegte. Die vom Mondschein versilberten Palmen- und Sykomoren-Bäume spiegelten sich, seltsame Gestalten annehmend, in den vom Abglanz der Flammen geröteten Wellen, welche das Ufer bespülten. Aber das Licht genügte nicht, um auch die Mitte des Riesenstromes, in der sich die Barke der Lustfahrer hielt, zu erhellen. Es war ihnen, als führen sie, von zwei leuchtenden Tagen umgeben, in finsterer Nacht dahin. Dann und wann zeigten sich Barken, die, mit Lampen erleuchtet, wie feurige Schwäne über das Wasser flogen und, wenn sie sich an den Ufern hielten, das Aussehen hatten, als ob sie einen glühenden Eisenguß durchschnitten.

Schneeweiße Lotosblumen wiegten sich auf den Wellen und erschienen den Männern und Frauen an Bord wie die Augen des Wassers. Kein Laut erreichte von den Ufern her das Ohr der Lauschenden. Die Kraft des vom Nordwind entführten Schalles war zu gering, um die Mitte des Stromes zu erreichen. Nur der Ruderschlag und der einförmige Gesang der Matrosen unterbrach die tiefe Stille der Nacht.

Lange Zeit schauten die Freunde schweigend auf das seltsame Schauspiel, welches an ihnen vorüberzugleiten schien. Endlich unterbrach Zopyrus die Stille, indem er tief aufatmend ausrief: »Wie beneide ich dich, Bartja! Wenn es mit rechten Dingen zuginge, so müßte jeder von uns in dieser Stunde sein geliebtes Weib an seiner Seite haben!«

»Wer hat dir verboten, eine von deinen Frauen mitzunehmen?« antwortete der glückliche Gatte.

»Meine fünf anderen Lebensgefährtinnen«, seufzte der Jüngling. »Hätt' ich Parysatis, des Oroetes Töchterlein, meinem jüngsten Liebling, allein mit mir zu kommen gestattet, so würde dieser reizende Anblick mein letzter gewesen sein, denn morgen hätte es ein Paar Augen weniger auf der Welt gegeben!«

Bartja nahm Sapphos rechte Hand fest in die seine und sagte: »Ich glaube beinah, daß ich mich zeitlebens mit *einer* Frau begnügen werde!«

Die junge Mutter erwiderte den Druck der Hand und sprach, sich an Zopyrus wendend: »Ich traue dir nicht, Freund, denn es scheint mir, als würdest du weniger den Zorn deiner Gattinnen, als einen Verstoß gegen die Sitten deiner Heimat begehen. Man hat mir schon erzählt, daß man in den Frauengemächern meinen armen Bartja schilt, weil er mich nicht von Eunuchen bewachen läßt und mir gestattet, seine Freuden zu teilen.«

»Er verwöhnt dich auch schrecklich«, gab Zopyrus zurück, »und unsere Weiber berufen sich schon, wenn wir sie ein wenig kurz halten, auf seine Güte und Nachsicht. In den nächsten Tagen wird an der Pforte des Königs eine Empörung der Frauen losbrechen, und die Achämeniden, welche scharfen Schwertern und Pfeilen entkamen, werden von spitzen Zungen erstochen und von salzigen Tränenfluten ertränkt werden.«

»O du unhöflicher Perser«, lachte Syloson, »wir müssen dir größere Ehrfurcht vor den Ebenbildern Aphrodites beibringen.«

»Ihr Hellenen etwa?« fragte der Jüngling. »Beim Mithra, unsere Frauen haben es ebenso gut wie die euren. Nur die Ägypterinnen leben unglaublich frei!«

»So ist es!« sagte Rhodopis. »Die Einwohner dieses seltenen Landes gewähren seit Jahrtausenden meinem Geschlecht dasselbe Recht, welches sie für sich selbst beanspruchen. In mancher Beziehung haben sie uns sogar den Vorzug gegeben. Gebietet doch z. B. das ägyptische Gesetz nicht den Söhnen, sondern den Töchtern, die Eltern zu ernähren und zu pflegen. Diese Vorschrift zeigt, wie fein die weisen Väter eines jetzt gedemütigten Volkes die Natur der Frau zu beurteilen verstanden, wie richtig sie erkannt hatten, daß wir euch Männer an umsichtiger Sorge, aufmerksamer Pflege und hingebender Liebe um vieles übertreffen! – Spottet nicht dieser Tieranbeter, welche ich nicht verstehe und dennoch schon darum tief bewundere, weil mir Pythagoras, der Meister alles Wissens, versichert hat, die in den Lehren der Priester verborgene Weisheit sei so ungeheuer wie die Pyramiden.«

»Und euer großer Lehrer hat recht!« rief Darius. »Ihr wißt, daß ich seit mehreren Wochen täglich mit Neithotep, dem Oberpriester der Neith, den ich aus seiner Gefangenschaft befreien ließ, sowie mit dem alten Onuphis verkehre, oder besser mich von ihnen unterrichten lasse. Wieviel Neues hab' ich von den Alten erlernt! Wieviel Trauriges vergess' ich, wenn ich ihren Lehren lausche! Die ganze Geschichte des Himmels und der Erde ist ihnen bewußt. Ihre Gesetze sind ein Quell der Weisheit, und die Einrichtungen ihres Staates den Bedürfnissen des Landes mit hohem Geiste angepaßt. Ich wollte, daß wir uns der gleichen Ordnung, der gleichen Regelmäßigkeit in unserer Heimat rühmen könnten! Der Grund ihres Wissens beruht in dem Gebrauch der Zahlen, mit deren Hilfe es allein möglich ist, die Sternenbahnen zu berechnen, das Bestehende genau zu bestimmen und zu begrenzen, ja sogar, durch Verlängerung und Verkürzung der Saiten, die Töne zu regeln[125]. Die Zahl ist das einzige Gewisse, jeder Willkür, jeder Deutung Spottende. Jedes Volk hat seine eigene Ansicht vom Rechten und Unrechten, jedes Gesetz kann durch Verhältnisse unbrauchbar werden; diejenigen Erfahrungen aber, deren Grundlagen die Zahlen bilden, bleiben ewig unumstößlich. Wer kann bestreiten, daß zweimal zwei vier ausmacht? Die Zahlen bestimmen fest und sicher den Inhalt alles Seins, jedes Sein ist gleich seinem Inhalt, darum sind die Zahlen das wahre Sein, das Wesen aller Dinge!«

»In Mithras Namen, Darius, höre auf, wenn du nicht willst, daß ich schwindelig werde!« rief Zopyrus, den Freund unterbrechend. »Wenn man dich so reden hört, sollte man denken, du habest dein Leben lang mit diesen ägyptischen Spintisierern verkehrt und niemals ein Schwert in der Hand gehabt! Was gehen uns die Zahlen an?«

»Mehr, als du glaubst«, sagte Rhodopis. »Auch Pythagoras hat diese Lehren, welche zu dem Geheimwissen der ägyptischen Priester gehören, demselben Onuphis zu danken, der dich, Darius, jetzt in die Mysterien einweiht. Besuche mich bald einmal und laß dir berichten, wie wunderbar schön der große Samier die Gesetze der Zahlen mit denen der Harmonien in Einklang gebracht hat[126]. – Aber seht nur, seht, da zeigen sich die Pyramiden!«

Die Lustfahrer erhoben sich von ihren Sitzen und schauten sprachlos auf das gewaltige Schauspiel, welches sich ihnen darbot.

Massig und ehrfurchtgebietend, den Boden mit ihrer Wucht erdrückend, lagen am linken Ufer des Stromes, versilbert vom Schein des Mondes, die uralten Riesengräber gewaltiger Herrscher. – Wo war jener Cheops, der einen Berg von Steinen mit dem Schweiße seiner Untertanen zusammengekittet hatte, wo jener langlebige Chephren, der die Götter verachtet und, trotzend auf seine eigene stolze Kraft, die Pforten der Tempel verschlossen haben soll, um sich und seinen Namen durch ein übermenschliches Grabmal unsterblich zu machen[127]? Ihre leeren Sarkophage zeigen vielleicht an, daß sie von den Totenrichtern der Grabesruhe für unwert befunden worden sind, während der Bauherr der dritten, schönsten Pyramide, Mykerinos, der sich mit einem kleineren Grabmal begnügte und die Tore der Tempel wieder auftat, ungestört ruhen durfte in seinem Sarge von blauem Basalt[128].

Da lagen die Pyramiden in schweigender Nacht, beglänzt von den Sternen, behütet von dem Wächter der Wüste, der riesigen Sphinx, welche die öden Felsen der libyschen Steinhügel überragte. Zu ihren Füßen schlummerten in köstlich geschmückten Gräbern die Mumien der Getreuen ihrer Erbauer, und gegenüber vom hohen Denkmal des frommen Mykerinos erhob sich ein Tempel. Dort sprachen die Priester des Osiris für die Seelen der zahllosen in der Totenstadt von Memphis beigesetzten Verstorbenen Gebete. Im Westen, wo die Sonne hinter den libyschen Bergen unterging, wo das Fruchtland aufhörte und die Wüste begann, hatten die Memphiten ihre Gräber erbaut – und dorthin schauten auch die Reisenden und verharrten in ehrfurchtsvollem Schweigen.

Als der Nordwind den Kahn an der Stätte des Todes und jenen ungeheuren Dämmen, welche die Menes-Stadt vor den überströmenden Fluten sicherten, vorbeigetrieben hatte, als die Residenz der alten Pharaonen immer näher kam und sich endlich Milliarden Lichter, welche zu Ehren der Neith überall und überall angezündet waren, den Nilfahrern zeigten, wich der Bann von ihren Zungen, und laute Worte der Bewunderung ließen sich hören, als sie den Riesentempel des Ptah sahen, älteste Bauwerke des ältesten Landes.

Tausende von Lampen erhellten das Haus des Gottes, hundert Feuer brannten auf den Pylonen, den Zinnen der Mauern und den Dächern des Heiligtums. Zwischen den Sphinxreihen, welche die verschiedenen Tore mit dem Hauptgebäude verbanden, glühten leuchtende Fackeln, und das leere Haus des heiligen Stieres Apis[129] strahlte, von bunten Flammen umwallt, wie ein vom tropischen Abendrot beglänzter Kreidefelsen. Über diesem leuchtenden Bild flatterten Wimpel, wallten Fahnen, schlangen sich Blumengewinde, tönte Musik und lauter Gesang.

»Herrlich, herrlich!« rief Rhodopis, begeistert von diesem wunderbaren Schauspiel. »Seht nur, wie die buntbemalten Säulen und Wände strahlen und welche Figuren die Schatten der Obelisken und Sphinxe auf das gelbe, glatte Pflaster der Höfe zeichnen!«

»Und wie geheimnisvoll«, fügte Krösus hinzu, »sieht dort drüben der heilige Hain des Gottes aus! So etwas habe ich noch nie gesehen.«

»Ich aber«, versicherte Darius. »Ihr werdet mir das glauben, wenn ich euch erzähle, daß ich Zeuge einer Mysterienfeier der Neith gewesen bin!«

»Erzähle – erzähle!« riefen die Freunde.

»Neithotep weigerte sich erst, mir Einlaß zu gewähren; als ich ihm aber versprach, mich versteckt zu halten und außerdem die Freiheit seines Kindes zu erwirken, führte er mich auf seine Sternwarte, die einen weiten Rundblick gewährt, und teilte mir mit, daß ich einer Darstellung der Schicksale des Osiris und seiner Gattin Isis beiwohnen werde[130].

Kaum hatte er mich verlassen, als seltsame bunte Lichter den Hain so hell erleuchteten, daß ich bis in seinen innersten Schoß zu sehen vermochte.

Vor mir lag ein spiegelblanker, von schönen Bäumen und bunten Blumenbeeten umgebener See, auf dessen Fläche goldene Boote schwammen, in denen liebliche, schneeweiß gekleidete Knaben und Mädchen fuhren und schöne Lieder sangen. Kein Schiffer lenkte die Nachen, und dennoch durchkreuzten sie, wie von Zauberhand geleitet, die glatten Wogen. Inmitten dieser

Kähne schwamm ein herrliches, großes Schiff, dessen Bord von Edelsteinen glänzte. Ein Junge schien sein einziger Leiter zu sein; aber das Steuer, welches er regierte, bestand nur aus einer weißen Lotusblume, deren Blätter die Fluten kaum berührten. In der Mitte des Fahrzeugs ruhte auf seidenen Kissen ein mit königlicher Pracht gekleidetes Weib. An ihrer Seite saß ein großer Mann, der eine mit Efeu umrankte hohe Krone auf den Locken, ein Pantherfell über den Schultern und einen gekrümmten Stab in der Rechten führte. Im Hinterteil des Schiffes stand, unter einem von Rosen, Efeu und Lotosblumen gebildeten Dach, eine schneeweiße Kuh[131] mit goldenen Hörnern, über deren Rücken sich eine purpurne Decke breitete. Der Mann war Osiris, das Weib Isis, der Knabe am Steuer Horus, der Sohn des Götterpaares, die Kuh das heilige Tier der unsterblichen Frau. All die kleinen Boote fuhren an dem großen Schiff vorüber, und Jubellieder erklangen, sobald sich die Nachen den Himmlischen näherten, welche Blumen und Früchte auf die holden Sänger und Sängerinnen warfen. Plötzlich ließ sich ein Donner vernehmen, dessen Grollen immer lauter erschallte und zu herzerschreckendem Krachen wurde, als ein furchtbar anzuschauender, mit dem Fell eines Ebers bekleideter Mann, dessen rotes Haar in struppigem Gewirr ein scheußliches Angesicht umgab, aus der Nacht des Haines hervortrat und sich, in den See springend, von siebzig ihm ähnlichen Männern begleitet, dem Schiff des Osiris näherte[132].

Windesschnell enteilten die kleinen Nachen, und die Lotosblume entfiel der Hand des steuerführenden Knaben. Das scheußliche Ungetüm stürzte sich auf Osiris, erschlug ihn mit Hilfe seiner Genossen, warf den Leichnam in einen Mumienkasten und diesen wiederum in den See, welcher den schwimmenden Sarg entführte. Indessen hatte sich Isis in einem der kleinen Boote ans Land gerettet und lief mit fliegendem Haar, laute Wehklagen ausstoßend und von den Frauen, welche den Nachen entstiegen waren, begleitet, am Rande des Wassers umher. Sie alle suchten unter seltsam anmutenden Tänzen und Gesängen den Leichnam des Verstorbenen. – Auch die jungen Männer blieben nicht müßig und bereiteten unter Tänzen und Klapperschlagen einen kostbaren Sarg für die verschwundene Leiche des Gottes. Als er fertig war, vereinten sie sich mit dem weiblichen

Gefolge der wehklagenden Isis und schweiften mit ihr, suchend und Schmerzenslieder singend, am Rande des Wassers umher.

Da plötzlich erhob sich eine leise Stimme von unsichtbarem Mund, welche in einem immer lauter werdenden Gesang verkündete, daß die Leiche des Gottes nach Gebal* im fernen Phönizien von der Strömung des Mittelmeers getragen worden sei.

Dieser Gesang, welchen der Sohn des Neithotep, der an meiner Seite weilte, ›den Wind des Gerüchtes‹ nannte, ergriff mir Herz und Seele. Kaum hatte Isis die frohe Kunde vernommen, als sie ihre Trauerkleider abwarf und, begleitet von den Stimmen ihres Gefolges, ein fröhliches Lied anstimmte. Das Gerücht hatte nicht gelogen, denn die Göttin fand in der Tat am nördlichen Ufer[134] des Sees den Sarkophag und die Leiche ihres Gatten. Sobald beide unter Tänzen ans Land gebracht worden waren, warf sich Isis über die geliebte Leiche, rief Osiris beim Namen und bedeckte die Mumie des Toten mit tausend Küssen, während die jungen Männer ein wundervolles Grabgewölbe von Lotosblumen und Efeuranken für ihn zusammenflochten.

Nachdem der Sarkophag beigesetzt war, verließ Isis die Stätte der Trauer, um ihren Sohn aufzusuchen. Sie fand ihn am östlichen Ende des Sees, wo ich schon lange einen jungen Mann bemerkt hatte, der sich mit zahlreichen Altersgenossen in Waffenspielen übte. Dieser stellte den nunmehr herangewachsenen Horus dar.

Während sich die Mutter mit dem schönen Kind freute, ließ sich ein neuer Donner vernehmen, der zum zweitenmal das Nahen des Typhon verkündete. Das Ungeheuer stürzte sich auf das blühende Grab seines Opfers, entriß ihm den Sarkophag und zerhieb die Mumie in vierzehn Stücke[135], welche er unter Posaunen- und Donnerschall am Rande des Wassers umherstreute.

Als sich Isis dem Grabmal wiederum näherte, fand sie nichts als verwelkte Blumen und einen leeren Sarkophag; am Ufer des Sees aber flammten an vierzehn verschiedenen Stellen vierzehn Feuer in wunderbaren Farben. Die Beraubte eilte mit ihren Frauen diesen Lichtern entgegen, während sich die Männer mit Horus vereint hatten und, von ihm geführt, am jenseitigen Ufer des Wassers gegen Typhon kämpften.

* Bekannter in der griechischen Form Byblos.

Ich wußte nicht, wohin ich meine Augen und Ohren zuerst wenden sollte. Hier tobte unter Donnerschlägen und Trompetengeschmetter eine furchtbare Schlacht, von deren Verlauf ich die Blicke nicht losreißen mochte, dort sangen liebliche Frauenstimmen wunderschöne Lieder. Denn Isis hatte bei jedem der plötzlich entflammten Lichter eins der Glieder ihres Gatten wiedergefunden und feierte jetzt ein Freudenfest.

Hättest du doch diese Tänze sehen dürfen, Zopyrus! Ich finde keine Worte, um die Anmut der Bewegungen jener Mädchen zu beschreiben, und kann euch nicht anschaulich machen, wie schön es war, wenn sie in verworrenem Getümmel umherschwärmten, um plötzlich in makellos gleichmäßigen Reihen einander gegenüberzustehen und neuen Wirrwarr mit neuer Ordnung pfeilgeschwind zu vertauschen. Dabei zuckten fortwährend blendende Lichtstrahlen aus den wirbelnden Reihen; trug doch jede Tänzerin einen Spiegel[136] zwischen den Schultern, dessen Schwingung Blitze erzeugte, dessen Stillstand das Bild der Jungfrauen verdoppelte.

Kaum hatte Isis das vorletzte Glied[137] des Osiris gefunden, als auch vom jenseitigen Ufer des Sees triumphierende Fanfaren und Lieder erklangen.

Horus hatte Typhon geschlagen und drang nun, um seinen Vater zu befreien, in die offene Pforte der Unterwelt, welche sich auf der Westseite des Sees auftat, bewacht von einem grimmigen weiblichen Nilpferd[138].

Jetzt ertönten, näher und näher kommend, liebliche Harfen- und Flötentöne, himmlischer Wohlgeruch stieg auf, ein rosiges Licht verbreitete sich, heller und heller werdend, über den Hain, und an der Hand seines siegreichen Sohnes trat Osiris aus der offenen Pforte der Unterwelt. Isis eilte in die Arme des erlösten, von den Toten erstandenen Gatten, gab dem schönen Horus von neuem statt des Schwertes eine Lotosblume in die Hand und streute Blüten und Früchte aus, während sich Osiris unter einen mit Efeu umrankten Baldachin setzte und die Huldigung aller Geister der Erde und des Amenthes* empfing.«

* Unterwelt, ägyptisch *amenti*, eigentlich der Westen, das Reich des Todes, in den die Seele, wie die Sonne nach ihrem Untergang, nach dem Tode des Körpers einkehrte.

Darius schwieg. Rhodopis ergriff nach ihm das Wort und sagte:

»Wir danken dir für deine Erzählung; würden aber doppelt erkenntlich sein, wenn du uns den Sinn dieses seltsamen Schauspiels, welches nicht ohne höhere Bedeutung sein kann, mitteilen wolltest.«

»Deine Ahnung trügt dich nicht«, antwortete Darius. »Ich muß aber das, was ich weiß, verschweigen, denn ich habe Neithotep eidlich versprechen müssen, nicht aus der Schule zu plaudern[139].«

»Soll ich dir sagen«, fragte Rhodopis, »welchen Sinn ich nach allerlei Andeutungen des Pythagoras und Onuphis jenem Schauspiele unterlege? – Isis scheint mir die gütige Erde zu sein, Osiris die Feuchtigkeit oder der Nil, welche dieselbe fruchtbar machen, Horus der Frühling, Typhon die alles versengende Dürre. Letztere vernichtet den Osiris oder die Feuchtigkeit. Die gütige Erde, der Zeugungskraft beraubt, sucht wehklagend den geliebten Gatten, den sie im kühleren Norden, wohin der Nil sich ergießt, wiederfindet. Endlich ist Horus, die junge Triebkraft der Natur, erwachsen und besiegt Typhon oder die Dürre. Osiris war, wie die Fruchtbarkeit, nur scheintot, entsteigt der Unterwelt und beherrscht mit seiner Gattin, der gabenreichen Erde, von neuem das gesegnete Niltal.«

»Und weil sich der erschlagene Gott in der Unterwelt löblich aufführte«, sagte Zopyrus lachend, »so empfing er am Ende dieser wunderlichen Geschichte die Huldigung aller Bewohner des Hamestegan, Duzakh und Gorothman[140], oder wie ich diese Wohnungen des ganzen ägyptischen Seelenheeres nennen soll!«

»Sie heißt Amenti!« sagte Darius, auf den heiteren Ton des Zopyrus eingehend. »Die Geschichte des Götterpaares versinnbildlicht aber nicht nur das Leben der Natur, sondern auch das der Menschenseele, die, wenn der Leib gestorben, wie der erschlagene Osiris, niemals fortzuleben aufhört.«

»Danke schön«, antwortete dieser, »ich will mir's für den Fall, daß ich in Ägypten sterben sollte, merken. Nächstes Mal muß ich übrigens diesem Schauspiel um jeden Preis beiwohnen.«

»Ich teile deinen Wunsch«, sagte Rhodopis, »denn das Alter macht neugierig!«

»Du bleibst ewig jung!« unterbrach Darius die Greisin. »Deine Rede ist so schön geblieben wie dein Angesicht und dein Geist so hell wie deine Augen!«

»Verzeih mir«, rief Rhodopis, als habe sie diese Schmeichelworte überhört, »wenn ich dich unterbreche; bei ›Augen‹ fällt mir aber der Augenarzt Nebenchari ein, und mein Gedächtnis ist so schwach geworden, daß ich dich, eh ich es vergesse, nach ihm fragen muß. Ich höre nichts mehr von dem Künstler, dem doch die edle Kassandane so viel verdankt!«

»Der arme Mann!« rief Darius. »Schon auf dem Zuge nach Pelusium mied er allen Umgang und verschmähte es sogar, mit seinem Landsmann Onuphis zu reden. Nur sein alter, hagerer Gehilfe durfte ihn bedienen und mit ihm verkehren. Nach der Schlacht veränderte sich aber sein ganzes Wesen. Strahlenden Antlitzes trat er vor den König, um ihn zu ersuchen, ihn nach Sais zu begleiten und sich zwei Bürger dieser Stadt als Sklaven auswählen zu dürfen. Kambyses glaubte, dem Wohltäter seiner Mutter keine Bitte abschlagen zu können, und gab ihm die betreffende Vollmacht. In der Residenz des Amasis angekommen, eilte er sofort in den Neith-Tempel, ließ den Oberpriester, welcher sich überdem an die Spitze der den Persern feindlichen Bürger gestellt hatte, sowie einen ihm verhaßten Augenarzt verhaften und erklärte ihnen, sie würden von nun an, zur Strafe für die Verbrennung gewisser Schriften, zeitlebens einem Perser, an den er sie verkaufen wolle, in der Fremde die niedrigsten Sklavendienste leisten müssen. Ich war Zeuge dieses Auftritts und versichere euch, daß ich vor dem Ägypter erbebte, als er seinen Feinden diese Erklärung machte. Neithotep hörte ihn jedoch ruhig an und sagte, als Nebenchari schwieg: ›Wenn du, törichter Sohn, um deiner verbrannten Schriften willen dein Vaterland verraten hast, so handeltest du ebenso ungerecht wie unweise. Ich bewahrte deine kostbaren Werke sorgsam auf, legte sie in unserem Tempel nieder und schickte eine vollständige Abschrift in die Büchersammlung nach Theben. Wir ließen nichts verbrennen, nur die von Amasis an deinen Vater gerichteten Briefe und eine alte, wertlose Kiste. Psamtik und Petammon sahen dem Feuer zu und beschlossen, di, zum Dank für deine Schriften und als Ersatz für jene Papiere, die wir, um Ägypten zu retten, leider vernichten mußten, in der

Totenstadt ein neues Erbbegräbnis bauen zu lassen. An seinen Wänden kannst du in zierlicher Malerei die Gemälde der Gottheiten, denen du dich weihtest, die heiligsten Kapitel des Totenbuchs und viele auf dich bezügliche schöne Bilder finden[141].‹

Der Arzt erbleichte und ließ sich zuerst seine Bücher, dann seine neue, herrlich ausgestattete Grabkammer zeigen. Hierauf schenkte er seinen Sklaven, welche trotzdem als Gefangene nach Memphis geführt wurden, die Freiheit und ging, wie ein Trunkener taumelnd und fortwährend mit der Hand über die Stirn fahrend, nach Hause. Hier setzte er ein Testament auf, in dem er den Enkel des alten Dieners Hib zum Erben all seiner Güter einsetzte, und legte sich, Unwohlsein vorschützend, auf sein Lager. Am anderen Morgen fand man ihn als Leiche wieder. Er hatte sich mit dem furchtbaren Strychnos-Saft vergiftet!«

»Der Unglückliche!« rief Krösus. »Von den Göttern verblendet, mußte er, als Verräter seines Vaterlandes, statt der Rache Verzweiflung ernten!«

»Ich beklage den Armen!« murmelte Rhodopis. »Aber seht nur, die Ruderknechte ziehen schon die Riemen ein! Wir sind am Ziel; dort drüben warten eure Sänften und Wagen. Das war eine schöne Fahrt! Lebt wohl, ihr Lieben, und laßt euch bald in Naukratis sehen! Ich kehre sogleich mit Syloson und Theopompus dorthin zurück. Gib der kleinen Parmys in meinem Namen hundert Küsse und sage Melitta, sie soll mit dem Kind während der Mittagszeit niemals ins Freie treten. Das ist gefährlich, wegen der Augenkrankheit. Gute Nacht, Krösus, gute Nacht, ihr Freunde, lebe wohl, mein lieber Sohn!«

Die Perser verließen, winkend und grüßend, das Schiff. Auch Bartja wandte sich noch einmal um, trat fehl und fiel auf der Landungsbrücke nieder.

Zopyrus eilte herbei und rief dem Freund, welcher schon ohne seine Hilfe aufgesprungen war, lachend zu: »Nimm dich in acht, Bartja! Es bedeutet Unglück, wenn man, an Land tretend, hinfällt. – Mir ging es gerade so, als wir damals zu Naukratis vom Schiff stiegen!«

8.
KAPITEL

Während der Nilfahrt war der Botschafter Prexaspes von den langlebenden Äthiopen, zu denen ihn Kambyses geschickt hatte, zurückgekehrt[142]. Er pries die Größe und Stärke dieser Menschen, schilderte den Weg zu ihnen als unzugänglich für ein großes Heer und wußte Wunderdinge zu erzählen. Die Äthiopen pflegten den schönsten und stärksten Mann ihres Volkes zum König zu machen und gehorchten ihm unbedingt. Viele von ihnen wurden 120 Jahre alt; nicht wenige aber lebten noch länger. Ihre Speise war gekochtes Fleisch, ihr Getränk frische Milch. Sie wuschen sich in einer Quelle, deren Wasser wie Veilchen duftete, der Haut eigentümlichen Glanz verlieh und so leicht war, daß Holz in ihr unterging. Ihre Gefangenen trugen goldene Fesseln, da das Erz bei ihnen außerordentlich selten und teuer war. Ihre Toten überzogen sie mit Gips und begossen sie mit einer glasartigen Masse. Die so entstehenden Säulen behielten sie ein Jahr im Haus. Hier brachten sie den Verstorbenen Opfer und stellten sie später um die Stadt herum in langen Reihen auf.

Der König dieses seltsamen Volkes nahm die Geschenke, welche ihm Kambyses übersandt hatte, spottend an und sagte, er wisse recht wohl, daß den Persern nichts an seiner Freundschaft gelegen und Prexaspes nur gekommen sei, um Äthiopien auszukundschaften. Wenn der Fürst von Asien rechtschaffen wäre, so würde er sich mit seinem großen Reich begnügen und ein Volk, das ihm keine Beleidigung zugefügt habe, nicht unterjochen wollen. »Bringe deinem König diesen Bogen«, sagte er, »und rate ihm, er möge erst dann gegen uns zu Feld ziehen, wenn die Perser Waffen wie diese ebenso leicht wie wir zu spannen vermögen. Übrigens soll Kambyses den Göttern danken, daß die Äthiopen noch nicht auf den Einfall gekommen sind, zu ihrem eigenen auch noch fremde Gebiete zu erobern!«

Nach diesen Worten spannte er seinen Bogen ab und gab ihn Prexaspes, der das mächtige Geschoß von Ebenholz seinem Gebieter überbrachte.

Kambyses lachte über den prahlerischen Afrikaner, lud seine

Großen zur Probe des Bogens auf den nächsten Morgen ein und belohnte Prexaspes für seine beschwerliche Reise und die geschickte Ausrichtung der ihm anvertrauten Botschaft. Trunken, wie gewöhnlich, legte er sich nieder und verfiel in einen unruhigen Schlaf. Als er aufwachte, hatte ihm geträumt, Bartja sitze auf dem persischen Königsthron und berühre mit seinem Scheitel den Himmel[143].

Diesen Traum, zu dessen Deutung er weder Mobeds noch Chaldäer bedurfte, erregte erst seinen Zorn, dann sein Nachdenken.

»Hast du nicht«, so fragte sich der schlaflose Mann, »deinem Bruder Grund zur Rache gegeben? Sollte er vergessen haben, daß du ihn schuldlos in den Kerker geworfen und zum Tode verurteilt hast? Würden ihm nicht alle Achämeniden, wenn er die Hand gegen dich erheben wollte, zur Seite stehen? Was habe ich auch getan, um mir die Liebe dieser feilen Höflinge zu erwerben? Was will ich in Zukunft tun, um sie für mich zu gewinnen? Gibt es denn nach dem Tod der Nitetis und der Flucht jenes wunderbaren Hellenen noch einen einzigen Menschen, dem ich trauen, auf dessen Zuneigung ich zählen darf?«

Diese Fragen erregten ihn so sehr, daß er von seinem Lager sprang und ausrief: »Die Liebe will nichts von mir, ich nichts von der Liebe wissen! Andere mögen es mit Güte versuchen; ich muß Strenge üben, sonst verfalle ich den Händen derer, die mich hassen, weil ich gerecht gewesen bin und schweres Unrecht mit schweren Strafen heimgesucht habe. In meine Ohren flüstern sie Schmeichelworte, hinter meinem Rücken verfluchen sie mich! Selbst die Götter sind meine Feinde, denn sie rauben mir alles, was ich liebe, und gönnen mir nicht einmal Nachkommen und den mir gebührenden Waffenruhm! Ist denn Bartja soviel besser als ich, daß ihm alles, was ich entbehren muß, hundertfach zuteil wird? Liebe, Freundschaft, Ehre, Kinder, alles fließt ihm zu, wie dem Meere die Ströme, während mein Herz wie die Wüste verdorrt! – Aber noch bin ich König, noch kann und will ich ihm zeigen, wer der Stärkere ist von uns beiden; mag auch sein Scheitel an den Himmel stoßen! Nur einer darf groß sein in Persien! Er oder ich, ich oder er! In den nächsten Tagen will ich ihn nach Asien zurückschicken und zum Satrapen von Baktrien machen.

Dort mag er sich von seinem Weibe Lieder singen lassen und den Wärter seines Kindes spielen, während ich im Kampf gegen die Äthiopen ungeschmälerten Ruhm gewinne! Heda, ihr Ankleider! Bringt meine Gewänder und einen tüchtigen Morgentrunk! Ich will den Persern zeigen, daß ich zum König von Äthiopien tauge und sie allesamt im Bogenspannen bemeisterte! Noch einen Trunk! Ich spanne das Geschoß, auch wenn seine Sehne ein Schiffstau und das Bogenholz eine Zeder wäre!«

Nach diesen Worten leerte er einen riesigen Humpen Wein mit einem Zug und begab sich in den Schloßgarten, wo alle Großen des Reichs auf den König warteten und ihn mit lautem Zuruf, den Boden mit der Stirn berührend, empfingen.

Zwischen den geschorenen Hecken und gradlinigen Baumgängen erhoben sich schnellerrichtete Säulen, welche mit scharlachfarbenen Stricken verbunden waren. An goldenen und silbernen Ringen flatterten von diesen rote, gelbe und dunkelblaue Tücher herab[144]. Zahlreiche Bänke von vergoldetem Holz standen in weitem Kreise umher und luden zur Ruhe ein, während behende Schenken Wein in prächtigen Gefäßen herbeibrachten und den zum Bogenspannen Versammelten anboten.

Auf einen Wink des Königs erhoben sich die Achämeniden von der Erde.

Sein Blick überflog ihre Reihen und blitzte freudig auf, als er die Abwesenheit seines Bruders bemerkte. Nun überreichte Prexaspes seinem Gebieter den äthiopischen Bogen und zeigte ihm eine in ziemlicher Entfernung aufgestellte Schießscheibe. Kambyses lachte über die Größe derselben, wog das Geschoß mit der Rechten, forderte seine Getreuen auf, ihr Glück vor ihm zu versuchen, und übergab den Bogen zuerst dem greisen Hystaspes, als dem Vornehmsten der Achämeniden.

Während erst dieser, dann die Vertreter der anderen sechs vornehmsten Geschlechter in Persien sich vergeblich abmühten, die ungeheure Waffe zu spannen, leerte der König Becher auf Becher und wurde um so fröhlicher, je weniger es einem von ihnen gelingen wollte, die Aufgabe des Äthiopen zu lösen. Endlich ergriff Darius, dessen Kunst im Bogenspannen berühmt war, das Geschoß und versuchte seine Kraft. Aber trotz aller Anstrengung gelang es ihm nur, das eisenfeste Holz einen Fingerbreit zu biegen. Der König nickte ihm dieses Erfolges wegen freundlich zu und rief, mit siegesgewissem Blicke, seine Verwandten und Großen musternd: »Gib den Bogen her, Darius! Ich will euch zeigen, daß nur einer in Persien lebt, der den Namen ›König‹ verdient, daß nur einer es wagen darf, gegen die Äthiopen zu Felde zu ziehen, daß nur einer diesen Bogen zu spannen vermag!«

Nun ergriff er das Geschoß mit gewaltiger Hand, umklammerte den Bogen von Ebenholz mit der Linken und die fingerdicke Sehne von Löwendärmen mit der Rechten, holte aus tiefster Brust Atem, krümmte den gewaltigen Rücken und zog und zog und raffte all seine Kraft zu ungeheurer Anstrengung zusammen und spannte seine Sehnen an, bis sie zu reißen und die Adern auf seiner Stirn zu springen drohten, und verschmähte es nicht, selbst mit den Füßen zu arbeiten, um mit ihrer Hilfe das Ungeheure zu bewerkstelligen; aber alles war vergebens, denn nach einer Viertelstunde voll übermenschlicher Anstrengung ließen seine Kräfte nach, schnellte das Ebenholz, welches er schon weiter als Darius gebogen hatte, zurück und spottete all seiner ferneren Versuche. Endlich, als er sich völlig erschöpft fühlte, warf er den Bogen wütend zur Erde nieder und rief: »Der Äthiope ist ein Lügner! Kein Sterblicher hat diese Waffe je gespannt! Was meine Arme nicht vermögen, das vermag kein anderer Arm! In drei Tagen brechen wir nach Äthiopien auf. Dort will ich den Betrüger zum Zweikampf herausfordern und euch zeigen, wer der Stärkere ist von uns beiden. Hebe den Bogen auf, Prexaspes, und bewahre ihn wohl, denn ich gedenke den schwarzen Lügner mit seiner Sehne dort zu erdrosseln. Dies Holz ist wahrlich fester als Eisen! Wer es zu spannen vermöchte, den wollt' ich gern meinen Meister nennen, denn der wäre in der Tat von besserer Art als ich!«

Kaum hatte er diese Worte ausgesprochen, als Bartja in den Kreis der versammelten Perser trat. Reiche Gewänder umwallten seine herrliche Gestalt, und seine Züge strahlten vor Glück und selbstbewußter Kraft. Freundlich winkend durchschritt er die Reihen der Achämeniden, die ihn voller Bewunderung grüßten, schritt geraden Wegs auf seinen Bruder zu, küßte sein Gewand und rief, indem er ihm frei und heiter in die finsteren Augen schaute: »Ich habe mich ein wenig verspätet und bedarf deiner

Entschuldigung, mein hoher Herr und Bruder. Oder sollt' ich doch zu rechter Zeit gekommen sein? Ja, wahrlich, ich sehe noch keinen Pfeil in der Scheibe und schließe daraus, daß du, der beste Schütze der Welt, deine Kraft noch nicht versucht hast. Du siehst mich fragend an? Nun, ich will nur gestehen, daß mich unser Kind ein wenig aufgehalten hat. Das Püppchen lachte heute zum erstenmal und war so lieb mit seiner Mutter, daß ich darüber Zeit und Stunde vergaß. Spottet nur über meine Narrheit, kann ich mich doch selbst kaum freisprechen! Sieh nur, das kleine Ding hat mir wahrhaftig den Stern von der Halskette gerissen! Nun, ich denke, lieber Bruder, daß du mir einen neuen verehren wirst, wenn mein Pfeil den Mittelpunkt des Zieles durchbohrt. Darf ich gleich mit dem Schießen beginnen, oder willst du, mein König, den Anfang machen?«

»Gib ihm den Bogen, Prexaspes!« erwiderte Kambyses, den Jüngling keines Blickes würdigend.

Als Bartja das Geschoß in Empfang genommen hatte und im Begriffe war, Bogen und Sehne sorglich zu prüfen, lachte der König spöttisch auf und rief: »Ich glaube, beim Mithra, daß du dies Geschoß, wie die Herzen der Menschen, mit süßen Blicken dir gefällig zu machen versuchst! Gib nur Prexaspes den Bogen zurück! Es spielt sich leichter mit schönen Weibern und lachenden Kindern als mit dieser Waffe, welche der Kraft echter Männer spottet!«

Bartja errötete bei diesen im bittersten Ton gesprochenen Worten vor Zorn und Entrüstung, nahm den riesigen Pfeil, der vor ihm am Boden lag, schweigend in die Rechte, stellte sich der Scheibe gegenüber, raffte all seine Kräfte zusammen, zog mit beinahe übermenschlicher Anstrengung die Sehne an, spannte den Bogen und entsandte den gefiederten Pfeil, dessen eiserne Spitze tief in die Mitte der Scheibe drang, während sein hölzerner Schaft krachend zersplitterte[145].

Die meisten Achämeniden brachen bei dieser wunderbaren Kraftprobe in lauten Jubel aus, während die nächsten Freunde des Siegers erbleichten und schweigend bald den vor Wut zitternden König, bald den vor Stolz und Selbstbewußtsein strahlenden Bartja anschauten.

Kambyses bot einen wilden, Entsetzen erregenden Anblick

dar. Es war ihm, als habe der in die Scheibe dringende Pfeil sein eigenes Herz, seine Würde, seine Kraft, seine Ehre durchbohrt. Funken sprühten vor seinen Augen, in seinen Ohren brauste es, als peitsche neben ihm der Sturm die brandenden Wogen, während seine Wangen glühten und sich seine Rechte krampfhaft um den Arm des neben ihm stehenden Prexaspes klammerte. Dieser wußte den Druck der königlichen Hand wohl zu deuten und murmelte: »Armer Bartja!«

Endlich gelang es dem König, die nötige Fassung wiederzugewinnen. Schweigend warf er seinem Bruder eine goldene Kette zu, befahl seinen Großen, ihm zu folgen, und verließ den Garten, um in seinen Gemächern ruhelos auf und ab zu wandern und seinen Groll im Wein zu ersäufen. Plötzlich schien er einen Entschluß gefaßt zu haben, befahl allen Höflingen, außer Prexaspes, die Halle zu verlassen, und rief ihm, als sie allein waren, mit trunkenen Blicken und heiserer Stimme zu: »Dies Leben ist nicht länger zu ertragen! Schaffe meinen Feind aus der Welt, und ich will dich meinen Freund und Wohltäter nennen.«

Prexaspes erbebte, warf sich vor dem Herrscher nieder und hob seine Hände flehend zu ihm empor; Kambyses war aber zu berauscht und von seinem Haß zu sehr verblendet, um diese Bewegung des Höflings zu verstehen. Er glaubte, daß der Botschafter durch jenen Fußfall seine Ergebenheit bezeugen wolle, winkte ihm, sich vom Boden zu erheben, und flüsterte, als wenn er sich seine eigenen Worte zu vernehmen fürchtete: »Handle schnell und geheimnisvoll! Niemand außer dir und mir darf, so dir dein Leben lieb ist, von dem Tode des Glückspilzes wissen. Geh hin, und nimm dir nach vollbrachter Arbeit soviel du willst aus der Schatzkammer! Sei auch vorsichtig, denn der Knabe hat einen starken Arm und versteht die Kunst, sich Freunde zu gewinnen. Denke, wenn er dich mit glatten Worten versuchen wird, an dein Weib und deine Kinder!«

Bei diesen Worten leerte er einen neuen Becher voll ungemischten Weins, taumelte unsicheren Schrittes durch das Tor des Gemaches und rief, indem er Prexaspes den Rücken zuwandte und als wenn er zu sich selbst spräche, mit heiserer Kehle, mit schwerer Zunge und drohender Faust: »Wehe dir und den deinen, wenn der Weiberheld, der Glückspilz, der Ehrendieb am Leben bleibt!«

Als er längst den Saal verlassen hatte, stand Prexaspes noch immer regungslos auf dem alten Platz. Der ehrgeizige, aber ehrliche Despotendiener war niedergeschmettert von der Furchtbarkeit der ihm zuerteilten Aufgabe. Er wußte, daß ihm und den Seinen, wenn er sich den verbrecherischen Plan des Königs auszuführen weigern würde, Tod oder Ungnade drohe; doch er liebte Bartja, und sein ganzes Wesen empörte sich bei dem bloßen Gedanken, einen gemeinen Mord begehen zu sollen. Ein furchtbarer Kampf entspann sich in seinem Innern, der in ihm forttobte, als er den Palast schon längst verlassen hatte.

Auf dem Weg zu seinem Haus begegnete er Krösus und Darius. Er versteckte sich vor ihnen hinter das vorspringende Tor eines großen ägyptischen Hauses, denn er meinte, sie müßten ihm ansehen, daß er den Pfad des Verbrechens wandle. Als sie an ihm vorübergingen, vernahm er, wie Krösus sagte: »Ich habe Bartja wegen seiner unzeitigen Kraftprobe streng getadelt, und wir müssen den Göttern danken, daß sich Kambyses nicht in einem Anfall von Jähzorn an ihm vergriffen hat. Jetzt ist er meinem Rat gefolgt und mit seinem Weibe nach Sais gefahren. Der König darf ihn in den ersten Tagen nicht wiedersehen, denn sein Groll könnte bei seinem Anblicke leicht von neuem erwachen, und ein Herrscher findet zu jeder Zeit ruchlose Diener …«

Bei diesen letzten, verhallenden Worten zuckte Prexaspes schmerzlich zusammen, als habe Krösus ihn selbst der Schändlichkeit bezichtigt, und beschloß, möge kommen, was da wolle, seine Hände nicht mit dem Blute eines Freundes zu beflecken. Nun ging er wieder in hochaufgerichteter Haltung einher, bis er zu der ihm angewiesenen Wohnung gelangte. An der Tür derselben sprangen ihm seine beiden Söhne entgegen, die sich von dem Spielplatz der Achämeniden-Knaben, welche dem Reichsheer und dem Könige, wie immer, gefolgt waren, fortgestohlen hatten, um ihren Vater auf einen Augenblick zu begrüßen. In seltsamer, ihm selbst unverständlicher Rührung drückte er die schönen Kinder an seine Brust und umarmte sie nochmals, als sie erklärten, wenn sie nicht bestraft werden wollten, zum Spielplatz zurückkehren zu müssen. In seiner Wohnung fand er seine Lieblingsgattin mit ihrem jüngsten Kind, einem holden kleinen

Mädchen, spielend. Da erfaßte ihn abermals jene unerklärliche Rührung. Diesmal bezwang er sie, um seiner jungen Frau sein Geheimnis nicht zu verraten, und zog sich bald in sein Gemach zurück.

Indessen war die Nacht hereingebrochen.

Schlaflos wälzte sich der schwer Versuchte auf seinem Lager umher; der Gedanke, daß seine Weigerung, den Wunsch des Königs zu erfüllen, auch sein Weib und seine Kinder dem Verderben preisgeben würde, stellte sich mit greller Schrecklichkeit vor seine schlaflosen Augen. Die Kraft, seinen schönen Vorsatz festzuhalten, verließ ihn, und dasselbe Wort des Krösus, welches den edlen Gefühlen in seiner Brust den Sieg verschafft hatte, ließ sie jetzt unterliegen: »Ein Herrscher findet jederzeit ruchlose Diener!« Dieser Satz beschimpfte ihn zwar, erinnerte ihn aber, daß, wenn er dem Könige trotzen würde, hundert andere seinen Befehl zu vollziehen bereit sein würden. Dieser Gedanke beherrschte bald jede andere Erwägung. Er sprang von seinem Lager auf, musterte und prüfte die zahlreichen Dolche, welche wohlgeordnet an der Wand seines Schlafgemachs befestigt waren, und legte den schärfsten auf ein neben dem Diwan stehendes Tischchen.

Darauf ging er sinnend auf und ab und trat häufig an die Fensteröffnung, um zu sehen, ob es nicht tagen wolle, und um seine heiße Stirn zu kühlen.

Als endlich das Dunkel der Nacht dem hellen Morgenlicht gewichen war, prüfte er den Dolch zum zweitenmal. Als eine reichgeschmückte Schar von Höflingen, um sich zum Könige zu begeben, an seinem Haus vorüberritt, steckte er ihn in seinen Gürtel. Als sich endlich das muntere Gelächter seines jüngsten Kindes aus dem Weibergemache vernehmen ließ, setzte er mit einer gewissen Heftigkeit die Tiara auf das Haupt und ging, ohne seinem Weib Lebewohl zu sagen, von mehreren Sklaven begleitet, zum Nil, warf sich in eine Barke und befahl den Ruderknechten, ihn nach Sais zu befördern.

Bartja war wenige Stunden nach dem verhängnisvollen Bogenschießen dem Rat des Krösus gefolgt und mit seiner jungen Gemahlin nach Sais gefahren. Dort fand er Rhodopis, welche sich, statt nach Naukratis heimzukehren, nach Sais begeben hatte. Nach jener Nilfahrt war Bartja, als er an Land stieg, hingefallen, und Rhodopis hatte mit eigenen Augen gesehen, daß eine Eule, von der linken Seite her, dicht an seinem Haupt vorübergeflogen war. Dieses böse Vorzeichen reichte schon hin, ihr dem Aberglauben ihrer Zeit keineswegs entwachsenes Herz zu beunruhigen und ihr den Wunsch einzuflößen, in der Nähe des jungen Paares zu verweilen.

Das junge Paar freute sich über den unerwarteten Gast und führte Rhodopis, nachdem sie mit ihrer kleinen Urenkelin, die den Namen Parmys[146] führte, gespielt hatte, in die für sie bereitstehenden Gemächer. Es waren dieselben, in denen die unglückliche Tachot die letzten Monde ihres hinsiechenden Daseins verlebt hatte. Rhodopis betrachtete mit tiefer Rührung all jene kleinen Gegenstände, welche nicht nur das Geschlecht und Alter der Dahingeschiedenen, sondern auch ihre Neigungen und ihre Sinnesart verrieten. Da standen zahlreiche Salbenbüchschen und Fläschchen[147] mit Wohlgerüchen, Schminken und Ölen auf dem Putztisch. In einer Schachtel[148], welche die Gestalt einer Nilgans täuschend nachahmte, und einer anderen, an deren Seite eine Lautenschlägerin gemalt war, hatte einst der reiche goldene Schmuck der Königstochter gelegen, und jener Metallspiegel, dessen Griff eine schlummernde Jungfrau darstellte[149], das schöne, sanft gerötete Gesicht der Verstorbenen zurückgestrahlt. Die ganze Ausstattung des Zimmers, von dem zierlichen auf Löwenfüßen stehenden Ruhebett, bis zu den auf dem Putztisch liegenden fein geschnitzten Kämmen[150] aus Elfenbein, bewies, daß die frühere Bewohnerin dieser Räume die äußere Zier des Lebens geliebt habe. Das goldene Sistrum und die schön gearbeitete Nabla, deren Saiten längst zersprungen waren, deuteten auf den musikalischen Sinn der Königstochter, während die in der Ecke liegende zerbrochene Spindel und einige angefangene Netze von Glasperlen[151] bewiesen, daß sie weibliche Arbeiten zu schätzen gewußt hatte.

Rhodopis musterte all diese Gegenstände mit wehmütigem Wohlgefallen. Endlich nahte sie sich, von Neugier getrieben, einer großen, bemalten Kiste und öffnete den leichten Deckel. Da fand sie zuerst einige getrocknete Blumen, dann einen Ball, der von geschickter Hand mit längst verwelkten Blättern und Rosen umwickelt war, hierauf eine Menge von Amuletten. Dann fielen ihre Augen auf einige mit griechischen Buchstaben geschriebene Briefe. Sie nahm dieselben und las sie beim Schimmer der Öllampe. Nitetis hatte sie aus Persien an ihre vermeintliche Schwester geschickt, von deren Krankheit sie nichts wußte. Als Rhodopis diese Briefe aus der Hand legte, schwammen ihre Augen in Tränen. Das Geheimnis der Verstorbenen lag jetzt offen vor ihren Blicken. Sie wußte, daß Tachot Bartja geliebt, daß sie jene welken Blumen von ihm empfangen und jenen Ball, weil er ihr denselben zugeworfen, mit Rosen umwickelt hatte. Die Amulette waren gewiß dazu bestimmt gewesen, entweder ihr krankes Herz zu heilen oder Gegenliebe in der Brust des Königssohnes zu erwecken.

Als sie endlich jene Schreiben an ihren alten Platz zurücklegen wollte und einige Tücher, welche den Boden der Kiste auszufüllen schienen, mit der Hand berührte, fühlte sie, daß sie einen harten, runden Gegenstand bedeckten. Nun hob sie die Gewebe auf und fand unter ihnen eine Büste von bunt gefärbtem Wachs, welche Nitetis so wunderbar ähnlich darstellte, daß sich Rhodopis eines staunenden Ausrufs nicht enthalten und sich lange Zeit an dem Kunstwerke, des Theodorus von Samos nicht sattsehen konnte.

Dann legte sie sich nieder und schlief ein, indem sie an das traurige Schicksal der ägyptischen Königstochter dachte.

Am nächsten Morgen begab sie sich in den Garten und fand dort unter einer Weinlaube diejenigen, welche sie suchte.

Sappho saß auf einem Stuhl von leichtem Flechtwerk. In ihrem Schoß lag ein nackter Säugling und streckte die Händchen und Füßchen bald seinem Vater, der vor dem jungen Weib auf der Erde hockte, bald seiner Mutter, die sich lachend zu ihm herniederbeugte, entgegen.

Wenn sich die Finger des Kindes in die Locken und den Bart des jungen Helden vergruben, so zog er leise seinen Kopf zurück, damit er die Kraft des Lieblings empfinde und um ihm das Gefühl zu geben, als habe er das Haar seines Vaters tüchtig gezaust. Wenn die wilden Füße sein Gesicht berührten, so nahm er sie in die Hand und küßte die rosigen, niedlich geformten Zehen und die Sohle, die noch so weich und zart war wie die Wange einer Jungfrau. Wenn die kleine Parmys einen seiner Finger mit dem Händchen umklammerte, so stellte er sich, als vermöge er sich nicht von ihnen zu befreien, und küßte die runde Schulter oder die Grübchen in dem Ellenbogen oder gar den schneeweißen Rücken des holden Geschöpfes. Sappho teilte die Wonne dieses harmlosen Spiels und war bemüht, die Aufmerksamkeit ihres Lieblings ausschließlich auf den Vater hinzulenken.

Dann und wann beugte sie sich über die Kleine, um den frischen, kaum merklich feuchten Hals oder die roten Kinderlippen zu küssen, und in solchen Augenblicken geschah es wohl, daß ihre Stirn die Locken ihres Gatten berührte, der dann jedesmal den dem Kind gegebenen Kuß von ihrem Mund raubte.

Rhodopis sah diesem Spiel lange Zeit im geheimen zu und betete, mit Tränen in den Augen, zu den Göttern, daß sie ihren Lieben dies große, reine Glück erhalten möchten. Endlich näherte sie sich der Laube, rief dem jungen Paar einen »fröhlichen Morgen« zu und belobte die alte Melitta, welche mit einem großen Sonnenschirm in der Hand gekommen war, um die kleine Parmys zur Ruhe zu bringen und dem greller werdenden Sonnenlichte zu entziehen.

Die alte Sklavin war zur obersten Wärterin des fürstlichen Säuglings ernannt worden und verwaltete ihr Amt mit ebenso großer wie komischer Würde. In reiche, persische Gewänder gehüllt, empfand sie eine wahre Seligkeit in dem ihr neuen Befehleerteilen und hielt die vielen ihr untergebenen Sklavinnen, denen sie mit vornehmer Herablassung begegnete, in fortwährender Bewegung.

Sappho folgte der Alten, nachdem sie ihren runden Arm um den Hals ihres Gatten geschlungen und ihm schmeichlerisch ins Ohr geflüstert hatte: »Erzähle doch der Großmutter alles und frage, ob sie dir recht gibt!«

Bevor ihr Bartja antworten konnte, hatte sie seinen Mund geküßt und war der würdevoll dahinschreitenden Alten eilend gefolgt.

Der Königssohn schaute ihr lächelnd nach und wurde nicht müde, ihren schwebenden Gang und ihre herrliche Gestalt schweigend zu bewundern. Endlich wandte er sich wieder an die Greisin und fragte: »Findest du nicht auch, daß sie in der letzten Zeit gewachsen ist?«

»Es scheint so«, antwortete Rhodopis und schwelgte in Lobeshymnen über Sapphos Schönheit.

»Ja, ich glaube, daß sie glücklich ist«, gab Bartja der Greisin zurück. »Gestern waren wir zum erstenmal verschiedener Ansicht. Als sie uns soeben verließ, bat sie mich heimlich, dir unsere Streitfrage vorzulegen, und ich folge ihr gern, da ich deine Weisheit und Lebensklugheit hoch schätze.«

Nun erzählte Bartja der Alten den Verlauf jener verhängnisvollen Bogenprobe und schloß mit den Worten: »Krösus tadelt meine Unvorsichtigkeit; ich kenne aber meinen Bruder und weiß, daß er zwar im Zorn zu jeder Gewalttat fähig ist und wohl imstande gewesen wäre, mir im Angesicht seiner Niederlage den Tod zu geben, daß er jedoch, wenn sein Groll verraucht ist, meine Überheblichkeit vergessen und sich nur bemühen wird, mich in Zukunft durch Großtaten zu übertreffen. Noch vor einem Jahr ist er bei weitem der beste Schütze in Persien gewesen und würde es heute noch sein, wenn seine Riesenkräfte nicht durch den Trunk und seine bösen Krämpfe geschwächt worden wären. Von der anderen Seite fühle ich, daß meine Stärke täglich zunimmt ...«.

»Glück«, unterbrach Rhodopis den Jüngling, »stählt die Arme des Mannes, wie es die Schönheit des Weibes erhöht. Aber hüte dich vor deinem Bruder, mein Sohn, denn ebensogut, wie sein ursprünglich starker Arm erlahmen konnte, kann seine ursprünglich edle Seele ihre Hoheit einbüßen. Traue meiner Erfahrung, die mich lehrt, daß, wer der Sklave *einer* schändlichen Leidenschaft geworden ist, sehr selten Herr seiner anderen Triebe bleibt. Außerdem trägt niemand schwerer eine Erniedrigung als der Sinkende, welcher das Abnehmen seiner Kräfte fühlt. Hüte dich vor deinem Bruder, und traue mehr der Stimme der Erfahrung als deinem eigenen Herzen.«

»Diese Worte«, erwiderte Bartja, »zeigen mir, daß du Sapphos Ansicht teilen wirst. Sie hat mich nämlich gebeten, so schwer ihr auch die Trennung von dir werden würde, Ägypten zu verlassen und mit ihr nach Persien zurückzukehren. Sie meint, daß Kambyses, wenn er nichts von mir hört und sieht, seinen Groll vergessen wird. Ich habe sie bisher für allzu ängstlich gehalten und würde mich nur ungern von dem Feldzug gegen die Äthiopen ausschließen ...«

»Ich aber«, unterbrach ihn Rhodopis abermals, »bitte dich dringend, ihrem von einem richtigen Gefühl eingegebenen Rat zu folgen. Die Götter wissen, welchen Kummer mir die Trennung von euch bereiten wird, dennoch sage ich: Kehre nach Persien zurück und bedenke, daß nur Toren ihr Leben und ihr Glück zwecklos aufs Spiel setzen! Der Krieg mit den Äthiopen ist ein Wahnsinn, denn ihr werdet nicht den schwarzen Bewohnern des Südens, wohl aber der Hitze, dem Durst und den Schrecknissen der Wüste unterliegen. Geh nach Persien, mein Sohn, und zwar so bald wie möglich!«

Als Bartja eben mit Zweifeln und Einwänden antworten wollte, erblickte er Prexaspes, der mit bleichem Angesicht auf ihn zutrat.

Nach den gewöhnlichen Begrüßungen und Fragen flüsterte der Botschafter dem Jüngling zu, daß er mit ihm allein zu reden hab und sagte, als sich Rhodopis entfernt hatte, indem er verlegen mit den Ringen an seiner Rechten spielte: »Der König sendet mich zu dir. Du hast ihn durch deine gestrige Kraftprobe aufgebracht. Er will dich in der nächsten Zeit nicht wiedersehen und befiehlt dir darum, nach Arabien zu reisen und dort so viel eKamele[152] wie möglich zu kaufen. Diese Tiere, welche den Durst lange Zeit zu ertragen wissen, sollen das Wasser und die Lebensmittel für unser nach Äthiopien ziehendes Heer führen. Unsere Reise leidet keinen Verzug. Nimm von deinem Weib Abschied, und sei – so befiehlt es der König –, bevor es dunkelt, zum Aufbruch bereit. Du wirst mindestens einen Monat unterwegs bleiben. Ich begleite dich bis nach Pelusium. Kassandane wünscht unterdessen, dein Weib und Kind in ihrer Nähe zu haben. Sende sie so bald als möglich nach Memphis, wo sie, von der Mutter des Königs bewacht, am sichersten sein werden.«

Bartja hörte Prexaspes an, ohne daß ihm die verlegene Art des Botschafters aufgefallen wäre. Er freute sich über die vermeintliche Mäßigung seines Bruders und jenen Auftrag, der ihn aller Zweifel enthob, reichte dem vermeintlichen Freunde die Hand zum Kuß und forderte ihn auf, ihm in den Palast zu folgen.

Als es kühler zu werden anfing, nahm er von Sappho und dem Kind, das auf Melittas Armen ruhte, einen kurzen, aber herzlichen Abschied, befahl seiner Gattin,die Reise zu Kassandane so bald als möglich anzutreten, rief seiner Schwiegermutter neckend zu, daß sie sich diesmal doch in der Beurteilung eines Menschen, nämlich seines Bruders, getäuscht habe, und schwang sich auf sein Roß.

Als Prexaspes das seine besteigen wollte, flüsterte ihm Sappho zu: »Gib acht auf ihn und erinnere den Waghals an mich und das Kind, wenn er sich unnötigen Gefahren aussetzen will!«

»Ich muß ihn schon in Pelusium verlassen«, antwortete der Botschafter, indem er sich, um den Blicken des jungen Weibes auszuweichen, mit dem Zaumzeug seines Pferdes zu schaffen machte.

»So werden ihn die Götter beschützen!« rief Sappho, indem sie die geliebte Hand des Scheidenden ergriff und in Tränen, denen sie nicht zu wehren vermochte, ausbrach. Er blickte zu ihr hernieder und sah seine sonst so vertrauensvolle Gattin weinen. Da erfaßte auch ihn schmerzliche Rührung. Er neigte sich vom Pferd herab, schlang seinen starken Arm um ihren Leib, hob sie zu sich empor und drückte sie, während ihr Fuß auf seinem im Bügel ruhenden Fuße stand, an sein Herz, als müsse er ihr auf ewig Lebewohl sagen. Dann ließ er sie sanft und sicher zur Erde nieder, nahm sein Kind noch einmal zu sich hinauf in den Sattel, um es zu küssen und ihm scherzend zuzurufen, daß es seiner Mutter rechte Freude machen möge. Auch Rhodopis rief er herzliche Abschiedsworte zu und sprengte, seinem Hengste die Sporen gebend, von Prexaspes begleitet, durch das Tor des Pharaonenpalastes.

Sobald der Hufschlag der Pferde in der Ferne verhallt war, warf sich Sappho an die Brust ihrer Großmutter und weinte unaufhörlich, trotz des strengen Tadels der Greisin.

9. KAPITEL

Am Morgen des Tages, welcher der Bogenprobe folgte, erlitt Kambyses einen so heftigen epileptischen Anfall, daß er achtundvierzig Stunden lang, krank an Geist und Körper, das Zimmer hüten mußte. Mal sank er vollkommen entkräftet nieder, mal tobte er wie ein Rasender.

Als er am dritten Tag sein klares Bewußtsein wiedererlangte, gedachte er jenes schrecklichen Auftrages, den Prexaspes jetzt schon ausgeführt haben konnte. Er zitterte vor dieser Möglichkeit, wie er nie vorher gezittert hatte, ließ zuerst den ältesten Sohn des Botschafters, der die Ehrenstelle seines Schenken bekleidete, kommen und erfuhr von ihm, daß sein Vater, ohne Abschied zu nehmen, Memphis verlassen habe. Dann berief er Darius, Zopyrus und Gyges, von denen er wußte, daß sie Bartja am innigsten liebten, und fragte sie, wie sich ihr Freund befinde. Nachdem er vernommen hatte, daß er sich zu Sais aufhalte, sandte er die Jünglinge sogleich dorthin und trug ihnen auf, Prexaspes, wenn sie ihm begegnen sollten, ungesäumt nach Memphis zurückzuschicken. Die jungen Achämeniden konnten sich das sonderbare Benehmen und die Hast des Königs nicht erklären; machten sich aber schnell auf den Weg, weil ihnen nichts Gutes ahnte.

Indessen konnte Kambyses keine Ruhe finden, verwünschte im stillen seine Trunkenheit und rührte während dieses ganzen Tages keinen Wein an. Als er im Garten des Pharaonenpalastes seiner Mutter begegnete, wich er ihr aus, weil er fühlte, daß er ihren Blick nicht ertragen würde.

Auch die folgenden acht Tage vergingen, ohne Prexaspes zu bringen, und erschienen ihm so lang wie ein Jahr. Hundertmal ließ er den Mundschenken kommen und fragte ihn, ob sein Vater noch nicht heimgekehrt sei; hundertmal erhielt er eine verneinende Antwort.

Als sich die Sonne des dreizehnten Tages zum Untergang neigte, ließ ihn Kassandane bitten, daß er sie besuchen möge. Nun begab er sich sogleich in ihre Gemächer, denn er sehnte sich jetzt danach, das Angesicht seiner Mutter zu schauen. Ihm war, als müßte ihm sein Anblick den verlorenen Schlaf wiedergeben.

Nachdem er die Greisin mit einer Zärtlichkeit, welche sie um so mehr überraschte, je weniger sie von seiner Seite an derartige Kundgebungen gewöhnt war, begrüßt hatte, fragte er nach ihrem Begehren. Er erfuhr, daß Bartjas Gattin unter seltsamen Umständen bei ihr eingetroffen sei und den Wunsch ausgesprochen habe, ihm ein Geschenk zu überreichen. Ohne Säumen ließ er sie kommen und erfuhr von ihr, daß Prexaspes ihrem Gatten einen Befehl, nach Arabien zu reisen, überbracht, ihr selbst aber, in Kassandanes Namen, nach Memphis zu kommen befohlen habe. Der König erbleichte bei dieser Mitteilung und sah das holde Weib seines Bruders mit schmerzlich bewegten Blicken an. Die junge Griechin fühlte, daß in dem König etwas Befremdliches vorging, und konnte, von schrecklichen Ahnungen geängstigt, ihm nur mit zitternden Händen das Geschenk, welches sie mitgebracht hatte, überreichen.

»Mein Gatte sendet dir dies!« sagte sie, indem sie auf das in einer kunstreich gearbeiteten Kiste verborgene Wachsbild der Nitetis deutete. – Rhodopis hatte ihr geraten, gerade dies Geschenk, gleichsam als Gabe der Versöhnung, in Bartjas Namen dem Zürnenden darzubringen.

Kambyses übergab die Kiste, deren Inhalt seine Neugier nur wenig zu erregen schien, einem Eunuchen, rief seiner Schwägerin einige Worte zu, die wie Dank klingen sollten, und verließ gleich darauf das Haus der Weiber, ohne sich nach Atossa, die er ganz vergessen zu haben schien, zu erkundigen.

Er war der Meinung gewesen, dieser Besuch würde ihm wohltun und ihn beruhigen, Sapphos Mitteilung hatte ihm aber die letzte Hoffnung, und somit auch den letzten Teil seiner Ruhe, geraubt. Prexaspes mußte den Mord schon begangen haben oder konnte doch in jedem Augenblick, vielleicht gerade jetzt, den Dolch erheben, um ihn in die Brust des Jünglings zu stoßen. Wie sollte er nach Bartjas Tod seiner Mutter gegenübertreten? Was sollte er ihr und den Fragen jener Frau, welche ihn so ängstlich und rührend mit den großen Augen angeblickt hatte, erwidern?

Kalte Schauer überfielen ihn, als ihm eine innere Stimme zurief, daß der Mord seines Bruders eine Handlung der Feigheit, der Furcht, der Unnatur und Ungerechtigkeit genannt werden würde. Der Gedanke, ein Meuchelmörder zu sein, schien ihm unerträglich. Ohne Gewissensbisse hatte er schon so manchem Mann den Tod gegeben: aber entweder im ehrlichen Kampf oder im Angesicht aller Welt. Er war ja König, und was er tat, war gut. Wenn er Bartja mit eigener Hand erschlagen hätte, so würde er mit seinem Gewissen fertiggeworden sein; ihn aber heimlich aus dem Wege zu räumen war eine Tat, derer er sich bis ans Ende seiner Tage schämen würde.

Er meinte jetzt, daß all die auf sein Geheiß getöteten Menschen, wie Bartja, unschuldige Opfer seiner Wut gewesen wären. Um diese Gedanken, welche immer unerträglicher wurden, zu betäuben, griff er von neuem nach dem berauschenden Saft der Rebe. Diesmal verwandelte sich aber der Sorgenbrecher in einen Qualenbringer für Leib und Seele. Sein von der Trunksucht und den epileptischen Anfällen zerrütteter Körper schien jetzt den grausamen Erregungen der letzten Monde erliegen zu wollen. Endlich fühlte er sich, bald frierend, bald glühend, gezwungen, sein Lager aufzusuchen. – Während man ihn auskleidete, fiel ihm das Geschenk seines Bruders ein. Augenblicklich ließ er die Kiste holen und eröffnen, befahl den Auskleidern, ihn alleinzulassen, und konnte sich nicht enthalten, beim Anblick der ägyptischen Malerei, welche den Kasten bedeckte, an Nitetis zu denken und sich zu fragen, was wohl die Verstorbene über seine jüngst vollbrachte Tat gesagt haben würde. Fiebernd und verworrenen Geistes beugte er sich endlich über die Kiste, entnahm ihr das aus Wachs gebildete schöne Haupt und starrte mit Entsetzen in die glanzlosen unbeweglichen Augen des Bildwerks. Die Ähnlichkeit war so täuschend und seine Urteilskraft durch den Wein und das Fieber so geschwächt, daß er von einem Zauber befangen zu sein glaubte. Dennoch vermochte er nicht, seinen Blick von den Zügen abzuwenden. Plötzlich kam es ihm vor, als ob das Bildwerk seine Augen bewege. Da faßte ihn ein jähes Entsetzen. Krampfhaft schleuderte er das lebendig gewordene Bild an die Wand, so daß die hohle, spröde Wachsmasse in tausend Stücke zersplitterte, und sank stöhnend auf sein Lager zurück. – Von nun an wurde das Fieber immer heftiger. Der Unglückliche glaubte, in wirren Phantasien, zuerst den verbannten Phanes zu sehen, der ein griechisches Schelmenliedchen sang und ihn so schändlich verhöhnte, daß sich seine Faust vor Ingrimm ballte. Dann sah er Krösus, seinen Freund und Berater. Derselbe drohte ihm und rief ihm jene Worte abermals zu, mit denen er ihn, als er Bartja um Nitetis' willen hinrichten lassen wollte, gewarnt hatte: »Hüte dich, brüderliches Blut zu vergießen, denn wisse, daß seine Dämpfe aufsteigen zum Himmel und zu Wolken werden, welche die Tage des Mörders verfinstern und endlich einen Blitz der Rache auf ihn herniederschleudern!«

Und in seiner Phantasie gestaltete sich dieses Bild zur Wirklichkeit. Er wähnte, daß ein blutiger Regen aus finsteren Wolken auf ihn herniederströme und mit seinem widrigen Naß seine Kleider und Hände befeuchte. Als derselbe endlich aufgehört hatte und er sich, um sich zu reinigen, dem Ufer des Nils näherte, trat ihm Nitetis mit süßem Lächeln, wie sie Theodorus dargestellt hatte, entgegen. Bezaubert von der lieblichen Erscheinung, warf er sich vor ihr nieder und faßte ihre Hand. Kaum hatte er sie berührt, als sich an jeder ihrer zarten Fingerspitzen ein Blutstropfen zeigte und sie ihm mit allen Zeichen des Abscheus den Rücken kehrte. Jetzt flehte Kambyses die Erscheinung demütig an, ihm zu vergeben und zu ihm zurückzukehren; sie aber blieb unerbittlich. Da drohte er ihr erst mit seinem Zorn, dann mit furchtbaren Strafen, und vermaß sich endlich, als Nitetis seine Worte mit leisem Hohngelächter beantwortete, seinen Dolch nach ihr zu werfen. Sie zerstob in tausend Stücke, wie das wächserne Bildwerk an der Wand zersprungen war. Das Hohngelächter aber tönte fort und wurde lauter und lauter. Viele Stimmen mischten sich darin. Bartjas und Nitetis' Stimmen klangen am deutlichsten an sein Ohr und schienen ihn am bittersten zu höhnen, und endlich vermochte er diese furchtbaren Töne nicht länger zu ertragen und hielt sich die Ohren zu und vergrub, als auch dies nichts helfen wollte, seinen Kopf in brennend heißen Wüstensand und dann in den eisigkalten Nil und wieder in die Glut und wieder in das frostige Naß, bis seine Sinne schwanden. Als er endlich erwachte, konnte er sich nicht mehr in der Wirklichkeit zurechtfinden. Er hatte sich abends niedergelegt und sah jetzt an der Sonne, welche sein Lager mit ihren letzten Strahlen vergoldete, daß es nicht, wie er erwarten mußte, Tag war, sondern vielmehr wieder dunkel wurde. Er vernahm den singenden Priesterchor, der dem scheidenden Mithra die letzten Grüße zuwarf.

Nun hörte er auch, wie sich hinter einem Vorhang, den man zu Häupten seines Lagers angebracht hatte, viele Menschen regten. Er wollte sich umwenden, fühlte aber bald, daß ihm dies aus Kraftlosigkeit unmöglich sei. Endlich rief er, nachdem er sich vergeblich bemüht hatte, den Traum von der Wirklichkeit und die Wirklichkeit vom Traum zu sondern, seine Ankleider und die anderen Höflinge. Sofort traten nicht nur diese, sondern auch seine Mutter, Prexaspes, mehrere gelehrte Magier und einige ihm unbekannte Ägypter vor ihn hin und erzählten ihm, daß er wochenlang von einem hitzigen Fieber heimgesucht und nur durch die besondere Huld der Götter, die Kunst der Ärzte und die unverdrossene Pflege seiner Mutter vom Tod errettet worden sei. Nun blickte er erst Kassandane, dann Prexaspes fragend an und verlor wiederum die Besinnung, um am anderen Morgen, nach einem gesunden Schlaf, mit neuen Kräften zu erwachen.

Vier Tage später war er stark genug, in einem Lehnsessel sitzen und Prexaspes nach dem einzigen Gegenstand, der seinen Geist beschäftigte, fragen zu können.

Der Botschafter wollte im Hinblick auf die Schwäche seines Gebieters ausweichend antworten; als dieser aber seine abgemagerte Hand drohend emporhob und ihn mit dem noch immer furchtbaren Blicke seines Auges anschaute, zögerte Prexaspes nicht länger und sagte, in der Meinung, Kambyses eine Genugtuung zu verschaffen: »Freue dich, mein Herrscher! Der Mann, der sich unterfing, deinen Ruhm schmälern zu wollen, ist nicht mehr. Diese Hand erschlug ihn und begrub seine Leiche bei Baal Zephon. Niemand hat meine Tat gesehen, außer dem Sande der Wüste und den unfruchtbaren Wogen des Roten Meeres[153]; niemand weiß um sie, außer dir und mir und den Möwen und Seeraben, die sein Grab umkreisen!«

Ein gellender Schrei entfuhr den Lippen des Königs, der, von neuen Fieberschauern ergriffen, zusammensank.

Nun vergingen lange Wochen, in denen jeder Tag das Ende des Königs zu bringen drohte. Endlich besiegte seine starke Physis den gefahrvollen Rückfall; die Kräfte seines Geistes hatten aber den Dämonen des Fiebers nicht zu widerstehen vermocht und blieben zerrüttet und geschwächt bis zu seiner letzten Stunde.

Als er das Krankenzimmer verlassen durfte und von neuem reiten und den Bogen spannen konnte, gab er sich dem Genuß des Weines zügelloser hin als vorher und verlor auch den letzten Rest der Fähigkeit, sich selbst zu beherrschen.

Außerdem hatte sich in seinem zerrütteten Geiste der Wahn festgesetzt, Bartja sei nicht tot, sondern in den Bogen des Königs der Äthiopen verwandelt worden und der Feruer seines verstorbenen Vaters habe ihm befohlen, ihm durch die Besiegung des schwarzen Volkes seine frühere Gestalt wiederzugeben.

Dieser Gedanke, den er jedem einzelnen in seiner Umgebung, gleich einem großen Geheimnis anvertraute, verfolgte ihn Tag und Nacht und ließ ihn nicht ruhen, bis er mit einem großen Heer nach Äthiopien aufgebrochen war. Aber er mußte unverrichteter Dinge heimkehren, nachdem der größte Teil der Armee durch Hitze und Mangel an Speise und Trank einen kläglichen Untergang gefunden hatte. Ein Schriftsteller, der beinahe zu seinen Zeitgenossen gehört, erzählt[154], daß die unglücklichen Soldaten sich, nachdem der Mundvorrat ausgegangen war, solang es ging, von Kräutern genährt hätten; als aber in der Sandwüste jede Vegetation aufhörte, sollen sie, von verzweifelter Not getrieben, ihre Zuflucht zu einem Auskunftsmittel genommen haben, welches die Feder zu berichten sich sträubt. Je zehn Soldaten losten nämlich miteinander und verzehrten denjenigen, welcher den unglücklichen Treffer gezogen hatte.

Nun zwang man endlich den Wahnsinnigen, heimzukehren, um ihm, nachdem man wiederum zu bewohnten Gegenden gelangt war, nach asiatischer Sklavenart, trotz seines zerrütteten Geistes, von neuem blindlings zu gehorchen.

Als er mit den Trümmern des Heeres in Memphis einzog, hatten die Ägypter einen neuen Apis gefunden und feierten dem in dem heiligen Stier verborgenen neu erschienenen Gott, in herrlichen Kleidern, ein großes Freudenfest.

Da Kambyses schon zu Theben erfahren hatte, daß sein gegen die Oase des Ammon[155], in der libyschen Wüste, geschicktes Heer durch den Wüstensand[156] kläglich umgekommen sei und daß sich die Flotte, der er Karthago zu erobern befohlen hatte, gegen ihre Stammgenossen zu ziehen geweigert habe[157], glaubte der König, daß die Memphiten, seiner unglücklichen Kriegszüge wegen, jenes Freudenfest begingen, ließ die vornehmsten Leute der Stadt berufen, warf ihnen ihr Benehmen vor und fragte sie, warum sie sich nach seinem Sieg störrig und düster, nach seiner Niederlage ausgelassen fröhlich gezeigt hätten? Da erklärten ihm die Memphiten die Ursache ihrer Festfreude und versicherten, daß das Erscheinen des göttlichen Stiers jedesmal in ganz Ägypten durch Jubelfeste und Aufzüge begangen zu werden pflege. Nun schalt sie Kambyses Lügner und verurteilte sie als solche zum Tode[158]. Dann ließ er die Priester kommen und bekam von ihnen dieselbe Antwort.

Höhnend und spottend wünschte er jetzt die Bekanntschaft des neuen Gottes zu machen und befahl, ihm denselben vorzuführen. Man brachte den Apis herbei und erzählte ihm, derselbe werde von einer jungfräulichen Kuh durch die Berührung eines Mondenstrahls gezeugt, müsse schwarz sein, auf der Stirn ein weißes Dreieck, auf dem Rücken das Bild eines Adlers und an der Seite einen zunehmenden Halbmond tragen. Am Schwanze suche man bei ihm zweierlei Haar und an der Zunge einen Auswuchs in Gestalt des heiligen Käfers Skarabäus[159].

Als der vergötterte Stier vor ihm stand und er nichts Außergewöhnliches an ihm entdecken konnte, wurde Kambyses wütend und stieß ihm sein Schwert in die Seite[160]. Da er sodann das Blut strömen und den Apis zusammenstürzen sah, lachte er gellend auf und rief: »Ihr Narren! Eure Götter haben also Fleisch und Blut und lassen sich verwunden? Solche Torheit ist eurer würdig! Aber ihr werdet sehen, daß ich mich nicht straflos verspotten lasse. Heda, Trabanten! Peitscht diese Priester und tötet jeden, den ihr bei der wahnsinnigen Feier ertappt!« Man befolgte seine Befehle und steigerte dadurch den Ingrimm der Ägypter aufs höchste.

Nachdem der Apis an seiner Wunde gefallen war, bestatteten ihn die Memphiten heimlich in den beim Serapeum befindlichen Grüften der heiligen Stiere und versuchten dann, unter Psamtiks Führung, einen Aufstand gegen die Perser, der aber bald unterdrückt wurde und den unglücklichen Sohn des Amasis ein Leben[161] kostete, dessen Flecken und Härten durch sein nimmer ruhendes Bestreben, sein Volk von der Fremdherrschaft zu erlösen, und durch seinen Tod für die Freiheit vergessen zu werden verdienen.

Der Wahnsinn des Kambyses hatte indessen neue Formen angenommen. Nach dem fehlgeschlagenen Versuch, dem, wie er wähnte, in einen Bogen verwandelten Bartja seine alte Gestalt wiederzugeben, erhöhte sich seine Reizbarkeit so sehr, daß ihn ein Wort, ein Blick, welcher ihm mißfiel, in Raserei versetzen konnte.

Sein treuer Mahner Krösus wich auch jetzt nicht von seiner Seite, obgleich ihn der König mehrmals den Trabanten zur Hinrichtung übergeben hatte. Diese kannten aber ihren Herrn, hüteten sich wohl, ihre Hand an den Greis zu legen, und waren der Straflosigkeit sicher, weil der König am nächsten Tag entweder seinen Befehl vergessen oder ihn längst bereut hatte. Nur einmal mußten die unglücklichen Peitschenträger ihre Nachsicht furchtbar büßen, denn obgleich sich Kambyses über die Erhaltung des Greises freute, so ließ er seine Lebensretter nichtsdestoweniger wegen ihres Ungehorsams hinrichten[162].

Als der König eines Tages beim Schmause saß, fragte er trunkenen Mutes den Prexaspes, was die Perser von ihm sagten. Der Botschafter, welcher in dem Bedürfnis, sein marterndes Gewissen durch edle Taten gefährlicher Art zu übertäuben, keine Gelegenheit vorübergehen ließ, welche ihm gestattete, wohltätig auf den Unglücklichen einzuwirken, antwortete, daß sie ihn in jeder Hinsicht belobten, doch aber meinten, er sei dem Wein zu sehr ergeben.

Nach diesen halb scherzend gesprochenen Worten brauste der Wahnsinnige auf und schrie: »So sagen die Perser, daß mich der Wein um den Verstand bringe? Jetzt will ich zeigen, daß sie selbst verlernt haben, richtig zu urteilen!« Bei diesen Worten spannte er seinen Bogen, zielte einen Augenblick und schoß dann dem ältesten Sohne des Prexaspes, der im Hintergrund der Halle, als Schenk, der Winke des Herrschers harrte, in die Brust. Darauf gab er den Befehl, den unglücklichen Jüngling zu öffnen und zu untersuchen. Der Pfeil war mitten in sein Herz gedrungen. Hierüber freute sich der verrückt gewordene Tyrann und rief lachend: »Jetzt siehst du, Prexaspes, daß nicht ich, sondern die Perser ihren Verstand verloren haben. Wer könnte sein Ziel unfehlbarer treffen als ich?«

Prexaspes sah bleich und regungslos dem entsetzlichen Schauspiel zu. Seine Sklavenseele beugte sich vor der Allmacht des Königs. Als der Wahnsinnige seine Frage zum anderen Mal wiederholte, murmelte Prexaspes: »Kein Gott vermöchte sicherer zu treffen[163]!«

Wenige Wochen später begab sich der König nach Sais. Als man ihm dort die Gemächer seiner einstigen Geliebten zeigte, erwachte die längst vergessene Erinnerung an sie mit neuer Kraft. Sein getrübtes Gedächtnis mahnte ihn, daß Amasis ihn und sie betrogen habe. Ohne sich über die einzelnen Umstände Rechenschaft geben zu können, fluchte er dem Verstorbenen und ließ sich tobend zum Tempel der Neith führen. Dort riß er den balsamierten Leichnam des Königs aus dem Sarkophag, ließ ihn mit Ruten schlagen, mit Nadeln stechen und ihm die Haare ausreißen. Gegen das religiöse Gesetz der Perser, welches die Verunreinigung des reinen Feuers durch Leichname für eine Todsünde hielt, verbrannte er die Mumie. Zu gleichem Schicksal verdammte er die Mumie der ersten Gattin des Amasis, welche zu Theben, ihrer Heimat, im Sarkophag ruhte[164].

Nach Memphis zurückgekehrt, scheute er sich nicht, seine Gattin und Schwester Atossa mit eigener Hand zu mißhandeln.

Eines Tages hatte er nämlich ein Kampfspiel angeordnet, in welchem unter anderem ein Hund mit einem jungen Löwen kämpfen mußte. Ein Hund riß sich von seiner Kette los, stürzte sich auf den Löwen und bezwang ihn mit Hilfe eines anderen, vom Löwen schwer verwundeten Hundes. Dieser Anblick, der Kambyses große Freude machte, veranlaßte Kassandane und Atossa, welche dem Schauspiel auf Befehl des Königs beiwohnen mußten, laut zu weinen.

Der erstaunte Tyrann fragte sie um die Ursache ihrer Tränen und erhielt von Atossa die Antwort, das tapfere Tier, welches für seinen Bruder sein Leben aufs Spiel gesetzt habe, erinnere sie an Bartja, der ungerächt, sie wolle nicht sagen durch wen, getötet worden sei.

Diese Worte erregten den Zorn und die schlummernden Gewissensqualen des Rasenden so sehr, daß er die allzu kühne

Frau mit Fäusten schlug, ja, sie vielleicht getötet hätte, wenn ihm nicht seine Mutter in den Arm gefallen wäre und sich selbst den Streichen des Tobsüchtigen ausgesetzt hätte[165].

Die Stimme der Mutter genügte, seiner Wut Zügel anzulegen; ihr Blick, welcher ihn voll getroffen hatte, war aber von so tiefer Verachtung erfüllt gewesen, daß er ihn nicht vergessen konnte. Der neue Irrwahn erwachte in ihm, daß er von den Augen der Weiber vergiftet werde. Sobald er von nun an eine Frau erblickte, schrak er zusammen und versteckte sich hinter seine Begleiter, bis er endlich verordnete, daß man alle weiblichen Bewohner des memphitischen Schlosses, seine Mutter nicht ausgenommen, nach Ekbatana bringen solle. Araspes und Gyges erhielten den Auftrag, sie nach Persien zu führen.

Der Reisezug der königlichen Frauen war zu Sais angelangt und dort im Palast der Pharaonen abgestiegen. Krösus begleitete die Scheidenden bis zu dieser Stadt.

Kassandane hatte sich in den letzten Jahren sehr verändert. Tiefe, von Gram und Leid gefurchte Falten durchzogen ihr einstmals so schönes Angesicht, während der Schmerz nicht vermocht hatte, ihre hohe Gestalt zu beugen.

Atossa, die Tochter der Greisin, war dagegen, trotz manchen Kummers, schöner geworden als vorher. Das mutwillige Mädchen hatte sich in ein vollkommen entwickeltes, selbstbewußtes Weib, das ungestüme, trotzige Kind in eine lebhafte, willensstarke Frau verwandelt. Der Ernst des Lebens und drei, an der Seite ihres rasenden Gatten und Bruders verbrachte, traurige Jahre waren für sie zu Lehrmeistern in der Geduld geworden, hatten aber nicht vermocht, sie der ersten Liebe ihres Herzens abwendig zu machen. Sapphos Freundschaft mußte sie gewissermaßen für den Verlust des Darius entschädigen.

Die junge Griechin war seit dem Verschwinden ihres Gatten zu einem anderen Wesen geworden. Den rosigen Schein ihrer Wangen und das strahlende Lächeln hatte sie längst verloren. Wunderbar schön, trotz ihrer Blässe, ihrer gesenkten Wimpern und schlaffen Haltung, glich sie jener Ariadne, welche des wiederkehrenden Theseus harrte. Sehnsucht und Erwartung sprachen aus dem Blick ihrer Augen, dem Ton ihrer leisen Stimme, der Gemessenheit ihres Ganges. Sobald sich Schritte nahten oder eine Tür aufging, schrak sie zusammen, stand auf und lauschte, um sich bald darauf, enttäuscht und doch nicht irre gemacht in ihrer Hoffnung, der Sehnsucht von neuem hinzugeben.

Nur wenn sie mit ihrem Kind spielte und für dasselbe sorgte, schien sie wieder die Alte zu werden, denn dann färbten sich ihre Wangen mit neuem Rot, ihre Augen glänzten, und ihr ganzes Wesen schien wieder, statt in der Vergangenheit oder Zukunft, in der Gegenwart zu leben.

Das Kind war ihr ein und alles. Zu ihm lebte Bartja für sie fort; auf das Kind konnte sie, ohne dem Verschwundenen auch nur das Geringste zu entziehen, die ganze Liebesfülle ihres Herzens übertragen. Manchmal dachte sie wohl, wenn sie in die blauen Augen des holden Wesens schaute, die denen seines Vaters so täuschend glichen: Warum ist sie doch kein Knabe? Der würde ihm von Tag zu Tag ähnlicher werden und endlich als ein zweiter Bartja, wenn es überhaupt einen solchen geben könnte, vor mir stehen!

Aber solche Gedanken pflegten nur von kurzer Dauer zu sein und damit zu enden, daß sie die Kleine mit doppelter Zärtlichkeit an ihr Herz drückte und sich undankbar und töricht schalt.

Eines Tages hatte Atossa in gleichem Sinne ausgerufen: »Oh, daß Parmys kein Knabe ist! Der würde seinem Vater ähnlich werden und Persien als ein zweiter Cyrus regieren!« Sappho stimmte der Freundin, wehmütig lächelnd, bei und bedeckte die Kleine mit Küssen; Kassandane aber sagte: »Erkenne auch darin die Güte der Götter, meine Tochter, daß sie dir ein Mädchen bescherten. Wäre Parmys ein Knabe, so würde man dir dein Kind, sobald es das sechste Lebensjahr überschritten, fortnehmen, um es mit den Söhnen der anderen Achämeniden erziehen zu lassen, während dir das Mädchen noch lange Zeit angehören wird.«

Sappho erbebte in dem bloßen Gedanken, sich je von der Kleinen trennen zu müssen, drückte das blonde Lockenköpfchen fest an ihre Brust und hatte von nun an nichts mehr an ihrem kostbaren Schatz auszusetzen.

Atossas Freundschaft tat dem wunden Herzen der junge nWitwe wohl. Mit ihr konnte sie, sooft und soviel sie wollte, von

Bartja sprechen und war immer einer freundlichen, teilnahmsvollen Zuhörerin gewiß. Auch Atossa hatte den verschwundenen Bruder sehr geliebt. Aber selbst ein Fremder würde den Erzählungen Sapphos gern zugehört haben – steigerte sich doch ihre Rede nicht selten zu hohem Schwung, schien sie doch, wenn sie die Erinnerungen aus der Rosenzeit ihres Glücks in Worte kleidete, zur gottbegabten Dichterin zu werden.

So waren drei lange Jahre vergangen, in denen sie ihre Großmutter nur selten gesehen hatte; durfte sie doch auf Befehl des Königs, um Parmys' willen, das Haus der Weiber niemals ohne Kassandanes oder der Eunuchen Begleitung und Erlaubnis verlassen.

Jetzt hatte Krösus, der sie nach wie vor wie eine Tochter liebte, Rhodopis nach Sais beschieden. Sappho konnte nicht in die Ferne ziehen, ohne ihrer treuesten Freundin Lebewohl zu sagen, und fand bei Kassandane wie bei dem greisen Lyder volles Verständnis für diesen Herzenswunsch. Die Witwe des Cyrus hatte außerdem so viel von der edlen Großmutter ihrer Schwiegertochter gehört, daß sie dieselbe kennenzulernen wünschte und sie, nachdem Sappho ein zärtliches Wiedersehen mit ihr gefeiert hatte, zu sich entbieten ließ.

Als die beiden alten Frauen einander gegenüberstanden, hätte ein Fremder nimmer entscheiden können, wer von ihnen die Königin sei; würde er sie doch beide für Fürstinnen gehalten haben.

Krösus, welcher der Griechin ebenso nahe stand wie der Perserin, versah das Amt des Dolmetschers und wußte, unterstützt von dem biegsamen Geist der Hellenin, das Gespräch in ununterbrochenem Fluß zu halten.

Nachdem Rhodopis mit dem ihr eigenen Zauber Kassandanes Herz gewonnen hatte, glaubte die Königin, nach persischer Art, derselben ihr Wohlgefallen nicht besser beweisen zu können als durch die Aufforderung, ihr einen Wunsch vorzutragen.

Die Hellenin zauderte einen Augenblick, ehe sie ausrief: »Laß mir Sappho, den Trost und Schmuck meines Alters!«

Kassandane lächelte schmerzlich und gab zurück: »Diesen Wunsch vermag ich nicht zu erfüllen, denn unser Gesetz befiehlt, daß die Kinder der Achämeniden an der Pforte des Königs erzogen werden sollen. Ich darf die kleine Parmys, als einzige

Enkelin des Cyrus, nicht von mir lassen, und Sappho wird sich, sosehr sie dich liebt, in keinem Falle von ihrem Kind trennen. Auch ist sie mir und meiner Tochter so teuer, ja, ich möchte sagen notwendig geworden, daß ich sie, obgleich ich deine Sehnsucht nach ihr wohl verstehe, niemals von mir lassen würde.«

Als Kassandane sah, daß sich das Auge der Hellenin mit Tränen füllte, fuhr sie fort: »Aber ich wüßte einen guten Ausweg. Verlaß Naukratis und komm mit uns nach Persien. Dort sollst du deine letzten Jahre mit uns und deiner Enkelin verleben und wie eine Fürstin gehalten werden!«

Rhodopis schüttelte den Kopf und erwiderte mit gedämpfter Stimme: »Ich danke dir für deine gütige Einladung, hohe Königin, fühle aber, daß ich sie nicht anzunehmen vermag. Alle Fasern meines Herzens wurzeln in Griechenland. In der Beschränkung des Harems könnte ich nicht leben.«

Kassandane hörte der Greisin staunend zu. Sie verstand sie nur zum Teil, reichte ihr aber die Hand zum Kuß. Dann sagte sie nach einer kurzen Pause: »Handle nach deinem Ermessen, und sei versichert, daß es deiner Enkelin, solange ich und meine Tochter leben, nicht an treuer Liebe gebrechen wird.«

»Dafür bürgt mir der Ruf deiner Tugend!« antwortete Rhodopis.

Nach diesen Worten verließ Kassandane das Gemach.

Am selben Tage erhielt Rhodopis die Nachricht, daß Phanes, nachdem er zu Kroton in der Nähe des Pythagoras, an seiner Wunde dahinsiechend, in ernsten Betrachtungen gelebt hatte, vor einigen Monden mit der Ruhe eines Weisen gestorben sei.

Rhodopis war tief ergriffen von dieser Kunde und sagte zu Krösus: »In Phanes verliert Griechenland einen seiner tüchtigsten Männer; aber viele blühen und wachsen heran, die ihm gleichen. Darum fürcht' ich, wie er, nichts von der aufwuchernden Macht der Perser.«

Drei Tage später nahm Sappho zum letztenmal von ihrer Großmutter Abschied und folgte den Königinnen nach Persien, wo sie, immer noch an Bartjas mögliche Wiederkehr glaubend, voll Liebe, Hoffnung und treuer Erinnerung ganz der Erziehung ihrer Tochter und der Pflege der greisen Kassandane lebte.

Die kleine Parmys erblühte in seltener Schönheit und lernte

neben den Göttern nichts inniger lieben als das Andenken ihres verschwundenen Vaters, den sie durch tausendfache Erzählungen ihrer Mutter wie einen Lebenden kannte.

Atossa bewahrte ihr, trotz des Glückes, welches ihr bald erblühen sollte, die alte Freundschaft und pflegte sie nicht anders als »Schwester« zu nennen. Im Sommer bewohnte Sappho die hängenden Gärten zu Babylon und dachte dort oftmals in den Gesprächen mit Kassandane und Atossa an die unschuldige, liebenswerte Urheberin so vieler für große Reiche und edle Menschen verhängnisvollen Ereignisse, die *ägyptische Königstochter*.

ENDE

Anmerkungen

ZU TEIL I

1. Wilkinson, Manners and customs of the ancient Egyptians. III. 196 und III. plate XIV. Eine schöne Zusammenstellung der Fahrzeuge, deren sich die alten Ägypter bedienten, findet sich bei Dümichen, Die Flotte einer ägyptischen Königin, T. I–V. T. XXV–XXXI. Hier sehen wir auch die von einer Ophirfahrt heimkehrenden Schiffe, welche, außer den Pfauen, alle jene Schätze mitbringen, von denen wir durch das I. B. der Könige wissen (9, 28; 10, 11), daß sie den mit seinem Freunde Hiram von Phönizien Seefahrer aussendenden Salomo bereicherten. Selbst über den Fortschritt der nautischen Kunst bei den Ägyptern geben die Denkmäler Kunde. Das bewegliche Steuer wurde erst in späterer Zeit verwendet. Werkstellen von Schiffsbauern zeigen die Monumente schon in der Pyramidenzeit, z. B. in den Mastaba von Sakkara, welche sich die Reichsgroßen in der vierten Dynastie als Grüfte und Grabkapellen erbauten. Sie gaben den Mastaba die Form von abgestumpften Pyramiden, ließen ihre Außenwände ungeschmückt; ihr Inneres wurde aber um so reicher ornamentiert mit zarten und doch scharf und charakteristisch behandelten Reliefs.

2. Diese Stadt, welche der Schauplatz eines Teiles unserer Erzählung sein wird, lag im Nordwesten des Nildeltas im saïtischen Nomos, am linken Ufer der kanopischen Mündung des Nils. Nach Strabo und Eusebius ist dieselbe von Milesiern gegründet worden, und zwar, wie Bunsen rechnet, um 749 v. Chr. Zu frühester Zeit scheint griechischen Schiffen die Einfahrt in die kanopische Mündung nur im Notfalle gestattet gewesen zu sein. Damals beschränkte sich auch der ganze Verkehr der Ägypter mit den verhaßten Ausländern auf die kleine, der Stadt Thonis gegenüberliegende Insel Pharus. Hom. Odyss. IV. 36. Herod. II. 113 und 114. E. Curtius versucht in seiner geistreichen Schrift über die Ionier eine weit frühere Verbindung namentlich der Ionier mit den Ägyptern nachzuweisen. Eine solche hat jedenfalls stattgefunden, aber kaum unmittelbar durch den genannten berühmten Stamm; vielmehr war die Nordküste von Unterägypten schon sehr früh von Phöniziern kolonisiert worden, die sich ganz den ägyptischen Sitten anschlossen, Ägypto-Phönizier genannt werden können und der Politik ihrer Verwandten in Tyrus und Karthago treu blieben, allen Fremden durch Gewalt und List die von ihnen eröffneten Tausch- und Handelsplätze zu verschließen. Näheres in unserem Werk: Ägypten und die Bücher Moses, S. 195. In jüngster Zeit hat Brugsch einige neue Beiträge für die Begründung der hier ausgesprochenen Ansicht geliefert. Histoire d'Egypte. Deuxième édition. p. 128. Cap. XI. Le sémitisme en égypte. Sobald sich die Griechen einmal in Naukratis niederge-

lassen hatten, befestigten sie dasselbe und erbauten ihren Göttern Tempel: die Ägineten dem Zeus, die Milesier dem Apollo, die Samier der Hera. – Außerdem wurde ein großer, vielen Städten und Stämmen gemeinsamer Tempel und eine Art von Hansa, das Hellenion, gegründet. Alexander wählte später in der Nähe dieser blühenden Handelsstadt den Platz zur Gründung von Alexandria.

3. Wir sind im Oktober, wo der Nil bereits zu sinken beginnt. Die Gründe der Inundation sind namentlich seit H. Barths großartiger tabellarischer Arbeit (Zeitschr. für allgemeine Erdkunde. 1863. XIV. Bd. und S. Bakers Reise in Abessinien) genau bekannt geworden. Die Tropenregen und das Schmelzen des Schnees auf den Hochgebirgen am Äquator verursachen die Überschwemmung. Anfang Juni macht sich ein allmähliches Steigen des Stromes bemerklich, zwischen dem 15. und 20. Juli wird das langsame Schwellen zu einem rapiden Wachsen, Anfang Oktober erreicht die Nilhöhe ihren Gipfelpunkt, den sie, nachdem sie schon den Rücktritt begonnen, zum anderen Mal zu erreichen sucht, um bald allmählich und dann schnell und immer schneller zu sinken. Im Januar, Februar, März und April trocknet das Wasser noch immer nach; im Mai hat der Strom seinen tiefsten Stand erreicht. Seine Wassermenge ist dann zwanzigmal so gering wie im Oktober.

4. Die Spartaner pflegten keine Schnurrbärte zu tragen.

5. Die Griechen ließen sich bei ihren Gastmählern oft durch Musik unterhalten; aber auch in Ägypten zeigen uns die Bilder bei den Gesellschaften gewöhnlich singende oder die Doppelflöte spielende Frauen, blinde Harfenisten etc.

6. Alkman (attisch Alkmäon) blühte um 650 in Sparta. Von einer lydischen Sklavin zu Sardes geboren, kam er in den Besitz des Spartaners Agesides, der ihn freiließ. Bald verschafften ihm seine schönen Lieder das Bürgerrecht von Lakedaimon, woselbst man ihn zum Oberleiter im ganzen Gebiete der Tonkunst machte und er die sanfte lydische Musik, welche man durch Polymnestes kennengelernt hatte, einzubürgern verstand. Himerius orat. 5. Seine Sprache ist die dorisch-lakonische. Nach einem dem Gesange, den Freuden der Tafel und der Liebe gewidmeten Leben soll er an einer schrecklichen Krankheit gestorben sein. Wegen der vielen Jungfrauenchöre (Parthenien), welche von ihm herrühren, seiner Loblieder auf die Frauen und des freundschaftlichen Verhältnisses, in dem er zu den Spartanerinnen, unter denen er die blonde Megalostrata besonders auszeichnete, gestanden haben soll, verdient er den Namen des lakedaimonischen ›Frauenlob‹. Auch seine Hymnen sind hochberühmt. Seine Fragmente sind von Welcker gesammelt worden und bei Bergk, Poetae Lyrici Graeci. Alem. fr. zu finden, Deutsch bei Hartung, Die griechischen Lyriker, griechisch mit metrischer Übersetzung. Seine Lieder müssen in Ägypten, wenn auch erst in späterer Zeit, bekannt geworden sein, da zu den köstlichsten Papyrosfunden, welche in jüngerer

Zeit am Nil gemacht worden sind, ein Bruchstück der Lieder des Alkman gehört.

7. Wilkinson II. 136–145. Rosellini, monumenti civili Taf. 68 und 69. Die besten Bilder von Gartenanlagen der alten Ägypter sind in den Gräbern von Tel el Amarna (18. Dynastie) gefunden worden. Lepsius, Denkmäler aus Ägypten und Äthiopien. Abth. III. Bl. 102. Auch in einigen Gräbern zu Abd el Qurnah in der Totenstadt von Theben, z. B. in Grab 34 und 35 und der von uns entdeckten Gruft des Generals Amen em heb, der ein großer Blumenfreund war.

8. An den Toren ägyptischer Landhäuser pflegten zuweilen Obelisken mit der Namensinschrift des Besitzers zu stehen; auch waren Fahnen nichts Ungewöhnliches. Doch finden wir dieselben fast ausschließlich an den Toren der Tempel, an denen sich heute noch Spuren der ehernen Krampen nachweisen lassen, in die die Fahnenstangen gesteckt worden sind. Auch den Griechen waren Fahnen nichts Unbekanntes. Aus einigen Inschriften bei den Masten an den Pylonen geht hervor, daß, wenn die ersteren auch nicht geradezu als Blitzableiter aufgestellt worden sind, man doch bemerkt hatte, daß sie den Blitz anzögen.

9. Man pflegte, namentlich zu Athen, die Hauptmahlzeit, das Deipnon, spät zu halten.

10. Die Hetären der Griechen sind keineswegs mit den modernen Lustdirnen zu vergleichen, denn der bessere Teil derselben vertrat die Intelligenz und Bildung der weiblichen Bewohner, namentlich der ionischen Teile, von Hellas. Man denke an Aspasia und ihr wohlbezeugtes Verhältnis zu Perikles und Sokrates. Auch unsere Rhodopis war hochberühmt. Die Hetäre Thargalia von Milet wurde die Gattin eines thessalischen Königs. Hierüber handeln am besten F. Jakobs vermischte Schriften IV. und Becker, Charikles II. S. 51–69.

11. Epimenides war Zeuspriester zu Knossus auf Kreta und soll nach Plinius 299, nach Xenophanes von Kolophon, seinem Zeitgenossen, 154 Jahre alt geworden sein. Laërtius Diogenes erzählt, er habe sich nach Belieben sterben und wieder aufleben lassen können. Da er 576 zu Sparta gewesen ist, so kann ihn der alte Aristomachus wohl gesehen haben.

12. (S. 7) ›Aigyptos‹ wurde der Nil in alter Zeit von den Griechen genannt; z. B. Homer Odyss. IV, 478. Der Überschwemmungsnil von Unterägypten heißt auf einigen Denkmälern ›Akab‹; aber doch wohl nur nach dem Land, das er an seiner Mündung bewässerte, denn das Litoral des Deltas, welches in früher Zeit von Ägypto-Phöniziern bevölkert war, scheint Aikab-t oder Aigab-t, das gebogene Küstenland, genannt worden zu sein, und der Name Ägyptens wurde von den Griechen gewiß zuerst aus phönizischem Munde vernommen.

13. Äsop (620–550) war nach Herodot ein Thrakier, nach andern ein Phryger oder ein Mann von Mesembria, einer milesischen Kolonie am Schwarzen

Meer. Er wurde an den Samier Jadmon als Sklave verkauft. In dem Haus desselben diente er mit Rhodopis zusammen und wurde später freigelassen. Herod. II. 134. Berühmt durch seine Tierfabeln, soll er als Sachverwalter aufgetreten sein und der Freundschaft des Krösus genossen haben. Als er, schon hochbetagt, im Auftrag des letzteren nach Delphi ging, wurde er von den beleidigten Priestern des Diebstahls einer goldenen Schale beschuldigt, fälschlich zum Tode verurteilt und von den delphischen Felsen hinabgeschleudert. Zu späterer Zeit erhielt jede durch eine Erzählung aus dem Naturreich praktisch dargestellte Lebensregel den Namen der äsopischen Fabel. Über ihn und seine Dichtungen siehe Grauert, de Aesopo et fabulis Aesopiis. Bonn 1825. In neuester Zeit ist vielfach, namentlich durch Zündel, revue Archéol. III. S. 354 die gutbegründete Behauptung aufgestellt worden, daß der Ursprung der äsopischen Fabeln in Ägypten zu suchen sei. Im allgemeinen hält man Indien für die Heimat der Tierfabel. In der Villa Albani zu Rom die berühmte, leider beschädigte Statue des Äsop: ›Ein concentrirter Idealtypus des geistvollen Buckligen‹.

14. Nach Herodot II. 134 und 135 war Rhodopis so schön, daß jeder Hellene ihren Namen kannte.

15. Alcäus, ein Zeitgenosse und Freund der Sappho, stammte, wie diese, aus einer der vornehmsten lesbischen Familien und darf zu den trefflichsten Lyrikern des ganzen Altertums gezählt werden. Mit allen Vorzügen, aber auch allem Stolz und allen Vorurteilen seines Standes ausgestattet, setzte er Leib und Leben, Wort und Lied ein, um die Tyrannis zu stürzen, die nach Lesbos übersiedelnden Athener aus Sigeum zu vertreiben und endlich die Oberherrschaft für den Adel zu bewahren, der sich kräftig gegen die Gewalthaber Melanchrus, Megalagyrus, Myrsilus, die Kleanaktiden wehrte. In beiden letzten Unternehmungen unglücklich, mußte er, als sich Pittakos zum Führer des Volks aufgeschwungen hatte, mit seinen Brüdern und Gesinnungsgenossen die Flucht ergreifen. Erstere nahmen bei Nebukadnezar von Assyrien Kriegsdienste, letztere, und mit ihnen Alcäus, schweiften in der Welt umher. Es unterliegt keinem Zweifel, daß sich der Dichter mit Charaxus, dem Bruder der Sappho, auch zu Naukratis aufgehalten habe. Nachdem Pittakos seine Gesetzgebung, welche ihm den Namen eines Weltweisen eintrug, vollendet hatte, rief er die Verbannten zurück und verzieh dem Dichter, obgleich ihn derselbe auch in der Fremde mit den bittersten Versen verfolgt hatte. Die Lieder des Alcäus sind erfüllt ›von der ritterlichen Poesie des Adels von Mytilene, der, in allen Künsten der oligarchischen Erziehung genährt, durch stolzes Selbstgefühl gehoben, und sicher im Erbe der schönsten Vorrechte, sein Leben zwischen Tat und Genuß teilen und im Unglück niemals den leichten Mut aufgeben durfte‹. – Er war ein Feuergeist, der in vollendeten Formen sang, weil er eben singen mußte, wenn eine Lust ihm blühte, wenn ihn ein Leid bedrückte. Klar, wunderbar unbefangen, frei von Sehnsucht und den

Augenblick genießend, muß man ihn als eines der bedeutendsten Vorbilder des Horaz, der nicht nur seine Metra, sondern auch viele seiner Gedanken adoptierte, betrachten. Seine im Text erwähnte Beziehung zu Sappho wird durch einzelne seiner Fragmente verbürgt. Dieselben finden sich in A. Matthiae Alcaei reliquiae. L. 1827. Dazu Welcker, Kleine Schriften I. S. 126–147. Seine Porträtstatue ist bei Monte Calvo gefunden worden. Dieselbe entspricht ganz der oben gegebenen Charakteristik des Mannes. Wahrscheinlich soll auch eine treffliche Statue in der Villa Borghese zu Rom unseren Dichter darstellen. Braun glaubt, man habe in ihr einen Pindar zu erkennen.

16. Die berühmte Dichterin Sappho lebte nach Athenäus zur Zeit des lydischen Königs Alyattes, also zwischen 620–563 v. Chr., nach der Chronik des Eusebius ol. 44, d. i. um 600 v. Chr. Außerdem wird sie als Zeitgenossin des Pittakos, Alcäus und der Rhodopis genannt, was mit den obigen Angaben übereinstimmt. Wir werden kaum fehlgehen, wenn wir sie um 620 zu Mytilene auf Lesbos geboren werden lassen. Ihr Vater hieß Skamandronymus oder Skamon. Hierfür sprechen, außer Herodot, Älian und anderen alten Schriftstellern, Welcker, Bernhardy, Richter und andere. Ihre Mutter und Tochter trugen den Namen Kleïs. Suidas nennt den Gatten der Dichterin, Cerkolas, ausdrücklich einen sehr reichen Mann. Unter ihren Anbetern darf ihr berühmter Zeitgenosse Alcäus nicht übergangen werden, während ihre bekannte unglückliche Liebe zu dem jungen Phaon von Bernhardy mit Recht eine Fabel genannt wird. Ebenso unwahr ist es, daß Anakreon, der erst mehrere Jahrzehnte später bekannt wurde, Sappho gewisse erotische Verse, welche einer anderen Lesbierin gelten, gewidmet habe. Auch ihre unreine Leidenschaft für schöne Jungfrauen und ihr Sprung vom leukadischen Felsen gehören in das Reich der Fabel. Von dem Äußeren der Dichterin wissen wir nur wenig. Plato, Plutarch u. a. nennen sie ›die schöne Sappho‹. Alcäus preist ihr schwarzes Haar und ihr liebreizendes Lächeln. Welcker zählt sie zu den im Altertum gefeierten Schönheiten. Sie ist auf den Münzen ihrer Heimat, in Gemälden und Bildsäulen sehr häufig, aber, wie es scheint, sehr verschieden abgebildet worden. Eines dieser Bilder beschreibt Democharis folgendermaßen:

So zu gestalten, o Maler, die mytileneische Muse
Gab Dir einst die Natur selber, die Bildnerin ein.
Lieblicher Glanz entströmet den Augen zur deutlichen Kunde,
Wie ihr schaffender Geist quoll von lebendiger Kraft.
Aber das Fleisch in natürlichem Wuchs, nicht schwellend in Unmaß.
Deutet die Einfachheit ihres Gemütes uns an.
Und das Gemisch von frohem zugleich und sinnigem Antlitz
Sagt, daß Cypris in ihr sich mit der Muse vermischt.

17. Wir haben für diesen König seinen bekannteren biblischen Namen Hophra gewählt. Bei den Griechen hieß er Uaphris und Apries. Seine hieroglyphischen Namensschilder (S. Lepsius, Königsbuch 48) Uah-ph-ra-het, woher die Umschreibung Uaphris und Hophra (Uah-ph-ra). Er regierte von 588–569. Diese Zahlen sind gesichert, erstens durch die hier schon vorhandenen Gleichzeitigkeiten, zweitens aber besonders durch die von Mariette gefundenen Apisgräber, deren Inschriften über die Regierungsjahre namentlich der Könige der 26. Dynastie, der auch Hophra angehörte, die schönsten Aufschlüsse geben. Er wurde von Amasis, der nach Athenäus sein Freund war, bei einem Aufstande, dessen die Propheten des alten Bundes erwähnen, Jerem. 44, 30. 46, 24–26, und den Herodot näher beschreibt, gestürzt. Herod. II. 169.

18. Amasis von 570–526 v. Chr., von dem im Texte vielfach die Rede sein wird, hieß nach seinen Hieroglyphenschildern, Lepsius Königsbuch Taf. 48. 8., Aahmes (junger Mond). Sein gewöhnlicher Beiname war Se-Net ›Sohn der Neith‹. Namen oder Bilder desselben finden sich auf Steinen der Festung Kairo, einem Relief zu Florenz, einer Statue im Vatikan, auf Sarkophagen zu Stockholm und London, einer Statue in der Villa Albani, einem Tempelchen von Rosengranit zu Leyden. Ein schöner Porträtkopf von Grauwacke in unserem Besitz stellt wohl denselben König dar.

19. Die alten Ägypter sind in ihrem Verhältnis zu den Fremden mit den heutigen Japanesen vergleichbar. Alle Nichtägypter waren ihnen verhaßt, aber sie mußten doch gezwungenerweise von jeher Ausländern den Zugang über ihre Grenzen gewähren, ja sie konnten nicht verhindern, daß namentlich die Phönizier, in deren Hand der ägyptische Import- und Exporthandel sich befand, ähnlich wie die Portugiesen und Spanier in Japan (16. Jahrh.) einen großen Einfluß auf alle Kreise des Lebens, ja selbst auf das religiöse Bewußtsein des Volkes gewannen. Und wie in Japan auf die Iberier die Holländer folgten, so in Ägypten auf die Phönizier die Griechen, welche nach der persischen Invasion und den Zügen Alexanders das Niltal beherrschten.

20. Wir wissen zwar, daß die ägyptische Priesterweisheit in hohem Ansehen bei den Griechen stand; viele Stellen in den Klassikern zeigen aber, daß die älteren Griechen und Römer, die nur die bizarren äußeren Formen der ägyptischen Religion sahen, dieselbe in der Tat für abgeschmackt hielten. – Später haben namentlich die Neuplatoniker den Lehren der Priesterschaft von Heliopolis, Theben etc. vieles entnommen.

21. Herod. II. 35.

22. Massalia, das heutige Marseille, wurde um 600 v. Chr. von Phocäa aus gegründet. Letztere ionische Stadt an der kleinasiatischen Küste fiel, nachdem sich alle Bürger auf ihren Schiffen aus derselben entfernt hatten, 19 Jahre vor dem Beginn unserer Erzählung in die Gewalt der Perser. Bevor die Kleinasiaten sich dort niederließen, bestand wohl schon eine phönizische Faktorei

an der Stelle von Massalia. Später finden wir jedenfalls Phönizier als Mitbesitzer des Orts, eine Tatsache, die nicht nur von den Klassikern, sondern auch durch die hier gefundenen Denkmäler und Inschriften bestätigt wird. – Kelten hießen bei den alten Griechen nicht nur die Gallier, sondern auch die germanischen und iberischen (spanischen) Stämme.

23. In Ägypten bestand eine sehr umsichtige und strenge Polizei, um deren Organisation sich Amasis besonders verdient gemacht haben soll. Von einem Gendarmeriecorps, in dessen Reihen man mit Vorliebe Ausländer einstellte, haben wir durch zahlreiche Inschriften und Papyrusrollen Kunde.

24. Kurz vor der Zeit unserer Erzählung war es mehreren ehrgeizigen Hellenen, wie dem Pisistratus von Athen, gest. 527, dem Polykrates von Samos, gest. 522, und Lygdamis von Naxos , gest. 524 gelungen, die Adelsherrschaft zu stürzen und sich der Regierung zu bemächtigen.

25. Die innere Einrichtung der Räume des Hauses haben wir nach Becker und R. F. Hermann gegeben. Das nach der nicht ganz klaren Stelle im Vitruv zu Barthelemys Anacharsis gezeichnete Haus ist für unseren Zweck viel zu weitläufig. Hirts Entwurf sagt uns weniger zu, als die meisten anderen, wogegen uns der Hermannsche Riß, Charikles II. 99, mit ebenso scharfer Kritik als geschmackvoller Benutzung der bezüglichen Stellen gezeichnet zu sein scheint. Charaxus konnte als reicher Mann ein solches Haus recht wohl erbauen, obgleich die griechischen Privatwohnungen, namentlich in jener Zeit, einfacher als die von uns beschriebene gewesen sein mögen. Weit klarer als das griechische liegt uns das römische Haus, das sich namentlich nach den in Pompeji erhaltenen Bauwerken vortrefflich rekonstruieren läßt, in seiner Anordnung vor. Mit großer Schärfe und Klarheit behandelt von I. Overbeck, Pompeji. Dritte Aufl. 1866. Bd. I. S. 230. Der Riß S. 212.

26. Die plastische Kunst der Ägineten war schon frühzeitig berühmt. In den Überresten alt-äginetischer Kompositionen läßt sich der Übergang von der typischen Form zur freien Nachahmung der Natur am deutlichsten erkennen. Die 1811 von einer Gesellschaft englischer, dänischer und deutscher Reisender aufgefundenen Giebelgruppen vom Athenetempel zu Agina dürfen die interessantesten Denkmäler althellenischer Kunst genannt werden. Die erwähnten Figuren stellen Kämpfe zwischen Griechen und Trojanern um die Leichen gefallener Griechen, hier des Achill, dort das Oikles dar. Die Gruppe des Westgiebels mit der Athenestatue in der Mitte ist besonders bemerkenswert und wohlerhalten. S. Wagner, Bericht über die äginetischen Bildwerke mit Anmerkungen von Schelling. 1817. Gerhard, Vorlesungen über Gipsabgüsse. 1844. S. 3–28. Welcker, antike Denkmäler I. S. 30 f. Overbeck, Geschichte der griech. Plastik. I. S. 117 f. Abgebildet bei O. Müller, Denkmäler der Kunst. I. T. 6–8.

27. Auf der Insel Chios sollen die ersten Kunstwerke aus Marmor gefertigt worden sein.

28. Ägyptischer Lehnsessel. Wilkinson II. plate XI. S. 192 fgd. Rosellini mon. civ. T. 66, 90–91, wo sich auch Sofas finden, die den unseren nicht unähnlich sind. – Elegant gearbeitete Sitze auch für mehrere Personen, auf denen die Besitzer von Gräbern in Reliefdarstellungen und Bildern oder die in Form von Statuen dargestellten Götter und Könige thronen, sind häufig. – Das Thyaholz kam von der Oase des Jupiter Ammon in der libyschen Wüste und war so kostbar, daß Cicero für einen Tisch von diesem Holze eine Million Sesterzen, d. s. 55000 Taler bezahlte.

29. Öl aus der Frucht des Wunderbaumes ricinus communis, welches von den Ägyptern Kiki genannt und zum Brennen und Salben gebraucht wurde.

30. Chronika I. 3, 17–19. Schon Salomo ließ um 1000 v. Chr. Pferde und Wagen in Ägypten kaufen. Die Denkmäler zeigen nicht nur schöne Pferde vor den Fahrzeugen des Pharao und Wagen, sondern selbst Wagenfabriken. Übrigens sind beide, Pferde und Wagen, erst im 3. Jahrtausende vor Christus, wie die Monumente beweisen, in Ägypten eingeführt worden. Die Gestüte scheinen in Nordägypten, wo es weite Flächen gab, gehalten worden zu sein.

31. Herod. II. 180. Pindar. Pyth. 7. 9.

32. Anaximander von Milet, geboren 611–546, ein berühmter Geometer, Astronom, Weltweiser und Geograph, verfaßte ein Buch über die Natur, zeichnete die erste Weltkarte auf Erz und führte eine Art von Uhr, welche er den Babyloniern entlehnt zu haben scheint, in Griechenland ein. Er denkt sich ein schwer definierbares Urwesen, das die Welt in ihrer Gesamtheit lenkt, auf welches sich das Materielle und Begrenzte gründet und das doch selbst unendlich und unbegrenzbar ist. Der ›Urschlamm‹ versinnlicht ihm den Keim alles Geschaffenen, und er läßt aus demselben Wasser, Erde, Pflanzen, Tiere, Fischmenschen, Menschen etc. entstanden sein. Zeller, Philosophie der Griechen I. 170. Brandis T. 1. S. 123. – Anaximenes, 570–500, war gleichfalls ein Naturphilosoph von Milet und bezeichnete die ›Luft‹ als den Urstoff. Plutarch plac. phil. I. 3. 6. Zeller, Philosophie der Griechen I. Brandis T. 1. S. 141.

33. Theodorus, aus einer berühmten samischen Künstlerfamilie stammend, machte sich um die Architektur und den künstlerischen Metallguß besonders verdient. Thiersch, Epochen der Kunst bei den Griechen 1829. Brunn, Künstlergeschichte II. S. 380 ff.

34. Ibykus aus Unteritalien blühte inmitten des 6. Jahrh. v. Chr. Den leidenschaftlichen und hochgebildeten Dichter zog Polykrates an seinen Hof. Die Begebenheiten nach seinem gewaltsamen Tod waren im Altertum sprichwörtlich geworden und sind durch Schillers Kraniche des Ibykus allgemein bekannt. Daß er in Ägypten gewesen sei, wird nirgends erwähnt; wohl aber, daß er die Griechen die den Ägyptern längst bekannte Identität des Morgen- und Abendsterns gelehrt habe. Achilles Tatius, Isag. in Arati Phaenomen. im Uranolog. Petavii p. 136. S. Lepsius, Chronologie, Einleitung S. 91. Diese

Stelle sowie die Freundschaft des Polykrates und Amasis machen es nicht unwahrscheinlich, daß Ibykus in Ägypten gewesen sei.

35. Sybaris war eine Stadt in Unteritalien, welche im ganzen Altertum wegen ihrer Üppigkeit berüchtigt war und, nach Strabo 62, von Achäern gegründet worden sein soll. Sie wurde um 510 von den Krotoniaten erobert und zerstört und später als Thurii wieder aufgebaut.

36. Anakreon von Teos lebte gleichfalls zur Zeit unserer Erzählung am Hof des Polykrates. Der berühmte Sänger der Liebe und des Weins wird im Texte öfters genannt und angeführt werden. Die zitierte Stelle findet sich Anacr. fragm. ed. Moebius XV. Seine Portraitstatue in der Villa Borghese zu Rom.

37. Gewöhnlich hatte wohl jeder Gast sein eigenes Tischchen; doch hören wir schon im Homer von großen Anrichtetafeln reden. Ilias IX. 206. 215. Odyss. I. 111. In dem Symposion, welches Xenophanes ungefähr zur Zeit unserer Geschichte schildert, kommt eine Tafel vor, deren Ausstattung bei der folgenden Beschreibung von uns besonders benutzt worden ist. Xenoph. fragm. ed. Bergk. I. In homerischer Zeit saß man bei Tische, später wurde die liegende Stellung ganz allgemein. S. U. Overbeck, Pompeji. Erste Aufl. S. 376 ff.

38. Die Griechen pflegten gemischten Wein zu trinken. Den reinen Rebensaft soll Zalenkus bei Todes-, Solon bei strenger Strafe allen Bürgern, welche ihn nicht als Arznei benutzen mußten, verboten haben. Die gewöhnliche Mischung war 3 Teile Wasser und 2 Teile Wein.

39. Es gab Becher bei den Griechen wie den Ägyptern in mannigfaltigen Formen und aus den verschiedensten Stoffen. Die graziösen griechischen Trinkgeschirre sind bekannt, aber auch die Ägypter wußten schöne Becher zu fabrizieren. Sie sind von edlen Metallen, von Erz (die Becher der Priester nach Herod.), von feinem, zum Teil glasierten Ton (im Berliner Museum mit blauer Glasur) oder auch, doch wohl nur selten, von Glas. Viele waren bunt emailliert und zeigten die Form einer sich öffnenden Blume, andere ahmten die Köpfe von Säugetieren und Vögeln nach, aus deren Hälsen man trank, wieder andere gleichen unseren Henkeltassen. Originale in den Museen von Berlin, London, Paris, Leyden, Turin, Bulaq etc.

40. Das Speisezimmer der Kleopatra soll eine Elle hoch mit Rosen bestreut gewesen sein. Athenäus, Deipnos. IV. 148. ed. Meineke.

41. Die Griechen gingen nur bekränzt zur Mahlzeit. Vor derselben wurden den Gästen die Füße von Sklaven gewaschen. Plato, Symposion p. 213. Auch goß man vor dem Essen Wasser über die Hände. Athen. II. 60.

42. Dieses Gericht erwähnt Hipponax ungefähr zur Zeit unserer Geschichte. Hipponact. fragm. 34, ed. Bergk.

43. Die Frauen pflegten sitzend zu essen. Die Griechen hatten Arm- oder Lehnstühle wie die Ägypter. Aus Pompeji und den Darstellungen mancher Götter und besonders vornehmer Persönlichkeiten ist uns die Gestalt der

Solia oder Throne bekannt geworden, welche eine hohe, etwas steile Lehne und an den Seiten Stützen besaßen, auf denen die Arme ruhen konnten. – Gewöhnlich wurde ein Symposiarch oder Leiter des Gastmahls durch Würfelung gewählt, hier aber kommt dieses Amt der Rhodopis von selbst zu. Ein Sklave des Hauses hatte die anderen, zum Teil von den Gästen mitgebrachten Diener zu leiten.

44. Zur Zeit unserer Erzählung war das Drama noch in seiner Entstehung. Thespis gab den dionysischen Chören durch Wechselgesänge und Masken eine dramatische Gestalt, während Phrynichus als der erste eigentliche Tragödiendichter genannt werden muß.

45. Sklaven in Sparta, die sich ziemlich häufig ihrer Dienstbarkeit, welche übrigens im allgemeinen zu schwarz geschildert wird, zu entziehen suchten.

46. Nach der eigentlichen Mahlzeit begann das Symposium. Erst jetzt bekränzte man sich gewöhnlich, wusch die Hände mit Smegma oder Smema (einer Art von Seife) und griff zum Weine.

47. Der verschuldete Ägypter konnte die Mumien seiner Vorfahren versetzen und gab sein Letztes hin, ehe er sie verfallen ließ, denn seiner wartete, wenn er dies tat, Schmach und Schande. Auch wurde ihm nach dem Tode das Begräbnis versagt. Diodor I. 93.

48. Eigene Übersetzung nach Simonidis fragm. ed. Bergk.

49. Die Stadt Memphis soll schon von Menes, den die alten Chronologen meist nach Manetho den ersten König von Ägypten nennen, gegründet worden sein. Dieser soll auch den Nil, welcher vordem dicht an dem libyschen Gebirge vorbeifloß, 100 Stadien oberhalb Memphis abgedämmt, sein altes Bett ausgetrocknet und ihn gezwungen haben, zwischen den östlichen und westlichen Grenzbergen des Niltals die Mitte zu halten. Noch zu Herodots Zeit unter den Persern wurde der Damm jener abgeschnittenen Nilkrümmung sorgfältig erhalten und ausgebessert, denn sein Durchbruch setzte Memphis der Gefahr aus, überflutet zu werden. Obgleich von diesen Dammbauten keine nachweisbaren Spuren übriggeblieben sind, so darf doch nicht an der Richtigkeit dieser Mitteilung gezweifelt werden, denn von dem Dorf Seft aus wendet sich der Nil nach Westen und würde, wenn er nicht bei der Insel esch Schekame wieder eine Schwenkung nach Osten machte, die libyschen Höhen erreichen. Von der Riesenstadt sind nur spärliche Reste bei den heutigen Dörfern Bedreschëin und Mitrahenneh übrig geblieben. Einige große Schutthaufen, die umgestürzte Kolossalstatue Ramses' II., welche, von Cavaglia und Slaone entdeckt, von den Klassikern erwähnt ward und jetzt Eigentum der Engländer ist, Trümmer von Säulen und Steinbildern, Mauerspuren des Ptahtempels, Scherbenreste und kleinere Denkmäler in größerer Zahl ist alles, was von der einstigen Riesenstadt übriggeblieben. Dennoch ist es möglich, ein ungefähres Bild von ihrer Gestalt zu gewinnen. Schmal und noch im 12. Jahrh. eine halbe Tagereise lang, streckten sich ihre Straßen zwi-

schen dem Nil und dem Bahr Jusuf hin. Das Quartier, in dem der phönizischen und ägyptischen Liebesgöttin ausschweifende Kulte gefeiert wurden, und in dem die Fremden sich später ansiedeln durften, heißt Ta anch, d. i. die Welt des Lebens. Es ward auch das Syrierviertel genannt und lag mit seinen heiligen Hainen gewiß mehr nach Süden hin. Der Königspalast stand auf einem heute noch vorhandenen Hügel dreiviertel Kilometer östl. von Mitrahenneh, von dem aus man heute noch sämtliche Pyramiden zu überblicken vermag und von dem dereinst die Pharaonen den Bau ihrer Mausoleen geleitet haben werden. Besonders prächtig war das uralte Quartier Amhi, in dem die Tempel der Haupt-Götter standen, unter denen keiner berühmter und älter war als der von Menes gegründete Tempel des Ptah, an den sich die ganze Geschichte der Stadt knüpft. Die mohammedanischen Eroberer verlegten ihre Residenz an eine Stelle des rechten Nilufers, die dem nördlichsten Teile von Memphis gegenüber lag, und hier entstand in der Nähe des befestigten Babylon das heutige Kairo. Die Totenstadt von Memphis hat sich besser erhalten. Die Pyramiden bleiben ewig stehen, das Serapeum, die Apisgräber, Mastaba (s. a. 1) etc. sind von Mariette-Bey, einem gelehrten, im Dienste des Vizekönigs stehenden Franzosen, ausgegraben worden. Die Wohnungen der Könige befanden sich keineswegs, wie von mehreren Seiten behauptet worden ist, in den Tempeln. Die Paläste der Pharaonen scheinen, wie die ägyptischen Privathäuser, aus weit leichterem und darum der Zerstörung zugänglicherem Material erbaut worden zu sein als die Tempel. Diese bestanden wohl aus Nilziegeln, jene fast ausnahmslos aus Quadern von hartem Stein.

50. Der erste Psamtik, bekannter unter seinem griechischen Namen Psametich, gehörte zu der 26. oder saïtischen Dynastie. Er öffnete Ägypten zuerst dem Verkehr mit dem Ausland. Hier leisten die Inschriften aus den Apisgräbern so gute Hilfe, daß wir den Thronbesteigungstag des Psamtik auf den 5. Februar 664 setzen können.

51. Die Katze war wohl das heiligste von den vielen heiligen Tieren, welche die Ägypter verehrten. Während viele andere Tiere nur bezirksweise vergöttert wurden, war die Katze allen Untertanen der Pharaonen heilig. Herod. II. 66 erzählt, daß die Ägypter, wenn ein Haus brenne, nicht eher ans Löschen dächten, als bis ihre Katze gerettet sei, und daß sie sich die Haare als Zeichen der Trauer abschnitten, wenn ihnen eine Katze stürbe. Wer eines dieser Tiere tötete, verfiel, mochte er mit Willen oder aus Versehen der Mörder desselben geworden sein, unerbittlich dem Tod. Diod. I. 81 war Augenzeuge, als die Ägypter einen unglücklichen römischen Bürger, welcher eine Katze getötet hatte, des Lebens beraubten, obgleich, um der gefürchteten Römer willen, von seiten der Behörden alles mögliche geschah, um das Volk zu beruhigen. Die Leichen der Katzen wurden sorgfältig mumisiert und beigesetzt. Von den vielen balsamierten Tieren wurden und werden keine häufiger gefunden als

die sorgfältig mit Leinenbinden umwickelten mumisierten Katzen. Balsamierte Exemplare besitzt jedes Museum. Trotz der großen Pflege, welche die Katzen genossen, kann es doch an Mäusen in Ägypten nicht gefehlt haben. In einem Nomos oder Gau war die Spitzmaus heilig, und ein obszöner und satirischer Papyrus zu Turin zeigt uns einen Katzen-Mäusekrieg; Pap. Ebers enthält Mittel gegen Mäuse.

52. Die großen Pyramiden stehen im Westen von Memphis. Näheres im III. Teil des Textes.

53. Die Göttin Pacht (Sechet und Bast), welche mit dem Katzenkopf abgebildet wurde, hatte zu Bubastis im östlichen Delta ihr vornehmstes Heiligtum. (S. Ebers, Durch Gosen zum Sinai. S. 15 f. 482 ff.) Dorthin brachte man auch gewöhnlich die Katzenmumien, welche aber auch an anderen Orten, namentlich sehr häufig beim Serapeum bei Speos Artemidos und sonst gefunden worden sind. Sie war nach Herodot gleich der griechischen Artemis (Diana) und wurde die Bubastische genannt. Nach Stephanus von Byzanz soll die Katze auch auf ägyptisch Bubastos geheißen haben. Übrigens nannte man das Tier für gewöhnlich Mau und in den jüngeren Sprachformen Emu und Schau. Man scheint auch in der Pacht die Beschützerin der Geburt und des Kindersegens verehrt zu haben.

54. Mys, ein bei den Griechen nicht ungewöhnlicher Name, bedeutet ›Maus‹.

55. Die Liebesgöttin der Ägypter, die uralte Horizontgöttin und Mutter des jungen Horus. Sie ist eine der vornehmsten ägyptischen Gottheiten. Ihr Haupttheiligtum befand sich in Denderea (Ta-n-tarer, das Land des Nilpferdes, der Nilpferdgöttin), wo sie in all ihren Namen, von denen sich zu Edfu über 300 finden, genannt wird. Überall erscheint sie als das dem männlichen, zeugenden entgegengesetzte weibliche, also empfangende und gebärende Prinzip, und kosmisch als die Welt, die Darstellung Gottes in der sichtbaren Welt, die Natur, in welcher die Gottheit wirksam ist. Als personifizierte Fruchtbarkeit stellt sie die Ergiebigkeit der Felder dar. Da diese in Ägypten vom Nil abhängt, so ist es Isis-Hathor, die ›den Nil wachsen läßt zu seiner Zeit‹. Sie ist die hehre Göttin der Liebe, die große himmlische Mutter, welche mit ihrem göttlichen Schutze den Müttern zur Seite steht, die Geberin aller Güter des Lebens, die Schöngesichtige, die da erfüllt Himmel und Erde mit ihren Wohltaten. In späterer Zeit ward sie geradezu zur Muse. Tanz, Gesang, Scherz, ja selbst der Genuß und Rausch beim Weintrinken standen unter ihrem Schutze; in erster Reihe aber ward sie als Liebesgöttin verehrt. Strick und Tamburin in ihrer Hand deuten auf die fesselnde Kraft und die Lust der Liebe. Sie wird die große Königin des goldenen Kranzes genannt und die Amme, die den Gebärenden zur Seite steht. Sie war die Lieblingsgöttin der königlichen Frauen. Ihr heiliges Tier war die Kuh, und sie erscheint gewöhnlich in der Gestalt eines kuhköpfigen Weibes, das die Sonnenscheibe zwi-

schen den Kuhhörnern, die an die Sichel des Mondes erinnern, trägt, oder als Kuh, die am Horizonte die junge Sonne gebiert. Abbildungen bei Birch, Gallery p. 19. Champollion, Panthéon Égyptien. T. 18. Rosell. mon. d. culto etc. Das Beste über unsere Göttin bei Dümichen, Bauurkunde von Dendera L. 1865. Isis ist die Hathor in außersinnlicher Form, die Fruchtbarkeit als der organischen Welt immanenter Begriff.

56. Der Tempel des großen Gottes von Memphis, Ptah, war eines der berühmtesten Bauwerke in Ägypten. König Menes sollte denselben bereits angelegt haben. Die aus Memphis stammenden und hier residierenden Pharaonen der 3., 4., 5. u. 6. Dyn. vergrößerten ihn. In der 12. Dynastie versah der unter dem Namen Möris bekannte Amenemha III. den Norden des Tempels mit Propyläen, und auch die nach der Vertreibung der Hyksos zu Theben residierenden Könige versäumten es nicht, das Heiligtum des Ptah reich auszuschmücken. Ramses II. soll seine und seiner Gemahlin Statuen nebst denen von zwei seiner Kinder vor diesem Tempel aufgestellt haben. Der Koloß des Königs ist von Caviglia und Slaone 1820 aufgefunden worden und liegt noch an seinem Platze. Ramses III. beschenkte den Tempel aufs reichste. Selbst die Äthiopier berücksichtigten das Heiligtum des Ptah, das der erste König der 26. Dyn., zu der auch Amasis gehörte, glänzend ausbaute. Amasis stellte hier Bildsäulen auf, von denen die größte schon zu Herodots Zeiten am Boden lag. Über den hier verehrten Apis weiter unten. Spärliche Spuren des Tempels sind heute noch bei dem Araberdorfe Mitrahenneh nachweisbar.

57. Dieser Gerichtshof bestand aus 30 Richtern aus der Priesterkaste (10 von Heliopolis, 10 von Memphis, 10 von Theben) und wählte den Trefflichsten zum Präsidenten. Alle Klagen und Verteidigungen mußten schriftlich eingereicht werden, damit Wort und Gebärde den Richter nicht beeinflusse. Dieses Tribunal war selbst vom Könige unabhängig. Sehr lehrreich in bezug auf die Rechtspflege bei den alten Ägyptern ist namentlich ein Turiner – und der Papyrus Abbott geworden, welcher bekannter ist unter dem Namen des Papyr. judiciaire. Näheres und Angabe der Literatur bei Ebers, Durch Gosen zum Sinai. S. 534 f.

58. Schon der Mitwisser eines Verbrechens war nach ägyptischem Gesetz ebenso strafbar wie der Täter.

59. Gegen die eingeborenen Ägypter scheint die Verbannung nicht als Strafe angewendet worden zu sein; der Fremde, welcher entfernt werden sollte, konnte leicht mit ihr belegt werden.

60. König Amasis führte einen erfolgreichen Krieg gegen Zypern. Herod. II. 178. Diod. I. 68.

61. Dieses Streben und dieser Wunsch nach Einheit ist den Hellenen keineswegs fremd gewesen, wenn wir ihn auch nur selten aussprechen hören. Aristoteles VII. 7. sagt z. B.: »Die Hellenen könnten, wenn sie sich zu einem Staate vereinigten, alle Barbaren beherrschen.«

62. Athenäus I. 25. nennt den Wein von Antyhlla den besten ägyptischen Rebensaft. Die Denkmäler nennen, außer roten und weißen, verschiedene Weinsorten, z. B. die von Kakem. Näheres Ebers, Ägypten u. d. Bücher Mose's. S. 322.

63. Ein vielerwähnter, ausgezeichneter Athener, welcher zur Zeit unserer Geschichte lebte. Derselbe soll nach Herod. VI. 122. mit dem Rennpferde und dem Viergespanne gesiegt haben.

64. So werden die zu jener Zeit hochberühmten samischen Schiffe von Herodot beschrieben; auch haben dieselben wohl häufig Eberköpfe an der Spitze geführt. Dahin deutet wenigstens der Bericht des Strabo, daß die Ägineten den von ihnen gekaperten Schiffen die Eberköpfe abgeschlagen hätten. Herod. III. 59. erzählt dasselbe von den Schiffsschnäbeln.

65. Bei Th. Hope, Costume I. 138. Auch ägyptische Armbänder in Schlangengestalt sind vorhanden.

66. Auch im Altertum war es üblich, seinen Freunden kleine Geschenke von der Reise mitzubringen. So brachte z. B. Theokrit der Gattin seines Freundes Nikias eine elfenbeinerne Spindel, die er mit anmutigen Versen begleitete. Wir weisen auf die köstliche Übersetzung dieses Gelegenheitsgedichtes von F. Rückert.

67. Der zweite Sieg der Rosse des Cimon muß, wie Duncker, Gesch. des Alterthums IV. S. 343 richtig bemerkt, um 528 stattgefunden haben. Dieselben Pferde siegten bei den nächsten Spielen, also vier Jahre später, zum dritten Mal. Zum Dank ließ Cimon denselben an ›der hohlen Gasse‹ bei Athen ein Denkmal errichten. Es sei daran erinnert, daß die Griechen die Wiederkehr der Olympischen Spiele benützten, um die Jahre zu bestimmen. Alle vier Jahre fanden die Wettkämpfe statt. Der erste ward 776 v. Chr. gesetzt. Das Einzeljahr ward genannt das 1., 2., 3., 4. der soundsovielten Olympiade.

68. Neben den Alkmäoniden die vornehmste Adelsfamilie in Athen, welche sich von Ajax, dem homerischen Helden, abzustammen rühmte. Philäos, der Sohn des Ajax von Salamis, wird als ihr Ahnherr genannt. Die Miltiades und Kimon entstammen ihr. Der erste Miltiades, welcher die Tochter des Kypselos heiratete, war einer der ersten jährlichen Archonten von Athen und scheint sein Archontat schon um 664 und 659 bekleidet zu haben.

69. Kallias wird ein Daduche genannt, weil in seiner Familie das Recht, Fackeln bei den eleusinischen Mysterien zu tragen, erblich war.

70. Vitruv. 7. praef. 15. Pausan. I. 18. Dicaearch. fragm. ed. Müller. 59. Er soll nur durch den Artemistempel von Ephesus übertroffen worden sein.

71. Dieser siegte drei Olympiaden später mit seinen vier Hengsten Phönix, Korax, Samos und Knakias, denen er Denkmäler errichten ließ.

72. Von diesem stärksten aller Hellenen werden unglaubliche Kraftstücke erzählt. Er siegte siebenmal zu Olympia, neunmal zu Nemea, sechsmal bei den Pythien (Delphi), zehnmal auf dem Isthmus. Diod. XII. 9. Daß er schon

in der 62. Olympiade den Kranz errang, wissen wir bestimmt. Krause, Olympia S. 327. Darum kann er noch eher in der 63., d. i. 528 v. Chr., gekämpft haben.

73. Meyer, Olympische Spiele. Verheiratete Frauen durften sich bei Todesstrafe nicht zu den Zuschauern gesellen.

74. Altis hieß der heilige Platanen- und Ölbaumhain, welcher, von einer Mauer abgeschlossen, zwischen dem Alpheusfluß und dem Bach Kladeus lag. Pindar Olymp. VIII.

75. Der Schauplatz der Kämpfe.

76. Pausanias VI. 14. Euseb. Chron. 6. Ol. 72. Epigramm des Simonides fragm. 179.

Dieses ist Milon's Bildnis, so schön wie er selber: in Pisa
Hat er gesiegt sechsmal (?) ohne zu fallen aufs Knie.

77. Die spartanischen Kinderfrauen waren in ganz Griechenland berühmt und gesucht.

78. Die Gruppen der Kämpfer wurden durch das Los bestimmt, nachdem ihre freie Geburt und Unbescholtenheit festgestellt worden war.

79. Langusten sind die wohlschmeckenden scherenlosen Hummer, die an den Küsten des Mittelmeers, des Roten Meeres, ja schon an den Atlantischen Gestaden Frankreichs vorkommen.

80. Dieser berühmte Arzt stammte aus Kroton in Unteritalien und wurde in der Mitte des sechsten Jahrhunderts v. Chr. geboren. Wegen harter Behandlung seines Vaters soll er die Heimat verlassen und erst den Pisistratiden für 2500, dann dem Polykrates für mehr als 4000 Taler Jahresgehalt als Leibarzt gedient haben. Später wurde er mit Gewalt an den persischen Hof gezogen, bewährte auch dort seine Geschicklichkeit und entkam durch List. 510 traf er wieder in Kroton ein und vermählte sich dort mit der Tochter des berühmten Athleten Milo.

81. Nach den Kampfgesetzen hatte derjenige, dessen Gegner starb, keinen Anspruch auf den Preis des Sieges.

82. Siegte in der 59. Olympiade im Faustkampf.

83. Die fünf Ephoren von Sparta waren eingesetzt worden, um die abwesenden Könige während des messenischen Krieges zu vertreten. Später bediente sich der Adel des Ephorats, um der königlichen eine aus seiner Mitte hervorgehende Macht entgegenzustellen. Als höchste richterliche, pädagogische und sittenpolizeiliche Behörde wußten sie sich bald bei den meisten Angelegenheiten selbst über das Königtum zu stellen. Jeder Adelige, welcher über 30 Jahre alt war, hatte das Recht, sich alljährlich um das Ephorat zu bewerben.

84. Die Griechen pflegten sich von ihren Sklaven zu Gastereien begleiten zu lassen. Alkibiades brachte z. B., nach Plato, Diener mit, als er das Symposion des Agathon besuchte.

85. Die antiken Betten waren von Holz, Bronze oder Elfenbein; sehr häufig wurden sie auch gemauert, und zwar als eine 7–8 Fuß lange, 2–2 $^1/_2$ Fuß hohe Stufe, deren vorderer Rand zuweilen etwas erhöht war und auf die man die Matratze, Decken etc. legte.

86. Die alten Griechen führten häufig, um sich vor Unglück zu schützen und dauernden Wohlseins zu genießen, Amulette mit sich. Bei den alten Ägyptern sehen wir Amulette in allerhäufigstem Gebrauche. Sie sollten nicht nur von den Lebenden, sondern vielmehr auch von den Seelen der Verstorbenen das Unheil abwenden.

87. Obgleich die Teppiche von Sardes und Babylon besonders berühmt waren, so preist doch schon Homer die ägyptischen Decken. Odyss. IV. 124. Theokrit nennt die Purpurteppiche von Alexandrien sanfter als den Schlaf. Es gab kostbare, auf beiden Seiten wollige ägyptische Teppiche.

88. Pythagoras war unbedingt, und zwar zur Zeit des Amasis, wahrscheinlich in der Mitte des sechsten Jahrhunderts (wir rechnen um 536), in Ägypten. Herod. II. 81. 123. Diod. I. 98. Sehr reiches Material über Pythagoras bringt der sehr gelehrte, aber oft in seinen Schlüssen viel zu kühne Roeth, Geschichte unserer abendländ. Philos. Bd. II.

89. Pythagoras war der erste hellenische Denker, welcher sich nicht ein ›Weiser‹, sondern ein ›Freund der Weisheit‹, ›Philosophos‹, nannte.

90. Halikarnassus (heute Bodrum) an der südwestlichen Küste von Kleinasien war eine dorische Pflanzstadt auf karischem Gebiete. Das berühmte Grabmal des Königs Mausolos (Mausoleum), welches sich hier befand, ist in seinen Trümmern wieder aufgefunden worden, und die 1856 begonnenen, von Newton und Pullans geleiteten Grabungen haben jene herrlichen Erzeugnisse der griechischen Kunst zutage gefördert, welche jetzt neben den Bildwerken vom Parthenon dem British Museum zur höchsten Zierde gereichen. Herodot, selbst ein Halikarnassier, nennt Phanes einen Sohn desselben Ortes. Herod. I. 63. 64. Wir haben den Obersten zu einem Athener gemacht, um in ihm das Bild eines attischen Edlen zu geben. In der von dem gelehrten Holländer Professor Beth vorzüglich geschriebenen Kritik unseres Werkes werden wir deswegen, vielleicht nicht mit Unrecht, getadelt. Wir würden in der zweiten Auflage Phanes ganz zu einem Halikarnassier gemacht haben, wenn uns nicht viel daran gelegen gewesen wäre, einen ionischen Griechen handelnd auftreten zu lassen.

91. Thukyd. VI. 56. 57.

92. Die Pythischen Spiele wurden dem Pythontöter Apollo zu Ehren in der Nähe von Delphi alle 4 Jahre gefeiert. Sie fielen in das dritte Jahr der Olympiaden.

93. Miltiades, welcher die nach Delphi ziehenden Gesandten der von ihren Nachbarn befehdeten Dolonker, eines thracischen Stammes, in sein Haus geladen hatte, wurde von denselben zum Fürsten erwählt.

94. Nach verschiedenen Bildern auf altägyptischen Denkmälern. Isis und Hathor mit dem Hornskinde auf dem Schoß oder an der Brust finden sich auf tausend Darstellungen, auch aus späterer Zeit und in griechischem Stil. Die letzteren scheinen als Vorbilder für die ältesten Gemälde der Mutter Gottes mit dem Christkind gedient zu haben.

95. Ägypter mit langen Stöcken auf fast allen und auch den ältesten Denkmälern. In den meisten Museen werden altägyptische Stäbe aufbewahrt.

96. Dies Amulett stellte Ma, die Göttin der Wahrheit, welche eine Straußenfeder auf dem Haupt trug, dar. Dieselbe wird auch mit geschlossenen Augen abgebildet.

97. Wilkinson III. Pl. 3. Rosellini, Mon. stor. I. 79. Mon. civ. T. 121.

98. Auf vielen Denkmälern. S. z. B. Rosellini, Mon. stor. I. Tafel 81.

99. Fast überall, wo der Pharao auftritt, begleiten ihn Männer mit solchen Stäben in der Hand. ›Wedelträger‹ war auch ein gewöhnlicher Titel der Hofbeamten.

100. Im Berliner Museum ist heute noch eine solche Perücke zu sehen. Den Scherungen, welche die Religion vorschrieb, verdankte wohl diese Tracht ihren Ursprung. Wie heute die Völker des Orients ihre rasierten Köpfe durch Turbane vor den Strahlen der Sonne und der plötzlich einfallenden Kühle des Abends schützen, so brauchten die Ägypter Perücken für den gleichen Zweck.

101. »Dein Segel war von gestickter Seide aus Ägypten.« Dümichen, Flotte einer ägyptischen Königin. Noch glänzender waren die kolorierten Bilder.

102. Den Ägyptern war, wie den Juden, der Genuß des Schweinefleisches streng verboten. In einem Grabe zu Abd el Qurnah u. a. a. Orten wird dieses Verbot inschriftlich erwähnt. S. auch Porphyr. de abstin. IV. Das Schwein galt als ein sehr unreines Tier, das dem Typhon (ägyptisch Set), der seine Gestalt angenommen, wie der Eber dem Ares eignete, und die Schweinehirten waren ausnehmend verachtet. Nur bei dem Feste des Osiris und der Eileithyia wurde Borstenvieh geopfert. In einem Grabe zu Abd el Qurnah findet sich das Verbot. Herod. II. 47. Es ist wahrscheinlich, daß Moses den ägyptischen Reinheitsvorschriften das Verbot des Schweinefleisches entlehnte. Wenn sich reiche Ägypter rühmen (S. Brugsch, Reise nach Aegypten S. 223), z. B. 1500 Schweine besessen zu haben, so ist dies mit dem oben erwähnten Bericht des Herodot in Zusammenhang zu bringen. Von den der Eileithyia dargebrachten Schweineopfern geben auch die Denkmäler von el Kab Kunde.

103. Trompeter. Wilkinson I. 290. Taf. 13. Dümichen, Flotte einer ägyptischen Königin. Taf. 8 u. 10.

104. Alle Vornehmen besaßen mehr oder minder kostbare Nilbarken. Schon im Grabe des Ti zu Saqqara, das der Pyramidenzeit angehört, begegnet uns ein Oberaufseher der zahlreichen Schiffe dieses vornehmen Ägypters. S. a. a. 101.

105. Dieser Bartja ist bekannter unter dem Namen Smerdes. Weshalb ihn die Griechen so nannten, ist unklar. In den Keilinschriften von Bisitun oder Behistân heißt er Bartja oder, nach Spiegel, ›altpersische Keilinschriften‹ S. 5. X., Bardiya. Wir wählen, der leichteren Aussprache wegen, die erstere vereinfachte Lesart nach Rawlinson, Note of the Behistun inscription. Den Sohn des Amasis nennen wir nach den Namensschildern zu Karnak, der Insel Philä etc. Psamtik, während die Griechen ihn Psammetichos, Psamenitos oder auch Psammecherites heißen, ein Name, in dem Unger, Chronologie des Manetho S. 284, eine Metathese von Psemtek (Psamtik) Ra vermutet.

106. Curtius III. 3. Xenoph. Cyrop. VIII. 3. 7. Buch Esther 1, 6. 8. 15. Äschylus, Perser 661. Persepolitanische Skulpturen bei Niebuhr u. a. Im übrigen nach dem berühmten Mosaikfußboden, die Alexanderschlacht (Schlacht von Issus). In schönem Farbendruck bei Overbeck, Pompeji, dritte Aufl. zu S. 541.

107. Wegen dieser Stiefel, welche häufig erwähnt werden, rief das Orakel dem Krösus zu: »Weichfüßiger Lyder.« Herod. I. 55.

108. Herod. I. 85.

109. Die Juden hießen unter den Ägyptern, wie Chabas, Mélanges égyptologiques II., gefunden, Hebräer (Apuriu). Ebers, Ägypten I. S. 316. H. Brugsch kämpft gegen diese Gleichstellung.

110. Diese Angaben sind richtig, da die Perser zur Zeit der achämenidischen Dynastie keine Tempel, sondern nur Feueraltäre hatten und ihre Toten den Hunden und Geiern preisgaben. Der unreine Leichnam durfte weder die reine Erde durch Verwesung in ihr beflecken noch dem reinen Feuer oder Wasser, welche er gleichfalls verunreinigt haben würde, preisgegeben werden. Weil man aber die Leichen nicht verschwinden lassen konnte, so legte man Dakhmas oder Begräbnisplätze an, welche mit wenigstens 4 Zoll dickem Pflaster und Kitt bedeckt und mit Schnüren umgeben sein mußten. Diese bedeuteten, daß das ganze Gebäude in freier Luft hänge, ohne die reine Erde zu berühren. Spiegel, Avesta II. Einleitung, 2. Cap. nach Anquetil. Bild des Dakhma daselbst Bd. II. Taf. I.

111. Hyksos werden Fremdherrscher in Ägypten genannt, deren Herkunft schwer zu bestimmen ist. Ihre Existenz wird nicht nur durch Manetho, sondern auch durch wenige, aber um so interessantere zu Tanis im Delta gefundene Denkmäler bezeugt, welche von ägyptischen Künstlern verfertigt die Züge fremder, dem Gott Set (Typhon) ergebener Regenten darstellen.

112. Herod. VII. 83. Xenoph. Cyrop. VIII. 10. Anab. VI. 4. Nach Athenäus waren bei dem Gefolge des Darius, welches Alexander gefangennahm, 277 Köche, 29 Küchenjungen, 17 Küfer, 70 Kellerhüter, 40 Salbenbereiter, 66 Kranzwinder.

113. Bei Rosellini und in Lepsius' Denkmälerwerk findet sich das Porträt des Amasis als Jüngling. Die Züge desselben lassen vermuten, daß Herodot diesen Fürsten richtig charakterisiert habe.

114. Siehe Anmerk. 32 u. 15. Bias, einer der Weltweisen ionischen Stammes, blühte um 560 v. Chr. und war besonders berühmt wegen seiner weisen Urteils- und Sittensprüche. Nach seinem Tode, welcher in öffentlicher Gerichtssitzung erfolgte, als er einen Freund verteidigte, wurde ihm von seinen Landsleuten ein Heiligtum erbaut. Laërt. Diog. I. 88.

115. Diese Titel führte Amasis. Rosellini, Monumenti dell'Egitto. II. 149. Alle anderen Pharaonen hatten ähnliche Beinamen und wurden als Götter verehrt, wie tausend hieroglyphische Inscriptionen und so auch die Inschrift von Rosette und das Dekret von Kanopus lehren. – In der 26. Dynastie und sonst findet sich mehrfach der Titel Neb pehti, Herr des Kriegsruhmes.

116. Nach Herod. II. 172 f. Diod. I. 95.

117. Ra, mit dem männlichen Artikel Phra, muß als Mittelpunkt des Sonnendienstes der Ägypter, welchen wir für die Grundlage ihrer ganzen Religion halten, betrachtet werden. Er wurde besonders zu Heliopolis, dem ägyptischen An (hebräisch On) verehrt. Auf den Denkmälern pflegte er in roter Farbe dargestellt zu werden. Sein heiliges Tier war der Sperber. Im Totenbuche spielte er die größte Rolle. An ihn sind die meisten Hymnen und Gebete gerichtet worden. Plato, Eudoxus und wahrscheinlich auch Pythagoras haben die Lehren seiner Priester genossen. Ihm waren die Obelisken, welche übrigens zu gleicher Zeit Denksäulen waren, auf denen große Könige ihre Namen und Ruhmestitel verewigten, heilig. Plinius sagt von ihnen, daß sie die Strahlen der Sonne dargestellt hätten. Man betrachtete ihn, den Lichtgott, als Dirigenten der ganzen sichtbaren Schöpfung, in der er regierte, während Osiris in der Geisterwelt herrschte. Wie nun hinter jeder irdischen Erscheinung eine geistige verborgen ist, so ist auch Ra nur die irdische Manifestation des Osiris. Osiris ist die ›Seele des Ra‹; er wandelt selbst durch die diesseitige Welt als Ra und ändert nur die Namen und die Existenzform, wenn er allabendlich wieder in seiner jenseitigen und eigentlichen Heimat bei sich selbst wieder anlangt, wo er die Regierung als Osiris führt, wie er sie hier als Ra geführt hatte. Am anderen Morgen erzeugt er dann wieder aus sich den Ra in seiner verjüngten Form als Horus Ra, den Kreislauf stets von neuem beginnend. Lepsius, älteste Texte des Totenbuches.

118. Herod. II. 177. Diod. I. 95.

119. Diodor I. 70.

120. Diese allgemein bekannte Sitte der alten Ägypter wird, außer von mehreren griechischen Berichterstattern, durch Monumente und Grabkammern, in denen die Namen ihrer Begründer, mühsam zerstört, vorgefunden worden sind, bestätigt. Wir werden sehen, wie groß bei den religiösen Anschauungen der Ägypter die Besorgnis vor einer Störung der Grabesruhe sein mußte.

121. Jede Menschenseele wurde angesehen als ein Teil der Weltseele Osiris, mit dem sie sich wieder nach dem Tode des Leibes vereinte, um von nun

an Osiris genannt zu werden. Himmel und Erde und Tiefe, das sind die drei großen Reiche des ägyptischen Kosmos. Auf dem gewaltigen Ozean, welcher das Himmelsgewölbe umfließt, fährt die Sonne in einem Nachen daher, der von Planeten und Fixsternen gezogen wird. Auf ihm kreisen die großen Sternbilder auf ihren Schiffen, da ist das Reich der seligen Götter, welche über dem himmlischen Ozean in ewiger Ruhe unter den Sternen thronen. Der Zutritt zu dem großen Strom erfolgt im Osten, wo allmorgendlich der Sonnengott, als Kind geboren, aus der Feuchtigkeit emporsteigt. Irdische Menschen bewohnen die Erdfläche, teilhabend an den drei großen kosmischen Reichen. Die Seele wird ihnen gegeben aus der Himmelshöhe, von wannen das Licht herfließt, ihr Körper, die Materie, gehört der irdischen Lebensbühne; die Gestalt, die äußere Form, wodurch sich ein Mensch von dem anderen durch den Anblick unterscheidet, der Schemen, der Tiefe an. Bei dem Tod des Menschen trennen sich Seele, Körper und Schemen voneinander; die Seele, um nach ihrem Ausgangspunkt, dem Himmel, zurückzukehren, denn sie ist ein Teil Gottes (des Osiris); der Körper, um der Erde übergeben zu werden, denn er ist aus Erde geformt nach dem Ebenbilde seines Schöpfers; der Schemen, um in die Tiefe hinabzusteigen, in das Reich der Schatten. Das Tor hierzu wurde im Westen liegend gedacht, am Berg der Abendröte, da, wo die Sonne täglich zur Küste geht, wo sie stirbt. Daher die gegenseitigen Wechselbeziehungen zwischen aufgehen und untergehen, zwischen kommen und scheiden, zwischen geboren werden und sterben ... Die sorgfältige Erhaltung des Körpers nach dem Tod, sowohl in bezug auf die Zerstörung desselben von innen heraus durch den Prozeß der Verwesung als auch von außen her durch Zufälligkeiten und Gewalt, war eine Hauptbedingung nach altägyptischer Lehre für die baldige Erlösung der Seele und damit für die zeitlich festgesetzte Vereinigung derselben mit dem Urquell des Lichtes und des Guten. Während eines großen Zyklus von Sonnenjahren war, nach ägyptischer Vorstellung, die Seele in einem gewissen Sinne noch gebunden an den Körper, den sie indessen nach Belieben zeitweise verlassen konnte, um sich in mannigfacher Gestalt und an jedem Orte sichtbar den irdischen Menschen zu zeigen, in jenen Formen, welche, je nach der Stunde verschieden voneinander, in Zeichnungen und Texten genau vorgeschrieben waren. Nach Grabdenkmälern und Papyrusrollen. Brugsch, Ägyptische Gräberwelt. Seite 6.

122. Herod. II. 84. Börner, Antiquitates medicinae Aegyptiacae p. 20. Sprengel und Hirsch, Geschichte der Medicin u. a. a. O. Auf alle diese Dinge wirft der von uns in Theben erworbene große medizinische Papyrus Ebers ein ganz neues Licht. Gegen die verschiedensten Krankheiten werden in diesem Werk, der von Clemens von Alexandrien das hermetische Buch über die Arzneimittel genannten Schrift, Medikamente vorgeschlagen. Das Ganze ist ein Sammelwerk, in dem sogar die Namen mehrerer Autoren einzelner Abschnitte genannt werden. Dennoch war das ganze Buch dem Gott Toth (Hermes) zuge-

schrieben, dessen Jünger es verfaßt hatten. Es lehrt, daß die ägyptischen Ärzte über eine überraschende Fülle von Arzneimitteln verfügten, daß sie zu beobachten verstanden, daß ihnen prophylaktische Maßregeln nicht fremd waren und daß, wenn es auch nicht an Spezialisten gebrach, diese doch auch einen Überblick über die anderen Zweige der ägyptischen Medizin zu erwerben gehalten waren, denn wie Korrekturen und Randbemerkungen beweisen, ist unser ›der Heilung aller Körperteile‹ gewidmeter Papyrus von einem und demselben Arzt an verschiedenen Stellen, in welchen von der Behandlung sehr verschiedener Krankheiten geredet wird, benutzt worden.

123. Die ägyptischen Säulen ahmten Pflanzenformen nach. Man gab ihren Kapitellen mit vollem Bewußtsein die Gestalt der zusammengebundenen Papyrusknospen, der Lotusblume oder Samenkapsel, wenn man sie nicht mit Palmenblättern oder Göttermasken zierte. Säulenschäfte, welche ein Bündel Papyrusstäbe darstellen, sind nicht selten.

124. Herod. II. 175.

125. Die Schilderung dieser ganzen Gesellschaft ist den Wandgemälden entlehnt, welche Wilkinson, Rosellini, Lepsius u. a. in ihren großen Werken bildlich wiedergeben. Sie sind den Grabkapellen, d. h. dem ersten Saal der Felsengrüfte reicher Ägypter, entnommen. In diesem versammelten sich die Hinterbliebenen der Verstorbenen, um seinen Manen zu opfern und sich seiner zu erinnern. Die Wandgemälde riefen hier das Gedächtnis an sein Leben, seine Würden, seinen Besitz, seine Liebhabereien etc. zurück

126. Diese Sitte herrscht heute noch im Orient. Man bedient sich dazu der Hennapflanze, Lausonia spinosa. In Ägypten hat die Regierung diese Färbung verboten; doch wird man die fest eingewurzelte alte Sitte schwer zu beseitigen vermögen. Die oben erwähnte Schminkung der Augenränder ist gleichfalls noch heute üblich. Das arabische Kohl oder Spießglas kommt im Papyr. Ebers und auch sonst auf Denkmälern aus der Pharaonenzeit sehr häufig vor und führte den Namen Mestem.

127. Herod. II. 181. Nach dem Königsschilde der zweiten Gemahlin des Amasis, bei Lepsius, Königsbuch II. Taf. 49, muß sie Sebaste genannt worden sein. Dieser Name kann für ägyptisch, aber auch für griechisch gehalten werden. In ersterem Falle würde sie Tochter der Göttin Bast, in letzterem ›die Geehrte, Angebetete‹ bedeuten und beweisen, daß die zweite Gemahlin des Amasis in der Tat eine Hellenin gewesen sei.

128. Am Kopfschmuck jedes Königs und jeder Königin von Ägypten waren Uräusschlangen, die Zeichen der Herrscherwürde, angebracht. Ein silberner Königinnenhauptschmuck mit den Schlangenköpfen findet sich im Leidener Museum.

129. Lepsius, Königsbuch II. Tafel XXXVIII. Des Amasis erste Gemahlin scheint Anchnas, die Witwe Psamtiks II., gewesen zu sein, die er wohl, da sie schon ziemlich bejahrt war, aus politischen Gründen heiratete.

130. Die Ägypterinnen galten im Altertum nicht gerade für schön. Dennoch finden wir unter den Porträts der Königinnen und Prinzessinnen auf den Denkmälern sehr anmutige Gesichter.

131. Tänzerin, die sich selbst mit der Gitarre begleitet. Wilkinson II. 301. Musikalische Instrumente finden sich in den Museen. Die Tänzerinnen, welche wir zu gleicher Zeit singend antreffen, sind mit den heutigen Ghawasi zu vergleichen, welche durch ihre Reize, Gesang und Tanz die Gesellschaften in Kairo und anderen Städten am Nil erheitern. Im alten Ägypten wurden sie Achennu genannt und scheinen zum Hausstand großer Herren gehört zu haben. In vornehmen Familien hielt man sich besondere Haussänger.

132. Leider finden wir auf den Denkmälern sowohl betrunkene Männer als Frauen abgebildet. Ein Berauschter wird auf den Köpfen seiner Diener liegend wie ein Balken nach Hause getragen. Wilkinson II. 168. Ein anderer steht auf dem Kopf. II. 169. Mehrere Damen sind eben im Begriff, das zuviel Genossene von sich zu geben. Wilkinson II. 167. Bei der großen Techu-Feier zu Dendera scheint der Rausch ebenso geboten gewesen zu sein wie bei der Dionysien-Feier unter den Ptolemäern, von denen einer (Dionysos) den Nichtberauschten mit dem Tod bedrohte. Übrigens galt auch bei den Ägyptern das Berauschtsein für einen unwürdigen und verpönten Zustand.

133. Kostbare vergoldete und bunt gepolsterte königliche Lehnstühle, abgebildet an den Wänden der Gräber und Tempel. Lepsius, Denkmäler a. v. O.

134. Herod. II. 78. Wilkinson gibt Abbildungen solcher Mumien II. 410, von denen viele erhalten sind. Lucian war Augenzeuge, als sie bei einem Gastmahle herumgegeben wurden. Die Griechen in Alexandrien scheinen diese Sitte adoptiert, aber statt der Mumie, auch hier verschönernd, einen geflügelten Genius des Todes herumgereicht zu haben. Sprüche wie der folgende sind nicht selten: »Laß hinter dir alle Sorgen; sei eingedenk der Freuden, bis daß kommt der Tag der Reise, an dem man landet in dem Reiche, das da liebt das Schweigen.«

135. Besonders der Demawend. Siehe die Besteigung desselben in Brugschs Reise nach Persien. I. S. 284.

136. Herod. I. 52. 54. 69. 70. Xenoph. Cyrop. VI. 2. 5.

137. Diese hyperbolisch klingende Versicherung wußte Zopyrus, wie wir später erfahren werden, wahr zu machen.

138. Diese Einteilung des Tages eines Königs von Ägypten, welche Diod. I. 70 bringt, wird im Ganzen von den Denkmälern bestätigt.

139. Herod. II. 173.

140. Nomarchen hießen die obersten Verwalter der Gaue oder Nomen von Ägypten, in welche das ganze Reich geteilt war. Der Name Nomos ist ganz griechisch und bedeutet wohl ursprünglich einen Weidebezirk.

141. Wegen der eigentümlichen Beschaffenheit des Nils waren Uferbauten besonders nötig. Die Pharaonen schätzten es sich zur Ehre, für dieselben zu sorgen. Herodot erzählt, daß Menes den westlichen Nilarm bei Memphis abgedämmt habe. Diese Nachricht kann richtig sein. S. Anm. 49. Daß auch der Mörissee zur Regulierung der Überschwemmung gegraben worden sei, unterliegt keinem Zweifel mehr.

142. Herod. I. 138. Xenoph. Cyrop. VIII.

143. Ramses der Große, Sohn des Sethos, welchen ersteren die Griechen Sesostris nannten (über die Ursachen dieser Verwechslung Lepsius, Chronol. d. Aegypt. S. 538), regierte von 1394 bis 1328 v. Chr. Unter demselben entfaltete sich die ägyptische Macht zur höchsten Blüte, denn er bezwang viele Völker von Afrika und Asien mit einem Heere, welches nach Diodor I. 53–58 aus 600 000 Fußsoldaten, 24 000 Reitern, 27 000 Wagenkämpfern und 400 Kriegsschiffen bestand, und grub sein Bild und seinen Namen als Siegestrophäe in die Felsen der unterjochten Länder ein. Herodot hat zwei dieser Bilder selbst gesehen, II. 102–106, und heute noch kann man zwei derselben unweit Beirut finden. Guys und Wyse lieferten Abbildungen derselben. Ungeheure Tribute strömten durch ihn nach Ägypten, Tacitus annal. II. 60, welche ihn in den Stand setzten, wunderbare Prachtbauten von Nubien bis Tanis, besonders aber in seiner Residenz Theben zu errichten. Einer der Obelisken, welche er zu Theben aufstellte, befindet sich heute auf der Place de la Concorde zu Paris. In jüngster Zeit übersetzt von F. Chabas. An den erhaltenen Wänden der Paläste und Tempel, welche dieser mächtige König errichten ließ, finden wir heute noch tausend Bilder, die ihn selbst, seine Heere, die vielen Völkerschaften, die seinen Waffen unterlagen, darstellen. Von letzteren scheint er dem Ammon und der Bast besondere Ehrfurcht gezollt zu haben. Andererseits ersehen wir aus den Inschriften, daß die Himmlischen allezeit bereit waren, ihrem Lieblinge jeden Wunsch zu erfüllen. Seine Kämpfe gegen die Cheta werden in langen Hieroglyphenreihen sowohl auf der südlichen Wand des ungeheuren Säulensaales zu Karnak als auch zu Luxor und im Sallierschen Papyrus poetisch geschildert. Das gleiche auf seine Taten bezügliche Epos findet sich an sechs verschiedenen Stellen.

144. Der Jude Josephus erzählt, dem Manetho folgend, Ramses habe auch die Meder bezwungen (??). Dies wäre nicht so unwahrscheinlich, wenn man in Bachtan Ekbatana (?) sehen darf, wo wir in der 20. Dynastie einen Pharaonen Tribute einsammeln sehen. Freilich spricht manches gegen diese Etymologie. Ekbatana bedeutet ›Pferdestall‹. Bachtan lag jedenfalls in Asien. Stele von der Bentrescht in der Pariser Bibliothek. E. de Rougé, Étude sur une stèle égyptienne etc. Journ: Asiat. 1856–58.

145. Herod. II. 177. Diese Nachricht scheint übertrieben zu sein, da nach Diodor zur Zeit der Ptolemäer Ägypten nicht mehr als 7 Millionen Einwohner zählte. Diod. I. 31. Josephus gibt 7 500 000 Seelen an. Die Zahl beim Theo-

krit ist nichts als eine Spielerei mit der Zahl 3. Lane berechnet in seinem Account of the manners and customs of the modern Egyptians, daß dies Land für 8 Millionen Nahrung spenden könne. Die Einwohnerzahl von Ägypten betrug 1830 nach Lane 2 500 000 Seelen; nach Stephan, Das heutige Aegypten 1872 S. 58, hatte 1866 Ägypten 4 848 529 Einwohner.

146. Die alten Ägypter verstanden sich sehr gut auf Befestigungskunst. Die Bilder auf den Denkmälern zeigen Forts mit Mauern und Zinnen.

147. Typhon, ägyptisch Seth, der Gott des Unheils und des Bösen, hat im religiösen Bewußtsein der Ägypter eine merkwürdige Wandlung erfahren, da er in der ältesten Zeit weniger entschieden als verderbliche Gottheit auftritt. Mariette hat nachgewiesen, daß er von der 5. Dynastie an verehrt ward. Zu einer unbedingt verderblichen Gottheit scheint er für die Ägypter erst später geworden zu sein. Früher ward wohl das böse Prinzip durch die Schlange Apep personifiziert. Seth war Kriegsgott und zugleich der Gott des Auslands. Unterlagen die Fremden, so hielt man ihn hoch, triumphierten diese, so verfolgte man ihn. Ramses nennt sich gern seinen Verehrer; spätere Fürsten kratzen seinen Namen aus, wo sie ihn finden. Endlich wird er ausschließlich als Prinzip der Vernichtung verabscheut. Nach Plutarch regierte er alles Leidenschaftliche, Ordnungslose, Unbeständige, Unwahre und Törichte in der Seele des Menschen. In einem Papyrus heißt er ›der allmächtige Zerstörer und Veröder‹. Lepsius, Erster Götterkreis S. 53. In seinem Wesen spiegelten sich also auch die verderblichen Kräfte der Natur. Alle schädlichen Pflanzen und Tiere sind sein Eigentum, und auch das ungenießbare, wankelmütige, unfruchtbare Meer gehörte zu seinem Reiche. Der störrige Esel, das garstige Nilpferd, das gefräßige Krokodil und der wilde Eber sind seine Lieblingstiere. Seine Farbe war das Rot, darum soll man ihm in alter Zeit die rothaarigen Menschen, welche man typhonisch nannte, geopfert haben. Diod. I. 88. Dasselbe berichtet Plutarch. Im Papyrus Ebers werden üble oder schädliche geradezu ›rote‹ Dinge genannt. Die Menschenopfer haben schon in sehr früher Zeit aufgehört. Übrigens sollen noch weit später die rothaarigen Ägypter mit Kot beworfen und verachtet worden sein. Seths Bilder zeigen ihn entweder in der Gestalt eines dem Windhunde ähnlichen Tieres mit spitzen Ohren und gespaltenem Schwanz oder stellen ihn mit Borsten auf dem Rücken und dem Kopf eines Krokodils, Esels oder Nilpferdes dar.

148. Die ägyptischen Astrologen waren weltberühmt. Herod. II. 82 sagt, die Ägypter hätten die Astrologie erfunden, und Aristoteles de coelo II. 12, sie wären die ersten Astronomen gewesen. Jede Stunde hatte ihre Planeten, von denen einige Glück, andere Unheil verkündeten; auch kam es bei Horoskopen auf die Stellung der Sterne an. Ammon (Jupiter) war stets glückverheißend. Seb (Saturn) stets verderblich. Toth (Merkur) schwankend. Die verschiedenen Gestirne sollten auch auf einzelne Gliedmaßen Einfluß haben.

149. Die ägyptischen Tempel sind so konstruiert, daß sie durch immer

niedriger werdende Räume den Ernst und die Andacht des Beters sammeln müssen. »Alle Wege sind gewiesen, keine Abweichung gestattet, kein Irren möglich. Zwischen den Reihen der heiligen Tiere, zwischen den Toren wandeln wir ehrfurchtsvoll durch. Weit, hoch und mächtig zeigt sich die Pforte ... ein weiter Hof nimmt den Beter auf ... die Seitenwände nähern, die Höfe senken, der Boden hebt sich, alles strebt nach einem Ziele ... So gehen wir weiter, nun schon der Zerstreuung des freien Himmels entzogen, von dem Ernst des Baues, von der Heiligkeit der Bildwerke eng umgeben. So umschließen uns die geweihten Wände immer näher, bis endlich nur der priesterliche Fuß das einsame, tönende Gemach des Gottes selbst betritt.« Schnaase, Kunstgeschichte I. 394.

150. Dieser See, den wir an Ort und Stelle gesehen haben, existiert heute noch bei den Ruinen von Sais, Sa-el-Hagr. Herod. II. 170. Wilkinson IV. 192. II. 509.

150a. Über die geflügelte Sonnenscheibe und ihre Bedeutung haben erst in jüngster Zeit die Denkmäler vollen Aufschluß gegeben. Aus den Texten von Edfu, welche Brugsch in seiner Abhandlung ›die geflügelte Sonnenscheibe‹ übersetzte, hören wir nämlich, daß Hor Hut (der Horus von Edfu) den Bösen und seine Genossen in Gestalt eines geflügelten Sonnendiskus niederwarf und daß zum Gedächtnis an seine Siege die beschwingte mit Uräusschlangen versehene Scheibe über allen Tempeltore und Sanctuarien in Ägypten angebracht werden sollte. Es erinnert also dieses Symbol den Beter an den endlichen Sieg des Guten über das Böse, des Lichtes über die Finsternis, der Fruchtbarkeit über die Dürre, des Lebens über den Tod.

150b. Ein ägyptisches Gebot, das auffallenderweise wie das hebräische vierte eine Verheißung hat. Es kommt vor im Papyrus Prisse, dem ältesten vorhandenen hieratischen Schriftstück.

151. Isis, die Gattin oder Schwester des Osiris, ist die Natur, wodurch Gott zur Anschauung und Offenbarung gelangt.

152. Nicht nur die geringen Ägypter, sondern auch die Pharaonen sehen wir auf den alten Bildern das Dame- oder ein ähnliches Spiel betreiben. König Ramses mit seiner Tochter spielend bei Rosellini, zwei Ägypter beim Brettspiel Wilkinson II. 419. v. Minutoli, Gesellschaftliche Spiele bei den alten Ägyptern. Leipziger Illustrierte Zeitung VII. 1852. Ein besonders schönes Damebrett befindet sich in der ägyptischen Sammlung des Louvremuseums zu Paris; ein anderes im Museum zu Bulaq.

153. v. Minutoli, Gesellschaftliche Spiele. Wilkinson II. 429. Auch in den Gräbern sind Bälle gefunden worden und werden in den Museen, z. B. zu Leiden, aufbewahrt.

154. Nach Diod. I. 27 waren die ägyptischen Königinnen höher angesehen als selbst die Könige. Die Denkmäler und Listen beweisen, daß auch Frauen mit souveräner Gewalt regieren konnten. Durch die Thronerbin wurde ihr

Gatte zum König. Jedenfalls hatten sie ihre eigenen Einkünfte, Diod. I. 52, und wenn eine Fürstin nach ihrem Tod unter die Göttinnen aufgenommen wurde, so erhielt sie ihre eigenen Priesterinnen (Dekret von Canopus). In der Ptolemäerzeit werden viele Münzen mit dem Bild der Königinnen versehen und Städte nach ihnen benannt. Es sei bemerkt, daß Söhne, die von ihrer Herkunft reden, öfter den Namen der Mutter als den des Vaters nennen, daß ägyptische Gattinnen häufig ›Herrinnen‹ oder ›Gebieterinnen des Hauses‹ genannt werden, daß ihnen, wie griechische Papyri lehren, freie Verfügung über das von ihnen eingebrachte bewegliche und unbewegliche Vermögen zustand, kurz, daß dem schwachen Geschlecht in Ägypten jedenfalls gleiche Rechte eingeräumt wurden wie dem starken. Das Streben vieler Prätendenken geht, wie die Denkmäler lehren, dahin, fürstliche Frauen aus einer legitimen Dynastie zu heiraten. Bei der Abwesenheit des Königs wird die Regentschaft seiner Gemahlin übertragen. Diod. I. 17.

155. Simonides von Amorgos, ein Jambendichter, welcher um 650 lebte, gefiel sich in beißenden Versen auf die Frauen. Er teilt dieselben in verschiedene Klassen ein, welche er mit garstigen Tieren vergleicht. Nur ein der Biene ähnliches Weib ist gut und kann den Mann beglücken. Er ist auch der Dichter der bekannten Pandorasage. Übrigens finden sich auch Ägypter, die auf schlechte Frauen schmähen; ja, wir hören solche ganz ähnlich wie von Simonides mit Raubtieren (Hyänen, Löwen, Panthern) vergleichen. Von einer lasterhaften Frau heißt es: Sie ist eine Aufsammlung von allen Schlechtigkeiten und ein Sack voll von allen Ränken.

156. Nach der trefflichen Übersetzung von F. W. Richter.

157. Über diesen Spottnamen, welchen Darius später erntete, im dritten Teil am Ende.

158. Auramazda heißt in den Keilschriften der unter dem Namen Ormusd bekannte große und reine Gott der Perser, welcher dem bösen, finsteren Prinzipe Ahriman gegenübersteht.

159. Nebukadnezar soll diesen Riesenbau für seine persische Gattin Amytis errichtet haben. Curtius V. 5. Josephus contra Apion. Diod. II. 10. Näheres über die hängenden Gärten im zweiten Teil Anmerkung 20.

160. Aus solchen in Ägypten aufgewachsenen Hellenen soll der erste Psamtik eine neue Kaste, die der Dolmetscher, gebildet haben. Herod. II. 154. Herodot selbst ist wohl von solchem ›Dragoman‹ geführt worden.

161. Wilkinson II. S. 102. 95. 1.

162. Wilkinson II. S. 119 und 121. Herod. II. 95. Heute noch finden sich ähnliche Türmchen.

163. Die ägyptischen Straßen scheinen, wie dies namentlich aus den Trümmern von Alabastron und Memphis erhellt, gepflastert gewesen zu sein. Jedenfalls kann dies von den zu den Tempeln führenden Wegen behauptet werden.

164. Lepsius, Briefe S. 13, und schon die Gelehrten der französischen Expedition sahen die Schuttberge, welche die Lage der Akropolis von Sais andeuten. 1873 haben wir sie selbst betreten.

165. Die Handwerker pflegten in Ägypten, damals wie heute, im Freien oder doch in der weit geöffneten Werkstätte zu arbeiten.

166. Daß derartige Zauberer und Schlangenbeschwörer im alten Ägypten nicht eben selten waren, läßt sich aus vielen Bibelstellen und Erzählungen der Alten, Psalm 58. 45, Jerem. VIII. 17, Aelian histor. animal. XVII. 5, beweisen. Heute noch soll es, nach Lane II. 219, allein in Kairo 300 solcher Schlangenbändiger geben, von denen wir viele in Kairo, Suez, Assuan etc. gesehen haben. Die Götter Chunsu und Hekt haben wir sozusagen als Patrone des Zauberers gewählt, weil des ersteren Bild z. B. auf der Stele der Bentrescht in der Pariser Bibliothek zur Vertreibung böser Dämonen verwendet wird und die Göttin Hekt der Magie vorstand.

167. Diod. I. 77.

168. Der Eid beim Mithra, dem Sonnengott, war den Persern besonders heilig. Vendid. Farg. IV. 36. Spiegel, Uvesta S. 94.

169. Achämeniden hießen die von Achämenes, nach den Keilinschriften, Inschrift von Behistân I. 2, ›Hakhâmanish‹ stammenden Könige und die mit ihnen verwandten Edlen.

170. Herod. I. 88.

171. Die Griechen bestimmten die Vormittagszeit nach dem Besuche des Markts. Wenn sich der Markt füllt, wenn der Markt voll ist, wenn der Markt sich leert. Eine genaue Bestimmung dieser Einteilung nach unserer Stundenrechnung ist unmöglich, dennoch erscheint es sicher, daß der Markt nach der Mittagszeit vorbei gewesen sei. Das Haupttreiben auf demselben mag von 10–1 Uhr gedauert haben.

172. Es steht fest, daß man vor der Perserzeit, also auch während dieses Teils unserer Geschichte, in Ägypten keine Münzen geprägt hat. Man wog die edlen Metalle ab und scheint sie in Gestalt von Ringen, Tieren etc. verwertet zu haben. Wir sehen auf vielen Denkmälern Leute, welche Gold beim Einkauf von Waren abwiegen, andere, die ihre Tribute in goldenen Ringen zahlen etc. Solche Ringe wurden noch zur Zeit der Ptolemäer, welche viele Münzen schlugen, zu Zahlungen verwendet.

173. Diese Zahl sowie die folgende Geschichte nach Diodor I. 98. Plato erzählt, daß nach einem Gesetz die Ägypter ihre Bilder zu seiner Zeit ebenso schön oder häßlich gestalten mußten als vor tausend und mehreren Jahren. Dies wird auch durch die Denkmäler bestätigt, obwohl doch jede Epoche ihren eigenen dem Kenner ins Auge fallenden Kunststil besaß. Im alten Reich sind die Formen mehr gedrungen, unter Seti I. erreicht die Schönheit der Proportionen ihren Höhepunkt, von der 20. Dynastie an verschlechtert sich der Stil, in der 26. unter den Psamtikiden begegnen wir einem letzten Wieder-

aufblühen der Kunst, die aber trotz aller Sorgfalt bei der Behandlung des Details doch nicht die alte Reinheit der Formen wiederzufinden vermag.

174. Diese Statuen von Holz stellten den König selber dar. Herod. II. 182. Porträtstatuen sind in ziemlich großer Zahl auf uns gekommen. Für die frühe Höhe der ägyptischen Bildhauerkunst schon in der Pyramidenzeit zeugt namentlich die gegenwärtig im Museum zu Bulaq befindliche Statue des Chefren, die aus sehr hartem Material köstlich gearbeitet ist und in der Weltausstellung zu Paris (1867) die Bewunderung aller Beschauer erweckte. Die zu Saqqara gefundene Holzstatue des sogenannten Dorfschulzen im Museum zu Bulaq entstammt gleichfalls der Pyramidenzeit und steht wegen der Feinheit ihrer Arbeit und des Realismus in der Behandlung unübertroffen da.

175. Die attische Adelsfamilie der Alkmäoniden hatte, nachdem sie vor Pisistratus aus Athen geflohen war, den Bau des neuen Tempels zu Delphi übernommen. Die Delphier selbst mußten den vierten Teil der Baugelder aufbringen, sammelten auch in Ägypten und sollen dort eine hübsche Summe zusammengebracht haben. Herod. II. 180.

176. Herod. I. 53. Xenoph. Cyrop. VII. 2.

177. Kandaules hatte sich durch den Mord des Königs Gyges des lydischen Thrones bemächtigt. Ihm wurde das obenerwähnte Orakel zuteil.

178. Das ältere attische Silbertalent betrug nach Böckh, Staatshaushaltung der Athener I. 25, 1500 Taler, die Mine 25 Taler, die Drachme 6 gute Groschen, der Obolus 1 Groschen.

179. Agariste hieß die reiche Erbtochter des Kleisthenes von Sicyon, welche der Alkmäonide Megakles heimführte. Herod. VI. 126–130. Diod. VII. 19. Pherecydes fr. 20. Müller.

180. Herod. VI. 125.

181. Herod. II. 180.

182. S. Anmerk. 173. Herod. II. 180. Diese Stelle kann so verstanden werden, als wenn alle Griechen in Naukratis zusammen 20 Minen, das sind 500 Taler, gegeben hätten. Da dies für eine so bedeutende Stadt zuwenig, für jeden einzelnen Bürger (wie Valla will) viel zuviel wäre, so nehmen wir an, daß Herodot von den verschiedenen Gemeinden in Naukratis spreche.

183. Rhodopis soll ein solches Geschenk nach Delphi gesandt haben. Herod. II. 135.

184. Die ägyptischen Zahnärzte müssen sehr geschickt gewesen sein. Man hat in den Kinnbacken von Mumien künstliche Zähne gefunden. Blumenbach, Von den Zähnen der alten Ägypter und von den Mumien. Im Göttinger Magazin 1780. I. S. 115. Im Papyr. Ebers werden Rezepte gegen verschiedene Zahnleiden verordnet, z. B. Taf. 72.

185. Athen. XII. 20. Plut. sept. sap. p. 147.

186. Eid des Rhadamanthus, um den Namen der Götter zu vermeiden.

187. Das Nilwasser ist, wie wir aus eigener Erfahrung versichern können, außerordentlich wohlschmeckend. Ein Reisender nennt es den Champagner unter den Wassern, die Damen im Harem des Großsultans lassen Nilwasser bis nach Konstantinopel kommen, und die Araber sagen, daß Mohammed, wenn er davon getrunken hätte, sich ein ewiges Leben gewünscht haben würde.

188. Nach einigen Versen des Theognis von Megara gest. 480 v. Chr. IV. 62.

189. Eigene Übersetzung nach einem Pägnion des Anakreon, dessen Echtheit, wie wir glauben, zu Unrecht angezweifelt worden ist.

190. Gliedermann und Puppen für Kinder. Wilkinson II. 427. Anmerkung 149. Im Museum zu Leiden befindet sich ein sehr wohl erhaltener Gliedermann.

191. Sizilische Schoßhündchen waren im Altertum berühmt und scheinen zuerst von den üppigen Sybariten gehalten worden zu sein.

192. Also hieß auch der treue Hund des Odysseus.

193. Heute noch schließen die Perser feierliche Freundschaftsbündnisse, und zwar am sogenannten Fest der Nachfolge. »Zwei Perser, die auf Lebenszeit miteinander Freundschaft schließen wollen, gehen zum Mollah, bezeugen vor demselben ihre Absicht und lassen sich als brader hâ oder ›Brüder‹ feierlich einsegnen.« Brugsch, Reise nach Persien. I. S. 260.

194. Herod. I. 131 und 132 und aus vielen anderen Quellen ersehen wir, daß die Perser zur Zeit der Achämeniden keine Tempel und Götterbilder besaßen. Das böse und gute Prinzip, Auramazda und Angramainjus, waren unsichtbare Wesen, welche mit einem zahllosen Gefolge von guten und bösen Geistern alles Geschaffene erfüllten. Die ewige Zeit schuf Feuer und Wasser. Hieraus entstand Ormusd (Auramazda), der gute Geist. Dieser war lichtglänzend, rein, dem Guten ergeben. Nachdem er in 12 000 Jahren Himmel, Paradies und Sterne geschaffen hatte, sah er den bösen Geist, Ahriman, welcher schwarz, unrein, übelriechend und bösartig war. Ormusd beschloß, Ahriman zu vernichten. Ein großer Kampf begann, in welchem der Böse unterlag, um 3000 Jahre lang ohnmächtig vor Schrecken dazuliegen. Während dieser Zeit schuf Ormusd den Himmel, das Wasser, die Erde, die guten Gewächse, den Stier und das erste Menschenpaar in einem Jahre. Hierauf brach Ahriman wieder hervor und wurde bezwungen, aber nicht getötet, weil sich nach dem Tod die Elemente, Feuer, Wasser, Luft und Erde, aus denen alles Lebende besteht, mit den Urelementen vereinigen und sich am Auferstehungstage das Auseinandergerissene wieder zusammenfügt. Nichts geht zum Nichtsein zurück; alles vereint sich nur mit seinen Urbestandteilen. Man hätte Ahriman nur töten können, wenn sich seine Unreinheit in Reinheit, seine Finsternis in Licht verwandelt haben würde. – So lebte das Böse fort, um, sobald der gute Geist etwas Gutes und Reines schuf, etwas Böses und Unreines zu erschaffen. Dieser Kampf wird fortdauern bis zum jüngsten

Tage. Dann wird Ahriman rein und heilig sein, weil die Diws oder Daewa (bösen Geister) nach und nach all sein Böses aufgenommen haben und am jüngsten Tag nicht mehr sein werden. Mit der Strafe jedes Menschen nach dem Tod sollen nämlich die Diws, welche in ihm wohnten und Teile Ahrimans waren, vernichtet werden. Nach Ulmai Islam bei Bullers und der Zend-Avesta.

195. Heute noch stehen auf den Bergen die Feueraltäre der Parsen. Diese letzteren dürfen immer beten, sobald sich Feuer und Wasser in ihrer Nähe befindet. Spiegel, Avesta. Einleitung LI. Auch nach Herod. I. 132 opferten die Perser in der freien Natur.

196. Die Könige pflegten mit derartigen Geschenken edle Taten ihrer Untertanen zu belohnen. Herod. III. 130. VIII. 118. Plutarch, Artaxerxes.

197. Näheres über die Stellung der Könige von Persien im zweiten Teil.

198. Gewöhnlich scheinen, wie noch heute in Ägypten, Hebammen den Gebärerinnen zur Seite gestanden zu haben. Exodus I. 15 werden zwei Hebammen genannt, die Siphra und Pua. Den gebärenden Königinnen assistierten außerdem, wie in unseren Märchen, gute Feen, Göttinnen; gewöhnlich die Hathoren.

199. Eine gewöhnliche, furchtbare Strafe für schwere Verbrecher. Diod. I. 78. III. 12–14. Näheres im Text des dritten Teils und daselbst Anmerk. 107.

200. Siegelringe wurden schon in sehr früher Zeit von den Ägyptern getragen. So übergibt im 1. Buch Moses 41. 42 der Pharao dem Joseph seinen Ring.

201. Die ägyptischen Könige und Großen scheinen dem edlen Waidwerke hold gewesen zu sein. Außer Hunden von verschiedenen Rassen richtete man auch wilde Tiere, wie Pardel und Löwen, zum Jagen ab.

202. Siehe Anmerkung 30. Ganz besonders schöne, reichgeschirrte Rosse finden sich, von Künstlerhand in den Stein gemeißelt und gemalt, auf den Denkmälern zu Theben.

203. Herod. II. 41 erzählt, daß die Ägypter keinen Fremden küssen noch aus einem Topf mit ihm essen mochten, ja, daß sie nicht einmal das Fleisch anrührten, welches mit dem Messer eines Griechen zerlegt worden war. Auf der Stele des Pianchi dürfen die kleinen Dynasten des Delta die Schwelle des Pharao nicht überschreiten, weil sie unrein waren und Fische aßen. In der Genesis müssen die Brüder des Joseph gesondert von den Ägyptern speisen.

204. Die Chaldäer zu Babylon waren, nach den Ägyptern, die ersten Sternkundigen. Aristoteles de coelo II. 12. Daß dieselben sich schon astronomischer Tafeln bedient haben, behauptet Chasles in den Comptes rendus de l'acad. des Sciences T. XXIII. 1846. p. 852–854. Nach Herodot war Darius den Ägyptern wohl gewogen und wußte ihre Weisheit hoch zu achten.

205. Dieselben Orakel wollte Glycera befragen, als ihr Geliebter, der Tragiker Menander, von dem Könige Ptolemäus nach Ägypten berufen worden war. Der Brief derselben ist ebenso geistreich als liebenswürdig. Ich erinnere

auch an das herrliche Gedicht von dem liebeskranken Mädchen und seinen Beschwörungen im Theokrit.

206. Dieses Blumenorakel, welches unserem Zerpflücken von Akazienblättern und Maßliebchen glich, war im Altertum nicht ungewöhnlich. Pollux IX. 27. Becker, Charikles I. 327. Noch im heutigen Hellas sollen die Mädchen dieses Orakel befragen. Bybilakis, Neugriechisches Leben. S. 20.

207. Also läßt Äschylus die Nachtigall flöten. Die künstliche Deutung ist eine Spielerei, welche wir unserer kindlichen Sappho wohl in den Mund legen durften. Ursprünglich hat der Itysruf der Nachtigall einen ganz anderen Sinn. Philomele klagte um den Itys, den Knaben, der, um sie an dem Tereus, seinem Vater, zu rächen, geschlachtet worden war. Prokne, die Tochter des Pandion von Athen, war die Gattin des Tereus von Daulis in Thrakien. Beide hatten einen Sohn Itys. Einst sollte Tereus die Schwester seiner Gattin, Philomele, zu dieser geleiten. Unterwegs tat er dem Mädchen Gewalt an, schnitt ihr, damit sie das Geschehene nicht verraten möge, die Zunge aus und ließ sie im Wald zurück. Philomele wußte aber ihrer Schwester von dem ihr Zugefügten durch Zeichen, die sie in ein Gewand webte, Kunde zu geben. Prokne schlachtete nun ihren eigenen Sohn und setzte ihn dem Vater Tereus zur Speise vor. Dieser bemerkte zu spät, womit er sich gesättigt, eilte den fliehenden Schwestern nach und wurde auf deren Gebet mit ihnen verwandelt. Nach der ursprünglichen Fassung der Sage floh Prokne in die Wälder als Nachtigall und klagte ihrem geopferten Itys nach, Philomele wurde zur Schwalbe, die wegen der ausgeschnittenen Zunge nur zwitschern und ›Tereu‹ rufen konnte: Tereus selbst wurde zum Wiedehopf, welcher, auch in bezug auf Itys, stets ›pou?‹ wo? rufen mußte. Die in die Nachtigall verwandelte Schwester wurde mit ganzer, die zur Schwalbe gewordene mit halber Schlaflosigkeit gestraft. Ob Prokne, ob Philomele in die Nachtigall verwandelt worden sei, darüber herrschen in den verschiedenen Mitteilungen verschiedene Ansichten. Ovid, der die Sage Metamorph. VI. 425 aufs anmutigste wiedergibt, läßt die Frage unentschieden. Übrigens läßt er doch auch, Amores II. 6. 7–10, Philomele zur Nachtigall werden, was man auch später allgemein annahm.

208. Während die Spartane, der Neigung ihres Herzens folgend heirateten, pflegte man zu Athen nur mit den Eltern der Braut wegen der Ehe zu verhandeln. Dies war die Ursache oder Folge des sehr eingezogenen Lebens der attischen Jungfrauen. Näheres über die Heiraten bei den Griechen im Text des dritten Teils und daselbst Anmerkung 62 und 63.

209. Sapphos Großvater Charaxus, der Bruder der Dichterin Sappho, war als Lesbier ein Äoler.

210. Herod. I. 135. Auch hierin bewähren sich die Perser als germanische Nation. Sie sind heute noch, wie zur Zeit des Herodot, nach allem Fremden und Neuen begierig.

211. Diod. I. 81.

212. Königsbuch des Firdusi. Söhne Feriduns.

213. Die Brautkränze bei den Hellenen bestanden gewöhnlich aus Veilchen und Myrten. Über die Hochzeitsgebräuche im dritten Teil Anmerkung 62 und 63.

214. Der Rhythmus des Keleusma wurde gewöhnlich von einem Flötenbläser, dem Trieraules, angegeben. Äschylus, Perser 403. Laërt. Diog. IV. 22. Becker, Charikles I. S. 213. In den Fröschen des Aristophanes singen die Sumpfbewohner das Keleusma v. 205.

215. Siehe Epigramm des Kallimachus 45. Bei Athenäus XV. p. 669.

Anmerkungen

ZU TEIL II

1. Die sogenannte ›Königsstraße‹, von der wir noch mehr zu sagen haben, war schon von Cyrus angelegt worden und wurde von Darius mit besonderer Sorgfalt gepflegt.

2. Herod. I. 193. Wiederaufgefundene Wasserleitung bei Layard, Nin. u. Bab. S. 215. Es gibt auch Basreliefs, welche die wohlbewässerte und bebaute Gegend darstellen.

3. Das Erdpech, welches sich heute noch vielfach in der Nähe von Babylon zeigt, wurde, wie fast alle neuen und alten Berichterstatter bestätigen, von den Babyloniern als Mörtel benützt. Siehe außer den alten W. Vaux, Niniveh and Persepolis. An historical sketch of Assyria and Persia.

4. Über diese unglückliche Menschenklasse, die der Eifersucht der Orientalen und ihrem Wunsch, sich eine Nachkommenschaft von reinem Blut zu erhalten, weit sicherer ihren Ursprung verdankt als dem Wunsch der Sagengestalt Semiramis, sich nur von solchen Männern umgeben zu sehen, welche gleich ihr bartlos und von hoher Stimme wären, näheres bei Ebers, Ägypten und die Bücher Mose's. S. 296 ff.

5. Auf fast allen ägyptischen Bildern, welche Pharaonenkinder (Töchter und Söhne) darstellen, tragen dieselben solche Haarlocken, welche geflochten von der Stirn bis zum Hals reichen.

6. Herod. V. 14. 49–52. Xenoph. Cyrop. VIII. 6. 9. Plutarch, Artaxerxes 25. Persische Meilensteine finden sich noch heute bei den Trümmern der Königsstraße, welche Ninive und Ekbatana verband. Die Kurden nennen dieselben jetzt keli-Shin (blaue Säulen).

7. Nach dem Buche Esther 2, 12. 15 gab es einen Eunuchen-Obersten für die Gemahlinnen und einen zweiten für die Kebsweiber des Königs. Wir lassen Boges zur Zeit des Kambyses, also weit früher, diese beiden Ämter zugleich bekleiden.

8. Sieben, die ›mutterlose‹ Zahl, hat bis zur Zehn keinen Faktor. Zeller, Geschichte d. Philos. d. Griechen S. 232 und 298.

9. Diodor I. 49 erzählt, daß im Grabe des Osymandyas (Palast Ramses' II. zu Theben, das sogenannte Ramesseum) ein goldener, 365 Ellen umspannender, eine Elle dicker Kreis gelegen, welcher einen vollständigen astronomischen Kalender enthalten habe. Der zu Paris befindliche Tierkreis von Dendera, ein astronomisches Deckengemälde, das in der Zeit seiner Entdeckung für uralt gehalten wurde, ist ziemlich jung, da es erst dem Ende der Ptolemäerherrschaft seinen Ursprung verdankt. Letronne war der erste, der es richtig würdigte. S. Lepsius, Chronol. S. 63 und Lauth, Les zodiaques de Denderah. München, 1865.

10. Diese Statern sollen, nach Herodot I. 94, die ersten geprägten Münzen gewesen sein. Übrigens hatten die Assyrer, wie Böckh und Brandis es nachwiesen, schon weit früher ganz festes Maß und Gewicht. Die persischen Dareiken sind wohl erst zur Zeit des Darius geprägt worden, obgleich dieselben ihren Namen, nach Suidas, einem früheren Darius verdanken. Auch kann derselbe von dem Worte ›Zara‹, Gold, herkommen. Die Dareike hatte etwas über acht Taler Wert. Duncker, Geschichte des Alterthums II. S. 642. Die jüngsten und schönsten Forschungen in bezug auf den Wert der orientalischen Maße jeder Art verdanken wir Brandis.

11. Nach den Bildern in H. Gosses Assyria S. 238, und Layard, Niniv. and Babyl. S. 178. 340. 450.

12. Curtius III. 3. Xenoph. Cyrop. VIII. 3. 7. Äschylus, Perser 835 und 836. Die Kleider und der Schmuck des Königs sollen nach Plutarch, Artaxerxes 24, 12 000 Talente, das sind 15 Millionen Taler, wert gewesen sein.

13. Auch Themistokles erlernte, wie Diodor erzählt, die persische Sprache auf dem Weg nach Susa. Wir lassen also Nitetis nichts Unmögliches leisten.

14. Diese Angaben sind teils dem Herodot, teils dem Diodor, Strabo und Arrian entlehnt.

15. J. Bonomi, Niniveh and its Palaces, Fig. 33, und Layard auf vielen Bildern. Originale und Abgüsse von Erzeugnissen der alten assyrischen Kunst im British Museum zu London, im Louvre zu Paris und (namentlich Abgüsse) im neuen Museum zu Berlin. Die assyrischen Sphinxe hatten wohl die Aufgabe, die Allgewalt der Gottheit zu versinnbildlichen, denn sie vereinen in sich die größte Kraft im Leibe des Stiers, die höchste Einsicht im Menschenhaupte und die größte Schnelligkeit in den Flügeln des Adlers.

16. Herod. I. 195. Im Propheten Ezechiel 23, 15. Diese Tracht stimmt auch schön mit den Bildern der Assyrer, welche sich unter den Darstellungen von fremden Nationen auf den ägyptischen Denkmälern finden. Niniveh wird auf verschiedenen Denkmälern auch schon aus der Zeit der 18. Dyn. erwähnt.

17. Herod. I. 180.

18. Dieser Tempel des Bel, den manche für den ›Turm von Babel‹, 1. Buch Moses 11, halten wollen, wird von Herodot I. 181. 182. 183, Diodor II. 8 und 9 (Ktesias), Strabo 738 u. v. a. alten Berichterstattern erwähnt. Die Trümmer desselben werden von den heutigen Bewohnern jener Gegend Birs Nimrud, Burg des Nimrod, genannt. Im Text geben wir das ungefähre Bild des Baues, wie wir ihn uns nach den Stellen in den Klassikern, die seiner erwähnen, rekonstruiert haben. Die Höhe des ersten Stockwerks, welches heute noch ,von Trümmern umgeben, dasteht, beträgt 260 Fuß. Die Mauern, welche den Tempel umgaben, sollen sich noch recht gut erkennen lassen und 4000′ lang und 3000′ breit gewesen sein. Zur Zeit unserer Erzählung muß dieser Riesenbau in vollem Glanz dagestanden haben, weil wir wissen, daß Nebukadnezar ihn köstlich ausbauen ließ.

19. Auch diese Burg soll von Nebukadnezar erbaut worden sein; wenigstens tragen die Ziegel derselben, welche in den Trümmern bei Hillah gefunden worden sind, den in Keilinschrift geschriebenen Namen dieses großen Königs. Auch viele Bruchstücke von glasierten Reliefs werden heute noch dort gefunden.

20. Siehe I. Teil Anmerkung 154. Ein Trümmerhaufen, heute el Kasr, d. h. der Palast, genannt, erstreckt sich 2400′ lang und 1800′ breit am Ufer des Euphrat. »Auf der Nordseite dieses künstlichen Hügels von einem der höchsten Punkte sieht heute eine einsame Tamariske, ein sehr alter und starker Baum, auf den Fluß hinab; die Araber erzählen, es sei der einzige Baum, der von den hängenden Gärten der Semiramis übrig geblieben.« Duncker, Geschichte des Alterthums I. S. 572. Diodor II. 10 sagt, die hängenden Gärten hätten den Stufen eines Theaters geglichen.

22. Man gab den Perserinnen die Ohrringe, wenn sie in ihrem fünfzehnten Jahre mannbar wurden. Übrigens mußten sich Mädchen wie Knaben im fünfzehnten Jahr mit der heiligen Schnur, kuçti oder kosti, umgürten. Nur in der Nacht durfte sie abgebunden werden. Die Verfertigung derselben ist noch bei den heutigen Persern mit vielen Förmlichkeiten verbunden. Sie soll aus 72 Fäden bestehen. Schwarze Wolle darf nicht dazu genommen werden.

23. Dieselbe Bemerkung findet sich bei Seneca, de ira und im Plato, legg. 691 und 695.

24. Herod. VII. 83. 187. Xenoph. Cyrop. VIII. 10.

25. Die ›Augen und Ohren‹ des Königs sind etwa unseren Polizeiministern gleichzusetzen. Vielleicht hat Darius diesen Titel aus Ägypten entlehnt, auf dessen Denkmälern sich der Titel ›Die 2 Augen des Königs von Oberägypten, die 2 Ohren des Königs von Unterägypten‹ schon früh findet, z. B. im Grabe des Amen em heb zu Abd el Qurnah.

26. Plutarch, Artaxerxes 5, erzählt, daß die Mutter und die Favoritgemahlin des Königs bei demselben gesessen haben.

27. Herod. I. 133 sagt, die Perser meinten, die Griechen müßten hungern, weil man bei ihnen nach der Mahlzeit nichts Sonderliches mehr auftrüge. Aus neueren Reisewerken, namentlich Brugsch, Reise nach Persien, erfahren wir, daß die Iranier heute noch sehr viele Leckereien essen. J. v. Hammer gibt Proben eines Dichters namens Abn Ishak, welcher nur Leckereien besang.

28. Nach dem Buche Esther 2, 12–14 wurde dieses Lehrjahr angewandt, um die Weiber in den Gebrauch von Salben, Spezereien und Wohlgerüchen einzuweihen. Diese Zeit scheint uns aber für derartige Künste zu lang zu sein. Warum sollte man sie nicht angewandt haben, um die fremden Weiber den Anforderungen gerecht zu machen, welche das Gesetz des Zoroaster an sie stellt?

29. Zoroaster, eigentlich Zarathustra oder Zerethoschtro, war einer der größten Religionsstifter und Gesetzgeber. Nach Anquetil du Perron bedeu-

tet sein Name ›güldener Stern‹. Doch ist diese Erklärung ebenso unsicher wie die vielen anderen, welche versucht worden sind. Sehr ansprechend erscheint die in dem unten zitierten Kernschen Aufsatz gegebene von zara goldig und thwistra schimmernd; also der Goldschimmernde χςνςοψὰης. Ob er in Baktrien, Medien oder Persien geboren worden sei, ist ungewiß. Nach Anquetil erblickte er zu Urmi, einer Stadt in Aserbeidschan, das Licht der Welt. Sein Vater hieß Poroschasp, seine Mutter Dogdo; sein Geschlecht rühmte sich königlicher Herkunft. Die Zeit seiner Geburt ist – wie Spiegel sagt – ›hoffnungslos‹ dunkel. Anquetil und viele andere Gelehrte wollen ihn zur Zeit des Darius leben lassen; diese Ansicht ist aber, wie Spiegel, Duncker und v. Schack in seiner Einleitung zur Übersetzung des Firdusi bewiesen haben, unrichtig. Es ist hier nicht der Platz, auf diese schwierige Frage näher einzugehen, doch dürfen wir den Leser versichern, daß die Lehre des Zoroaster schon in der Zeit unserer Erzählung in Kraft war. Über den Religionsstifter schwanken die Nachrichten so sehr, daß jüngst ein gelehrter Holländer, Professor Kern, den Versuch machen konnte, die Existenz Zoroasters als Persönlichkeit zu leugnen und ihn ganz in das Reich der Mythen zu versetzen. Seine mit vielem Geiste und großen Kenntnissen geschriebene Abhandlung findet sich in den Verslagen en mededeelingen der k. akad. v. wetenschappen. Afdeeling Letterkunde. Amsterdam 1867. S. 132 f. Entgegengesetzter Ansicht ist Justi in seinem Handbuch der Zendsprache.

29a. Die persischen Gärten waren im ganzen Altertum berühmt und wurden, wie es scheint, weit freier und ungezwungener angelegt als die der Ägypter. Selbst die Könige verschmähten es nicht, Gärtnerei zu treiben, und die vornehmsten Achämeniden legten mit Vorliebe schöne Parkanlagen, auf persisch Paradiese, an. Herod. V. 14. 49–52. Xenoph. Cyrop. VIII. 6. 9. Oeconom. 4. Diodor XVI. 41. Plutarch, Alcibiades 24. Ihre Vorliebe für schlanke Gewächse ging so weit, daß Xerxes einen besonders schönen Baum, den er auf seinem Weg nach Griechenland antraf, mit goldenem Zierat schmückte. Firdusi, der größte persische Epiker, kennt kein höheres Lob für die menschliche Schönheit, als das Adjektiv ›zypressenwüchsig‹. Übrigens genossen auch einige Bäume unter den Iraniern göttliche Verehrung. Heilige Bäume kommen in ihrem Paradies vor, wie der ›Lebensbaum‹ im Hebräischen und Ägyptischen.

30. Besonders nach Xenoph. Cyrop. VIII. 8. 7. Anabasis I. 9.

31. Die Sommerresidenzen der Könige von Persien, in denen es empfindlich kalt werden kann. Ekbatana liegt am Fuß des hohen Elburs-(Orontes-)Gebirges in der Gegend des heutigen Hamadân; Pasargadae unweit des Rachmet im Hochland von Iran.

32. Diese prächtige Einrichtung des Wohnzimmers einer Mutter des Königs von Persien braucht keineswegs für übertrieben gehalten zu werden.

Die Details sind den Persern des Äschylus, der Cyropädie und Anabasis des Xenophon, dem Arrian, Curtius, Strabo u. v. a. entlehnt. Das Spitzengewebe, welches Kassandane trägt, nenne ich ägyptisch, da in der Tat zur Zeit unserer Geschichte nirgends feiner gewebt wurde als am Nil. Die Klassiker behaupten, die Denkmäler, welche viele durchsichtige Gewänder zeigen, bestätigen dies. Im Besitze des Sir Gardener Wilkinson befand sich zudem ein äußerst feines Stück alt-ägyptischen Gewebes.

33. Nach Duncker, Gesch. d. Alterthums S. 231 bis 328. Die Amazonen gehören erwiesenermaßen ganz in das Reich der Mythen. Es ist merkwürdig, daß auch die Chinesen eine Amazonensage gebildet haben. Das ethnographische Museum zu Jena, dessen Direktor ich war, besitzt ein sehr interessantes einen Amazonenkrieg darstellendes chinesisches Bild.

34. In diesen Worten kann kein Anachronismus gefunden werden. Man denke nur an die schöne Stelle des Aristoteles in Ciceros De natura deorum, welche ganz ähnliche Empfindungen ausspricht.

35. Mimnermos, Fragm. ed. Bergk. 6. Solon, Fragm. ebendaselbst 20.

36. Im Totenbuche (fast jeder Totenpapyrus bringt dieselben) tritt uns die Darstellung der Seele, deren Herz gewogen und gerichtet wird, entgegen. Die Rede, welche sie hält, wird die negative Rechtfertigung genannt. In ihr versichert sie vor den 42 Totenrichtern, die 42 Todsünden, welche sie aufzählt, nicht begangen zu haben. Diese Rechtfertigung ist darum doppelt interessant, weil sich in ihr fast das ganze mosaische Sittengesetz wiederfindet, welches letztere, ganz absehend von nationalen Eigentümlichkeiten und Anschauungen, die allgemein menschliche Quintessenz der Moral zu sein scheint, die sich schon in unserer negativen Rechtfertigung paragraphiert findet. Totenbuch ed. Lepsius 125. Der Text gereinigt von Pleyte. Wir können hier keine philosophischen Erörterungen geben; für uns spricht aber des Pythagoras (der so viel aus Ägypten entlehnte) Gebot gleichen Inhalts, das beinahe die nämliche Form trägt wie das ägyptische.

37. Von der Zeit an, wo das Kind der Parsen den Gürtel ›Kosti‹ trägt, muß es sich einen Schutzpatron unter den Yazatas und einen geistlichen Ratgeber under den Destûrs (Priestern) aussuchen. Wie Vater und Mutter die leiblichen Eltern des Kindes sind, so ist dieser geistliche Ratgeber der geistige Vater. Spiegel, Avesta. II. Einl. XXII.

38. Anahita oder Ardî-çûra hieß die Göttin der Quellen, welche auch, und zwar nicht mit Unrecht, mit der griechischen Aphrodite verglichen worden ist. Aus der Quelle Anahita flossen alle Wasser, und sie hatte unbedingte Reinigungskraft. Vendidad VII. 37–40. Die Vermutung, welche unser holländischer Übersetzer ausspricht, Anahita sei eine ursprünglich semitische Gottheit, die mit dem weiblichen persischen Wassergenius zusammengeschmolzen worden sei, hat vieles für sich und ist auch von uns an einer anderen Stelle ausgesprochen worden.

39. Ein berühmter Freigeist, welcher, kühn und selbständig denkend, wegen seiner Spöttereien auf die homerische Götterwelt viel Tadel und Verfolgung dulden mußte. Er wirkte schon zur Zeit unserer Erzählung, wurde aber so alt, daß er noch bis tief ins fünfte Jahrhundert hinein lebte. Er soll auch in Ägypten gewesen sein. Seine Fragmente haben wir schon oben angeführt. Er legte seine Spekulationen noch in Versen nieder.

40. Wer die ungefähr derselben Zeit entstammenden Aussprüche des Xenophanes kennt, der wird diese Rede kaum anachronistisch finden können.

41. In Persien gilt das Ballspiel heute noch für ein Männervergnügen. Ein Spieler treibt dem andern, wie bei unserem Sauball, dem englischen Cricket und holländischen Kastiespel, hölzerne Kugeln zu. Chardin (Voyage en Perse. III. S. 226) sah das Spiel von 300 Teilnehmern spielen.

42. Der Name der heiligen Ambres scheint aus den Anfängen der Abschnitte größerer Texte ›Ha em re'‹, ›Anfang der Kapitel‹, korrumpiert zu sein. Horapollon I 58. ed. Leemans erwähnt das ›Buch der Krankheiten‹, während Manetho bei Africanus und Eusebius von dem Nachfolger des ersten Königs von Ägypten Menes (die Chronographen und Denkmäler nennen ihn übereinstimmend als solchen) Athotes erzählt, daß er anatomische Bücher geschrieben habe. Da sonst die gelehrten und namentlich die medizinischen Werke gewöhnlich als herstammend von dem Gott Thoth erklärt werden, so kann hier leicht wegen der Namensähnlichkeit dem König zugeschrieben worden sein, was dem Gott gebührt. Unter den heiligen Schriften der Ägypter sollen sich auch 6 medizinische befunden haben. Clemens Alex. Strom. ed. Potter p. 757. (VI. 4.) Jamblichus, De Myst. Aeg. VIII. 4. S. auch T. III. A. 115.

43. Satrapen hießen die Gouverneure der einzelnen Provinzen, welche als Stellvertreter des Königs ziemlich unbeschränkt herrschten.

44. Obgleich die Chaldäer, wie dem Aristoteles mitgeteilt wurde, Himmelsberechnungen besaßen, welche bis 1903 vor Alexander, also bis 2234 v. Chr. zurückreichten, so unterliegt es doch keinem Zweifel, daß die ägyptische Astronomie noch älter ist als die ihre. Diodor I. 81 berichtet sogar, die ägyptischen Priester behaupteten, daß die Chaldäer zu Babylon ägyptische Kolonisten wären und ihren Ruf als Astronomen den Lehren ägyptischer Priester zu danken hätten. Die letztere Behauptung kann etwas Wahres enthalten, dagegen sind die Ägypter weit eher aus Westasien als die Chaldäer aus Ägypten gekommen.

45. Diese Namen, welche Herodot nennt, finden sich zum Teil, wenn auch in etwas anderer Form, in der Inschrift von Behistân oder Bisitun wieder. Spiegel, Altpersische Keilschriften.

46. Der Geburtstag des Königs war das größte Fest der Perser und hieß das ›vollkommene‹. Herod. I. 133. Überhaupt wurden die Geburtstage, namentlich der Könige, im Altertum hoch gefeiert. Die großen zweisprachigen ägyp-

tischen Denkmäler, welche wir besitzen, erwähnen beide die Feier des Geburtstages eines Ptolemäischen Königs von Ägypten. Aber wir hören auch schon in bezug auf Ramses II. (14. Jahrh. v. Chr.) sagen: »Freude war im Himmel an seinem Geburtstage.«

47. Wir lesen zum Beispiel im Königsbuch des Firdusi, daß der Stamm des Feridun durch eine Sklavin erhalten wurde. Auch Sal, der Vater des Rustem, führte eine Fremde, in die er sich verliebt hatte, heim. Es war, mögen die Helden des persischen Epos rein mythische Personen gewesen sein (was keineswegs erwiesen ist) oder nicht, gewiß nichts Unerhörtes, daß ein Fürst eine Sklavin heiratete.

48. Dieses viereckige, 2–7 Finger breite Stück Zeug sollen alle Perser vor dem Mund führen, wenn sie beten. Anquetil gibt in seinem Zend-Avesta eine Abbildung desselben. Strabo erwähnt die Paiti-dhâna p. 733. Nach ihm hing das Tuch, als Zipfel, von der Kopfbedeckung aus über die Lippen hin.

49. Herod. I. 132. Strabo 733. Das ganze Opfergerät der heutigen Parsen findet sich bei Anquetil beschrieben und abgebildet.

50. Haoma oder Soma ist der Name einer Pflanze, deren Saft die Speise der Götter gewesen sein soll und bei gewissen religiösen Zeremonien gekostet und ins Feuer geträufelt wurde. Endlich ist Haoma ein Gott.

51. Dies schöne Gebet soll der Parse eigentlich sagen, wenn er vom Schlaf erwacht. Anquetil, Zend-Avesta II. 564 f.

52. In späterer Zeit ließen sich freilich auch die Könige von Persien, wenn auch nicht geradezu, als Gottheiten anbeten.

53. Diesen Aufzug haben wir nach Reliefs beschrieben, deren Kenntnis wir großenteils den Layardschen Grabungen und einem Obelisken von Nimrud (Niniveh) verdanken, der sich im Abguß in mehreren europäischen Museen befindet; so auch neben den Mengsschen Abgüssen zu Dresden.

54. Zur Zeit unserer Erzählung besteuerten die Könige von Persien ihr Reich, wann und wie hoch sie wollten. Erst Kambyses' Nachfolger Darius führte ein geordnetes Steuersystem ein. Deswegen erhielt er den Beinamen ›des Krämers‹. Selbst noch in späterer Zeit lag es übrigens den einzelnen Bezirken ob, bestimmte Naturallieferungen an den Hof zu schicken. Herod. I. 192. Xenoph. Anab. IV. 5.

55. Herod. VII. 40. 41. 54. 55. Xenoph. Cyrop. VIII. 3. Curtius III. 3.

56. Der Feruer oder Ferwer ist der geistige Teil des Menschen, seine mit der Urteilskraft vereinte Seele. Er war längst vor der Geburt vorhanden, vereint sich mit uns, sobald wir in die Welt treten, und verläßt den Leib, sobald wir sterben. Der Feruer kämpft gegen die Diws (bösen Geister) und ist Ursache unserer Erhaltung. Sobald er von uns weicht, muß sich der Körper auflösen. Nach dem Tod wird er, hat er Gutes getan, unsterblich, verübte er Böses, in die Hölle gestürzt. Man soll den Feruer anrufen und mit Opfern um Hilfe bitten. Er bringt auch das Gebet zu Gott, weswegen er als geflügelte

Scheibe dargestellt wird. Ulmai Islam bei Bullers, Fragmente über die Religion des Zoroaster.

57. Diese ›Unsterblichen‹ dankten ihren Ehrennamen dem Umstand, daß, sobald eines ihrer Mitglieder fiel oder starb, sofort ein Ersatzmann eintrat, und sich darum ihre Zahl niemals verringern konnte, sondern stets 10000 Streiter betragen mußte. Schon Cyrus soll diese Garde eingerichtet haben. Herod. VII. 40. 41. 84. Xenoph. Cyrop. VII. 1. VIII. 1. 2. 3. Curtius III. 3.

58. Ewald, Altertümer des Volkes Israel S. 289, 305 und 333. Weiß, Kostümkunde I. S. 344. Winer, Bibl. Realwörterbuch. 3. Aufl. Kitto, The tabernacle and furniture. Pl. III.

59. In der ersten Auflage führten wir dem Leser Daniel selbst in der Person des den Josua begleitenden Israeliten vor; dies scheint uns aber nach den Untersuchungen von Hitzig, Lengerke, Merx und dem Holländer Kuenen nicht mehr zulässig zu sein. Einen in Babylon zurückgebliebenen vornehmen und reichen Juden dürfen wir ohne weiteres einführen; auch sei bemerkt, daß das erwähnte Dokument von der Hand des Cyrus, um dessentwillen Darius später den Bau des Tempels bewilligte, historisch beglaubigt ist. Esra 6, 2–12. Sacharja 1–8. Zur Zeit unserer Erzählung ist Josua hoher Priester. Bunsen, Bibelwerk S. CCCXXIV.

60. Wir behalten die Namen Mesach und Abed Nego bei, weil wir keine passenderen für vornehme in Babylon wohnhafte Israeliten finden konnten als die, welche das Buch Daniel den Gefährten des frommen Jünglings beilegt.

61. Tacitus, Histor. V. 2–5, spricht sich in noch schärferer Weise, ja mit bitterer Härte, besonders wegen ihrer Unduldsamkeit, über die jüdische Religion aus.

62. Herod. I. 215. Diese Episode geben wir teils nach Herod. I. 204–216 wieder, teils nach Diod. II. 44 u. Justin. I. 8. – Ktesias, Persica 9. erzählt, Cyrus sei in einem Kampf gegen die Derbier von einem Inder verwundet worden und gestorben. Xenophon läßt ihn, aber wohl nur, um ihm eine schöne Sterberede in den Mund zu legen, friedlich heimgehen.

63. Der Araxes (Aras) entspringt in dem Hochland von Armenien und ergießt sich ins Kaspische Meer.

64. Dieser Zug ist dem persischen Charakter vollkommen angemessen. Obgleich Herodot VII. 231 Xerxes ganz anders handeln läßt, so beweist doch folgendes Epigramm des Antiphilos aus Byzanz (Griechische Blumenlese F. Jacobs IV. 19), daß die Hellenen den ritterlichen Edelmut der Perser sehr wohl gekannt haben:

A.: ›Hier, dies Purpurgewand, o Leonidas, sendet Dir Xerxes,
Ehrend den mutigen Sinn, den Du im Kampfe bewährt.
B: Bietet Verrätern ein solches Geschenk! Mich decke der Schild hier

Auch noch im Tode, dem Grab dienet nicht prunkender Schmuck.
A: Aber Du starbst. Wie magst Du im Tode noch hassen die Perser?
B: Liebe der Freiheit stirbt nimmer in spartischer Brust.«

65. Buch Esther, I. 11 u. 19, II. 4. 17, V. 1. Heliodor v. Emesa, Aethiopica VII. 19.

66. Ägä, Hafenstadt in Mysien. Die Astypaläa, welche hier genannt wird, ist nicht zu verwechseln mit der Insel Astypaläa, auf welcher von dorischen Kolonisten Akragas, ›die schönste Stadt der sterblichen Menschen‹, Pindar, Pyth. 12. 1, erbaut wurde. Astypaläa (Altenburg) hieß auch die mit runden Türmen befestigte Burg des Polykrates auf Samos. Die Mauern derselben waren 12 Fuß dick, und ihre Besatzung bestand aus der scythischen Leibgarde des Gewalthabers. E. Curtius, Geschichte von Griechenland, S. 312.

67. Herod. III. 39.

68. Pisistratus, von welchem wir schon gehört haben, (1. T. 2. Kap.), starb 527 v. Chr. in hohem Alter. Ihm folgte sein ältester Sohn Hippias.

69. Rhenia (Rheneia) gehört zu den nördlichen Kykladen. Herod. III. 39. Thukydides I. 13. III. 104.

70. Kolaius, ein samischer Schiffsherr, wurde im siebten Jahrhundert v. Chr. auf einer Fahrt gen Ägypten nach Westen verschlagen und war der erste Grieche, welcher die Säulen des Herkules (Meerenge von Gibraltar) passierte. Herod. IV. 152.

71. Plinius 37, 2 und Solinus 38 nennen den Stein dieses bekannten Ringes einen Sardonyx. Zur Zeit des letzteren besaß der Tempel der Concordia, als Geschenk des Augustus, einen Ring, welcher für den des Polykrates ausgegeben wurde. Clemens von Alexandrien berichtet, daß in denselben eine Leier geschnitten gewesen sei. Die Araber erzählen heute noch eine ähnliche Geschichte; der Held derselben verliert aber seinen Ring durch Zufall. Schiller hat die Fabel zu seiner schönen Ballade dem Herodot entnommen, welcher Amasis an den Samier einen Brief, den er vollständig bringt, schreiben läßt. Herod. III. 40. f. Wir besitzen noch Siegelsteine aus Sardonyx; so den sehr schön geschnittenen, der dem König Abibal von Phönizien angehört hat und welcher sich zu Florenz befindet.

72. Anakreon, welcher zur Zeit unserer Erzählung lebte, singt ein Lied von einem wächsernen Erosbild, welches er von einem Knaben für eine Drachme, 7 Silbergroschen 6 Pfennige, ersteht. Anakreon ed Moebius 10. Auch Plato gebraucht im Timäus S. 74 das Wort Wachsbildhauer. Im übrigen scheint man namentlich Früchte in Wachs nachgebildet zu haben. Hierüber Böttiger, Kl. Schriften II. S. 98, III. S. 304.

73. Eine Schilderung dieses ausgelassenen Festes gibt Herod. II. 58. Derselbe sagt, daß 700 000 Menschen die Pilgerfahrt nach Bubastis im Osten des pelusinischen Nilarmes zu unternehmen und dort mehr Wein als während

des ganzen übrigen Jahres zu trinken pflegten. Siehe auch T. I. Anmerkung 53. Die bei denselben stattfindenden Ausschweifungen und das ganze Wesen der Bast oder Sechet von Bubastis hängt entschieden mit phönizischen Kulten zusammen, zu deren Erklärung wir an die frühe phönizische Kolonisation der mediterraneischen Deltaküste erinnern. S. a. Ebers, Durch Gosen zum Sinai S. 18, 482 und 483. Der Jahrmarkt in dem wenige Meilen von der Stätte des alten Bubastis gelegenen Tanta im Delta ist der heute noch blühende Nachfolger des erwähnten Festes. Wir sahen Boote mit übermütig jubelnden Frauen dorthin ziehen, wohnten dem ausgelassenen Treiben der Meßzeit von Tanta bei und fanden, daß gewisse Eigenschaften des ägyptischen Chem auf den heiligen Said Bedawi, zu dessen Grab alljährlich Hunderttausende von Wallfahrern pilgern, übertragen worden sind.

74. Die ägyptischen Ärzte scheinen die Kranken vielfach besprochen zu haben. Hierhergehörige medizinische Vorschriften mannigfaltiger Art sind uns namentlich in den hieratischen Papyri erhalten. Der Papyrus beschreibt recht ansprechend den Zustand des Kranken, z. B. in den Worten: »Sein Leib ist schwer, die Öffnung seines Magens ist brennend, seine Kleider bedrücken ihn, und wenn er auch viele anhat, so wärmen sie ihn doch nicht. In der Nacht empfindet er Durst; der Geschmack seines Herzens (Magens) ist verdorben, wie eines Mannes, der Sykomorenfeigen gegessen hat … er hat ein Nest von Entzündung in seinem Leib … wenn er aufsteht, so ist er wie ein Mann, den man zu gehen verhindert.« Von den Mitteln erwähn' ich: Palmenwein mit Kochsalz und Weihrauch zu äußerlichem Gebrauch zu einer Salbe vermengt. – In diese therapeutische Schrift mischen sich auch magische Elemente. So soll Isis angerufen werden, um die Keime eines Leidens zu zerstören. Eine hoffende Frau, die Körner von zwei verschiedenen Getreidearten, in ihr Wasser getaucht, sät, wird einen Knaben bekommen, wenn die erste Art, ein Mädchen, wenn die zweite zuerst wächst.

Eine eigentümliche Beschwörungsformel ist durch ein koptisches Manuskript bis auf uns gekommen; ihr Verfasser hat nämlich die Namen der ägyptischen Totengenien in die Erzengel Michael, Uriel und Gabriel verwandelt.

Im Winter 1872–73 hatten wir das Glück, weitaus den schönsten und größten von allen bisher gefundenen medizinischen Papyr. heimzubringen. Seine Publikation ist jüngst beendet worden. Sie enthält eine in bezug auf die artistische Herstellung unübertroffene Nachbildung der 110 Seiten des Papyrus, eine ausführliche Einleitung, die Angabe sämtlicher Krankheiten, gegen welche Heilmittel vorgeschlagen werden, und eine lexikalisch geordnete Liste der im Papyr. vorkommenden Wörter. Obgleich es auch in diesem Werk, welches gleich ist dem von Clemens von Alexandria erwähnten Buch über die Arzneimittel der Ägypter, nicht an Beschwörungen fehlt, so werden doch gegen die meisten Krankheiten nach Maß und Gewichten bestimmte, nicht selten aus der Ferne nach Ägypten geschaffte Arzneimittel vorgeschlagen. In dem dem 16. Jahrh. v. Chr. entstammenden ehrwürdigen Werk werden auch phönizische Schriften benützt. Dies ist höchst merkwürdig und interessant, weil uns dieser Umstand lehrt, daß schon so früh die Ägypter, trotz ihrer spröden Abgeschlossenheit, es nicht verschmähten, aus dem geistigen Besitz ihrer östlichen Nachbarn Nutzen zu ziehen.

75. Die ägyptische Augenkrankheit, welche auch uns leider nicht unbekannt geblieben ist, muß schon in sehr früher Zeit am Nil gewütet haben. Ägyptische Augenärzte waren schon zur Zeit unserer Erzählung hochberühmt. Herodot sagt, ganz Ägypten wimmle von Ärzten, und auf den Denkmälern sehen wir Blinde abgebildet. Heute findet sich in Ägypten die Augenblennorrhoe entsetzlich häufig. F. Pruner, Krankheiten des Orients. Durch den großen medizinischen Papyr. Ebers haben wir auch die ersten sicheren Nachrichten über den Stand der Kenntnisse der ägyptischen Augenärzte erlangt. Die Menge der schon im 16. Jahrh. am Nil erkannten Augenkrankheiten ist höchst überraschend. Viele Mittel zur Vertreibung der Granulation im Auge werden angegeben. Näheres zu Band III. A. 15.

76. Sappho ed. Neue XXXII. Nach F. Rückerts Übersetzung.

77. Der Planet Venus führt bei den Ägyptern den Namen der Göttin Isis. Plinius II. 6. Arist. de mundo II. 7. Sie kannten schon, wie sehr frühe Denkmäler beweisen, die Identität des Abend- und Morgensterns. Lepsius, Chronologie S. 94.

78. Plutarch, I. u. O. 14. Pausanias VII. 22.

79. Nach Herod. II. 29–31, 240 000 Mann. Nach Diod. I. 67 über 200 000. Zu Abusimbel in Nubien haben sich in dem großartigen von Ramses II. erbauten Felsentempel griechische und phönizische Inschriften gefunden, welche von den Verfolgern der Flüchtlinge verfertigt worden sind. Ebers, Ägypten und die Bücher Mose's S. 162.

80. Bei den Griechen unter dem Namen Smerdes bekannt. Die Keilinschriften nennen denselben jedoch Gumata oder, nach Spiegel, Gaumâta.

81. Rhagä (Rhagai), zur Zeit des Alexander Europes, später durch Seleucus Nicator Arsacia, heute Rei genannt, ist eine der ältesten Städte in Persien. Hier soll Zoroaster geboren worden sein. Tobias wurde nach der heiligen Schrift dahin (nach Rages) verschlagen. Hier befand sich eine hochberühmte Priesterschule.

82. Der Tistarstern (wohl der Sirius oder Hundsstern), in dem Avesta Tistrija, in den Veden Tishija, wird als glänzender, mächtiger Stern, der den in Persien so wertvollen Regen bringt, angerufen. Er wird in den heiligen Schriften der Parsen sehr oft erwähnt. Spiegel, Avesta I. 1.

83. Nach Bildern bei Gosse, Assyria S. 224 und 251 und Layard, Niniveh and its remains p. 288.

84. Diodor XVII. 77 sagt, der König von Persien habe soviele Weiber wie Tage im Jahr besessen. In der Schlacht bei Issus wurden von Alexander dem

Großen die 329 Kebsweiber des letzten Darius gefangengenommen. S. auch im Buch Esther I. 9. 18 II. 2 f. Man beachte aber wohl, daß die großen obengenannten Zahlen sich nur auf die Kebsweiber beziehen. Nach der Niederwerfung des Aufstandes der Magier wurde unter den Großen des Reichs abgemacht, daß der König nur unter ihren Töchtern seine rechtmäßigen Gemahlinnen wählen dürfe. Nach diesem Gesetz scheint fast ausnahmslos gehandelt worden zu sein. Darius hatte später vier rechtmäßige Frauen, deren erste Atossa blieb. Hierauf gründet sich zum Teil v. Hammers schwer zu widerlegende Ansicht, daß die von Mohammed gestattete Ehe mit vier Weibern einer alten Sitte des Orients ihren Ursprung verdanke. v. Hammer, Geschichte des osmanischen Reiches 1. Bd. S. 565.

85. Einige Könige gaben ihren Frauen als Gürtel-(Nadel-)Geld die Einkünfte ganzer Städte. Xenoph. Anab. I. 4. Cicero, Verr. III. 83.

86. Dieser Name bedeutet ›vom Geschlechte der Peri‹.

87. Der Wein von Chios wurde von den Griechen am höchsten geschätzt; der von Byblus (Gebal) in Syrien war wegen seiner schönen Blume besonders berühmt.

88. Xenoph. Cyrop. I. 3. 8 rühmt die persischen Mundschenken sehr lebhaft wegen ihrer Geschicklichkeit und Grazie.

89. Die Burg von Susa wurde von den Alten, ja selbst von Ktesias, der sich lange Zeit als Arzt am persischen Hof aufhielt, ›Memnons-Burg‹ genannt. Ktesias bei Diodor II. 22. Herod. VII. 151. V. 53. 54. Äschylus bei Strabo S. 718. Über die mystische Persönlichkeit des Memnon findet sich das Beste in Fr. Jacobs vermischten Schriften.

90. Plutarch, Artaxerxes 5.

91. Herod. IX. 110. u. 111. Buch Esther 1. 10 und 11.

92. Das gewöhnliche Pischkesch oder Gastgeschenk, welches die Perser heute noch einander zu verehren pflegen, besteht aus Süßigkeiten oder ausnehmend zierlich geordneten Körben voller Früchte. Brugsch läßt in seiner Reise nach Persien dem Geschmack, mit welchem das Obst geordnet wird, hohes Lob widerfahren.

93. Die folgende Geschichte erzählt Aelian. var. hist. I. 23 von Artaxerxes und einem gewissen Omises.

94. Das Gesetz verbot den Persern, Schulden zu machen, weil der Schuldner manche Unwahrheit reden müsse. Herodot I. 138. Darum verachteten sie alle Geldgeschäfte, welche auch ihrem kriegerischen Sinn keineswegs zugesagt haben würden. Sie überließen den Handel den überwundenen Nationen und dachten verächtlich über denselben.

95. Die Religion gebot den Persern zu heiraten und setzte den Unbeweibten der Verachtung aus. Das Leben zu erwecken und zu fördern galt für das Höchste; darum war auch viele Kinder zu haben besonders rühmenswert. Herod. I. 136.

96. Schon dem Homer war Ägypten als besonders reich an Heilmitteln bekannt. Die ägyptischen Gifte, besonders der Strychnos, waren nicht minder berühmt. Plinius XXI. 15. Auch das Halicacabon war ein schlimmes ägyptisches Gift. Die Zahl und Verschiedenartigkeit der im Papyrus Ebers verordneten Drogen zeugt für den großen Reichtum der ägyptischen materies medica.

97. Herod. I. 134 In der Trunkenheit hielten die Perser Rat und faßten Beschlüsse. Nüchtern wurde dann das Beschlossene noch einmal überdacht. Ähnliches erzählt Tacitus von unseren Vorvätern, den alten Germanen. Germ. c. 22.

98. Der Hahn war den Persern heilig, denn er scheuchte die finsteren Diws der Nacht in ihre Höhlen zurück. Er hieß Parôdar (Parôdarsh).

99. Die Jagdzüge der Könige waren natürlich ebenso ungeheuer wie ihr Reisegefolge. Da das Waidwerk zu den Lieblingsbeschäftigungen edler Perser gehörte, so wurden schon die Knaben zeitig zu demselben angehalten. Selbst Könige rühmen sich nach Strabo in ihren Grabschriften, große Jäger gewesen zu sein. In den Trümmern von Persepolis ist ein Relief gefunden worden, auf dem der König eine Löwin mit dem rechten Arm erwürgt.

100. Diese Anschauung haben wir den Indern entlehnt, deren Liebesgott Kama die Herzen mit zugespitzten Blüten verwundet. Die Nachtigall ›Bülbül‹ spielt eine große Rolle in den Liedern der Perser. Ihr Lied gilt für den Inbegriff allen Wohllauts, sie selbst für den Vogel der Liebenden. v. Hammer, Geschichte der schönen Redekünste Persiens.

101. An der Spitze der Deichseln persischer Wagen befand sich ein Joch, welches an den Rücken der Pferde befestigt wurde und die Stelle unserer Kummete und Widerhalter vertrat.

102. Herod. I. 209.

103. Wenn Herod. III. 33 erzählt, Kambyses sei schon mit einer gefährlichen Krankheit, welche einige die ›heilige‹ nennen, geboren worden, so kann er damit kaum ein anderes Leiden als die fallende Sucht oder Epilepsie meinen.

104. Am dritten Tage nach dem Tod, wenn die glänzende Sonne aufgeht, dann führen die Diws die Seelen an die Brücke Chinvât, wo sie nach dem Lebensbewußtsein und dem Wandel befragt werden. Vendid. Farg. XIX. 93 f. Dort kämpfen die beiden himmlischen Mächte um die Seele. Bei diesem Kampf findet die Seele der Guten, deren Geruch die Diws wie ein Schaf die Wölfe fürchten, bei den reinen Geistern, Yazatas, Unterstützung und geht siegreich in den Himmel ein, während die Seele des Unreinen keine Hilfe findet und von dem Diw Vizareshô gebunden in die Hölle geschleppt wird.

105. Herod. I. 137

106. Die Amescha çpenta (heilige Unsterbliche) sind den hebräischen Erzengeln vergleichbar. Dieselben umgeben den Thron Auramazdas und symbolisieren die höchsten Tugenden. Ihre Zahl wird später auf sechs fixiert.

107. Es ist natürlich, daß die Medizin von den das Leben so hoch schätzenden Persern besonders aufmerksam gepflegt worden ist. Plinius XXX. 1 behauptet sogar, daß die ganze Religion des Zoroaster auf Arzneikunde basiert sei. In der Tat finden sich in der Avesta viele medizinische Vorschriften. Der VII. Fargard des Vendidad enthält eine detaillierte Medizinal-Taxe. »Einen Priester heile der Arzt für einen frommen Segensspruch, den Herrn des Hauses für ein kleines Zugtier usw., den Herrn einer Gegend um ein Viergespann von Ochsen. Wenn der Arzt zuerst die Frau eines Hauses heilt, so ist ein weiblicher Esel sein Lohn etc. etc.« In demselben Fargard lesen wir, daß der Arzt eine Art von Examen abzulegen hatte. Wenn er dreimal böse Menschen, an deren Körper er seine Kunst versuchen durfte, glücklich operiert hatte, so war er ›fähig für immer‹. Wenn er drei Böse (Anbeter der Diws) zu Tode kurierte, ›so war er unfähig zu heilen für immerdar‹. Plinius zählt eine Menge wunderlicher Rezepte der Magier her. Als erste Eigenschaft des Thrita, eines großen Sagenhelden, der auch den Indern nicht fremd ist, nennt der Vendidad seine Heilkunde. XX. Farg. 11.

108. Ein böser Geist, der die Menschen tötet. Vendid. XVIII. 45

109. Mazenderan, ein Gebiet am Nordrande von Iran, wird in den Heldensagen zwar seiner Fruchtbarkeit wegen gepriesen, von der anderen Seite aber ein Sitz der bösen Geister genannt.

110. Diesen schönen Gesang haben wir dem Königsbuch des Firdusi entnommen und nach der trefflichen v. Schackschen Übersetzung, Berlin, W. Herz, wiedergegeben. Firdusi, geboren um 940 n. Chr., besang die älteste persische Geschichte in seinen unvergänglichen Epen. Jener Kai Kawus, der, von dem Diw verlockt, nach Mazenderan zog, gehörte zu der Familie der Kajaniden, welche nicht, wie einige Gelehrte wollten, mit den Achämeniden gleichgesetzt werden darf, sondern, wenn man sie nicht als rein mythische Personen betrachten will, jedenfalls früher regierte als diese. Wir nahmen uns die Freiheit, einen so lange nach der Zeit unserer Geschichte lebenden Dichter redend einzuführen, weil sich die Gesänge desselben genau an die altpersische Tradition halten und echt persisch sind. Außerdem finden wir unser Zitat so dichterisch schön, daß wir dadurch unsere Leser mit dem Anachronismus versöhnen zu können hoffen.

111. Die Geschichte von der Panthea, dem Abradat und Araspes bringt Xenophon, sehr griechisch gefärbt, in seiner Cyropädie. Er hat diese anmutige Novelle wahrscheinlich selbst erfunden, um seinen Helden Cyrus zu feiern. Xenoph. Cyrop. V.

112. Über das Dogma der Ägypter, welches die Wohlfahrt der Seele von der Erhaltung des Leibes abhängig machte, und ihre Ansichten von dem Fort-

leben nach dem Tod 1. T. A. 121. Hier sei noch erwähnt, daß, da der Verstorbene in der Unterwelt den Gebrauch seiner Glieder, des Mundes, des Herzens, der Füße und Hände wieder erhält (Totenb. C. 21–30), diese erhalten bleiben mußten, denn was dem Leib fehlte, das fehlte dem Schemen, seinem Abbilde. Jedenfalls haben sie es verstanden, den Unsterblichkeitsgedanken nach allen Seiten hin auszubeuten. Wie die Sonne in der Nacht nicht stirbt, sondern nur die Unterwelt beleuchtet, so ist auch der verstorbene Ägypter nicht tot; seine ewige Seele beginnt vielmehr nach dem Abschied von der Erde erst recht zu leben. Sie geht in die Unterwelt, um dort entweder gerechtfertigt zu werden und dann im reinen Licht des Ostens, der Seligkeit teilhaftig, in dem Gefilde Anlu oder Alu wohlbewässerte Felder zu besäen und mühelos abzuernten, bis sie reif ist, als ein Teil der Weltseele in Osiris aufzugehen, oder nach furchtbaren Qualen in dem höllischen Purgatorium aus der Unterwelt gepeitscht zu werden und ihre Wanderung durch die Tierleiber anzutreten. So sehen wir an verschiedenen Stellen, wie die verdammte Seele in Gestalt einer Sau aus dem Hades hinausgepeitscht wird. Nach dieser Wanderung darf sie, gereinigt und gesühnt, sich endlich mit Osiris vereinen oder muß nochmals den Reinigungsweg antreten. Pythagoras hat seine Lehre von der Seelenwanderung den Ägyptern entlehnt. Plato entkleidete sie so zart, wie nur er es vermochte, ihres körperlichen Gewandes und übertrug sie in das Reich des Geistes. Die Seelenwanderung bei den Ägyptern hatte übrigens keinesfalls gleiche Bedeutung wie bei den Indern. Über die Dauer der Wanderung und die Phönixperiode siehe Lepsius, Chronologie S. 181.

113. Nach einer Grabinschrift im Berliner Museum, zuerst behandelt von E. de Rougé. In der Zeitschrift der deutsch-morgenländischen Gesellschaft IV. 375. In deutsche Verse gebracht vom Verfasser.

114. In ganz freier Übertragung nach den ersten Sätzen des 83. Kapitels des Totenbuchs in deutsche Verse gebracht vom Verfasser. Das betreffende Kapitel führt als Vignette das Bild eines Phönix und heißt ›das Kapitel von der Verwandlung in den Bennuvogel‹. In der Tat werden die Seelen in Phönix- und anderen Vogelgestalten dargestellt. Der Bennu ist als Seele des Weltgeistes zu betrachten, und mit diesem, als dessen Ausfluß und Teil sie betrachtet wird, vereint sich die Menschenseele nach dem irdischen Tod, indem sie doch eine gewisse Individualität beibehält. Natürlich nur, wenn sie gerecht befunden ward und alle Vorbereitungsstadien durchlaufen hat.

115. Die Ägypter durften keine Bohnen essen, wahrscheinlich wegen ihrer blähenden Eigenschaft. Cicero, de Div. I. 30. Pythagoras entlehnte dies Verbot den Ägyptern. Nach Diodor I. 89 war dies Verbot nur bei einem Teil der Ägypter wirksam, denn einige enthielten sich der Linsen, andere der Bohnen etc. Heute fehlen Bohnen, von denen sich die Armen fast ausschließlich nähren, selten bei den Mahlzeiten der Ägypter. Im Papyr. Ebers kommen sie unter den Medikamenten vor.

116. Die Simurg ist der persische Wundervogel, welcher mit dem Vogel Rock oder Greif zu vergleichen ist. In ihrem Nest wurde Sal, der Vater des Rustem, auferzogen. Sie wird nicht nur groß und stark, sondern auch ›weise‹ genannt. Siehe Firdusi, Königsbuch, Sal.

117. Nach Firdusi:

›Nun schrieb er einen Brief auf seid'nen Stoff,
Der ganz von Moschus, Wein und Ambra troff.‹

118. Nach der Trauer um Iredsch. Firdusi, Königsbuch, übersetzt von Schack I. S. 132. Das braune Trauergewand nach Rosenmüller, Das alte und neue Morgenland I. S. 179.

119. So hieß auch der berühmte Hengst des Rustem. Der Name bedeutet ›Blitz‹.

120. Eine solche Reiseapotheke befindet sich gegenwärtig im ägyptischen Museum zu Berlin. Dieselbe ist sehr hübsch und kompendiös eingerichtet.

121. S. Band II. Anmerk. 25.

122. Der Paradiesvogel heißt auf persisch Homaï. Siehe darüber Malcolm, Persia S. 53.

123. Mobeds sind Priester. In der Avesta kommen sie nicht vor. Spiegel leitet ihren Namen ab von nmâna paiti. Rogge zieht die Erklärung von magu pat, Herr der Magier, vor.

Anmerkungen
ZU TEIL III

1. In der Inschrift von Behistân finden wir den Stammbaum des Darius, der mit demjenigen, welchen wir namentlich Herodot verdanken, vereint werden kann. Inschr. von Behistân I. § II.

2. Aus verschiedenen Stellen bei den Klassikern geht hervor, daß die alten Griechen Empfehlungen, welche teils aus Briefen, teils aus dem Abdruck des Siegels bestanden, mit auf Reisen zu nehmen pflegten, so schon in der Ilias. Vgl. Plutarch, Artaxerxes XVIII.

Wir fügen den folgenden Brief hier bei, welchen Passalacqua, noch versiegelt, bei einer Mumie aus der Ptolemäerzeit gefunden hat. Er ist auf Papyrus geschrieben. Ein gewisser Timoxenes richtete ihn an Moschion zugunsten eines Mannes, dessen Name zerstört ist und der, ehe er seine Empfehlung abgeben konnte, unterwegs verstarb. Man legte das Schreiben, welches er bei sich führte, mit ihm in den Sarg. Es lautet: »Timoxenes grüßt den Moschion. – M …s, der Dir diesen Brief überbringt, ist der Bruder des Philon, der sich bei dem Epistolographen (Geheimsekretär) Lysis befindet. Sorge dafür, daß diesem Manne kein Unrecht angetan werde. Sein Vater ist auch hier bei Petonuris dem Zweiten. Diese Zeilen sind ihm übergeben worden sowie das Zeichen von den Meinigen.« Das Zeichen bestand aus einer Palette, wie sie die ägyptischen Schreiber gebrauchten und an welcher der Brief befestigt war.

3. Dieser Aberglaube ist heute noch herrschend. Morier, Zweite Reise in Bertuchs neuer Bibl. d. Reisebeschr. S. a. de Wette, Archäologie §. 192.

4. Der Sohn mußte gewöhnlich den Beruf des Vaters ergreifen. Diod. I. 74. Lepsius hat ausnehmend lange Stammbäume gefunden, deren Mitglieder alle denselben Beschäftigungen nachgingen. Die auf den Denkmälern vermerkten Geschlechterverzeichnisse, die Namen und Titel von Vater, Mutter, Kindern usw. sind gesammelt und herausgegeben worden von Lieblein, Dictionnaire de noms hiéroglyphiques. Sie haben Wichtigkeit erlangt für die Berechnung der Zeiten der ägyptischen Geschichte. Übrigens waren die Kasten der Ägypter lange nicht so streng begrenzt wie die der Inder, denn die Denkmäler lehren, daß der Sohn des Kriegers ein Priester und der des Priesters ein Soldat werden konnte, daß sich eines Vaters Söhne verschiedenen Ständen widmeten und – dafür sprechen besonders einige hieratische Manuskripte didaktischen Inhalts – den Jünglingen freistand, sich einen Beruf zu wählen. Jedenfalls hielt man es aber für das Vorzüglichere und war es gebräuchlich, dem väterlichen Beruf treu zu bleiben. Das galt übrigens beinah bei allen Völkern des Altertums, selbst bei den Griechen.

5. Über die zahlreichen Reinigungen durch Waschen, Scheren, Purgieren

etc. siehe Herod. II. 37. 41. 47. 77. Plutarch, Is. et Osir. 5. Genesis 41. Ebers, Ägypten u. d. Bücher Mose's I. S. 350.

6. Herod. I. 134.

7. In den Königslisten finden sich mehrere von den Denkmälern bestätigte regierende Königinnen. Lauth in seinem Manetho findet sogar, daß die Einteilung der Dynastien in Zusammenhang steht mit den Regierungen der Königinnen.

8. Nach den Bildern auf den alten Denkmälern und dem ersten Kapitel des Exodus scheint es, als sei in Ägypten die Geburtshilfe gewöhnlich von Hebammen ausgeübt worden; doch ist es gewiß, daß bei schwierigen Lagen auch Ärzte zu Hilfe gerufen worden sind. In dem hieratischen Papyrus 1558 medizinischen Inhalts zu Berlin wird mehrfach von helfenden Frauen geredet. Im med. Papyrus Ebers befinden sich lehrreiche den Frauenkrankheiten gewidmete Abschnitte. Es gab eigene Geburtszimmer; wie bei den Tempeln symbolische für die Göttin, so wohl auch in den Privathäusern für die Wöchnerinnen. Sie hießen meschen und nach ihnen die Hebammen ta meschennu, die vom Geburtszimmer.

9. Jamblichus de vita Pythagorae II. p. 18. ed Kiessl. Diod. I. 98. Plutarch, Quaest. conviv. VIII. 8. 2. Onuphis wird auch Oinuphis genannt. Vgl. Röth, Geschichte unserer abendländischen Philosophie.

10. Über die Geheimlehren der Ägypter hören wir zwar von spätern griechischen Schriftstellern, namentlich von einigen Neuplatonikern, können uns aber kein klares Bild von ihnen machen, obgleich vieles, was ihnen angehört, uns in den Papyrusrollen bewahrt wurde. Leider ist aber überall, wo mysteriöse Dinge behandelt werden, die Sprache der priesterlichen Schreiber so stark mit Metaphern überladen und geflissentlich verdunkelt worden, daß sich das Gemeinte schwer klar erfassen läßt. Die Mysterien scheinen, wie auch Plutarch (Isis und Osiris 4–11) sagt, ausschließliches Eigentum der Priester gewesen zu sein. Der Glaube an einen einigen Gott scheint, wie auch das Totenbuch lehrt, den Kern jener Geheimlehren gebildet zu haben, welche viel Hohes und Schönes enthalten haben müssen, da die Weisesten der Griechen, Lykurg, Solon, Thales, Pythagoras, Demokrit, Plato und manche andere, ihnen viele ihrer Lehren in Staatswissenschaft, Geometrie, Astronomie und Philosophie entlehnt haben. Auch Moses verdankt wohl den Geheimlehren, welche er als Zögling der Priester kannte, viele seiner sittlichen und medizinischen Vorschriften.

11. Nach Herod. II. 120 sollte zwar der schlaue Baumeistersohn, welcher das Schatzhaus des Rhampsinit bestohlen hatte, streng bestraft werden; aus Diodor I. 80 und A. Gellius XI. 18 geht aber hervor, daß die Diebe, wenn sie sich als solche bei den Behörden meldeten, vielleicht streng überwacht, aber nicht bestraft wurden. Nach Diodor soll es einen Vorsteher der Diebeskaste gegeben haben, bei dem man sich das entwendete Gut gegen Aufgabe des

vierten Teils abholen konnte. Dieses seltsame Gesetz verdankt wohl jener Vorschrift seinen Ursprung, nach welcher jeder Ägypter verpflichtet war, sich alljährlich bei der Obrigkeit seines Bezirkes zu melden und sich über seinen Lebensunterhalt auszuweisen. Denjenigen, welcher falsche Angaben machte, erwartete die Todesstrafe. Diod. I. 77. So konnte niemand, dem sein Leben lieb war, sich dem überwachenden Auge der Obrigkeit entziehen. Der Dieb opferte den besten Teil seines Gewinnes und bekannte seine Unredlichkeit, um nicht dem Tode zu verfallen.

12. Plutarch erzählt, es sei in Ägypten unschicklich gewesen, barfuß über die Straße zu gehen; darum hätten die Männer ihren Frauen, um sie zur Häuslichkeit zu zwingen, die Schuhe versteckt. Nach Herod. II. 35 oblag es übrigens den Frauen, die Einkäufe auf dem Markt zu erledigen, was uns durchaus glaubhaft erscheint, dem Griechen aber auffallen mußte, da in seiner Heimat die *Männer* den Markt besuchten.

13. Dem Staatsverräter sollte nach ägyptischem Gesetz die Zunge abgeschnitten werden. Diod. I. 78.

14. Thadmor, das spätere Palmyra, ist wohl von Salomo erbaut worden, obgleich arabische Sagen es noch älter sein lassen. Der weise König, welcher auch als unternehmender Kaufmann bekannt ist, wandte seine Aufmerksamkeit auf diesen Platz, wohl mehr um die mitten in der syrischen Wüste gelegene Oase den Karawanen als Ruhestätte zu schenken als um sein Reich vor den Einfällen der Syrer und Araber zu schützen, wie Winter in seinem biblischen Realwörterbuch 3. Aufl. vermutet. Der anfänglich kleine Ort erlebte rasch eine hohe Blüte. Heute noch überraschen die Trümmer von Palmyra den Reisenden durch ihre Schönheit und Größe. Siehe R. Wood, The Ruins of Palmyra. – Karchemisch am Euphrat, berühmt durch die dort geschlagene Schlacht zwischen Necho und Nebukadnezar, Jerem. 46, 2, das spätere Circesium, wird als Hauptstation der über Palmyra führenden Straße nach Babylon angegeben. Movers, Das phönizische Alterthum II. 40. Ritter, Erdkunde XI. S. 690.

15. Dem ibisköpfigen Gott Thot, dem Himmelsschreiber, den die Griechen mit ihrem Hermes verglichen, wird die Erfindung fast aller Wissenschaften zugeschrieben.

16. Wir hören mehrfach in den bis zu uns gekommenen Schriften der alten Ägypter von Büchern und Urkunden reden, welche unter dieser und jener Götterstatue gefunden oder zur Zeit alter Könige verfaßt worden sein sollen. Jedenfalls sollte ihre Heiligkeit dadurch erwiesen und die Gottheit als ihr Verfasser bezeichnet werden. Einige Werke nennen freilich den Namen des Autors; so das Märchen von den Brüdern, (Papyr. d'Orbiney), dessen Verfasser Anana hieß. Im Papyr. Anastasi IV. werden mit ihm sieben andere Schriftsteller genannt: Kagabu, Hora, Merapu, Bek en Ptah, Amen mes, Sunro und Mer Ptah. Von den hermetischen Büchern war eines allein den Krankheiten

des Auges gewidmet, denen auch im Papyr. Ebers ein großer Abschnitt zugeteilt ist. S. 56, 1 beginnt ›das Buch von den Augen‹. Das erste Rezept wird gegen das Zunehmen der Entzündung in den Blutteilen im Auge verordnet. Andere Mittel sollen helfen gegen das Wasser im Auge, das Triefen des Auges, Augenentzündungen etc.

17. Die Bibliothek von Theben, welche nach Diodor I. 49 die Inschrift ›Heilanstalt für die Seele‹ führte, soll nach Jamblichus, De myst. Aegypt. VIII. 1, 20 000 hermetische oder priesterliche Bücher enthalten haben. Sie befand sich in dem Ramesseum, welches nach Diodor im vierzehnten Jahrhundert v. Chr. erbaut worden ist. Champollion erkannte ihre Räume in den Trümmern des Ramesseums wieder. An der Wand eines hinteren Raumes befinden sich Darstellungen Thoths, des Gottes der Weisheit, und der Safech, der Göttin der Geschichte. Mehrere hieratische Papyrus, welche wir noch heute besitzen, sind aus dieser Bibliothek datiert, welche nicht selten in den ägyptischen Bücherrollen erwähnt wird.

18. Sobald ein Perser starb, stürzte in Gestalt einer Fliege die Drukhs Naçus, der unreine Dämon des Todes, herzu und setzte sich vernichtend, Fäulnis und Verderben bringend, auf den Leichnam und einen der Anwesenden.

19. Im Winter darf das Feuer nach neun Tagen, im Sommer nach einem Monat in die Wohnung des Verstorbenen zurückgebracht werden.

20. Der ganze zehnte Fargard des Vendidad ist voll von solchen Beschwörungen.

21. Über die Zahl der Sterbegebete bei den verschiedenen Verwandtschaftsgraden siehe Vend. Farg. XII. 1 ff.

22. Es gab drei verschiedene Arten von Balsamierungen, die erste kostete ein Silber-Talent, die zweite 20 Minen, während die dritte sehr billig war. Herod. II. 86-88. Diod. I. 91. Erst zog man das Gehirn zur Nase heraus und füllte den Schädel mit Spezereien. Dann nahm man die Eingeweide aus dem Leib und tat Gewürze in denselben. Endlich legte man den Körper 70 Tage lang in eine Natron-Auflösung und umwickelte ihn mit Leinwandbinden, welche mit Gummi bestrichen wurden. – Dies ist die kostbarste Balsamierungsart, welche die Griechen nach den neuesten chemischen Untersuchungen ziemlich richtig angegeben haben. L. Penicher behauptet, die Leichen seien erst in Dörröfen etwas ausgetrocknet worden, dann habe man in alle Öffnungen Zedernharz oder Asphalt gegossen. Herod. II. 89 über die Balsamierung weiblicher Leichname.

23. In der Inschrift von Behistân I. § IX., bei Spiegel § XI. wird dieser Berg genannt. In bezug auf das Abschneiden der Ohren des Gaumata sei gesagt, daß diese Strafe, welche Herodot dem falschen Smerdes angedeihen läßt, in der Tat selbst bei Persern von hohem Range angewendet wurde. In der Inschrift von Behistân bei Spiegel S. 15 und 21 werden dem vornehmsten Rebellen Fravartis (Phraortes) die Ohren, Zunge und Nase abgeschnitten.

24. Nach Herod. II. 169 behandelte Amasis seinen entthronten Vorgänger sehr respektvoll und ließ ihn leben, bis er von Ägyptern überfallen und erhängt wurde. Um des Alters der Nitetis willen müssen wir Hophra seinen Sturz um zwanzig Jahre überleben lassen. Nur so können wir die Geschichte des Herod. III. 1, welche unserer Erzählung zugrunde liegt, retten. Amasis würde kaum gewagt haben, dem Großkönig von Persien eine vierzigjährige Jungfrau zum Weibe anzubieten. Dabei muß noch bedacht werden, daß eine vierzigjährige Dame vom Nil älter ist als eine sechzigjährige Europäerin. In der Vorrede ist bereits über diese Frage gesprochen worden.

25. Herod. II. 162.

26. Zur Zeit des Amasis existierten schon die drei Schreibarten der Ägypter, obgleich die ersten Proben der demotischen (Volks-) oder Briefschrift, welche wir besitzen, nicht viel älter sind als die Dynastie, der er angehört.

27. Das Alter zu ehren galt den Ägyptern als heilige Pflicht. Herod. II. 80. Cicero, De senectute. 18. Geht auch aus dem literarischen Nachlaß der Ägypter selbst hervor. Im Papyrus Prisse findet sich das 4. Gebot des mosaischen Gesetzes.

28. Der Monat Thot oder Taut dauerte vom 29. August bis zum 27. September. Der 5. Thot war also gleich unserem 2. September.

29. Nicht nur das Totenbuch wurde hier zugrunde gelegt; es geht vielmehr auch aus vielen anderen Texten hervor, daß es den Ägyptern geboten war, Mildtätigkeit, namentlich auch gegen Witwen und Waisen, zu üben. So rühmt sich ein vornehmer Gouverneur in seinem Grab zu Benihassan (Lepsius, Denkm. II. Bl. 22), kein schwaches Kind (vielleicht Waise zu verstehen) geschädigt, keiner Witwe Böses angetan zu haben etc.

30. Dieser ungeheure Hofstaat soll täglich zu seinem Unterhalt 400 Talente, d. s. 600 000 Taler, gebraucht haben

31. Äschylus, Perser V. 45.

32. Herod. I. 84 und 94. V. 101.

33. Der gygäische See war schon dem Homer, Ilias II. 863, XX. 386, 392, bekannt. Die lydischen Königsgräber wurden von Herod. I. 93 nach den ägyptischen und babylonischen die größten Werke von Menschenhand genannt. Diese kegelförmigen Hügel stehen heute noch unweit des gygäischen Sees bei den Trümmern von Sardes.

34. Herod. I. 93.

35. Die kleinasiatischen Griechen nahmen den Kultus dieser Göttin auf und stellten sie auf einem Löwen reitend oder überhaupt in Begleitung von Löwen dar. O. Müller, Archäol. § 395 und 387. Sie trug ein Tamburin in der Hand, welches laut Pindar bei ihren taumelnden Festen geschlagen wurde. P. Heyse hat in seiner Thekla eine sehr schöne Schilderung eines Cybele-Festes gegeben. Das Wesen dieser großen Naturgottheit personifizierte die Zeugung und Fruchtbarkeit auf allen Gebieten. Deswegen war auch ihr Kul-

tus ein wollüstiger. Herod. I. 93 erzählt, die Mädchen von Sardes hätten sich im Dienst der Göttin durch Umgang mit Männern ein Heiratsgut erworben. In der Ehe wären sie dann ihren Gatten treu gewesen.

36. Herod. I. 199. Buch Baruch VI. 43. Strabo 1058.

37. Herod. I. 199. Prostitution gehörte überhaupt zum Kultus der Naturgottheiten Westasiens.

38. Der Planet Venus. Vullers, Fragmente über die Religion des Zoroaster.

39. Die Lyder sollen das Würfel-, Ball- und andere Spiele, nur nicht das Brettspiel erfunden haben. Herod. I. 94. Das letztere scheint ägyptischen Ursprungs zu sein. Übrigens ist es auch höchst wahrscheinlich, daß man am Nil früher als in Lydien das Ballspiel kannte.

40. Zur Zeit unserer Erzählung existierte der Palast von Persepolis noch nicht. Dieser war teils aus dem schwarzen Gestein des Berges Rachmed, teils aus weißem Marmor zusammengefügt. Darius wird den Bau desselben begonnen haben. Der Palast von Susa bestand aus Ziegeln, Strabo p. 728; der von Ekbatana aus Holz, welches mit Goldblechen von ungeheurem Wert bekleidet und mit Ziegeln von edlen Metallen bedeckt war. Polyb. X. 27.

41. Derselbe Oroetes lockte später den Polykrates mit List nach Sardes und ließ ihn dort ans Kreuz schlagen. Herod. III. 120–125.

42. Helden aus der uns besonders durch die Epen des Firdusi erhaltenen ältesten persischen Sage.

43. Der Farwardin ist gleich unserem März, der Murdâd gleich unserem Juli.

44. Herod. III. 5.

45. Hekatäus von Milet kann, wie Herodot ›der Vater der Geschichte‹, ›der Vater der Geographie‹ genannt werden. Er verbesserte die Karten des Anaximander und schrieb ein großes Werk, ›die Reise um die Welt‹, welches leider, abgesehen von ganz kleinen Bruchstücken, verlorengegangen ist und von den Alten für das vorzüglichste in seiner Art gehalten wurde. Er kannte, wie Herod. V. 36 versichert, alle Teile des persischen Reichs aufs genaueste und hat auch Ägypten bereist. Er lebte zur Zeit unserer Erzählung, denn er ward etwa um 550 v. Chr. zu Milet geboren, dessen Fall (496) er noch erlebte. Übrigens gab es schon längst vor ihm Landkarten, die älteste bekannte ist die der Goldminen, im Turiner ägypt. Museum aufbewahrt, welche ein ägyptischer Priester mit großem Geschick und einer Projektion, die ein ziemlich deutliches Bild der dargestellten Gegend gibt, gezeichnet hat.

46. Niebuhr sah auf seiner Reise nach Asien zu Schiraz junge Leute, welche diese Spiele mit großem Eifer betrieben.

47. Die Morgenländer hielten schon damals die Nacktheit für höchst unschicklich, während die Griechen nichts Schöneres kannten als den nackten Körper. Als die Hetäre Phryne einst wegen Verletzung der Religion vor den Richtern stand und diese sie verurteilen wollten, riß der Verteidiger des

schönen Weibes das Gewand von ihrem Busen. Der Kunstgriff wirkte, denn überwältigt von der wunderbaren Anmut der nackten Formen und überzeugt, daß nur einen Liebling Aphrodites solche Reize zieren könnten, sprachen die Richter die Angeklagte frei.

48. Die Könige von Persien mußten bei ihrer Krönung eine Terebinthe essen. Plutarch, Artaxerxes 3.

49. Der Planet Mars. Cicero, Nat. deor. II. 20. 46

50. Eine im Altertum sehr beliebte Farbe, welche aus der Blüte des Sandixbaumes gewonnen wurde. Aristoph. Acharn. 113.

51. Die persische Armee war in Dezimalteile gegliedert. Die Division zählte 10 000, das Regiment 1000, die Kompanie 100 Mann. Der Taxiarch war etwa gleich unserem Hauptmann, der Hekatontarch ein über 100, der Chiliarch ein über 1000 Mann Kommandierender. Übrigens bezeichnete später bei den Persern der Name der Chiliarchen eine sehr hohe Stellung, deren Träger die erste Person nach dem König gewesen sein soll. Diod. XVIII. 48. Älian, Var. hist. I. 21.

52. Die Existenz von phönizischen Kolonisten an der Deltaküste haben wir an einer anderen Stelle nachzuweisen versucht. Ebers, Ägypt: S. 127 f. Ägypto-phönizische Kolonien sind nachweisbar auf Sardinien, Kreta, Malta, Zypern und aus früher Zeit auf Euböa u. a. O. Höchst lehrreich sind namentlich die auf Sardinien gemachten Funde.

53. Abgesehen davon, daß solche Freudenhäuser in keiner großen Hafenstadt des Altertums fehlten, werden die an der kanopischen Mündung ausdrücklich von Strabo 801 erwähnt.

54. Wie eifrig sich die Griechen zum Markt drängten, beweist folgendes Geschichtchen, welches Strabo 658 erzählt: Ein Flötenspieler zu Jasos wurde von all seinen Zuhörern verlassen, sobald die Glocke zum Markt rief. Nur einer blieb bei ihm. Der Musikant dankte demselben, daß er sich nicht habe durch die Glocke im Zuhören stören lassen. »Ach« – rief der Mann – »es hat also schon geläutet?!« und lief gleichfalls fort.

55. Böckh, Staatshaushalt der Athener III. 93. Götterbilder als Schiffszierat finden sich nicht nur bei den Griechen, sondern auch bei den Phöniziern.

56. Die verschiedenen Waren wurden in begrenzten Abteilungen feilgeboten. Der Platz der Blumenverkäuferinnen, welche im allgemeinen für leichtsinnige Mädchen galten, hieß der Myrtenmarkt. Aristoph. Thesmoph. 448.

57. Bei dieser Stelle haben wir an folgendes Epigramm des Dionysus gedacht:

»Du mit Rosen im Korb, was, rosiges Mädchen, verkaufst Du?
Rosen? Dich selbst? – o sprich! oder auch beides zugleich?«

Ein Goldstück war eine sehr hohe Zahlung. Bei Aristophanes in den Acharnern bietet der Sklave des Lamachus einen lächerlich hohen Preis, als er für einen fetten Aal von Kopai 3 Drachmen, für ein Paar Krammetsvögel 1 Drachme (7 1/2 Sgr.) geben will.

58. Selbst vornehme Griechen verschmähen es nicht, von ihren Sklaven begleitet, Einkäufe auf dem Markt zu machen. Dagegen konnten ihn ehrbare Hausfrauen nicht besuchen. Gewöhnlich schickte man Sklavinnen zum Einkaufen aus.

59. Ähnliche Signalements haben die Papyri erhalten. Wilkinson bringt ein Bild aus Theben, auf dem ein sich verneigender Mann vor den Schreiber geführt wird, welcher ihm einen Paß auszustellen scheint.

60. Der Vogel, welcher von der rechten Seite herkam, galt für glückbringend; ebenso das zuckende rechte Auge. Theokrit III. 37. Der aufbewahrte Kranz.

61. Schömann, Privatalterthümer. Wasser vor dem Hause.

62. Auf der sogenannten Börse pflegten die griechischen Großhändler ihre Waren nach der Probe zu verkaufen. Böckh, Staatshaushaltung der Athener I. S. 84 u. 85.

63. Herod. III. 39. 139. 141. f.

64. Diod. V. 73 nennt nur Zeus und Hera als die Götter, denen hochzeitliche Opfer dargebracht wurden. Plutarch, Solon 20, sagt, ein solonisches Gesetz habe den Bräuten in Athen vor der Hochzeit einen Quittenapfel, der auch sonst für Liebende von Bedeutung gewesen zu sein scheint, zu essen befohlen. Daß auch bei den Griechen ein Brautstand in unserem Sinne existierte, ist unzweifelhaft. Man denke nur an die Antigone des Sophokles, welche mit Hämon verlobt war.

65. Wer eigentlich die Brautfackeln trug, ist nicht genau zu bestimmen. K. F. Hermann, Privatalterthümer § 31. Ebenso zweifelhaft ist es, ob der Hochzeitsschmaus im Haus der Braut oder des Bräutigams abgehalten worden sei. Für beide Orte lassen sich Stellen anführen. Durch das fehlende Haus des Bräutigams sind wir verhindert, den ganzen gebräuchlichen Hergang der Hochzeit genau wiederzugeben. So fällt natürlich die Wagenfahrt der Braut fort, welche, von einem Chor begleitet, in das Haus des künftigen Gatten geführt wird. Bei dieser Gelegenheit wurde im Chor das Wagenlied gesungen. Dem Zug schritten Dienerinnen mit brennenden Fackeln voran.

66. Der Hehler eines Mordes sollte geknutet und drei Tage lang ohne Trank und Speise gelassen werden. Diod. I. 77.

67. Diese Filzhüte (πετχςοζ Petasus) dienten als Schutz gegen die Sonnenstrahlen erst bei den Griechen, dann bei den Römern, und werden von den Hellenen in Ägypten, wo das Sonnenlicht mit besonders blendenden Strahlen scheint, entschieden gebraucht worden sein. Auf dem berühmten Reiterzug am Parthenon tragen fast alle Reiter den Petasos. Als Reisehut wurde er am häufigsten gebraucht.

68. Das Leben und Treiben der Handwerker findet sich häufig und

anschaulich auf den alten Denkmälern dargestellt; namentlich in den Mastaba von Saqqara, den Felsengrüften von Benihassan und Theben. Herod. II. 36. Ebers, Ägypten I. S. 330 f.

69. Schlächter. Wilkinson II. 375. Dümichen, Resultate. T. VIII u. XI.

70. Schuster. Wilkinson III. 160.

71. Holzarbeiter. Wilkinson III. 144. 174. 183. Weber II. 60. III. 134 u.135. Lepsius, Denkm. II. 126 aus Benihassan. Im Berliner Museum befinden sich einige altägyptische Spindeln, im Leidener Museum ein schöner, noch immer mit rotem Garn umwickelter Garnstock und viele Proben von altägyptischen Stoffen.

72. Das ägyptische Bier, welches die Griechen Zythos (Zythum) nannten, war im Altertum berühmt, doch nicht hoch geachtet. Der Gott Osiris sollte dasselbe, wie den Wein, den Menschen geschenkt haben. Diod. I. 34. In Pelusium wurde der beste Gerstensaft gebraut. In den altägyptischen Schriften, welche es ziemlich oft erwähnen, heißt es ›Hek‹. Eine besondere Art wurde Hek nezem, süßes Bier, genannt. Es mag nicht uninteressant erscheinen, daß unser Gambrinus mit Ägypten, dem ersten biertrinkenden Land, in Verbindung gebracht worden ist. In des Aventinus Annal. Boj. heißt es nämlich I. 6. 11, Gambrinus sei der Sohn der Isis gewesen.

73. Eine von Herod. II. 135 erwähnte berühmte Hetäre zu Naukratis. Flötenspielerinnen pflegten bei den Symposien der griechischen jungen Männer selten zu fehlen.

74. Ägyptische Verbrecher wurden nicht selten aufgeknüpft. I. Mose 40, 20–23.

75. Die Priester, die bei feierlichen Aufzügen die heiligen Tiere, Götterbilder, zu tragen hatten. Die Priesterschaft wurde eingeteilt in Oberpriester, Propheten, Stolisten, denen die Sorge für die Götterbilder, das Opfer und das Lehramt oblag, Federträger oder Schreiber der heiligen Geheimschrift, Hierogrammaten oder Weise. Näheres bei Ebers, Ägypten, S. 341 f.

76. Ein nicht selten sehr kunstreich gearbeitetes Instrument, welches beim Gottesdienst gebraucht wurde. Es bestand aus einem Bogen, in welchem an Stäben Ringe hingen, die man zusammenklingen ließ. Plutarch, Is. u. Osir. 63, beschreibt es genau und sagt, es sei angewendet worden, um Typhon zu verscheuchen. Auf der Rundung des Blechs habe man das Bild einer Katze mit menschlichen Zügen angebracht. Ein Sistrum von Bronze im Berliner Museum bestätigt die Beschreibung Plutarchs.

77. Ähnliche Aufzüge von Frauen befinden sich auf den Denkmälern, z. B. zu Theben, wo die Gattin Ramses' des Großen und die Mutter, Tochter und Schwester eines Priesters zum Gebet gehen. Die Frage, ob es Priesterinnen gegeben habe, ist durch die Denkmäler bejahend entschieden worden.

78. Wilkinson II. 121 u. 129. Nach Darstellungen aus Theben.

79. Rhampsinit, von dessen Schatzhaus uns Herodot II. 121 u. 122 jenes

anmutige Märchen erzählt, welches Graf Platen dramatisch behandelte. Appian gibt die kaum glaubliche Angabe, daß der Schatz des Ptolemäus Philadelphus 740 000 ägyptische Talente enthalten habe. Dies wären, wenn man auch das ägyptische Talent zu einem halben äginetischen rechnen wollte, 555 000 000 Taler. Vielleicht ist Böckhs (Staatshaushalt d. Ath. I. S. 14) These richtig, daß hier die Gesamteinnahme seiner 38jährigen Regierung gemeint sei. Übrigens soll eine Inschrift am Schatzhaus Ramses' des Großen (Osymandyas) besagt haben, daß die Gold- und Silbergruben der Ägypter jährlich 32 Millionen Minen, das sind 600 Mill. Taler, eingebracht hätten. Diod. I. 49.

80. Bei Wilkinson und Rosellini. S. oben im I. T. Anmerkung 133.

81. S. II. Teil, Anmerkung 94. Der Beiname ›Herrin der Waagschale‹ kommt daher, daß die Göttin der Wahrheit die Seelen der Verstorbenen in der Unterwelt abwog. In den Totenbüchern, welche fast alle in der größten Vignette die Wägung der Seelen zeigen.

82. Nach Anacharsis bei Diodor.

83. Barbites und Barbiton. Ein Saiteninstrument der Griechen, das größer war als die gewöhnliche Leier und sich, wie Anthony Rich treffend bemerkt, zur gebräuchlichen Laute verhalten zu haben scheint wie das Cello zur Violine. Anakreon begleitet damit seine Lieder und soll es erfunden haben.

84. S. I. Teil, Anmerk. 36 und Athen. IV. p. 175.

85. Epigramm des Antipater v. Sidon.

Dreien allein, dem Dionysus und den Musen und Eros
Hättest Du, fröhlicher Greis, all Dein Leben geweiht.

86. Anacr. ed. Melhorn. Eigene Übersetzung.

87. Ein Stäbchen von Elfenbein, mit dem die Saiten gerührt wurden.

88. Dieses Lied, welches wir frei in deutsche Reime zu übersetzen wagten, ist die zweite der beiden einzigen vollständig erhaltenen Oden der Sappho. Aufbewahrt von Longinus, lateinisch nachgeahmt von Catull. Die Freiheiten, welche wir uns namentlich in der letzten Strophe erlaubt haben, empfehlen wir der Nachsicht des kundigen Lesers.

89. Herodot erzählt als ein Wunder, daß es zur Zeit unserer Erzählung in Oberägypten geregnet habe. III. 10.

90. Die Griechen pflegten, wenn ein Gewitter drohte, den Stürmen, die zu den Göttern der Unterwelt gehörten, ein schwarzes Lamm zu opfern. Als in den Fröschen des Aristophanes Äschylus den Euripides mit fürchterlicher Heftigkeit anzugreifen beginnt, ruft Dionysus: »Ihr Sklaven, bringt ein Lamm, ein schwarzes Lamm, ein gräßlich Ungewitter ist im Anzug!« Aristophanes, Frösche 853.

91. Hymenäen hießen die Hochzeitslieder, weil bei ihnen der Refrain ›Hymen o! Hymenae' o!‹ stets wiederkehrte. Dieser Gesang gab Veranlassung, einen Gott der Ehe, Hymen, zu gestalten, dessen Person mit reichen Mythen ausgeschmückt wurde. Zuletzt sollte er nach dem schönen Gesang

des Catull mit den Musen auf dem Helikon wohnen. Köchly über Sappho I. I. S. 195 meint die Hymenäen gewissermaßen lyrische Dramen nennen zu dürfen. Sie gliederten sich gleichsam in mehrere Akte, in denen die bezeichnenden Teile der Hochzeitsfeier in Gesang geschildert und mit rhythmischer, ihren Inhalt andeutender Aktion begleitet wurden.

92. Die hellenische Braut erschien in schönem Schmuck, und auch die Brautführer erhielten Festgewänder. Hom. Odyss. VI. 27. Außerdem wurde sie nach dem Bade, welches Braut und Bräutigam nehmen mußten (Thucid. II. 15), mit duftenden Essenzen gesalbt. Xenoph. Symp. II. 3. Böttger, Aldobr. Hochzeit S. 41.

93. Die Brautmutter zündete die Fackel an. Iphigenie a. Aulis 722. Der Träger der Fackel sollte wohl den Hymen darstellen.

94. Dieser Gebrauch war auch zu Rom üblich. Schol. zu Aristophanes. Plutarch 768. Becker, Charikl. III. S. 306.

95. Diesen Gesang geben wir nach Köchlys (über Sappho S. 198) meisterhafter Herstellung. Nur die beiden ersten Verse sind uns, wie sie Sappho gesungen, erhalten worden; für das folgende mußte Catulls Nachbildung, ja fast Übersetzung, wie die erhaltenen Verse lehren, benützt werden.

96. Strabo 730, Plinius VI. 29. Kugler, Geschichte der Baukunst I. S. 99. Dieser Bau erinnert unbedingt an die architektonische Anordnung der Griechen. Herder und Anquetil meinen gleichfalls, die Perser hätten mehr vom hellenischen als vom ägyptischen Baustil angenommen.

97. Herodot V. 25.

98. Nach Anquetil wird von den heutigen Parsen eine Ehe unter nahen Verwandten für besonders gut gehalten. S. III. Teil, Anmerk. 122.

99. Nach Herod. III. 31.

100. Herod. III. 44.

101. Herod. II. 64 berichtet, die ganze ägyptische Armee sei in zwei Abteilungen: Hermotybier und Kalasirier, geteilt gewesen. Über die Bedeutung dieser Namen sind sehr viele Vermutungen, auch schon von Herodot, aufgestellt worden. Ägyptisch heißen die Kalasirier Klaschr und sind Bogenschützen. Die Hermotybier haben ihren Namen wohl von dem Schurz Hämitybion (ἡμιτύβιον), den sie trugen. Aristot. Plut. 729. *Wagenkämpfer* finden wir auf fast allen Denkmälern, zum Teil höchst naturgetreu, dargestellt. Lepsius, Denkmäler, besonders Abt. III. auf vielen Blättern. – Schon Homer Il. IX. 383 kennt und rühmt die Zahl der ägyptischen Wagenkämpfer. Obgleich man auf allen Denkmälern der Ägypter, soviel wir wissen, bisher nur fünf Reiter gefunden hat, so beweisen doch ihre eignen Inschriften und zahlreiche Berichte anderer Völker, daß sie sich auch der Reiterei bedienten. König Ramses führte nach Diodor 24 000 Reiter ins Feld, und Sesonchis kam mit 60 000 Reitern nach Jerusalem. König Amasis saß nach Herodot zu Pferde, als der Bote des Hophra zu ihm kam.

102. Eine große Anzahl solcher Standarten findet sich abgebildet bei Wilkinson I. 294 und Rosellini, Mon. civ. 121. Jeder Nomos hatte sein wappenartiges Abzeichen. Besonders lehrreich die Gaulisten in den Tempeln, namentlich denen aus der Ptolemäerzeit, deren Bedeutung zuerst von dem englischen Konsul in Alexandrien Harris erkannt wurde.

103. Alle diese sowie die nächstfolgenden Angaben haben wir den Bildern altägyptischer Denkmäler bei Champollion, Wilkinson, Rosellini, Lepsius oder den Monumenten selbst entnommen. Ein Dolch befindet sich im Museum zu Berlin. Die Klinge desselben ist aus Bronze, der Griff aus Elfenbein, die Scheide aus Leder. Große Schwerter sehen wir nur in den Händen der fremden Hilfsvölker, mit kleinen dolchartigen waren auch die Ägypter bewehrt.

104. Ganz besonders schöner Streitwagen bei Rosellini, Mon. stor. I. Taf. 78, Wilkinson I. S. 346.

105. Nach der Schlacht bei Gaugamela. Curtius IV. Arrian III. 11.

106. Auch Themistokles wurde, als er an den persischen Hof kam, vom König mit einer vornehmen Perserin vermählt. Diod. XI. 57.

107. Diod. III. 12. ff. beschreibt die Zwangsarbeit in den Goldbergwerken ausführlich. Die Sträflinge waren teils Kriegsgefangene, teils Leute, welche man in blinder Leidenschaft aus dem Weg räumen wollte. Die Minen lagen in der Breite von Koptos unweit des Roten Meeres.

108. Schlacht bei Gaugamela. Curtius IV. 14. 12.

109. Die Farben des Reichsbanners nach Firdusi. Die Fahne des Kawe bestand aus dem Schurzfell jenes kühnen Schmieds aus der persischen Mythe, der zum Aufstand gegen den bösen Zohak rief und dem Feridun half, den grausamen Verwüster des Reichs zu stürzen.

110. Nach den Beschreibungen von griechisch-persischen Schlachten bei verschiedenen alten Autoren. In der Schlacht bei Mykale hieß das Losungswort der Griechen ›Hebe‹. Herod. IX. 98.

111. Daß Wagenlenker vornehme Leute waren, ergibt sich aus der Art und Weise, in der die Könige mit ihnen verkehren. S. das Bild des Ramses und seines Wagenlenkers zu Theben. Wilkinson I. 338. Zudem besitzen wir im Papyrus Anastasi III. eine Schilderung der Leiden, die ein junger ägyptischer Wagenkämpfer zu bestehen hat. Wir sehen ihn eine Militärschule besuchen und, nachdem er diese verlassen, vom Pharao, der sie ihm eigenhändig übergibt, aus dem königlich Stall seine Pferde erhalten. So konnte doch nur mit auserwählten Jünglingen verfahren werden.

112. Herod. IV. 141.

113. Diese furchtbare Tat erzählt Herod. III. 11.

114. Herod. III. 12. Ktesias, Persica 9. Die Sieger verlieren im Altertum stets unendlich viel weniger Leute, als die Geschlagenen.

115. Herod. III. 130. VIII. 118; Xenoph. Cyrop. VIII. 3.

116. Herod. III. 13.

117. Nach Athen. I. 25 gehörte Anthylla der jedesmaligen Königin. Über Cyrene und Arkesilaus Herod. IV. 163–165.

118. Eine naophore Statue im Gregor. Museum des Vatikans führt eine Inschrift, welche von dem Aufenthalt des Kambyses zu Sais in der im Text mitgeteilten Weise Kunde gibt. Er verfuhr dort milde, ordnete sich, wohl um seine Stellung als legitimer Pharao zu befestigen, den Wünschen der Priesterschaft unter, ließ sich sogar in die Mysterien einweihen und trug für den Tempel der Neith besondere Fürsorge. Auch seine Annahme des ägyptischen Namens Ramestu wird von der Statue bestätigt.

119. Diese Angabe des Herod. III. 14 wird durch die Denkmäler bestätigt, auf denen wir häufig Gefangene mit Stricken um den Hals einherführen sehen. Die ganze folgende Begebenheit ist derselben Stelle des Herodot entlehnt.

120. Krösus hatte dem Solon seine Schätze gezeigt und ihn dann, in der Hoffnung, seinen eigenen Namen zu vernehmen, gefragt, wen er für den Glücklichsten halte. Der Weise nannte zuerst den Tellus, einen ruhmreichen Bürger von Athen, dann die Brüder Kleobis und Biton. Diese schönen Jünglinge, welche auch den Preis im Ringspiel davongetragen hatten, zogen ihre Mutter, als die Zugtiere nicht zur rechten Zeit vom Feld kamen, im Angesicht des ganzen Volkes in den weit entfernten Tempel. Die Männer von Argos priesen die Stärke der Söhne, die Frauen ihre Mutter, der solche Kinder zuteil geworden waren. Die Mutter nun, entzückt über die Tat und das Lob ihrer Söhne, stellte sich vor das Bild der Göttin und betete, sie möchte ihnen das Beste geben, was einem Menschen werden könnte. Nach diesem Gebet und dem Opfer schliefen die Jünglinge ein und erwachten nicht wieder, denn sie waren gestorben. Herodot I. 31. Cicero, Tuscul. I. 47.

121. Der letzte Darius bezeichnete in derselben Weise seinen trefflichen griechischen Feldherrn Memnon, dessen Freimütigkeit ihn verletzt hatte, als dem Tod verfallen. Derselbe rief, als man ihn abführte, auf den heranrückenden Alexander deutend: »Meinen Wert wird deine Reue bezeugen; mein Rächer ist nicht fern!« Droysen, Alex. d. Große. S. 148. Diod. VII. 30. Curtius III. 2.

122. Die Ägypter heirateten, wie wir mehrfach bestätigt finden, nicht selten ihre Schwester oder die Witwen ihrer verstorbenen Brüder. Diod. I. 27. Ebenso die Griechen. Die Geschichte des ptolemäischen Königshauses mit seinen ›Philadelphen‹ ist voll von Beispielen für Geschwisterehen in Ägypten.

123. Herod. III. 34.

124. Von diesem ›Lampenbrennen‹ zu Ehren der Neith (Pallas Athene) erzählt Herodot II. 62.

125. Zeller, Geschichte d. Philosophie d. Griechen I. S. 292. Wir nehmen an,

daß diese pythagoräischen Ansichten den ägyptischen Mysterien entlehnt sind.

126. Aristoteles, Metaphys. I. 5.

127. Herodot erzählt in gutem Glauben nach, daß die Erbauer der großen Pyramiden Götterverächter gewesen wären. Die Gräber ihrer Getreuen am Fuße der Riesenbauten beweisen aber, daß ihr übler Leumund seine Entstehung nur dem Haß des Volkes verdankte, welches die Zeit der härtesten Fronarbeiten nicht vergessen konnte und das Andenken seiner Bedrücker, wo es anging, brandmarkte.

128. Bunsen, Ägyptens Stelle in der Weltgeschichte II. 169. Der Sarkophag ging leider mit dem Schiff, das ihn nach Europa bringen sollte, an der spanischen Küste unter. Der arabische Geograph Idrisi erzählt, daß, kurz bevor er schrieb (1240), die Pyramide geöffnet worden sei und man in dem Sarkophag eine Mumie und an deren Seite mit unbekannten Schriftzügen bedeckte Goldbleche gefunden habe.

129. Über die Abzeichen des Apis (ägyptisch Hapi) etwas weiter unten im Text; ebenso über das Fest der Auffindung desselben. Wenn der heilige Stier starb, so wurde er tief betrauert und mit fabelhaftem Prunk bestattet. Als unter Ptolemäus Lagi der Apis an Altersschwäche fiel, verwendete dessen Hüter zu seinem Begräbnis nicht nur den ganzen vorhandenen Geldvorrat, sondern borgte noch dazu von dem König 50 Silbertalente. Einige Vorsteher des Apistempels sollen für das Begräbnis des Tiers 100 Talente, 150 000 Rthlr., ausgegeben haben. Diod. I. 84. Ein ganzer Stall von Kühen soll ihm gehalten worden sein. Die Ägypter schrieben ihm die Kraft der Weissagung zu und scheinen mit ihm eine Zeitperiode von 25 Jahren symbolisiert zu haben.

130. Solche im Hain der Neith aufgeführte Schauspiele scheinen zum äußeren Apparat der Mysterien gehört zu haben.

131. Der Efeu war die Pflanze des Osiris, die Kuh das heilige Tier der Isis. Diod. I. 17. Plutarch, Isis und Osiris 37. Herod. II. 41. Isis wird auf den Denkmälern fast immer mit dem Kuhkopf dargestellt, auch heißt sie tausendmal ›die Kuh‹, ein Name, der manche veranlaßt hat, sie mit der Jo zusammenzubringen.

132. Dieses ganze Schauspiel schildern wir nach der Osiris-Mythe, wie sie sich bei Plutarch, Isis und Osiris 13–19, Diod. I. 21 und 22 findet und von den Denkmälern tausendmal erwähnt wird. Den ganzen Kampf mit all seinen Situationen führt uns eine Inschrift am Horus-Tempel zu Edfu vor.

133. Hier weichen wir etwas von der Erzählung des Plutarch ab, in der Typhon den Osiris mit List dahin bringt, daß er sich in den Kasten legt.

134. Isis findet naturgemäß die Leiche ihres Gatten im Norden. Höchst eigentümlich muß die in der Mythe, wie sie Plutarch überliefert, vorkommende Verbindung von Phönizien und Ägypten genannt werden. Wir erklä-

ren auch die nahe Verwandtschaft der Isis- und Osiris- und Adonis-Mythe durch das Zusammenwohnen von Ägyptern und Phöniziern an der von den letzteren kolonisierten mittelländischen Deltaküste. Plutarch, Isis und Osiris ed. Parth. 15 erzählt von der Auffindung der Leiche sehr lieblich dies: Der Sarg war von einer Erika umwachsen worden, mit der der König von Byblus sein Dach stützte. Dies erfuhr Isis durch einen wunderbaren Hauch des Gerüchts und kam nach Byblus, wo sie sich verweint und in dürftiger Gestalt an eine Quelle setzte und mit keinen Menschen sprach; nur den Mägden der Königin begegnete sie freundlich und liebreich, flocht ihnen das Haar und hauchte ihnen den wunderbaren Wohlgeruch ein, der ihr selbst eigen war. Als die Königin die Mägde sah, so fühlte sie ein Verlangen nach der Fremden, deren Locken und Haut einen ambrosischen Duft verbreiteten, und ließ sie holen. Bald wurde sie mit ihr vertraut und machte sie zur Amme ihres Kindleins … Isis nährte es, indem sie ihm statt der Brust den Finger in den Mund steckte … sie selbst verwandelte sich in eine Schwalbe und umflog klagend die Säule … Endlich offenbart sich die Göttin, verlangt die Säule, zieht sie leicht unter dem Dach weg, schält aus der Erika den Sarg des Osiris heraus, den sie unter heißen Tränen salbt.

135. Nach Diod. I. 21 in 26 Stücke, welche Typhon an ebensoviele seiner Genossen verteilte. Plutarch, Isis und Osiris 18, gibt übereinstimmend mit den Denkmälern, welche sogar die einzelnen nennen, 14 Glieder an.

136. Diese Spiegeltänze beschreibt Th. Moore aufs lieblichste in seinen Epicurean. Bestimmtes läßt sich über dieselben nicht sagen.

137. Das letzte Glied, den Phallus, suchte sie vergebens. Typhon (Seth) hatte ihn in den Nil geworfen. Isis verfertigte nun ein künstliches Glied und setzte den Phallusdienst, welcher uns aus Phönizien nach Ägypten gekommen zu sein scheint, ein. Diod. I. 22. Plutarch, Isis und Osiris 18.

138. Lepsius hält das die Unterwelt bewachende Tier, welches gewöhnlich vor Osiris sitzend abgebildet wird, für ein weibliches Nilpferd. Übrigens stellt dasselbe auch eine säugende Hündin oder Löwin dar, meist zeigt es eine Mischform, die immer etwas vom Nilpferd an sich trägt.

139. Als Herodot II. 170 von dem Osiris der Mysterien spricht, sagt er: »Dies Heiligtum ist Einem geweiht, dessen Namen ich hier zu nennen für eine Versündigung halte«, und 171: »Obgleich ich vieles von den Mysterien weiß, so schweige ich doch mit tiefer Ehrfurcht davon.«

140. Haméstegân = Aufenthalt derer, deren gute und schlechte Taten einander ganz gleich stehen; Duzalh = Hölle; Gorothman = das Paradies der Perser. Spiegel, Avesta I. S. 23. Die Anschauung von den 7 Himmeln scheint einer späteren Zeit zu entstammen.

141. Beschreibungen und Abbildungen solcher Gräber von alten Ägyptern finden sich in allen neueren Werken über das Land der Pharaonen. Wo es Felsenberge gab, wurden die Grüfte in das Gestein gehauen; im flachen Delta

errichtete man freistehende Gräberbauten. Diese wie jene wurden mit Inscriptionen versehen.

142. Herod. II. 20–25.

143. Herod. III. 30.

144. Nach Buch Esther I. 6. Dort sind die Tücher weiß, rot und gelb. Wir schreiben rot, gelb und dunkelblau, weil dies die persischen Farben waren.

145. Herod. III. 30 erzählt diese Geschichte. Demselben Autor verdanken wir die Nachricht von den folgenden Ereignissen. Wieviel die Perser auf den Ruf, gute Bogenschützen zu sein, gaben, mag die vom Onesikritus bei Strabo 730 mitgeteilte Inschrift, welche auf dem Grabe des Darius gestanden haben soll, beweisen: »Ich war ein Freund meiner Freunde, der beste Reiter und Bogenschütze, der vorzüglichste Jäger; alles vermocht' ich zu leisten!«

146. Herodot berichtet III. 88, Darius habe eine Tochter des Bartja (Smerdes) namens Parmys neben Atossa zum Weib genommen. Dieselbe wird nochmals erwähnt VII. 78.

147. Wilkinson III. 381 und 383. Die Denkmäler lehren, daß die Ägypter von sehr früher Zeit an sich in mannigfaltiger Weise zu salben pflegten. Die Augenschminke Mestem begegnet uns schon in der 12. Dynastie; die heute noch übliche, aber nunmehr untersagte Färbung der Fingernägel war schon in der Pharaonenzeit üblich (an Mumien nachweisbar) und duftende Haarlocken wurden in erster Reihe von einem schönen Weib verlangt.

148. Nach Wilkinson II. 360.

149. Nach dem Griff einer Schmuckschale bei Wilkinson II. 359.

150. Zu Theben gefundene Kämme. Wilkinson III. 381.

151. An sehr vielen Mumien in fast allen größeren Museen finden sich Glasperlarbeiten. Wilkinson III. 90. 101 gibt das Bild der berühmten großen Glasperle Capitain Henveys, in welche eine hieroglyphische Inschrift geschnitten ist.

152. Auf den ägyptischen Denkmälern finden wir keine Kamele abgebildet, während doch die Araber und Perser diese heutzutage am Nil unentbehrlich gewordenen Tiere fleißig benützten. Übrigens gab es auch im Altertum Kamele in Ägypten. Die Darstellung des Kamels scheint aber, wie die der Hähne, welche in Menge vorhanden waren, verboten gewesen zu sein. Merkwürdig ist es, daß das Kamel in der Berberei erst nach Christi Geburt eingeführt worden ist. H. Barth, Wanderungen am Gestade des Mittelmeers. S. 3 ff.

153. Herod. III. 30 sagt, einige wollten wissen, daß Bartja, nachdem Prexaspes ihn zum Roten Meer geführt, dort von ihm ermordet worden sei. Es ist möglich, aber keineswegs gewiß, das Herodot an dieser Stelle den persischen Meerbusen meinte.

154. Herodot besuchte Ägypten einige 60 Jahre nach dem Tod des Kambyses. 454 v. Chr. Er beschreibt den Zug nach Äthiopien III. 25.

155. Auf dieser Oase befand sich jenes Orakel des Gottes Ammon, welches

durch den Ausspruch, Alexander sei ein Sohn der Gottheit, so hochberühmt wurde. Curtius IV. 7. Übrigens hatte schon Krösus dieses Orakel beschickt. Herod. I. 46. Näheres über jene wundersame Oase, welche heute Siwah heißt, bei Parthey, Zur Erdkunde des alten Ägyptens. Berlin 1859.

156. Furchtbarer aus Südwesten wehender Wind in der lybischen Wüste und Ägypten. Ein ähnlicher unter dem Namen ›Samum‹ bekannter Wind wird von den Türken Schamyele genannt. Vielleicht hat dieser die Karawanen schädigende Unhold dem bösen Samiel seinen Namen gegeben.

157. Herod. III. 26. 17. 19.

158. So erzählt Herod. III. 27. Plut., Is. u. Os. 12. Wir haben an verschiedenen Stellen hervorgehoben, wie hoch die Perser die Wahrhaftigkeit schätzten. Herodot sagt I. 138 von den Persern des fünften Jahrhunderts: »Lügen und Schuldenhaben halten sie für die größte Schande.«

159. Über die Abzeichen des Apis Herod. III. 28. Ob er ein weißes Dreieck oder Viereck auf der Stirn haben mußte, ist nach den verschiedenen Lesarten des Herodot fraglich; die Denkmäler zeugen für das Dreieck. Nach Ammianus Marcellinus mußte er einen Halbmond auf der rechten Seite haben, Strabo 807 nennt ihn weiß an der Stirn und einigen anderen kleinen Stellen des Leibes, sonst aber schwarz, Älian sagt, der heilige Stier habe 29 Abzeichen gehabt, Ovid nennt ihn: variis coloribus Apis. Diele Denkmäler erklären diese Verschiedenheit der Angaben, denn sie zeigen, daß der heilige Stier nicht immer vollkommen gleich auszusehen brauchte. Bald wird er ganz schwarz dargestellt, bald mit charakteristischen weißen Flecken.

160. Nach Herod. III. 29 glitt das Schwert des Kambyses aus und fuhr dem Apis in den Schenkel. Weil der König gleichfalls an einer Schenkelwunde stirbt, paßt dies dem Herodot, welcher stets die Vergeltung des Frevels in das hellste Licht zu stellen bemüht ist. Doch wäre der Stier wohl schwerlich an einer bloßen Wunde am Schenkel gestorben.

161. Herod. III. 15.

162. Herod. III. 36.

163. Herod. III. 35. meint jedenfalls den ferntreffenden Apollon. Seneca de ira III. 14 sagt bei der Erzählung dieser Geschichte ohne weiteres ›Apollo‹.

164. Herod. III. 36. Die Offiziere der französischen Fregatte Luxor, die den Obelisken von Theben holten, fanden zu abd el Qurnah die Mumie wahrscheinlich der Gattin des Amasis halbverbrannt in einem Sarakophag.

165. Herodot III. 32.

Georg Ebers
oder Glanz und Elend des deutschen Historismus

Der Roman *Eine ägyptische Königstochter* von Georg Ebers, erstmals 1864 veröffentlicht, ist einer der großen Bestseller des 19. Jahrhunderts, die der Literaturbetrieb mit Vergessen bestraft. Bis 1875 hatte der Roman schon vier Auflagen erlebt, er wurde, in den Begriffen damaliger Rezensenten, zur »Modelektüre«: 400 000 Exemplare sollen in Deutschland bis 1928 von dem Roman verkauft worden sein, der in 26 Sprachen übersetzt wurde. Soweit der Roman heute noch in Nachschlagewerken und Untersuchungen zur Literatur des 19. Jahrhunderts erwähnt wird, firmiert er als »Prototyp des Professorenromans« – eine recht eigentümliche Wortschöpfung, weiß sie doch eine ganze Literaturgattung durch nichts anderes zu bestimmen als die Berufsbezeichnung des Autors. (Wir dürfen also gespannt sein auf den ersten KFZ-Mechaniker-Roman.) Aber natürlich soll der Begriff »Professorenroman« unterschwellig auch die Kritik vermitteln, daß zuviel Bildung und Sachwissen den Romanen schade.

Zu seinen Lebzeiten hatte Ebers sich ebensosehr mit dem Vorwurf auseinanderzusetzen, er sei ein Zunftverräter, ein Renegat, der das Wissen der Altertumswissenschaften dem Geschmack eines breiten Publikums opfere. Georg Ebers, am 1. März 1837 in Berlin geboren, aus einer wohlhabenden, vom Judentum zum Christentum übergetretenen Berliner Familie stammend, war nämlich von Beruf Ägyptologe und Archäologe. Er hatte sich 1856 in Göttingen als Student der Rechte eingetragen, sich dann jedoch durch den bekannten Kunsthistoriker M. Unger für die ägyptischen Altertümer begeistern lassen. In seiner Autobiographie schilderte er später eindringlich, wie er sich während seines mehrjährigen Krankenlagers unter Anleitung von R. Lepsius mit Hieroglyphen zu beschäftigen begann. Nach der Genesung widmete er sich ganz der neuen Wissenschaft, habilitierte 1865 und wurde 1869 Professor in Jena, 1870 Professor in Leipzig. Zwei große Ägyptenreisen in den Jahren 1869/70 und 1872/73 vervollständigten seine Studien. Daß er deren Ergebnisse auch in Erzählungen verarbeitete, irritierte manche seiner Kollegen.

»Der Roman ist der Todfeind der Geschichte«, schmetterte ihm Jules Soury, ein Kollege, 1875 (in der *Revue des deux mondes*, Tome VII) entgegen und prangerte in dem Roman schon die gelindeste Abweichung von den Erkenntnissen der Wissenschaften an. Mit gleichem Recht könne man behaupten, die Landschaftsmalerei sei die Todfeindin der Botanik, hielt Ebers dem echauffierten Kollegen entgegen, sah sich aber zu einer heute nachgerade grotesk wirkenden Rechtfertigung genötigt: »Und doch kann ich nicht umhin, Monsieur Soury schon hier mitzuteilen, daß mich die Abfassung der *Königstochter* von keiner anderen Arbeit abgehalten hat; daß ich sie vielmehr, bevor ich meine akademische Tätigkeit angetreten, im Krankenzimmer geschrieben und durch ihre Schöpfung nicht nur Trost und Freude, sondern auch Gelegenheit gefunden habe, totes Wissensmaterial für mich und andere lebendig zu machen.« (Vorrede zur vierten Auflage, 1875). Man stelle sich vor: Der italienische Semiotik-Professor Umberto Ecco entschuldige sich bei einem deutschen Zunftgenossen, die Abfassung von *Der Name der Rose* habe ihn nicht an der Wahrnehmung seiner akademischen Pflichten gehindert! Wie sehr Ebers solche Kritik naheging, zeigt schon der Umstand, daß er sowohl in der zitierten Vorrede als in den revidierten Fußnoten hervorhob, auf seiner neuesten Exkursion zum Nil ein medizinisches Handbuch entdeckt zu haben, eine alte Papyrusrolle, die vieles von dem bestätigte, was er zuvor einer Romanfigur, seinem Augenarzt aus Sais, andichtete – gemeint ist der als »Papyrus Ebers« in die Altertumsforschung eingegangene Fund.

Obwohl *Eine ägyptische Königstochter* von der Literaturkritik als zu sehr mit Bildungsgütern befrachtet und von den Wissenschaftlern als zu romanhaft kritisiert wurde, spornte der Publikumserfolg Ebers zu weiteren historischen Epen an. Die Romane *Uarda* (1876) – mit der Schilderung Ägyptens unter Ramses II – und vor allem *Homo sum* (1877) – eine Darstellung der Konflikte christlicher Einsiedler und Asketen im 4. Jahrhundert – verrieten dabei eine Weiterentwicklung: Immer zwangloser integrierte Ebers seine Gelehrsamkeit in die Romanhandlung.

Diese Romanerfolge – *Homo sum* erlebte bis 1897 16 Auflagen, und von *Uarda* sollen wie von der *Ägyptischen Königstochter* 400 000 Exemplare verkauft worden sein – erleichterten es Ebers, der zeitlebens unter gesundheitlichen Problemen litt, die akademische Laufbahn aufzugeben und sich nach München und später nach Oberbayern (Tutzing) zurückzuziehen, wo er seine Autobiographie schrieb – *Geschichte meines Lebens* (1892) – und wo er auch am 7. August 1898 starb.

Das Werk aber, mit dem sein Name bis in die Anfänge des 20. Jahrhunderts immer verbunden wurde, blieb *Eine ägyptische Königstochter* (den Titel hatte Berthold Auerbach für ihn ausgewählt). Gerade dieser Roman löste eine ganze Welle von ähnlichen Versuchen aus – z. B. Wilhelm Walloths (1856–1932) Ägyptenroman *Schatzhaus des Königs* (1883), die zahlreichen in der Antike angesiedelten Romane des liberalen, protestantischen Kirchenhistorikers Adolf Hausrath (1837–1909) oder die historisierenden Erzählungen des Journalisten Ernst Eckstein (1845–1900).

Die Handlung der *Ägyptischen Königstochter* ist zeitlich am Ende der 26. Dynastie Ägyptens (525 v. Chr.) angesiedelt und behandelt den Untergang des Pharaonenreiches. Die Hauptquelle, auf die sich Ebers stützt, ist das Werk Herodots (um 485–425 v. Chr.), des »Vaters der Geschichtsschreibung« (Cicero), dessen *Weltgeschichte* die Auseinandersetzung Asiens und Europas, den Kampf der Perser und Griechen zum Thema hat. In zweiter Linie die wesentlich später verfaßten Werke von Diodorus von Sizilien. Die wenigen Einzelheiten in Namensgebung und Zeitangaben, bei denen Ebers von Herodots Darstellung abweicht, hat er in den Fußnoten erwähnt. (Die Zahlenangaben dort folgen der üblichen Einteilung des Werkes Herodots in neun Bücher und die entsprechenden Unterkapitel.)

Zum Aufbau seines Romans schrieb Ebers in der Vorrede zur zweiten Auflage:

»Ich weiß Herrn Professor Lepsius, der mich darauf aufmerksam machte, daß eine ausschließlich auf ägyptischem Boden stehende Kunstdarstellung den Leser ermüden würde, großen Dank. Seinem Wink folgend habe ich meinen dem Herodot entnommenen Stoff so disponiert, daß ich den Leser zunächst, gleichsam einleitend, in einen griechischen Kreis führe, dessen Wesen ihm nicht ganz so fremd zu sein pflegt ... Durch diesen hellenischen Vorhof gelangt der Leser vorbereitet nach Ägypten, von dort nach Persien und endlich wieder zum Nil zurück. Der Leser soll sein Interesse gleichmäßig an die genannten Völker verteilen … Wenn ich meinem Roman trotzdem den Namen der ägyptischen Königstochter gegeben habe, so geschah es, weil durch das Schicksal der Nitetis das Wohl und Wehe aller anderen handelnden Personen bedingt wird …«

Die griechische Kultur ist in Ebers Roman aber mehr als »der Vorhof«, durch den der Leser nach Ägypten geführt wird. Sie bildet das Ideal, von dem aus sämtliche Romanfiguren gemessen werden. Die Lichtgestalt des Romans – Krösus, der entmachtete König, der durch Schaden klug geworden ist und als Berater des persischen Königs immer den Kompromiß sucht, ohne jemals schwankend oder gar feige zu wirken – hat seinen Verstand an Pythagoras geschult, dem großen griechischen Gelehrten. Die hellenische Kultur kann die ägyptische befruchten, weil König Amasis den Griechen wohlgesonnen ist – sehr im Unterschied zu den ägyptischen Priesterkasten, die alles Fremde ablehnen und den Ausländerhaß mit jeder nur erdenklichen Intrige schüren. Zwar ist die ägyptische Kultur die ältere, auch erweist sich Ägypten vor allem auf dem Gebiet der Medizin als führend, aber wie in den langen Unterredungen im Hause der Rhodopis im ersten Teil hervorgehoben wird: Erst die Griechen haben mit ihren Skulpturen Kunstwerke geschaffen, während die Ägypter allzulange und schematisch auf einem – wenn auch sehr hohen – rein handwerklichem Niveau verharrten. Diese Gegenüberstellung gipfelt schließlich in der Bezeichnung der Kultur Ägyptens als einer »Kultur des Todes«, während die griechische Kultur als lebensbejahend, apollinisch, frei erscheint. Es ist das klassische Griechenlandbild, wie es (der in den Fußnoten des öfteren zitierte) Winckelmann und Goethe geprägt haben, das hier nachwirkt. Die vor allem persischen Romanfiguren in den Mund gelegten Vorurteile, die Griechen seien samt und sonders Lügner – übrigens ein Vorurteil, das später auch im Rom der Kaiserzeit leidlich gepflegt wurde –, fallen demgegenüber kaum ins Gewicht.

Von Amasis und der Griechin Ladice großgezogen, vereint Nitetis im Gefüge des Romans die Vorzüge der griechischen und ägyptischen Kultur in einer Person. Daß Amasis sie dem persischen König Kambyses zur Heirat anbietet, löst zwar am Ende die Katastrophen und Kriegszüge aus; aber lange Zeit kann Nitetis mit ihrem hellenisch beeinflußten Wesen den ungestümen Perser gleichsam domestizieren und besänftigen.

Neben der hellenischen Kultur erscheint als zweiter Fixpunkt dieses Romans eine kosmopolitische Grundhaltung. Nitetis hält zwar an ihren ägyptischen Göttern fest, sie erkennt aber auch über allen Unterschieden die Gemeinsamkeiten mit persischen und anderen Kulten. Noch entschiedener vertritt Krösus diesen Kosmopolitismus. Die unterschiedlichen Kulte und Religionen sind ihm nur verschiedene Ausformungen ebenbürtiger Wahrheiten. Natürlich feiert der Autor in Krösus auch den eigenen Stand, den des Gelehrten: Seine Macht gründet – nach seiner Niederlage als Feldherr – ausschließlich auf Wissen und Weisheit. Er ist der unentbehrliche Philosoph hinterm Thron. Seiner Weisheit bezeugen alle Personen des Romans, auch seine persönlichen Gegner, großen Respekt.

Es ist dieser kosmopolitische Geist, der Georg Ebers Roman, gerade aus heutiger Sicht, wohltuend von den meisten anderen historischen Epen seiner Zeit abhebt. Das gilt vor allem für den Roman *Kampf um Rom* (1876), der zwölf Jahre nach *Eine ägyptische Königstochter* erschien und der immer wieder in einem Atemzug mit Ebers Werk genannt wurde und wird – das zweite Vorzeigestück jener wundersamen Gattung des Professorenromans. In der Fähigkeit, einprägsame Szenen und Dialoge zu schaffen, mag Dahn dem Autor der *Königstochter* überlegen sein; aber Dahns bedeutendster Roman, der den Kampf der Ostgoten gegen Rom und Byzanz vom Tode Theoderichs des Großen (526 n. Chr.) bis zur endgültigen Vertreibung aus Italien (552/53) zum Inhalt hat, ist nicht nur mit einer »heroisch-pessimistischen Daseinsstimmung« (Fritz Martini) eingefärbt. Er huldigt auch unverblümt einer schauerlichen Kriegsromantik und einem kraftmeierischen deutschtümelnden Germanenkult; seine »chauvinistischen Ausfälle« (F. Martini) können oder sollten einem modernen Leser die Zornesglut ins Gesicht treiben. Wie weit Ebers von einer solchen Haltung entfernt ist, zeigt vor allem der Schluß seines Ägypten-Romans.

Kambyses deckt den Betrug auf, den sich Amasis ihm gegenüber geleistet hat, indem er ihm eine Tochter zur Heirat anbot, die in Wahrheit das Kind seines Vorgängers ist. Sofort rüstet Kambyses zum Krieg gegen Ägypten. Ebers schildert minuziös die Kriegsvorbereitungen des Persers, die Stärke seiner Truppen, die Ausrüstung. Die Schlacht selbst hingegen handelt er fast schon widerstrebend in wenigen Absätzen ab. Wesentlich mehr Erzählzeit verwendet er dagegen auf die Darstellung jener individuellen Kraftprobe, mit der Bartja den Zorn des Kambyses, der sein Bruder ist, auf sich lenkt: Es geht um den Versuch, den schweren äthiopischen Bogen zu spannen. Autoren wie Felix Dahn – von anderen deutschsprachigen Autoren historischer Romane jener Zeit wie Karl Domanig (1851–1913) oder Hans Hoffmann (1848–1909) ganz zu schweigen – hätten dagegen das Aufeinandertreffen der ägyptischen und persischen Streitmächte zum blutigen Höhepunkt ihres Romans ausgedehnt – natürlich mit jener Firnis edler Ritterlichkeit überzogen, die den Kriegshelden vom Barbaren unterscheiden soll.

An anderen Stellen hingegen wünscht man sich, daß Ebers die Spannungswerte der von ihm oft umständlich in Rückblenden und nachgereichten Erklärungen inszenierten Konflikte entschlossener ausgenutzt hätte. Als eines von vielen Beispielen mag hier jener Handlungszweig am Ende des dritten Teils dienen, da Kambyses einen Lakaien auf die Ermordung seines Bruders Bartja ansetzt, weil dieser ihn im Bogenschießen ausgestochen hat. Wie immer bereut der inzwischen von Wahnsinnsanfällen umnachtete Kambyses seine voreilig getroffene Entscheidung. Der gedungene Mörder begleitet Bartja auf einer Reise. Kambyses kann ihn nicht mehr zurückrufen. Statt nun diese Reise direkt zu schildern, den Leser auch in die Gewissensbisse des Lakaien tiefer hinzuziehen, erfährt man nur durch einen knappen Bericht vom Ergebnis dieses Anschlags: Bartja ist tot, und der König wird durch diese Blutschande, die er über sich gebracht hat, endgültig verrückt.

Bartja verkörpert im Roman ein zweites wichtiges Ideal, das als Komplement zum gelehrten Kosmopolitismus eines Krösus fungiert. Sein Charakter ist ganz dem Typus des Naiven nachgezeichnet. Da ihm alle Verstellung fremd ist, er keinen Neid und keine Mißgunst kennt, tappt Bartja immer wieder in die Fallen, die finstere Gestalten (der äußerst klischeehaft gezeichnete Eunuch!) am persischen Hof aufstellen. Von der Natur mit Schönheit und mit ungewöhnlicher Kraft beschenkt, erobert Bartja kraft seiner Natürlichkeit die Herzen aller positiv dargestellten Charaktere. Gerade dadurch zieht er sich immer wieder den Zorn seines Bruders Kambyses zu, der von Ehrgeiz zerfressen wird und das in Griechenland entwickelte Ideal der Mitte und der Mäßigung regelmäßig verfehlt. Mit seiner Naivität gewinnt er auch im Flug die Liebe der in Ägypten lebenden Sappho, der Enkelin jener großen griechischen Dichterin. Gerade diese Liebesszenen aber waren es, die, wie der Autor im Vorwort zur zweiten Auflage zerknirscht gestehen mußte, bei der Literaturkritik »die meisten Bedenken« hervorriefen. Und dieses mit gutem Grund.

Die Schwächen von Ebers rührseligen Liebesszenen, die zwischen trieblosen Menschen stattfinden, sind so offensichtlich, daß hier nur kurz auf den Hauptvorwurf einzugehen ist, den schon zeitgenössische Rezensenten dem in verliebten Jamben schwelgenden Romancier (»Doch träumend hat noch niemand den Sieg erkämpft«) entgegenhielten: daß er nämlich Charakteren der Frühantike die Liebesideale des bürgerlichen Zeitalters ins Herz lege und sie modernisierend verzeichne. Ebers erwiderte die Kritik an diesem Anachronismus mit dem Hinweis auf die »schönen Proben heißer Leidenschaft« in Sapphos Gedichten, Ciceros und Plinius' Briefen, gesteht aber selbst zu, »daß so zarte Empfindungen in vorchristlicher Zeit noch weit entschiedener als heute zu den Ausnahmen gezählt werden müssen«. Davon abgesehen darf man bezweifeln, daß die Liebestopoi, die etwa Plinius der Jüngere in seinen durchaus formelhaften, von vornherein für die Öffentlichkeit bestimmten Briefen verwendet, mit spätbürgerlicher Liebesromantik vergleichbar wären. Ebers sitzt hier den Übersetzungen seiner Zeitgenossen auf, die ihre Sehnsüchte in die Antike projizierten. Die Willkür eines solchen Verfahrens muß Ebers selbst bewußt geworden sein, gesteht er doch an einer Stelle seiner Vorrede zur zweiten Auflage mit entwaffnender Deutlichkeit den wahren Grund seiner Anachronismen:

»Dagegen mochte und durfte ich mich nicht ganz frei machen von den Grundanschauungen der Zeit und des Landes, in denen meine Leser und ich geboren wurden; denn hätte ich rein antike Menschen und Zustände schildern wollen, so würde ich für den modernen Leser teils unverständlich, teils ungenießbar geworden sein ...«

Offener kann ein Autor nicht zugeben, daß er die innere Wahrheit des Romans seinen Honorarvorstellungen gebeugt hat.

Da Ebers den Anspruch, die Charaktere aus ihrer Epoche heraus darzustellen, zugunsten einer vermeintlich geschmackvollen Idealisierung von vornherein aufgegeben hat, degeneriert der Erzähler des historischen Romans immer wieder zum beflissenen Dekorateur. Mit einer freilich traumwandlerischen Sicherheit und einer staunenswerten Detailliebe schickt er seine unscharf gezeichneten, alle im gleichen hohen Ton redenden Figuren durch effektvoll ausgeleuchtete Kulissen. Der Ort der Handlung wird zum Museum, das der Leser ehrfürchtig staunend durchschreiten soll. Die beträchtliche Länge der rein deskriptiven Partien spiegelt die Verselbständigung des antiquarisch-lokalen Aspekts wider. Statt die Charaktere aus der Gebundenheit ihrer historischen Umgebung heraus handeln zu lassen, mißbraucht der Autor sie oft genug als Botschafter interdisziplinärer Forschungsergebnisse. Allerdings hebt Ebers sich auch hier noch von vielen seiner zeitgenössischen Kollegen dadurch ab, daß er den geschichtlichen Ablauf nicht künstlich dramatisiert. Wo etwa der erfolgreiche britische Autor Bulwer-Lytton in *Devereux* (1826) zwanghaft Berühmtheiten wie Lord Bolingbroke, Peter den Großen, Pope, Swift, Addison und Steele in die Romanhandlung zwängt (eine Effekthascherei, die man in seinen späteren, anspruchsvolleren Werken wie *Rienzi* nicht mehr findet) und so das historische Material auf Gelegenheiten für ein eitles »name dropping« abklopft, wahrt Ebers skrupelös die Chronologie des durch Herodot vorgegebenen Stoffes.

Eine ägyptische Königstochter ist wie die meisten anderen populären historischen Romane jener Zeit ein Indiz dafür, daß der Historismus in der Literatur dem philosophischen Historismus nachhinkte. Als dessen Hauptvertreter muß Wilhelm Dilthey

(1833–1911) genannt werden, der gegen das Analysieren und Erklären der Naturwissenschaften das Verstehen als genuine Leistung der Geisteswissenschaft aufzeigte. Vom Verstehen der Geschichte sagte er: »Wir verstehen, indem wir aus eigenen tiefen Leben dem Hauch des Vergangenen Leben und Atem wiedergeben. Es bedarf gleichsam der Versetzung unseres Selbst von einem Standort auf den anderen.« Dilethey prägte die Lehre vom »Zeitgeist«, der jeweils eine verschiedene »Objektivation des Geistes« ist. Die historischen Wahrheiten – derer es notwendigerweise jeweils mehrere, ebenbürtig konkurrierende gebe – sind nur aus den verschiedenen Denkweisen der einzelnen historischen Epochen aufzufinden. Daß Ebers in seinem Roman im Unterschied zu heutigen Autoren historischer Romane so großen Wert auf die Darstellung der geistesgeschichtlichen Bezüge legt, dürfte mit dem Aufkommen dieses philosophischen Historismus eng zusammenhängen.

Zur vorliegenden Ausgabe:

Unserem Text liegt die 4. Auflage der *Ägyptischen Königstochter*, in drei Bänden erschienen 1875 bei Eduard Hallberger in Stuttgart, zugrunde. Sie wurde von Georg Ebers selbst überarbeitet und stellt stilistisch eine Verbesserung gegenüber der ersten Auflage von 1864 dar.

Der Text wurde ungekürzt wiedergegeben, mit folgenden Ausnahmen: Das letzte Kapitel, das zwanzig Seiten umfassende Zehnte Kapitel von Band III, wurde weggelassen, es beginnt nicht umsonst mit den Worten: »Hier könnten wir diese Erzählung beschließen« und erschöpft sich in einer gänzlich unromanhaften Aufzählung weiterer Ereignisse um Kambyses.

In den beschreibenden Passagen häuft Ebers, wie schon oft von der Literaturkritik festgestellt, sein Sachwissen mitunter so ungehemmt an, daß auch geübte Leser leicht den Überblick verlieren. Hier wurden immer dann Kürzungen vorgenommen, wenn es sich ganz offensichtlich um Wissensstücke handelte, die für den Fortgang des Romans keine Rolle spielten. Diese naturgemäß subjektive Beschneidung von Auswüchsen – die dem einen Ebers-Kenner zu zaghaft, dem anderen zu weitreichend erscheinen mag – dürfte umfangmäßig etwa ein bis zwei Prozent des ursprünglichen Romans ausmachen.

Alle Fußnoten vom Autor wurden übernommen; hier beschränken sich die Kürzungen weitgehend auf heute veraltete Literaturangaben.

Ganz offensichtliche Wiederholungen, die offenbar von Autor und Verlag übersehen wurden, wurden gestrichen; die Orthographie wurde modernisiert, der sprachliche Ausdruck wurde nur dort behutsam modernisiert, wo eine Häufung von Begriffen auftauchte, die heute nicht nur veraltet, sondern klischeehaft wirkt. (wie »Jüngling«, »hold« etc.)

Edgar Bracht

Band 13 548

Candace M. Robb

Die Rose des Apothekers

Deutsche Erstveröffentlichung

England im Jahre 1363. In einer verschneiten Winternacht begibt sich der Apotheker Nicolas Wilton mit einer Arznei auf den Weg zu der Abtei St. Mary. Wenig später kommen zwei Pilger, die das Kloster aufgesucht haben, auf mysteriöse Weise ums Leben.
Da alte Geheimnisse und neue Allianzen auf dem Spiel stehen, wird Owen Archer, einst Hauptmann der Bogenschützen, von seinem Lordkanzler nach York geschickt, um Licht in das Dunkel zu bringen. Er verdingt sich als Helfer in der Apotheke – und verliebt sich ausgerechnet in die schöne Lucie Wilton, die Apothekerin. Bald begreift er, daß Lucie, die seine Liebe offenbar nicht erwidert, in dem düsteren Komplott um die Abtei eine wesentliche Rolle spielt. Archer weiß bald nicht mehr, wem er vertrauen kann – und welches dunkle Geheimnis die Apothekerin umweht, das sie beide in den Abgrund ziehen kann . . .

BASTEI LÜBBE

Sie erhalten diesen Band im Buchhandel, bei Ihrem Zeitschriftenhändler sowie im Bahnhofsbuchhandel.

Band 13 674

Chrystine Brouillet

Marie LaFlamme

Deutsche Erstveröffentlichung

Nantes, 1662: Die Hebamme Anne LaFlamme wird zum Tod auf dem Scheiterhaufen verurteilt. Mit ihren wundersamen Heilkräutern soll sie Männer und Frauen verzaubert und ruiniert haben. Auch Marie LaFlamme, die Tochter der verwitweten Hebamme, steht kurz vor der Einkerkerung. Für das vorwitzige und hübsche Mädchen gibt es nur einen Ausweg, dem Wüten der Hexenjäger zu entgehen – sie muß den reichen Reeder Geoffroy de Saint-Arnaud heiraten, so sehr sie ihn auch haßt. Lange hält es Marie an der Seite dieses selbstgerechten Intriganten nicht aus. Die Stimme des Herzens ruft sie nach Paris, wo Simon Perrot, den sie schon lange liebt, als Soldat in die Dienste des Königs getreten ist. Allerdings dringen furchterregende Gerüchte über eine sonderbare Wandlung Simons an ihr Ohr . . .

Chrystine Brouillet stürmte mit dieser großangelegten Saga um Marie LaFlamme die französischen und kanadischen Bestsellerlisten.

BASTEI LÜBBE

Sie erhalten diesen Band im Buchhandel, bei Ihrem Zeitschriftenhändler sowie im Bahnhofsbuchhandel.